大阪経済大学研究叢書第70冊

漱石『明暗』の漢詩

田中邦夫

翰林書房

漱石『明暗』の漢詩◎目次

第一部　総論

第一章 『明暗』執筆日と漢詩創作日との関係

『明暗』を論ずる場合、その前提として、『明暗』各回とその回を執筆した日の午後に創作した漢詩との関係を踏まえることが必要である。何故なら、午前中に執筆した『明暗』各回は、その日の午後に創作した漢詩と深い結びつきがあると考えられるからである。しかしながら、今日までその関係はほとんど解明されなかった。『明暗』各回とその日の午後に創った漢詩との関係を突き詰めて考えることが出来なかった原因には様々な要因があるが、その一つに、漢詩創作日は手帳（漢詩ノート）によって明らかであるものの、各回の執筆日がはっきりしていなかった事情がある。そこでここでは、各回の執筆日と漢詩創作日との関係について記しておきたい。

漱石は『明暗』を毎日一回ずつ執筆したことが知られている。『明暗』執筆中の漱石は、談話録「文体の一長一短」（『日本及日本人』六八九号・大正五年九月二十日）のなかで、次のように述べている。

予は今小説をかいて居る、午前中をその為めに用ゐるのである、一日の仕事、義務としては一回の小説をかきあげればそれでよいのである。（中略）今も十二三回丈け送つてある、一つはいつ病気で臥床しても困ると思つたからである、然らば元気のよい時に二回分もかいて置けばよいのだが、それも出来ない。経験によれば、一日一回なら一回と定めたものには矢張りそれ丈け力が籠る様で、二回かいて仕舞ふと一回分の力が二回分に分割された様で、なか〳〵自分を満足させると云ふ訳にはゆかない。

この談話によって、漱石は『明暗』を毎日一回分ずつ書いたと考えられるが、素朴に考えると、書かない日もあり、複数回を書いた日もあったのではないかという疑問も生じる。しかし岩波『漱石全集』第二十七巻（一九九七年十二月）の「年譜」（岩波編集部作成）にあるように、「毎日一回分を執筆しては、一回ずつ東京朝日新聞社に送った」と「推定」される。漱石が毎日『明暗』一回分を執筆し、その一回分をその都度、編集部に郵送していたことは、「年譜」にあるように、大正五年六月十日に第二十四回を執筆郵送したこと、九月二十四日に第百三十回を執筆郵送したこと、十一月二十一日に第百八十八回を執筆郵送していることなどが知られているから、確実であるといえる。

以上のことを踏まえるならば、「年譜」にあるように、『明暗』執筆日と漢詩創作日との関係は次のようになろう。漱石は、『明暗』を大正五年五月十八日（木）に起草したと推定され、その後毎日『明暗』を一回分ずつ執筆し、第八十九回を書いた八月十四日（月）夜には漢詩「幽居正解酒中忙…」を創作した。そしてそれ以後漱石は、午前中に『明暗』一回分を執筆した後、その日の午後には漢詩（ほとんど七言律詩）を創作するという生活を始めることになったのである。

今まで、『明暗』各回の執筆日と漢詩創作日の関係を整理したものとしては、高木文雄の論文「律詩小説『明暗』」に付された「『明暗』の進行と作詩との関係日譜」（一九八七年九月二十二日作成、『漱石作品の内と外』和泉書院　一九九四年三月　所収）がある。この「関係日譜」は、『明暗』執筆と作詩との日付の関係を確定されようとした労作である。しかしながら、氏の論文「柳のある風景」では正確であった『明暗』執筆の日付が、この「関係日譜」の一覧表では一日ずつ前にずれてしまっている。この「関係日譜」は、『明暗』の執筆日を一日ずつ前にずらせばほぼ利用できるが、その利用には注意が必要である。また岡部茂著『漱石私論』（朝日新聞出版サービス、二〇〇二年十二月）第三章に、漢詩の心象風景の整理を目的として、『明暗』と漢詩の創作日の一覧が作成されている。しかし、この一覧では、漢詩の第一句が示されておらず、また漢詩を創作しなかった日は省かれているので、その利用は不便である。『明暗』と漢詩の関係を扱うためには、高木氏が作られたような一覧表（関係日譜）が必要である。そこで、「年譜」の記述を踏まえながら、高木氏の「関係日譜」の日付のずれを修正した一覧表を示し、『明暗』各回と漢詩の関係を解明するための便に供した。ここでは、『明暗』各回の執筆日とその内容、および午後の漢詩との関係とを簡単に示した。（場面の句切りは太字で示し、『明暗』と直接関係しない漢詩は（　）で括った。なお、作詩の日付は、『漱石全集』十八巻（岩波書店、一九九五年十月）に拠った）。

『明暗』執筆日と漢詩創作日との関係一覧

大正五年	執筆の回	各回の内容	漢詩（第一句）
5月18日　木	一回		
（中略）	八一回	小林、津田宅に外套を貰いに来る。	
	（中略）		
8月13日　日	八八回	**小林、津田宅から立ち去る。**お延二階で泣き伏す。	
8月14日　月	八九回	お延、津田の秘密を知ろうと津田宛の手紙を読みあさる。	幽居正解酒中忙
8月15日　火	九〇回	お延、お時から病院での津田の小林評を聴く。	双鬢有糸無限情　五十年来処士分
8月16日　水	九一回	語り手によるお秀の紹介。	無心礼仏見霊台
8月17日　木	九二回	**お秀、病室に来る。**	
8月18日　金	九三回	津田、手術後の局部の収縮がお延の冷淡にあると意識する。	行到天涯易白頭
8月19日　土	九四回	津田、お秀の得意をその器量に見て苛立つ。	老去帰来臥故丘
8月20日　日	九五回	津田、両親の仕送り拒否の理由を知ろうとする。	両鬢衰来白幾茎

8月21日	月	九六回	父親の老獪さに思い当たる。	尋仙未向碧山行　不作文章不論経
8月22日	火	九七回	お秀、兄の後ろにお延が控えていることを憎む。	香烟一炷道心濃
8月23日	水	九八回	津田、小林がお延に話した内容を気にする。	寂寞光陰五十年
8月24日	木	九九回	お秀、津田にお延への態度を問い正す。	
8月25日	金	一〇〇回	お秀、金を持参したことを口にする。	
8月26日	土	一〇一回	お秀、津田の態度の変化を指摘し、後悔させようとする。	（結社東台近市廛）
8月27日	日	一〇二回	津田、お秀に癇癪を破裂させ、口論となる。	
8月28日	月	一〇三回	**お延、医院に来てその口論を耳にし、病室に入る。**	何須漫説布衣尊
8月29日	火	一〇四回	お延、津田が平たい旦那になったことを感ずる。	不愛帝城車馬喧
8月30日	水	一〇五回	お延、お秀の憎悪を引き受けようとする。	経来世故漫為憂　詩思杳在野橋東
8月31日	木	一〇六回	お延、津田に、金を受取らずに、礼を言えという。	
9月1日	金	一〇七回	お延小切手を出す。	不入青山亦故郷　石門路遠不容尋
9月2日	土	一〇八回	お秀も金包みを出す。	満目江山夢裡移　大地従来日月長
9月3日	日	一〇九回	お秀、二人の前で、長広舌。	独往孤来俗不斉
9月4日	月	一一〇回	**お秀、病室から去る。**	散来華髪老魂驚　人間誰道別離難
9月5日	火	一一一回	津田とお延和合に向う。	絶好文章天地大
9月6日	水	一一二回	お延、津田との愛の復活の曙光を感じる。	虚明如道夜如霜
9月7日	木	一一三回	**お延、病室から去る。**	
9月8日	金	一一四回	津田、隣家の西洋洗濯屋の風景を眺める。	
9月9日	土	一一五回	津田、「愛と虚偽」について考える。	曾見人間今見天
9月10日	日	一一六回	**小林、病室に来る。**	絹黄婦幼鬼神驚
9月11日	月	一一七回	小林、岡本の財産を話題にする。	東風送暖暖吹衣
9月12日	火	一一八回	津田、小林のことばに強請りを感じる。	我将帰処地無田
9月13日	水	一一九回	小林、露骨に津田を強請る。	挂剣微思不自知　山居日日恰相同
9月14日	木	一二〇回	小林、お秀が吉川宅に行った意味を示唆する。	

9月15日	金	一二一回	津田、小林に金を遣る約束をする。**小林、病室から去る。**
9月16日	土	一二二回	お延、自宅にお秀が来たことを知る。
9月17日	日	一二三回	**お延、堀家にお秀を訪ねる。**
9月18日	月	一二四回	お延、お秀を見て、心ならずも当惑の色を示す。
9月19日	火	一二五回	お延が夫人の名を出すと、お秀の顔色に変化が生ずる。
9月20日	水	一二六回	お秀が口にした「愛」を、お延は利用しようとする。
9月21日	木	一二七回	お延、「愛」の議論によって、津田との関係を意識する。
9月22日	金	一二八回	お延、論戦の刺戟で事実の面影を突き止めようとする。
9月23日	土	一二九回	お延、お秀に憐れみを乞うてその顔色の変化を見る。
9月24日	日	一三〇回	**お延、地団太を踏んで、堀家を去る。**
9月25日	月	一三一回	**吉川夫人、病室に来る。**
9月26日	火	一三二回	夫人、津田がお延と共にお秀を苛めたと批評する。
9月27日	水	一三三回	夫人、津田がお延を大事にしすぎるという。
9月28日	木	一三四回	夫人、お延の「療治」を口にする。
9月29日	金	一三五回	夫人、津田がお延を大切にしている振りをしているという。
9月30日	土	一三六回	夫人、津田の為に出来ることが一つあるという。
10月1日	日	一三七回	夫人、清子の名を口に出す。
10月2日	月	一三八回	夫人、津田の未練を指摘する。
10月3日	火	一三九回	夫人、津田に清子と結婚しなかった理由を問う。
10月4日	水	一四〇回	夫人、津田に清子に会って未練の片をつけろと言う。
10月5日	木	一四一回	津田、温泉行を決める。
10月6日	金	一四二回	**吉川夫人、病室から去る。**
10月7日	土	一四三回	お延、電車に乗っている夫人を見かける。
10月8日	日	一四四回	お延、病院に来るなという津田の手紙を見て疑心を起こす。
10月9日	月	一四五回	**お延、病室に来て、津田を詰問しはじめる。**

素秋揺落変山容
思白雲時心始降
好焚香炷護清宵
飣餖焚時大道安
截断詩思君勿嫌
作客誰知別路賒

聞説人生活計艱
苦吟又見二毛斑
漫行棒喝喜縦横
擬将蝶夢誘吟魂
孤臥独行無友朋
大道誰言絶聖凡
欲求蕭散口須緘

朝洗青研夕愛鵞
閑窓睡覚影参差
誰道蓬莱隔万濤
不愛紅塵不愛林
逐蝶尋花忽失蹤
百年功過有吾知

非耶非仏又非儒
宵長日短惜年華
休向画龍漫点睛
詩人面目不嫌工

10月10日	火	一四六回	お延に夫人が来たことを指摘され、津田たじろぐ。	忽怪空中躍百愁
10月11日	水	一四七回	解説で、大きな自然がお延の小さな自然を蹂躙すると描く。	死死生生万境開
10月12日	木	一四八回	お延、津田の心の殻を破ろうとかまを掛ける。	途逢啐啄了機縁
10月13日	金	一四九回	お延、津田の本音を聞き、見識を捨ててすがりつく。	
10月14日	土	一五〇回	語り手は、「自然」は思ったほど残酷でなかったと評す。	
10月15日	日	一五一回	お延、温泉行の同行を願うが、津田は断念さす。	吾面難親向鏡親
10月16日	月	一五二回	第二の妥協の成立。**お延病室から去る。**	人間翻手是青山
10月17日	火	一五三回	津田退院	古往今来我独新
10月18日	水	一五四回	**津田、小林の送別会に出向く。**	旧識誰言別路遥
10月19日	木	一五五回	津田、フランス料理店で、小林と会う。	門前高柳接花郊
10月20日	金	一五六回	小林、レディと芸者の区別のなきことや、味覚を論ず。	半生意気撫刀鐶
10月21日	土	一五七回	小林、「余裕」論じて、津田の贅沢を批判する。	吾失天時併失愚
				元是一城主　元是喪家狗　元是錦衣子
10月22日	日	一五八回	小林、津田は追い詰められて小林の意見を思い出すという。	元是貧家子　元是東家子　元是太平子
10月23日	月	一五九回	小林、芸者と貴婦人の違いは無いと言う。	
10月24日	火	一六〇回	津田、小林に金を渡す。	
10月25日	水	一六一回	小林、津田に「夫らしさ」が問題だと忠告する。	
10月26日	木	一六二回	貧乏画家原が同席する。	
10月27日	金	一六三回	小林、津田に絵を買わせようとする。手紙を取り出す。	
10月28日	土	一六四回	津田、小林に見知らぬ少年の手紙を読まされる。	
10月29日	日	一六五回	津田、手紙を読んで、是も人間だと感じる。	
10月30日	月	一六六回	小林、津田から貰った金を原に与える。	
10月31日	火	一六七回	津田と小林、別れる。	(秋意蕭条在画中)
11月1日	水	一六八回	**津田、温泉行の汽車に乗る。**	(君臥一円中)
11月2日	木	一六九回	汽車の中で、二人連れの男と話す。軽便に乗り移る。	

11月3日	金	一七〇回	軽便脱線。車体を押す。	
11月4日	土	一七一回	停車場に降りる。町の様子を夢と感じる。	
11月5日	日	一七二回	馬車に乗り、清子と自分の関係を思う。**温泉宿に着く。**	
11月6日	月	一七三回	宿の湯壺で、自己対話をする。	
11月7日	火	一七四回	浴室に女が入ってくる。使用人から彼らの生活を聴く。	
11月8日	水	一七五回	**廊下で迷い、非日常の世界に入る。**	
11月9日	木	一七六回	**廊下で二階の清子と顔を合わす。**清子蒼白となる。	
11月10日	金	一七七回	室で自分を夢中歩行者と感じる。お延と清子の関係を思う。	
11月11日	土	一七八回	眼が醒め、大根を洗えば殺風景かも知れないと感ずる。	
11月12日	日	一七九回	語り手、湯壺での津田の意識の多様性を描く。	
11月13日	月	一八〇回	宿の下女から清子の噂を聞く。	自笑壺中大夢人
11月14日	火	一八一回	津田、果物籠に手紙を添えて、清子の部屋に届けさせる。	
11月15日	水	一八二回	津田、下女に伴われて清子の部屋に入る。	
11月16日	木	一八三回	縁側隅にいる清子を見出し、その所作に不思議の感を懐く。	
11月17日	金	一八四回	**津田、清子と対座。**その背後の黄葉の濃淡を眼にする。	
11月18日	土	一八五回	津田、清子が夫の関を話題にする余裕に不満を感ずる。	
11月19日	日	一八六回	清子、津田との出会いを津田の「待ち伏せ」と評す。	大愚難到志難成
11月20日	月	一八七回	津田、清子の意識が理解できず、その心理を問い正す。	真蹤寂寞杳難尋
11月21日	火	一八八回	津田、清子の微笑の意味を考えながら、自分の部屋に帰る。	

第二章　『明暗』と漢詩の「自然」

はじめに

大正五年八月二十一日、漱石は久米正雄・芥川龍之介宛書簡で、『明暗』を午前中書いており三、四日前からは午後の日課として漢詩を作っていると記し、自作の七言絶句「尋仙未向碧山行。住在人間足道情。明暗双双三万字。撫摩石印自由成。」を紹介して、「明暗双々といふのは禅家で用ひる熟字であります。」と説明し、その時の心境を次のように記している。「私はこんな長い手紙をたゞ書くのです。永い日が何時迄もつゞいて何うしても日が暮れないといふ証拠に書くのです。（中略）日は長いのです。四方は蟬の声で埋つてゐます」。漱石はこの手紙のなかで、『明暗』が「明暗双々」という禅の世界認識と結びついていることを明らかにしている。また、その後半で「永い日が何時迄もつゞいて何うしても日が暮れない」という禅的な時間意識（時間からの超越）にこの時点の漱石がいることを表明している。漱石はこの時期『明暗』の創作と平行して、このような禅の意識に基づく心境を七言律詩の中で詠い続けることになる。

漱石が『明暗』執筆時に七言律詩を書き始めたのは大正五年八月十四日夜からであり、その連作[1]は大正五年十一月二十一日で終わっている。『明暗』期の漢詩は七言律詩がほとんどで、例外的に右の七言絶句（「尋仙……」）を含め、七言絶句二首、五言絶句七首、古体詩一首があるのみである。漱石は何故『明暗』と平行して、この一定の時期のみ禅意識に彩られた七言律詩を連作したのであろうか。小宮豊隆は「(『明暗』を書くことで)漱石が『大いに俗了された心持』になり、それを洗ひ浄める為に、漢詩を作る事を日課にし始めた」[2]とされ、その見解は今でも定説に近いものとして存在する。それに対して漢詩の創作は『明暗』の内容と関わるのではないかという言及が早くから諸氏[3]にあるが、その相関関係は明らかになっていない。その理由の一つには、漱石が『明暗』を執筆した日付がはっきりせずそのため両者の内的繋がりが論じにくいことにあると考えられる。

ところで、近年加藤二郎は、論文「漱石の言語観――『明暗』期の漢詩から――」[4]で、『明暗』執筆期の漱石漢詩を検討され、この時期の漢詩が、「『明暗』の作者としての漱石の自照」であり、大正五年九月一日から始まる詩群には「ある持続的な思惟の流れ」があり、それが「造化自然そのものの自己表現」に関わる「漱石的な『自然』思想への深い思いであった」ことを論じられ、その上で「『自然』の問題は、『明暗』の一句一行のその行文、つまり創作の方法上の事柄であると共に、(中略)その作品の内容内実に連なる問題でもある」と、この時期の漢詩と『明暗』との関わりを指摘されている。本稿もまた、加藤が提起したような観点から、『明暗』と漱石漢詩の相関関係を考えようとするものである。

結論を先に記せば、『明暗』とこの時期の漢詩には、はっきりしたつながりが認められる。そのつながりから吉川幸次郎[5]・高木文雄[6]によって指摘されているとおり、七言律詩の連作が始まった大正五年八月十四日に『明暗』八十九回が執筆されていることは確実である。また漱石は一日に『明暗』を一回ずつ執筆しているので、その日を基点とした『明暗』各回執筆の日付けも推定できる(この作業はすでに高木(「柳のある風景」)によってなされている)。その場合も『明暗』各回と漢詩の内容とには相関関係を認めることが出来、その漢詩創作は『明暗』の創作方法と深く関わっていると考えられる。また漱石の七言律詩連作は『明暗』で津田が入院している期間(津田の病室と堀家の場面)に限定されており、漱石がこの一定期間のみ七言律詩を連作し続けた理由は、次のようなことにあったと考えられる。

津田の病室や堀家の場面では、主人公達の対話を通して彼らの我執に彩られた「知恵」から生ずる内面世界が描き出されているが、漱石はこの意識世界を客体化する原理として、彼らの背景に禅的な自然——彼らを黙照している自然物(柳・松・岩・水)・西洋洗濯屋の風景(白い干し物・赤レンガの倉庫・柳)・それらの本質的顕現である超自然的存在としての「大きな自然」などを配置している。[7] しかし漱石が登場人物たちの我執の世界に「俗了」されずに禅的価値観から彼らの意識を客体化し続けるためには、不断にその禅的な自然に身を置きその視線に己の意識を同化させる必要があった。漱石が津田の病室と堀家の場面を描きつづける間、禅に彩られた七言律詩を創作し続けた理由はこの点にあったと考えられる。本稿では以上の仮説を論じてみたい。

ところで、この時期における漱石漢詩の特色はそれ以前の漢詩に比し、禅的思惟が前面に出ているところにある。その禅的思惟の特色の一つは、宇宙の根元に存在する「自然」(=仏心)がこの世の存在物(自然物、風景、動物、人間)として顕現し、さらには、人間関係や運命を形成する力として立ち現れるというその世界認識にある。[8] 先に触れたように『明暗』の中では、禅的自然が主人公たちの内面世界を客体化する視線として様々な形で書き込まれている。[9] 留意すべきは、宇宙を創成する力としての禅的な「自然」が漢詩のなかで全面的に立ち現れている時期の漢詩と『明暗』各回とにははっきりした相関関係が認められることである。[10]

そこで右に記した仮説を論ずるに当たって、先ず『明暗』執筆と平行して七言律詩を創作し続けた時期の問題について検討し、ついで七言律詩に禅的な自然が全面的に立ち現われている時期をとりあげ、その時期の『明暗』と漢詩との関わりを見ていくことにしたい。

まず『明暗』執筆と平行して七言律詩を創作し続けた期間の問題についてみていきたい。

一

＊

漱石が七言律詩連作を開始した大正五年八月十四日に執筆した回は、早くは吉川幸次郎によって八十九回と推定されている。(11) その後高木文雄も「毎日確実に一章ずつ執筆されている」ことからこの章を八十九回であると割り出している。(12) 一方荒正人は、上記の推定に疑問を呈し、「作品の内容からは全く手掛りがない。また漢詩の内容とのつながりからも推定は困難である」として、「九〇章前後」としている。(13) しかし、八十九回と八月十四日の漢詩の内容とには明らかな繋がりがあり、七言律詩連作を始めた八月十四日に執筆した『明暗』の回が八十九回であることは確実であると考えられる。

八十一回から八十八回にかけてはお延と小林との対話・論争が描かれる。お延は自分と津田との関係を不作法に批評する小林に軽蔑を込めて応対するが、小林にお延の知らない津田の過去を匂わせられ心を乱される。彼はお延に「能《よ》く気を付けて他《ひと》に笑はれないようにしないと不可《いけ》ませんよ」と捨て台詞を吐いて帰っていく。お延は興奮のあまり泣き出し、津田の過去を知らずにはいられない状態となる。こうして八十九回では、津田の秘密を知る手掛かりをもとめて津田の部屋の中を探し出すお延の姿が次のように描かれる。

濡れた手巾《ハンケチ》を袂へ丸め込んだ彼女は、いきなり机の抽斗《ひきだし》を開けた。（中略）パナマや麦藁製の色々な帽子が石版で印刷されてゐる広告用の小冊子めいたものが、二人で銀座へ買物に行つた初夏の夕暮を思ひ出させた。其時夏帽を買ひに立寄つた店から津田が貰《もら》つて帰つた此見本には、真赤に咲いた日比谷公園の躑躅《つゝじ》だの、突当りに霞が関の見える大通りの片側に、薄暗い影をこんもり漂よはせてゐる高い柳などが、離れにくい過去の匂《にほひ》のやうに、聯想として付き纏はつてゐた。お延はそれを開いた儘、しばらく凝と考へ込んだ、それから急に思ひ立つたやうに机の抽斗《ひきだし》をがちやりと閉めた。（中略）お延は戸棚を開けて、錠を掛けたものは何処かにないかといふ眼付をした。

この場面で語り手は、津田の机の引出しをあけ、そこにあった「広告用の小冊子めいたもの」をみて、「それを開いた儘、しばらく凝と考へ込んだ」お延の姿を描き出している。お延が「しばらく凝と考へ込んだ」のは津田に対して疑いの心を持っていなかった幸福な時をかみ締めていたからであるが、語り手がお延の回想する「初夏の夕暮」に「真赤に咲いた」「躑躅」や「薄暗い影をこんもり漂よはせてゐる高い柳」が「付き纏はつてゐた」とわざわざ書き込んだ理由は何であろうか。

漱石は八十九回を書いた八月十四日の夜、次のような漢詩を作っている。(14)

幽居正解酒中忙
華髪何須住酔郷
座有詩僧閑拈句
門無俗客静焚香
花間宿鳥振朝露
柳外帰牛帯夕陽

幽居して正に解す　酒中の忙
華髪　何ぞ須《もち》いん　酔郷に住むを
座に詩僧有りて　閑《しず》かに句を拈《ひね》り
門に俗客無くして　静かに香を焚く
花間の宿鳥　朝露を振い
柳外の帰牛　夕陽を帯ぶ

随所随縁清興足　　所に随い　縁に随いて　清興足り
江村日月老来長　　江村の日月　老来長し

この詩の首聯で詠まれているのは漱石の（あるべき）心境であり、その心境は頷聯で、世俗から離れた「詩僧」の姿として形象化されている。さらに頸聯では、その具体的情景として「花」・「朝露」・「柳」・「夕陽」という花紅柳緑の世界が詠まれている。留意すべきは八十九回のお延の回想する「初夏の夕暮」に「付き纏はつてゐた」、「真赤に咲いた」「躑躅」や「薄暗い影をこんもり漂よはせてゐる高い柳」と、この漢詩の頸聯における「夕陽」・「花」・「柳」とのイメージの繋がりである。この繋がりは津田に対して疑いを知らなかったお延の純一無雑な心の状態を、語り手が漢詩の世界における花紅柳緑の世界と結びつけて表現していることを示している。語り手は漢詩の花紅柳緑の世界と繋がる純一無雑な心をお延が持っていたことを確認し強調しているのである。このイメージの繋がりは漱石が八十九回をこの漢詩を創作した八月十四日に執筆したことを意味しているのである。

＊

漱石が八十九回を書いた夜から七言律詩を書き始めた理由を考えてみたい。

お延は体面を重視し己の内面の真実に生きることの大切さに気付いていない女である。しかし八十九回のお延はその意識に制限を持つとはいえ、主観的には一生懸命である。お延の内面に身をおいている作者漱石は、その一生懸命さには同情しその内面の制限を冷徹に暴き出す筆は鈍りかねない。漱石のこの日の漢詩の創作は、禅の真実世界――花紅柳緑――とお延の内奥にある人間的真実との繋がりを確認し、そのことで個人的な好悪の批評や同情の言辞を差し挟むことなくお延の我執にかられた言動をありのままに描き出すという『明暗』の手法を徹底させる決意の現われであったと考えられる。

この場面でお延は自分の内部にあるその純一無雑な心に蓋をして己の疑心に身を任せて津田の秘密を探し出そうとする。このお延の姿を語り手は、「お延は戸棚を開けて、錠を掛けたものは何処かにないかといふ眼付をした」と描写する。ここには、花紅柳緑という禅的価値観に彩られた語り手の視線によって、疑心に駆られたお延の姿が客体化されて描き出されているのである。すなわち先に見た詩の頷聯に詠まれた世俗とはなれた詩僧の澄んだ意識は、八十九回の疑心に駆られたお延の姿を客体化して描き出している漱石の意識であり、それは漱石が『明暗』の語り手に与えた視線であると考えられる。

『明暗』は九十一回から津田の病室を中心とする登場人物たちの徹底した心理分析が始まる（九十回は繋ぎの場面）。それにあわせて漱石は禅的色彩の濃い七言律詩を連作し始める。この事を考えるならば、漱石が八十九回を書いた時点から七言律詩を『明暗』と平行して書き始めた理由は、津田の病室を舞台とするお延を含めた主人公達の「百鬼夜行」の内面世界に筆を進めるにあたって、七言律詩を創作しつづけることによって己の意識を禅的価値観に徹底させ、その立場から主人公の醜悪な内面世界を客体化するためであったと考えられる。

*

漱石が七言律詩の連作を終えた理由を考えてみよう。漱石は八十九回を書いた八月十四日から七言律詩を書き始め、午前中は『明暗』を執筆し午後に七言律詩を創作する生活を続けることになるが、その七言律詩の連作は十月二十一日で終わっている。その後の七言律詩は十一月十三日（「自笑……」）十一月十九日（「大愚……」）十一月二十日（真蹤……）に散発的に創作されているのみである。角田旅人は「『日課』としての漢詩作りは、いわば第二のステージの絶三首までで一つのステージを終っており、ほぼ三週間をあけての十一月中旬の三首は、いわば第二のステージのものと見え、別に扱う配慮も必要と思われる[15]」と指摘されている。氏のいわれるようにその連作は七言律詩についていえば十月二十一日までと考えられる。

留意すべきは、七言律詩連作の最後となる詩（「吾失天時併失愚」）を創作した十月二十一日とその翌日には、五言絶句を三首ずつ連作していることである。それ以降は漢詩の創作としては、十月三十一日、十一月一日に、雲水鬼村元成・富沢珪堂のために創作した二首の絶句があるのみである。したがって十月二十一日二十二日の五言絶句の創作には漱石における七言律詩連作の区切りの意識があったと考えられる。

七言律詩の連作が終わる五日前の十月十七日には漱石は百五十三回（津田の退院）を執筆し、十月二十日の百五十六回からはフランス料理店で落ち合った小林と津田との会話が始まっている。したがって百五十三回で津田の退院を描いた後新しい場面の開始と同時に、漱石は意識的に七言律詩の連作を終えたと考えられる。

漱石が小林の送別会の場面から七言律詩を創作しなくなった理由には様々な要素が考えられよう。しかし『明暗』の構造という点からするならば、この場面では不遇の青年画家原や、小林が津田に読ませる手紙には絶望の淵にある少年が登場し、彼らが津田の虚飾に彩られた自己本位の意識の特色を浮き彫りにする存在として機能している（小林もまた彼らの代弁者として登場する）。またその後の津田の温泉行きの場面では、津田は禅的世界に入り込み、その体現者としての清子が津田の意識の多層性を照らし出す存在として登場する。[16] それ故これらの場面では、津田の意識を客体化する原理としての漢詩の創作を必要としなかったと考えられる（角田に指摘があるように十一月十三日（「自笑……」）十一月十九日（「大愚……」）十一月二十日（「真蹤……」）の七言律詩の位置付けは別の観点から考える必要があろう）。

以上のことを考えるならば、七言律詩の連作は、『明暗』において病院を舞台とした津田を中心とする登場人物たち（お延・お秀・小林・吉川夫人）のその意識世界における「百鬼夜行之図」描写の始まりと共に（正確にはその直前から）開始され、その描写の終わりと共に（正確にはその直後に）終了していることが知られるのである。

二

次に七言律詩のなかで禅的な自然が全面的に立ち現われている例としてまず大正五年九月一日から、九月十日までにおける七言律詩を取りあげ、それらの詩と『明暗』との関係を取り上げてみたい。加藤二郎によってすでに指摘があるように、漢詩の中で万物を自ら創り出す力としての禅的な自然が漢詩のテーマとして全面に描かれだすその最初は、大正五年九月一日の詩（「不入青山……」）である。この自らなす力（自然）は、九月二日の詩（「大地従来日月長……」）、九月三日の詩（「独往孤来俗不斉……」）に連続して描かれ、九月五日の詩（「絶好文章天地大……」）、九月六日の詩（「虚明如道夜如霜……」）に於いてその描写はピークに達する。

漱石は九月一日には百七回、二日には百八回、三日には百九回を執筆しており、それらの回はお秀が津田の前に置いた金包みをめぐって繰り広げられる津田夫婦とお秀との戦いのピークである。漢詩においてこの自らなす力としての禅的な自然が集中して詠われている詩の一群を創作した時期と、『明暗』において津田夫婦とお秀との間で醜悪な対話が繰り広げられる場面を描いた時期とは重なっている。このことは津田夫婦とお秀との戦いを描くにあたって、漱石が漢詩の中で詠っている禅的自然の立場を己の立場として確認し、その立場からこれらの場面を描いていることを示しているのである。また九月五日に執筆された百十一回の内容は、お秀が帰った後の津田とお延の和合の描写であるが、ここではその和合がそれ以前における三人の論争が生み出す必然性によって作り出されていることが強調されており、その必然性が百十三回では「自然の力」であると記されている。すなわちこの場面の二人の和合を作り出しているものは、九月五日の詩に詠まれた世界を創り出しかつ黙照している禅的な自然の現われと重なっていると考えられる。また九月六日の百十二回は、その時のお延の心理――自分の行為が夫に感謝されるように嘘を言いつづけるお延の心理――を語り手が全知的立場から分析している場面であるが、この語り手の全知的立場もまた九月五日や六日の詩に詠まれている自然の立場（万物を創り出しかつ照らし出している禅的自然の本質）と結びついていると考えられる。

ところで、漢詩で自らなす力としての自然の描写のピークは九月五日、六日であるが、そのピークの直後九月七・八日には漢詩を創作していない。九月七日は木曜日で、木曜会の開催がこの日漢詩を創作していないことの大きな理由と考えられる。しかし興味深いことに、七言律詩を創作していない九月七日の百十三回、九月八日の百十四回では、今まで漢詩に詠まれていた禅的な自然（人間の行動を突き動かす力）が『明暗』のなかで具体的姿として登場している。九月七日に漢詩を創作していない理由はこのこととも関係していると考えられる。

百十三回ではお秀が帰った後の「何時になく融け合つた」津田とお延の意識が描かれる。そこで語り手は津田の意識の変化を、「努力もなく意志も働かせずに、彼は自然の力で其所《そこ》へ押し流されて来た。用心深い彼をそつと持ち上げて、事件がお延のために彼を其所《そこ》迄運んで来て呉れたと同じ事であつた」と描いている。語り手は「自然」が津田の意識にあるお延に対する構えを取り払ってくれたと説明しているのである。また「（お延が見た）夫の態度には自然があつた。」とも描いており、「自然」は、外側から見れば人間の意識を変化させる外在的力であり、内側からすれば自分の内部にある必然性として立ち現われているものであることが示されている。続いてお延の意識の変化も次のように描き出している。「お秀との悶着が、偶然にもお延の胸にある此扉を一度にがらりと敲《たゝ》き破つた。しかもお延自身毫も其所に気が付かなかつた。彼女は自分を夫の前に開放しようといふ努力も決心もなしに、天然自然自分を解放してしまつた。だから津田にも丸で別人のやうに快よく見えた」。語り手の説明によれば、お延の場合も津田の場合と同様、自然の力で津田に対するいつもの構えが取り払われて津田との和合が成立したのである。この回ではこの時期の七言律詩に詠われている人間の行動を突き動かす力としての「自然」がたち現われているのである。

百十四回では、お秀との衝突がもたらすであろうさまざまな摩擦を防ぐ方策を考えている津田の姿が描かれているが、その場面では禅的な自然は病室の外の風景――秋空の下で風に靡く西洋洗濯屋の白い干し物や柳――として描きこまれている。この場面で津田はこの風景を見ているのであるが、しかしこの風景は、津田には意味を持たないことが強調されている。その風景は津田の眼に映ってはいるが、津田にはその意味（自分を黙照している「自然」であること）が理解できない存在として立ち現われている。この回では七言律詩に詠まれている黙照する自然が柳や西洋洗濯屋の風景として書き込まれているのである。

右に見たようにこの両日に執筆した『明暗』の回（百十三・百十四回）では、漢詩に詠まれている「自然」が『明暗』のなかに移っており、そのためこれらの日では漱石は漢詩で自ずからなす力としての自然を描く必要がなかったと考えられる。

さて九月十日執筆の百十六回からは病室に小林が登場し小林と津田との対話が描かれることになるが、その最初の回である百十六回では、小林が現れる直前の場面で作者は再び洗濯屋の白い干し物と赤い倉庫をぼんやりと見ている津田の姿を描写する。そしてその後小林が登場し津田と小林との対話を通して二人の内面が描き出されることになる。ここでも禅的な自然は病室で行なわれる津田と小林の醜悪なる対話を黙照する存在（津田の病室の外に存在する洗濯屋の白い干し物・赤い倉庫・緑の柳）として登場する。語り手はこの禅的な自然の視点と同じレベルから、これから始まる津田と小林との対話を客体化して描き出そうとしているのである。この場面でも漢詩で詠われている禅的な自然が、病室の津田と小林の姿を黙照している洗濯屋の風景として描き込まれているのである。

右に見たように、七言律詩の中で禅的な自然が全面的にたち現われている時期に執筆された回には、これらの漢詩で詠われている自然が主人公達を突き動かす力（必然性）として、あるいは主人公達を黙照する病室の外の風景としてたち現われているのである。明らかにこの時期の七言律詩に詠まれている禅的な自然と『明暗』の内容は繋がっているのである。

三

次に七言律詩の中で禅的な自然が全面的に立ち現われている時期のもう一つの例として、十月九日から十月十五日までを取りあげ、その時の七言律詩と『明暗』の繋がりを考えてみたい。

＊

漱石は十月九日、『明暗』百四十五回を書いている。この回は津田が看護婦と雑談している時にお延が現れ今日来てはいけないという手紙をよこした理由を問いただし、津田がやりそこなったと自覚し嘘をつく場面である。そしてこの回から津田の秘密を知るために嘘や駆け引きを駆使したお延の、あらん限りの「知恵」を働かす場面が始まる。百四十五回から百五十二回までの津田の秘密を知るために「知恵」の限りを尽すお延の戦いの描写において、漱石はその背景に「大きな自然」を書き込んで、その「大きな自然」の意志との関係で二人の言動を説明し批評している。最初の百四十五回には直接「大きな自然」は描かれていないが、百四十五回を執筆した十月九日漱石は次のような七言律詩を創作している。

詩人面目不嫌工　　詩人の面目　工《たく》みを嫌《いと》わず
誰道眼前好悪同　　誰か道《い》う　眼前の好悪同じと
岸樹倒枝皆入水　　岸樹　枝を倒《さかしま》にして　皆水に入り

野花傾萼尽迎風　　野花　萼《がく》を傾けて　尽《ことごと》く風を迎う
霜燃爛葉寒暉外　　霜は爛葉を燃やす　寒暉《かんき》の外
客送残鴉夕照中　　客は残鴉《ざんあ》を送る　夕照の中
古寺尋来無古仏　　古寺尋ね来たるも　古仏無く
倚筇独立断橋東　　筇《きょう》に倚《よ》って独り立つ　断橋の東

この詩の大意[17]は次のようなことにあろう。

首聯では、自然は天然の「詩人」であり「工《たく》み」をこらして美しい風景を作り出すが、人はその見事さに感嘆せざるを得ないことを詠う。頷聯では、岸樹が「水に入る」ために枝を倒にし、野花が「風を迎う」ために萼を傾けるという景は、岸樹や野花（小さい自然）が自分の外にある大きな自然に従う姿であることを詠う。頸聯では美しい晩秋の景色は「寒暉」（寒寒とした日の輝き）という厳しい自然の営みのなかで霜が葉を「爛」いて出現するのであり、人は容易にこの自然とは一体になることは出来ないことを詠う。尾聯ではこの自然と一体となろうとして禅の修行を志したが、しかしその修行はたった一人で歩まねばならぬ孤絶の道であり、その道の遠さを思わずにはいられないという作者の気持を詠う。

留意すべきはその頷聯と頸聯であろう。岸樹・野花は自然の意に一致しようとして生きており、「爛葉」は「大きな自然」の意によって霜に焼かれる「小さい自然」である。「大きな自然」が創り出す風景とは「小さい自然」にとっては厳しさを意味している。この詩の頷聯と頸聯には、このような「大きな自然」と「小さい自然」との関係こそが美しい風景の示す真実相なのだという作者漱石の思いが重ねられている。

漱石は十月九日に何故このような漢詩を詠んだのであろうか。それは漢詩に詠まれた岸樹・野花・爛葉の姿に、漱石がこの日に執筆した『明暗』のお延の姿を重ねあわせ、漢詩の中で午前中に書いたお延への思いを表明せずにはいられなかったからである。漱石のこの時の作家意識をこの日に詠んだ漢詩の内容と関連させて表現するならば次のようなものであったと考えられる。——「大きな自然」は岸樹・野花・爛葉を自分の意に一致さすことによって美しい風景（真実相）を創り出す。同様に人間の醜い駆け引きや虚偽の言動もまた「大きな自然」の作り出している「工《たく》み」の現われであり、それはより高次な真実相を顕現させるための踏まねばならぬ経路なのだ。自然の美しい風景と違って津田とお延の醜い駆け引きには嫌悪を感じるが、しかし人間の駆け引き（＝虚偽）をその根元が「虚無」であるとしてどうして達観することが出来ようか。自然はお延や津田のうちにある本当の意識（本来の面目）に彼らを目覚めさすために、彼らに嘘をつかせ駆け引きをさせているのだ。岸樹や野花が自分の「小さい自然」にしたがって精一杯生きているように、お延もまた自分の「小さい自然」に従って一生懸命なのだ。自分もまた詩人である以上、自分の立場を「大きな自然」（天）と一致させその立場から津田やお延の「本来の面目」（＝内的真実）を描くために、その醜い二人の意識の具体的ありよう（嘘・駆け引き）を一つの風景として描くのである。

右に見てきたように、十月九日の七言律詩創作には、漱石が百四十五回からお延のすさまじい「知恵」のありようを描き出し始めるにあたって、この駆け引きもまた「大きな自然」の作り出している「工《たく》み」なのだとする漱石の作家意識の確認があったと考えられる。

＊

百四十七回では今まで七言律詩のなかで詠まれていた「自からなす力としての自然」が姿をあらわす。そこで百四十七回に描かれた自然と漢詩に詠まれた自然とのかかわりを考えてみたい。

（お延に吉川夫人の来たことをかぎつけられた津田は、夫人から温泉行きを勧められたことのみを話しそれ以外のことは隠し続ける。お延にあっては自分の疑いを晴らすために「真実相」を知る必要があった。）

彼女は前後の関係から、思量分別の許す限り、全身を挙げて其所《そこ》（真実相――筆者）へ拘泥《こだわ》らなければならなかつた。それが彼女の自然であつた。然し不幸な事に、自然全体は彼女よりも大きかつた。彼女の遥か上にも続いてゐた。公平な光りを放つて、可憐な彼女を殺さうとしてさへ憚《はゞ》からなかつた。

彼女が一口拘泥るたびに、津田は一足彼女から退ぞいた。二口拘泥れば、二足退いた。拘泥るごとに、津田と彼女の距離はだん〳〵増して行つた。大きな自然は、彼女の小さい自然から出た行為を、遠慮なく蹂躙した。一歩ごとに彼女の目的を破壊して悔いなかつた。彼女は暗に其所《そこ》へ気が付いた。けれども其意味を悟る事は出来なかつた。彼女はたゞそんな筈はないとばかり思ひ詰めた。さうして遂にまた心の平静を失つた。

右は、『明暗』の中で禅的自然の本質的性格がはっきり描き出されている場面である。重要なのは傍線部である。そこでこの傍線部の意味を次の三点――(1)「大きな自然」と「小さい自然」の関係、(2)「公平な光を放つて、可憐な彼女を殺さうとしてさへ憚からなかつた」という意味、(3)「自然」に対する語り手の位置、を通して検討してみたい。

(1)の問題――「大きな自然」と「小さい自然」との関係について

『明暗』の中では百四十七回で突然語り手によって「大きな自然」「小さい自然」といった言葉が使われ、読者を戸惑わす。しかし漱石の意識にあっては、この概念は『明暗』の背景として設定され、漢詩の中で詠みこんで来た禅的「自然」の具体的姿の現れに過ぎない。

この関係はすでに十月九日の漢詩と百四十五回との関係で触れたが、百四十七回を執筆した日に創作した漢詩でもこの禅的自然の具体的あり様が詠まれている。ここでは百四十七回を執筆した日（十月十一日）に創作した次の七言律詩を考えてみよう。

死死生生万境開　死死　生生　万境　開き
天移地転見詩才　天移り　地転じて　詩才を見《あら》わす
碧梧滴露寒蟬尽　碧梧　露を滴らせて　寒蟬　尽き
紅蓼先霜蒼雁来　紅蓼　霜に先だちて　蒼雁　来たる
冷上孤幃三寸月　冷は上る　孤幃《こい》　三寸の月
暖憐虚室一分灰　暖は憐れむ　虚室　一分の灰
空中耳語啾啾鬼　空中に耳語す　啾啾の鬼
夢散蓮華拝我回　夢に蓮華を散じ　我を拝して回《かえ》る

右の大意は次のようなことにあろう。

首聯では、自然は万物の死と生を通してさまざまな景を作り出しその変化の妙の中に自然の詩才（造化の力）が現われていると詠い、頷聯ではその具体的風景――季節が移れば蟬も死に絶え、紅く色づいた蓼も霜が降りれば枯れてしまうが、そのかわりに雁が飛来し辺りは冬景色になるという季節の変化――を詠う。頸聯では作者が禅定に入っている人気のない部屋のありさまが、尾聯では作者が到達した悟りの段階が詠まれている。頸聯と尾聯との関係からすれば、首聯と頷聯に詠まれている風景は禅定に入っている作者の心のうちでのみ現われる自然の姿である。

留意すべきは、この詩の首聯と頷聯に詠われている季節をつかさどる自然とその自然によって生と死を与えられる「寒蟬」や「紅蓼」との関係が、『明暗』に描かれる「大きな自然」とお延の「小さい自然」との関係と重なっていることである。

この詩の頷聯で詠われている蟬や蓼は「大きな自然」によって生が与えられ、その生（「小さい自然」）に従って一生懸命生きている存在である。しかしその蟬や蓼のうちにある「小さい自然」は彼らの外側の「大きな自然」の一部であり、その「大きな自然」は蟬に死を与え蓼を枯らせ、雁を飛来させるという行為、すなわち「万物の死と生」を通して「万境」を開いていく（景色を彩り変化させていく）のである。

漱石は百四十七回で、「大きな自然は、彼女の小さい自然から出た行為を、遠慮なく蹂躙した」と描いた当日、「大きな自然」と「小さい自然」との関係を意識したこのような漢詩を創作しているのである。このことは、百四十七回のお延の「小さい自然」とその上に位置する「大きな自然」という関係には、この詩に詠まれた自然のイメージ――宇宙の運行をつかさどっている「大きな自然」によって、その限られた生（小さい自然）を生きている「寒蟬」や「紅蓼」は死を与えられ、それを前提として、新しい風景が生み出されていくというイメージ――が重ね合わされていたことを示しているのである。

⑵の問題――自然が「公平な光りを放つて、可憐な彼女を殺さうとしてさへ憚からなかつた」という記述の意味について

当然のことながら百四十七回の自然はそれ以前に創作した七言律詩の自然とも密接な関係がある。自然が「公平」であることは大正五年九月二日の漢詩で詠われている。まずこの詩からみてみよう。

大地従来日月長　　大地　従来　日月長し

普天何処不文章
雲黏閑葉雪前静
風逐飛花雨後忙
三伏点愁惟泫露
四時関意是重陽
詩人自有公平眼
春夏秋冬尽故郷

普天　何れの処か　文章ならざらん
雲は閑葉を黏《でん》して　雪前静かに
風は飛花を逐いて　雨後忙し
三伏　愁いに点ずるは　惟《た》だ泫露
四時　意に関するは　是れ重陽
詩人　自《おのづか》ら有り　公平の眼
春夏秋冬　尽く故郷

この詩の首聯ではこの天地に存在するものすべては自然の綴った文章（創造物）であることを述べ、頷聯では冬・春の景物、雲・風の意のありように焦点を当て、頸聯では夏・秋での自然の意のありどころを示し、尾聯ではその自然は四季のありように公平な目を注いでいることを詠っている。

留意すべきは、この漢詩の尾聯で「詩人自ら有り公平の眼」（「詩人」=「自然」）と詠っている「自然」と、百四十七回で「自然全体は……公平な光りを放つて」と記している「自然全体」との関係である。結論を先に示せば両者は同一である。

九月二日の漢詩における閑葉・飛花は自然そのものであり、それを動かし一つの季節の景を創り出す雲や風も自然そのものである。これを『明暗』の言葉に即するならば、前者は「小さい自然」であり、後者はその「小さい自然」と繋がりながらその上にあってその「小さい自然」を突き動かしていく「大きな自然」ということになろう。しかし同時に両者は共に同じ自然であり、この両者の働きによって季節を作りその景を出現させるのである。この詩にはこのような禅的な世界観が描かれているが、この視点から『明暗』のこの場面を見ると、この場面は次のような構造をあらわしてくる。この詩で花びらや葉が風や雲によって動かされ一つの景を作っていくことが詠われているように、お延の言動（小さい自然）もその上にある「大きな自然」によって突き動かされ、究極的にはあるべき状態に移っていく。お延の制限ある一生懸命な行動はその一こまに過ぎない。語り手が、お延の主観的には一生懸命な行為（しかし他者から見れば、我執に基づいた醜悪な行為）を「自然」が「蹂躙」していると描き出し、それを「自然」の「公平な」態度によるとして描き出しているのは、右に見た禅的な自然観を前提としているからなのである。このことを考えるならば、この詩の尾聯で「詩人自ら有り公平の眼」と詠っている「詩人」（＝自然）と、百四十七回で「公平な光りを放つて、可憐な彼女を殺さうとしてさへ憚《はゞ》からなかつた」と描写している「自然全体」は同一のものであり、百四十七回に現れている超自然的な存在としての「大きな自然」が、漢詩で詠われている禅的世界における「自然」（＝仏心）の本質的姿の顕現であることが理解されるのである。

　それでは自然が「公平な光りを放つて、可憐な彼女を殺さうとしてさへ憚からなかつた」という記述にはどのような意味がこめられているのか。「光りを放つて」という表現についていえば、（禅的世界においては）光を放つものは仏心（＝大きな自然）であり、それは黙照することと同じである。「大きな自然」はお延の言動を光を放って照らし出している（＝黙照している）のであるが、このことは同時に「大きな自然」がお延を彼女の意志とは離れた次元においてさまざまな要因を通して突き動かしていくことでもある。語り手はこのような超自然的な「自然」（＝現代の用語で言えば諸要因によって生ずる必然性）がお延を「黙照」しかつ突き動かしあるべき真実相へと彼女を導いていく状態（＝お延の我執に彩られた「知恵」に死を与え、彼女を内的真実（徳）に生きさせようとする〈自然〉の意志）を、「（自然全体は）公平な光りを放つて、可憐な彼女を殺さうとしてさへ憚からなかつた」と表現しているのである。

⑶の問題——「自然」に対する語り手の位置について

大正五年九月六日の詩の首聯に「虚明道の如く　夜霜の如し」とあるように、この世の存在すべてを照らし出す「自然」（＝仏心・虚明）は公明正大であると同時に秋霜烈日という厳しい側面を持つ。百四十七回のお延は主観的には一生懸命である。しかし津田を自分の力で愛させようとするお延の行為は人間の内部から湧き出る行為ではなく我執に基づく行為でしかない。それゆえに津田が自分を愛するようになるという状態は、彼女が自分の知恵でそこへ津田を導こうとすればするほど彼女の主観的意図に反してますます彼女から遠ざかってしまうのである。語り手はこのような目的と結果との不一致への彼女の思いを「彼女はたゞそんな筈はないとばかり思ひ詰めた」と描き出している。語り手はこのような彼女の意図と結果との関係を、禅の枠組みから光を当て「大きな自然」は「公平な光りを放つて、可憐な彼女を殺さうとしてさへ憚《はゞ》からなかつた。」「彼女の小さい自然から出た行為を、遠慮なく蹂躙した。一歩ごとに彼女の目的を破壊して悔いなかつた。」と描き出し、「大きな自然」が彼女の言動に対して厳しい態度をとっていることを示すのである。

このことは語り手がお延の意識の制限——我執に彩られた知恵に支配されているお延には人間同士の「愛」は自然な信頼の中から生まれるものであり、知恵によっては作り出せないことが分からないという制限——にアクセントを置いて描いていることを示している。

右に見たように、『明暗』の語り手は禅的な思考（その「自然」観）の枠組みを通してお延の制限を冷徹に描き出している。しかしそれにもかかわらず語り手の視野にはお延に対して峻厳な態度をとる「自然」とは異なる要素がある。

語り手は「大きな自然」を「公平な光りを放つて、可憐な彼女を殺さうとしてさへ憚からなかつた。」「彼女の小さい自然から出た行為を、遠慮なく蹂躙した。一歩ごとに彼女の目的を破壊して悔いなかつた。」と描き出しているのであるが、留意すべきはその自然の峻厳さを描く描写の中の傍線部の言葉である。この語り手の言葉には自然の峻厳さとは距離をおき、お延の可憐な一生懸命さに同情し「自然」の過酷さに抗議しお延に手を差し伸べずにはいられない語り手の気持が現れている。もちろんこの言葉は「可憐」は「可憐」としてそのまま認める禅の意識の枠内から大きく出るものではなく禅的な思考を批判的に捉えるという性質のものではない。しかしここには禅の「虚」とは異なる、お延の「生」の尊さを主張しその一生懸命さに同情する語り手の視線が立ち現れているのである。(18)

語り手の内部にはあきらかに二つの異なる視線が共存している。一つは禅的世界認識の立場からお延の言動を客体化して描き出そうとしている視線であり、もう一つはお延の制限を認識しつつもしかしそのお延の一生懸命な態度に同情を寄せ、手を差し伸べずにはいられない温かい眼差しである。この二つの視線がお延の描写の中で交差し、その内面を立体的に浮かび上がらせているのである。

ここには禅の枠組みに縛られない漱石の強靭な作家精神が現われていると考えられる。

右に『明暗』百四十七回に登場する「自然」の性格の特徴を漢詩に詠われている「自然」との関係で考えてきた。百四十七回に描かれている自然は漢詩に詠われている禅的世界における自然(超自然的存在)が、『明暗』のなかに移ったものであった。それでは何故漱石は漢詩で詠っていた「大きな自然」(=万物を創生する力)を『明暗』のこの場面で登場させたのであろうか。その理由を考えるにあたって留意すべきは次の諸点である。①この自然はお延には認識されず語り手の意識においてのみ立ち現われるものであること。②語り手は自然の意志と行為を描くのみで語り手自身のお延に対する批評はしていないこと。③語り手は自然の立場に身をおき、己のお延に対する批評を自然の意志とその行動のうちに代弁させていること。これらの点に留意するならば、『明暗』における「大きな自然」の描写は、作家の個人的好悪の批評をさしはさむことなく登場人物を客体化して描くという『明暗』の手法――その登場人物の意識の描き方――と関係していることが知られる。すなわち作者が語り手を通して直接登場人物の意識のありようを批判するのではなく、禅的世界の「自然」を人格化して『明暗』のなかに描き込み、その「自然」の意志とお延の意識とを交差させることでお延の意識の特徴を浮かび上がらせているのである。このような『明暗』の手法がこの場面では如実に現われているのである。

＊

百四十八回・百四十九回はお延の津田に対する戦いのピークである。

百四十八回で津田の態度に「明らかな秘密」を感じたお延は「夫の掛けた鎌を外《はづ》さずに、すぐ向ふへ掛け返」す。お延は「出鱈目《でたらめ》」を口にし、さらには泣きながら体面を維持したいという本音を吐き、その涙と本音を武器にして津田を「突き破」ろうとする。津田はお延の涙と本音に気を許しお延が話さなければ知らないはずのお延とお秀との会見を口にし窮地に陥る。しかし「偶発の言訳が偶中の功を奏し」、その場を誤魔化し通すことが出来た。百四十九回ではお延の「(あなたは私を)気の毒だとも可哀相だとも思つて下さらないんです」という訴えに、津田は「塞《つか》へ」、次のようなお延に対する本音を口にする。「――いくら思はうと思つても。――思ふ丈の因縁があればいくらでも思うさ。然しなけりや仕方がないぢやないか」。津田のこの本音を聞いたお延は「緊張のために顫《ふる》へ」、いつもの「見識」をかなぐり捨てて「弱さ」をさらけ出し「安心しろと云つて下さい」と訴える。そして津田から「安心をしよ」という言葉を引き出すや「ぢや話して頂戴。(中略)隠さずにみんな此所で話して頂戴」と津田を突き破りかける。しかし津田の中では「利害心」が「道義心」を抑え「体面」のレベルでは「大丈夫だ」と口で誓うという「妥協」を提案する。この「妥協」という言葉に津田の本音を感じ取ったお延は気持が静まっていく。語り手はこのときの二人の意識の動きとその意味を百五十回で克明に分析して読者に示すのである。

漱石は百四十八回を執筆した十月十二日次のような七言律詩を創作している。

途逢啐啄了機縁
殻外殻中孰後先
一様風旛相契処
同時水月結交辺
空明打出英霊漢
閑暗踢翻金玉篇
胆小休言遺大事
会天行道是吾禅

途《みち》に啐啄《そったく》に逢いて　機縁を了す
殻外　殻中　孰《いず》れか後先
一様の風旛《ふうはん》　相契《かな》う処
同時の水月　交りを結ぶ辺《あたり》
空明　打出す　英霊漢
閑暗　踢翻《てきほん》す　金玉篇
胆小なるも　大事を遺《わす》ると言う休《な》かれ
天に会して道を行うは　是れ吾が禅

首聯・頷聯では、禅における悟りの機縁とその場所（空間）を詠い、頸聯ではその悟りの世界に入ってのみ知ることの出来る明と暗の世界を詠う。――明と暗の世界（＝自然）の「明」は英霊漢をもたたき出すのであり、その「暗」は文字によっては表現出来ない世界であり、文字によってその真実相を表現しようとする文学作品をけ飛ばすのである。尾聯では漱石の立場が次のように詠われている。――自分は文字によって真実相を見極めようとする「胆小」な作家に過ぎないが、しかし明暗の根本を忘れていると言わないでほしい。天（＝明と暗の世界＝自然）と一致してその天の立場から道を体現するのが私の禅なのだから――。

その尾聯と百四十八回から百五十回までとの関連を考えてみよう。百四十八・百四十九回では津田の防衛線を渾身の力で突破しようとするお延の知恵の限りを尽したすさまじい嘘・駆け引き・涙と本音を駆使した戦いが描かれる。技巧を尽したお延の攻撃と津田の必死の防戦のありさまが、二人の会話を中心に語り手の好悪の評価によって彩られることなく淡々と描かれていく。そして百五十回では語り手によるこの場面の津田とお延の戦いの分析――津田の意識に生ずるお延に対する軽蔑と同情、お延の後悔と夫に対する「気の毒」という感じを持ちえた経緯とその意義などが詳細に分析され示される。そしてお延の意識の分析において、語り手は「仕合せな事に自然は思つたより残酷でなかつた」と書き込んでいる。語り手のお延と津田を分析する立場は「自然」の意志を代弁する立場にいるのである。『明暗』の語り手は「自然」と同じレベルにあり、その平面から津田とお延の意識の意味を分析して読者に示している。このような百四十八回から百五十回の描き方を考えれば、この詩の尾聯には次のような漱石の作家意識が表明されていることが理解できる。――私は語り手の立場を天（＝明と暗の世界＝自然）の立場と一致させ、自分の個人的な好悪の判断を加えることなく天（＝自然）の視点から津田とお延の意識の動きを客体化して描き、かつその意味を分析して表現するのである。それが『明暗』の手法なのだ。――

以上のことを考えるならば十月十二日の漢詩では百四十八回から百五十回の、津田とお延の意識を描き出す作者漱石の立場が詠われているといえるのである。

＊

漱石は百四十五回から百五十回にかけてお延と津田の戦いを描ききった。しかし百五十一回では、津田の温泉行きにお延もついて行くという言葉を切っ掛けに津田の誤魔化しが行き詰まり、収まりかけたお延の気持に再び波乱が起こりそうになる。語り手はその回を「けれども自然は思つたより頑愚《かたくな》であつた」という言葉で始めている。こうして百五十一回ではその二人の意識の波乱の余波をも執拗に描写しつづける。この百五十一回を執筆した十月十五日には次のような漢詩を創作している。

吾面難親向鏡親
吾心不見独嗟貧
明朝市上屠牛客
今日山中観道人
行尽邐迤天始闊
踏残峆嶝地猶新
縦横曲折高還下
総是虚無総是真

吾が面《おもて》は親しみ難く　鏡に向かって親しむも
吾が心は見えず　独り貧しきを嗟《なげ》く
明朝　市上　屠牛の客
今日　山中　観道の人
邐迤《りい》を行き尽くして　天　始めて闊《ひろ》く
峆嶝《こうとう》を踏み残《やぶ》りて　地　猶お新たなり
縦横　曲折　高く　還《ま》た下《ひく》く
総べて是れ虚無　総べて是れ真

首聯・頷聯では悟りを開いたつもりになっていた自分の未熟さを詠い、頸聯・尾聯では本当の悟りを手に入れるために人が必然的に経ねばならない「観道」の厳しさを詠っている。この頸聯・尾聯で詠われている「観道」は自然がその真の姿を現す経路を詠ったものでもある。問題は頸聯・尾聯に詠まれている自然と真実相との関係である。この頸聯・尾聯には次のような自然のありようが詠われている。――邐迤《りい》を行き尽くし、峆嶝《こうとう》を踏み残《やぶ》らねば真如の世界は現われない。しかし現在の苦難、邐迤《りい》と峆嶝《こうとう》の道の「縦横　曲折　高く　還《ま》た下《ひく》く」という状態もまた、自然が作り出す真如の世界に至るための真実相なのである――。

頸聯・尾聯では、自然が真の姿を現わす経緯を詠っており、『明暗』百五十一回と関連がある。百五十一回を執筆した日に漱石がこのような詩を詠んでいることを考えるならば、この詩には次のような漱石の百五十一回を書いた時の作家意識が投影されていると考えられる。――津田はうその上塗りをすることによってお延を何とか誤魔化し、その結果として彼の温泉行きは実現することになった。「自然」の導きという観点に立てばこのような津田の嘘の上塗りの行為もまた、自然が彼に清子と再会させ彼に自分の本当の内面（本来の面目）と向き合わせるための踏まねばならぬ経路なのだ――だから作者であるわたしは波乱の余波に翻弄されかけたこの唾棄すべき二人の姿を一つの風景（真実相）として描き出す必要があるのだ。――十月十五日に執筆した百五十一回と七言律詩の内容はあきらかに重なっているのである。

おわりに

本稿では、一で漱石が七言律詩連作を始めた大正五年八月十四日に八十九回が執筆されていること、またその連作を開始した理由が漱石が己の作家としての意識を禅的価値観に徹底させその立場から主人公の醜悪な内面世界を客体化しつづけるためであったことをみた。そして二・三で禅的自然が全面的に立ち現われている時期を取り上げ、その時期の漢詩と『明暗』との関わりを検討し、『明暗』の自然と七言律詩の自然の関係を見てきた。漱石が主人公達の我執に彩られた意識世界に「俗了」されずに、その我執に満ちた登場人物たちの意識を客体化して描き続けるためには禅的な価値観のなかに身を浸し続ける必要があったのである。漱石にとってこの時期の七言律詩の連作は作者の個人的好悪の感情を排除し主人公達の内面世界を禅的自然の立場からありのままに客体化して描き出すという、『明暗』の芸術的な枠組み――『明暗』の語り手に与えた漢詩的（禅的）価値観にもとつく視点――の強化の作業であったといえるのである。

注

（1）　十月二十二日にも五言絶句を同じく三首連作しているが、七言律詩連作は十月二十一日で終わっているので、ここでは十月二十一日までで考える。

（2）小宮豊隆「『明暗』」（『漱石全集』九巻　岩波書店、一九三七年三月）。『漱石作品論集成　第十二巻　明暗』桜楓社、一九九一年十一月。

（3）松岡譲「『明暗』の頃」（『漱石の印税帖』朝日新聞社、昭和三十年八月）。大岡信「『明暗』」。内田道雄「『明暗』」。（共に、『漱石作品論集成　第十二巻　明暗』桜楓社、一九九一年十一月。）佐藤泰正『漱石作品論』（筑摩書房、昭和六十二年三月）など

（4）加藤二郎「漱石の言語観――『明暗』期の漢詩から――」（『文学』一九九三年夏号）

（5）吉川幸次郎『漱石詩注』（岩波新書、昭和四十二年五月）

（6）高木文雄「柳のある風景」（「女子聖学院研究紀要」十集　昭和四十八年十一月、のち『漱石の命根』桜楓社、昭和五十二年九月）

（7）第三章（『明暗』における「自然物」と「西洋洗濯屋」）参照。

（8）例えば、『碧巌録』第九十則「智門般若体」本則の評唱。

（9）このような自然の性格は、高木文雄「柳のある風景」で、「柳」の用例によって解明されている。

（10）加藤二郎前掲論文は、この時期を九月一日から十九日までとする。

（11）注（5）と同じ

（12）注（6）と同じ

（13）荒正人「『明暗』解説」（『漱石文学全集』九巻。集英社、昭和四十七年十二月）、『漱石作品論集成　第十二巻　明暗』に収録。

（14）以下、漢詩文とその読み下し文は、一海知義『漱石全集』十八巻（岩波書店、一九九五年十月）によるが、一部私見によった。

（15）角田旅人「漱石晩年の漢詩について」（「いわき明星文学・語学」）創刊号、平成四年三月

（16）清子が漢詩の世界の価値としての自由の体現者であることは、佐古純一郎「漱石の漢詩文」に指摘がある。（『漱石論究』朝文社、一九九〇年五月）

（17）本稿で記した漢詩の「大意」は私見による意訳である。諸先学の訳注を参照させていただいたが私見を記した部分も多い。その注記や語釈は煩雑となるので省略した（以下同じ）。

（18）この矛盾は悟りの高い段階として位置付けることもできる。禅の枠組みにとらわれないという点では、同じことになるが、ここではこのように理解しておきたい。

第三章　『明暗』における「自然物」と「西洋洗濯屋の風景」

はじめに

『明暗』は、近代人の我執に彩られた内面世界を完膚なきまでに描き出した、すぐれて現代的性格をもつ小説である。しかし『明暗』は禅的な思惟と漢詩の強い影響のもとに創作された小説でもある。『明暗』の現代的性格と禅的な思惟や漢詩とは、どのように結びついているのであろうか。

それを考えるにあたって留意すべきは、主人公たちの内面描写の場面や対話場面の背景に、作者漱石が、『明暗』執筆と平行して創作している禅的漢詩のイメージと繋がる「自然物」（柳・松・水・岩など）や、その集合体としての「西洋洗濯屋の風景」を、さりげなく描き込んでいることである。

高木文雄は論文「柳のある風景」(1)で『明暗』に描かれている柳に注目し、「柳は入院した時からそこにあって、病室でのドラマを見ていた」と指摘し、柳が登場人物を「見ている」存在であり、登場人物たちを「相対化」する装置であることを明らかにしている。またこれらの柳がこの時期に創作された一連の漢詩に描かれた柳と「微妙な関係が見出せる」ことも指摘している。高木のこの指摘は、『明暗』の現代的性格と禅的思惟や禅的漢詩との結びつきを解明する上で極めて重要である。氏の提出されたこの観点をさらに推し進めることによって、『明暗』の創作手法の根本が明らかになっていくと考えられる。

柳は『明暗』のなかで、はっきりとした擬人化がなされてはおらず、柳が、主体的に主人公たちを「見ている」のか、小説機能として主人公たちを「浮き彫りにする」（＝照らし出す）役割を担っているのかという区別がつかない場合が多い。しかし、主人公たちの言動（の意味）を「浮き彫りにする」という小説機能の観点から、『明暗』に描かれている自然物を点検するならば、柳に限らず、前半に描かれている自然物やその風景のほとんどは、主人公たちの言動の意味を「浮き彫りにする」機能を持つ存在といえるのである。すなわち、松・竹といった植物から、水・土・岩といった無生物、空・光といった存在まで（本稿では、これらを「自然物」[2]と呼ぶ）、さらにはそれらの集合体が創り出す西洋洗濯屋の風景など、漢詩の景物を連想させるものは多かれ少なかれ、同様な要素を持っている。特に注目すべきは、西洋洗濯屋の風景は明らかに読者に、主人公たちを「見ている」存在と感じさせる要素を持っていることである。

問題は、『明暗』において、意識を持たない自然物や西洋洗濯屋の風景が、主人公たちの内面を「見ている」あるいは「浮き彫りにする」機能を持つ理由である。本稿ではその理由を考えてみたい。

結論を先に示せば、『明暗』に描かれた自然物や西洋洗濯屋の風景が、主人公たちの内面を浮き彫りにする機能を持つのは、それが禅的世界観やその表現である禅的な漢詩のイメージと繋がっており、その禅的世界観や禅的漢詩のイメージに作者漱石の『明暗』の創作態度が重なっているからである。

『明暗』における自然物と西洋洗濯屋の風景は、共に禅的世界観や漱石の禅的漢詩の世界と不可分に繋がっているが、自然物と漢詩の結びつきについては、すでに高木によって、指摘されているので、自然物の検討においては、漱石の座右の書であった禅書『碧巌録』を通して禅的世界観との関係のみを取りあげ、西洋洗濯屋の風景の検討において、漢詩との結びつきを検討していきたい。

まず、㈠『明暗』における自然物（松・水・土・岩・光など）が主人公たちを「見ている」あるいは「浮き彫りにする」存在であること、ついで、㈡自然物のその機能が禅的世界観と繫がっていることをみていきたい。そのうえで、㈢『明暗』における禅的自然物の集合体としての「西洋洗濯屋の風景」を取り上げ、①西洋洗濯屋の風景が、主人公たちを「見ている」存在であること、②「西洋洗濯屋の風景」と漱石漢詩とが結びついていること、③漱石における漢詩の創作と『明暗』における創作態度とが繫がっていることを検討し、最後に④『明暗』における自然物や西洋洗濯屋の風景の機能と作者漱石の創作態度との繫がりを見てみたい。

一

『明暗』の世界は、津田が清子のいる温泉郷に到着する百七十一回の前後で大きく分かれる。その前半では、津田の病室を中心とする主人公たちの日常を支配する世俗的意識に焦点が当てられ、後半では、津田の内奥にある、世俗意識とは異質な津田の本来の意識の存在に焦点が当てられている。本稿で取り上げる自然物もまたそれにしたがって、前半と後半ではその役割に変化が見られる。本稿では、前半に描かれている柳以外の自然物を中心に考えるが、後半の自然物の役割についても触れておきたい（柳については、高木の前掲論文に検討があるので、本稿では扱わない）。

＊

まず、前半の自然物（松・水・土・竹・空・光など）やその風景が、主人公たちの言動やその内面を「見ている」（あるいは浮き彫りにしている）存在として機能していることから見てみたい。

（十三回）　津田は吉川夫人と会い、入院の了解を得る。夫人はお延の前では言い難い事があるので見舞いの時に話すという。津田は吉川邸からの帰り道で、夫人の発言の意図をあれこれ考え続ける。

彼は広い通りへ来て其所《そこ》から電車へ乗つた。堀端を沿ふて走る其電車の窓硝子の外には、黒い水と黒い土手と、それから其土手の上に蟠《わだか》まる黒い松の木が見える丈であつた。

車内の片隅に席を取つた彼は、窓を透《すか》して此さむざむしい秋の夜の景色に一寸眼を注いだ後、すぐ又外の事を考へなければならなかつた。彼は面倒になつて昨夕《ゆふべ》は其儘にして置いた金の工面を何《ど》うかしなければならない位地にあつた。彼はすぐ又吉川の細君の事を思ひ出した。

（二十一回）

右の場面で、津田の眼には電車の窓外の景色——黒い水と黒い土手と黒い松——が映る。この場面で語り手はことさらに、傍線部で「見える丈」「一寸目を注いだ後、すぐ又外の事を考へなければならなかつた」と、津田にはこの景色が意味を持っていないことを強調している。作者はなぜ、津田の目に映った黒い水や土手の松が、彼の注意を惹かなかったことを強調しているのであろうか。換言すれば、この場面で作者は、津田の背後に水・土手・松という自然物を置いて、その対比で吉川夫人の言葉や当面必要な入院費用の捻出に意識を奪われている津田の意識を浮き立たせているのであるが、なぜ津田の目に映っていながら、しかし彼の注意を惹くことがない松・土・水といった自然物が、津田の意識を浮き立たせる機能をもっているのかということが問題になるのである。この場面に描き込まれた自然物が主人公の意識を浮き立たせる理由については後に見ることにして、さらに別の例を見てみたい。

冒頭では、津田がこれから尋ねようとする叔父藤井の世俗に生きる意識——彼が「物質的に不安なる人生の旅行者」であること——が描かれ、次いで、藤井家を尋ねようとする津田の姿が以下のように描かれる。

二時少し前に宅《うち》を出た津田は、ぶら〳〵河縁《かはべり》を伝つて終点の方に近づいた。空は高かつた。日の光が至る所に充ちてゐた。向ふの高みを蔽つてゐる深い木立の色が、浮き出したやうに、くつきり見えた。

彼は道々今朝買ひ忘れたリチネの事を思ひ出した。それを今日の午後四時頃に呑めと医者から命令された彼には、一寸《ちよつと》薬種屋へ寄つて此下剤を手に入れて置く必要があつた。

右の傍線部分は一見何の変哲もない自然の風景である。しかし、この風景の描写は、冒頭の藤井の世俗的意識を浮き彫りにすると共に、藤井の生活への配慮の気持ちを起こすこともなく、自分の入院のことしか念頭にない津田の自己中心的な意識をも浮き彫りにしている。この風景は、津田の目には映ってはいるが、しかし津田の意識に何の影響も与えない。この風景の存在は、藤井の生活意識を理解しようともしない津田の自己中心的な世俗意識を浮き上がらせているのである。

（三十三回）　藤井宅から津田と小林が連れ立って帰る姿が描かれる。古外套をくれと頼む小林に対して、同情する代わりに「寧《むし》ろ冷やかに」、「欲しければ遣《や》つても好い」と答え、「靴足袋まで新らしくしてゐる男が、他《ひと》の着古した外套を貰ひたがるのは少し矛盾であつた」と感じる津田の意識が描かれる。そして「何故其脊広と一所に外套も拵《こしら》へなかつたんだ」「ぢや何《ど》うして其脊広だの靴だのが出来たんだ」と平然と質問する、同情心のない自己中心的な津田の意識が描き出される。以下は、それに続く場面である。

二人は大きな坂の上に出た。①広い谷を隔て、向《むかふ》に見える小高い岡が、怪獣の背のやうに黒く長く横はつてゐた。秋の夜の燈火が所々に点々と少量の暖かみを滴らした。

「おい、帰りに何処かで一杯遣らうぢやないか」

津田は返事をする前に、まづ小林の様子を窺つた。彼等の右手には高い土手があつて、②其土手の上には蓊《こん》鬱《もり》した竹藪が一面に生ひ被さつてゐた。風がないので竹は鳴らなかつたけれども、眠つたやうに見える其笹の葉の梢は、季節相応な蕭索の感じを津田に与へるに充分であつた。

「此所《ここ》は厭に陰気な所だね。何処かの大名華族の裏に当るんで、何時迄も斯《か》うして放つてあるんだらう。早く切り開いちまえば可《い》いのに」

津田は斯《か》ういつて当面の挨拶を胡麻化さうとした。

右の傍線部①の風景には、将来の不安と温かい言葉に飢えている小林の気持ちが重なっている。また傍線部②の竹藪の風景が津田に与える「蕭索」な印象は、小林の不如意な生活への同情心を引き起こすはずのものとして描き込まれている。しかし津田は、その風景を「陰気」としてつき放ち、この風景の自分に与えるはずの影響——同情を求める小林の気持ちへの理解——を拒否するのである。この場面に描かれた自然の風景もまた、津田の我執に彩られた意識と、津田と小林のこの場面の対話の意味を、浮き彫りにしている存在なのである。

（三十七回） その後、津田は小林から日本では生活が出来ないので朝鮮に行くという話を聞く。

「津田君、僕は淋しいよ」

津田は返事をしなかつた。二人は又黙つて歩いた。浅い河床の真中を、少しばかり流れてゐる水が、ぼんやり見える橋杭の下で黒く消えて行く時、幽かに音を立てゝ、電車の通る相間〳〵に、ちよろ〳〵と鳴つた。

「僕は矢つ張り行くよ。何《ど》うしても行つた方が可《い》いんだからね」
「ぢや行くさ」

この部分では津田の同情を求める小林とその小林の気持を撥ね付ける津田との会話が描かれているが、その会話の背後に語り手は、傍線部分で河床を少しばかり流れる水とかすかな水音が聞こえる様子を挿入している。この河床を流れるかすかな水音は津田の意識には何の影響も与えないのであるが、語り手は二人の会話の背景にことさらにこの景（河床を流れる水音）を書き込んでいる。この用例では、語り手は津田や小林の眼にこの景色が目に映っていることを強調していない。したがって、この部分に特別な意味を読むことは、深読みのそしりを受けることにもなろう。しかし『明暗』後半における自然物（水）との繋がりを考えるとき、この場面でも語り手は、河床を流れる水音を背景にすることによって、主人公達の内面世界の意味を浮き彫りにしていると考えられる。これらの用例に見える自然物（河床・水・橋など）は、高木によって指摘されている「柳」と同様、登場人物たちの内面を照らし出す機能を持っているのである。

以上みてきた『明暗』の自然物は、主人公たちの意識を「見ている」存在とはいえないまでも、それを「浮き彫りする」（＝照らし出す）機能を持つ存在なのである。

次に「光」の役割について見てみたい。

すでに、二十一回では「日の光」が、三十三回では「燈火」が、主人公たちの意識を照らし出す役割を担っていることに触れた。ここでは、津田の居宅の「電燈の光」を取り上げてみたい。八回では、お延は津田の入院費用を捻出するために、自分の晴れ着と帯を質に入れることを思いつき、それを「夫の眼に映るやうに、電燈の光に翳した」という場面が描かれる。この場面は九十五回で、津田の病室でお秀がお延を「嫂さんが一番気楽で可《い》いわね」

と皮肉ったとき、「津田の頭には、芝居に行く前の晩、これを質にでも入れようかと云つて、ぴか〳〵する厚い帯を電燈の光に差し突けたお延の姿が、鮮かに見えた」という部分や、九十七回で「津田の頭には、電燈の下で光る厚帯を弄《いぢ》くつてゐるお延の姿が、再び現れた」という描写に繋がっている。この電燈の光もまた、お延の言動の意味（津田の歓心を買おうとするお延の技巧に彩られた意識）を浮き上がらせているのである。後に見るように、『明暗』後半の「電燈の光」は、津田の意識に強い影響を与え、彼の世俗意識の内奥にある、彼本来の意識を目覚めさせる役割をしている。このことを考えるならば、この「電燈の光」もまた、『明暗』にあっては、主人公たちの言動やその内面を浮き彫りにしている（＝見つめている）存在といえるのである。

以上、『明暗』前半に描き込まれている自然物やその風景の役割を見てきた。『明暗』に描き込まれている自然物やその風景には、柳に代表されるように、主人公たちをはっきりと「見ている存在」として描きこまれているものから、一見このような機能を感じ取ることの出来ないものまで様々なレベルがある。しかし、その機能をはっきりと感じ取ることの出来ない自然物の存在も、右に検討してきたように、主人公の言動を浮き彫りにする機能を内包しているのである。

＊

右に見た『明暗』前半の自然物の役割をはっきりさせるために、ここで、後半における自然物の役割にも触れておきたい。

後半における自然物の機能を端的に示しているものは、「電燈の光」である。そこでまず、津田が清子の逗留している温泉郷の駅に降り立つ百七十一回と、彼が馬車に乗って、その温泉場に行く場面（百七十二回）を取り上げ、次いで松・水・岩といった自然物の機能を見ていきたい。

津田は清子のいる温泉場の駅に降り立つ

（百七十一回）

靄《もや》とも夜の色とも片付かないもの、中にぼんやり描き出された町の様は丸で寂寞たる夢であつた。自分の四辺にちら〳〵する弱い電燈の光と、その光の届かない先に横はる大きな闇の姿を見較べた時の津田には慥かに夢といふ感じが起つた。

この場面で津田が目にしたものは、闇の中に浮かんでいる「弱い電燈の光」であり、その「電燈の光」と「大きな闇」との対比は、彼に「寂寞たる夢」という印象を与える。そして百七十二回で、彼の乗った馬車が温泉場に近づいたとき、語り手は、周りの景色が彼に与える印象を次のように描き出す。

御者は、馬の轡を取つたなり、白い泡を岩角に吹き散して鳴りながら流れる早瀬の上に架け渡した橋の上をそろ〳〵通つた。すると幾点の電燈がすぐ津田の眸《ひとみ》に映つたので、彼は忽ちもう来たなと思つた。或は其光の一つが、今清子の姿を照らしてゐるのかも知れないとさへ考へた。

「運命の宿火だ。それを目標《めあて》に辿りつくより外に途はない」

これらの場面で、津田の意識する「電燈の光」と「大きな闇」との対比――明と暗――と、それが引き起こす「夢」という印象、そしてその電燈の光に彼が感ずる「運命の宿火」という思いには、後に述べるような、禅的世界が象徴されており、津田は禅的世界に囲まれていると考えられる（この場面の問題は、本稿のテーマと異なるので立ち入らない）。津田はこの光に導かれて、清子に逢いに来たと意識し、この場面の津田の意識にあっては、この光に導かれて、日常を支配している世俗的意識とは異なる、もう一つの彼本来の意識が顔を出し始める。この場面での電燈の光は、彼の内面世界を照らし出し、彼本来の意識を呼び覚ますものとして機能しているのである。
百七十二回では津田が清子のいる温泉場に近づくにしたがって、松や水といった自然物は、津田の意識を包み込み強い影響を与えることになる。以下その例を見てみたい。

津田は目的の停車場で汽車を降り、出迎えの馬車に乗って温泉場に近づく。

（百七十二回）

馬車はやがて黒い大きな岩のやうなものに突き当らうとして、其裾をぐるりと廻り込んだ。（中略）
一方には空を凌ぐほどの高い樹が聳えてゐた。星月夜の光に映る物凄い影から判断すると古松らしい其木と、突然一方に聞こえ出した奔湍《ほんたん》の音とが、久しく都会の中を出なかつた津田の心に不時の一転化を与へた。彼は忘れた記憶を思ひ出した時のやうな気分になつた。
「あ、世の中には、斯《こ》んなものが存在してゐたのだつけ、何《ど》うして今迄それを忘れてゐたのだらう」
不幸にして此述懐は孤立の儘消滅する事を許されなかつた。津田の頭にはすぐ是から会ひに行く清子の姿が描き出された。（中略）
「……松の色と水の音、それは今全く忘れてゐた山と渓の存在を憶ひ出させた。全く忘れてゐない彼女、想像の眼先にちら〳〵する彼女、わざ〳〵東京から後を跟《つ》けて来た彼女、は何《ど》んな影響を彼の上に起すのだらう」

右の場面では、「黒い大きな岩のやうなもの」「古松らしい其木」「奔湍の音」が描かれる。傍線部で、津田は「松の色と水の音」が「全く忘れてゐた山と渓の存在を憶ひ出させた」と意識し、その意識が清子への思い出を呼び覚ます。この場面では岩・松・奔湍といった自然が津田の内に入り込み、「忘れた記憶を思ひ出した時のやうな気分」にさせ、津田の内部にある、もうひとつの内なる意識――津田の意識を支配している世俗に生きる意識とは異なる、清子に繋がる津田の本当の声――を目覚めさせているのである。

水は百七十五回でも重要な役割を果たしている。この回の津田は、旅館で浴室から自分の部屋に帰る途中方向に迷い、電燈の光に照らされた人気のない廊下で立ち尽くす。そこには洗面所があり、白い金盥《かなだらい》が四つほど並んでいる。津田はその金盥の内に「縁《ふち》を溢《あふ》れる水晶のやうな薄い水の幕の綺麗に滑つて行く様《さま》」を眺める。すると、「白い瀬戸張のなかで、大きくなつたり小さくなつたりする不定な渦が、妙に彼を刺戟」する。この流水は辺りを「隈なく照り渡」る電燈の光と共に、津田の意識の内奥に入り込み、彼の日常を支配する意識とは異なる彼のもう一つの内なる意識が顕現する場を作り出す。そしてこの段階において、津田の内部ではその内なる意識がたち現れ、津田は鏡に映る自分の姿すなわち自分の日常を支配している意識を醜いと感ずるのである。(3)

後半の自然物（山・渓・松・岩・水・光など）は、津田の意識に影響を与え、彼のうちにある、世俗に生きるための計算高い我執の意識とは異なる、津田の本当の意識を呼び覚ます役割をしているのである。このような後半における自然物の役割を考えるとき、前半の自然物もまた、読者には気付かない役割を担っていることが理解されるのである。

『明暗』では柳だけでなく、松・水・岩・光といった自然物もまた、前半では登場人物の内面を外側から浮き上がらせる要素をもち、後半では津田の内面の奥底を開かせるものとして存在しているのである。

二

次に前半における、先に検討してきた自然物の機能（主人公たちの世俗意識を見つめている〈＝浮き彫りにしている〉機能）と禅的世界観とのつながりについて考えてみたい。

まず、禅的世界における光の性格について考えてみたい。

『碧巌録』第九十則「智門般若体」（本則の評唱）に載る、盤山禅師の機語「心月孤円にして、光《ひかり》万象を含む。光、境を照らすに非ず、境も亦た存するに非ず。」についての、山田無文の解説を引く。

一人ひとりの心の月が、それぞれに完成された仏心である。その仏心の光は、上は三十三天の頂から、下は奈落の底まで照らしておる。縦には三世を貫き、横には十方に弥綸《びりん》しておる。しかし、客観の社会が心の外にあって、それを般若の光が照らすのではない。般若の智慧の世界のほかに客観の世界があるのではない。照らすものと照らされるものとがピッタリと一つになって、山を生み出し川を生み出し、花を生み出し小鳥を生み出すのである。

右では、禅的立場における自然物生成の原理が示されている。禅的世界における光は、世界の根源にある仏心（＝般若の智慧）の自然物生成の働きを喩えたものである。自然物は、その仏心（＝般若の智慧）によって、創造されたものであり、かつ仏心に照らされている存在なのである。

仏心（＝般若の智慧）と自然物との関係を、別の角度から描いた、『碧巌録』第九十七則「金剛経罪業消滅」本則の評唱に載る次の機語を考えてみたい。

大珠和尚云く、空屋裏《くうおくり》に向かって、数函《すうかん》の経を堆《うずたか》うして看よ、他、光放つやと。只だ自家一念発する底の心是れ功徳なるを以てなり。何が故ぞ。万法は皆な自心より出づ。一念是れ霊なり。既に霊なれば即ち通じ、既に通ずれば即ち変ず。

――大珠慧海和尚も言われたことがある。そんなにお経が有り難いならば、部屋の中にお経の箱を山ほど積んでみよ。その山ほど積んだお経の箱が光を放つかどうか、と。そんなものをなんぼ積み上げても、光も放たなければ、利益もありはせん。お互いが般若の智慧が分かって、その智慧から発するはたらきに功徳があるのである。森羅万象、我が心から出ないものは何もない。我が心と万法と不二である。その我が心に霊があるならば、我が心に真理があるならば、森羅万象にその霊能が通じなければならん。その霊能が森羅万象に通じるならば、森羅万象がそのまま仏の光を放たねばならんはずである。我が心が仏であればこそ、森羅万象が仏だといただけるのである。我が心の眼が開かれてこそ、当所即ち蓮華国と分かるのである。（山田無文の解説）

本稿との関係で留意すべきは、傍線部で、人は己のうちにある仏心に目覚める時に、仏の光を放っている森羅万象の姿が見えてくると、解説されていることである。『碧巌録』第九十七則では、この部分に続いて、「青々たる翠竹尽く是れ真如。鬱々たる黄花般若に非ずということ無し」という道生法師の言葉が引かれ、悟りを開いた眼には、竹藪に青竹がそびえている姿や、菊の花が真黄色に咲いている姿が、すなわち、仏心（＝般若の智慧）であると自覚できるのだと強調している。

山田無文によれば、禅的世界における光とは、仏心（＝般若の智慧）の働きを示すものである。そして、禅的世界にあっては、現存するすべてのものは、仏心の顕現であり、目に見えない光を放ち、周りを照らし出している存在なのである。

次に、禅的世界における（光以外の）自然物の性格を、『碧巌録』第四十五則（「趙州万法帰一」）に見える四つの禅問答を通して考えてみたい。

①ある僧が「万法一に帰す。一何れの処にか帰す」と尋ねた。趙州は「我れ青州に在って一領《いちりょう》の布衫《ふさん》を作る、重きこと七斤」と答えた。

②ある僧が「如何なるか是れ祖師西来意」と尋ねた。趙州は「庭前の柏樹子」と答えた。

③ある僧が「如何なるか是れ仏法の大意」と尋ねると、木平和尚は「這箇《しゃこ》の冬瓜《とうか》許《かく》の如く大いなり」（このかぼちゃ、大きい）と答えた。

④ある僧が「深山懸崖、迥絶《けいぜつ》無人の処。還って仏法有りや也た無《いな》や」と尋ねた。古徳和尚は「有り」と答えた。そこで僧が「如何なるか是れ深山裏の仏法」と尋ねると、古徳和尚は「石頭大底は大、小底は小」（大きな岩は大きい、小さな岩は小さい）と答えた。

これらの禅問答での趙州ら高僧の答えは、質問とは無関係のように見える。しかしそれらの答えは、それぞれの質問の核心に対応している。禅的世界にあっては、仏法とは、「万物一如」であり、この世に存在するあらゆるものは、「一」（＝仏法＝仏心）に収斂し、具体的存在物はすべて仏法の顕現である。それ故、高僧の答えが示す、「布衫」「柏樹子」「冬瓜」「石」といった目の前に存在する具体的事物や自然物は仏法の顕現であり、その具体的個物はすなわち「一」であり、仏法でもあれば、祖師でもあるということを含意している。

『碧巌録』第八十三則（「雲門古仏露柱」）の頌の評唱前半部「南山は雲、北山は雨（中略）直に得たり、四七二三面《まのあた》り相観《み》ることを」という語句について言えば、「南山は雲、北山は雨」は、「一相平等」を示し、この観点からするならば、「南も北も、雲も雨もない、」（＝すべては無）という仏法の根源を示している。後半部の「直ちに得たり、四七二三面《まのあた》り相観《み》ることを」について、山田無文は次のように解説している。

天竺の四七、二十八人の祖師方。唐上の二三が六人の祖師方、それどころか三世三千の諸仏が目の当たりに羅列しておられる。見るもの聞くもの仏でないものはない。祖師でないものはない。一相平等の見地から見るならば、趙州が祖師西来意を尋ねられて「庭前の柏樹子」と答えたごとく、庭先の柏樹が達磨さんだ。裏山の松の木が六祖大師だ。横の紅葉の木が迦葉尊者だ。

仏教的「一相平等」「万物一如」という禅的視点にあっては、現存する自然物はすべて仏心の顕現であり、人の目に映る自然物はすなわち、祖師たちであり諸仏と同一なのである。

『碧巌録』第九十七則「金剛経罪業消滅」(本則の評唱)に載る「青々たる翠竹尽く是れ真如。鬱々たる黄花般若に非ずということ無し」という章句では、翠竹や菊花がすなわち、仏心の現れであることが詠われている。また、蘇東坡の詩句「溪声便ち是れ広長舌、山色豈に清浄身に非ざらんや」は、禅的世界における自然物(山や溪)が、すなわち仏心(=真如)の顕現であるという理解を示すものとして広く知られている。このような禅的な「溪声」や「山色」のイメージが、百七十二回の山中で津田が「松の色と水の音」が「全く忘れてゐた山と溪の存在を憶ひ出させた」とする「山と溪の存在」と繋がっていると考えられる。(この場合の津田が意識する山や溪は、禅的な存在としての山や溪であろう。)

右に見てきたように、禅的世界における自然物は、宇宙の根源としての「大自然」(仏心・仏法・自然法爾)によって創造された、仏心の顕現した存在である。「山は是山、水は是水、花は紅、柳は緑」という禅語が示すように、山、水、花、柳といった自然物は、仏法の永遠の真理の顕現であり、それらは内なる光(仏法)で全世界を黙照している存在なのである。

万物一如という観点からするならば、自然物(松・水・岩など)も、人間の心も共に「仏心」の顕現であり同一である。したがって、蘇東坡の詩句が示すように、禅的世界にあっては、大自然の運行に則り、その運行に自足している存在である個々の自然物は、人間にとってあるべき心の姿を示しているのである。

一方、世俗に生きる人間は、「仏心」を持ちながらも、己の内にある仏心に気付かず、世俗的な煩悩（我執の意識）にとらわれている存在である。したがって、自然物の放つ光の意味は世俗的利害心にとらわれた人間には分からず、己の心の内にある仏心を悟った人間にしか見えないのである。

以上、山田無文の解説文によりながら、禅的世界における自然物の性格についての筆者の理解を述べたが、このような禅的世界における自然物やその発する（眼に見えない）光の性格が『明暗』の語り手に意識され、その禅的な自然物が登場人物を見ている存在として『明暗』の背景に描き込まれていると考えられる。

『明暗』の前半において、津田の眼には松・土・水といった自然物が映っているが、しかし語り手は、津田にはその意味が全く理解出来ないことを強調している。このことは、津田の外にある松・土・水といった自然物（仏心の顕現）が津田の言動を「黙照」していること、すなわち、自然物のうちにある仏心の光が、世俗の利害・打算に生きる津田の姿の卑小さを照らし出しているが、しかし世俗的意識に取り付かれている津田は、そのことに気付かない状態であることを語り手が示しているのである。津田が語り手と同様、この自然物が、仏心の顕現であり、自分のあるべき心の状態を示していることに気付くことは、後半の津田のように、その自然物に接することによって、己の世俗的利害を旨とする意識とは異なる、津田のうちにあるもう一つの心を取り戻すことを意味する。しかし前半の津田は、世俗的意識に取り付かれた存在であり、自分の目に映る自然物の意味に気付かない。このことを語り手が強調していることには、この段階の津田が自分の意識のありよう（打算を旨とする醜悪さ）に気づいていないこと、すなわち彼が己の内にある本当の心に目覚めていないことが示されているのである。

もちろん禅的な意識に遠い読者には、右にみたような『明暗』の自然物の役割を感じることは余りないだろう。

しかし、漱石は、登場人物と自然物との間に、このような関係を設定しているのであり、漱石によって書き込まれている自然物は、眼に見えない光によって、登場人物たちの醜悪な言動を「見ている」（批判的に浮き上がらせている）のである。現代の読者が『明暗』の自然物が登場人物を「見ている」と感じるのは、以上のような自然物の禅的な性格によるのである。

三

次に「西洋洗濯屋の風景」について考えてみたい。

『明暗』前半では登場人物を見ているものは、単に松・水・土といった自然物だけでなく、津田の病室の外に見える「西洋洗濯屋の風景」もまた『明暗』の登場人物を見ている存在である。先に検討した前半における自然物は、主人公の言動の意味を照らし出す存在であったが、それは必ずしも擬人化されているものではなく「見ている」存在とは言い切れない要素があった。しかしここで取り上げる西洋洗濯屋の風景は、主人公たちを「見ている」存在としての要素を強く持っているのである。この風景を構成しているものは「白い洗濯物」「秋空」「強い日の光」「風」「洗濯屋の男の姿」それに柳や「赤い煉瓦造りの倉」などであり、このような自然物の集合としての「西洋洗濯屋の風景」が、病室での登場人物たちの言動を「見ている」のである。語り手は「西洋洗濯屋の風景」にも、禅的自然物と同様な意味をもたせ、病室を舞台とする、主人公達の内面の醜悪さを浮き彫りにする役割を担わせていると考えられる。

＊

まず、西洋洗濯屋の風景が主人公たちを「見ている」存在であることをみていきたい。『明暗』では洗濯屋の風景が四回（次のA～D）にわたって書き込まれている。

A

（四十回）津田の入院に、お延は派手に着飾って付き添った。病院につくと、すぐ患者のいる控え室の横を通って、病室のある二階に上がった。

南東の開《あ》いた二階は幸に明るかつた。障子を開けて縁側へ出た彼女は、つい鼻の先にある西洋洗濯屋の物干《ものほし》を見ながら、津田を顧みた。（中略）

「古いけれども宅《うち》の二階より増しかも知れないね」

日に照らされてきら〳〵する白い洗濯物の色を、秋らしい気分で眺めてゐた津田は、斯《か》う云つて、時代のために多少燻ぶつた天井だの床柱だのを見廻した。

右は『明暗』ではじめて「西洋洗濯屋の風景」が描かれる場面である。傍線部で津田とお延は西洋洗濯屋の「白い洗濯物」を目にしている。彼らには、それは気持ちをさわやかにする風景ではあるが、それ以上のものではない。しかし語り手はことさらに「白い洗濯物の色」を見ている彼らの姿を書き込んでいるのである。語り手には、光によって照らされている白い洗濯物に津田やお延には気がつかない「意味」を込めていると考えられる。

B

（四十四回）お延は手術後の津田を起こし、岡本が今日是非芝居に来いと勧めるが行っては駄目かと聞いた。津田はなぜお延が今日派手な服装をしているかその真意を疑う。

「やつぱり疑ぐつてゐらつしやるのね」（中略）

お延は微かな溜息を洩らしてそつと立ち上つた。一旦閉《た》て切つた障子をまた開けて、南向の縁側へ出た彼女は、手摺の上へ手を置いて、高く澄んだ秋の空をぼんやり眺めた。隣りの洗濯屋の物干しに隙間なく吊《つる》されたワイ襯衣《シャツ》だのシーツだのが、先刻見た時と同じ様に、強い日光を浴びながら、乾いた風に揺れてゐた。

「好いお天気だ事」

お延が小さな声で独りごとのやうに斯《か》う云つた時、それを耳にした津田は、突然籠の中にゐる小鳥の訴へを聞かされたやうな心持がした。

この場面では、津田から疑われていることを知ったお延の意識と、お延の溜息を聞いた津田の意識のゆれが描かれているが、語り手は、その二人の外側に、傍線部で秋空の下で揺れている白い洗濯物を描き出している。この風景は何の変哲もない、ありふれた景である。しかしそのありふれた景色こそは、禅的な世界にあっては真如法界なのである。「高く澄んだ秋の空」は仏法の根源の象徴であり、人のあるべき心の姿でもある。「光」や「風」は仏心の具体的顕現としての意味をもつ。もちろん禅的意識とは無縁な津田やお延には、この風景に何の意味も感じない。しかし語り手は、この「西洋洗濯屋の風景」と二人の姿との関係を通して、二人が「西洋洗濯屋の風景」に「見つめられている」ことを含意させ、その視線を通して、二人の会話の意味を浮き立たせていると考えられる。語り手はお延の眼に白い洗濯物が映っていることを読者にことさらに示し、秋空に輝く白い洗濯物との対比において二人の意識の交錯を浮き彫りにしているのである。

C　（九十一回から百十三回）　病室での津田とお秀の激しい論争が描かれる。お延はどちらかが手を出さずには収まらないその項点に来合わせ、お秀の攻撃の矛先を自分に向けさせることでその場をしのぐ。お秀が帰った後、津田とお延は「何時になく融けあ」い善後策を相談する。次の百十四回の描写は、その次の日のことである。この回では、洗濯屋の景が三箇所（次の①〜③）出てくる。

① 前夜よく寐られなかつた疲労の加はつた津田は其晩案外気易く眠る事が出来た。翌日も亦透き通るやうな日差を眼に受けて、晴々しい空気を嵌硝子《はめがらす》の外に眺めた彼の耳には、隣りの洗濯屋で例の通りごし〳〵云はす音が、何処となしに秋の情趣を唆つた。（中略）

彼等（洗濯屋の男―筆者注記）は突然変な穴から白い物を担《かつ》いで屋根へ出た。それから物干へ上つて、其白いものを隙間なく秋の空へ広げた。此所へ来てから、日毎に繰り返される彼等の所作は単調であつた。しかし勤勉であつた。それが果して何を意味してゐるか津田には解らなかつた。

彼は今の自分にもつと親切な事を頭の中で考へなければならなかつた。彼は吉川夫人の姿を憶ひ浮べた。

津田はこの前訪問したときの夫人の言葉の意味、お秀との争いの京都の父への影響、お延が夫人と会おうとしないことの意味などを考える。

② 津田は洗濯屋の干物《ほしもの》を眺めながら、昨日の問答を斯《こ》んな風に、夫《それ》から夫《それ》へと手元へ手操り寄せて点検した。すると吉川夫人は見舞に来て呉れさうでもあつた。又来て呉れさうにもなかつた。

その後、津田は吉川夫人をここへ呼び寄せる方法をあれこれ考える。次は、この回の末尾の描写

③ 表は何時か風立つた。洗濯屋の前にある一本の柳の枝が白い干物と一所になつて軽く揺れてゐた。それを掠めるやうに懸け渡された三本の電線も、余所と調子を合せるやうにふら〳〵と動いた。

これらの場面での津田は、昨日のお秀との口論のもたらす影響を食い止めるための方策や、お延と吉川夫人との関係を考えているのであるが、語り手はその津田の背後に、洗濯屋の働く姿や物干しにかかる白い干し物を描き出している。語り手は、それを見ている津田の内面を、引用部①の傍線部で「それが果して何を意味してゐるか津田には解らなかつた。」と説明し、引用部②ではその風景を眺めながら、（しかしその意味を理解しないで）、昨日の問答を反芻している津田の姿を挿入し、この回の最後の引用部③では、柳の枝と共に揺れている白い干し物をことさらに描き出している。

もちろん、津田には洗濯屋の景色は、単に目に映るだけで、この景色から何の影響も受けない。しかし津田と「西洋洗濯屋の風景」の関係に、禅的な視線を持ち込むならば、「西洋洗濯屋の風景」（白い洗濯物・秋空・風など）は、津田・お延とお秀との間で戦わされた我執に満ちた会話の遣り取りを見ていたのであり、その対立の後始末に腐心する津田の意識を「見つめている」ことがみえてくるのである。漱石は登場人物たちの内面を照らし出す存在として、「西洋洗濯屋の風景」を設定しており、「西洋洗濯屋の風景」が登場人物を見つめている存在であることを暗示するために、ことさらに、津田の眼に「西洋洗濯屋」の風景が映っていること、しかし彼にはその意味がわからないことを強調しているのである。

D　（百十六回）　小林が現れる直前、津田は今後の算段に考え疲れてぼんやり外を見ている。

柳の木の後にある赤い煉瓦作りの倉に、山形の下に一を引いた屋号のやうな紋が付いてゐて、其左右に何の為とも解らない、大きな折釘に似たものが壁の中から突き出してゐる所を、津田が見るとも見ないとも片の付かない眼で、ぼんやり眺めてゐた時、遠慮のない足音が急に聞こえて、誰かゞ階子段を、どし〳〵上つて来た。津田はおやと思つた。此足音の調子から、其主がもう七分通り、彼の頭の中では推定されてゐた。

この場面でも津田は、柳の木とその後ろにある赤い煉瓦造りの倉とその倉に突き出ている「大きな折釘に似たもの」をその意味もわからずにぼんやりと見ている。語り手はこれから始まる小林との会話によって明らかにされる津田と小林の醜悪な内面の描写を、柳や赤煉瓦の倉（「西洋洗濯屋の風景」の一部）の視線のもとに行なおうとしているのである。

漱石は『明暗』において、登場人物たちが醜悪な会話を繰り広げる病室の外に西洋洗濯屋の風景を設定した（四十回）。そして四十四回で津田とお延の会話を「見ている」西洋洗濯屋の風景を挿人した後、お秀と津田の会話の終わり（百十四回）、小林と津田との会話の初め（百十六回）に、それぞれ病室の外にある西洋洗濯屋の風景を眼にする津田を描き出している。このことを考えると、漱石が、病室における津田と主要な登場人物たちの会話の前後に、「西洋洗濯屋の風景」を意識的に挿入していることが知られる。このことは松・土・水という自然物と同様、西洋洗濯屋の風景も、主人公達の言動の醜悪さを浮き彫りにする存在として描き込まれていることを示しているのである。

＊

次に西洋洗濯屋の風景と漱石が同時期に創作した漢詩[4]との結びつきを考えていきたい。

漱石は、『明暗』の中で津田が病室でお延・お秀・小林・吉川夫人等と対話を繰り広げている期間、禅に彩られた七言律詩を創作し続けている。その内容は『明暗』の展開と深く繋がっており、病室における津田とお延との戦いを描いた時には、万物を創りだす力としての「自然」（＝自然法爾）が漢詩のテーマとして描かれ、さらにはその「自然」は『明暗』の中にも描きこまれていた[5]。『明暗』の展開と、同時期に作られた七言律詩の内容とは密接な関係があり、右にみてきた「西洋洗濯屋」の風景もまた、七言律詩と深い結びつきがあると考えられる。

高木文雄（「柳のある風景」）は百十六回（引用D）に関連して津田の入院した小林医院のモデルになった佐藤医院周辺図を作成し、「赤煉瓦の倉庫も謡曲指南所の二階家も実在のものであるが、作品の中では位置を変えてある。赤い煉瓦造りの倉庫が柳の背景になる場所に移されているのである。たいへん鮮やかな組合せになっている」と指摘している。高木によれば作者は柳の緑と倉庫の赤を組み合わせるために赤煉瓦造の倉庫を柳の背後に移動させているのである。作者がこのような操作をしている理由は、『明暗』においても漢詩の景物と同様、色の取り合わせを重視しているからであると考えられる。

百十六回の、柳の緑と倉庫のレンガの赤、そしてその横にあるであろう洗濯物の白という色の組み合わせは、たとえば次にみる、八月三十日の詩（「詩思杳在野橋東……」）における、帆の白・塔の紅・柳の緑との色の組み合わせと類似する。さらにこの頃作られた漢詩の色の配合についていえば、緑・白・紅の組み合わせでは九月一日の詩における青松・白鶴・梅花。紅・白の組み合わせでは九月四日の詩における桃紅・李白（李《すもも》の白）、九月五日の詩における桃・鶴。白・緑の組み合わせでは九月九日の詩における白蓮・翠柳、九月十日の詩における孤雲の白と芳草の緑、などがある(6)。先に見たように津田が眺めたのは秋空（青）を背景とした「白い洗濯物の色」であり、洗濯屋が担いでいる「白いもの」なのである。

このような「西洋洗濯屋の風景」と漢詩との色を媒介とした繋がりは、単に技法的な問題に止まるものではなく、漱石が『明暗』執筆と平行して創作し続けている七言律詩の創作意図や、『明暗』と漢詩の内的関連を示すものである。

漱石は病室で繰り広げられる醜悪な対話のクライマックスを描いた当日（あるいはその前後）、西洋洗濯屋のイメージと繋がる漢詩を創作している。以下、西洋洗濯屋の風景と繋がる景を持つ漢詩の代表例を取り上げ、その結びつきを考えていこう。

漱石は百五回（津田とお秀の口論の頂点に来合わせたお延がお秀の相手を引き受ける場面）を書いた八月三十日の午後、津田の病室の外に見える西洋洗濯屋のイメージと重なる次のような漢詩を創作している。(7)

詩思杳在野橋東
景物多横淡靄中
緗水映辺帆露白
翠雲流処塔余紅
桃花赫灼皆依日
柳色模糊不厭風
縹緲孤愁春欲尽
還令一鳥入虚空

詩思　杳《はる》かに在り　野橋の東
景物　多く横たわる　淡靄《たんあい》の中
緗水《しょうすい》　映ずる辺《あたり》　帆は白きを露《あらわ》し
翠雲　流るる処　塔は紅《くれない》を余す
桃花　赫灼として　皆　日に依り
柳色　模糊として　風を厭《いと》わず
縹緲たる孤愁　春　尽きんと欲し
還《ま》た一鳥をして虚空に入ら令《し》む

右の漢詩では景物として、傍線部分の白い帆・紅の塔・風に靡く緑の柳・虚空が散りばめられている。これらは、『明暗』の洗濯屋の風景――白い干し物・赤レンガの倉・風に揺れる緑の柳・秋空――とその色の配合とイメージにおいて著しい類似性を持つ。特に頸聯の風に揺られている柳の景は西洋洗濯屋の隣にある柳と結びつき、漢詩の景全体を西洋洗濯屋の風景に結び付ける核となっている。漱石はこれから描こうとする病室での津田夫婦とお秀との戦いを描くにあたって、西洋洗濯屋のイメージと結びついたこのような漢詩の景を詠んでいるのである。

あきらかに漱石の意識にあっては洗濯屋の風景と漢詩の景とは繋がっており、西洋洗濯屋の風景は漢詩の景物と同様な象徴的意味を持っているのである。
また漱石は百十五回（医者の診察とお延が持ってきた岡本の本に載る「愛と虚偽」という一口噺を読んだ津田の感想が描かれる場面）を書いた九月九日の午後に、次のような漢詩を作っている（九月十日からは百十六回から始まる小林との醜悪な会話の場面を書き始めている）。

曾見人間今見天
醍醐上味色空辺
白蓮暁破詩僧夢
翠柳長吹精舎縁
道到虚明長語絶
烟帰曖隷妙香伝
入門還愛無他事
手折幽花供仏前

曾《かつ》て人間《じんかん》を見　今　天を見る
醍醐の上味　色空の辺
白蓮　暁に破る　詩僧の夢
翠柳　長く吹く　精舎の縁
道は虚明に到りて　長語絶え
烟は曖隷《あいたい》に帰して　妙香伝う
門に入りて　還た愛す　他事無きを
手ずから幽花を折りて　仏前に供う

右の漢詩の頷聯に詠われている景――白蓮・風に吹かれる翠柳・精舎――は、洗濯屋の風景――白い干し物・風に吹かれる柳・倉庫――とそのイメージが繋がっている。またこの漢詩で詠われている「天」「色空の辺」「虚明」（後述）という禅的世界の根源は、西洋洗濯屋の風景の「高く澄んだ秋空」「透き通るやうな日差」とも、禅的意味において繋がる。「西洋洗濯屋の風景」を描いた九月八日と九月十日の間にあたる九月九日に、漱石はその「西洋洗濯屋の風景」のイメージと繋がるこのような七言律詩を創作しているのである。

右に、「西洋洗濯屋の風景」を連想させる漢詩の代表例を取り上げたが、このような「西洋洗濯屋の風景」を連想させる要素を内包する漢詩は多い。西洋洗濯屋の風景と漢詩における景とは漱石の意識の中で繋がっているのである。

＊

次に漱石における漢詩の創作と、『明暗』における創作方法とのつながりを考えてみたい。

まず、漱石にとっての漢詩創作の意味を、百十一回（お秀が帰った後の病室では津田とお延の和合が描かれる）を書いた九月五日の午後に漱石が創作している漢詩を通して考えてみたい。（この漢詩は、先に引用した西洋洗濯屋の風景のCの引用部分と関係する。）

絶好文章天地大　　絶好の文章　天地大に
四時寒暑不曾違　　四時の寒暑　曾《かつ》て違わず
夭夭正昼桃将発　　夭夭として　正昼　桃将《まさ》に発《ひら》かんとし
歴歴晴空鶴始飛　　歴歴として　晴空　鶴始めて飛ぶ
日月高懸何磊落　　日月　高く懸りて　何ぞ磊落たる
陰陽黙照是霊威　　陰陽　黙し照らすは　是れ霊威
勿令碧眼知消息　　碧眼をして消息を知ら令《し》むる勿《な》かれ
欲弄言辞堕俗機　　言辞を弄《ろう》せんと欲すれば　俗機に堕つ

この詩の内容は次のようなことにあろう。――天地や季節の運行は「陰陽」（＝大自然＝仏心＝自然法爾）の綴った文章であり、その現れとしての時間と空間のなかに、「陰陽」は具体的な植物や動物として顕現し、日月となっておおらかに天空に存在している。この宇宙の創造主である「陰陽」はこの世界に存在するすべてのものを（そのあり様にこだわらず）黙って照らし出している。このような真如の姿（禅的世界秩序）をたとえ達磨大師に対してであっても説明しようとしてはいけない。言葉で説明しようとすれば真実が抜け落ちてしまう。――

右の詩には、世界の根源にある「陰陽」（＝大自然・仏心・自然法爾）が天地やその時空間を創造し、その運行を掌っているという禅的世界観が描かれている。詠われているのは、「陰陽」によって生み出された、禅的な秩序世界である。その秩序を掌っているものは、この世界を（光を放って）黙照している、「陰陽」（＝仏心）であり、その顕現としての日月である。しかし光を放って世界を照らし出しているものは「陰陽」や日月ばかりではない。陰陽によって創られるこの世界のすべての存在、この詩に詠われている「桃」や「鶴」もまた眼に見えない光を放ち、その世界秩序を構成している存在なのである。この詩の尾聯では、このような世界の根源性は言葉では表現できないことが強調されているのである。

禅的世界における「陰陽」（＝仏心・自然法爾）の創造力は、この詩を創作した次の日（九月六日）の詩の首聯では次のように詠われている。

虚明如道夜如霜　　虚明《こみよう》　道の如く　夜　霜の如し
迢逓証来天地蔵　　迢逓《ちようてい》として　証し来たる　天地の蔵

ここで言う「虚明《こみよう》」とは、世界を創りだす根源性（＝仏心の光明・無）の謂いであり、九月五日に詠われている「陰陽」は、この詩では「虚明」（＝自然法爾の根源）と言い換えられている。

漱石は、このときなぜ禅的世界の根源である「陰陽」や「虚明」を詠っているのであろうか。このことを先に引用した百十一回を執筆した九月五日に創作した漢詩（「絶好文章……」）の頸聯と尾聯を通して考えてみよう。

その漢詩の頸聯では世界を黙照している「陰陽」や日月の姿が詠われている。漱石は『明暗』の登場人物たちを語り手の批評で彩ることなくそのあるがままの姿において描き出すことに腐心している。漱石の『明暗』執筆のこの態度が、その漢詩における「陰陽」「虚明」のなかに、またその顕現である日月の姿に重ね合わせて表明されていると考えられる。尾聯では、このような真如の世界（陰陽が宇宙を創造しかつ黙照しているという真実相）は言葉によっては説明できないという禅における不立文字の思想が詠われている。しかし「碧眼をして消息を知ら令《し》むる勿《な》かれ」とする強い禁止の語調は、不立文字の思想の表明に九月五日時点での『明暗』執筆に関する次のような漱石の意識が重なっていることを暗示している。

漱石は『明暗』の語り手を己の好悪によって登場人物を批評しない立場に置き、ひたすら登場人物たちの意識とその言動をその在るがままの姿において描き出すことに腐心している。しかしながらこの漢詩を創作した九月五日に執筆した百十一回の場面では、お秀が病院から去った後の津田とお延との和合が描かれ、この回から百十三回にかけて、語り手が地の文で二人の和合の意味やこのときの二人の意識を解説する場面が始まる。これらの回では、お延の意識――この機会を津田の愛を勝ち取る好機として津田に対して平然と嘘をつくお延の意識――のありようや、津田の今までのお延へのコンプレックス（我執に取り付かれた意識）が描かれ、語り手は、詳細な分析的解説によって、彼らの醜悪な内面世界を露にしている。これらの回の内容は、作者が彼らに対する嫌悪の言葉を挟み込まずにいられない部分である。しかしこのときの語り手は、嫌悪に彩られた批判的言辞でその描写を彩ることなく、冷徹に彼らの内面の醜さを客体化して描き出している。このことを考えるとこの漢詩の尾聯における強い禁止の語調や「言辞を弄せんと欲すれば俗機に堕つ」という詩句には、漱石の九月五日時点での『明暗』創作態度への自戒

――己の嫌悪の感情を抑制し、ひたすら主人公たちのあるがままの内面の姿を浮き彫りにし続けねばならないとする自戒――が重ねあわされていると考えられる。

以上のことを考えるならば、漱石が九月五・六日の漢詩で禅的世界の根源としての「陰陽」や「虚明」を詠っているのは、世界を創造し、かつその創造物を（そのありようにこだわらずに）黙って照らし出すという「陰陽」や「虚明」の禅的ありようのうちに、己の創作態度を重ね合わせ、漱石自身の内に生じる主人公達に対する嫌悪の感情を封印しようとしているからであると理解できるのである。

もう一例挙げてみたい。百十六回から病室に小林が現われ、津田との間に醜悪な会話が繰り広げられることになるが、漱石は百十六回を書いた九月十日、次のような漢詩を作っている。（漱石はこの日の午前、『明暗』のなかで西洋洗濯屋の風景のDを書き込んでいる）。

絹黄婦幼鬼神驚
饒舌何知遂八成
欲証無言観妙諦
休将作意促詩情
孤雲白処遥秋色
芳草緑辺多雨声
風月只須看直下
不依文字道初清

絹黄婦幼　鬼神驚く
饒舌　何ぞ知らん　遂に八成《はちじょう》なるを
無言を証して　妙諦を観んと欲し
作意を将《もっ》て　詩情を促す休《な》かれ
孤雲　白き処　秋色遥かに
芳草　緑なる辺　雨声多し
風月　只だ須《すべから》く看ること直下なるべし
文字に依らずして　道初めて清し

この漢詩でも漱石は不立文字の思想を詠っている。漱石はその尾聯で「風月　只だ須く看ること直下なるべし」と詠っているが、この場合の「風月」は先の詩の「日月」「陰陽」と同義であり、風月は自分の作り出した風景を直下に（ずばりと）認識している（＝黙照している）という意であろう。[8]漱石は己の『明暗』執筆の態度を「風月」に託していると考えられる。また首聯で「饒舌　何ぞ知らん　遂に八成なるを」（いくら言葉を費やしても真実相は完全には描き出せない）と詠っていることや、頷聯の「作意を将《もっ》て詩情を促す休《な》かれ」という強い禁止の語調には、これから描こうとする津田と小林との醜悪な対話を、嫌悪の言葉を差し挟むことなくありのままに客体化して描き出さねばならないとする漱石の『明暗』創作の立場が表明されていると考えられる。漱石は百十六回から津田と小林との醜悪な内面世界を描き出すにあたって、作者としての自分がとらねばならない態度を漢詩の中で表明してその態度の遂行を己に言い聞かせているのである。事実、百十六回から百二十一回にかけて、二人の醜悪な内面が彼らの対話を通して示されるが、その地の文では語り手が自分の嫌悪の言葉を差し挟むことは無いのである。

以上のことから漱石が『明暗』執筆と平行して創作した漢詩の禅的世界観には、『明暗』を書き続けるにあたってそのときに最も要請される作者としての心構え――その創作態度が重ねあわされていることが知られるのである。

＊

最後に『明暗』における自然物や西洋洗濯屋の風景の機能と漱石の『明暗』に対する創作態度との繋がりを考えてみたい。

漢詩に詠まれている禅的秩序世界にあっては、「虚明」や日月（自然法爾の根源性・仏心）だけではなく、それによって生み出される自然物（＝仏心の顕現）もまた、光を放ち、世界を照らし出す存在であった。『明暗』に描かれた自然物や西洋洗濯屋の風景を形成する自然物は、この禅的漢詩の景やそのイメージと繋がるものであった。

このことは『明暗』における自然物や西洋洗濯屋の風景もまた、（眼に見えない）光を放って、世俗に生きる主人公たちの我執に彩られた意識世界を照らし出す存在として描き込まれていることを意味するのである。

一方、『明暗』の主人公に対する漱石の執筆態度の特徴は、作者自身が主人公に対する己の個人的な好悪の感情を排除し、主人公の意識をその醜悪な内面をも含めて、在るがままに描き出すという点にある。

このことを考えるならば、『明暗』に描きこまれている自然物や西洋洗濯屋の風景における禅的要素は、漱石における『明暗』の創作方法——己の好悪の感情を抑制し、ひたすら主人公のあるがままの内面を浮き彫りにするという創作態度——と結びついていることが理解できるのである。

『明暗』の背景に描きこまれている自然物や西洋洗濯屋の風景が登場人物の言動を客体化して浮き彫りにする機能を持つ理由——それは、漱石が『明暗』の自然物や西洋洗濯屋の風景に、世界を黙照しその隅々まで照らし出す性格を持つ禅的な自然を重ねあわせており、その禅的自然の、世界を黙照する視線に、彼の『明暗』執筆態度——個人的好悪の感情を排除し主人公たちの姿をありのままに描き出そうとする描写態度——を重ね合わせているからなのである。

おわりに

本稿では、『明暗』に描き込まれた自然物（松・竹・水・土・光など）や「西洋洗濯屋」の風景の機能が、主人公の日常世界における醜悪な意識世界を「見つめる」（＝浮き彫りにする）機能を持つこと、そしてそれらが作家漱石の創作態度——作者の主人公に対する好悪の批評を差し挟まず、ありのままに主人公の言動とその内面を描き出そうとする創作態度——と結びついていることをみてきた。

『明暗』では津田とお延の意識を中心として、我執に彩られた複雑かつ多層的な現代人の意識が描き出されているが、漱石はその我執に彩られたその意識のありようを描き出すにあたって、禅的な純一無雑な「自然」の世界をその背景に描きこみ、その禅的な価値観に已の視線を一致させ、主人公たちの意識に個人的な好悪の感情を差し挾むことなく、その醜悪な意識をありのままに、浮き彫りにすることに専念している。こうして『明暗』では、純一無雑な禅的世界（禅的自然物）の視線と、津田やお延を中心とする世俗の我執に彩られた主人公たちの意識とを交差さすことによって、我執に彩られた主人公たちの内面世界を客体化して浮き彫りにしているのである。(9)

『明暗』における自然物や西洋洗濯屋の風景は、作家漱石の分身である語り手の拠り所——主人公たちを描き出すための視点の拠り所——であり、その内実である禅的世界観やその禅的漢詩のイメージは、近代人の我執に彩られた内面世界を客体化して描き出すための作家漱石の芸術的枠組みとして機能しているのである。

注

（1）高木文雄「柳のある風景」（「女子聖学院研究紀要」十集　昭和四十六年十一月、のち『漱石の命根』桜楓社、昭和五十二年九月）

（2）『明暗』に描き込まれた「自然」にはさまざまな相がある。その「自然」は、登場人物の眼に入る具体的な自然物として姿を現すこともあれば、登場人物には見えない超自然的存在としてその本質的姿をあらわすこともある。本稿では前半に描かれた具体的な存在として顕われている「自然物」に焦点を絞る。

（3）『明暗』百七十五回で津田が清子と廊下で遭遇する場面で光が重要な役割を果たしていることは、平岡敏夫「『明暗』」（『漱石研究』有精堂、一九八七年九月）に問題提起がある。私見によれば、これらの場面では水と光は禅的な自然の本来の姿を顕現しているのである。

（4）『明暗』の各回を書いた日付については第一章「『明暗』執筆日と漢詩の創作日との関係」参照）

（5）第一部第二章（『明暗』と漢詩の「自然」）参照。

（6）漱石は『文学論』の中で「仮に色の観念を詩より除き去らば、詩の過半は自滅を免がれず、其詩は空にして味なかるべし。彼の支那詩の如きは特に此方面に於て異彩を放つものと云ひ得べし」と、具体例を挙げて漢詩における色の象徴性を強調している。このことを意識した漱石の創作した漢詩の色にも同様な象徴性があると考えられる。

（7）本稿での漢詩の本文及び訓読文は一海知義『漱石全集』第十八巻（岩波書店、一九九五年十月）によった。

（8）多くの注釈書は「風月」を「看る」の目的語とする。しかし「風月」を主語として解釈することも可能である（後考をまつ）。

（9）登場人物を取り巻く世界（環境）が主人公の姿を客体化するという手法は、すでに『道草』の最後の場面で顕著に現れている。『明暗』におけるこの手法はその徹底化といえる。（拙稿「『道草』の語り手」玉井敬之編『漱石から漱石へ』〈翰林書房、二〇〇〇年〉所収論文）

第二部　『明暗』の日常世界描写における漢詩の役割

第一章　お延と小林の対座場面の最後
――『明暗』期漢詩の表層と深層――

はじめに

漱石は『明暗』八十九回を書いた日の夜から漢詩を創作し、以後木曜日を除いて午前中に『明暗』一回分を執筆した後、その午後には漢詩を創作するという生活を始めることになる。松岡譲は『明暗』執筆と漢詩の関係についての漱石の「口癖」を次のように伝えている。「午前中執筆する『明暗』新聞登載一日分の日課を終へると、午後から小説の取り扱ふ俗世界から解放されて真人間になるべく詩を作つてあたまのねぢをもとへ戻しておく」（『漱石の漢詩』十字屋書店、昭和二十一年九月）。松岡譲の伝える漱石の「口癖」は、いかなることを意味するのであろうか。松岡は、「当時の漢詩は、小説の執筆が仕事であるのに鋭く対立して、正しく遊びであり道楽であつた」とする。この見解は現在でも『明暗』と漢詩の関係を示す定説としての位置を持ち続けている。しかしこの定説は、漢詩創作と『明暗』執筆との本質的繋がりを示しているとは言えないのではないだろうか。私見によれば、松岡の伝える漱石の言葉、「小説の取り扱ふ俗世界から解放されて真人間になる」とは、『明暗』を執筆する視点が禅的思惟にあり、その視点を取り戻すことを意味し、「あたまのねぢをもとへ戻しておく」とは、『明暗』執筆によって生じた「俗了」意識（＝登場人物に同化していた意識と漱石本来の批判意識との交差による興奮）を鎮め、明日の『明暗』

執筆のために、禅的視点を取り戻しておくということであろう。この松岡の伝える漱石の言葉は、『明暗』と漢詩の繋がりの基本的性格を示すものである。

本稿では、『明暗』期最初の漢詩群三首を取り上げ、松岡が伝える漱石の言葉が示す、『明暗』と漢詩との具体的様相を明らかにしてみたい。

『明暗』期最初の漢詩を作った日の午前中に執筆した八十九回と次の日の九十回は、八十一回から始まる津田の留守宅におけるお延と小林の対座場面の最後の部分、お延が夫津田への疑惑を確信するという、これから始まる津田の病室場面の前提となる重要な場面である。また九十一回からは、『明暗』の最重要場面、津田の病室における登場人物達の対座場面が始まる。このような『明暗』展開の核心となる場面を書いた時期に創作し始めた漢詩群には、今まで漱石が書き続けてきた、津田の留守宅における小林とお延の対座場面や、これから書き出すことになる津田病室場面執筆への思いが関係しているはずである。しかし漢詩の表面から『明暗』との関係を読み取ることはきわめて困難である。『明暗』期の漢詩は、その表層の意味だけでは、詩の深層に込められている『明暗』への思いとの関係が理解できないからである。

留意すべきは午前中の『明暗』と、午後の漢詩とには、語句の一致や類似点が多く存在していることである。私見によれば、この語句の一致や類似は、その語句を通して、午前中に作った『明暗』への漱石の思いが漢詩の深層に込められていることを示しているのである。

そこで本稿では、『明暗』と漢詩の語句の一致や類似点を手がかりに、漢詩の表層の意味と、その深層に込められている漱石の『明暗』執筆への思いとの関係を考えてみたい。

一

本稿で取り上げる漢詩三首は、八十一回から九十回までの、津田の留守宅でのお延と小林の対座場面の最後の部分（八十九・九十回）を書いた八月十四・十五日に作られている。この三首は、お延と小林の対座場面全体にかかわっていると考えられる。まず八十一回から九十回までの梗概を記しておきたい。

（八十一回から八十八回梗概）　小林は津田の留守宅に外套を貰いにやってくる。小林は彼と津田との約束を知らないお延に、「いくら酔払つてゐたつて気は確《たしか》なんですからね。どんな事があつたつて貰ふ物を忘れるやうな僕ぢやありませんよ」という。お延にあっては、小林の境遇は軽蔑の対象でしかなかった。小林の無頼漢的態度に薄気味悪さを感じだしたお延は話題を津田のことに向けた。すると小林は津田の秘密を匂わせた。お延は小林の態度に反発しながらもその言葉に引きずり込まれずにはおれなかった。（八十七回）津田の着古した外套を着た小林に対してお延は軽蔑の言葉で応対した。小林は言った。「奥さん、あなたさういふ考へなら、能《よ》く気を付けて他《ひと》に笑はれないようにしないと不可《いけ》ませんよ」。（八十八回）津田についての発言を説明する義務があると迫るお延に対して、小林は自分の言葉はすべて取り消すとうそぶいて帰っていった。お延は二階の津田の部屋にあがり、机の前に坐り泣き出した。

（八十九回梗概）　お延は、津田の机の引き出しを開け、疑惑の証拠を探し出し始めた。「ⓐパナマや麦藁製の色々な帽子が石版で印刷されてゐる広告用の小冊子めいたものが、二人で銀座へ買物に行つた初夏の夕暮を思ひ出させた。（中略）此見本には、真赤に咲いた日比谷公園の躑躅《つつじ》だの……薄暗い影をこんもり漂よはせてゐる高い柳などが、離れにくい過去の匂《にほひ》のやうに、聯想として付き纏《まつ》はつてゐた。お延はそれを開いた儘、しばらく凝と考へ込んだ。」その後お延は、状差しの手紙をことごとく読み、それを元に戻したとき、次のような光景を思い出し「疑惑の焔」で胸を燃え上がらせた――初秋の日曜の朝、津田は庭先で、古手紙を燃やしていた。ⓑその燃えている手紙からは「濃い烟」が渦巻き、その烟にむせぶ津田は顔をお延から背けた。――

（九十回梗概）　下女のお時は病院で津田に会ったときの様子を語った。「小林は酒を飲んでやしなかつたか」と聞かれたので、まさか朝から「酔払つて」他《ひと》の家に来る客はないと思ったと。お延は、「酔つちやゐらつしやらないと云つたの」とお時に念を押した。するとお時は、さらに次のような津田の言葉をお延に伝えた。「ことに酔うとあぶない男だ。……みんな嘘だと思つてゐれば間違はない」。お延はこれ以上何も言う気にならなかった。

まず、八十九回を書いた八月十四日夜に執筆した漢詩を取り上げてみたい。

幽居正解酒中忙　　幽居正に解す　酒中の忙
華髪何須住酔郷　　華髪何ぞ須《もち》いん　酔郷に住むを
座有詩僧閑拈句　　座に詩僧有り　閑かに句を拈し
門無俗客静焚香　　門に俗客無く　静かに香を焚く
花間宿鳥振朝露　　花間の宿鳥　朝露を振い
柳外帰牛帯夕陽　　柳外の帰牛　夕陽を帯ぶ
随所随縁清興足　　随所随縁　清興足り
江村日月老来長　　江村の日月　老来長し

◆語釈・典拠

【酔郷】『蘇東坡詩集』巻二十六「次韻趙令鑠」「老来専ら酔を以《もっ》て郷と為す」など、類似した語句は多い。当該詩のように世俗の象徴として使われているものは不詳であるが、上記のような詩句を利用しながら正反対の意識を表現していると思われる。

【柳外の帰牛夕陽を帯ぶ】（以下、上田閑照・柳田聖山著（『十牛図――自己の現象学』（筑摩書房、一九八二年三月）所収の「住鼎州梁山廓庵和尚十牛図」の訓読文および訳注を引く）

「第六に牛に騎《の》って家に帰る」干戈《かんか》已《すで》に罷《や》み、得失還《ま》た空ず。樵子《しようし》の村歌を唱え、児童の野曲を吹く。身を牛上に横たえ、目は雲霄《うんしよう》を視る。呼喚すれども回《かえ》らず、撈籠《ろうろう》すれども住《とど》まらず。

頌うて曰う／牛に騎って迤邐《いり》として家に還らんと欲す　羌笛《きようてき》声声　晩霞を送る　一拍一吹限り無き意　知音は何ぞ必ずしも唇牙《しんげ》を鼓せん／（中略）／和する／倒《さかしま》に騎って得得として自《おのずか》ら家に帰る　篛笠蓑《じやくりゆうさ》衣《え》　晩霞を帯ぶ　歩歩清風行く処に穏かなり　寸草を将《も》て　唇牙に掛けず

〈訳〉「第六に牛にまたがって家に帰る」争いはとっくに終って、捕えることも放すこともさらにない。樵夫《きこり》の歌う田舎歌を口ずさみ、童歌《わらべうた》のメロディを笛で吹く。／気楽な格好で牛の背にまたがり、目は大空のかなたを見ている。かれらを呼びかえすこともできず、引きとめようもない。

頌って言う／牛にまたがって、ぶらりぶらり家路をめざせば、えびすの笛の音が、一ふし一ふし夕焼け雲を　見送る。／一つの小節、一つの歌曲にも、言いようのない気持がこもっていて、真に音曲を解する人のよけいな説明など、さらさら無用である。／（中略）／さらに和する／うしろ向きにその背にのっていても牛はテクテク、ちゃんと家に向う、竹の笠もわらの蓑も、夕やけ雲に巻きこまれて赫《あか》い。一歩一歩涼風を起こす、牛の足どりは落ちついたもので、ちゃちな草などに口を出しはしない。

〈注〉「騎牛帰家＝牛と人が一つになり、本来の家舎に帰るところ。帰家は、帰家穏坐の意で、落ちつくべきところに落ちつくこと。万法帰一とか帰根得旨、帰源、帰真などの意が強い。」「晩霞＝真っ赤な夕焼け雲。霞は、赤いのが普通である。」

傍線部の類似から当該詩の「柳外の帰牛夕陽を帯ぶ」は『十牛図』の序六を踏まえていると考えられる。

【花間の宿鳥】「宿鳥」の直接的な典拠は不詳。「帰牛」の典拠が『十牛図』であることを考えると、この詩語も『十牛図』第九「返本還源」の「百鳥も啼かず　花乱れて紅なり」によっている可能性がある。当該詩の「宿鳥」とは啼かない点でも共通する。

【随所随縁】「随処」「随縁」を含む代表的禅語にはつぎのような用例[1]があり、「随所随縁」も左のような禅語と同義であろう。

「随処快活」——「無礙自在で、どんな条件にあっても自己を攪乱されないこと」。「随処卓然」——「一切を透脱し、何れよりも拘束されることのない自心を表わす」。「随縁化物《けもつ》」——「仏や菩薩が三界六道のあらゆる衆生を、その環境や機根の相違の縁にしたがって、その場合に最も適切な方法で化導すること」。「随縁真如」——「人が迷い悩み、あるいは菩提心を起して理想に向かい信仰実践して行くのは、すべて真如が具体的に活動する（こと）」。また『句双葛藤鈔』[2]「随処自在」に「一処ニカカワラヌ義ナリ。已レナキニ依テ物々ニシタガイ受由ナリ」とある。

【江村の日月老来長し】杜甫「江村」「長夏江村事事幽なり」等あるが、当該詩との関係は不詳。当該詩と似た内容を持つ詩として次に引く高青邱の七言絶句があり、当該詩の「江村の日月老来長し」もこの詩と関係している可能性がある。確かではないがこの両者の類似について考えておく。

高青邱「王畊雲と愚菴の倡和の詩に和す」
灌花移石不辞勤　　花に灌《そそ》ぎ、石を移して、勤を辞せず
苔潤流泉雨後新　　苔は流泉に潤うて、雨後に新たなり
一塢緑陰雞犬静　　一塢《を》の緑陰、雞犬静かに
老来欣作太平人　　老来、太平の人と作《な》るを欣《よろこ》ぶ

転句の「一塢」（＝堤。村）や「雞犬」からは「江村」の光景と繋がる。結句は争いのない世界（＝世俗を超越した

禅的悟りの境界）を示しており、「老来」「太平」は、後に述べるように、漱石当該詩の「老来長し」と内容は同じである。この類似は、漱石当該詩の尾聯との繋がりを思わせる。直接的な影響関係はいえないにしても、その意識世界は同一である。

当該詩の「日月」の一首全体にかかわる意味内容について考えてみよう。この句は次のような禅語のイメージと繋がっている。「壺中の日月長し」（『禅林句集』）。「壺中の天地、別に日月有り」（『槐安国語』[3]巻一）。後者の道前注には「（滅、不滅を超えたる処、自ずから）別の境界有り」とある。これらの禅語との繋がりを認めうるならば、当該詩の「日月……長し」には「悟りの世界は俗世とは異なる別世界である。」といったイメージがあろう。「老来長し」は、その境界に生きる禅者の意識を示していると考えられる。『十牛図』序六の「倒《さかしま》に騎って得得として自から家に帰る　翦笠蓑衣《じやくりゆうさえ》　晩霞を帯ぶ」の「翦笠蓑衣《じやくりゆうさえ》」（漁夫や樵子）」、あるいは禅の境界のイメージを表わすものとしての「争いのない太平の世界」の住人である老人（「鼓腹撃壌」してその理想世界を讃えたという老人）のイメージがあると思われる。（先に引いた高青邱の詩の結句も同じ）。一首全体にかかわる尾聯の意味内容は、右の典拠のイメージを踏まえて、詩僧が禅的境地にいることを詠ったものであろう。

◆大意

首聯　「幽居」（世俗と離れた生活）をしていると、「酒中の忙」（世俗での人付き合い）が無価値であることがはっきりと分かる。年を取ったわたしがどうして「酔郷」（世俗）に住む必要があろうか。

頷聯　室内には詩僧（禅僧）が一人坐っており、心閑かに詩作している。（この詩僧はわたしの心の姿なのだ）門には世俗の客が訪れることもなく、室内では一くゆりの香の烟が立ち上っているばかりである（あたりは禅的静寂さに包まれている）。

頸聯　その詩僧（すなわちわたし）の想念には次のような景が浮かんでいる。――朝になると花影に休んでいた鳥は朝露をふるって飛び立ち、夕方になると柳の木の向こうから帰ってくる牛の背は夕日で染まっている。（この景のありよう――自然の掌る時間の中で、自然に包まれて自足して生きている生の姿――こそが、わたしの心境なのだ）

尾聯　この世のすべての状態は自然（＝仏法）の「真如」のはたらきによるものであり、その「真如」のはたらきのうちに、「清興」は存在するのだ。江村（世俗と離れた世界）は、世俗の時間とは異なる永遠の時間が支配する別世界であり、それは、老人が鼓腹撃壌してその太平の世を讃えたという理想世界（人のあるべき境地＝禅的悟りの境地）なのだ。

以下当該詩の各聯における表層の意味と、この詩の深層に込められている漱石の『明暗』に対する思いを見ていきたい。

首聯「幽居正に解す酒中の忙　華髪何ぞ須いん酔郷に住するを」について

この詩全体を統一する世界は、「酒中の忙」の対極にある「幽居」の境地（＝禅的境地）である。諸注は「酒中の忙」を「酒席での忙しさ」や「人間関係の煩わしさ」とする。「酒中の忙」の表層の意味は、このような範囲にあり、この聯の表層の意味はほぼ「大意」で示したような内容となろう。

ところで、吉川注は「酒中の忙の酒とは小説であり、酔郷とは小説の国であるかも知れぬ」とし、佐古注も「この詩における「酒中の忙」「酔郷」は、いずれも『明暗』の小説世界を暗示したものとして読むことが可能であろう」と記されている。これらの注が示すように、「酒中の忙」という表現には、その表層の意味内容と共に、その深層には漱石の『明暗』執筆の思いが関係していることは明らかである。しかしこのような漱石漢詩における詩語の深層の意味内容についてはほとんど解明されていない。『明暗』期の漢詩の性格を考えるにあたっては、「酒中の忙」に見られるような、詩語の表層と深層との関係を明らかにすることが必要である。

以下、当聯の深層に塗り込められている『明暗』との関係を考えてみたい。

『明暗』八十一回から九十回までは、小林の「酔い」が関係しており、この詩の「酒中の忙」と結び付いていると思われる（梗概の波線部分）。八十一回で津田の留守宅に外套を貰いにきた小林は、津田との約束を知らないお延に、「いくら酔払つてゐたつて気は確《たしか》なんですからね」という。九十回では小林が帰った後、お時とお延の間で次のような会話がなされる。お時は病院で津田に「小林は酒を飲んでやしなかつたか」と聞かれたことをお延に告げる。すると、お延は、「酔つちやゐらつしやらないと云つたの」とお時に念を押した。そこでお時は、さらに「ことに酔うとあぶない男だ」という津田の言葉をお延に伝えた。これらの場面で漱石は殊更に登場人物達に、小林と酒の酔いとの関係を話題にさせているが、この八十一回と九十回の「酒」・「酔い」という語句と、首聯の「酒中の忙」や「酔郷」とには繋がりがあろう。

八十一回における小林の「酔払つてゐた」という内容は、以下のことを背景としている。三十四回で津田は小林と連れだって「酒場めいた店」に入る。そこで小林の酒の酔いに乗じた会話をとおして、津田は小林の置かれている境遇や、その背景にある階級社会の問題を聞くことになるが、津田にとっては小林の話はやっかいなだけであった。八十一回から九十回においては、お延の富裕者層特有の無産者小林への軽蔑と、それに対する小林の無頼漢的反発が描かれる。この小林の反発を、酒の酔いと結びつけて考えようとする津田やお延の意識（小林の自嘲的言葉をも含めて）には、上流社会における下層社会の不満の理解の仕方が投影している。津田が病院でお時に、小林が酔っていなかったのかと問いただすのは、下層社会の人間は、上流社会に従順であるべきだという意識に基づいている。津田からすれば小林の言動は、社会的秩序を無視するものであり、排斥されねばならぬ性質のものである。（津田が小林の言葉を酒の酔いと結びつけて、お延に無視させようとすることには、富裕者層との繋がりを目指す津田の社会的立場が現われている。）

八十一回から九十回にかけての小林とお延の対座場面では、お延の小林に対する軽蔑と、その軽蔑に対する小林の反発によってその会話が彩られている。漱石は、このような小林とお延の意識の交差を突き放して描き出しているが、当該詩の首聯で詠う「正に解す酒中の忙」には、小林を取り巻く社会問題に対する漱石の深い理解と、小林の反抗とその苦しみに対する共鳴が表明されているといえよう。また「何ぞ須《もち》いん酔郷に住むを」には、「酔郷」を「俗世」（＝現実）と理解するならば、下層社会の人間を冷たく扱う現代社会に対する強い反発が込められているといえる。このような観点からするならば、首聯の深層には次のような漱石の意識が込められているといえよう。――わたしは現実の利害関係から距離を置いた隠逸の立場にいるが、それ故に、社会から除け者にされ「貧」に苦しむ小林の反抗を理解できるのだ。わたしはこのような社会に住みたいとは思わない。――

首聯の「酒中の忙」には、表層における一首全体にかかわる意味と、深層における『明暗』執筆にかかわる意識内容が存在しているのである。(4)

頷聯「座に詩僧有り閑《しず》かに句を拈し　門に俗客無く静かに香を焚く」について

頷聯の一首全体にかかわる表層の意味は、「大意」で示したような、作者が禅的静寂さの境地にいることの強調である。一方、この表現には、禅的静寂とは異なる漱石のお延に対する批判的思いがその深層にあると考えられる。

八十九回では、津田の机の前に坐り、津田宛の手紙を読みあさり、心を乱しているお延の姿が描かれている。――お延は状差しの手紙を黙読した後、疑惑の焰で胸を燃え上がらす。それは、初秋の日曜の朝、津田が庭先で、古手紙を燃やしている姿であった（梗概傍線部ⓑ）。――手紙からは「濃い烟」が渦巻き、その烟にむせぶ津田は顔をお延から背けた。――ここでは、津田が燃やしている手紙から渦巻き出る「烟」に、お延が疑惑で胸を焦がす心のありようが象徴的に描かれている。一方、当該詩の頷聯では、禅僧の前には香が焚かれており、その一くゆりの香の烟が禅僧を禅定の世界に誘っていくありさまが詠われている。

両者にあっては（禅僧もお延も）共に独り「坐して」おり、「烟」が関係している。しかし八十九回での烟は、津田への疑惑の象徴であり、当該詩で詠う烟は、俗世と切り離された禅的世界の象徴である。「烟」に託された両者の意味は正反対である。

この関係には、漱石が、手紙を焼く烟にむせぶ津田の姿を思い出し胸を焦がすお延の姿（「お延は斯《こ》んな事を考へつゞけて作りつけの人形のやうに凝《じつ》と坐り込んでゐた」）から、その対極にある詩僧が香を焚きその烟で心閑かに詩作にふけっている姿を創り出していることを示している。（この詩僧とはこの場面を書いた作者漱石自身のあるべき姿のイメージであろう）。このことはこの正反対のイメージを生み出す連想の核に、津田の机の前に坐して夫への疑惑に胸を焦がしているお延に対する作者漱石の批判が存在していることを示している。

と同時に、この関係は次のことをも意味していたと思われる。漱石は、この場面の創作に当たって、お延に同化し、またお延の意識に寄り添いながらしかし批判的言辞を加えることなく、あるがままにその意識を浮き彫りにしていた。当然のことながら、漱石の意識の内部にあっては、お延に同化していた意識と、それを批判せずにはおれない意識とが交差し、その交差による興奮が創作後も続いていたと考えられる。このような要素に注意を向けるならば、この頷聯には、お延への苛立ちから抜け出ようとする次のような漱石の気持が込められていると考えられる。――津田は、焼いている手紙から出る「濃い烟」にむせび、お延から顔を背けた。お延は夫のその姿を思いだし、疑惑に我を忘れている。このようなお延の心の内を描いたわたしの内部にあっては、お延に同化していたわたしの創作意識と、私の本来の批判意識との交差による興奮がその余韻として続いている。わたしは、明日の執筆のために、その余韻を早く払拭しなければならない。わたしは、当該詩のなかで、お延を疑惑に駆り立てた「烟」という字を、禅的静謐さを示す語として使い、その語の中にお延に対する興奮した気持を封じ込めてしまうことによって己の創作意識の興奮を鎮め、『明暗』の俗世界から離れるのだ。――

この聯の表層と深層の関係について言えば、漱石は表層で詠った禅的世界の力によって、八十九回執筆の興奮を押し鎮めようとしているのである。

頸聯「花間の宿鳥朝露を振い　柳外の帰牛夕陽を帯ぶ」について

「花間の宿鳥」の「花」と「柳外の帰牛」の「柳」は対になっており、この対では、禅語「花紅柳緑」がイメージされている。また鳥と花のイメージは『十牛図』第九「返本還源」の「百鳥も啼かず花乱れて紅なり」(5)と関係していると思われる。「柳外の帰牛　夕陽を帯ぶ」は『十牛図』の「騎牛帰家」（序第六）の頌「牛に騎って迤邐《いり》として家に還らんと欲す　羌笛《きょうてき》声声晩霞《ばんか》を送る」（牛にまたがってぶらりぶらりと家路をめざす。えびすの笛の音がながれ、夕焼け雲を見送る——）のイメージを踏まえていると考えられる。

　このような典拠との関係を考えると、一首全体に繋がる頷聯の表層の意味内容は、大意で示したように、詩僧（漱石）の禅的境地を詠ったものといえよう。

　次に、この頸聯の深層に込められている漱石の『明暗』執筆にかかわる意味内容を考えてみたい。『明暗』八十九回の記述（梗概の傍線部ⓐ）「真赤に咲いた日比谷公園の躑躅《つつじ》」や「高い柳」と当該詩の頸聯とに次のような語句の一致や類似がある。

①『明暗』「夕暮」の「夕」と、当該詩「夕陽」の「夕」。②『明暗』「真赤に咲いた日比谷公園の躑躅」の「躑躅」と、当該詩「花間」の、「花」。③『明暗』「高い柳」の「柳」と、当該詩「柳外」の「柳」。

　これらの語句の一致や類似は、漱石が八十九回のこの部分から当該詩の頸聯を紡ぎ出していることを示している。お延が連想した「二人で銀座へ買物に行つた初夏の夕暮」の光景「真赤に咲いた日比谷公園の躑躅だの……薄暗い影をこんもり漂よはせてゐる高い柳」は、お延が津田に対して疑いを持っていなかった幸福だった時の風景である。　この風景と当該詩の頸聯との語句の一致（「夕」「花」「柳」）は、当該詩の頸聯が、お延の連想したこの風景から導き出されていることを示している。更に言えば、この風景それ自体が『十牛図』の「騎牛帰家」のイメージを下敷きにして創られていることを示している。

お延が連想した風景が、当該詩の頸聯の詩句と結び付いており、しかも、『十牛図』のイメージと関係していることは、お延が連想した「初夏の夕暮」の風景が、『十牛図』でいう「帰家」、即ち人のあるべき本来の心の状態（『十牛図』序九でいう「自然」）の隠喩であることを示している。この意識は、当該詩の頸聯で、香の烟に導かれて、閑かに詩作をする詩僧（禅僧）の意識のありようとも重なる。『明暗』のこの場面では、お延はその「初夏の夕暮」について考え込んだ後、突然津田の秘密を知ろうと行動を始める。このようなお延の意識の変化は、この場面で漱石が、禅的枠組みから、お延の意識をその深層（「暗」）と表層（「明」）との関係において対比的に描き出そうとしていることを示している。

右の分析を踏まえるならば、この頸聯の深層には、次のような漱石の『明暗』に対する気持が存在しているといえよう。――大自然の運行のなかで自足して生きる花間の宿鳥や帰牛の姿こそは、人のあるべき心の状態であり、それは、大自然のなかに、己の意識を同化させて生きる境地（禅的境地）なのだ。お延は本来持っているその大切な人間本来の心に蓋をして、我執の渦巻く世俗の世界に入ろうとしている。わたしはこの大自然と同じ立場（すなわち禅的立場）から、『明暗』の主人公達の意識のありようをその深層と表層との関係で描いていくのだ。――

尾聯「随所随縁清興足り　江村の日月老来長し」について

前半「随所随縁清興足り」の当該詩全体にかかわる表層の意味内容について考えていこう。「随所」と「随縁」は禅語であるが、「随処随縁」という成語は、一般的でないようである。このような使い方には、この語句の中に次のような漱石の特別な思いが込められていると思われる。――人がさまざまな時と場所で、迷い苦しんでいたとしても、それは「真如」（＝「大自然」）の顕現なのだ。そのことを感得しているわたしは心を乱されることのない「無礙自在」の境地にいるのだ。――「清興足り」とは、このような禅的境地を内容としている。

次にこの聯の深層に込められた『明暗』執筆にかかわる漱石の意識について考えていこう。漱石は、八十九回執筆にあたって、お延の意識に同化し、寄り添い、さらには、お延の意識から離れて、禅的立場から批判的言辞を加えることなく、お延の興奮した意識のありよう（お延の内奥にある本来の意識と、意識の表層を支配する我執の意識との関係）をあるがままに描いていた。漱石は八十九回を書き終わった後も、その創作の余韻（お延に同化していた意識と、お延を批判せずにはいられない意識との交差による興奮）からは容易には抜け出すことは出来なかったと思われる。このような漱石のお延についての創作の観点からするならば、当該詩の「随処随縁清興足り」の深層には、次のような漱石の気持が塗り込められていると思われる。——お延は小林によって夫への疑惑に火を付けられ、この場面から、その疑惑を知ろうと行動することになる。しかしこのお延の迷いや行動は「大自然」がお延を何処かへ導くためなのだ。お延の夫への疑惑に駆られた行動も又「真如」の表れなのだ。わたしがそのお延の姿をありのままに描いていくことは、天（大自然）のはたらき（意思）を描くことであり、それは「清興」に値することなのだ。（だからわたしはお延の興奮に感化されてはならず、次回創作のために早急に禅的な意識に立ち戻らねばならないのだ。）——

後半「江村の日月老来長し」について。まず表層の意味についての結論のみを示しておきたい。この句の「江村」の典拠はさだかではないが、世俗を超越した禅的悟りの境界を内容としていると考えられる。また、当該詩の「日月……長し」には〈悟りの世界は俗世とは異なる別世界である〉といったイメージがあろう。「老来長し」は、大自然の動きに自己の生を従わせることを第一とする禅者の意識を示していると考えられる。一首全体にかかわる尾聯の表層の意味内容は、高青邱「王畊雲と愚菴の倡和の詩に和す」や『十牛図』のイメージを踏まえて、詩僧が禅的境地にいることを詠ったものであろう。

次に「日月老来長し」の『明暗』執筆にかかわる漱石の意識について考えてみよう。この句は、『明暗』八十九回のお延が広告用の小冊子めいた見本から連想した風景——「真赤に咲いた日比谷公園の躑躅だの、突き当りに霞が関の見える大通りの片側に、薄暗い影をこんもり漂よはせてゐる高い柳」との関係が考えられる。

右の傍線部は禅句「緑樹陰濃《こまやか》にして夏日長し」（＝現成公案の景）〈『槐安国語』巻三〉と類似する。このことは「（初夏の）薄暗い影をこんもり漂よはせてゐる高い柳」→「緑樹陰濃《こまやか》にして夏日長し」→「江村の日月老来長し」という連想が漱石にあり、このような連想から悟りの世界としての「日月長し」「老来長し」という語句を紡ぎ出している可能性があると思われる。

以上の類似を考えるならば、尾聯には、次の内容がその深層に込められていると思われる。——わたしは禅的境地に生きており、無礙自在の境地にいるのだ。したがって『明暗』の世俗に生きる主人公達の意識に同化し、その意識を描き出したとしても、その影響を受けることはないのだ。——

漱石はこの聯の表層で詠った禅的世界の力によって『明暗』創作の興奮を押し鎮めているのである。

右に、当該詩の表層と深層に込められている漱石の『明暗』に対する意識との関係を、無意識の領域をも含めて考えてきた。その表層と深層の意識の交差を文字化すれば次のようになろう。

首聯——わたしは、酒の酔いを通して己の生きる苦しさを吐露せざるを得ない小林の境界に、同情し共鳴する。一方、『明暗』を書くわたしの視点は、「幽居」（＝隠逸の立場＝禅的立場）にあり、その立場からは、現実（世俗）世界（＝『明暗』の主人公達の意識世界）が無価値な「酒中の忙」にすぎないことをまさしく理解することが出来るのだ。世俗の人間の営みから離れた〈禅者〉の立場にいるわたしは、『明暗』で描いた世俗に生きる価値を見ようとは思わない。（わたしの生き方は隠逸（禅の立場）にあり、その立場から世俗に生きる人々の意識の根源を描き出すことにあるのだ。）

頷聯——今のわたしは、『明暗』という俗世界から離れて心閑かに詩作する禅僧の境地にいるのだ（あらねばならないのだ）。お延はこれまでぼんやりと感じていた夫への疑惑を小林の言葉によって意識化し、さらにお延の意識に浮かび上がった夫の姿——手紙を焼いているその「濃い烟」にむせび、お延から顔を背ける夫の姿——に、その疑惑を確信し、その疑惑に我を忘れている。そのお延の興奮を描いたわたしの心では、お延に同化していたわたしの創作意識の興奮が続いているが、その余韻は払拭しなければならない。わたしは、お延の疑惑に火を付けた「濃い烟」とは正反対の、「香の烟」にわたしのあるべき境地を詠うことで、わたしの心の内に渦巻いているその興奮を鎮め、午前中に執筆した『明暗』の俗世界から離れるのだ。

頸聯——わたしは大自然が作り出す景(そのなかで自足して生きている生き物たちの姿)のなかに、人間のあるべき境地を感得するのである。それは、大自然の働きのなかに、己の意識を同化させた生き方(禅的境地)なのだ。

尾聯——お延をはじめとする登場人物たちの我執に彩られた意識もまた大自然が彼らをあるべき場所に導いていく過程の表れであり、その中に大自然の意思も存在している。わたしは、彼らの我執に彩られた意識をあるがままに描き出さねばならない。このことがわたしの「清興」なのだ。世俗とは異なる禅的な境界から、わたしはいよいよ主人公達の意識のありようを描き出していくことになるのだ。

二

漱石は次の日(八月十五日)の午前中に九十回を書き、その日の午後に漢詩二首を創作している。九十回ではお延と下女お時の会話を通して、小林の「酔い」と小林の言動に対する津田の恐れに焦点が当てられていた。そのため九十回を執筆した日の午後も漱石は依然として続く小林に対する思いを禅的世界の中に封じ込め、小林への思いから離れようとしたと思われる。しかし漱石は完全には小林への思いを払拭することが出来ず、さらにもう一首を作り、その中に小林への思いを封じ込め、次の日から始まる津田の病室を描く心構えを表明することで小林への思いを断ち切り、次回から始まる津田病室の場面創作へと意識を集中しようとしたと考えられる。以下このことを考えてみたい。

漱石は八月十五日、次のような漢詩を創作している。

双鬢有糸無限情　　双鬢糸有り　無限の情
春秋幾度読還耕　　春秋幾度か　読み還た耕す
風吹弱柳枝枝動　　風は弱柳を吹いて　枝枝動き
雨打高桐葉葉鳴　　雨は高桐を打って　葉葉鳴る
遥見半峰吐月色　　遥かに見る　半峰　月を吐く色
長聴一水落雲声　　長えに聴く　一水　雲より落つる声
幽居楽道狐裘古　　幽居　道を楽しみて　狐裘古り
欲買縕袍時入城　　縕袍を買わんと欲して　時に城に入る

◆語釈・典拠

【遥かに見る半峰月を吐く色　長えに聴く一水雲より落つる声】　諸注が指摘する杜甫「月」が典拠の基本。参考のために『杜少陵詩集』巻十七（『続国訳漢文大成』鈴木虎雄の訓読文と訳）を引く

四更山月を吐く、残夜水楼に明《あきらか》なり。塵匣《じんかふ》元鏡を開く、風簾《ふうれん》自から鈎《こう》に上る。兎《と》應《まさ》に鶴髪を疑ふなるべし、蟾《せん》も亦た貂裘を戀ふるならむ。斟酌するに姮娥寡《こうがくわ》なり、天寒くして九秋を奈《いか》にせむ。

〈訳〉　四更の時刻に山が月を吐きだした。それで夜も尽きかけてる《ママ》をりに、楼上に水の照りかへしがさして明るくみえ

る。気がついてみると風にあふられた簾《すだれ》はひとりでに鈎《かぎ》のうへにのつてゐる。さうしてかの月はもとより塵匣《ちりばこ》のなかからふたをあけて出した鏡の様に懸つてゐるのである。かうまざまざと照らされては兎もこのおやぢの白髪の多きを疑ふであらうとおもはれるし、蟾蜍《ひき》もじぶんの貂裘をこひしたうてよりそふのではないかとおもふ。さらによくかんがへてみると月のなかに居るといふ姮娥《こうが》は寡婦《やもめ》なのである。やもめではこのさむ天《ぞら》に秋のながい時節をどうしてすごさうといふのか知らん。きのどくなことではないか。

当該詩とは次の点で類似する。①「山月を吐く」と「水」は、頸聯「半峰月を吐く」、「一水」と類似。②「鶴髪」と「双鬢糸有り」は類似。③「貂裘」と「狐裘」とも類似。このような類似点は、当該詩がこの杜甫詩と関係していることを示している。

しかしながら、漱石が踏まえた典拠の中心は、『三体詩』に載る岑参の次の詩であろう。（ここでは、『新訂中国古典選』（朝日新聞社、昭和四十二年四月）村上哲見の訓読文と訳を引く。）

「夜　竜吼灘に宿して、峨媚の隠者を思う」官舎江口に臨み　灘声《たんせい》已に聞くに慣《なら》う　水煙晴れて月を吐き　山火夜雲を焼く　且《しばら》く方士《ほうし》を求めんと欲す　史君を恋うるに心無し　異郷那《な》んぞ住す可き　況んや復た久しく群を離るるをや

〈訳〉（嘉州在任中）官舎が江のほとりにあったので　早瀬の水の音ももう聞き慣れている　水面のもやが晴れて月がさし上り　山上の火が夜も雲を焼くかのよう　まずは方術の士を求めたいもの　太守の地位に恋々たる気持はない　異郷にどうしていつまでも留まっておられよう　ましてながく仲間たちと別れているのだから

当該詩頸聯の後半「長えに聴く一水雲より落つる声」はこの詩の首聯「灘声《たんせい》已に聞くに慣《なら》う」と類似する。また前半「遥かに見る半峰月を吐く色」は、この詩の頷聯「水煙晴れて月を吐き　山火夜雲を焼く」に類似する。（「月を吐く色」の「色」はこの詩の「山火夜雲を焼く」の意を言い換えた可能性がある。

【狐裘】【縕袍】「狐裘」は富貴の地位の象徴であるが、「一狐裘三十年」は、きわめて倹約な事の喩え。「縕袍」は貧賤者の粗末な服。「縕袍恥じず」は、志が高く、服装など気にしないことをいう。

◆大意

首聯 私の両鬢には白いものが混じるようになり、人生への思いもひとしおである。どれだけの年月を自然の運行に随った晴耕雨読の生活で過ごしてきたであろうか。（わたしは自然の営為のなかに自足して生きてきたのだ）

頷聯（自然の近景――）風が弱柳を吹くとその枝々は動き、雨が高桐を打つとその葉々はざわめく。自然におけるこのような関係（風と弱柳の枝、雨と高桐の葉の関係）こそ真実（＝道）の現れなのだ。

頸聯（自然の遠景――）遙か遠くを見れば、峰が吐き出したような月が出て、その峰の中腹を明るく照らし出している。雲間から落ちる一筋の滝の音が遠くから間断無く聞こえる。（私の心の内に存在するこの自然の景の「色」と「声」の中に、宇宙の運行を掌る「大自然」の姿〈「道」〉が現われており、その大自然の「道」が風雨となり、弱柳の枝や高桐の葉をも動かしているのだ。）

尾聯 私は世間から離れて長い間、大自然の顕現であるこのような「道」に己の生き方を一致させて自足した生活を楽しんできたが、私の着ている衣服（狐裘）は古びてしまった。そのためわたしは、粗末な服（縕袍）を買うために街に行くのである。（人は衣食のためには世俗とかかわらざるを得ないのだ。）

以下、当該詩の各聯に込められた漱石の意識を考えていこう。

首聯「双鬢糸有り無限の情　春秋幾度か読み還た耕す」について

この詩の表層では、すでに年老い、人生を大自然との関係で深く理解し、自然の運行に従って生きることに人生の意味があるのだとする作者の感慨が強調されている。この隠逸的視点は頷聯以下をうたう枠組みであり、『明暗』との関係で言えば、作者の視線が「大自然」（＝「天」）の立場にあることの表明といえよう。（もちろん枠組みとしてであって、漱石の文学的思惟と禅的枠組みとは一致しない。）このような観点からすれば、首聯の深層には、次のような『明暗』に対する思いが込められていると思われる。――わたしは、大自然に同化した隠逸の立場から、『明暗』の世界を描いているのだ。――

頷聯「風は弱柳を吹いて枝枝動き　雨は高桐を打って葉葉鳴る」について

この聯の表層で詠われているのは、大自然（天）の創り出す「現成公案」の景であり、首聯の語句「無限の情」の具体的展開である。この聯の表層には、この宇宙は大自然の意思によって運行されており、この世界に存在する総てのものは、その大自然の意思にしたがって動いているとする禅の視点が存在する。

当聯の深層に込められている意味を考えてみよう。この頷聯の表現は次の小林の言葉と類似している。「天には目的があるかも知れません。さうして其目的が僕を動かしてゐるかも知れません。それに動かされる事が又僕の本望かも知れません」（八十六回）。この両者の類似は、小林の言う「天」と当該詩の頷聯とが繋がっていることを示している。この聯を『明暗』における小林とお延との関係の隠喩として理解するならば、「風」や「雨」は「天」の意思を体現しており、「弱柳」や「高桐」は、お延や小林を含意しているといえよう。「風」によって柳の枝が動き、「雨」によって高桐の葉が音を立てるという景は、「天」（大自然）がその目的のために小林を突き動かしており、お延が小林の言葉に強い影響を受けるのも、それは天の意思によるものなのだという漱石の思いが投影していると考えることが出来る。すなわちこの聯にはつぎのような漱石の『明暗』に対する思いが込められていると思われる。――大自然（天）の意思に従って風が吹けば木の枝は動き、雨が高桐を打てば葉は鳴る。これが森羅万象のあり方なのだ。『明暗』における、大自然（天）と主人公達（小林やお延）との関係も同じなのだ。天の意思によって小林はお延の心をかき回し、動揺させずにはおかない。これもまた大自然のなせることなのだ。――

頸聯「遥かに見る半峰月を吐く色　長えに聴く一水雲より落つる声」について

頸聯の表層で描かれているのは、漱石の脳裏に浮かぶ「大自然」が顕現した景である。この景は大正五年十一月二十日の詩（「真蹤寂寞として杳かに尋ね難く」）の頷聯「碧水碧山何ぞ我有らん　蓋天蓋地是れ無心」と同様、大自然が「無我」「無心」であることの形象でもある。ここには、「無我」である大自然が頷聯で詠ったような自然の景を作り出すのだという漱石の思いが詠われているといえよう。

次にこの聯の深層に込められている内容を考えてみよう。漱石は、八十六回において、小林とお延の敵愾心（我執）に彩られた対話を執拗に描き出していた。小林は己の無頼漢的態度を、天がこのような行動をさせているのであり、その「（天の目的に）動かされる事が又僕の本望かも知れません」と己の言動を合理化し、お延から、その「主意」が、人を厭がらせることに対する責任は負わないことにあると指摘されても、その通りだとうそぶいている。小林がいう「天」は、お延が直感したように、小林の無頼漢的態度を合理化する根拠として利用されており、この頸聯で詠われている「無我」とは異質である。頸聯で描く大自然の「無我」の姿と、小林が自分の言動を合理化するために「天」に押しつけた性格とは正反対の方向性をもっている。頸聯と小林の言動とが正反対の方向性をもっていることは、頸聯に次のような漱石の『明暗』に対する思いが込められていることを示している。――わたしは大自然の無我の立場から小林とお延の会話を描き出した。彼らの意識は我執に彩られており、人間本来の姿とは大きく隔たっている。小林の言動も「大自然」の本来の立場とは大きな隔たりがある。しかしわたしは彼らの言動に批判的言辞を加えることなく、「大自然」の立場から、彼らの言動をあるがままに描き出さねばならないのだ。

漱石は頷聯や頸聯の表層で詠った禅的世界の力によって、その深層に込めたお延や小林への思いを鎮めようとしているのである。

尾聯「幽居道を楽しみて狐裘古り　縕袍を買わんと欲して時に城に入る」について

尾聯の表層で詠われているのは、漱石の観念上の理想的生活――世俗との付き合いを絶ち、大自然の運行の中に、己の意識をとけ込ませている生活――である。しかしここで漱石は、たとえ世俗との付き合いを絶ったとしても、衣食においては世俗との関係を持たねばならないことを詠っている。詩の表面では作者漱石の次のような生き方が詠われているように思われる。——私は、「狐裘」(高い社会的地位の象徴)を着ることの出来る社会的位地(大学の職)を捨てて、世俗から離れた気楽な生活を送っている。わたしは、衣食においては世間と繋がり、この面では倹約生活を送らねばならないが、しかし今の生活に自足しているのだ。——

次にこの詩の深層に込められている意味内容について考えてみよう。「狐裘古り」と、小林が貰いに来た津田の「着古した外套」とは類似している。この類似は、新調した安物の「三揃」を着て、外套は津田の着古しを貰い、経済的困窮のために朝鮮に駆け落ちしなければない小林の姿に、作者漱石自身の姿を重ね合わせていることを示している。三十三回に依れば、その外套は津田の書生時代の自慢のものであり、津田にはその外套を小林に見せびらかした記憶があった。津田の着古した外套は、かなり上等であり、「狐裘」という表現にも通じる。また新調した「三揃」について小林は「二十六円だから、随分安いものだらう。……僕なんぞにや是で沢山だからね」と津田に語っている(二十八回)。小林の新調した洋服はデパートのウインドウに飾ってある「三揃」の安い正札を見つけて、その値段通りのものを注文して拵えたものであった。十川注(6)によれば、「普通の品で三〇円—四〇円」であり、小林の「三揃」は、安物である。当該詩でいう「縕袍」は粗末な着物であり、「縕袍を買わんと欲して城に入る」という表現には、〈小林は安物の洋服を買おうとして街に行った〉という意味を含意しているといえよう。

このような観点から、この聯の深層に込められている意味内容は次のように表現することが出来よう。——私は小林の階級社会への反抗に共感する。しかし社会に反抗する小林は、社会からはじき出され、経済的に困窮し、津田の着古した外套を貰い、朝鮮に駆け落ちせざるを得ない運命にある。一方私は、「狐裘」を着ることの出来る社会的位地(大学の職)を捨てて、世俗から離れた気楽な、「道」に親しむことの出来る文筆業を送っている。わたしもまた、粗末な服しか買うことができない倹約生活をしているが、天が与える今の生活に自足している。この自分の状態と比べると、大自然が与える小林の試練に私は同情せざるを得ない。——

右に八月十五日に創作した第一首目の詩の表層の意味とその詩の深層に込められている『明暗』への思いをみてきた。当該詩には、小林に対する漱石の共感と批判が込められていたのである。このことは漱石が書き続けてきた八十一回から九十回にかけての津田留守宅におけるお延と小林の対話場面においては、漱石が小林の貧の苦しみと社会的反抗に同情し、小林を軽蔑の意識で対応するお延に対しては批判的意識を持っていること、また小林の無頼漢的言動にも批判意識を持っていることを示している。そして漱石が、このような小林への思いを詩の深層に込めていることは、漱石が詩の表層で詠った禅的世界の力によって、小林へのこだわりを断ち切り、これから始まる津田病室の場面創作のために禅的思惟に徹しようとしていることを示しているのである。

三

漱石は八月十五日、さらにもう一つの詩を創作している。漱石がこの日もう一つの詩を作った理由は何であったろうか。この詩の表層では禅的世界における大自然とその描写の関係が詠われているが、その深層に依然として続く小林への思いを埋め込み、これから始まる津田の病室場面に己の創作意識を集中させることにあったと思われる。以下、八月十五日の二首目を取り上げ、右の仮説を論証してみたい。

漱石は、八月十五日前詩に続いて次の詩を創作している。

五十年来処士分　　五十年来処士《しょし》の分

豈期高踏自離群　　豈《あに》高踏を期して　自から群を離れんや

華門不杜貧如道
茅屋偶空交似雲
天日蒼茫誰有賦
太虚寥廓我無文
慇懃寄語寒山子
饒舌松風独待君

華門《ひつもん》杜ざさず　貧は道の如《ごと》く
茅屋空に偶《たぐ》い　交わり雲に似たり
天日蒼茫　誰れか賦有る
太虚寥廓　我れに文なし
慇懃に語を寄す寒山子
饒舌の松風独り君を待つのみ

◆語釈・典拠

【五十年来処士の分】【離群】の典拠

先に挙げた岑参の詩が考えられる。この詩と当該詩との関係をあげる。①この詩の尾聯「離群」（群を離る）は、漱石当該詩の首聯の「離群」と同句である。②この詩の頸聯後半「史君を恋うるに心無し」は当該詩の首聯で「処士の分」に生きることに自足している意識と通じ合う。（「史君」は「刺史」で、太守のこと）③「異郷　那《な》んぞ住す可き」も漱石当該詩の首聯と、本来の場所に帰ろうとする意識において通底している。④この詩の首聯と頷聯は、八月十五日の前詩の頸聯「遙かに見る半峰月を吐く色　長しえに聴く一水雲より落つる声」の典拠の可能性が高い。（→前詩参照）

以上のことからこの詩は当該詩の典拠の一つとなっていると考えられる。もちろんこの詩の「離群」には、否定的な価値観が込められており、それに対し、当該詩では、「離群」のなかに肯定的価値観が込められている。両者の「離群」には、正反対の意味が付与されており、この点に漱石詩の創作意図を知ることが出来る。

【君】【松風】【饒舌】【寒山子】【道】の典拠

諸注に『寒山詩』の「微風幽松を吹く、近く聴けば声愈《いよいよ》好し」と当該詩の尾聯「饒舌の松風ただ君を待つのみ」との類似が指摘されているが、私見によれば、『碧巌録』の次の頌の評唱が、この部分のより直接的な典拠と思われる。

『碧巌録』第三十四則「仰山不曾遊山」頌の評唱――雪竇道《い》わく、君見ずや寒山子、行くこと太《はなは》だ早し。十年帰ることを得ざれば、来時の道を忘却すと。寒山子の詩に云く、安身の処を得んと欲せば、寒山長《とこし》えに保つ可し。微風幽松を吹く、近く聴けば声愈《いよいよ》好し。下に斑白の人有り、嘮々として黄老を読む。十年帰ることを得ざれば、来時の道を忘却すと

『碧巌録』の「微風幽松を吹く、近く聴けば声愈《いよいよ》好し」は当該詩の尾聯と類似する。また、この部分の「君見ずや寒山子」の「君」、「来時の道を忘却す」の「道」は、漱石当該詩の「独り君を待つのみ」の「君」、「貧は道の如し」の「道」と同字である。また「十年」と「五十年」も年数が長いという点で類似している。「寒山子」という語も共にある。このような類似は漱石が『碧巌録』のこの部分からこれらの言葉を紡ぎ出した可能性を示している。また、「饒舌」は、諸注に指摘があるように、『景徳伝灯録』巻二十七「天台寒山子」の「豊干　饒舌せり」から出ており、漱石の『寒山詩』利用が仏書類の知識によっている可能性が高い。

【茅屋】【処士】の典拠

『碧巌録』第三十四則の頌の評唱には、法眼文益和尚の「円成実性の頌」の一部が引かれており、『碧巌録』第九十則には「円成実性の頌」と並んで、龍山和尚の詩「三間茅屋従来住す……」が引かれている。（漱石は九月六日の詩の頸聯で「茅屋三間処士の郷」と詠っており、漱石にあっては、「茅屋」と「処士」とは結び付いている。）このことからも『碧巌録』第九十則が直接の典拠の可能性が高い。

【天日蒼茫】【太虚寥廓】【空】の典拠

『十牛図』（『禅の語録』十六、筑摩書房）「人牛倶に忘れる　序の八」の頌に「鞭索人牛尽く空に属す　碧天寥廓として信通じ難し」（柳田訳――鞭も手綱も、人も牛も、すべて姿を消し、青空だけがカラリとして、音信を通ずるすべもない。）

当該詩頸聯「天日蒼茫」「太虚寥廓」は、『十牛図』「人牛倶忘序八」の頌「碧天寥廓」と類似する。また「誰れか賦あらん」「我れに文なし」は「信通じ難し」と通底する。「茅屋空に偶《たぐ》い」の「空」も、「鞭索人牛尽く空に属す」の「空」と類似しており、『碧巌録』第九十則頌の評唱の「三間茅屋従来住す」とともに、『十牛図』のこの部分も関係している。

◆大意

首聯 五十年この方、わたしは宮仕えしない「処士」の身分だ。高踏の意識で、自分から人々と離れることをどうして期すことがあろうか。

頷聯 わたしは我が家の粗末な門を閉ざしたことはないが、貧乏はわたしにとって定められた道のようなものだ。粗末なあばら屋は大空に類し、人との交際は雲の流れのように淡泊である。（わたしは大自然の道に自分の生き方を同化させているので、人との繋がりで自分の生き方が縛られることはない。）

頸聯 （大自然の顕現である）「天日蒼茫」を誰が詩に詠うことが出来ようか。その「太虚寥廓」という大自然のありようを描き出す文章力をわたしも持っていない。（人は大自然のはたらきを文章にすることは出来ないのだ。）

尾聯 謹んで寒山子に申しあげる。「大自然」はその姿を現わすために松風のざわめきとなって、君の詩文をまっているのだと。（わたしは寒山のような文才を持っていないが、わたしもまた寒山と同様、小説で、大自然が作り出す世俗の現実世界を描き出そうとしているのだ。）

以下、当該詩に込められている漱石の『明暗』への思いを考えてみたい。

首聯「五十年来処士の分、豈高踏を期して自から群を離れんや」について

この首聯の表層では、「五十年」が、漱石の年齢と一致することからも、漱石自身の世俗から離れた禅的意識の肯定が詠われていると考えられる。しかしながら、頷聯以降は漱石の禅的境地が詠われており、この禅的境地の観点からすると、首聯で詠われている意識――自ら望んで（＝高踏を期して）、社会から離れようとしたのではないのだ、とする意識――と、世俗意識から離れることを第一に考える禅的な立場とは、やや異なる要素が感じられる。その理由はこの漱石の表現に禅意識とは異質な要素――この時漱石が書き進めていた『明暗』の小林についての思い――が投影していることによると思われる。

八十五回で小林は次のように言う。「(僕は)誰にでも軽蔑されてゐる人間なんです。……有体に云へば世の中全体が寄つてたかつて僕を軽蔑してゐるんです」「世間からのべつにさう取り扱はれ付けて来た人間の心持を、あなたは御承知ですか」。この小林の言葉と、首聯の内容とは、自分は孤独(孤高)を望まないのに社会から除け者にされているという点で、通底する。この関係には、漱石自身の禅的生き方の表明の中に、小林の境遇に対する漱石の共鳴が込められていることを示しているのである。この首聯に込められている漱石の『明暗』への思いは次のように記すことが出来よう。――小林は自ら望んで社会から疎外され、津田やお延から軽蔑されるようになったのではない。彼が上流社会に刃向かうのは、大自然(天)のしからしめるところ〈=社会的必然〉なのだ。わたしは小林に共感と同情を寄せざるを得ない。――

頷聯「蓽門《ひつもん》杜《と》ざさず貧は道のごとく、茅屋空に偶《たぐ》い交わり雲に似たり」について

この聯の表層では、漱石の心境が禅的枠組みを通して詠われている。

「貧は道の如し」の表面的意味は、禅者であれば「貧」は必然的に歩まねばならぬ境遇であるとする、漱石自身の生き方についての思いであり、「茅屋空に偶《たぐ》い　交わり雲に似たり」は、漱石自身の禅的視点からする人間関係のあるべき態度である。しかしこの聯でも漱石が執筆してきた小林への思いが関係していると思われる。この時漱石は、八十一回から九十回までの津田の留守宅における次のような場面を描いてきた。津田の留守宅では、お延は自分に従順な態度を示さない小林に「自分の立場を心得ない何といふ不作法な男だらう」(八十四回)と軽蔑と憎悪を露わにし、小林もまた、自分に対するお延の侮蔑がお延の階級性に由来することをほのめかして、わざと無頼漢的態度で応じていた。漱石はお延の小林への「侮蔑」の「大きな因子《ファクトー》」を次のように説明している。「それは単に小林が貧乏であるといふ事に過ぎなかつた。彼に地位がないといふ点に外ならなかつた」(八十四回)と。

八十六回で小林はお延にむかって「天がこんな人間になつて他《ひと》を厭がらせて遣《や》れと僕に命ずるんだから仕方がな

いと解釈して頂きたいので……」というが、「こんな人間」には、社会につまはじきされ、定職をもつことが出来ない「貧乏」な境遇が自分のような無頼漢をつくりだすのだという小林のゆがんだ階級意識が投影している。

　この場面におけるお延と小林の敵意を互いにむき出しにした会話場面は、「茅屋空に偶《たぐ》い　交わり雲に似たり」という禅的世界と正反対の方向性をもつ。この正反対という関係には、頷聯が、津田の留守宅におけるお延と小林の会話に対する批判意識を媒介として紡ぎ出されていることを示しているのである。

　このことを考えるならば、この聯には主としてお延と小林の会話場面に対する漱石の次のような思いが込められているといえるのである。――小林の貧乏は、天によって定められた道のようなものだ。彼の津田やお延に対する態度もまた、天のはたらき（社会的必然）によるものなのだ。しかし小林は現実には、「貧」に苦しみ、社会からつまはじきされ、その心も歪んでしまっているのだ。天は小林をどこに導こうとするのであろうか。私は小林の苦しみと反抗に同情と共感を禁じ得ない。しかしわたしは禅的「無私」という高所の立場から『明暗』の小林をも含めた登場人物達の姿をあるがままに描き尽くさねばならないのだ。――

頸聯「天日蒼茫誰れか賦有る、太虚寥廓我れに文なし」について

　この聯の表層の意味を考えてみよう。この聯の「天日蒼茫」「太虚寥廓」は、『十牛図』「人牛倶忘序八」の頌「鞭索人牛尽く空に属す　碧天寥廓として信通じ難し」の「碧天寥廓」と類似しており、漱石はこの聯を『十牛図』のこの部分を踏まえて創っていると思われる。[7]（「茅屋空に偶《たぐ》い」の「空」も、「鞭索人牛尽く空に属す」の「空」と同字であり、『十牛図』のこの部分と関係している。）

　頸聯が、『十牛図』のこの部分を踏まえていることは、頸聯の表層では、現実世界の根源にある真理（「大自然のはたらき」）は言葉では表現できないという、禅の「不立文字」の考えが詠われていることを示している。

この聯の深層に込められている意味内容について考えてみよう。『明暗』八十六回の小林は、「天」には目的があって自分を動かしているのかも知れません、とうそぶいているが、小林の言う「天」は、言い換えれば「天日蒼茫」でもある。この両者の類似は、頸聯に、漱石が小林とお延の対立の社会的貧や階級といった根本原因を『明暗』であるがままに描き出すことの困難さを表明していることを示しているのである。この時漱石の気持は、次のようにいえよう。――宇宙の根源である「天日蒼茫」「太虚寥廓」（天の意思）を文章によって表現できる者はいない。わたしもまた同様なのだ。『明暗』でこの現実社会の根源的ありよう（小林の貧と津田やお延の贅沢の関係にある根本）を描き出すことはきわめて困難なのだ。――

尾聯「慇懃に語を寄す寒山子、饒舌の松風独り君を待つのみ」について

尾聯の表層の意味は、松風のざわめきとなって現われている大自然は自分の姿を寒山の詩文によって表現して貰おうと待っている、という意であろう。ここでは、詩僧寒山は大自然の真の姿（「太虚寥廓」）を描き出し得ているという漱石の思いが詠われている。しかし「独り君を待つ」の「待つ」が未来のことを言う表現であり、やや落ち着かない印象を感じる。その理由を「饒舌」の典拠との関係で考えてみたい。

「饒舌」は『景徳伝灯録』（巻二十七）の「豊干饒舌」（豊干は寒山と拾得を、大官閭丘に語ったため、それを知った二人は「豊干饒舌せり」と寺を捨てて逃げてしまったという故事）を踏まえている。この典拠からすると、「饒舌」には、世俗世界との繋がりがイメージされているといえよう。すなわち「饒舌の松風」という語句の中では、禅的な清風を意味する方向と、世俗と関係する方向との二方向が交差している。この二つの方向の交差を文字化すれば、大自然は世俗のさまざまな人間関係に起因する人間の言動を突き動かす力となって立ち現れているが、その世俗のざわめきは、禅者には松籟のようなものだというような意味となろう。（類句に、大正五年十月十六日の詩の頷聯「笑語何の心ぞ雲漠々　喧声幾所か水潺潺」などがある。）このような観点からするならば、「饒舌」には

『明暗』で描こうとしている現代社会の人間関係（階級社会やそれにかかわる人の意識）が比喩され、「松風」には禅的世界が、「寒山」には漱石自身が重ねられていると考えられる。

「独り君を待つ」の「待つ」が未来のことを言う表現であることも、これから漱石が禅的視点によって、津田の病室の場面を書こうとしている決意と関係していよう。このような観点からすると、この尾聯にはつぎのような漱石の気持が投影していると理解できる。――大自然のはたらきまで描き出したのは、寒山だけだが、寒山が詩文で大自然の姿を表現したように、わたしもまた『明暗』において、現実世界の根源にある、その大自然の意思（はたらき）のありよう（＝現実社会）を描き出そうとしているのだ。――

当該詩を創作した日の午前中の『明暗』の回は、津田の留守宅での小林とお延の対座場面の最後の場面であり、明日からいよいよ病室における津田と登場人物達の我執に彩られた意識の世界の描写が始まる。この点に留意するならば、尾聯には、明日から始まる津田の病室場面執筆への決意が表明されているといえるのである。

右に、当該詩の表層と深層の関係を見てきた。漱石は、今まで書いてきた小林への同情と共感と批判とをこの詩の深層に込め、これから始まる津田の病室の場面を描く決意を表明しているといえるのである。

おわりに

本稿では、松岡譲が伝える漱石の言葉「小説の取り扱ふ俗世界から解放されて真人間になるべく詩を作ってあたまのねぢをもとに戻しておく」が示す、『明暗』と漢詩の具体的諸相を、『明暗』期最初の漢詩三首を例に見てきた。この漱石の言葉は、『明暗』執筆によって生じる興奮（俗了意識）を鎮め、明日の『明暗』執筆のための禅的思惟を取り戻すという営為を示していたのである。

『明暗』期最初の詩（八月十四日「幽居正解酒中忙……」）の創作は、禅的世界の中に、午前中に書いた『明暗』の場面への思い——登場人物小林やお延に同化していた漱石の創作意識と、彼らに同情あるいは批判せずにはいられない漱石本来の意識との交差による興奮（俗了意識）——を塗り込め、表層で詠った禅的世界の力によってその興奮を鎮め、次の回の創作のために『明暗』執筆の視点（禅的思惟）を早急に取り戻しておくという営みであったといえよう。

次の日（八月十五日）の詩創作の目的は、今まで書いてきた津田留守宅の場面への思いを断ち切り、これから始まる津田の病室場面執筆へ、創作意識を集中させることにあったと思われる。そのために、漱石は九十回執筆によって再び引き起こされた小林への思いを一首目の詩（「双鬢有糸無限情……」）の深層に埋め尽くそうとしたと思われる。しかし漱石は完全には小林への思いから抜け出すことが出来ず、二首目の詩（「五十年来処士分……」）を作り、その中に小林への思いを塗り込めつつ、これから始まる津田病室の場面創作への決意を詠うことで、已の創作意識を、津田病室の場面に集中させようとしたのである。

以後、漱石は漢詩創作を津田の病室場面執筆中続けることになるが、その理由は、本稿で見てきたように午後の漢詩が、『明暗』の登場人物の意識をあるがままに描き出すための、漱石の創作意識をとぎすます機能を持ったからであるといえるのである。

注

（1）『禅学大辞典』（大修館書店、昭和五十三年六月）
（2）『句双葛藤鈔』（文政十三年正月〈禅文化研究所複製版〉）
（3）『槐安国語』（白隠慧鶴原著、校訂道前宗閑、禅文化研究所、平成十五年十一月）

（4）漱石が当該詩の草稿を書き付けた手帳（№15）のページの左側余白には、当該詩の頷聯と次の日（十五日）に創作される第一首目の詩の頷聯が並べられており、その推敲の様子から、十五日の詩の頷聯が十四日の詩の創作過程から創り出されたものであると推定される（一海氏注釈参照）。あるいは、十五日の詩の頷聯が、十四日の詩の頸聯として創られた可能性もあろう。これらのことは、「酒中忙」「酔郷」に塗り込められている小林の意識が次の日の漢詩にも塗り込められていることを示しているのである。このことは漱石にあって小林の思いがきわめて大きかったことを示している。

（5）『十牛図—自己の現象学』（筑摩書房、一九八二年三月）所収テキスト（正中大字本）による。

（6）『漱石全集』第十一巻（岩波書店、一九九四年十一月）

（7）『禅の語録』十六（筑摩書房、昭和四十九年七月）所収テキスト（松本文庫本）による。

第二章　津田とお秀の対話
――『明暗』の語と漢詩の言葉――

はじめに

『明暗』期漢詩のことばは、午前中に執筆した『明暗』で使われている語と一致あるいは類似することが多い。この特徴はいかなることを意味するのであろうか。

仮説を示せば、次のような事情によると思われる。漱石は『明暗』執筆において禅的視点から、登場人物達の我執に彩られた意識をあるがままに描いた。しかし批判的言辞を加えることなく、彼らの我執に彩られた言葉を浮き彫りにする精神的営為は、彼の内部に苛立ちを生ぜずにはおかなかった。そこで漱石はその午後の漢詩において午前中に使った『明暗』の主人公達のことばを禅的意味を持つことばとして使用し、漢詩の形式や禅的世界の伝統的思惟の力によって、『明暗』執筆後にも依然として渦巻いている執筆の余韻（『明暗』の主人公達の我執に彩られたことばからの影響）を断ち切ろうとしたのである。

本稿では九十一回から九十八回までとその日の午後に創作した漢詩との関係を取り上げ、この仮説を検証してみたい。

一

本稿で取り上げる九十一回から九十八回までは、九十九回から始まる津田とお秀の激しい口論（クライマックス）の前段階で、九十一回は読者へのお秀の紹介場面である。

（九十一回梗概）お秀はもう二人の子持ちであり、母でない日は「一日」もなかった。彼女は堀が自分を貫いたいと言い出した意味を覚る前に、妻としての興味を夫から離して、母としての眼を子供の上に注がねばならなかった。「お延と違つた家庭の事情の下に、過去の四五年を費やして来た彼女は、何処かにまたお延と違つた心得を有《も》つてゐた」。こうして彼女は「心が老け」「いはゞ、早く世帯染《しょたいじ》みたのである」。このような目で兄夫婦を眺めなければならなかったお秀には、兄夫婦に「不満」があった。しかしその「不満」が自分への身びいきであることには思いもよらなかった。彼女は、自分の不満を正当化し、お延と自分との置かれている境遇の相違さえ考えなかった。

漱石は九十一回を創作した八月十六日の午後、次のような漢詩を作っている。

無心礼仏見霊台
山寺対僧詩趣催
松柏百年回壁去
薜蘿一日上墻来
道書誰点窟前燭
法偈難磨石面苔

無心　仏に礼すれば　霊台見《あら》わる
山寺　僧に対すれば　詩趣催す
松柏　百年にして　壁を回り去り
薜蘿《へいら》　一日にして　墻《かき》に上り来たる
道書　誰か点ず　窟前の燭
法偈《ほうげ》　磨し難し　石面の苔

借問参禅寒衲子　　借問す　参禅の寒衲子
翠嵐何処着塵埃　　翠嵐　何れの処にか塵埃を着けん

◆典拠（補論参照）

◆大意

首聯　無心となって仏に礼拝すれば、自分の心には本当の自分（＝「天真の仏」＝心の本源）が立ち現れてくる。世俗と離れたこの世界（＝山寺＝禅的世界）で僧と向き合えば、自ずから詩趣がわいてくる。

頷聯　世俗と離れたこの世界では松柏は百年掛けて寺の周りを囲み、つた葛は一日で塀を登ってくる。（この禅的世界では世俗の時間を超越しているのだ）。

頸聯　禅書（＝道書）を読んで誰が悟りを開くことができようか。法偈を聴いても人は世俗の意識をそぎ落とすことはできない。（世俗に生きる人は、容易には悟りの心を持つことはできないのだ。）

尾聯　参禅する僧にお聞きしたい。その翠の山気の何処に塵埃を付けていようかと。（自然は世俗の塵など何処にも付けていないのだ。人はこの自然に生きるべきなのだ。）

右の詩と午前中に執筆した九十一回とには、次のような類似が存在する。

(1)「霊台」（＝心）と、お秀の描写にみえる語「心」との類似――「彼女（お秀）の心は四年以来何時《いつ》でも母であつた。」「（お秀は）言語態度が老けてゐるといふよりも、心が老けてゐた。」――

(2)頷聯「松柏百年にして　壁を回り去り」の「百年」と、「四五年」との類似（ともに「年数」が意識されている）。――「お延と違つた家庭の事情の下に、過去の四五年を費やして来た彼女は、何処かにまたお延と違つた心得を有《も》つてゐた」

⑶頷聯の「薜蘿《へいら》　一日にして　墻《かき》に上り来たる」の「一日」と、「母でない日はたゞの一日もなかつた」の「一日」との一致。――

⑷頸聯の「窟前の燭」の「窟前」（「窟」は心の意――補論参照）と、お秀の描写にある語「覚る前」との類似――「（堀が自分を貰いたいと言い出した）其意味を覚る前に、もう妻としての興味を夫から離して（しまった）。」

以上の、当該詩の語と九十一回の描写に使用している複数の語が一致あるいは類似していることは、両者の語が漱石の意識の中で繋がっていることを示していると考えられる。以下その一致や類似について考えてみよう。

⑴について――九十一回におけるお秀の心の描写の焦点は、夫の愛を知らず「愛」について真剣に考えたことが無いお秀の心の世俗意識にある。一方、「霊台」は、世俗との繋がりを断ち切った「本当の人間のあるべき心」という方向性をもつ。その点で両者の「心」の方向性は正反対である。このことは、首聯前半には、世俗に安住しているお秀の心のありように対する漱石の批判が込められていることを示している。

⑵について――お秀が「お延と違つた家庭の事情の下に、過去の四五年を費やして来た」ために「心が老《ふ》け」「いはゞ、早く世帯染みた」という「四五年」は、世俗の生活環境は人の心を変えずにはおかないことに力点があり、「松柏百年」の「百年」は、世俗と対比され、不変・永遠という点に力点がある。両者は正反対の方向性を持つ。

⑶について――九十一回の「母でない日はたゞの一日もなかつた。」という語句は、お秀の意識を支配している世俗の日々を示しており、一方、頷聯の「薜蘿一日にして墻に上り来たる」は「松柏百年」とともに、日常の時間を超越した禅的な時間を詠っている。両者は同じ「一日」という語句を持っているが、しかし正反対の方向性を持つ。すなわち、漱石は『明暗』の語句「一日」が象徴する世俗にまみれたお秀の意識から、その対極にある禅的な時間の超越性を想起していると考えられる。このことは、頷聯に、お秀の世俗にまみれている意識（俗心）を禅的境地

からの批判によって客体化していることを示しているのである。

⑷について――お秀の「心」のありよう――「（堀が自分を貰おうとした）其意味を覚る前に、もう妻としての興味を夫から離して母らしい輝いた始めての眼を、新らしく生れた子供の上に注がなければなら」ず、その結果持つことになった「世帯染みた」世俗意識（兄夫婦への「不満」）と、漢詩の「窟前」（悟りとは異なる意識）とは、「本当の自分」を自覚していないという点で通底している。このことは、頸聯「道書誰か点ず窟前の燭」がお秀の「世帯染みた」世俗意識への違和感が込められていることを意味しているのである。

留意すべきは当該詩の構造である。頸聯ではお秀を代表とする『明暗』の世俗的意識の強固さが詠われている。それに対して首聯・頷聯・尾聯では、人間の心の奥底にある本当の人間（仏心）やその根源にある「自然」の存在と、その高さが詠われている。また、尾聯における「翠嵐」（禅的世界）と「塵埃」（世俗的世界）との関係には、漢詩の中における『明暗』の世俗的ことばと禅的ことばとの、両者の争いの結果としての禅的思惟の優位性が詠われていると解することができよう。このことは、漱石が禅的漢詩の言葉の力によって、『明暗』の主人公達の我執に彩られた言葉を使わなければならなかった己の意識を浄化し――九十一回執筆終了後も依然として己の意識に渦巻く主人公達のことばから離れ――『明暗』創作の視点である禅的思惟を研ぎすまし、さらに次回において『明暗』の世俗的世界を描き出す心の準備をしていることを示しているのである。

当該詩の表層で詠っている禅的な意識と、その深層に込められている九十一回執筆時の意識との交差を、あえて文字化すれば次のように表わすことが出来よう。

首聯――お秀の俗心に同化していた私の創作意識の奥底に存在する本当の自分を見つめれば、本来の人間のあるべき心〈禅的な悟りの境地〉が立ち現れてくる。『明暗』を執筆し終わり、禅的世界に心を浸すならば、詩作の気持ちがわいてくる。〈その禅的詩作によって、『明暗』執筆時に同化していた主人公たちの俗心から離れ、『明暗』

を書き続ける力がわいてくるのだ。）
頷聯――禅的世界は時間を超越している。しかし世俗の人であるお秀は、心が時間と境遇に縛り付けられており、彼女の奥底にある時間を超越した「本当の自分」を知らないのだ。
頸聯――誰が禅書を読んで悟りの世界に目覚めるだろうか。法偈（禅の言葉）は世俗意識に染まっている者には、影響を与えることはないのだ。（＝お秀やその夫堀は世俗の塵埃にまみれた人間であり、容易には「本当の自分」に目覚めることは出来ないのだ。）。
尾聯――参禅の僧に問う。この清浄な自然（悟りの世界）の何処に塵埃（世俗意識）がついていようかと。この清浄な世界には何処にも世俗の埃などついていないのだ。（わたしは塵埃にまみれたお秀やその夫堀の意識世界を批判を加えることなくあるがままの姿として描いたが、『明暗』から離れた今のわたしは、この清浄な禅的世界に心をおいているのだ。この清浄な自然の姿こそ、人間のあるべき境地であり、この立場から私は『明暗』の世界を描いているのだ。）
私見によれば、当該詩には以上のような九十一回の執筆意識が込められているのである。
九十一回を執筆したとき、漱石は冷静に、お秀の生活環境とお秀の意識の関係を描いていた。しかしお秀の内面に深く降り立ち、その我執意識の特徴を描き出した漱石は、お秀の意識に強い違和感を覚えずにはおれず、その違和感を午後の漢詩の禅的世界の中に封じ込めることで、その違和感から離れ、『明暗』創作の原点に立ち戻ろうとしていたのである。

二

『明暗』九十二回を執筆した八月十七日は木曜日であり、木曜会のために漢詩は創作していない。漱石は八月十八日、九十三回を執筆している。ここでは九十三回と午後の漢詩の関係を考えてみたい。

（九十三回梗概）

（九十二回から小説の舞台は津田の病室に移る。病室に現われたお秀は、「少し兄さんに話したい用がある」という。）津田がお秀に顔を向けたとき「手術後局部に起る変な感じが彼を襲つて来た。」（この回の語り手は、この局部の筋肉の収縮による「変な感じ」の由来に焦点を当てる。）それは一昨日の午後、お延が芝居へ行く許諾を津田から得て階段を下へ降りていったときからであった。その時彼は、「籠の中の鳥」のようにお延を取り扱うのが気の毒になった。「（それで彼女を）自由な空気の中に放して遣つた。然し彼女が彼の好意を感謝して、彼の病牀を去るや否や、急に自分丈一人取り残されたやうな気がし出した。彼は物足りない耳を傾むけて、お延の下へ降りて行く足音を聞いた。彼女が玄関の扉を開ける時、烈しく鳴らした号鈴《ベル》の音さへ彼には余り無遠慮過ぎた。彼が局部から受ける厭な筋肉の感じは丁度此時に再発したのである。」彼にあっては、お延の行為と彼の神経の過敏は「偶然の暗合」ではなく、「自明の理」であった。彼は、その関係を後からお延に言って聞かせたくなった。けれども彼はそれを言い表す言葉を知らず、黙って心持ちを悪くしているよりほかに仕方がなかった。お秀の方を向き直った咄嗟に、「（局部の筋肉の収縮による変な感じは）是丈の顛末を思ひ起させた。彼は苦い顔をした。」何も知らないお秀は、津田の痛みについてお延が電話では何も云わなかったと不審がった。

漱石は、この回で、津田の「局部」の「収縮感」の由来を通して、次のような津田のお延に対する矛盾した意識を描き出している。津田はお延を「籠の中の鳥」のような状態におくことを「気の毒」と感じ、彼女を「自由」にしてやった。ところが津田は、お延が去るや否や、「急に自分丈一人取り残されたやうな気がし出」し、お延の配慮のなさ（冷たさ）に、不愉快になる。彼はお延に「病気で寐てゐる夫を捨て、、一日の歓楽に走つた結果」、夫の病状が悪化したと語って、お延の夫に対する配慮のなさを「後悔させ」たいと思ったのである。

漱石はこのような津田のお延に対する矛盾した、「同情」と「我」（わがまま）の交錯する意識に焦点を当てた日の午後、次の漢詩を創作している。

行到天涯易白頭　行きて天涯に到りて白頭なり易く
故園何処得帰休　故園何れの処か帰休するを得ん
驚残楚夢雲猶暗　楚夢を驚残して雲猶《な》お暗く
聴尽呉歌月始愁　呉歌を聴尽して月始めて愁う
遶郭青山三面合　郭を遶る青山　三面に合し
抱城春水一方流　城を抱く春水　一方に流る
眼前風物也堪喜　眼前の風物　也《ま》た喜ぶに堪えたり
欲見桃花独上楼　桃花を見んと欲して独り楼に上る

◆語釈・典拠

【天涯】　この世の果ての意だが、中村宏注に「人生の遍歴」とある。さらに世俗と離れた禅的悟りの立場をも意味していると思われる。

【故園】　禅林でいう「故郷」（＝人間の帰るべき場所＝本分）の意。（八月十九・三十日の「故丘」語釈参照。）

【郭を遶る青山　三面に合し　城を抱く春水　一方に流る】　諸注、『唐詩選』に載る李白の詩「友を送る」の首聯「青山北郭に横はり　白水東城を遶る」を挙げる。『唐詩選』にはこの詩と並んで李白の詩「友人の蜀に入るを送る」も載るがその頸聯「春流蜀城を遶る」も踏まえているであろう。当該詩頸聯のテーマは、「郭」「城」（人間の住む場所）と「青山」や「春水」が創り出す自然の景との関係――自然が人間の営みを包み込んでいるという禅的な世界観――にあろう。

【桃花】　「大自然」の創り出す代表的な「景物」で、漱石詩には頻出する。ここでの「桃花」は、禅的自然の象徴。

◆大意

首聯　人生行路の辛酸をなめ、ついに、俗世とは異なる境涯に身を置くことになったが、すでにわたしは白髪の身である。わたしの心の故郷（本分）はいずこにあるのだろうか。わたしはその心の故郷を見つけて、心安らかに過ごすことは出来そうにない。

頷聯　「楚夢」の故事が伝える男女の真情（神女に心を寄せ続ける楚王の真情）は、現代でも存在するのだろうか。「子夜呉歌」では、戦いで徴兵となった夫の帰りを待ちわびている妻達の真情を長安の月が悲しげに照らし出しているさまを詠っているが、そこで詠われている夫の安否を気遣う妻の真情は現代でも存在するのだろうか。（この真情こそあるべき妻の情なのだ）。

頸聯　（理想とする世界では）人間の生活は、青山や春水の流れという自然に抱かれて営まれているのだ。この「自然」にとけ込んで生きる人間の営みこそ人間のあるべき生き方なのだ。

尾聯　この眼前の風物（＝自然に抱かれた人間の営み）を見ることは、無上の喜びであり、わたしはその「自然」の意思に触れるために「大自然」が創り出した景物「桃花」を見ようと楼閣に上るのである。

右に当該詩の大意を見てきたが、ここで示した「大意」だけでは、詩作のテーマがはっきりしない。とりわけ頷聯と詩全体との関係が分かり難い。この頷聯に込められた漱石の思いを理解するためには、当該詩を九十三回と突き合わせることが必要である。両者を突き合わせると、九十三回における津田のお延に対する意識と当該詩とには、次のような類似が存在することに気づく。

(1)津田は、「(お延が)彼の病牀を去るや否や、急に自分丈一人取り残されたやうな気がし出した」。この津田の気持ちは、当該詩での楚王が神女の去った後の取り残された気持ちと通底する。

(2)津田が階下に降りるお延の足音に「耳を傾むけ」る時の「物足りな」さも、夢から覚めた楚王が「朝夕に雲雨となった神女の姿を見る」時の気持ちと類似する。

(3)「彼女が玄関の扉を開ける時、烈しく鳴らした号鈴《ベル》の音さへ彼には余り無遠慮過ぎた。」——このベルの音への津田の感覚(=驚き)と、「楚夢を驚残して」の「驚残」とは類似する。

(4)津田がお延の足音に「耳を傾け」、「号鈴《ベル》の音」を聞くことと、呉歌を「聴尽」することとも、類似する。

(5)津田の意識に映るお延の夫への冷たさと、「呉歌」(李白の「子夜呉歌」)の、夫の安否を気遣う妻の情とは、共に妻の夫への情という点で類似する。

(6)お延が「病気で寐てゐる夫を捨てゝ、一日の歓楽に走つた」という部分の「歓楽」と、「也《ま》た喜ぶに堪えたり」の「喜ぶに堪えたり」とは類似する。

(7)語り手の言葉「全く偶然の暗合でない事も、彼に云はせると、自明の理であつた」という部分の「暗合」と、「驚残楚夢雲猶暗」(雲猶お暗く)の「暗」と、「遶郭青山三面合」(三面に合し)の「合」も一致する。

(8)お延が彼の病床を去るやいなや「一人取り残されたやうな気がし出した」の「一人」と、尾聯の「独り楼に上る」の「独り」は類似する。

右に見た両者の類似は、『明暗』九十三回と当該詩とが結び付いていることを示している。以下、その類似の意味を考えてみよう。

⑴⑵⑶⑷について――頷聯の典拠である「楚夢」（「巫山之夢」）は、次のような故事である。――楚王は夢で巫山の神女と契った。神女は去るにあたって、朝には雲となり、夕には雨となって訪れようといったが、その通りであったので、王は「朝雲廟」を建てて祀った――。「楚夢」で焦点が当たっている内容は、夢での契りであったにもかかわらず、神女を慕い続ける楚王の真情である。「驚残」には女との関係が夢でしかなかったという名残惜しさが表現されている。「猶暗く」には、この故事が描くような真情は、現実の男女の関係にあっては存在しないという漱石の思いが託されているといえよう。このような当該詩に込められた漱石の思いと、九十三回に描かれた津田のお延への気持とは関係がある。

　お延が去った後の津田の「一人取り残されたやうな気」や、お延の足音を聞いた時の津田の「物足りなさ」には、津田の意識の「わがまま」（我）が現われている（その背景にはお延の自己中心的意識も関係している）。一方、当該詩の「楚夢」が表現しているものは、楚王にとっての、あるべき女の情（男女の真情）である。この両者の関係は、共に契った女への情という点で、類似している。しかし、その意味内容は正反対の方向性を持つ。また、玄関でお延が鳴らす烈しいベルの音への津田の驚きと、女との出会いが夢であったことへの楚王の「驚き」も正反対の方向性を持つ。このような正反対の関係には、当該詩の「楚夢を驚残し」という語句に、九十三回での、津田とお延の自己中心的な意識への批判意識（違和感）が込められていることを示している。

⑸について――諸注、「呉歌を聴尽して」の典拠として、次の李白「子夜呉歌」（『唐詩選』）を挙げる。――「長安一片の月　萬戸衣を擣《う》つ聲　秋風吹いて盡《つ》きず　總《すべ》て是れ玉關の情　何《いづ》れの日か胡虜を平げて　良人遠征を罷めん。」――この「呉歌」（李白の「子夜呉歌」）のテーマは、夫の安否を気遣う妻の真情にあり、月が呉歌を「聴尽」して愁うことには、妻の夫への真情への共感が塗り込められている。漱石は、李白のこの詩（テーマは妻の夫を思う情）

を踏まえて、「萬戸衣を擣《う》つ聲」から「聴」を、「長安一片の月」から「月」を紡ぎ出していると思われる。「月始めて愁う」では、禅林が意味する「自然」（＝仏心）の象徴としての月を重ね合わせ、いつもは人間の営みを黙照している月でさえ、夫の安否を気遣う妻の情には心を動かさずにはおれないという意味を表現している。一方、『明暗』の津田がお延の足音に「耳を傾むけ」てベルの音を聞いて驚くことには、津田にとってのお延の冷たさが描かれている。両者の「聴く」内容は正反対である。このような関係は、漱石が当該詩の「呉歌を聴尽して」という語句に、お延の行動に対する津田の感じ方（津田の意識からする夫への情愛のなさ）への批判を込めていることを示している。

⑹について――「歓楽」と「喜ぶに堪えたり」の意味の方向性（作者の評価）は正反対である。このことは、「喜」に、漱石が「歓楽に走つた」お延への批判（津田の意識に寄り添った漱石の意識）を込めており、その批判が正反対の方向性を持つ尾聯の「眼前の風物　也《ま》た喜ぶに堪えたり」という語句を生み出していることを示している。

⑺について――「雲猶《な》お暗く」の「暗」はあるべき人間の情へのあこがれの方向性を持ち、「郭を遶る青山　三面に合し」の「合」は、自然が創り出す人間の営みの世界（禅的理想）への方向性を持つ。当該詩では「暗」も「合」も共に人としてのあるべき生への願望を表現している。一方、『明暗』の〈津田にとっては、お延の行為と彼の神経の過敏は「偶然の暗合」ではなく「自明の理」であった〉とする叙述における「暗合」は、津田が感じるお延の行為への不快感の肯定、すなわち津田の我執（わがまま）の絶対化の方向性を持つ。この点で両者は正反対の方向性を持っている。漱石が九十三回の中で使っている「暗」と「合」を、当該詩の中で正反対の方向性を持つ言葉として使用していることには、その言葉の使用に漱石が、津田の我執に対する批判を込めていることを示している。当該詩と『明暗』における文字「暗」と「合」の一致は偶然ではなく、漱石の津田への批判に基づく語彙選択というレベルで繋がっている。

⑻について――「一人」と「独り」は類語であるが、『明暗』での「一人」は我執による寂しさを伴い、「独り」は悟りの肯定的意識（悟りは各人の心の在り方の問題）と結び付いている。この正反対の方向性は、「独り」に『明暗』における津田の我執への批判が込められていることを示している。

以上、九十三回と当該詩との関係から浮かび上がる当該詩に込められている九十三回への漱石の意識をみてきた。すでに触れたように、当該詩の中で、九十三回のことばを使用していることには、漱石が禅的ことばの世界の中に、『明暗』の我執に彩られた世俗のことばを投げ込み、禅的ことばによって、『明暗』の主人公達のことばに対する苛立ちをコントロールしようとしていることを意味している。この尾聯では禅的世界に生きる喜びが詠われているが、このことは、この詩の中に込められた九十三回の我執の世界と禅的漢詩の世界との関係において、禅的ことばの優越性を確認し、そのことによって、『明暗』の世俗的世界を描き続けることの決意を示しているのである。

右に見てきた当該詩に込められている漱石の意識を、文字化すれば、次のようになろう。

首聯――わたしは行き着いた「天涯」の立場（世俗から離れた禅的な世界）から作品を描いている。しかし『明暗』を書いていると、心を安らかに保つことは難しい。

頷聯――津田とお延の夫婦としての関係には、互いを思いやる情が薄く、彼らの言動は「我執」によって彩られている。わたしは彼ら夫婦の情をあるがままに描き出してはいるが、「楚夢」や「呉歌」が示す男女の真情（本来のあるべき人間の意識）からは批判され克服されるべきものなのである。

頸聯――人間のあるべき姿は、「自然」の意思と融合することなのだ。『明暗』を書いているわたしの立場は、「自然」と融合した（禅的悟りの）立場なのだ。

尾聯――わたしは「自然」と融合した人間の営みに接するとき、無上の喜びを覚える。この「自然」の意思に同化することで、『明暗』執筆によって引き起こされる「俗了」の意識から抜け出し、心の平安を取り戻すのだ。（わ

たしは、この自然の「無我」の立場を確認し、心の平安を得て『明暗』の世界を描き続けるのだ）

先に示した詩の大意には、このような『明暗』九十三回への思いが込められており、この思いによって詩全体が統一されているのである。

九十三回ではまだ津田とお秀の争いは描かれず、漱石はこの場面では津田の「局部に起こる変な感じ」の原因を、津田の感じ方に即して描いているに過ぎず、冷静にこの回を描いていたといえよう。しかし津田とお延の自己中心的な意識のあり方を、この回では津田の意識に寄り添って描き出さねばならなかった漱石にあっては、その津田の我執意識に対して、（お延の意識をも含めて）不愉快さを強く感じざるを得なかったと考えられる。漱石は次の回の創作のために、その不愉快さから離れて、創作意識の原点（主人公達の意識を批判的言辞で彩ることなくあるがままに描き出すという『明暗』の方法）に早く立ち戻る必要があった。そのため漱石は、午後の漢詩の中で、「楚夢」や「子夜呉歌」の純粋な人間の情に、津田のお延への我執に彩られた意識を対比させることで、九十三回で描き出した津田の我執意識を相対化し、その不愉快さ（俗了意識）から抜け出し、次回創作のための禅的視点を回復しようとしていたと考えられる。

三

漱石は八月十九日の午前中に、九十四回を執筆している。この回では、津田とお秀の腹の探り合いと、お秀の津田を非難する姿が描き出される。

（九十四回梗概）

京都からの送金の有無を気遣っていた津田は、お秀に来た母親からの手紙を話題にした。お秀が「兄さんの方へもお父さんから何か云つて来たでせう」と問うと、津田は「そりや話さないでも大抵お前に解つてるだらう」と応じた。お秀はそれに答えず、「微かに薄笑《うすわらひ》の影を締まりの好い口元に寄せて見せた。それが如何にも兄に打ち勝つた得意の色をほのめかすやうに見えるのが津田には癪だつた。」「平生は単に妹であるといふ因縁づくで、少しも自分の眼に付かないお秀の器量が、斯《か》う云ふ時に限つて、悪く彼を刺激した。なまじい容色が十人並以上なので、此女は余計他《ひと》の感情を害するのではなからうかと思ふ疑惑さへ」感じた。お秀は「お父さんが何《ど》んなお返事をお寄《よ》こしになるか、兄さんには見当が付いて」「兄さんはお父さんが快よく送金をして下さると思つてゐらつしやるの」と非難がましい質問を執拗に繰りした。津田は「だからお母さんはお前の所へ何と云つて来たかつて、先刻《さつき》から訊《き》いてるぢやないか」と腹だたしそうにいった。「お秀はわざと眼を反らして縁側の方を見た。それは彼の前であゝ、あゝと嘆息して見せる所作の代りに過ぎなかつた」。

九十四回の一つの焦点は、兄妹という関係からいつもは気が付かないお秀の十人並み以上の「容色」に浮かぶ冷笑に、津田が強い刺激を受けるという点にある。

漱石は右の九十四回を執筆した日、次の漢詩を創作している。

老去帰来臥故丘　　老い去って帰来し　故丘に臥《が》す
蕭然環堵意悠悠　　蕭然《しょうぜん》たる環堵《かんと》　意悠悠
透過藻色魚眠穏　　藻色を透過して　魚眠穏かに
落尽梅花鳥語愁　　梅花を落とし尽くして　鳥語愁う
空翠山遥蔵古寺　　空翠山遥かにして　古寺を蔵し

平蕪路遠没春流
林塘日日教吾楽
富貴功名曷肯留

平蕪路遠くして　春流を没す
林塘日日　吾をして楽しま教《し》む
富貴功名　曷《なん》ぞ肯《あえ》て留まらん

◆語釈・典拠

【故丘】『槐安国語』巻五頌古評唱に「錫を振るって故国の途に登るに似たり」。道前注に「還郷の調べ」。『十牛図』（『禅の語録』十六、筑摩書房、昭和四十九年七月）の第六「騎牛」の柳田注に「（還郷曲は）本心の家郷に還る意を寓す」。

【藻色を透過して魚眠穏かに】『詩経』「魚藻之什」第三章「魚在り藻に有り　其の蒲に依る　王在り鎬に在り　那たる其の居有り」（注に「那は安き貌《かたち》なり。天下平安にして四方の虞無し。故に其の居処那然として安きなり」（鄭箋）（『漢詩大系』2、集英社、昭和四十三年一月）

【梅花を落とし尽くして】『禅林句集』に「白雲端禅師鉢盂を洗う頌に云う梅花落ち盡くして杏花披《ひら》く……」

【蕭然】『槐安国語』巻三に「威音那畔に挺抜し、空劫以前に蕭然たり」（道前訳＝「天地未生以前の本来の面目に立ち」）。その注に「蕭然」は「突出して空寂なるさま」とある。すなわち漱石詩の「蕭然たる環堵」の「蕭然」は「本分」に繫がる禅的な空寂さの形容であろう。

◆大意

首聯　わたしは老いて、人間のあるべき場所に帰り、大自然に同化した生活を送っている。わたしのいる小部屋は静謐であり、わたしの意識は何物にもこだわることなく悠然としている。

頷聯　（わたしの意識は次のような状態にある。）藻を透かして見える眠った魚のように、煩うことは何もない。梅花を落とし尽くして啼く鳥のように、わたしは春愁に身を委ねるだけだ。

頸聯　遠くを眺めやれば、人気のない山の緑に古寺が包まれ、野原の路の遙か彼方で、春の流れが消えている。

尾聯　眼前に拡がる林や池の風景がいつもわたしを楽しませてくれる。（この詩の景のなかにわたしの心は存在しているのだ。）世俗の富貴功名にどうして係わる必要があろうか。（この自然と同化した生活こそが人間の本来のあり方なのだ）。

当該詩と九十四回とには次のような関係が存在する。

⑴「蕭然たる環堵」と、津田の病室を彩る我執に充ちた雰囲気との、正反対の関係。

⑵「意悠悠」と、京都からの送金を気遣う津田の意識との、正反対の関係。

⑶「藻色」の「色」と、お秀の「容色」の「色」との同字。

⑷「藻色」を通して魚の眠った姿を見ることと、お秀の「器量」（容色）を通してお秀の得意の色を見ることとの類似。

⑸「魚眠」の「眠」（あたりの様子が目に映らない）と、津田には兄妹という因縁でいつもは「お秀の器量」が「眼に付かない」こととの類似。

⑹鳥が「梅花を落とし尽くす」ことと、お秀が津田に執拗に質問を繰り返すこととの類似、および「鳥語愁う」の「愁う」とお秀が「嘆息」することとの類似。

⑺「富貴功名」と、お秀が「裕福な」堀家へ嫁いだことを「自慢」していると津田が感じていることとの類似。

右の類似や関係は当該詩と九十四回とが漱石の意識において結び付いていることを示している。以下、右に挙げた関係について考えてみたい。

⑴・⑵について――「蕭然たる環堵」は、禅的雰囲気（虚）の漂う小部屋である。「意悠々」とはもちろん九十四回を書き終えた漱石自身の「あるべき」意識の表明であろう。一方、九十四回の舞台である津田の病室では、津田と

お秀の、京都からの知らせをめぐる金に纏わる世俗的会話が始まっている。九十四回では、「月末の仕払や病院の入費の出所に多大の利害を感じない訳に行かなかつた津田」の意識が描かれており、「意悠悠」という境地とは正反対である。このことは、「蕭然たる環堵意悠悠」という語句には、漱石の作家としての立場が九十四回で描き出した津田・お秀の意識とは異なる「意悠悠」の状態にあることの強調があることを示している。そしてこの強調には、漱石の意識の中で余韻として続く津田の金に纏わる利害意識に禅的「意悠悠」の意識を重ね合わせ、その禅的意識によって津田への苛立ちから脱しようとしている漱石の意識を認めることが出来るのである。

(3)・(4)・(5)について――「藻色を透過して魚眠穏かに」は、『詩経』の「魚藻」(「天下平安」の隠喩)を踏まえて、禅的な「天下平安」の意識を詠っていると考えられる。ここには作者の禅的な悠然たる意識のありようの強調がある。一方、九十四回の津田は、お秀の「器量(=容色)」を通して、お秀が口元に浮かべた「薄笑《うすわらひ》」に「兄に打ち勝つた得意の色」を読み取り苛立つ。「藻色」にはお秀の「容色」が取り込まれ、「魚眠穏やかに」にはお秀の「得意の色」を「眼」にして苛立つ津田の意識が正反対の方向において取り込まれていると考えられる。「魚眠穏やかに」とは「眠っている魚の眼には何も映らない」ことでもあるが、このことと、(九十四回で)津田にはお秀の「容色」が「平生は単に妹であるといふ因縁づくで、少しも自分の眼に付かない」と描写されていることとは類似する。このことは頷聯(前半)に『明暗』のお秀の容色に係わる場面が取り込まれていることを示している。右の(3)・(4)・(5)の表現は類似しながらも、その意味内容の方向性は正反対の関係にある。このことは、漱石がこの詩の頷聯前半で、『明暗』執筆時において同化していた津田のお秀に対することばを、禅的な「天下太平」のことばで取り囲んで、津田お秀に同化していた己の意識のいらだちを鎮めていることを示しているのである。

(6)について――「梅花を落とし尽くして鳥語愁う」は、春愁の意識であり、四季の変化を掌る自然に対する禅的意識が詠われている。一方、九十四回のお秀は、京都からの手紙の内容をすぐに教えようとはせず、兄の態度を問い正そうと質問を続け、津田を苛立たせる。お秀のこの態度は、「鳥」が「梅花を落とし尽くす」という行為と類似する。また「鳥語愁う」の「愁う」と、お秀の所作についての語り手の描写「お秀はわざと目を反らして縁側の方を見た。それは彼の前であゝあゝと嘆息して見せる所作の代りに過ぎなかつた。」という部分の「嘆息」とは類似している。しかし「梅花落とし尽くして鳥語愁う」は、大自然の季節の運行には従わざるを得ない「愁い」であるのに対し、お秀の「嘆息」は、作為的な所作であり、両者の「愁い」の内容の方向性は正反対である。このことは、頷聯で、禅的な「春愁」の意識に、お秀のわざと嘆息してみせる我執に彩られた意識を取り込み、禅的な「春愁」を意識することで、お秀の我執に彩られたその意識を相対化し、お秀の技巧への苛立ちから離れようとしていることを示しているのである。

⑺について——「富貴功名曷《なんぞ》肯《あえ》て留まらん」の背景には、「富貴功名」に距離を置く漢詩の伝統が存在しているが、直接には、九十四回のお秀に対する津田の批判、「『お前は器量望みで貰はれたのを、生涯自慢にする気なんだらう』と云つて遣りたい」気持と関係する。（九十七回には、「器量望みで比較的富裕な家に嫁に行つたお秀」という描写もある。）この尾聯では、漱石自身の作家としての生き方が表明されているが、同時に「容色」故に、資産家の堀に「貰はれ」たお秀の「自慢」に対する漱石の批判意識が込められているといえるのである。

当該詩の表層では、「大意」で示したような、自然の中に心をとけ込ませたあるべき意識（禅的意識）世界がうたわれている。しかし検討してきたように、漱石は九十四回の核心部分である十人並み以上のお秀の容色を通して立ち現れた、お秀の「兄に打ち勝つた得意の色」への批判や、その「容色」故に資産家に「貰はれた」ことの自慢への批判を、当該詩の中に込めていたのである。漱石は当該詩では、九十四回で使った我執に彩られた言葉を、正反対の方向性を持つ禅的な言葉として用い、そのことによって九十四回で使った主人公達の言葉やその描写から生ずる苛立ちを、禅的世界に封印しているのである。このことは漱石にあっては、九十四回執筆によって生じた苛立ちから抜け出ようとする作業であったのである。

当該詩の表層での禅的世界と、深層での九十四回への意識の交差をあえて文字化すれば次のように言えよう。

首聯――私は禅的な閑かな部屋のなかで「意悠々」の態度でその病室場面を描いているが、『明暗』の舞台である病室の雰囲気は我執に充ちている。わたしは津田やお秀に成り代わり、彼らの意識を吐露したり、彼らに寄り添ってその意識を描いてきた。しかしわたしは彼らの影響を受けることはないのだ。

頷聯――わたしは藻を透かして見える眠った魚のように煩うこともなく、梅花を落とし尽くして啼く鳥のように春愁に身をゆだねるだけだ。わたしは、このような視線から『明暗』を描いているのだ。津田はお秀の容色を通してお秀の得意の色を見て苛立ち、お秀はわざと嘆息してみせる。わたしはこのような津田とお秀の意識をあるがままに客体化して描いているのだ。

頸聯――人気のない山の緑に古寺が包まれている景。野原の遠くで春流が没している景。このような「大自然」の顕れとしての景のなかにわたしの心はあるのだ。

尾聯――わたしは林や池の景(＝自然の「無我」の顕現)を楽しむ。お秀は容色故に資産家の堀に貰われ、そのことを自慢にしているが、しかし人は世俗の富貴功名に執着する必要があろうか。人は自然の「無我」という意思に同化して生きることが本来の姿なのだ。

四

大正五年八月二十日、漱石は九十五回を書いた。

（九十五回梗概）　津田はお秀から母の手紙の内容を聞いた。父の怒りは烈しく、これからの送金も見合わせる可能性があった。（津田は父親が送金しない言い訳を次のように考える）「（すると）垣根の繕ひだとか家賃の滞りだとかいふのは嘘でなければならなかつた」と。お秀は父が仕送りしないその原因が兄の約束を守らないことにあると非難した。お秀には自分の夫堀が関係していることが一番重要な問題であった。堀は津田に頼まれ、津田の父親との仲介役を引き受け、仕送りの条件として、津田に盆暮れの賞与から幾分かを償却させる約束をさせた。堀は自分が津田に結ばせたその「約束の履行」を忘れ、津田の父からの「詰責に近い手紙」によって「驚ろかされた」。津田の父は彼を何時までも責任者扱いにした。「同時に津田の財力には不相応と見える位な立派な指輪がお延の指に輝き始めた」。堀が保障して成立した津田と父との約束を知らなかったお延は、お秀に問われるままにありのままを語った。お秀はお延がわざと夫をそそのかして、金を返さないようにさせたという風な手紙を親元に送ったのである。津田と対座しているお秀は、この件についてお延は何も知らないという津田の言葉を聞いて皮肉な微笑を浮かべた。

この回では、手前勝手な津田の意識やお秀の夫堀がこの件に関与したいきさつ、お秀の嫂お延への誤解に基づく不満が描かれ、焦点はお秀のお延に対する批判に移っていく。

右の九十五回を執筆した日の午後、漱石は次の詩を創作している。

両鬢衰来白幾茎　　両鬢衰え来たりて　白きこと幾茎

年華始識一朝傾
薫蕕臭裡求何物
蝴蝶夢中寄此生
下履空階淒露散
移牀廃砌乱蟬驚
清風満地芭蕉影
揺曳午眠葉葉軽

年華始めて識る　一朝にして傾くを
薫蕕《くんゆう》臭裡　何物をか求めん
蝴蝶夢中　此の生を寄す
履《くつ》を空階に下せば　淒露《せいろ》散じ
牀《しょう》を廃砌《はいせい》に移せば　乱蟬《らんぜん》驚く
清風地に満つ　芭蕉の影
午眠を揺曳《ようえい》して　葉葉軽し

◆語釈・典拠

【空階】【露】「空階」は、漱石詩にあっては禅的境地と関係する。(たとえば、同年九月六日の詩「月は空階に向かって多く意を作《な》し」の「空階」は世俗と切り離された世界の強調である)。「露」も禅的境地の表現として使われることが多い。(同年十月三日の詩の頸聯「機外の蕭風落寞を吹き　静中の凝露芙蓉に向かう」など。)

【清風満地】『禅林句集』にも収録されている禅語。「清風匝地」と同義であろう。清風匝地は「本地の風光」(悟りの境地)の表現。

◆大意

首聯　私の両鬢には白髪が目立つようになってきた。人は、にわかに老いることを知るのである。

頷聯　「薫蕕臭裡」の俗世に何の価値があろうか。人生とは、夢の中で胡蝶になって本当の自分が胡蝶なのか人なのかと迷った荘子の故事のようなもので、一時の「生」をこの俗世に寄せているに過ぎないのだ。

頸聯　誰もいない階段に履《くつ》をはいて降りれば、冷たい露が散り、椅子を崩れた石畳に移せば、乱れ鳴く蟬がぱっと飛び散る。(私は今俗世から離れ、時間を超越した世界に生きているのだ。)

尾聯　辺りは清風が地に満ち、私は芭蕉の葉影で昼寝をする。その芭蕉の葉は私を昼寝に誘ってゆらゆらと揺れる。

当該詩と九十五回との間には次のような類似点や関係が存在する。

(1)頷聯「薫蕕臭裡」の「臭」と、津田が感じる父親の品性との関係、およびお秀の「成上りものに近いある臭味」(九十七回)との関係(九十六回では父親の品性を「狐臭い狡獪」さと「臭」の字を使って表現し、九十七回では「成上りものに近いある臭味」を津田はお秀に見出したと「臭」を使って描写している。)。

(2)頸聯「履を下す」の「履」と、津田が父親との「約束の履行」の必要を認めなかったことや、堀もまたその「約束の履行」を忘れていたという「履行」の「履」との一致。

(3)頸聯の「乱蝉驚く」の「驚く」と、九十五回の堀が津田に父から「詰責に近い手紙」を受取って「驚ろかされた」という表現にある「驚」との一致。

(4)頸聯「廃砌」の「砌」(いしだたみ=石)と、「津田の財力には不相応と見える位な立派な指輪がお延の指に輝き始めた」という「立派な指輪」(=石)との類似。

(5)尾聯「午眠を揺曳して葉葉軽し」が表わす意識と、お秀のお延への皮肉「嫂さんが一番気楽で可《い》いわね」の「気楽」との類似。および、「堀の呑気」との類似。

　右の類似や一致は、当該詩と九十五回とが漱石の意識の中で繋がっていることを示しているのである。以下、右に見た類似や一致の意味を考えていこう。

(1)について――当該詩の初案は「薫蕕交裏」。定稿で「交」を「臭」に変えているが、このことはこの語が、「薫」(善人・君主)から「蕕」(悪臭・小人=世俗意識)に焦点を移していることを示している。佐古注は『薫蕕臭裡』

の詩句の中に、『明暗』の小説世界が暗示されている」とする。「薫蕕臭裡」に類する字句は九十五回にはない。しかし九十五回では、父親の品性が話題となり、九十六回では「父の品性」に描写の焦点が当たっている。津田は堀に毎月の仕送りの肩代わりをさせようとする父親の下心に思い当たり、「下劣と迄行かないでも、狐臭い狡猾な所も少しはあつた」と考える。また九十七回の津田は「成上りものに近いある臭味を結婚後の此妹に見出」す。

留意すべきは、当該詩の「薫蕕臭裡」の「臭」と、九十六回の父親の「狐臭い狡猾さ」、九十七回のお秀の「ある臭味」では共に「臭」の字が使われていることである。このことは、「薫蕕臭裡」に、津田の意識に映る父親の「狐臭い狡猾な」「品性」への批判や、お秀の「成上りものに近いある臭味」への批判を込めているといえるのである。

このような観点からすれば、頷聯には次のような『明暗』の主人公達への漱石の思いが込められていると考えられる。——私は登場人物達の意識に同化し、九十五・九十六回で描き出す津田の父親の「狐臭い狡猾な」「品性」や、九十七回で描く、津田の意識に映るお秀の結婚後の「成上りものに近いある臭味」を浮き彫りにしたが、私は彼らの我執に彩られた意識のありように意義を認めることが出来ない。『荘子』のいうように、人間はこの俗世に「生」を寄せているに過ぎない。本当の価値は俗世にはないのだ。——この聯では禅的（荘子的）立場から、その「薫蕕臭裡」の世界（世俗）が無価値であると詠うことで、『明暗』で描いた我執の世界を突き放し、その描写から生ずる苛立ちから離れようとしている漱石の意識を認めることが出来る。

⑵について——九十五回では、津田の父親との約束の「履行」についての登場人物達の意識に焦点が当たっている。父親は息子の津田に他人に対してと同様に金の返済を要求し、津田は父との「約束の履行」の必要性を認めなかった。お秀には「その約束」が堀と関係していることが問題であった。堀は自分が結ばせた津田の「約束の履行」を忘れていた。この場面の「履行」の「履」と、頸聯の「下履」（履を下す）の「履」は同字である。このことは偶

然ではなく、漱石の意識においては、当該詩の語彙選択のレベルで繫がっていると思われる。

頸聯では「履」の字を使って世俗の煩わしさから超脱した禅的境地を詠っている。頸聯におけるこの漢字の使用は、頸聯の中に、九十五回の焦点となっている世俗の「約束」にかかわって生きねばならない主人公達への批判意識が込められていることを示している。

(3)について――堀は津田の父の「詰責に近い手紙」を受取って「驚ろかされた」。その「驚」ろきは、「約束の履行など、いふ事は、最初から深く考へなかつた」堀の無責任な性格によるものであった。一方「乱蟬驚く」という世界は、世俗の世界から離れた景（禅的世界）の象徴である。両者における「驚」という字の一致は、漱石が『明暗』で堀の無責任さを示す「驚」という漢語を、禅的な世界を表現する語として使いなおすことによって、世俗の人堀の無責任な意識への不愉快さから、離れようとしていることを示している。

(4)について――九十五回では「津田の財力には不相応と見える位な立派な指輪がお延の指に輝き始めた」と描写されている。一方「廃砌」は「立派な指輪」とは対照的な「崩れた石だたみ」（=世俗と離れた禅的世界を表わす）である。漱石は当該詩で世俗の価値観とは正反対の方向を持つ「廃砌」という詩語を、津田がお延に買い与えた「立派な指輪」への違和感から紡ぎ出していると思われる。このことには禅的世界を表現する「廃砌」に津田の虚栄心への批判が込められていることを示している。

(5)について――尾聯が描き出している世界は禅的な「自由」の境地の表現である。一方九十五回ではお秀は「嫂さんが一番気楽で可《い》いわね」と皮肉る。また九十五回の堀は「至極呑気な男であつた」と描かれているが、その「呑気」さは無責任の裏返しである。尾聯で描いている「午眠」の穏やかな境地と、お秀が皮肉るお延の「気楽」さや、堀の「呑気」とは、表面的には類似しているが、内実は正反対の方向性をもつ。この関係には、世俗にまみれたお延の虚栄心に彩られた「気楽」さや堀の自堕落な「呑気」と正反対な禅的な「無心」に繫がる境地（午眠）を創出することによって、九十五回執筆によって生じる「俗了」意識〈こだわりの意識〉から抜け出そうとしている漱石の意識を認めることが出来よう。

当該詩に込められている漱石の九十五回への思いは次のようにいえよう。

首聯――人は世俗の外にある本当の生き方を知るべきである。

頷聯――わたしは津田の父親の「狐臭い」老獪な品性や、約束を守ろうともしない津田の我執のありよう、お秀の結婚後の「成上りものに近いある臭味」を描いている。しかしこのような俗世に生きるための我執の意識に意味があろうか。大切なのは俗世を離れた人間本来の意識（悟りの世界）に生きることなのだ。

頸聯――津田は父親との約束の「履行」は無視しても構わないと考え、堀もまた己の責任を忘れて津田の父から叱責を受けて驚く。津田は父親からの送金でお延に「立派な指輪」を買い与えた。世俗では金が人の心を支配している。私はこのような金が人の心を支配するさまを描いているが、しかし私は今はその「薫蕕臭裡」の世界から離れて、真実世界に心を遊ばせているのだ。

尾聯――私の今いる世界は、「清風匝地」の清浄な世界であり、私は何の気遣いも無く、午眠し、心をたゆたわせている。それは『明暗』で描き出した、堀の無責任な呑気さやお秀の言う「（お延の）気楽さ」とは全く異なる心持ちである。私は今、『明暗』の「薫蕕臭裡」の世界から離れているのだ。

以上九十五回と当該詩の類似の意味を見てきた。漱石は当該詩の中に九十五回で描き出した登場人物への批判意識を込めた。別言すれば、漱石は九十五回で使用した言葉に正反対の意味を付与して禅的世界を創り出した。そしてこのことは漱石が九十五回執筆の際に使用した我執に彩られた言葉を、禅的世界を表現する言葉として使用することによって――漢詩の禅的世界に『明暗』で描いた世俗意識を投げ入れることによって――『明暗』執筆によっ

て生ずる苛立ちを禅的世界の中に封じ込め、その苛立ちから脱けだそうとしていることを意味しているのである。(1)

五

漱石は八月二十一日、九十六回を書いた。

（九十六回梗概）

お秀は津田に言った。「お父さんの様に法律づくめに解釈されたつて、あたしが良人《うち》に対して困る丈《だけ》だわ。」お秀は、自分の前に横着な兄を見た。兄は自分の便利と細君のことしか考えていなかった。「彼は其細君に甘くなつてゐた。ⓐ寧《むし》ろ自由にされてゐた。細君を満足させるために、外部に対しては、前よりは一層手前勝手にならなければならなかつた。」「兄を斯《こ》う見てゐる彼女は、津田に云はせると、ⓑ最も同情に乏しい妹らしからざる態度を取つて兄に向つた。」津田は「父の料簡」を、問題とした。「金を送らないとさへ宣告すれば、由雄は工面するに違ないとでも思つてゐるのか知《し》ら。」「其所《そこ》なのよ」とお秀は意味ありげに津田の顔を見た。「微かな暗示が津田の頭に閃めいた。ⓒ秋口に見る稲妻のやうに、それは遠いものであつた。けれども鋭どいものに違《ちがひ》なかつた。それは父の品性に関係してゐた。」臆断の鏡によつて照らされた、父の心理状態は、次のように仕組まれていた。送金を拒否すれば堀が津田の窮を救い、堀が例月分を立て替えてくれることになる。父はただ礼を言ってすましている。そこには淡泊さが存在していなかった。「狐臭い狡猾な所も少しはあった。ⓓ少額の金に対する度外れの執着心が殊更に目立って見えた。」二人は実際問題をどう片付けるかに苦しんだ。

漱石は右の九十六回を創作した日の午後、漢詩二首を作っている。第一首は次の七言絶句である。

尋仙未向碧山行　　仙を尋ぬるも未《いま》だ碧山に向かって行かず

住在人間足道情　　住みて人間《じんかん》に在りて道情足る
明暗双双三万字　　明暗双双　三万字
撫摩石印自由成　　石印を撫摩《ぶま》して　自由成る

◆大意
起句　私は悟りの境地を目指してはいるが、そのために俗世を捨て、「碧山」(=理想郷)に行くことはしない(俗世のなかにこそ真実世界は存在するのだ)。
承句　この世俗のなかにあっても、私は悟りの境地(仏法に同化した境地)に生きることが出来るのだ。
転句　私は俗世に生きる人の心の、明と暗が双双するありさま(その意識の表層《明》と、そのありようを規定している「大自然」《暗》との関係)をすでに三万字も書いた。
結句　石印を撫でて悟りの世界に心をとけ込ませれば、その明暗双双の世界を自由自在に描き出すことが出来るのだ。

当該詩と九十六回との類似関係を考えてみたい。

(1)「石印」と「指輪」について——この詩の附記に依れば、漱石が『明暗』執筆時の「机上の石印を撫摩する癖」を「人」(久米正雄・芥川龍之介)に語ったところ、転地先の二人からの手紙に、「自分も量に於いては石印を摩して作る位の作ハやる積りだ」と書いてあったので、「それで此詩を作つた」とある。このことから知られるように、この「石印」は久米・芥川宛書簡にある「石印」という言葉に刺激されて作ったものである。「石印」は、九十六回とは直接的繋がりは感じられないが、しかし前回(九十五回)では「津田の財力には不相応と見える位な立派な指輪がお延の指に輝き始めた」とあり、九十六回ではお延に(財力とは不相応な)指輪を買い与えた津田の虚栄心のありように焦点が当てられている。この津田の虚栄心はお延に買い与えた指輪に象徴されている。「石印」と「指輪」（＝宝石）は、「石」という点で共通する。「石印」は禅的世界と繋がっており、指輪（宝石）はお延に対する津田の虚栄心の象徴であり、正反対の方向性を持つ。このことに留意すると、「石印」という語句には、九十六回で浮き彫りにした津田の虚栄心への批判が込められていると考えられる。

(2)「自由成る」と「自由にされてゐた」について――「自由成る」の「自由」は、九十六回のⓐ「寧《むし》ろ自由にされてゐた」という語の「自由」と同字である。しかし九十六回の「自由にされてゐた」の「自由」は、お延の「我」によって津田が操られていたという否定的な価値的アクセントによって彩られており、一方、「自由成る」は、作者漱石が『明暗』を書いてもその影響を受けず融通無碍であるという、禅的立場からする肯定的な価値的アクセントによって彩られている。両者の方向性は正反対である。このことは「自由成る」に、津田がお延に「自由にされてゐた」ことへの漱石の批判が込められていることを示しているのである。

(3)「住みて人間《じんかん》に在りて道情足る」の「道情足る」と、九十六回のⓑ「最も同情に乏しい妹らしからざる態度」の「同情に乏しい」との関係について――「道情」と「同情」とは音が同じであり、「足る」と「乏しい」とは意味が正反対である。この音の一致と、正反対の意味を持つ語が並んで使われていることは、単なる偶然の一致ではなく、漱石の語彙選択のレベルで繋がりがあろう。すなわち、九十六回で描き出した津田とお延の関係に対する批判的意識が「同情に乏しい」ということばとは正反対の意味を示す禅語「道情足る」に込められていると思われる。

以上のことは別言すれば、漱石は午前中に描き出した九十六回の世俗世界に対する違和感から抜け出すために、九十五回・九十六回のキーワードを禅的意味を表現する語として使い直し、その禅語の中に、その違和感を封印しているといえるのである。

漱石がこの絶句を芥川・久米宛書簡に書き入れて、そのできばえに自信を示しているのも、この詩が右に見たような構造を持っていることと関係があろう。

右に検討してきた当該詩の表層の禅的世界と深層に込められている九十六回への思いとの交差を文字化して示せば、次のようになろう。

起――わたしは禅的視点から『明暗』を描いているが、しかしその世俗世界の追求をやめて、「碧山」（悟りの世界）に行こうとは思わない。

承――この世俗の中にこそ、本当のあるべき人間の意識が存在しているのだ。わたしは九十六回で、「同情に乏しい」お秀と、そのお秀の態度に苛立つ津田の意識（「明」）を描き出した。しかし我執に彩られた彼らの意識の奥底には、本当の人間としての「道情足る」意識（「暗」）が存在しているのだ。

転――わたしはすでに『明暗』において「明暗双双」の意識世界を、あるがままに書き続けてきた。

結――『明暗』を書きながら、石印を撫摩すれば（禅的世界に心を沈めて、その観点から彼らの意識を描けば）、主人公達の意識における明と暗の関係を、「自由自在」に描き出すことが出来るのだ。（わたしは九十六回で、お延に「自由」にされ、父親からの仕送りでお延に立派な指輪を買い与えている津田の意識を描き出した。わたしは『明暗』の主人公達の我執に彩られた意識のありように苛立ちを覚えるが、しかし禅的世界に沈潜することで、その「俗了」意識から「自由」になることが出来るのだ。）

*

漱石は右の絶句を作った後、第二首目の詩として次の七言律詩を作っている。

不作文章不論経　　文章を作らず　経を論ぜず
漫走東西似泛萍　　漫りに東西に走りて　泛萍《はんぴょう》に似たり

故国無花思竹径
他郷有酒上旗亭
愁中片月三更白
夢裏連山半夜青
到処緡銭堪買石
傭誰大字撰碑銘

故国に花無くして　竹径を思い
他郷に酒有りて　旗亭に上る
愁中の片月　三更に白く
夢裏の連山　半夜に青し
到る処緡銭《びんせん》　石を買うに堪うるも
誰を傭いて　大字もて碑銘を撰せしめん

◆大意

首聯　私は「経国の大業」にふさわしい文章も書かなかったし、また「経綸」に関わるような仕事もしなかった。ただ現実（俗世）のなかをあちこちとうろつき回っていた浮き草のような存在であった。

頷聯　故国（＝あるべき真実世界＝禅的世界）には「花」のような華やかな現象世界はなく、竹径に象徴される隠逸生活の閑かさがあるのみである（私はその禅的世界に思いあこがれる）。今仮に生きている「他郷」（＝俗世）には、感覚的快があり、そこで人は一時の快を求めているに過ぎない。（俗世での感覚的快は「酒楼」での酒中のことに過ぎないのだ。）

頸聯　私の「趺坐」しているときの精神風景――真夜中の片月（＝仏心）は世俗に生きる人間の営みを、愁いとともに見つめている。夢中の連山は月光で青白く照らし出されているが、その青山こそは、私の心の「故郷」（宇宙の運行を掌っている仏心〈＝自然〉の存在する場所であり、死に裏打ちされた心のあり処）なのだ。

尾聯　私は自分の墓石を買うにたる少額の金は稼ぐことは出来ているが、この墓石に碑銘として彫りつけるに値するようなことはまだ何もしていないのだ。

当該詩の首聯の表層の内容は、漱石自身の若いときを振り返った想いであろう。この日漱石は久米・芥川宛書簡で二人を励まして、「君方は新時代の作家になる積でせう。僕も其積であなた方の将来を見てゐます。」と書いている。首聯では、二人への期待から、自分の若いときの文学的迷いを振り返っていると思われる。尾聯の「石を買う」は、久米・芥川宛書簡にある、一宮の志田博士が「山を安く買つてそこに住んでゐ」る事への批判からの連想(2)と考えられる。両聯では過去現在の漱石の心境を記していると思われる。頷聯・頸聯もこの文脈で理解することも可能であろう。一方、頷聯・頸聯には、九十六回と類似した語句を含んでおり、当該詩に九十六回執筆後の思いが込められていると考えられる。この詩は吉川注が記すように、多様な理解を許容するが、ここではこの詩に込められた漱石の九十六回への意識を考えてみたい。

右の詩と九十六回とには次のような類似点と関係がある。

⑴頸聯の「夢裏の連山半夜に青し」と傍線部ⓒ「秋口に見る稲妻のやうに、それは遠いものであつた」とは「遠さ」において類似する。「連山」は青山をイメージしているが、青山は死・故郷・人間の根源を意味し、「稲妻のやうに」津田の心に浮かんできた父の「少額の金に対する度外れの執着心」や「狡猾」さとは正反対の方向性を持つ。この関係には「夢裏の連山半夜に青し」に、津田の父親の「少額の金に対する度外れの執着心」への批判が込められていることを示している。

⑵尾聯の「緡銭」と傍線部ⓓ津田の父親が「度外れの執着心」を持つ「少額の金」とは、僅かな金ということで類似する。また、尾聯の「石」は墓石を意味するが、九十六回の背景にあるお延の指輪の石は宝石（贅沢の象徴）であり、共に「石」ということでは類似する。しかしその意味は正反対である。九十七回での津田は口先だけで「今月はお父さんからお金を貰はないで生きて行くよ」「出来なければ死ぬ迄の事さ」と「死」を口にしてお秀の様子をうかがう。「石」（墓石）は、人間の死と結び付いており、津田が口にする「死」と関係する。しかし両者の

「死」の重さには大きな隔たりがある。右に見たような九十六・九十七回の石や死との関係には、尾聯に『明暗』の主人公達への漱石の批判的思いが込められていると考えられる。

首聯・頷聯には九十六回との直接的な類似語句はない。しかし頸聯や尾聯と九十六回との類似からすれば、これらの聯の言外に九十六回との関係を読み取ることも可能である。

当該詩に込められた九十六回への漱石の思いは次のように言えよう。

首聯——わたしは若い時には世に役立つ文章を書かず、真理を求めて世の中をさまよう浮き草のような存在だった。（しかし今は真理をつかみ、その立場から『明暗』を書いているのだ。）

頷聯——私の『明暗』を書く立場は、禅的視点にあり、その視点には、感覚的な喜びはなく、ただ隠逸者の閑かさがあるだけである。わたしはその視点から、俗世間に生きる人々の意識（酒中の忙）を描くために、俗世界のただ中（＝「旗亭」）に一時身を置いているのである。私はこのような視点から津田とお秀の会話の醜悪さを批判することなく描き出しているのだ。

頸聯——私の「趺坐」しているときに心に浮かぶ風景はつぎの如くである。——真夜中に白く光を放つ片月が浮かんでおり、その月光で遠くに連山が青くみえる。——この景のなかにこそ本当の真実世界があるのだ。私の『明暗』を書く立場は、人々を黙照している「片月」〈禅的自然〉の愁いのある視線であり、「夢中」の「青山」（死に裏打ちされた悟りの境地）の立場である。しかし『明暗』の登場人物達は、わたしの立場であるこの真実世界の大切さを知らないのだ。

尾聯——俗世の人である津田の父親は少額の金に執着している。津田はその父親からの仕送りの金で、自分の稼ぎでは買うことの出来ない立派な指輪（石）を、お延に買い与えている。わたしは、同じ石でも、自分の骨を埋める墓石を買う金は稼いでいる。しかしその墓石に彫りつけるに値する仕事はまだ何もしていない。（『明暗』は世俗の役に立つようなものではないのだから。）

六

漱石は次の日（八月二十二日）九十七回を執筆している。

（九十七回梗概）

津田とお秀は感情と理屈のもつれをほぐすことが出来ず、ⓐ「何処迄もうね〳〵歩いた。」彼らは相手の淡泊《あつさり》しないところを暗に非難しながらも、自分のほうから爆発するような不体裁は演じなかった。津田が「今月はお父さんからお金を貰はないで生きて行くよ」というと、お秀は「そんな事が出来て」とあざけった。そのお秀のあざけりは津田から次の言葉を呼び起こした。「出来なければ死ぬ迄の事さ。」「彼はお延の虚栄心をよく知り抜いてゐた。それに出来る丈の満足を与へる事が、また取も直さずⓑ彼の虚栄心に外ならなかつた」。彼にとって細君の前で自分の器量を下げなければならないことは苦痛であった。ⓒ「己れを忘れるといふ事を非常に安つぽく見る彼は、また容易に己れを忘れる事の出来ない性質《たち》に父母から生み付けられてゐた。」彼は、お秀の様子をうかがっていた。ⓓ「腹の中に言葉通りの断乎たる何物も出て来ないのが恥づかしいとも何とも思へなかつた。彼は寧《むし》ろ冷やかに胸の天秤を働かし始めた。」一方お秀は、兄が心から後悔していないのを飽き足らなく思った。「兄の後《うしろ》にⓔ御本尊のお延が澄まして控へてゐるのを悪《にく》んだ。」津田の意志が見え透いてきた後でも、積極的な好意を示すことをあえてしなかった。津田もまたお秀に「成上りものに近いある臭味を（中略）見出し」、「兄といふ厳《いか》めしい具足を着けて彼女に対するやうな気分に支配され始めた。だから彼と雖も妄りにお秀の前に頭を下げる訳には行かなかつた。」

右の九十七回を執筆した日の午後、漱石は次の漢詩を作っている。

香烟一炷道心濃
趺坐何処古仏逢
終日無為雲出岫
夕陽多事鶴帰松
寒黄点綴籬間菊
暗碧衝開牖外峰
欲払胡床遺麈尾
上堂回首復呼童

香烟一炷《いっしゅ》　道心濃く
趺坐《ふざ》何れの処にか　古仏に逢わん
終日無為　雲岫を出で
夕陽多事　鶴松に帰る
寒黄点綴《てんてい》す　籬間の菊
暗碧衝開す　牖外《ゆうがい》の峰
胡床を払わんと欲するも　麈尾《しゅび》を遺《わす》れ
堂に上り首《こうべ》を回《めぐ》らして　復た童を呼ぶ

◆語釈・典拠

【終日無為雲岫を出で　夕陽多事鶴松に帰る】

陶淵明「帰去来兮の辞」（「雲は無心に以て岫を出で　鳥は飛ぶに倦きて還るを知る。景《ひ》は翳翳《えいえい》として以て将に入らんとし　孤松を撫でて盤桓す」）と当該詩頷聯との類似点を挙げる。（上は「帰去来兮の辞」、下は当該詩）①「雲は無心に以て岫を出で」――「無為雲岫を出で」、②「景《ひ》は翳翳として以て将に入らんとし」――「夕陽多事」③「松」――「孤松」④「鳥　還る」――鶴　松に帰る」

なお、前日（九月二十一日）の詩「仙を尋ぬるも……」の「石印を撫摩して」の「撫」は、「帰去来兮の辞」の「孤松を撫でて」の「撫」と一致する。漱石は、「石印を撫摩して」から「帰去来兮の辞」を連想し、当該詩を構想したのであろう。『正法眼蔵』では、山水やその中に生きる魚や鳥のありようのうちに仏法（＝古仏）が感得されることを記している。当該詩の「帰去来兮の辞」に基づく自然の表現も『正法眼蔵』の記述と同種である。このことからも頷聯や頸聯が、主人公が思い浮かべる自然のありようのうちに古仏（＝仏法）が存在することを詠っているといえよう。

【寒黄点綴す籬間の菊　暗碧衝開す牖外の峰】

諸注が示すように、その前半は陶淵明「飲酒」二十首の第五首「菊を采る東籬の下　悠然として南山を見る」、後半は青原行思の「碧落を衝開す松千尺、紅塵を截断す水一渓」（『禅林句集』は「青原盧陵米の頌」を典拠として載せる）を踏まえていると思われる。

また、次の日（二十三日）の詩との関係からすると、「暗碧衝開す牖外の峰」の「牖外の峰」は、百丈懐海の寺があった百丈山あるいは「百丈独坐大雄峰」のイメージが投影されている可能性もある。

【胡床を払わんと欲するも麈尾を遺れ】

「胡床」は坐禅をするためのいす。「麈尾」は払子。この句は、禅修行の結果、無心の境地（世俗のなかにあってその影響を受けない悟りの境地）に到達していることを示す表現。

【堂に上り首を回らして復た童を呼ぶ】

『景徳伝燈録』「百丈章」にみえる次の百丈懐海の挿話「百丈下堂《あどう》の句」を踏まえる。「師有る時説法竟《をわ》るに、大衆下堂す。乃ち之を召す。大衆回首《ういしゅ》するに師云く、是れ什麼ぞ」。

◆大意

首聯　ひとくゆりの香を前にして、私は悟道への深い思いに包まれる。結跏するも何処で古仏（＝悟りの道＝仏法）に出合うであろうか。（いくら修業しても自分の外では古仏にあえない（＝悟りは開くことが出来ない）のだ。）

頷聯　（その古仏は次のような私の心に浮かぶ景のうちに存在するのだ。）陶淵明の「帰去来兮の辞」に詠われているが如き景――終日無為の状態にある雲が峰をわたり、夕陽にせかされて鶴が松に帰ってくるが如きあるがままの自然の景。

頸聯　陶淵明の「飲酒」に詠われているが如き景――籬に点を打ったように咲く凛とした菊の黄色、青原行思の詠うが如き景――窓から見える峰が突き破る空の暗碧色。（このような自然の景と色のうちにこそ古仏は存在するのだ。）

尾聯　今の私は無心の境地に生きており、坐禅のための椅子の埃を麈尾《しゅび》で払うことも忘れている。しかし説法のために上堂すれば、人々を己の心の内に存在する古仏に逢わせるためには、麈尾がいることに気づいて、童を呼んで、持ってこさせる。（人が古仏に逢うためには厳しい修行が必要なのだ）

当該詩と『明暗』九十七回との間には次のような類似が存在している。

(1)「古仏」と「御本尊」（傍線部ⓔ）との類似

(2)「何処」（何れの処）と「（津田とお秀は感情と理屈のもつれをほぐすことが出来ず）「何処迄もうねく〳〵歩いた。」（傍線部ⓐ）という部分の「何処」との類似。

(3)「胡床を払わんと欲するも麈尾を遺れ」（＝悟りの境地の表現）と津田の「虚栄心」（傍線部ⓑ）との正反対の関係。

(4)「堂に上り首を回らして復た童を呼ぶ」と、「容易に己れを忘れる事」（傍線部ⓒ）が出来ず、「腹の中に言葉通りの断乎たる何物も出て来ないのが恥づかしいとも何とも思へなかつた」という表現内容（傍線部ⓓ）との正反対の関係

このような類似は、当該詩の深層に、これらのことばを通して、九十七回への漱石の思いが込められていることを示しているのである。

以下、両者の類似したことばを通して、当該詩に込められている漱石の思いを見ていきたい。

(1)について――「古仏」とは禅語では一般的には、祖師方の尊称あるいは悟りの世界をいうが、当該詩では『正法眼蔵』（山水経）に「而今《しきん》の山水は古仏の道現成なり」とある如く、自然のありようのうちにある仏法を意味する。当該詩全体を貫いているのは、このような意味での「古仏」（すなわち仏法）である。九十七回の記述「兄の後に

御本尊のお延が澄まして控へてゐるのを悪《にく》んだ」という部分の「本尊」は「古仏」と類似している。この類似は単なる偶然ではなく、当該詩の「古仏」が、九十七回の「御本尊（のお延）」という言葉から導き出されていることを示している。九十七回の「御本尊」という表現は、お秀の意識に映る、津田を操っているお延への批判的意識によって彩られている。当該詩の「古仏」は、悟りや仏法を意味しており、『明暗』で使われている「御本尊」の意味内容とは正反対の方向性を持つ。この両者の関係は、お延に対するお秀の意識への漱石の批判が当該詩の「古仏」に込められていることを示している。

(2)について――当該詩と九十七回にはともに「何処」という表現が存在し、その両者の方向性は正反対の方向性を持っている。このことは、「何処」という表現が九十七回の「何処迄も」から紡ぎ出されていることを示し、当該詩の「何処」に『明暗』の主人公達の我執意識への批判が込められていることを示している。

(3)について――「胡床を払わんと欲するも麈尾《しゅび》を遺《わす》れ」では、主人公（書き手）の「無心」が強調されている。一方、九十七回では、「津田の虚栄心」に焦点が当てられており、正反対の関係にある。この両者の関係は、漱石が九十七回執筆中に成り代わっていた津田の虚栄心から離れるために、当該詩で意識的に虚栄心の対極にある「無心」を詠っていることを示している。

(4)について――尾聯後半の「堂に上り首を回らして復た童を呼ぶ」は「百丈下堂《あどう》の句《く》」に基づくが、尾聯後半のこの表現は、九十八回の冒頭部分とより深く関係していると思われる。そこで九十八回と尾聯後半との関係を考えておきたい。

　九十八回の冒頭では、お時からの電話を津田に取り次ぐために、階子段の途中まで上がってきた「薬局生」が二階に声をかけ、階段を下りながら、津田に「大方お宅からでせう」と冷淡に挨拶する。しかし津田が電話に出ないので、「薬局生」は「下から電話の催促をする」という場面が描かれる。「堂」を「二階の病室」に、「童」を津田に対応させると、薬局生が二度にわたって津田を呼ぶことと、「復童を呼ぶ」こととは類似する。このような類似は、尾聯後半が九十八回冒頭のこの場面から紡ぎ出されていることを示している。

尾聯後半は次に見る「百丈下堂の句」を典拠としている。「百丈下堂の句」は『景徳伝燈録』六「百丈章」にみえる百丈懐海の接化の一挿話である。

「師有る時説法竟《をわ》るに、大衆下堂す。乃ち之を召す。大衆回首《ういしゅ》するに師云く、是れ什麼ぞ」。〔原注、薬山之を目《なづ》けて百丈下堂の句と為す。〕」

「百丈下堂の句」と尾聯との類似箇所を挙げれば次の如くである。（上が「百丈下堂の句」、下が尾聯後半）

①百丈↔百丈　②下堂↔上堂　③回首↔回首　④之（大衆）を召す↔童を呼ぶ

この類似は当該詩のこの部分が「百丈下堂の句」を踏まえていることを示している。先に見たように漱石は尾聯創作に当たって、九十八回の冒頭部分を意識していたと思われるが、注意されるのは、「薬局生」の「薬」と、「百丈下堂の句」原注の「薬山（和尚）」の「薬」とが同字であることである。このことは漱石の意識にあっては、薬局生→薬山→「百丈下堂の句」という連想があったことを示していると思われる。

次に「百丈下堂句」の句意について考えておきたい。『禅学大辞典』では、この句意について「仏法は言葉のみの説法では終わりはしない。現存在の事実こそ仏法の真実である」と解説されているが、その中で引く大智の偈頌「無覓《むみゃく》」の解釈とやや力点が異なる。ここでは、大智偈頌の立場から理解しておきたい。

大智偈頌の「無覓《むみゃく》」には「道は須臾《しゅゆ》も離るべからず、離るべきは道に非ず　尋思すること莫し。且《しばら》く看よ百丈下《あ》堂《どう》の句、喚べば便ち頭を回らす是れ阿誰《たれ》ぞ。」とあり、水野解説(3)によればその句意の要点は、「外に向ってもとめるものは何もない。自己の正体を自己がきわめてゆくのが仏道である。」ということである。すなわち、「百丈下堂の句」の内容は大智偈頌によれば、「自己の正体をつかめ」ということである。

右に見てきたように、尾聯「堂に上り首を回らして復た童を呼ぶ」は「百丈下堂の句」に基づいており、尾聯には「自己の正体をつかめ」という禅意が込められていると考えられる。

次にこの尾聯に塗り込められている内容(「自己の正体をつかめ」)と、ここでの課題である九十七回の「腹の中に言葉通りの断固たる何物も出て来ないのが恥ずかしいとも何とも思えなかった。」という表現内容との関係を考えてみたい。

この尾聯の内容(「自己の正体をつかめ」)の「自己の正体」と、九十七回の描写「腹の中に言葉通りの断乎たる何物も出て来ないのが恥づかしいとも何とも思へなかった」の「断乎たる何物」とは同じであり、「古仏」と言い換えることができる。尾聯の内容〈自己の正体をつかめ〉と、九十七回の津田の描写「断乎たる何物も出て来ないのが恥づかしいとも何とも思へなかった」という描写内容とは正反対の関係にある。このことは、漱石が九十七回の津田の描写から「百丈下堂の句」の「自己の正体をつかめ」という内容を想起し、当該詩のこの部分に、漱石の津田への批判――〈本当の自分〉を意識できない我執のありようへの批判――を込めていることを示しているのである。

以上の検討を踏まえて、当該詩に込められている九十七回への漱石の執筆意識をあえて文字化すれば次のようになろう。

首聯――九十七回の津田はお秀に対する「虚栄心」に支配されており、「已れを忘れる事の出来ない」男である。津田は「何処」まで行けば「已」(我執)を脱して「本当の自分」(=「断乎たる何物か」=「古仏」)に出会うことができるのであろうか。

頷聯・頸聯――宏智禅師の「坐禅箴」が示す如く、この世に存在する山水こそ古仏の顕現であり、古仏は陶淵明や青原行思の詩が詠うような、あるがままの自然（すなわち「無心」）の中に存在しているのだ。尾聯――私は「無心」の境地に生きており、その立場から津田をはじめとする登場人物達の意識を描いている。津田は容易に自分（我）を忘れることができず、「本当の自分」（＝古仏）を見つけることができない。「百丈下堂の句」が示すように、人間は「自己の正体」（「断乎たる何物か」）を見つけることが大切なのだ。

＊

漱石はこの詩の表層では「大意」で示したような禅的思惟に彩られた内面を詠っている。しかしこの詩の深層には右のような九十七回の津田への思いが込められているのである。このことは、漱石が禅的思惟に彩られた世界の中に九十七回執筆によって引き起こされる津田への批判意識を込めることによって、『明暗』執筆後にも続くその「俗了」意識から離れようとしていることを示しているのである。

七

次の日（八月二十三日）、漱石は九十八回を執筆し、その午後に漢詩を一首作っている。

当該詩で留意すべきは、第一にその初案が大幅に変更されて定稿になっていることである。この大幅な変更は、八月二十四日付け久米・芥川宛書簡に「昨日作つた詩に手を入れて見ました」とあり、初案を書いた次の日（八月二十四日）に、「手を入れた」結果である。このことは八月二十四日に書いた九十九回から始まる津田お秀の口論の場面の創作意識がこの詩の書き直しと関係していることを示している。

留意すべき第二は、漱石は当該詩を創作した後四日連続で、（下村霜山に依頼されて中村不折の作品題の代わりに書いた七言律詩を除いて）漢詩を創作していないことである。この後漱石が『明暗』に関係する漢詩創作を再開するのは、百三回を執筆した日（八月二十八日）の午後からである。当該詩執筆後、漱石が四日連続して『明暗』に係わる漢詩を創作しなかったことと、当該詩の初案が大幅に変更されたこととは繋がりがあると考えられる。そこでここでは初案の書き直しの意味に焦点を当てながら、漱石の九十八回執筆意識と当該詩との関係を考えてみたい。

（九十八回梗概）お時が来る前に津田に電話が掛かってきたのも事実であった。彼はお秀との会談の途中で薬局生の取り次ぐ声を聞いた。津田はお延が「電話で釣るんだ」と思った。お延が電話を昨日の朝も掛け、今日の朝も掛け、人の心を引きつけた後で顔を出すつもりだろうと鑑定した。彼は突然自分を驚かしに入ってくるお延の笑顔さえ想像した。お延はその鋭い武器の力で、即座に津田を征服した。今まで持ちこたえていた「心機」をひらりと転換させられる彼からいえば、みすみす彼女の術中に陥るようなものであった。「構はないよ。放つて置け」という兄のことばをお秀はわざと嫂に対して無頓着を装うのだと解釈した。その後津田はお時から小林が留守宅に来ていることを聞かされた。津田の心は容易に元に戻らなかった。それは外套を遣るやらないの問題ではなかった。それは彼の性格であった。「其所には突飛があつた。自暴《やけ》があつた。満足の人間を常に不満足さうに眺める白い眼があつた。」新しく結婚した二人は、満足した人間の代表者として彼から選択されるおそれがあった。「何をいふか分らない」彼の心には突然一種の恐怖がわいた。「何を云つたつて、構はないぢやありませんか」とお秀は笑った。「だつて燐寸一本だつて、大きな家を焼かうと思へば、焼く事も出来るぢやないか。」という津田に対して、お秀は次のように応じた「其代り火が移らなければそれ迄でせう。（中略）嫂《ねえ》さんはあんな人に火を付けられるやうな女ぢやありませんよ。それとも……」

漱石は右の九十八回を執筆した八月二十三日の午後、次の漢詩（八月二十四日に「手を入れ」た定稿）を作っている。

寂寞光陰五十年
蕭条老去逐塵縁
無他愛竹三更韻
与衆栽松百丈禅
淡月微雲魚楽道
落花芳草鳥思天
春城日日東風好
欲賦帰来未買田

寂寞たり　光陰五十年
蕭条と老い去り　塵縁を逐う
他無し竹を愛す　三更の韻
衆の与《ため》に松を栽う　百丈の禅
淡月微雲　魚は道を楽しみ
落花芳草　鳥は天を思う
春城日々　東風好し
帰来を賦せんと欲するも　未だ田を買わず

◆大意

首聯　私の人生五十年は寂寞として過ぎ、私はその蕭条たる時間の中で老い、世俗の塵縁を逐い続けてきた。

頷聯　私は特別に竹を愛する。それは夜中の竹の響きが、香巌撃竹の故事を思わせるからだ。わたしは敬う。この故事や衆のために松を植えたという故事を持つ百丈から出る法系の禅を。

頸聯　淡月微雲という上空の美しさと無関係に、魚は水の中で本来の生き方に自足し、落花芳草という地上の美しさにもかかわらず、鳥は天高く飛ぶことを願う。（人もまた自然の中で人間本来の生き方をすべきなのだ。）

尾聯　人間の生活の営みの真実は、日常のうちにあり、それは大自然の意思に包まれた生活なのだ。私もまた陶淵明と同様、帰去来兮の辞を賦して自然のもとに帰ろうと願うが、しかしまだその準備は出来ていない。（今の私は依然として、世俗の塵縁を逐い続けているのだ。）

右の定稿の初案は、一海氏の解読に依れば次の如くである。

客裏春秋五十年　客裏の春秋　五十年
老懐多病転堪憐　老いて多病を懐きて　転《うた》た憐れむに堪えたり
無他愛竹三余楽　他無し竹を愛す　三余の楽
与衆栽松百丈禅　衆の与《ため》に松を栽う　百丈の禅
淡月微雲人思道　淡月微雲　人は道を思い
落花芳草鳥帰天　落花芳草　鳥は天に帰る
忘機未得閑鷗意　機を忘るるも未だ得ず　閑鷗の意
住在江城了俗縁　住みて江城に在りて　俗縁を了す

◆大意

首聯　人生という旅のなかで、わたしはすでに五十年を過ごしてきた。老いて多病な身をいたく憐れまずにはおれない。

頷聯　わたしは竹に象徴される隠者の読書三昧の生活をこよなく愛し、衆のために松を植えたという故事を持つ百丈禅師から出る法系を敬う。

頸聯　「淡月微雲」という美しい空を見て、人はそこに顕現している「道」を窮めようと欲し、「落花芳草」という美しい地上には意を介さず、鳥は天に帰っていく。

尾聯　わたしはすでに「忘機」という無心の状態にあるが、しかし海上を飛ぶ鷗の「無心」を得ることが出来ず、世俗のなかに住んで、俗縁に繋がれてしまっているのだ。

当該詩の定稿にあっては、午前中に執筆した九十八回との顕著な類似は見あたらず、九十八回で描いた主人公への思いを込めた要素は存在しないように一見感じる。しかし、その初案を九十八回と突き合わせると、初案には午前中に創作した九十八回への漱石の思いを認めることができる。また初案を定稿と突き合わすと、定稿に込められた九十八回への漱石の思いを認めることができる。とりわけ首聯と尾聯には初案から定稿へと書き直した顕著な意識を認めることができる。そこでここでは初稿と定稿との関係を中心に、定稿に込められた漱石の思いを考えてみたい。

首聯「寂寞たり光陰五十年　蕭条と老い去り塵縁を逐う」について

初案は「客裏の春秋五十年 老いて多病を懐きて転《うた》た憐れむに堪えたり」である。この初案前半では、人生を「客裏」（旅）ととらえ、後半では老いた多病の身である今の自分を、否定的アクセントを付して、回顧している。ところが定稿の前半では「寂寞たり光陰五十年」と、禅的思索のなかで人生が意識され（ここでの「寂寞」は禅的世界の表現である）(4)、後半ではその禅的立場から「塵縁を逐う」ことが強調されている。「塵縁を逐う」の文字通りの意味は、「世俗の意識を追う」ということであるが、(5)『明暗』との関係で言えば、『明暗』の中で登場人物達の世俗意識を追い続けるという漱石の創作意識を意味している。この定稿の首聯では、『明暗』執筆において世俗に生きる人間の我執を追求することが、肯定的アクセントを付して、強調されていると考えられる。以上のことから、定稿首聯には、初案との関係から、漱石の禅的視点から世俗意識を追求しようとする『明暗』執筆の意識が込められていると言えるのである。

頷聯「他無し竹を愛す三更の韻　衆のために松を栽う百丈の禅」について

この聯の理解にあってはその背景にある典拠との関係が重要なので、まず典拠について考えておきたい。「三更の韻」の初案は「三余の楽」(=読書三昧の生活)。これを「三更の韻」と改めた時点で、この頷聯前半は「香巌撃竹」の故事と結び付いたと思われる(飯田注に、「香巌撃竹」を「暗に踏まえたか」とある)。

「香巌撃竹」は『行人』(「塵労」の五十)のなかで紹介されている、次のような香巌の悟りに関する故事である。

――香巌は百丈禅師の会下で修行し、次いで潙山禅師のもとにいったが、潙山から〈お前のような意解識想を振り回している男はだめだ〉と叱り付けられた。そこで香巌は書物をすべて焼き捨て、一切を放下した。ある閑寂な所に庵を建てるために、そこを地ならしして石を取り除いていると、その石が竹藪に当たってかつ然と鳴り、その響きを聞いて、はっと悟った。(『行人』でのこの話の最後は、香巌は「一撃に所知を亡ふと云つて喜んだといひます」と結ばれている。)――

この「香巌撃竹」と九十八回との結びつきには主として次の四点が考えられる。

⑴漱石はこの詩の直前で「石」(八月二十一日の詩では「石印」や「墓石」、九十五回ではお延の指に輝く指輪の「石」)を意識しており、その石と「香巌撃竹」における石とが結び付いたと思われる。

⑵九十八回で、語り手は津田の意識に寄り添って津田の意識に映るお延の態度を次のように描き出している。――さんざん電話を掛けて相手の心を引きつけておいて、突然笑顔を見せて、その「一刹那に閃めかす其鋭どい武器の力で何時でも即座に彼を征服した」――。この記述におけるお延の「一刹那に閃めかす武器」によって津田の心が征服されたことと、「香巌撃竹」の「一撃」によって香巌が「所知を亡う」こととは、「一撃」という点で共通している。この類似は、漱石が津田のこの意識の描写から香巌撃竹の故事を連想したことを示している。

⑶九十八回の末尾で、津田は小林がお延に吹き込んだ内容に関して「燐寸一本だって、大きな家を焼かうと思へば焼く事も出来るぢやないか」という。この「焼く」もまた、香巌が書物を「焼いた」ことに繋がっている。

⑷『行人』に紹介されているように、香巌は百丈から潙山のもとに移って修行しており、漱石の意識には、百丈→

潙山↓香巌という法系が意識されていた。

(5)「三更の韻」の「三更」は、前々詩（八月二十一日）の頸聯で「愁中の片月三更に白く」と詠われており、ここでの「三更」は禅的世界の表現として使われている。漱石の意識にあっては「三更」が禅との繋がりで意識されていた。

以上のような連想のもとに、頷聯前半は、初案の〈隠逸生活における読書三昧の楽しみ〉から、定稿の「香巌撃竹」を連想させる句へと書き直されていったと思われる。

留意すべきは、「香巌撃竹」と九十八回との次の関係である。

(1)の九十八回の背景に存在している津田がお延に買い与えた指輪（＝宝石）は津田やお延の虚栄心の象徴であるが、「香巌撃竹」の石は香巌の悟りを開くものであり、正反対の方向性を持っている。(2)のお延が閃かす「一刹那」の「笑顔」によって、津田が征服されることと、香巌撃竹の「一撃」によって「所知を亡ふ」こととは、一撃という点で一致するが、しかしその価値の方向性は正反対である。(3)の、津田が語る「燐寸一本でも大きな家を焼こうと思えば、焼くことができる」ことと、香巌撃竹の「書物を焼く」こととは、「焼く」ことでは一致しているが、しかしその意味の価値的方向性は正反対である。

香巌撃竹の故事は九十八回の我執に彩られたことばから連想されている。このことには、津田の我執に彩られた意識や虚栄心に対する批判と、禅的悟りを意識することで『明暗』の主人公達への苛立ちを鎮めようとしている漱石の意識が、この聯に込められていることを示しているのである。

後半「衆の与に松を栽う百丈の禅」の典拠では二つの故事が重なっている。一つは「臨済栽松」の故事——師の黄檗希運が臨済に、この深山に何のために松を植えるのかと問うと、臨済が「一には山門の与《ため》に境致となし、二つには、後人の与に標榜と作さん」と答えたという故事（『臨済録』「行録」）——である。他の一つは、前詩で使われている「百丈下堂の句」である。「臨済栽松」でいう「後人の与《ため》に」と、当聯の「衆の与に」とでは意味が異なる。「後人」は後代の僧を指し、「大衆」は多くの僧を意味する。「衆の与に」の「衆」は前詩で使われた「百丈下堂の句」の「大衆下堂す乃ち之を召す」の「大衆」から紡ぎ出されたものであろう。このことは当該詩のこの部分が「臨済栽松」と「百丈下堂の句」とをあわせた意味を持っていることを示している。当該詩のこの部分の特色は、百丈から始まる法系の禅は「大衆」(衆僧)を救うための禅なのだという点にあると思われる。

九十八回の津田は、留守宅で小林がお延と話をしていることを知り、彼が何を言うか分からないと怯える。この回の後半では小林に怯える津田の意識が克明に描かれ、その小林の姿が「満足の人間を常に不満足さうに眺める白い眼があつた」と描き出されている。この小林の像は「下等社会の方に同情がある」(三十四回)と自負する小林の、津田の意識に映っている姿である。

頷聯後半は、この小林の無政府主義者的風貌と関係するのではないかと思われる。この詩の頷聯で使われている「衆」の表層の意味は「衆僧」の意であるが、(この「衆」を九十八回の津田の意識に映る小林の像と突き合わせるならば、)この「衆」の深層には、小林のイメージとしてある「無政府主義者」のいう、「大衆のために」という意識が込められていると思われる。九十八回での小林の描写が、富裕者特有の我執に彩られた津田の意識に映る像(イメージ)であることを考えると、当該詩のこの部分には、津田の意識の立場に立って小林の姿を描き出さねばならなかったことに対する漱石の小林への擁護の気持が込められていると考えられる。

頸聯「淡月微雲　魚は道を楽しみ　落花芳草　鳥は天を思う」について

初案は「淡月微雲　人は道を思い　落花芳草　鳥は天に帰る」である。初案前半の「淡月微雲」を見てそこに顕現している「道」にあこがれるという意を、定稿では、「淡月微雲」という美しさにもかかわらず、それを無視して道に生きようとする意識に書き直し、当聯全体をそれにあわせて彫琢している。ここでは定稿での意味内容をその典拠との関係で考えてみたい。

「魚は道を楽しみ」は、『荘子』外篇秋水第十七「鯈魚《いうぎよ》出で遊び従容たり。是れ魚楽しむなり」を踏まえていると思われるが、内容は次のような禅的慣用句と関係する。飯田注にあるように道元『正法眼蔵』第十二「坐禅箴」の引く、宏智禅師の「坐禅箴」に「水清んで底に徹つて、魚行くこと遅々《おそし》。空闊《ひろ》くして涯《かぎ》り莫《な》ければ鳥の飛ぶこと杳々なり」「水清んで徹地なり、魚行くも魚に似たり。空闊透天なり、鳥飛ぶも鳥の如し」とみえる。『正法眼蔵用語辞典』（中村宗一著）に「魚行似魚」とは「魚が魚のままの機要を発露して、自由無礙の魚になりきっていること」、「鳥飛如鳥」とは「鳥のとぶことは鳥の要機。本来のはたらきのまま、鳥の本来の面目ありのままの現成の意」で、共に「坐禅の人は坐禅になり切ること」とある。また『従容録』第十二則「地蔵種田」の頌には、「忘機帰去同魚鳥」（機を忘れ、帰り去って魚鳥と同じうす）とみえる。漱石が定稿で「魚」と「鳥」を対として使用していることには、このような禅的慣用表現とその禅的意識が踏まえられている。

以上のことから当該詩でいう「魚は道を楽しみ」「鳥は天を思う」とは、自然の中で、魚や鳥は本来のあり方を発露して自由無礙であることをいい、この表現はすなわち人の「無心」に成りきっている意識のありようの象徴表現であるといえよう

右に見た当聯表層の意味内容は、津田やお秀の我執に彩られた意識を、「道」（＝「天」）の視点から「自由自在」に書いているとする漱石の『明暗』を書く基本的な視点の表現であるが、この頸聯で描かれている（天や道に同化した）意識のありようは、『明暗』九十八回の我執に彩られた津田の意識の対極にある。このことは九十八回で描いた津田の我執に彩られた意識が「道」や「天」（＝禅）という視点から批判的に客体化された意識であることを示している。そしてこのことは同時に、当聯において、何物にも縛られることのない禅的な「自由無礙」の意識を創作することで、漱石が執筆後も続く津田に対する違和感を鎮めようとしていることをも意味しているのである。

尾聯「春城日日東風好し　帰来を賦せんと欲するも未だ田を買わず」について

この尾聯の初案は、「忘機未得閑鷗意　住在江城了俗縁」（機を忘るるに未だ得ず閑鷗の意　住みて江城に有りて俗縁を了す）であり、さらに推敲の過程で前半を「忘機争解白鷗意」（機を忘るるに争でか解せん白鷗の意」と改めている。

この初案の「忘機」は「香巌撃竹」の「一撃亡所知」[6]や、『従容録』第十二則「地蔵種田」の頌の語句「忘機帰去同魚鳥」（機を忘れ帰り去って魚鳥に同じうす）などに依ると思われる。また『萬松老人評唱天童覚和尚頌古従容庵録』[7]の当該部分の「忘機」の頭注には『列子』十一章の次の部分が典拠としてひかれている。「海上の人に漚鳥を好む者有り。毎旦海上に之き、漚鳥に従って游ぶと。（中略）汝取り来たれ。吾之を玩ばんと。明日海上に之くに、漚鳥舞ひて下らず。」当該詩初案の「閑鷗」やその推敲である「白鷗」の「鷗」は、『列子』のこの部分の「漚鳥」（かもめ）と関係があると考えられる。

「忘機」について留意すべきは九十八回の次の描写である。——津田はお延が電話で人の心を引きつけておいて、ひょっくり顔を出すつもりだろうと考え、お延の笑顔さえ想像した。「（いつも自分が不用意の際に、自分を驚かしに這入ってくるお延の笑顔によって）今迄持ち応へに持ち応へ抜いた心機をひらりと転換させられる彼から云へば、見すく〳〵彼女の術中に落ち込むやうなものであつた。」——この引用部分の「心機」と、初案の「忘機」とは、ともに「機」という語を持つ点で類似する。九十八回でいう「心機」（心のはたらき）の内容は、「我」によって彩られた津田の意識がお延の作為によって翻弄されるありようを指すが、当該詩の「忘機」は、「我を忘れて無心になること」であり、両者は正反対の関係にある。当該詩初案の「忘機」と「心機」とが類似した表現でありながら、正反対の方向性を持つことには、当該詩の「忘機」に津田の「心機」のありように対する批判が込められていたことを示しているのである。

初案の「閑鷗の意」とは頸聯の「魚」「鳥」と同じく、大自然の意思に同化した意識（無我）を意味し、「未だ得ず（閑鷗の意）」とは、漱石自身の九十八回執筆後の「俗了」意識の表現と考えられる。この「閑鷗」は初案を書き改める途中で「白鷗」と改められるが、この「白鷗」の「白」は、午前中に執筆した九十八回の津田の感じる小林の姿――「其所には突飛があつた。自暴《やけ》があつた。満足の人間を常に不満さうに眺める白い眼があつた」――の「白い眼」の「白」と同字であることが注意されよう。この同字は「争でか解せん白鷗の意」に、小林の気持を津田が理解しないことへの批判が込められていることを示しているのである。

当聯初案（「忘機」を忘るるも未だ得ず閑鷗の意　住みて江城に在りて俗縁を了す」）と定稿（「春城日々東風好し　帰来を賦せんと欲するも未だ田を買わず」）との関係を考えてみたい。

初案の「江城」は「俗縁」との関係に生きねばならない人間生活を意味し、そこには否定的評価が塗り込められている。一方、定稿の「春城日々」では、自然に抱かれた人間生活の日々の中に真実があることが肯定的に詠われている。定稿の「未だ田を買わず」という表現は、表面的には隠逸生活に入る準備をしていないということであるが、その深層には、首聯の後半で書き直した「塵縁を逐う」という表現との関連で、世俗との関係を断ち切って隠遁するのではなく、『明暗』において「塵縁を逐い」続ける（＝世俗の世界を描き続ける）のだという決意表明が込められているといえよう。この定稿には、九十八回執筆によって生じるその余韻（主人公達への思い）を否定的にとらえていた初案の立場から、『明暗』の中で世俗に生きる主人公達の内面世界の根底を追求していくのだとする決意表明に力点を移した漱石の意識を見ることが出来るのである。

＊

すでに指摘したように、当該詩において初案を大きく書き直しているのは、首聯と尾聯である。そこで最後に首聯と尾聯の書き直しに焦点を当てて、右に見てきた初案を定稿へと書き直した漱石の意識と、『明暗』執筆との関係の要点を整理しておきたい。

当該詩の初案では、九十八回執筆後も続く主人公達への苛立ちが否定的に吐露されていた。しかし定稿では、すでに見てきたように、首聯の後半で、「老いて多病を懐きて転《うた》た憐れむに堪えたり」と、病弱な自分を哀れむ存在として詠った部分を、「蕭条老い去り塵縁を逐う」と、禅的な研ぎ済ました意識で『明暗』の世界を書き続けているのだとする内容に書き直している。また尾聯では、初案で否定的なアクセントを付けて詠っていた世俗に生きる自分の立場――「無心」を得ているものの、『明暗』執筆後の余韻を受けざるを得ない自分の意識のありよう――を全面的に改め、定稿では、陶淵明の「帰去来兮の辞」に寄り添いながら、「春城日々東風好し」（＝真実は世俗の日々の中にあるのだ）と詠い、次いで「未だ田を買わず」（＝隠逸の世界に入ってしまうのではなく、わたしは依然として世俗のなかで「塵縁を逐」っている）、すなわち『明暗』において世俗に生きる人間の意識のありようを追い続けているのだと、自分が作家として世俗意識の根底を追い求めることに肯定的アクセントを付して詠っているのである。当該詩の初案を定稿へと書き直していることには、以上のような決定的相違があると言えよう。

＊

漱石は次の日（八月二十四日）から八月二十七日までの四日間、（下村霜山に依頼された中村不折の作品題の代わりに作った七言律詩を除いて）、『明暗』に係わる漢詩は創作していない。漱石が漢詩創作を再開するのは、八月二十八日からである。

一方、漢詩創作を休止したこの四日間にあって、漱石は津田とお秀が激高し、どちらかが手を出さずにはおかない状態へとエスカレートしていく場面を克明に描いている。八月二十八日の百三回では、そこへ来合わせたお延が二人の喧嘩を鎮めるために病室に入る場面を描き、『明暗』はこの百二回から、津田・お秀の対話にお延が参加する新しい場面へと移っていく。漱石はこの日から再び漢詩創作を再開する。

右のような『明暗』執筆の内容と漢詩創作の関係は、当該詩の初案から定稿への推敲が、初案を創作した八月二十三日とその次の日（八月二十四日）の両日になされていること、またその初案が『明暗』執筆後も続くその「俗了」した意識の吐露という側面に力点があったのに対し、定稿では『明暗』において「塵縁を逐う」ことの決意表明に変えていることと深い関係があろう。

漱石は八月二十四日、津田とお秀の口論の場面を書き出した段階で、己の創作意識のすべてをこの場面に集中する決意をこの推敲作業に投影させたのである。漱石はその決意のもとに、四日間のその口論の場面における、津田とお秀の我執に彩られたその意識の動きを描き続けたのである。漱石の当該詩に込めた決意の固さ――これから始まる津田とお秀の口論の場面で二人の世俗に彩られた意識の根源を描き出そうとする創作意識の集中――が、次の日から四日間、漢詩創作を休止させることになったのである。

当該詩において初案にあった九十八回における執筆後に生ずる俗了意識の吐露を削り、定稿で「塵縁を逐う」ことに肯定的アクセントを付して強調していることには、以上のようなこの時点での漱石の創作意識が関係していると考えられる。

おわりに

本稿では『明暗』九十一回から九十八回までと漢詩の関係を考えてきた。

午後の漢詩では、午前中の『明暗』の主人公達を特徴付ける我執に彩られたことばが、正反対の価値的方向性を持つ禅的ことばとして使用されていた。このことは、ことばのレベルで言えば、漱石は漢詩創作にあって、『明暗』の主人公達の我執に彩られたことばを禅的漢詩の世界に投げ込み、そのことばに禅的なことばを重ね合わせ、多くの禅的ことばで取り囲み、それらの禅的ことばの力によって、『明暗』執筆後も己の意識の中で渦巻いている主人公達のことばとその思いを抑え込んでいることを意味しているのである。こうして漱石は、漢詩や禅的思惟の伝統的力によって、『明暗』各回執筆終了後も続く主人公達の我執に彩られたことばの影響力を断ち、禅的な視点に立ち戻ってその創作意識を研ぎすまし、次の執筆に備えたのである。

注

（1）次の日（八月二十一日）の消印のある久米・芥川宛書簡後半の次の内容は、当該詩後半の気持と深い関係がある。「永い日が何時迄もつゞいて何うしても日が暮れないといふ証拠に書くのです。さういふ心持の中に入つてゐる自分を君等に紹介する為に書くのです。夫からさういふ心持でゐる事を自分で味つて見るために書くのです。日は長いのです。四方は蟬の声で埋つてゐます。」ここで漱石が書いている、「さういふ心持の中に入っている自分」とは、世俗を超越した禅的な境地を指し、「（さういふ心持ちでゐる事を）自分で味わつて見るために書くのです」には、『明暗』執筆後漢詩を書くことによって、午前の『明暗』執筆の苛立ちから抜け出て、『明暗』執筆の原点（禅的意識）に立ち戻った自分の意識状態を確認するという意味が込められている。

（2）「山を買う」について——この連想の背景には、晋の僧支遁が山を買おうとした故事があり、その意識は八月二十六日の詩（丙辰潑墨に題す）にも繋がっている。

（3）『日本の禅語録』九「大智」水野弥穂子著　講談社、昭和五十三年二月

（4）「寂寞」について——『荘子』外篇天道篇第十三に「夫れ虚静恬淡《てんたん》、寂寞無為なる者は、天地の平にして、道徳の至なり。」「夫れ虚静恬淡、寂寞無為なる者は、万物の本なり。」とみえる。福永光司（『新訂中国古典選』朝日新聞社、昭和四十一年四月）はその解説で、「虚静恬淡寂寞無為」を「道すなわち真実在を形容する言葉」「万物の根源的な在り方」とし、『老子』（第二十五章）の「寂寥」と同義とする。当該詩での「寂寞」は、このような意味で使われていると思われる。

（5）「世俗の意識を追い払う」という意味としても解釈可能であるが、尾聯との繋がりからは「世俗の意識を追求する」という意味に理解すべきであろう。

（6）『正法眼蔵』第二十五「渓声山色」の引く香厳撃竹の故事の偈に「一撃に所知を亡ず、更に自ら修治せず」と見える。

（7）『従容菴録索引』（禅文化研究所、一九九二年四月）

補論　大正五年八月十六日の詩「無心礼仏見霊台」の典拠について
――『寒山詩』と『碧巌録』の関係

中村宏氏は『漱石漢詩の世界』（第一書房、昭和五十八年九月）で、当該詩の五句目の「窟」について、『寒山詩』の詩を典拠として示している。その訓読文全文と口語訳を、記せば次の通りである。（入谷仙介・村松昂訳注『寒山詩』「禅の語録十三」筑摩書房、昭和四十五年十一月）

余が家に一窟有り　窟中に一物無し　浄潔にして空しきこと堂堂　光華明るきこと日日《じつじつ》　蔬食もて微軀《びく》を養い　布裘《ふきゆう》もて幻質を遮《おお》う　任《たと》い千聖の現わるるも　我れに天真の仏有り

（口語訳）私の家には一つの洞窟があって、洞窟の中には一物も無い。さっぱりと清潔でからりとしており、光はいっぱいで日のかがやくような明るさ。野菜の食事でちっぽけな体を養い、布裘の着物で幻の身を蔽っている。だが、たとえ千の聖人が目の前に現われようと、私には天真の仏というものがあるのだ。（注に「余家＝からだに喩える。」「窟はこころの喩え」。）

漱石が『寒山詩』を熟知し、禅書に深い知識を持っていたことを考えれば、「窟前」の「窟」も、右の『寒山詩』と同様、「心」を意味し、中村宏氏の理解――「窟前の燭を点ずるというのは、心に悟りの光明が開けることであろう」とする理解――は妥当であろう。この『寒山詩』では、「窟」以外にも尾聯の「天真の仏」という言葉が注目される。漱石の首聯の言葉「礼仏」の「仏」や「霊台」もこの『寒山詩』の「天真の仏」（＝無一物＝心の本源）という意味で使われていると考えられる。漱石が当該詩をつくるに当たって、『寒山詩』のこの部分が念頭にあった可能性が高い。

当該詩が踏まえている『寒山詩』は複数存在しており、当該詩の句作りのきっかけとなっているのは、『碧巌録』第三十四則「仰山不曾遊山」の雪竇の頌やその圜悟の評唱に引く詩ではないかと推測される。以下右の推測を論証してみたい。

『碧巌録』第三十四則頌の評唱の関係する部分を引用してみよう。

> 雪竇道《いわ》く、「君見ずや寒山子の、行くこと太《はなは》だ早きを。十年帰り得ず、来時の道を忘却せり」と。寒山子の詩に云く、「安身の処を得んと欲せば、寒山長《とこ》しえに保つべし。微風幽松を吹き、近く聴けば声愈《いよ》いよ好し。下に班白の人有り、嘮嘮《ろうろう》と黄老を読む。十年帰り得ず、来時の道を忘却せり」と。永嘉《ようか》又た道く、「心は是れ根、法は是れ塵、両種猶お鏡上の痕《あと》の如し。痕垢《こんく》尽くる時光始めて現ず、心法双《なら》び忘じて性即ち真なり」と。
> （入矢義高他訳『碧巌録』〈岩波文庫〉の訳文）

まず、碧巌録に載る『寒山詩』と、漱石当該詩の関係を考えてみよう。

『寒山詩』の「安身の処を得んと欲せば、寒山長しえに保つべし」について――山田無文（『碧巌録全提唱』第三十四則頌の評唱）の解説によれば、その句意は「身心脱落のところ」。寒山とは、天台山の奥に限らず、めいめいの心の中にある境地、である。この観点からすれば、漱石詩の「山寺　僧に対すれば　詩趣催す」は、寒山の禅的な世界を詩想として表現しているといえよう。同様に「十年帰り得ず、来時の道を忘却せり」も、身心脱落の境地の表現であり、この「十年」から、漱石詩の頷聯で詠われている「百年」「一日」という対比が紡ぎ出されたと思われる。漱石詩の頷聯「松柏百年にして壁を回り去り　薜蘿一日にして墻《かき》に上り来たる」も禅的な時間の超越・心身脱落の境地を詠っており、その詩想は類似している。

『寒山詩』の「微風幽松を吹き、近く聴けば声愈《いよ》いよ好し」について――漱石詩の八句目「翠嵐」（＝清浄な山気）も、この部分の「微風幽松を吹き」から紡ぎ出されているといえよう。（『寒山詩』のこの部分は八月十五日の詩「五十年来処士の分」の「饒舌の松風独り君を待つのみ」の典拠でもある。）
『寒山詩』の「下に班白の人有り、嘮嘮と黄老を読む」（白髪頭の男が、道家の経典である黄帝や老子の書を読んでいる。）について——この部分は漱石詩の「道書」と関係する。「黄老」から「道書」という語句が導き出されたと思われる。また「班白の人有り」は前日の詩の首聯「双鬢糸あり」とも関係している。

以上見てきたように、『寒山詩』のこの詩は、漱石が句作りするときの主要な材料となっている可能性が高いが、その詩は『碧巌録』第三十四則に引く詩が材料になっていると思われる。その理由は、次の点にある。

漱石当該詩の「何れの処にか塵埃を着けん」は、多くの先学の注にあるように、六祖慧能の「菩提もと樹なし、明鏡もまた台にあらず、本来無一物、何処にか塵埃を惹かん」が踏まえられているが、漱石がこの句を連想するより直接的なきっかけは、先に引いた『碧巌録』第三十四則の「永嘉又た道く、『心は是れ根、法は是れ塵、両種猶お鏡上の痕《あと》の如し。痕垢《こんく》尽くる時光始めて現ず、心法双び忘ずれば性即ち真なり』と」であろう。漱石詩の尾聯に見える「何れの処にか塵埃を着けん」は『碧巌録』が引用する永嘉の詩（「唱道歌」）にみえる「塵」・「両種猶お鏡上の痕の如し。痕垢尽くる時光始めて現ず」と関係するからである。（また首聯の「霊台」は慧能の「明鏡もまた台にあらず」の「台」からの連想、頸聯の「法偈」は永嘉の「心法」からの連想の可能性もある。）

右に見てきたように、当該詩の句作りの主要な材料は『碧巌録』にあると考えられる。

第三章　津田・お秀・お延の会話場面

はじめに

漱石は『明暗』執筆中――津田が入院してから退院するまでの間――木曜会のあった木曜を除いて、ほぼ毎日午後は漢詩を作るという生活スタイルを保ち続けた。その創作する漢詩は、七言律詩を一首創作するのが常であるが、一日に七言律詩を二首創作している日が七回ある。そのうち四回が津田入院直後の病室における、津田・お秀・お延の三人の会話場面のクライマックスを創作した八月三十日から九月四日の間（百五回から百九回）に集中している。漱石はなぜこの時期、漢詩を一日に二首創作しているのであろうか。

結論を先取すれば、これら一連の場面で描き出した主人公たちの言動に対する作者漱石の苛立ちの吐露やその解消の作業が関係しているのである。本稿ではこのことを論証してみたい。

この結論を論証するに当たって、本稿での『明暗』と漢詩の関係を扱う観点について記しておきたい。漱石はこの時期、午前中に『明暗』連載一回分執筆し、その午後には漢詩を創作している。当然のことながら、午後の漢詩には午前中の『明暗』創作の思いが投影していると想定される。しかし午後の漢詩は禅的要素で彩られ、その表面からは『明暗』創作の思いを読み取ることはほとんど出来ない。その理由は漱石の『明暗』への思いは漢詩の深層に込められており、表層の分析だけでは取り出すことが出来ないからである。しかし同日の午前の『明暗』の回と午後の漢詩を突き合わせてみると、両者には一致あるいは類似した語句が多く存在することに気づく。漢詩におけるこれらの語句は、その深層に込められた漱石の『明暗』への思いが表層に露出している部分と考えられる。したがって、これらの語句における『明暗』と漢詩の関連（意味内容や方向性）を分析することで、漢詩の深層に込められた漱石の思いを取り出すことが出来ると考えられる。

本稿では、右の観点から、午前の『明暗』の回と午後の漢詩を突き合わせ、両者における語句の一致や類似を検討し、漢詩の深層に込められている『明暗』の創作意識を取り出し、その上で、本稿の結論を論証してみたい。

一

漱石は大正五年八月二十八日、百三回を執筆している。

（百三回梗概）病室で津田とお秀との喧嘩が頂点に達する直前、お延は医院の玄関に入った。「四囲《あたり》は寂寞《ひっそり》してゐた」。お延は、若い女物の下駄を見て小林が仄めかした夫の恋人が来ているのではないかと心を躍らせた。しかしお延は梯子段の下まで来て、漏れ聞える女の声がお秀であることを知った。お延は二人の争う声を聞きながら、静かに梯子段を上り、「一間程の手欄《てすり》」によって、耳を澄ました。喧嘩は絶頂に達し、どちらかが手を出さずにはおれない状態であった。お延は二人の緩和剤となる決心をして襖を開けた。

漱石はその日の午後、次の漢詩を創作している。

何須漫説布衣尊　何ぞ須《もち》いん　漫りに布衣《ふい》の尊きを説くを

数巻好書吾道存
陰尽始開芳草戸
春来独杜落花門
蕭条古仏風流寺
寂寞先生日渉園
村巷路深無過客
一庭修竹掩南軒

数巻の好書　吾が道存す
陰尽きて　始めて開く　芳草の戸
春来たりて　独り杜《と》ざす　落花の門
蕭条たり　古仏風流の寺
寂寞たり　先生日渉の園
村巷　路深くして　過客無く
一庭の修竹　南軒を掩う

◆**語釈・典拠**

【布衣】　庶民の服。転じて官位のない庶民の意。「帰去来兮の辞」や「田園の居に帰る」で詠っている陶淵明の状態——官吏を離れて、無官となったことと関係する。

【独り杜《と》ざす（落花の）門】　「門は設くと雖も常に関《とざ》せり」（「帰去来兮の辞」）・「白日　荆扉《けいひ》を掩《と》ざし」（「田園の居に帰る　其の二」）

【村巷路深くして過客無く】　「狗は吠ゆ深巷の中……戸庭塵雑なく」（「田園の居に帰る　其の一」）・「野外人事罕《まれ》に　窮巷輪鞅《りんおう》寡《すくな》し」（「田園の居に帰る　其の二」）

【先生日渉の園】　「園は日々に渉って以て趣を成し」（「帰去来兮の辞」）

【修竹】　「三径は荒に就き　松菊は猶お存せり」（「帰去来兮の辞」）三径は、隠遁者の門庭。（漢の蔣詡が庭中に三径を作り、松・菊・竹を植えた故事に基づく。）「帰去来兮の辞」には「松菊は猶お存せり」とあり、「竹」は詠われていない。漱石は、「帰去来の辞」では、すでに「荒」れて無い「竹」が庭を掩っているさまを想起したのであろう。

【一庭】　「戸庭塵雑なく」（「田園の居に帰る　其の一」）

【南軒を掩う】「南軒」（南の軒《のき》）と「楡柳《ゆりゅう》後簷《こうえん》を蔭《おお》い　桃李堂前に羅《つら》なる」（「田園の居に帰る　其の一」）の「後簷《こうえん》」（後方のひさし）、「掩う」と「蔭《おお》う」とは類語。「楡柳《ゆりゅう》」を竹に変え、「後簷《こうえん》」（後方のひさし）と「堂前」（＝南軒）を入れ替えて、句作りしていると思われる。「田園の居に帰る　其の二」の「白日　荊扉《けいひ》を掩《と》ざし」とは「掩」が同字である。

【数巻の好書】　ここでは、仏書。

【古仏風流の寺】　ここでの「古仏」は「高僧」の意。「風流」は、「俗事を離れて高尚なこと」あるいは「遺風」の意があるが、ここでは、「遺風」の意であろう。

【蕭条】・【寂寞】　ともに物寂しい、ひっそりしたさまを表すが、これらは、禅的世界の根源「寂静」をイメージさせる言葉でもある。（第二部第二章注4参照）

【芳草】・【落花】　「芳草落花」は『碧巌録』第三十六則「始めは芳草に随って去り、又た落花を逐うて回《かえ》る」（ふと現実の感覚的世界に心を奪われることもあるの意。『禅林句集』にも見える）や、『三体詩』劉長卿「鄭山人が所居に過ぎる」に見える次の句と関係している。「寂寂として孤鶯杏園に啼き　寥寥として一犬桃源に吠ゆ　落花芳草尋ぬる処無し　万壑千峰独り門を閉ず」（村上哲見訳――一羽の鶯が、杏《あんず》の花園にわびしくなき　一匹の犬が、桃林の奥にさびしくほえる　花はちり、かぐわしい草のしげる処、その住居は尋し求めようもない　数知れぬ峯と谷の奥に、ひっそりと門を閉じている。〈新訂中国古典選『三体詩』朝日新聞社、昭和四十八年五月〉）

当該詩での「芳草・落花」は、現実の感覚的な世界が詠われている。しかし、「独り閉ざす」という言葉が示すように、その現実の感覚的世界に心を奪われることなく、「蕭条」「寂寞」という禅的な世界に価値を見出している意識が詠われている。八月二十一日の詩「故国花無くして竹径を思い」と繋がる意識であろう。

◆大意

首聯　どうして必要であろうか、むやみと庶民こそが尊いのだと説くことを。私の道は数巻の良き書物（＝仏書）にあるのだ。

頷聯　冬が終わってようやく芳草に囲まれた戸を開くが、春になっても来客はないので、落花盛んな門は閉ざしている。

頸聯　高僧の遺風を継いでいる世俗を離れた寺は、蕭条としており、私の毎日散歩する庭園も寂寞としている。（＝あたりは、世俗から離れた「寂静」の雰囲気によって包まれている）

尾聯　村の路地は奥まっていて、訪れる客もないので、庭の修竹は、南向きの欄干を掩っている。

『明暗』百三回と漢詩との結びつきを考える上で留意すべきは、百三回と当該詩とに存在する次のような類似や関係である。

(1)〈お延が、小林の言葉から若い女物の下駄を見て心を躍らせた〉ことと、「布衣」（庶民・無官）との繋がり。

(2)お延が「静かに病室の襖を開けた」ことと「始めて開く芳草の戸」との類似。

(3)「（医院の玄関は）如何にも不思議であつた位四囲《あたり》は寂寞《ひつそり》してゐた」の「寂寞《ひつそり》」と「寂寞たり先生日渉の園」の「寂寞」との一致。

(4)お秀とお延の烈しい言葉争いが始まる緊迫した津田の病室と、「過客の無い」無為な生活との関係。

(5)（階段の途中にある）「一間程の手欄《てすり》」と「南軒」との関係。

以下、やや細部の検討となるが、右にあげた両者の間にある関係を考えてみたい。

(1)について――「布衣」は庶民の意であるが、午前中に書いた百三回の場面――お延が小林に示唆されて、若い女物の下駄に心を躍らす場面――と関係していると思われる。首聯「何須漫説布衣尊」の初案は「清閑領得布衣尊（清閑領し得たり布衣の尊きを）」である。初案と定稿では「布衣の尊き」に対する評価が正反対である。このことは、最初「布衣」（庶民）に托されていた意味内容は、庶民すなわち無産者階級への共感であり、推敲段階で、小林のアナーキーな意識のありよう――お延に対する無頼漢的態度――を批判せずにはおれないという、『明暗』執筆にかかわる漱石の意識表明に変わっていったと思われる。定稿での首聯は、漱石自身の、労働者の立場に共鳴しつつも、しかし今は禅にあるのだという立場表明にあるといえよう。

⑵**について**――この類似は当該詩のこの句が『明暗』の「襖を開けた」という表現から紡ぎ出されていることを示している。『明暗』のこの場面でお延が「襖を開けた」行為は大きな意味を持つ。この行為によってお延は津田とお秀の争いのなかに割って入る。このお延の行為を通して、漱石は津田とお延の我執に彩られた夫婦としての意識のありかたやお秀の我執のありようを克明に描き出していくことになる。漱石は津田の病室を、登場人物達ののっぴきならない対話を通して、彼らの持つ我執に彩られた意識を浮き彫りにする特殊な場として設定しており、病室の襖は、その特殊な場と日常世界との境界を象徴している。「病室の襖」と「芳草の戸」の内容は正反対の価値的方向性を持つ。「始めて開く芳草の戸」と詠っていることには百三回におけるこの特殊な場にお延を入り込ませたことへの作者漱石の気持――これからお延の言動を中心に、彼らの我執に彩られた意識世界を、漢詩的（禅的）立場から徹底的に描き出すのだとする作家意識――が投影していることを示している。

⑶**について**――百三回では医院の「寂寞《ひっそり》」した玄関と二階における津田とお秀の口論が対比的に描かれる。この対比には禅的「寂寞」の世界と、世俗の争いとの関係が暗示されていると考えられる。そしてこのことは漱石が禅的「寂寞」（＝寂静）の視点から、病室で繰り広げられることになる彼らの我執の意識世界を描き出そうとしていることを暗示している。

⑷**について**――漱石は漢詩のなかで「過客」のいない（世俗から離れた）世界を、世俗意識の表現の場である津田の病室の対極として、創り出していると思われる。このことは、病室での三人の意識のありようを描き出す漱石の視点が禅的な視点（『明暗』の登場人物達の意識を批判的言辞を加えることなくあるがままに描き出すという視点）と重なっていることを示している。

⑸**について**――お延は「一間程の手欄《てすり》」に依って室内の様子をうかがう。「南軒」の「軒」には「手すり」の意味

もある。また「南軒」を諸注のように「南のベランダ」とするならば、百四回の「(津田は) 南向の縁側の方を枕にして寐てゐる」という描写の「南向の縁側」と関係する。

右にみた関係には、百三回を書いたときの漱石の意識が当該詩に投影されていることを示している。当該詩に投影されている漱石の百三回の創作意識(無意識の領域をも含めて)は次のようにいえよう。

首聯——私は庶民の立場に共感するが、しかし私の描き出した小林の無頼漢的な意識のありようを肯定することは出来ない。私の理想とする生き方は、数巻の禅書のなかに示されているのだ。

頷聯・頸聯——わたしの『明暗』を執筆する視点は大自然の運行に従って生きる、世俗と離れた隠者の境地にある。百三回で、津田とお秀の喧嘩が頂点に達しようとしている時、お延は、階段の途中の手すりに寄り添って聞き耳を立て、お秀の喧嘩の相手を引き受けるために、病室の襖を開けてなかに入った。いよいよこれからわたしは、世俗に生きる主人公達の意識の奥底に分け入っていくのだ。

尾聯——私の『明暗』描写の視点は、世俗から離れた禅的寂静にあり、彼らの世俗意識に影響されることなく、彼らの意識のありようをあるがままに描き出すのだ。

＊

当該詩には、これからいよいよ始まる、お延・お秀・津田の三人の対話論争の執筆を始めるに当たっての、漱石の緊張感や心構えが投影している。すなわち、語り手の立場が、禅的寂静にあること、その立場に徹することによって、彼らの世俗意識を、批判的言辞を加えることなく、あるがままに描き出さねばならないとする漱石自身の気持ちが、当該詩に込められているのである。

二

漱石は次の日（八月二十九日）の午前中、百四回を執筆している。

（百四回梗概）（お延は静かに室の襖を開けた。）「暴風雨が是から荒れようとする途中で、急に其進行を止められた時の沈黙は、決して平和の象徴ではなかつた。」津田の目にはお延の姿が映り、不安と安堵の心持ちが彼の顔に出た。お延は「蒼白い頰《ほゝ》に無理な微笑を湛へ」た。お秀にはお延が津田と黙契を取り交わしているようにとれ、「薄赤い血潮が覚えずお秀の頰に上つた。」お延が津田の父親から来た手紙を懐から出すと、津田は〈お父さんは金をくれないそうだ〉とお延にいった。「津田の云ひ方は珍らしく真摯の気に充ちてゐた。お秀に対する反抗心から、彼は何時の間にかお延に対して平たい旦那様になつてゐた。しかも其所に自分は丸で気が付かずにゐた。衒ひ気のない其態度がお延には嬉しかつた。彼女は慰さめるやうな温味《あたたかみ》のある調子で答へた。言葉遣ひさへ吾知らず、平生の自分に戻つてしまつた。」津田は読んだ手紙を枕元に投げ出した。それみたことかといったような妹お秀の態度が、津田には気にくわなかった。彼は行きがかり上「天然自然の返事をお秀に与へるのが業腹であつた。」

百四回を執筆した日の午後、漱石は次の漢詩を作っている。

不愛帝城車馬喧　　愛せず　帝城　車馬の喧しきを
故山帰臥掩柴門　　故山に帰臥して　柴門を掩わん
紅桃碧水春雲寺　　紅桃　碧水　春雲の寺
暖日和風野靄村　　暖日和風　野靄の村

人到渡頭垂柳尽
鳥来樹杪落花繁
前塘昨夜蕭蕭雨
促得細鱗入小園

人　渡頭に到りて　垂柳尽き
鳥　樹杪に来たりて　落花繁し
前塘　昨夜　蕭蕭の雨
細鱗を促し得て　小園に入らしむ

◆語釈・典拠

【愛せず帝城車馬の喧しきを】　諸注にあるように、陶淵明「飲酒　其の五」の「廬を結びて人境に在り　而《し》かも車馬の喧しき無し」を踏まえる。その利用の特色は、陶淵明の隠遁者としての表現を否定的に利用しているところにある。

【前塘昨夜蕭蕭の雨】　飯田注にあるように、次に引く『碧巌録』第三十七則「盤山三界無法」頌を踏まえている。「三界無法何れの処にか心を求めん。白雲を蓋《がい》と為し、流泉を琴と作す。一曲両曲、人の会《え》する無し。雨過ぎて夜塘、秋水深し。」『碧巌録全提唱』山田無文の解説によれば、当該詩の典拠となっている頌の部分は、「三界無法」（＝仏法）は現実世界のあるがままの姿とその変化のなかに顕現している、という意味と思われる。このような典拠の内容理解からすれば、当該詩の頷聯から尾聯までの内容は、春の現成公案や雨によって池の水があふれ小魚が流れ出るという事態も、総て仏法（＝大自然）の顕現なのだ、という意味が込められていると考えられる。従って、当該詩の尾聯は「大意」で示したように、〈季節の変化に伴うその景のありようとその運命は、大自然によって支配されているのだ。小魚たちもまた、大自然の意思に生きているのだ。〉という意味が込められているといえる。

◆大意

首聯（中国の詩人は俗世のただ中にあって、人との交際が気にならないと詠うが、）私は世俗での人の繋がりに平然としていることが出来ない。私は人の還るべき場所（故山＝我執のない世界＝大自然の意思に従う生き方）で、俗人との付き合いを絶って暮らしたい。

頷聯　世俗意識と離れた、私の理想とする世界は、次のような景のなかにある。
紅桃と碧水の色の対比が際だつ、春雲たなびく寺の景。暖かい陽差しのなかでおだやかな風が吹く、靄のたなびく村里の景。（大自然の創り出したこの春景〈現成公案〉には我執は存在しないのだ）

頸聯　人はしだれ柳がつきる川の渡し場に来て、行く春を惜しみ、鳥は梢に留まって、落花を惜しんでさえずっている。
（生きとし生けるものは春景を惜しまずにはおれない。しかし季節は変わっていくのだ。その変化を大自然は掌っているのだ。）

尾聯　春の終わりを告げる昨夜のしとしと雨で、家の前の堤の水量も増え、そのあふれた水に促されて、小魚たちが我が家の庭先まで入ってきた。（大自然は季節の変化を掌っているが、小魚たちは、大自然の意思を知らず、その意思に自己の運命を託して生きているのだ。）

右に見た百四回と当該詩との間には次のような類似や関係がある。

⑴百四回から始まる津田・お延・お秀の我執に彩られた醜悪な会話と、首聯の「車馬の喧しき」との類似

⑵お延の「蒼白い頬」、お秀の「薄赤い血潮」によって赤くなった頬と、頷聯の春景のうちにある色彩の対比との類似

⑶お延がお秀の喧嘩の相手を引き受ける前の緊張感と、頷聯後半部の詩語「暖日」「和風」や、頸聯の言外で強調されている行く春を惜しむ意識との、正反対の関係

⑷「暴風雨」と尾聯「前塘昨夜蕭蕭の雨」との類似

⑸津田はお秀に対する反抗心から「平たい旦那様」になり、お延も「平生の自分に戻つてしまつた。」とする描写と、尾聯「細鱗を促し得て小園に入らしむ」との関係

以下、両者の類似や関係を考えてみたい。

⑴について――「車馬の喧しき」は、世俗の煩わしい人間関係の象徴であるが、この「車馬の喧しき」には、百四回から始まる津田・お延・お秀の我執に彩られた金に執着する会話が重ねられていると考えられる。「車馬の喧しき」を「愛せず」とする強い語調には、『明暗』の主人公達の金に執着した会話に対する漱石の苛立ちが表明されている。

⑵について――この類似は、漱石が当該詩における色の対比を、百四回のお延とお秀の頬の色の対比から紡ぎ出していることを示している。両者における色の対比に込められている意味は正反対である。このことは、頷聯の景にお延とお秀の心のありようへの批判が込められていることを示している。

⑶について――両者の内包する雰囲気は正反対である。この関係には、漱石が百四回と正反対の雰囲気を持つ情景として当該詩の景を創り出していることを示している。すなわち頷聯に詠われている春景が表す「無我」の強調には、百四回を描いた後の、登場人物達への苛立ちを鎮めようとしている漱石の意識の現れをみることが出来る。

⑷について――尾聯前半の内容は、雨がかなり降ったので水量が増えたという意味を内包しており、水量の多さという点で、百四回の「暴風雨」と関係する。この関係は、当該詩のこの部分が、百四回の「暴風雨」という表現から導き出されていることを示している。（次の日〈八月三十日〉の詩の尾聯にも〈昨日閑庭風雨悪しく〉と詠われていることからも、この時漱石が百四回の冒頭で記した「暴風雨」という語を強く意識していたことが知られる。）百四回の「暴風雨」は、お秀と津田との争いや、これから始まるお延がお秀に売る喧嘩によって生ずる雰囲気を内容とするが、「蕭蕭の雨」にはこのような『明暗』の内容と繋がっていると思われる。

⑸について――典拠の項で示したように、尾聯の「前塘昨夜蕭蕭の雨」は、『碧巌録』第三十七則の「雨過ぎて夜塘、秋水深し」が踏まえられている。その内容は、三界無法（仏法）は、現実世界のあるがままの姿とその変化の

なかに顕現しているという意味である。このことを踏まえるならば、尾聯の内容は、「季節の変化に伴うその景のありようとその運命は、大自然によって支配されているのだ、小魚たちもまた、大自然の意志に従って生きているのだ。」という意味であろう。

当該詩の「前塘昨夜蕭蕭の雨」は、百四回の「暴風雨」という言葉から導き出されている。このことから尾聯の「細鱗を促し得て小園に入らしむ」には、次のような漱石の創作意識が投影されていると考えられる。――「蕭蕭の雨」（すなわち「大自然」のはたらき）が、小魚を池の外に導き出したように（小魚はこのことを知らない）、津田とお延は、お秀への対抗心（すなわち大自然のはたらきが創り出したその場の雰囲気）によって、津田は「何時の間にかお延に対して平たい旦那様に」変わり、お延もまた「言葉遣ひさへ吾知らず、平生の自分に戻つてしまつた」のだ、この時この場面を操っている大自然が彼らを「天然自然」の意識に立ち戻らせたのだが、しかし彼らはこのことを知らない。――

＊

当該詩に込められている漱石の百四回への思いをまとめれば、次のように言えよう。――これから始まるお延を中心とする三人の対話・論争は、彼らは気づいていないが、大自然によって操られている姿なのだ。大自然は彼らを、人知では知ることのできない方法で、あるべき場所に導いているのだ。だから私は、彼らを批判することなく、彼らの言動をあるがままに描かねばならないのだ。――ここには主人公たちの会話を批判的言辞で彩ることなく、あるがままに浮き彫りにするのだとする漱石の創作の立場が表明されているのである。

三

漱石は次の日（八月三十日）、午前中に百五回を執筆し、その午後、漢詩二首を創作している。またこの日から一日に漢詩二首創作が続いている。なぜ漱石はこの時期に漢詩を二首創作しているのであろうか。まず八月三十日の詩二首と百五回との関係からみていこう。

（百五回梗概）お延はお秀の喧嘩相手を引き受けようとした。お延は自分はこの件についてまったく知らないのだという見え透いたポーズを取り、お秀の憎悪を誘った。「兄さんは其底に何か魂胆があるかと思つて、疑つてゐらつしやるんですよ」というお秀のことばを捉え、お延は夫に向って「そりや貴方悪いわ、お父さまに魂胆のある筈はないぢやありませんか、ねえ秀子さん」と、お秀がさらに本音を言わざるを得ないように仕向けた。お秀は次のように説明せねばならなかった。お秀夫婦が京都を突っついたと津田が思っており、それで喧嘩になっていると。するとお延は、「真逆《まさか》そんな男らしくない事を考へてゐらつしやるんぢやないでせう」と夫に質問を向け、津田が「お秀にはさう見えるんだらうよ」「大方見せしめの為だらうよ」と答えると、「何の見せしめなの？一体何んな悪い事を貴方なすつたの」と津田に質問を向けながら、お秀が弁明せずにはいられない状態に追い込んでいった。こうしてお延はわざとお秀の憎悪を自分に向けさせ、喧嘩の相手を引き受けていったのである。

百五回の特徴は、作者漱石が、お秀の喧嘩相手を引き受けようとするお延の技巧に彩られた言葉――お秀の言葉を利用しながら、お秀を追い詰めていくその巧みな技巧――を、解説や批判を加えることなく、あるがままに描き出しているところにある。こうしてこの場面から津田とお延・お秀の対話場面のクライマックスが始まっていく。

漱石は右の百五回を書いた日の午後、二首の漢詩を書いている。まず一首目の漢詩を取り上げてみよう。

経来世故漫為憂
胸次欲攄不自由
誰道文章千古事
曾思質素百年謀
小才幾度行新境
大悟何時臥故丘
昨日閑庭風雨悪
芭蕉葉上復知秋

世故を経来《へ》たりて　漫りに憂いを為し
胸次攄《の》べんと欲して　自由ならず
誰か道《い》う　文章は千古の事と
曾《かつ》て思う　質素は百年の謀《はかりごと》と
小才　幾度か新境を行きしも
大悟　何れの時か故丘に臥せん
昨日閑庭　風雨悪しく
芭蕉葉上　復た秋を知る

◆語釈・典拠

【故丘】「故郷」や「故国」と同意で、人間の本来還るべき場所（悟りの世界）を意味する。

『槐安国語』巻五　頌古評唱「鵠林評唱」――衲子《のっす》若し其の話《わ》を透過する底は、其の頌を見ること、万里の異郷に妻子の面《おもて》を見るが如し。其の頌を透過する底は、其の話を見ること、錫を振るって故国の途に登るに似たり。未透底の士は其の話を透過せざるが故に、其の頌を見ること、波斯《はし》の譫語《せんご》を聞くが如し。（道前注に、「振錫登故国途＝還郷の調べ。『伝灯録』巻二十七、布袋和尚の歌に、『錫を携えて故国の路に登るが若し、諸処に聞声ならざるを愁うること莫し』と」。）

【質素百年の謀】（前日の詩の典拠の一つに、陶淵明の「飲酒其の五」が利用されている。このことからも当該詩の「質素百年の謀」が同じ詩の次の部分を踏まえている可能性が高い。

「飲酒其の二」「九十行帯索　飢寒況當年　不頼固窮節　百世當誰傳」（九十にして行くゆく索《なわ》を帯にす　飢寒況んや当年をや　固窮の節に頼らずんば　百世当に誰をか伝《つと》うべき）。〈一海訳〉栄啓期という人物は、九十になっても、縄を帯のかわりにしめるという、極度に貧しい生活をし、しかもそれに拘らず、心は喜びに充たされていた、という。まして壮年時代の飢えとこごえなど論外だ。（積善には報いあり、ということばがむなしいものとすれば）むしろそうした貧窮に負けず、清潔さを守っていく生き方によってしか、名は後世にとどめられぬであろう。――（一海注によれば、「固窮の節」は、「貧窮に負けず、むしろそうした生活を守りとおす態度」である。）

「飲酒　其の三」「一生復能幾　倏如流電驚　鼎鼎百年内　持此欲何成」（一生　復た能く幾ばくぞ　倏《すみや》かなること流電の驚《はた》めくが如し　鼎鼎《ていてい》たり　百年の内　此を持して何をか成さんと欲する）。〈一海訳〉その生きられる時間が、どれほどあるというのか。それはまるでいなずまのはためく間にも似た短い時間なのだ。たゆみなく時の流れてゆくこの一生の間、そうした世間の評判ばかりを後生大事にして、一体何をやり遂げようというのだ。（ここで言う「百年」は「人間の一生」の意）。（以上、『中国詩人選集』4〈岩波書店、一九五八年五月〉による）

◆大意

首聯　世俗のさまざまなことに関わってきたが、する必要もない憂いをしてきた。その胸のうちを語ろうと欲するが、自由に語ることも出来ない。

頷聯　誰が言うのであろうか。文章は永遠の事業であると。曾て思った。「質素」という生き方こそ人生一生の謀なのだと。（大切なのは文章ではなく、人の質素な生き方なのだ）。

頸聯　私の乏しい才能で何回か新しい境地に行くことになったが、しかし何時になったら大悟して安らぎの境地に生きることが出来るのであろうか。（私は大悟できず、安心立命の境地に生きることが出来ない。）

尾聯　昨日は閑かな庭に風雨が激しかった。しかし今日はその風雨もおさまり、静かな芭蕉の葉の動きに秋が来たことを知るのである。

『明暗』百五回と当該詩の間には、語句上での目立った類似はないようである。しかしそれは、両者の間に繋がりがないことを意味しない。両者の関係は、深部において本質的な繋がりを持っているのである。ここでは当該詩の各聯と百五回との内的類似（繋がり）に焦点を当てて、その繋がりのありようを見ていきたい。

首聯「世故を経来たりて漫りに憂いを為し　胸次攄《の》べんと欲して自由ならず」について

百五回の前半で、叔父岡本から貰った小切手を持参していたお延は、お秀に頭を下げる必要がないことを夫津田に暗に知らせようとする。その場面が次のように描かれる。

(1)お秀から金と引き替えに改心を要求されて窮地に陥っていた夫津田に、お延は「(必要な金は)そりや、いざとなれば何うにか斯《か》うにかなりますよ、ねえ貴方」と言って、「早くなると仰やい」という意味を眼で知らせた。

(2)しかし彼女の眼の働きは解っても、その意味がまったく通じない津田は、「垣根を繕ろつたの、家賃が滞つたのつて、そんな費用は元来些細なものぢやないか」と父親への不平を言う。お延は自分の言葉に託した言外の意味を知らせようと「さうも行かないでせう、貴方。是で自分の家を一軒持つて見ると」というが、しかし津田は「我々だつて一軒持つてるぢやないか」と応じることしかできなかった。

右はお延の意図が津田に伝わらない場面であるが、右の場面のうち、(1)の津田やお延の言葉の内容——家を一軒持てばそれなりの費用が必要になる——は、首聯の前半「世故を経来たりて漫りに憂いを為し」と類似する。(2)のお延が自分の胸の内を夫に伝えることが出来ない状態は、首聯の後半「胸次攄《の》べんと欲して自由ならず」と類似する。以下(1)(2)と百五回の類似の意味について考えてみる。

(1)百五回の津田とお延は、入院費用捻出のために金に執着せざるを得ない（すなわち「世故」に拘わって、「憂いをな」さざるをえない）。一方、当該詩では、禅的立場から、「世故」に拘わることが否定的に意識されている。この点で両者の「世故」への態度は正反対の方向性を持つ。両者のこの関係は首聯に、百五回の「世故」を最大の関心事とする津田・お延の意識への批判が込められていることを意味する。
⑵この類似は「胸次攄《の》べんと欲して自由ならず」が百五回における、お延が自分の考えを夫に伝えることが出来ない状態から紡ぎ出されていることを示している。もちろん「胸次」の内容は、禅意識と関係し、両者の内容は正反対の方向性を持つ。この関係には、漱石がこの場面のお延の言動への批判と、あるべき禅的理想からすれば、作中人物であるお延の意識への苛立ちから自由でない自分の気持は禅的未熟さに由来するのだとする自分自身への批判と、さらに言えば、漱石の次のような創作意識――『明暗』の登場人物達の描写にあっては、批判を加えることなく、あるがままに描き出すという創作方法を貫ぬかねばならないのだとする気持――が込められていると言えよう。

頷聯「誰か道《い》う文章は千古の事と　曾て思う質素は百年の謀と」について

「質素は百年の謀」は、陶淵明「飲酒　其の二・三」の「固窮の節」や「百世」「百年」をふまえ、これを禅意識の表現として詠ったものであろう。頷聯は、世俗の生き方を捨て、清貧に生きることの大切さがテーマである。また「文章は千古の事」を否定し、「質素は百年の謀」を肯定する関係には、禅の「不立文字」が踏まえられている。頷聯には、真理はただ禅的清貧の生き方（修行）によってのみ感得できるのだという意味が込められていると言えよう。

ところで頷聯における、生活は質素であるべきだという主張は、百五回の次の描写と関係がある。

〈お延は次のように言う〉「京都でも色々お物費《ものいり》が多いでせうからね。それに元々此方《こちら》が悪いんですから」。お秀には此時程お延の指にある宝石が光つて見えた事はなかつた。さうしてお延も又左も無邪気らしくその光る指輪をお秀の前に出してゐた。〉

「質素」の主張と、この場面におけるお秀の目に映るお延の贅沢は正反対のベクトルを持つ。この関係は、「質素は百年の謀」に、お延の贅沢に対する作者の批判が込められていることを示している。すなわち頷聯には、禅的価値観（清貧）の肯定と、その視点からのお延の贅沢に対する批判、さらに言えば、禅的世界から『明暗』の世界を浮き彫りにせねばならないという漱石の作家としての心構えも込められていると言えよう。

頸聯「小才幾度か新境を行きしも　大悟何れの時か故丘に臥せん」について

諸注は、「新境」を文学の新しい境地とする。しかし「小才」は「大悟」と、「新境」は「故丘」（故丘は故郷と同じで、人間の本来還るべき場所＝墳墓＝悟りの世界をいう）と対になっていることから、「小才」は「悟ったつもりになっている意識」を意味し、「新境」とは悟りの境地に至るさまざまな「禅境」の「階梯」を指すと思われる。頸聯の内容は、たとえば、十月十五日の詩の頸聯「迤邐《りい》を行き尽くして天始めて闊《ひろ》く　峆㟧を踏み残《やぶ》りて地猶お新たなり」といった悟りの「階梯」をいうのであろう。そしてこのような禅的階梯の表明には、次のような『明暗』に対する作者漱石の意識が込められていると考えられる。――私は、『明暗』執筆にあたって、禅的立場から登場人物達の言動をあるがままに描いている。私は登場人物達の意識からは自由自在であるはずなのに、禅的境地が未熟なので、百四回執筆後も主人公達の意識の影響から抜け出すことができない。――

尾聯「昨日閑庭風雨悪しく　芭蕉葉上復た秋を知る」について

「昨日閑庭風雨悪しく」は、百四回の冒頭「暴風雨が是から荒れようとする途中で、急に其進行を止められた時の沈黙は、決して平和の象徴ではなかつた。」という部分の「暴風雨」と繋がっている。この繋がりは当該詩のこの部分が前日執筆した百四回の冒頭部分から紡ぎ出されていることを示している。（尾聯の「昨日」という語はこのことと関係があろう）

「芭蕉葉上復た秋を知る」の表面的な意味は、昨日は風雨であったが、今日は芭蕉の風の揺らぎで秋が訪れていることを知ったということであるが、その深層には次のような漱石の『明暗』に対する意識が込められていると思われる。――今描いている主人公達の醜悪さは表面的なものにすぎず、その深層には人間としてのあるべき意識が存在しているのだ。時間がたてば、彼らも本来の人間的意識を取り戻すのだ。――（このような漱石詩の類例としては、大正五年十月一日の詩（「誰道蓬萊隔万濤」）などがある。）

この尾聯の内容は、禅的未熟さ故に、禅の根源にある境地（無我）を感得できず、自分の描き出したお延の意識の醜悪さにいらだつのだ、という漱石の意識を内包する。さらにいえば、この尾聯には、禅的世界の根源的ありよう（大自然のはたらき）を詠うことで、自分の作家としての立場が大自然の立場にあるのだということを再確認し、その苛立ちを鎮めようとしている漱石の作家意識を認めることが出来よう。

＊

右に百五回と午後の漢詩第一首との繋がりを見てきた。漱石は百五回から、三人の我執に彩られた対話論争の執筆に取りかかり、批判的言辞を加えることなくお延の技巧をあるがままに浮き彫りにしている。一方、漱石は午後の漢詩の第一首目で禅的未熟さをテーマにして創作していた。その漢詩には百五回のお延に対する批判が込められていたことはすでに見たとおりである。そしてこのことは、漢詩の中で百五回を執筆した余韻、すなわち百五回執筆後も漱石自身の内部にくすぶり続けるお延の技巧に対するこだわりを、禅的未熟さとして吐露し、自己批判せずにはおれなかったことを示しているのである。

四

漱石は右の詩を作った後、再度次の詩を作っている

詩思杳在野橋東
景物多横淡靄中
細水映辺帆露白
翠雲流処塔余紅
桃花赫灼皆依日
柳色糢糊不厭風
縹緲孤愁春欲尽
還令一鳥入虚空

詩思　杳《はる》かに在り　野橋の東
景物　多く横たわる淡靄《たんあい》の中
細水《しょうすい》映ずる辺　帆は白きを露し
翠雲流るる処　塔は紅を余す
桃花　赫灼《かくしゃく》として　皆　日に依り
柳色　糢糊《もこ》として風を厭《いと》わず
縹緲たる孤愁　春尽きんと欲し
還《ま》た一鳥をして　虚空に入ら令《し》む

◆語釈・典拠

【野橋の東】　禅語「断橋の東」をイメージしていると思われる。

『禅林句集』「扶けては断橋の水を過ぎ、伴うては無月の村に帰る」（頭注に「扶伴トハ杖ヲ扶リ伴ウ也　無事無心自由三昧境界ヲ言ウ　而シテ往来曾テ妨ゲ無キ也　無月ノ村ニ帰ルハ暗夜吾ガ里ニ皈ル義ナリ」。）

『無門関』四十四「芭蕉拄杖」「芭蕉和尚、衆に示して云く、「你に拄杖子有らば、我你に拄杖子を与えん。你に拄杖子無くんば、我你が拄杖子を奪わん」。無門曰く、「扶《たす》けては断橋の水を過ぎ、伴《ともな》っては　無月の村に帰る。若し喚んで拄杖と作さば、地獄に入ること箭《や》の如くならん」。

【淡靄の中】　輪郭のはっきりしないぼんやりした状態は、禅的悟りの世界を表現するときの常套表現。大正五年九月十三日の詩の頷聯に「的皪たる梅花濃淡の外　朦朧たる月色有無の中」。大正五年十一月二十日夜の詩の頸聯に「依稀たる暮色月は草を離れ　錯落たる秋声風は林に在り」（「依稀」は、おぼろなさま）など。

◆大意

首聯　私の詩思は現実世界と遠く離れた悟りの境地にある。それは、淡靄のなかに存在する次のような景なのだ。

頷聯　緗水（浅黄色の川）が光っている辺りの船の帆の白さ、翠雲（薄緑色の雲）が流れる所にある塔の紅、その色の対比のなかに大自然の心は存在しており、わたしの悟りの境地はその大自然のこころとして存在するのだ。

頸聯　桃花は赤く燃え、皆太陽の方向に顔を向け、緑柳は風に靡こうとしている。（大自然の意思の顕現である陽光や風に、自然の景（桃花や柳）は従っているのだ。この景のなかに大自然とその景物の関係が表れているのだ。）

尾聯　それらの風景は縹緲たる孤愁そのものであり、春はその孤愁のうちに終わろうとしている。その孤愁を体現している虚空のなかに、一羽の鳥が吸い込まれていく。（虚空と一体化するこの鳥の姿は私の意識そのものなのだ。）これらの景のうちに、「大自然」の意思があらわれている。——私の境地は、このような大自然が織りなす景のなかにあるのだ。

百五回と当該詩との間には、両者の繋がりを認めうるような語句の類似は存在しないようである。そこで前詩と同様、当該詩の各聯のなかに投影している百五回との繋がりを、考えていきたい。

首聯「詩思杳《はる》かに在り野橋の東　景物多く横たわる淡靄の中」について

「野橋の東」にはさまざまな理解があるが、禅語「断橋の東」をイメージしていると思われる。「断橋の東」とは、「絶対境」（悟りの境地）を意味する。したがって、「詩思杳かに在り　野橋の東」とは、作者の「詩想」は現実世界と遠く離れた禅的世界（悟りの境地）にあるということであろう。（類似の詩としては、大正五年十月九日の詩に、「笻に倚って独り立つ断橋の東」がある。）もちろんこのような「絶対境」のイメージは、百五回のお延を中心とする醜悪な我執の世界の対極として位置づけられている。ここには、百五回への苛立ちから離れることの出来ない自分の意識のあるべき姿を詠うことによってその苛立ちを乗り越えようとしている漱石の意識が投影していると言えよう。

頸聯「桃花赫灼として皆日に依り　柳色糢糊として風を厭わず」について

「桃花」や「柳」は大自然の作り出す景の代表であり、「日」や「風」は大自然とその作用の象徴である。その文意は、森羅万象すべて大自然の意思に従って存在しているということであろう。(類例としては、大正五年十月九日の詩「岸樹枝を倒《さかしま》にして皆水に入り　野花萼《がく》を傾けて尽く風を迎う」、大正五年十月十一日「碧梧露を滴らせて寒蟬尽き　紅蓼霜に先だちて蒼雁来たる」などがある。これらの例は、大自然が作り出した景の中にあるものは、大自然の意に従っているのだ、という禅的な意味を表現している。)従ってここでの頸聯には、『明暗』の登場人物達もまた、大自然の意思によって操られているのだ、自分の意識は大自然の立場にあり、主人公たちの言動にいらだつことはないのだ、大自然の立場から、彼らのあるがままの姿を浮き彫りにすることが私の仕事なのだという意味が込められていると考えられる。

尾聯「縹緲たる孤愁春尽きんと欲し　還《ま》た一鳥をして虚空に入ら令《し》む」について

吉川注は、一鳥を虚空に入らしめる主体を「天の意思」とする。中村注も禅的ニュアンスを強調し、飯田注は大自然に帰一出来ない気持ちを読む。ニュアンスの差はあれ、諸注、大自然の意思の顕現が詠われているとする。虚空は、大自然の無我の顕現とも言い換えうるものであり、お延の技巧の対極にある存在である。この聯では「天」(＝大自然)と一体化したいと願っている漱石の意識が詠われているといえよう。

＊

漱石は百五回を書いた後、「世故を経来たりて漫りに憂を為し……」を創作し、その中で、百五回を執筆した余韻(とりわけお延の巧みな技巧を批判することなくあるがままに描き出さねばならなかった苦痛やその影響をうける苛立ち)から抜け出せない気持を吐露した。しかしこのような苛立ちの吐露では、百五回を執筆した余韻(お延に同化し、その技巧を描き出した苛立ち）から抜け出すことが出来なかったと思われる。そのため漱石は再度「詩思杳かに在り野橋の東……」を創作し、その中で自分の意識が大自然と一体となっていることを詠うことによって、すなわち自分と主人公達との関係を次のように意識することで、百五回を執筆した苛立ち（とりわけお延への苛立ち）から抜け出そうとしているのである。――大自然は季節の運行を掌っている。その大自然に、季節の景物が従っているように、人間もまた大自然の意思（はたらき）に従って生きているのだ。お延をはじめとする主人公達も同様なのだ。だから大自然の立場に立つわたしは、主人公達にいらだつのではなく、大自然が創り出す彼らの言動を、あるがままに描き出すことが必要なのだ。――

漱石は二番目の詩に、右に見たような百五回への気持を込めることによって、百五回を批判的言辞で彩ることなくお延の醜悪な技巧を描き出さなければならなかった苛立ちを鎮め、百六回創作に備えようとしているのである。百五回を執筆した日の午後、漱石が二つの詩を作っている理由は、病室での津田・お秀の対話論争のクライマックスを描き出し始めたことと深く結び付いているのである。

＊

百三回・百四回を書いた日の午後の漢詩には、『明暗』の登場人物三人の意識の深層を書くに当たっての緊張感や心構えが詠われていた。しかし百五回でお延の技巧をあるがままに描き出し始めた漱石は、その日の午後の最初の漢詩では、禅的未熟さに託して、百五回の内容であるお延の技巧への苛立ちからすぐには抜け出すことが出来ない内面を吐露せざるを得なかった。そのため第二番目の詩で漱石は、自分の意識が大自然の「無我」と融合している状態を詠うことによって、百五回を書いた苛立ちから抜け出ようとしたのである。漱石が百五回を執筆した日に二つの漢詩を創作している理由はこの点にあったと考えられる。

五

漱石は九月一日、百七回を執筆後、漢詩を二首創作している。何故漱石はこの日『明暗』執筆後、連続して漢詩を二首創作しているのであろうか。その理由は午前中に執筆した『明暗』の回が「病室における津田・お秀・お延の会話場面」のクライマックスであることと深い関係があると思われる。

以下百七回とその日の午後に創作した漢詩二首との関係を考えたい。

（百七回梗概）　「三人は妙な羽目に陥つた。行掛り上一種の関係で因果づけられた彼等は次第に話を余所へ持つて行く事が困難になつてきた。」その問題は誰の目から見ても重要とは思えなかった。そのことを彼らは知りつつ争わねばならなかった。「彼らの背後《せなか》に脊負《しょ》つてゐる因縁は、他人には解らない過去から複雑な手を延ばして、自由に彼等を操つた。」お秀は、津田に持参した金を渡す条件として、父に対する「心からの後悔」を要求する。津田はお秀の要求を突っぱね、目を憎悪で輝かせながら、次のように言った。〈おまえの持ってきた金が絶対に必要だ。改めて公言する。おまえは妹らしい情愛の深い女だ。だから、その金をこの枕元においていってくれ〉と。このお秀への憎悪で塗り込められたことばを聴いてお秀は怒りに震えた。そして不意にお延に矛先を向ける。〈嫂さん、どうしましょう。置いていってあげましょうか〉と。しかしお延は、お秀の予想に反して、〈お秀さんの御随意で可《よ》ござんすわ……わたしには必要でもなんでもないのよ……良人《うち》に必要なものは私がちゃんと拵えるだけなのよ〉といい、小切手を帯の間から出した。

この場面は「病室における津田・お秀・お延の会話場面」のクライマックスを構成する主要な場面である。その特徴は、金の力で兄夫婦に頭を下げさせようとするお秀の傲慢な意識と、そのお秀の意図を突っぱねながら金だけは受け取ろうとする津田の意識、そして、叔父岡本から貰った小切手を利用して、妻としての献身的姿勢を良人やお秀に印象づけようとするお延の偽善的意識との激しいぶつかり合いを浮き彫りにしているところにある。
まず最初の詩から取り上げてみたい。

不入青山亦故郷
春秋幾作好文章
託心雲水道機尽
結夢風塵世味長
坐到初更亡所思
起終三昧望夫蒼
鳥声閑処人応静
寂室薫来一炷香

青山に入らざるも　亦た故郷
春秋幾たびか作す　好文章
心を雲水に託して　道機尽き
夢を風塵に結んで　世味長し
坐して初更に到り　所思を亡じ
起ちて三昧を終え　夫《かの》蒼を望む
鳥声閑なる処　人応に静かなるべし
寂室薫じ来たる　一炷の香

◆**語釈・典拠**

【青山】『碧巌録』第七則「法眼慧超問仏」本則の評唱「……後出世して法眼に承嗣《しょうし》す。頌有り呈して云く、通玄峰頂《つうげんほうちょう》、是れ人間《じんかん》にあらず、心外無法《しんげむほう》、満目青山と。法眼印して云く、只だ這の一頌、吾が宗を継ぐ可し。子《なんじ》後に王侯の敬重《けいちょう》する有らん。吾れ汝に如かず……」。（山田無文の解釈）「のちに天台山に出世をして、法眼に師匠としての香を焚いて、弟子としての礼をした。そして、詩を作って送られるのに、／通玄峰頂、是れ人間にあらず。心外無法、満目青山――

通玄峰というのは天台山にある山である。人間とは世間のことである。通玄峰の頂に坐ってみると、ここは世間とはまったく違う。心外無法、満目青山。一心の他に一法もない、森羅万象がそのまま一心でござる。こういう詩を作って法眼のところへ送った。すると法眼が喜んで、印可証明書を送って言うのには、／「この一頌をもって充分我が宗を継ぐに足る。立派に見性をした偈である。後世、おまえは国師として重んぜられる時があるであろう。おまえは俺にまさるはたらきをするであろう」／と」。頌「江国の春風吹けども起《た》たず〈尽大地那裏《なり》よりか這の消息を得たる。文彩《もんさい》已に彰《あら》わる〉鷓鴣《しゃこ》啼《な》いて深花裏《しんかり》に在り〈喃々《なんなん》、何ぞ用いん。又た風に別調の中に吹かる。豈に恁麼《いんも》の事《じ》有らんや〉」

右の傍線部を当該詩が踏まえていると考えられる理由——九月二日の詩（「満目の江山　夢裡に移り　指頭の明月吾が痴を了す　曾て石仏に参じて無法を聴き　漫りに佯狂を作して世規を冒す」）の「満目の江山」「無法」は、それぞれ、『碧巌録』第七則評唱の「満目青山」と、「心外無法」を意識していると思われる。このことから当該詩の「青山」もまた、『碧巌録』第七則の「心外無法《しんげむほう》、満目青山」を踏まえていると考えられる。当該詩の「青山」は、世俗とは異なる「大自然」の顕現（＝本分）を意味し、「青山に入らざるも（亦た故郷）」の文意は、「世俗から離れたその大自然のなかで生きることがなくとも」といった意味を持つ。

【故郷】『句双葛藤鈔』の「処処帰路に逢い、頭頭故郷に達す」の解説に、「皈路故郷トハ本分ナリ　ドッコモ本分ヂャ」とある。当該詩でいう「故郷」も「本分」すなわち「本来の面目・悟りの世界・真実世界」の意であろう。

【春秋幾たびか作す好文章】「春秋幾作」の初案は「春風復作」。このことは初案が『碧巌録』第七則の頌、「江国の春風吹けども起《た》たず」を踏まえ、「（春秋幾作）好文章」が、『碧巌録』第七則の頌の下語「文彩《もんさい》已に彰《あら》わる」を踏まえたものであるといえる。（なお、漱石は当該詩を作った次の日（九月二日）の詩（「大地従来日月長……」）では、首聯後半「春秋幾たびか作す好文章」に焦点を当てて創る。）

【雲水】大自然の心の表現、即ち「無心」を含意する。「心を雲水に託して道機尽き」の表面上の意味は、〈心を行雲流水（即ち大自然の心）に没入させて生きているので、その結果「道機」（悟りへの機）が熟し、今は悟りの世界に生きている。〉ということであろう。

【夢を風塵に結び】 現世を「夢」と見なし、そこでの生を「風塵」とみなす伝統的な東洋的思惟に基づいた表現。ここでは禅的視点からの現世への関わりの表現。

【世味長し】 世俗とのつきあいによって引き起こされる俗な感情に長い間支配され続けるの意。この言葉には漱石の『明暗』執筆意識がかさねられている。

【所思】 ここでは、「世味」の内容を指し、その表面的意味は世俗の付き合いから生じる思い。

【鳥声閑なる処人応に静かなるべし】 王維「皇甫岳雲渓雑題五首」のうちの「鳥鳴磵」「人間にして桂花落ち　夜静かにして春山空し　月出で山鳥を驚かし　時に鳴く春澗の中」。漱石はこの詩を大正五年に　色紙に揮毫。「人間桂花落」の「間」を「閑」にする。（当該詩とは「鳥」「閑」「静」の文字が重る。）同日の詩「石門路遠くして尋ぬるを容さず」の頸聯「空山影有りて梅花冷やかに　春澗風無くして薬草深し」の「空」「春澗」も王維のこの詩と重なる。

◆大意

首聯 世俗から離れた青山こそは、人の還るべき「故郷」（禅的世界でいう「心外無法」・「自然」・「本分」）であるが、しかし、青山に生きなくとも、世俗のなかにその「故郷」はあるのだ。大自然が掌る季節は、四季折々に美しい風景を創り出しているではないか。大自然が作り出す景（現成公案）こそ人の還るべき「故郷」なのだ。（同様に世俗の世界もまた、その大自然が創り出した文彩であり、その文彩のなかにこそ真実世界（故郷）は存在するのだ。）

頷聯 私は、心を、大自然の行雲流水に託して（＝大自然の意思〈無心〉と融合して）生きており、その結果私の「道機」（悟りへの機）も熟し、今の私の境地は悟りの世界にある。私は、現実世界を「夢」と見なし、その俗世間との関わりを「風塵」と意識するのであるが、しかしその俗世間とかかわれば、「風塵」とみなすその世俗の感情と長い間つきあわねばならない。

頸聯 私は自分にとりついた世俗の情を払い落とすために、座禅を組んで、禅定三昧に入り、初更（午後八時頃）になって、やっとその世俗意識から抜け出す。私は立ち上がり、禅定三昧を終えて、大自然の根源の場所である夜空を望み眺める。

尾聯　辺りは静寂そのものであり、鳥の一声がその静寂さをさらに深める。その静寂の中では、人の心も静かである。私のいる部屋では、一くゆりの香の烟が漂うのみである。

百七回と当該詩の関係を考えるにあたって留意すべきは、両者の間に存在する類似と対極的要素である。

⑴百七回の冒頭部分の、津田・お延・お秀の背後に存在し、彼らを操っているものは「因果」や「因縁」なのだとする視点と、第二句目で、四季を掌っているものは大自然なのだとする視点とは類似する。「因果」や「因縁」と、大自然のはたらきとは同じである。このことに気づくと、この類似は、首聯「春秋幾たびか作る好文章」には百七回を書いた直後の、次のような漱石の意識が込められていることが理解できる。――大自然は季節の変化を掌り、美しい風景を作り出すが、その大自然は、人間世界の営みをも掌っているのだ。私が描き出した津田・お延・お秀の醜悪な意識のありようもまた、大自然が創り出した「好文章」といわねばならない。人は自分の背後にある大自然の意図を知ることが出来ない。大自然は、彼らを何処かに導こうとしているのだ。だから、その大自然の意図を知らずに、彼らを性急に批判してはいけないのだ。――

⑵当該詩の「風塵」は、表面的には「俗世間」の意だが、百七回での津田やお秀の意識のありよう（世俗意識）も「風塵」ということができる。両者の類似は、「風塵」に、津田やお秀の意識のありよう（世俗意識）が重ねられていることを示している。

⑶百七回では津田とお秀の我執に彩られた「心」の動きが描かれる。お秀は津田に対して、「心からの後悔」を要求する。津田は、それを拒否しつつ金だけは受取ろうとする。一方、頷聯では、彼らと対極的な「心を雲水に託して道機尽き」という「心」のありようが描かれる。両者は共に「心」を問題としていることでは同じであり、その扱いは対極的である。

(4)百七回の津田の病室では、主人公達の激しい応酬が繰り広げられる。一方、尾聯では、静謐な室内の情景が詠われる。両者の「室」の扱いは、対極的である。

右にみた両者の類似(1)(2)と対極的要素(3)(4)には、漱石が寄り添って描き出した百七回の主人公達と、大自然の立場に立って彼らを批判的に捉えている作者漱石との関係(＝対話)が込められているといえよう。その関係に込められている漱石の意識は次のように言えよう。

首聯——百七回で描き出した彼らの意識は実に醜悪である。しかし、大自然は、人には解らない大きな意思で、彼らを操り、どこかへ導いているのだ。彼らの醜悪な意識も大自然が創り出した「文彩」なのだ。だから、大自然の意思を知る事の出来ない私は、その「文彩」(＝醜悪な彼らの意識世界)を批判するのではなく、大自然と同じ立場に立って彼らをあるがままに描き出さねばならないのだ。

頷聯——私は大自然の立場から、登場人物達の意識世界を描き出している。しかし、俗世での交わりが「夢」に過ぎず、そこに生きる彼らの意識世界が、「風塵」に過ぎないと知ってはいても、彼らの意識に寄り添って彼らの内面を描き出すと、私の心はすぐには本来の自分自身の立場(＝大自然の「無心」に融合した意識)に立ち戻ることが出来ない。

頸聯——しかし午後八時頃まで座禅三昧で心を無に集中させ続けていると、私の心は主人公達の醜悪な意識世界から抜け出て、本来の「無」の意識(＝大自然の立場)に立ち戻ることが出来る。

尾聯——私は今、禅定の世界の余韻に包まれ、主人公たちの俗悪さから離れて、本来の自分の意識(無心の境位)に立ち戻っているのだ。

当該詩に込められている百七回に対する漱石の意識を紡ぎ出せば、以上のように言うことが出来る。漱石は百七回の視点が大自然と同じ立場にあると確認することによって、百七回の登場人物達の世俗意識に対する苛立ちから離れようとしていると言えよう。

しかし漱石は右の漢詩創作だけでは、百七回創作の余韻から離れることが出来ず、そのためさらにもう一首漢詩を作ったのではないかと考えられる。(漱石が右に見てきた漢詩の創作だけでは『明暗』百七回創作の余韻から離れることが出来なかった理由は、この百七回執筆が漱石に、津田とお秀の我執の極地を執拗に、しかも批判的言辞を加えることなく描き出すことを要求しているからである。)

＊

漱石は右の詩を創作後、さらに次の詩をも創作している。

石門路遠不容尋　　石門路遠くして尋ぬるを容さず
曄日高懸雲外林　　曄日　高く懸かる　雲外の林
独与青松同素志　　独り青松と素志を同じくし
終令白鶴解丹心　　終に白鶴をして丹心を解せ令む
空山有影梅花冷　　空山影有りて梅花冷やかに
春澗無風薬草深　　春澗　風無くして　薬草深し
黄髯老漢憐無事　　黄髯の老漢無事を憐れみ
復坐虚堂独撫琴　　復た虚堂に坐して独り琴を撫す

◆語釈・典拠

前掲の王維「皇甫岳雲渓雑題五首」のうち「鳥鳴磵」以外に「鹿柴」「空山人を見ず」や「竹里館」「独坐す幽篁の裏《うち》琴を弾じて復た長嘯す」もふまえている。

【石門】飯田注に「玄門」〈絶対世界への入り口〉とある。石門は『漱石全集』十八巻（岩波書店、一九九五年十月）三一七頁の大正三年十一月「題自画」と関係する。

【白鶴】『寒山詩』（『禅の語録』十三　入谷仙介・松村昂訳注、筑摩書房、昭和四十五年十一月）一六六「閑かに華頂の上に遊べば　日は朗《あき》らかに昼光輝く　四顧すれば　晴空の裏《うち》に　白雲鶴と同《とも》に飛ぶ」（ぶらりと華頂の峰に登れば、太陽は明か明かと真昼の光を輝かす。四方を眺めやれば晴れわたった空の中を、白雲が鶴と共共に飛んでいた。）などの影響が考えられる。

【影】九月二十二日の詩では、「悟り」の世界を含意。

◆大意

首聯　悟りの玄門（絶対の門）への道は遠く、辿り着くことは容易ではない。その悟りの世界の象徴である「暉日」（輝く太陽）は、雲の彼方の林の上に高く掛っている。

頷聯　私はその絶対世界の景である青松（仏心の現れ）と、心を同じくし（＝人間の俗心〈我〉から私は超脱し）、この絶対の世界に生きる「白鶴」には私の本当の心を、理解させたのだ。

頸聯　人のいない山（塵界を離れた世界）では、影として絶対（悟り）の世界が現れ、そこでは梅花が、「大自然」の厳しさの裡に咲いており、人の訪れることもない春の谷川では、風もなく薬草が生い茂っているのみである。（世俗と離れた幽境こそ人の住むべき場所なのだ。）

尾聯　この幽境の世界に住む老漢（わたし）は、世俗のわずらわしさにかかわることなく、誰もいない堂で、一人琴を撫すのみである。（この境地こそ私の理想なのだ）

この詩も前詩と同様、『明暗』百七回と深い関係があると考えられる。百七回冒頭を引用したい。

三人は妙な羽目に陥つた。行掛り上一種の関係で因果づけられた彼等は次第に話を余所へ持つて行く事が困難になつてきた。（中略）しかも傍《はた》から見た其問題は決して重要なものとは云へなかつた。遠くから冷静に彼等の身分と境遇を眺める事の出来る地位に立つ誰の眼にも、小さく映らなければならない程度のものに過ぎなかつた。彼等は他《ひと》から注意を受ける迄もなく能《よ》くそれを心得てゐた。けれども彼等は争はなければならなかつた。彼等の背後《せなか》に脊負《しよ》つてゐる因縁は、他人に解らない過去から複雑な手を延ばして、自由に彼等を操つた。

百七回冒頭と当該詩の関係とには次のような類似が存在する。

⑴百七回の冒頭における語り手の描写（津田・お延・お秀は、自分たちの争いが、「誰の眼にも、小さく映らなければならない程度のものに過ぎなかつた」ことを「心得てゐた」。「けれども彼等は争はなければならなかつた」）と、首聯の第一句目「石門路遠くして尋ぬるを容《ゆる》さず」とは、内容的に類似する。「石門」とは、禅的世界でいう「玄門」〈絶対世界への入り口〉であり、一句の意味は、人は容易には絶対の世界に入ることが出来ない――人は絶対の世界に入れば現実の利害関係に縛られることなく、融通無碍の生き方が出来るが、しかしその境地には容易には達することはない――という意味である。このことに留意するならば、この類似には当該詩の第一句目に、百七回の三人の意識のありよう――彼らは世俗の利害関係の中で動いており、その関係から抜け出ることが出来ない状態――に対する漱石の禅的思惟の立場からの批判が込められていることに気づく。

⑵『明暗』では作者は三人の行動について、彼らは「因果づけられ」、「彼等の背後《せなか》に脊負つてゐる因縁は、他人に解らない過去から複雑な手を延ばして、自由に彼等を操つた。」と描いている。一方第二句目では「曄日　高く懸

かる　雲外の林」と詠っている。この両者の内容も類似する。この句の「曄日」は、禅的思惟の立場からすれば、世俗世界を照らし出している（＝見つめている）「仏心」（＝「仏光」）、あるいは「般若の光」（『碧巌録』第九十則）でもある。このような観点からすれば、「曄日」とは、『明暗』の主人公達を背後から操っている存在（＝仏心＝「因縁」）を禅的立場から言い換えたものということができる。すなわち『明暗』冒頭で強調している「因果」「因縁」とは漢詩で詠う「曄日」（＝仏光＝般若の光）と重なっているといえよう。

以上のことを考えるならば、当該詩の首聯には、津田・お秀・お延に対する次のような漱石の批評が、込められていることに気づく。——彼らは我執に生きており、それゆえ、過去からの経緯（因縁）に縛られて行動せざるを得ないのだ、彼らは人間として大切なこと（世俗を捨てて禅的真実世界に生きること、あるいは大自然の存在）を知らないのだ。——

次に、右以外の百七回と当該詩の語句との類似を考えてみよう。

(3)『明暗』のことば——「心からの後悔」「今改めて自白する」——と、当該詩の「丹心」「素志」とは類似する。百七回で、お秀は持参した金を津田に渡す条件として、京都の父に「本気」で「済まなかつた」とわびること、すなわち「心からの後悔」を要求して津田を追い詰める。（彼女の真の目的は、金の力を利用して兄夫婦に頭を下げさすことにあった。）そのお秀の言葉に接して、津田は眼を憎悪の光で輝かせ、次のように言う。「兄さんは今改めて自白する。兄さんにはお前の持つて来た金が絶対に入用だ。兄さんは又改めて公言する。おまえは妹らしい情愛の深い女だ。兄さんはお前の親切を感謝する。だから何《ど》うぞ其金を此枕元へ置いて行つて呉れ。」この津田の言葉を聴いたお秀は、怒りでふるえた。

この二人の言葉争いのキーワード——お秀の津田に投げつけた「心からの後悔」や、津田の「今改めて自白する」ということば——は、漢詩の「丹心」や「素志」と同義である。このことは、漱石が当該詩での「丹心」や

「素志」という語を、百七回におけるお秀と津田の言葉争いから紡ぎ出していることを示している。しかし両者の意味の方向性は正反対である。このことは当該詩の「丹心」や「素志」という表現には、お秀や津田の争いへの批判意識が込められていることを示しているのである。

⑷『明暗』では、お秀の白い顔が怒りによって赤くなったありさまが描かれるが、その色の対比と、当該詩における「白鶴」と「丹心」との色の対比も類似する。

百七回ではお秀の顔の変化が次のように描かれる。「(津田の返答を聞いて)お秀の手先が怒りで顫《ふる》へた。両方の頬に血が差した。其血は心の何処からか一度に顔の方へ向けて動いて来るやうに見えた。色が白いのでそれが一層鮮やかであつた」。一方当該詩で、漱石は「終に白鶴をして丹心を解せ令《し》む」と白鶴の白と丹心の赤とを対比した句を作っている。両者は、白と赤の対比という点で同じである。しかしお秀の白い顔が赤くなったことは「憎悪」の現われであり、「白鶴」に作者の「丹心」を理解させたとすることには、仏教的な人間意識の理想――世俗を超越した無我――の強調がある。両者は正反対の方向性を持つ。

両者の色の対比が同一であると同時に、正反対の意味の方向性を持つことには、次のような作者の意識が込められているといえよう。――私はお秀の怒りのありようを批判的言辞を加えることなく浮き彫りにした。しかし、私の真意〈お秀に対する私の態度〉を「大自然」(=仏心)は理解してくれているはずだ。

⑸漢詩の「曄日」に込められた漱石の意識については、既に指摘したが、さらに次に述べる事柄も関連している。

百七回におけるお秀や津田の眼が「輝やいた」という表現と、漢詩の「曄日」の「曄」とは同義である。もちろん百七回における彼らの眼の「輝やき」の内実は、相手に対する「憎悪」である。一方漢詩で詠っている「曄日」は、宇宙の根源にある「大自然」(=仏心)が世界を照らし出す光(=仏光=般若の光)を意味している。両者は正反対の方向性を持つ。百七回では津田が「憎悪」に眼を輝やかしたとき、語り手は、「けれども良心に対しては恥づかしいといふ光は何処にも宿らなかつた」とも描写している。漢詩の「曄日」の光は、「良心に対して恥づかしいという光」（津田に宿るべき光）と同じ方向性を持つ。「曄日」はこの方向性の極にある意識（「大自然」）の象徴である。「曄日」の初案は「佳日」、訂正稿は「麗日」である。このことは、漱石が漢詩において、登場人物の「輝やいた眼」とは正反対の方向性を持つ「曄日」という語を使用することに意識的であったことを示している。すなわち漱石は、禅的世界における根源的な原理としての「仏心」「般若の光」という意味を「曄日」という語に託すことによって、登場人物の「輝やいた眼」への批判を込めているのである。ここには『明暗』で描いた登場人物たちの争いの影響を断ちきろうとしている漱石の意識を見ることが出来よう。

⑹津田のお秀に対する言葉「僕の詫様が空々しいとでも云ふのかね」の「空々しい」と、「空山」の「空」も類似する。

この類似は偶然とも考えられるが、しかし、この場合でも、漱石の意識下にあっては、「空々しい」という津田の言葉への批判意識が「空々しい」とは正反対の意味を持つ「空山」（禅林の世界では、価値あるもの）という語を生み出していると考えられる。

百七回との類似関係から知られる二首目の漢詩に込められている漱石の意識は次のように言うことが出来よう。

首聯――世俗に生きる人は悟りの門に入ることは容易ではないが、津田・お秀・お延もまた、世俗の人なのだ。彼らは世俗を支配している金の力に心を奪われており、その金の力から抜け出ることが出来ない。このような彼らの姿は、大きな自然によって因果づけられ、操られているのだ。津田とお秀は互いに憎悪で目を輝かすが、天にある「曄日」は、彼らの目の輝きとは正反対の方向性を持つ光で彼らを照らし出しているのだ。

頷聯――お秀は金の力によって津田に「心からの後悔」を要求し、津田はお秀に、憎悪を込めて「今改めて自白する。兄さんにはお前の持つて来た金が絶対に入用《いりよう》だ」と「公言」する。その津田の言葉を聞いてお秀は白い顔を赤くする。私はその色の対比にお秀の憎悪を描き込んだ。わたしはこの二人の言葉争いをあるがままに浮き彫りにはするが、しかし批判的言辞を加えることはしない。それは彼らの言葉争いを描いている私の立場が、大自然の意思の顕現としての「青松」と同じ「無我」にあるからだ。批判的言辞を作品に加えない私の本当の気持ち（丹心）は、大自然の顕現である「青松」とそこに留まる「白鶴」には理解させることが出来るのだ。大自然は、私の彼らに対する私の態度を理解しているのだ。

頸聯――空山（人気のない山）に梅花咲き山渓に薬草が生えている景こそ、真実世界が顕現している姿なのだ。津田はお秀に対して「僕の詫様が空々しいとでも云ふのかね」というが、私は津田の「空々しい」という言葉に批判的にならざるをえない。津田は「空」という言葉の禅的意味の大切さを知らないのだ。

尾聯――私の境地はこの禅的世界の幽境にあり、百七回で描いた世俗とは無縁なその「無」の気楽さを愛する。私は一人その「無」の境地にいるのだ。今わたしは、津田やお秀お延の言葉争いから遠く離れているのだ。

＊

右に、『明暗』百七回とその執筆した日の午後に創作した二つの漢詩の関係を考えてきた。最初の詩は『明暗』執筆に対する漱石の気持ちに焦点が当てられていた。一方二番目の詩では、百七回の登場人物達への批判意識が全面的に込められていた。この両者の違いは、百七回を執筆した漱石が、自分のあるべき気持ちを最初の詩で詠うことだけでは百七回で描き出した登場人物達の我執に彩られた意識の余韻から抜け出すことが出来ず、そのため再度漢詩を作り、百七回の主人公達の意識への批判をその詩のなかに込めることによって、百七回執筆によるいらだちを鎮めていることを示しているのである。（1）

六

漱石は九月二日百八回を執筆するが、その日も前日と同様、漢詩二首を創作している。

（百八回梗概）　お延は帯の間から取り出した小切手をお秀に見せるように取り扱いながら津田に渡した。お延は夫に夫婦らしい気脈をお秀に見せつけて欲しいと願ったが、二人の間に夫婦としての気脈が通じていないことが暴露される前に、「高が此位のお金なんですもの、拵へようと思へば、何処からでも出て来るわ」と付け加えなければならなかった。津田はお延に一口の礼も言わなかった。お延はもの足らず、お秀には溜飲の下がるようなことを言ってくればいいのにと腹の中で思った。二人の様子を見ていたお秀は、「兄さん、あたし持つて来たものを此所へ置いて行きます」と、白紙で包んだ金を小切手のそばへ置いた。お秀は暗にお延の返事を待ち受けるらしかった。お延は応じた。「何《ど》うぞそんな心配はしないで置いて下さい。……もう間に合つたんですから」「だけどそれぢやあたしの方が又心持ちが悪いのよ。……受取つて置いて下さいよ」。二人の譲り合いを聞いていた津田は「お秀妙だね。先刻《さつき》はあんなに強硬だつたのに、今度は又馬鹿に安つぽく貰はせようとするんだね。一体何方が本当なんだい」という。するとお秀は「何方《どつち》も本当です」と屹《きつ》となった。お秀の顔は火照っていた。けれども彼女の眼に宿る光は、ただの怒りばかりではなかった。或物が陽炎っていた。「然しそれが何であるかは、彼女の口を通して聴くより外に途がなかつた。……（二人は）その輝やきの説明を、彼女の言葉から聴かうとした。彼等の予期と同時に、其言葉はお秀の口を衝いて出た。」

百八回は、津田・お延とお秀との戦争場面の頂点である。この回では、勝利者であるお延の得意と、夫と気脈が通じていないことを認識せざるを得ないお延のむなしさとが、そして兄夫婦に対するお秀の敵意とが、語り手の批評的言辞で彩られることなく、あるがままに浮き彫りにされている。漱石は三人の醜悪な意識の交錯を、技巧に彩られたお延の意識のありようを中心に、あるがままに描き出している。

漱石が百八回を執筆した日の午後に創作した最初の漢詩を取り上げてみたい。

満目江山夢裡移　　満目の江山　夢裡に移り
指頭明月了吾痴　　指頭の明月　吾が痴を了す
曾参石仏聴無法　　曾て石仏に参じて　無法を聴き
漫作佯狂冒世規　　漫りに佯狂を作して　世規を冒す
白首南軒帰臥日　　白首南軒　帰臥の日
青衫北斗遠征時　　青衫北斗　遠征の時
先生不解降龍術　　先生解せず　降龍の術
閉戸空為閑適詩　　戸を閉ざして空しく為《つく》る閑適の詩

◆語釈・典拠

【満目の江山】『碧巌録』第七則「法眼慧超問仏」本則の評唱「通玄峰頂、是れ人間《じんかん》にあらず。心外無法満目青山と」（山田無文解説「通玄峰の頂に坐ってみると、ここは世間とまったく違う。一心のほかに一法もない、森羅万象がそのまま一心でござる」）『禅林類聚』巻八に「江山満目」（飯田利行注）。（九月一日の詩の語釈「青山」参照。）

【夢裡に移り】　難解だが、悟りの心境を夢のなかだけでしか感じることが出来ないという意味と思われる。

【指頭の明月】「指月」。仏教の教えを指にたとえ、法を月にたとえて言う。『碧巌録』第四十六則「鏡清雨滴声」頌の評唱「譬えば指を以て月を指すが如し。月是れ指にあらず」（月を指して月を教えるがその指をみていても月は分からない、の意。）

【石仏】「石人・石女」の類であろう。『広説仏教語大辞典』の「石女」の項に、「人間一般の思想・概念ではかりしることができない事がらを表すのに用いるたとえ」とある。同様の用法であろう。

【無法】『碧巌録』第三十七則「盤山三界無法」本則の評唱「一日衆に示して云く、三界無法、何れの処にか心を求めん。四大本と空、仏、何に依ってか住せん。璿璣《せんき》動ぜず、寂止《じゃくし》として痕《あと》無し。覿面《てきめん》相呈す、更に余事無しと」。山田無文解説（「三界無法、何れの処にか心を求めん」――欲界、色界、無色界、この世界には何一つ実在するものはない。すべては因縁によって生じ、因縁によって滅するものである。空にして我あることなし。すべてのものは因縁によってでき、因縁によって動き、因縁によってなくなるものである。すべて仮の姿である。実際にあるものは何もない。お互いの意識が認めるから、あるように見えておる。あるように見えておるから、お互いの意識が認めるのである。」）『碧巌録』のこの部分には当該詩との同字（「無法」「仏」）や類語（璿璣《せんき》〈＝北斗七星〉）が見える。この重なりは漱石が、この部分から、当該詩を紡ぎ出した可能性を示唆している。

『槐安国語』巻五頌古評唱第八則本則「挙す。盤山垂語して云く、三界無法、何れの処にか心を求めん」。（道前注に「三界無法、何処求心＝この世界には物も無ければ、心も無い。「法」は「存在するもの」の義。」）

【北斗】『碧巌録』第三十七則や諸用例（「北斗は旧に依って北にあり、南星は旧に依って南にあり」で現成公案。「北斗裏に身を蔵す」で、機語。）からすると、当該詩の「北斗」の意味は、禅語としての用法、森羅万象の根源にある「無法」（＝空）、を指すと思われる。

【降龍】『碧巌録』第八十則「趙州初生孩子」頌の評唱の次の部分に基づく禅語。「六識無功、一問を伸ぶと。古人の学道養うて這裏《しゃり》に到る。之れを無功の功と謂う。嬰児と一般なり。眼耳鼻舌身意有りと雖も、而も六塵を分別すること能わず。蓋し無功用なればなり。既に這般《しゃはん》の田地に到って、便乃《すなわ》ち龍を降し虎を伏し、坐脱立亡す。」山田無文解説「降龍伏虎、」――「釈尊が外道の洞窟の中に入られたら、外道が龍になって口から火を吹いた。釈尊はじっと坐禅をされて、その外道をご自分の鉄鉢の中に押し込められた。これが降龍である。伏虎。豊干禅師はいつも虎を犬のよう連れて歩かれたということである。無心であれば、どんなに恐ろしい悪霊が襲って来ても動揺することはない。」

◆大意

首聯　森羅万象ことごとく真実世界であるとする悟りも（現実とは切り離された）夢のなかでのこととなり、月を指す指頭を明月と思い違う吾が愚かしさを悟らねばならなかった。

頷聯　かつて石仏（絶対世界の住人）から、森羅万象すべては空という仏法を教えられ、世俗とは異なる絶対世界こそ本当の世界だと思いこんで、やたらに世のすね者のふりをして世間の規律を冒した。

頸聯　しかしわたしは絶対世界を感得することが出来ず、今は白髪頭になって陽の当たる我が家で空しく安臥する身となった。若いときには宇宙の根源（＝「北斗」）を目指して悟りを得るための修行（＝「遠征」）に出た私であったが。

尾聯　私は白髪頭となった今でも仏道の悟りの境地（＝何物にも拘束されない融通無碍の境地）に生きることが出来ていない。今は世俗との付き合いを絶って空しく閑適の詩を作るのみである。

当該詩のテーマは禅的境地の未熟さにあると考えられる。漱石は何故このようなテーマを詠っているのであろうか。その理由は、『明暗』百八回執筆の意識と結び付いていると考えられる。まず両者の類似表現を考えてみよう。

⑴お延は小切手を津田に渡した後、津田との気脈が通じていないことがお秀の前で暴露されることを恐れ、「訳なんか病気中に訊かなくつても可いのよ。何《ど》うせ後で解る事なんだから」「よし解らなくつたつて構はないぢやないの。高が此位のお金なんですもの」と言わねばならなかった。この部分で「解」という言葉が二度繰り返されるが、頸聯「先生解せず降龍の術」の中でも「解」という字が使われている。

⑵津田とお延はお秀の眼のうちに「陽炎つた」「或物」（後にそれはお秀の「真面目腐つた説法」として描かれる）

を「聴く」が、頷聯「無法を聴く」の「聴く」も同字である。

以上は、『明暗』百八回と当該詩が同一漢字を持つ例である。次に表記上の類似ではないが、意味内容が類似する例をあげる。

(3)百七回の最後で、小切手を帯の間から出したお延は、(百八回の冒頭で)「わざとらしくそれをお秀に見せるやうに取扱ひながら、津田の手に渡した」。お秀は二人のやりとりを聴いた後、「懐から綺麗な女持ちの紙入れを出し「紙入の中から白紙で包んだものを抜いて小切手の傍へ置いた。」この場面ではお延とお秀の我執に彩られた意識がその「指」の動きによって描き出されている。一方、「指頭の明月」でも明月を指し示す「指」の動きが詠われている。

(4)お延は夫に夫婦としての気脈をお秀に示して欲しいと願望する。しかしその気持ちが津田に通じないことを知って、お延は夫津田の態度をもの足らなく思う。このお延の気持ちは「むなしさ」とも言い換えることが出来る。このお延の気持ちと、尾聯の「戸を閉じて空しく為《つく》る閑適の詩」の「空しく」という表現とは類似する。

(5)百八回の最後の場面で、津田とお延は、お秀の「陽炎つた」「或物」を「聴」こうとする。後に津田は、その「或物」を「真面目腐つた説法」と評している。この場面でのお秀の「或物」(=「真面目腐った説法」)と、当該詩の「石仏」の説く「無法」とは、「説法」という点で類似する。漱石はお秀の「陽炎つた」「或物」(=「真面目腐った説法」)から「無法を聴く」という句を紡ぎ出していると考えられる。

(6)「或物」(すなわち「真面目腐った説教」)と「佯狂を作して」(狂気のふりをして)も、わざと本音を隠すという点で共通する。しかしその意味内容の方向性は正反対である。

右の類似は、同じ漢字を使用している場合もそうでない場合も、共にその類似する言葉の向う対象が正反対である点に特徴がある。たとえば、⑴の漢字「解」について言えば、百八回の「解」はお延が妻として夫が必要とする金を拵えたという事情（自分の才覚で金を作ったように見せかけるお延の技巧）に向っており、当該詩での漢字「解」は、「降龍の術」（＝仏道における悟りの境地）に向っている。両者は同じ漢字であるが、その向っている方向は正反対である。

内容的に類似する意味内容を持つ⑶について考えてみると、百八回ではお延とお秀の「指」の動きに込められたその我執のありように焦点が当てられているが、「指頭の明月」の「指頭」は、悟りを指し示している。両者の「指」が意味する内容の方向性は正反対である。この「指」という語を両者が持っているという類似性は、漱石が創作に当たって、百八回の二人の指の動きから「指頭の明月」という禅語を連想していることを示している。漱石は、彼女たちの「指」の動きに込められた、その我執に彩られた意識への批判を、禅語に託して当該詩の中に込めずにはおれなかったのではないかと思われる。同様に⑸⑹も表記上の類似はないものの、類似した内容を持ち、その言葉が向かう対象の意味内容は正反対である。

以上のことは、漱石にとって次のことを意味している。第一に、百八回で描いた主人公達への批判意識が、漢字選択意識や、正反対の意味を持つ言葉の使用になって現われていること、第二に、百八回を書きおわった後も続く主人公達からの不愉快な影響を、「融通無碍」の境地（悟りの境地）をまだ摑むことが出来ていないとする禅的意識の未熟さとして表明し、その未熟さの克服に託して、主人公の影響から離れようとしていることである。

以上検討してきた百八回と当該詩の類似から知られる、当該詩に込められている作者漱石の百八回への気持は次のように言えよう。

首聯――私は真実世界を悟ったつもりであったが、月を指し示すその指頭を明月と思い違いする痴を悟らねばならなかった。それは私が次のようなお延とお秀の指先の動きを描いたからだ。お延は帯の間から小切手を取り出し、お秀にみせながら津田に渡した。お秀も紙入れから白紙で包んだ金を取り出し、小切手の傍らに置いた。私は、彼女たちの指先に込められた、金に支配された意識をあるがままに描き出した。しかし私は彼女たちの指先の動きを批判せずにはおれない。それは私がまだ悟りの境地に達しておらず、月を指す指頭を明月と思い違う痴の状態にいるからなのだ。

頷聯――津田やお延は、お秀の目のうちに「陽炎つた」「或物」(=まじめくさった説教)を「聴こう」とする。しかし彼らはお秀の言葉を「聴」いても、それが心の底に届くことはないのだ。その理由はお秀の言葉が本音を隠した表面的なきれい事にすぎないからだ。私は「石仏の無法」(=仏法)を「聴」いたつもりになって(=真実世界を悟ったつもりになって)世間を批判してきたが、しかし私は、「悟り」の立場から描き出したはずの『明暗』の主人公たちの影響を受け、彼らに批判意識を持たざるをえず、「悟り」と無縁であったといわざるをえない。

頸聯――私は若いとき宇宙の根源を目指して(=悟りの世界を目指して)来たが、白髪となった私は、今では陽の当たる我が家のベランダで安臥する身となってしまった。(『明暗』の影響を執筆後まで受けざるをえない私は、自分が「悟り」と遠く隔たっていることを自覚せざるをえない。)

尾聯――お延は津田に小切手を渡しても、津田との気脈が通じていないことがお秀の前で暴露されることを恐れ、小切手の由来は「後で解る」「よし解らなくつたつても構はないぢやないの」といわねばならなかった。津田はお延の気持ちを「解」することができないのだ。それは、今の私の状態が、仏法の「降龍術」を「解」していないことと同じなのだ。またお延は気脈を通じることが出来ない津田に「物足りなさ」(=むなしさ)を感じざるをえない。同様に、『明暗』執筆の影響を強く受ける今の私は、「悟り」の境地とは無縁で、ただ「閑適の詩」を作ることしかできない「空し」い状態にあるのだ。

*

漱石は右に見た漢詩を作った後、さらに漢詩を創作している。

大地従来日月長
普天何処不文章
雲黏閑葉雪前静
風逐飛花雨後忙
三伏点愁惟泫露
四時関意是重陽
詩人自有公平眼
春夏秋冬尽故郷

大地　従来　日月長く
普天　何れの処か　文章ならざらん
雲は閑葉を黏《でん》して雪前静かに
風は飛花を逐いて雨後忙し
三伏愁いに点ずるは惟だ泫露
四時　意に関するは　是れ重陽
詩人　自ら有り　公平の眼
春夏秋冬尽く故郷

◆語釈・典拠

【日月長し】　ここでは、禅林でいう時間の永遠性を意味している。『虚堂録』巻六「壺中日月長」。『貞和集』巻二「子元祖元」「誤りて烟波白鳥の郷に入る、三摩地水天を接して涼し、一塵動ぜず、金沙碧なり。楊柳枝頭日月長し。」（八月十四日の詩の語釈参照）

【普天】　天にあまねく（一杯）。『碧巌録』第十九則本則の評唱「寒するとき普天普地寒く、熱するときは則ち普天普地熱すと」。『槐安国語』巻四「劫外一壺の春、更に好し、優曇華《うどんげ》綻《ほころ》びて普天香し」

【故郷】　八月二十九日の詩の「故山」、三十日の「故丘」と同意であろう。

◆大意

首聯　大地はもとより永遠である。天が下に大自然が綴る文章でないところがあろうか。（すべては大自然が作り出したものなのだ）。

頷聯　冬には、雲は雪を降らす前には閑かな葉に張り付いたように動かない。春には、風は雨後の落花を逐って忙しい。（大自然は、雲・風と葉・花（＝「小さな自然」）の関係を通して、各季節にふさわしい景を作り出しているのだ。）

頸聯　大自然は、夏には、酷暑という憂いに対しては滴る露を点じる。大自然が四季のなかで意にかけるのは、秋の重陽の節句のみである。（大自然は厳しさだけでなく、優しさや美しい景への感動をも与えるのだ。）

尾聯　大自然という詩人は公平な目ですべての季節を描き出している。その春夏秋冬の景（現成公案）には、人が還るべき「故郷」（＝本来の面目＝禅的真実世界＝大自然）が顕現しているのである。

百八回と当該詩との関係を考えていこう。

百八回文末の「彼女（お秀）の眼に宿る光り」と、「詩人自ずからあり公平の眼」は共に、「眼」という語句を持っている。この同一語句の存在は当該詩で詠う「詩人」（＝大自然）の「眼」が、百八回で「彼女（＝お秀）の眼に宿る光り」から紡ぎ出されていることを示している。百八回の「彼女（お秀）の眼に宿る光り」は、百九回・百十回で、お秀が兄夫婦の前で行う「説教」――一見正論のように装われた兄夫婦に対する敵意――を内容とする。一方「大自然」の擬人化である「詩人」の「公平な眼」とは、世界の隅々まで照らし出し、かつ創り出す「光」（＝般若の光＝仏光＝大自然）と言い換えることが出来る。

留意すべきは、「（お秀の）眼に宿る光り」と、〈詩人の眼の光り〉とは正反対の方向性を持っていること、当該詩の立場からすれば、津田やお延は大自然が操る「小さな自然」に属すると考えられることである。すなわち雲や風に操られる「閑葉」や「飛花」は、百八回の大自然のはたらき（＝「因果」や「因縁」）によって突き動かされる津田やお延の言動と重ね合わされて詠われていると考えられる。

右の観点から、当該詩に込められている百八回に関する漱石の意識をあえて取り出せば、次のようになろう。

首聯――この大地が永遠で、天が下のすべての存在が大自然の作り出したものであるように、『明暗』の登場人物達の生の営為もまた大自然が掌っているのだ。

頷聯――四季の景のなかで雲や風によって操られる葉や花が大自然に与えられた役割を果たしているように、百八回のなかでの津田・お延・お秀もまた、大自然が与えた役割を果たしているのだ。

頸聯――大自然が、酷暑の時節には泫露を与え、重陽の節句には美しい景を添えるように、三人の醜悪な争いにおいても、大自然はそれなりの「和合」をも与えるのだ。

尾聯――大自然は、四季を公平に描き出す（作り出す）が、同様に登場人物達の行動も、大自然が「公平」な態度で操っているのだ。だから彼らに対して私もまた批判的言辞を加えることなく、あるがままに「公平」な態度で描き出さねばならないのだ。

私見によれば、当該詩には以上のような百八回への漱石の意識が表明されているのである。当該詩には、漢詩創作において大自然の意思を詠い、その意思に同化することによって百八回の主人公の影響から抜け出そうとしている漱石の意識を見ることが出来るのである。

＊

ここで百八回を執筆した日の午後、二つの漢詩を作っている理由をまとめておきたい。

百八回を執筆した日の午後に創作した最初の漢詩を貫いているテーマは漱石自身の禅的境地の未熟さであり、そこに投影されている漱石の意識は、『明暗』の主人公に対する批判といらだちの吐露であった。したがってこのような禅的未熟さを詠うことだけでは、当然のことながら、漱石の気持ちを鎮めることは出来なかったと思われる。

そこで漱石は、第二の詩において、自分の立場が大自然の立場にあると詠うことによって、すなわち、四季の景に対する態度と同様に、大自然は何かの意図があって人間を動かしているのだと詠うことによって、自分が創り出した『明暗』の主人公達へのいらだちが「大自然」の意思を知らない的外れのいらだちに過ぎないと認め、そのことによって、百八回で自分が作り出した主人公達の醜悪な意識世界の影響から抜け出し、あるべき『明暗』創作の視点を回復しようとしたのである。漱石が百八回を執筆した午後に二つの詩を作っている理由は以上のことにあったといえよう。

七

漱石は九月三日の午前中に『明暗』百九回を執筆し、その午後に漢詩一首を創作している。ところが、翌日の九月四日、百十回を執筆した後、再び漢詩二首を創作している。漱石は何故百十回を執筆した日の午後、再び漢詩二首を創作しているのであろうか。

九月三日の午前中に執筆した『明暗』百九回と午後の漢詩一首との関係から考えてみたい。

（百九回梗概）（お秀は、金の力で兄を「後悔」させようとするが、その場に現われたお延が小切手を懐から出したことで失敗する。その結果お秀は次のように兄夫婦を批判して、自分の正しさを強調する。）何時か兄さんに嫂さんの前で言おうと思っていたことがある。それは「あなた方お二人は御自分達の事より外に何にも考へてゐらつしやらない方だといふ事丈なんです。」「それを何《ど》うして貰ひたいといふのではありません。もう其時機は過ぎました。有体にいふと、其時機は今日過ぎたのです。実はたつた今過ぎました。あなた方の気の付かないうちに、過ぎました。私は何事も因縁づくと諦める外に仕方がありません」。「自分丈の事しか考へられないあなた方は、人間として他《ひと》の親切に応ずる資格を失なつてゐらつしやるといふのが私の意味なのです。」「人間らしく嬉しがる能力を天から奪はれたと同様に見えるのです。」

右の百九回を書いた日の午後漱石は次の漢詩を創作している。

独往孤来俗不斉
山居悠久没東西
巌頭昼静桂花落
檻外月明澗鳥啼
道到無心天自合
時如有意節将迷
空山寂寂人閑処
幽草芊芊満古蹊

独往孤来　俗と斉《ひと》しからず
山居悠久　東西没《な》し
巌頭　昼静かにして　桂花落ち
檻外　月明らかにして　澗鳥啼く
道　無心に到りて　天自ら合す
時　如《も》し意有らば　節将に迷わんとす
空山　寂寂として　人閑かなる処
幽草　芊芊《せんせん》として古蹊に満つ

◆**語釈・典拠**

【独往孤来俗と斉しからず】「独往独来」（自由自在に遊行すること）の類であろう。

『荘子』外篇　在宥第十一　「豈独治㆓天下㆒而已哉。出㆓入六合㆒、遊㆓乎九州㆒独往独来是謂㆓独有㆒。独有之人、是之謂㆓

至貴一。」（豈独り天下を治むるのみならんや。六合に出入し、九州に遊び、独り往き独り来る、是を独有と謂ふ。独有の人、是を之れ至貴と謂ふ。）「出二入六合一。遊二乎九州一」とは、一箇所にじっとして天下を治めるようなことはせず、天下宇宙をめぐって、天地の気と一体となることをいう（『新釈漢文大系』の訓注）。

『列子』 力命第六第八章 「独往独来、独出独入。孰能凝レ之。」（独り往き独り来り、独り出で独り入る。孰か能く之を凝《さまた》げん、と）（『新釈漢文大系』の訓）。

【山居】 隠棲をいう。『禅林句集』・『槐安国語』巻五第十一則――「元と是れ山中の人、山中の話を説くことを愛す。」

【道】 『荘子』内篇 大宗師第六――「夫れ道は情有り信ありて、為す無く形無し、……天を生み地を生めり。（中略）維《ゐ》斗《と》は之を得て、終古忒《たが》はず、日月は之を得て、終古息《や》まず……」（『新釈漢文大系』の通釈――道には心があり信（実在）があるが、行動もなく形体もない……（道は）天や地を生みだしている……北斗は道を得て永久に乱れることなく、日月は道を得て、永久に巡り続け……）

【天道自ら會す】 『列子』力命第六第五章――「以て生く可くして生くるは、天の福《さいはひ》なり。（中略）然り而して生生死死は、物に非ず我に非ず、皆命なり。智の奈何ともする無き所なり。故に曰く、窈然として際無く、天道自ら會す。漠然として分無く、天道自ら運《めぐ》る、と。」

『老子』 象元 第二十五 「物有り混成し、天地に先だつて生ず。寂たり寥たり、独立して改まらず、周行して殆《おこた》らず、以て天下の母と爲す可し。吾、其の名を知らず。之に字《あざな》して道と曰《い》ひ、強ひて之が名を爲して大と曰ふ。（中略）人は地に法《のつと》り、地は天に法り、天は道に法り、道は自然に法る。」

漱石『老子の哲学』（明治二十五年六月十一日帝国大学文科大学二学年）「道の体、（中略）是れ道の湛然として常存し寂として声なく寥として形なきを云ふなり去れば五官を以て之を知る能はず（中略）何か道に意思あつて公平の所置をなすが如くに思はるれど其公平なる所反つて其無意識なる所にて、一己の blind will を以て自然天然と流行し其際に自ら一定の規律あり無法の法、理外の理に叶ふ故に道法自然と云ひ無為而無不為（無為にして而も為さざるは無し。三十七章）と云ふ（中略）此道を称して天道と云ひ善く之を体し身を修め治を行ふを聖人の道と云ひ聖人の道に及ばざるを人の道と云ひ其下を不道と云ひ愈《いよいよ》下を非道と云ふ」

【檻外】『碧巌録』・『槐安国語』・『禅林句集』「天際日上り月下る、檻前山深く水寒し」『槐安国語』道前注――「天際日上り月下るも檻前の境地の深く変わらぬ様を、進退不二に喩えられる。揀択を超えた境界。」

【巌頭】真実世界の象徴。『禅林句集』「海底の泥牛月を啣て走り、巌頭の石虎児を抱て眠る」

【桂花落ち】王維（「皇甫岳雲渓雑題五首」のうちの「鳥鳴磵」）「人間にして桂花落ち　夜静かにして春山空し　月出で山鳥を驚かし　時に鳴く春澗の中」。大正五年九月一日の漢詩「不入青山亦故郷」でも利用。大正五年、色紙にこの詩を揮毫。

◆大意

首聯　私は（真実世界に生きているので、何にも拘束されることなく）自由自在であり、世俗の生き方とは違っている。山中の生活（＝真実世界＝悟りの世界）は悠久であり、時空を超越している。

頷聯　巌頭（真実世界のシンボル）の昼は静かであり、ただ桂花が散るばかりである。夜になると欄干の外は月光で明るく、谷川の鳥の鳴き声が静けさを破る。（辺りを照らし出す月光は、真実世界の般若の光の顕現であり、その光は「道」の如くあたりを照らしているのだ。）(2)

頸聯　（月光が顕現している）「道」（真実世界の根源）が「無心」（＝無我）にいたると、天は自ら「道」と合するのである。もし天（＝大自然）の掌る「時」に「意」があれば、季節の運行にも狂いが生じるだろう。「時」に「意」がないから、季節の変化は正確に行われるのだ。（同様に、人の言動も天の掌る「時」によって支配され操られているのだ。

尾聯　人気のないこの山中は寂寂としており、人が「閑」となる（＝真実世界に生きる）ところである。その山の古い（今は人の通らない）小道には草が芊芊《せんせん》と茂っているのみである。ここ山中（＝真実世界）は世俗と切り離された場所なのだ。

両者に類似した語句の存在する意味を考えてみたい。

(1)百九回で、お秀は次のように兄夫婦を批判する。あなた方お二人は自分たちのことより外になんにも考えていらっしゃらない方だ、自分だけのことしか考えられないあなた方は、人間として他の親切に応ずる資格を失っていると。津田夫婦が〈自分丈の事しか考へられない〉というお秀の言葉は、「独往孤来」の「独」「孤」という語と共通している。しかしその意味の方向性は正反対である。お秀が批判する「自分丈の事しか考へられない」という言葉は「利己主義」を内容とする。一方、当該詩でいう「独往孤来」は『荘子』や『列子』にある「独往独来」と同じ意味であり、禅的立場から解釈されたその内容は、何物にも拘束されることのない悟りの境地であろう。両者が共通（類似）した語句を持ち、しかもその意味内容が正反対の方向性を持つという関係には、お秀の言葉に対する作者漱石の批判が、「独往孤来」に込められていることを示しているといえよう。

(2)百九回でお秀は、二人に「たつた今」「其時機は過ぎました。」と、時を強調し、「人間らしく嬉しがる能力を天から奪はれたと同様に見えるのです」と、天を持ちだしている。一方、頸聯では、「（道無心にいたりて）天自ら合す」と、天を詠い、「時、如《も》し意有らば、節将に迷わんとす」と「時」を掌る天が無心であることを強調している。両者は共に「時」と「天」という語句を持っている点で共通している。この類似は当該詩の内容が、頸聯の「時」と「天」を媒介にして、百九回と繋がっていることを示している。

語釈に引いた『荘子』や漱石の『老子の哲学』（明治二十五年六月十一日）を踏まえて頸聯を解釈すればその句意はほぼ次のようになろう。——宇宙の根源にある「道」の生み出した「天」は、日月を掌っており、その日月も道を得て、その「無意識」な公平さ（無法の法）によって、季節を規則正しく巡らせている。もし「時」（=日月）に意思があれば、季節の巡りは狂ってしまうことになるだろう。（季節が公平に巡るのは、「道」が「無心」だからだ。）——

分り難いのは、「道」が無心であることは自明であるにもかかわらず、頸聯の前半で、わざわざ「道無心に到りて」と記していることである。その分かり難さは、宇宙の根源としての「道」に「人の道」という意味をダブらせていることによると思われる。このような観点からすれば、頸聯には次のような意味が重ねられていると思われる。――宇宙の根源にある「道」は「人の道」としても存在している。人の意識は「道」の本来の姿である「無心」に立ち返るならば、天と一体となり、本来のあり方（人の道）を取り戻すことが出来るのだ。――

頸聯を右のように理解するならば、⑵の類似――百九回のお秀の言葉「人間らしく嬉しがる能力を天から奪はれたと同様に見えるのです。」と、当該詩の語句「（道無心にいたりて）天自ら合す」との類似――には次のような漱石のお秀の言葉に対する批判が、当該詩のこの部分に込められていることを示していると考えられる。――お秀は津田夫婦に対して「人間らしく嬉しがる能力を天から奪はれたと同様に見えるのです」というが、しかし天は「無心」であり、天が津田夫婦から人間としての能力を奪うことはないのだ。天は無心ではあるが、同時に、人間の識ることの出来ない「公平さ」で、津田やお延を導いているのだ。お秀の言とは違い、人の意識が「道」の「無心」に還るとき、天の道（「無法の法」）に叶うのだ。――

また、百九回でお秀が兄夫婦の立ち直ることのできる「時機」はすでに「過ぎた」と強調していることと、「時、如《も》し意有らば、節将に迷わんとす」と詠っていることとの関係にも、当該詩に次のような漱石自身の気持ちが込められていることを示している。――お秀は、津田とお延が人間としての立場に戻る「時機」をすでに失ってしまったと述べている。しかし、「時機」は天が掌っており、今は「天」がその無心の公平さで、彼らに我執に彩られた言葉を言わせているにすぎないのだ。「天」は、人知では計り知れない「無心」という大きな心で彼らを動かしているのだ。それは「天」が掌る季節の運行に狂いがないことでも解るではないか。だから、彼らの言動に対して、私は性急な批判をしてはならないのだ。

百九回と当該詩の類似には、右に見たような漱石の百九回執筆時の気持ち——お秀の言葉に対する批判——が当該詩に投影していることを示しているのである。

次に、百九回と当該詩に、正反対の描写が存在していることの意味を考えてみたい。

お秀は次のように語る。

（兄さんは私が出した金は欲しいが、私の親切は不要だとおっしゃるのでしょう。しかし私から見ればそれは逆です。）「人間として丸で逆なのです。……さうして兄さんは其不幸に気が付いてゐらつしやらないのです。……嫂《ねえ》さんも逆です。嫂さんは妹の実意を素直に受けるために感じられる好い心持ちが、今のお得意よりも何層倍人間として愉快だか、丸で御存じない方なのです」

このお秀の言葉は一見正論のように見える。しかしその言葉の内実は、金の力によって兄に後悔の言葉を言わせ、頭を下げさせることにあった。お秀の言葉「私の親切」「妹の実意」が、金の力によって兄の行動をねじ伏せるという我執によって裏打ちされた言葉であることは明白である。

一方留意すべきは、首聯で「俗と斉しからず」と詠っていることや、頷聯では王維の「皇甫岳雲渓雑題」五首のうちの「鳥鳴磵」をほとんどそのまま利用したり、さらに尾聯では、王維の「鹿柴」などを踏まえて、世俗と離れた禅的生き方を理想として詠っていることである。(3) 両者は正反対の方向性を持つ。この関係には、百九回で、己の紡ぎ出したお秀の言葉の醜悪さに対抗して、当該詩のなかに「幽境」（禅的境地）を創り出し、その中に自分の意識を没入させ、そのことによって百九回で紡ぎ出したお秀の言葉の醜悪さから離れようとしている漱石の意識を認めることが出来るのである。

午前中の百九回と午後の当該詩とが、類似した語句を持ち、かつ互いに正反対の方向性を持っていることには、右に見たような意味が存在しているのである。漱石は天のはたらきに焦点を当てたこの詩において、天が無心の公平さで『明暗』の主人公たちを操っていること、主人公たちは「時機」が来れば天の導きによって我執を捨て、人間としての真面目さを取り戻すであろうという、百九回への思いを込め、そして尾聯に於いて、自分（漱石自身）は天の「無心」の顕現である「幽境」のうちにおり、天と一体となっているのだという心持ちを詠っているのである。こうして漱石は当該詩の創作によって、主人公たちへのいらだちを鎮めることが出来たと考えられる。

以上見てきた、当該詩に込められている百九回に対する漱石の思いをあえて文字化すれば、次のように記すことが出来よう。

首聯・頷聯——私はお秀に成り代わりその醜悪な言葉を己の内部から紡ぎ出した。私はお秀の言葉にいらだつ。しかし私は批判を加えることなく、そのお秀の言動をあるがままに描き出さねばならない。私は己の心を禅の境地に没入させることで、そのいらだちを鎮めるのだ。

頸聯——お秀は物知り顔に、兄夫婦が「人間らしく嬉しがる能力」は天によって奪われた、あなた方が立ち直る「時機」は已に「過ぎた」と断言する。しかし天が人間から人間としての能力（人道）を奪うことはなく、彼らをどこかに導くために、今は、彼らに我執に彩られた言葉を言わせているに過ぎない。天は無私の公平さで存在しているのだ。津田とお延は、「時機」が来れば、天の導きによって、我執を捨て（無心になることによって）、真面目さを取り戻すことになるのだ。すべては「道」（＝天）が掌っているのだ。だから私はお秀の醜悪な言葉に、いらだってはいけないのだ。

尾聯——私の心は世俗と離れており、今は王維の幽境の静けさのうちにいるのだ。

＊

漱石は次の日（九月四日）、百十回を執筆した後、再び漢詩二首を創作している。以下百十回と漢詩二首との関係を考えていきたい。

〈百十回梗概〉 お秀は何か云おうとするお延を押しとどめた。お秀は「激昂から沈静の方へ推し移つて来た。」お秀は金包みをすぐに出さなかった理由を次のように説明した。〈兄さん、私は是であなたを兄さんらしくしたかったのです。その機会があればいつでもそれを利用する気なのです。ここで私は努力したが失敗した。ことに嫂さんが来てから私の失敗は目立ってきました。……私は自分を説明する必要がある。……金は紙に包んであるが、このことは金を宅から用意してきた証拠になる。これが親切というものです。兄さんは妹の親切を受けないのに、妹はその親切を尽くす気でいたら、それは義務とどこが違うでしょう。……〉津田は我慢して聞いていたが、彼から見た妹は、親切でも誠実でもなかった。ただ厄介なだけであった。「もう解つたよ。それで可いよ。もう沢山だよ」という津田の言葉を聞いたお秀はさらに、これは良人《うち》が立て替えた金ではありません。私の金です。今の私は、礼を言ってもらうより、黙って受け取っておいて下さる方が、いたって心持ちが好くなっているのです。問題は兄さんの為ぢゃなくなっているのです。「単に私の為です。兄さん、私の為にどうぞ、それを受け取つて下さい。」と言った。お秀はこれだけ言って立ち上がった。お延はお秀を送って階段を降りた。

漱石はこの日の午後、まず次のような漢詩を作っている。

散来華髪老魂驚　　華髪を散じ来たりて　老魂驚く
林下何曾賦不平　　林下　何ぞ曾《かつ》て不平を賦せん
無復江梅追帽点　　復た江梅の帽を追うて点ずる無く
空令野菊映衣明　　空しく野菊をして衣に映じて明らかなら令《し》む

蕭蕭鳥入秋天意蕭蕭《しょうしょう》として　鳥の秋天に入るの意

瑟瑟風吹落日情瑟瑟として　風の落日を吹くの情

遥望断雲還躑躅遥かに断雲を望みて　還た躑躅《てきちょく》し

閑愁尽処暗愁生閑愁尽《つ》くる処　暗愁生ず

◆語釈・典拠

【林下】『禅学大辞典』の「叢林」に「一般には禅僧の坐禅辨道する道場をさす」。

【帽】「孟嘉落帽」『槐安国語』巻二〈一一四〉重陽上堂。「今朝重九《ちょうきゅう》の節、東籬菊已に花さく。景に対しては陶令を思い、高きに登っては孟嘉を憶う（是れ風前帽を落として傍観の笑いを惹く学士に非ざるか）。且らく道《い》え、其の中《うち》の意、又た作麽生《そもさん》」。道前注「東籬菊已花＝陶淵明の「飲酒」其五の「菊を東籬の下に采る」を踏まえて。」「登高憶孟嘉＝「重陽登高」の最も早い例が「孟嘉落帽」の故事。東晋の桓温《かんおん》が龍山で宴会した時、桓温の参軍（補佐官）の孟嘉は風で帽子を吹き飛ばされたのに気づかず、人に詩で風刺されたのに洒脱の文で即答す。「孟嘉落帽」は『蒙求』四五九章の標題ともなり、才子名士の風雅洒脱の形容語になった。」

【江梅】『槐安国語』巻四〈一八九〉梅腮《ばいさい》柳面、香を吐き栄を競う、春山春水、緑を湛え藍を畳む（江国の春風吹き起たず、鷓鴣《しゃこ》鳴いて深花裏に在り。春色人を悩まして眠ること得ず」。道前注「梅腮柳面、吐香競栄＝梅柳は香っていやが上にも美しい。仲春の現成公案。」

【閑愁】【暗愁】飯田注は、「閑愁」を「待対の世界に逍遥しているときに感ずる風流的な愁い」とし「暗愁」を「具体性のないものの真実相をあきらめようとして起こす愁い」とする。このような方向で理解すべきだろう。

◆大意

首聯　ざんばらの白髪頭の老いた自分に私は驚く。禅林にいる者が、かつて世の中への不平を詩にしたことがあろうか。

私は世俗とは縁が切れており、世俗への不平を言うことはないのだ。

頷聯 風に吹かれた江梅が私の帽子を追って、私の帽子について花を咲かせるといった風流韻事の生活をすることもなく、私は、ただ、陶淵明が「菊を採る東籬の下」と詠った、世俗とは無縁な隠遁生活を送っているのみである。

頸聯 （私の隠者としての生活は、「大自然」が体現している景と一つになる次のような生活を理想としているのだ。）蕭蕭として鳥が秋空に吸い込まれていく景が示す大自然の「意」。瑟瑟として風が落日の中を吹き渡るその景が示す大自然の「情」。私の生き方は、「大自然」のこの「意」と「情」のなかに生きることなのだ。

尾聯 私はちぎれ雲の浮かんでいる碧空の彼方（「大自然」の根源）に思いを馳せる。しかし私はその世界に辿り着くことの出来ない状態で足踏みしなければならない。私の心の中では、人に煩わされない「閑愁」が尽きると、「大自然」の許に到ることの出来ない「暗愁」が生まれ出るのである。

百十回と当該詩の類似点をあげてみたい。

(1)百十回で、お秀は日頃感じていた兄夫婦に対する思い（＝不満）を吐露する。一方、首聯では「何ぞ曾《かつ》て不平を賦せん」と詠う。両者は「不平」ということで類似する。

(2)百十回ではお秀は前回に続いてわざわざ枕元の紙包みを取り上げて見せながら、「是が親切といふものです。」「是は妹の親切ですか義務ですか。」「妹はまだ其親切を尽す気でゐたら、その親切は義務と何所《どこ》が違ふんでせう」と親切ということばを執拗に繰り返す。「けれども彼女の予期する感情は（津田には）少しも起らなかつた」。又前回（百九回）では兄夫婦に対して「人間らしく嬉しがる能力を天から奪はれたと同様」だと公言し、お延に対して「妹の実意を素直に受ける」ことが出来ないと批判する。お秀の強調する「天」「妹の実意」「妹の親切」（＝情）と、当該詩の「秋天」「意」「情」とは類似する。

(3)お秀の執拗な愛想づかしの理由（自分の正しさの主張）の繰り返しに、津田は「もう解つたよ。それで可いよ。もう沢山だよ」とうんざりする。一方当該詩の尾聯では、「躑躅《てきちよく》」という言葉が使われている。（「躑躅」とは、なかなか進まない様をいう）。お延の意見の繰り返しのしつこさと、漢詩の「躑躅」とは類似する。

以下右の類似について考えてみたい。

(1)について――お秀は兄夫婦との会話で、自分の発言は真っ当だと主張するが、しかしその主張は、我執に彩られた「不平」の合理化である。漱石は、そのお秀の我執に彩られた理屈に批判的言辞を付加することなく、あるがままに描き出しているが、漱石にあってはお秀の理屈に対して批判を加えずにはおれない気持ちに駆られたであろうと思われる。このことに留意するならば、首聯には、次のような百十回創作時の漱石の思いが投影していることに気づく。――禅者は世俗について「不平」を詠うことはないのだ。私は「大自然」の意と情に生きる禅者なのだ。だからお秀の理屈に批判的言辞を付け加えてはならないのだ――

(2)について――百十回のお秀は自分の「実意」（＝意）や「親切」（＝情）を強調する。然しその「実意」や「親切」は金の力によって頭を下げさせるという目的達成のための我執に彩られたものであった。一方、当該詩の「意」や「情」は「秋天」（＝無我）の現われであり、その方向性は正反対である。この「意」や「情」の類似と正反対の方向性には次のような漱石の作家意識が頸聯に込められている。――お秀は自分が「天」の立場にあるかのような言い方をして己の「意」や「情」を受け入れるべきだと迫る。然しお秀の「意」や「情」は我執に彩られており、津田夫婦の心を動かす性質のものではないのだ。本当の「意」や「情」というものは大自然（＝天）の無我の表れなのだ。お秀はそのことを知らないのだ。――

(3)について――百十回のお秀の理屈の繰り返しは、津田の意識からすれば、「躑躅」といえるものである。一方、尾聯の「躑躅」は、「大自然」の許に行こうと努力するが、しかし人は容易にはそこにたどり着くことが出来ず、この俗世で足踏みをしているという意味で使われている。両者の方向性はまったく異なる。漱石が、当該詩でお秀の主張の繰り返しと重なる「躑躅」という言葉を使っていることには、次のような百十回創作時の意識が関係していると考えられる。——私はお秀に同化し、その言葉を紡ぎ出したがそのしつこさにうんざりせざるを得ない。私は、お秀の不平の影響から無縁であることが出来ない。そのお秀の言葉の影響から脱け出せないで「躑躅」としているのだ。

また「躑躅」に、お秀の「不平」の影響を受けざるを得ない漱石の気持ちが投影されていることを考えるならば、「暗愁」には主人公たちの影響を受けざるを得ない漱石の次のような気持ちが投影していると言えよう。——私は世俗から離れ「大自然」の立場から登場人物たちを客体化して描き出しているのであるが、しかしお秀を初めとする登場人物たちの影響から容易に離れることが出来ない。私は「大自然」の立場に徹し切れていないことを自覚せざるをえない。——

＊

漱石は百十回において、兄夫婦に対するお秀の「不平」を爆発させた。そしてこの百十回を執筆した午後に、当該詩を作り、その詩において「大自然」の「意」と「情」に自分の意識を同化させ、「断雲」の彼方にある「大自然」へのあこがれを詠うことで、お秀の執拗な不満意識から、離れようとした。しかし彼は、当該詩で、そのあこがれを「躑躅」として表現せざるを得なかった。そして、この詩の最後では容易には人間の世俗意識から離れることの出来ない意識のありようを、「暗愁」として詠わざるを得なかった。漱石は当該詩では、お秀の意識から離れることが出来ない己の気持を吐露せざるを得なかったのである。そのため、彼は百十回の影響から離れるために、再度漢詩創作に没頭することが必要になったのである。

漱石は百十回を執筆した日、さらに次の漢詩を作っている。

人間誰道別離難　人間誰か道《い》う　別離難《かた》しと
百歳光陰指一弾　百歳の光陰　指一弾
只為桃紅訂旧好　只だ桃紅の為に旧好を訂せんのみ
莫令李白酔長安　李白をして長安に酔わ令《し》むる莫《な》かれ
風吹遠樹南枝暖　風は遠樹を吹きて　南枝暖かに
浪撼高楼北斗寒　浪は高楼を撼《ゆる》がして　北斗寒し
天地有情春合識　天地情有り　春合《まさ》に識るべし
今年今日又成歓　今年今日　又た歓びを成すを

◆語釈・典拠

【桃花・李白】『禅語字彙』より数例引く。「桃花は紅に李花は白し――諸法実相を示す語なり」「桃花旧に依って春風に咲く――これまた本分の現はれじや。」（『句双葛藤鈔』――毎年たがわぬ義なり。本分の理かくれ難し。もの云はねども春を持て出るぞ）「桃紅李白銀山鉄壁――桃紅李白の現成公案も、会せぬものには銀山鉄壁の感ありの意。」「桃紅李白薔薇紫　春風に問着すれどもすべて知らずと――千紫万紅の花の色は、誰が染めたかと春風に問ふも、まったく知らぬといふ。花に心なく、春も又無心、只咲き只吹くのじゃ。」

参考に良寛詩「再到田面菴」（「再び田面菴に到る」）の「桃花」の例を挙げる。「去年三月江上路　行看桃花到君家　今日再来君不見　桃花依旧正如霞」（去年三月江上の路　行く行く桃花を看て君が家に到る。今日再び来れば君見えず。

桃花旧に依って正に霞のごとし。）（飯田利行著『良寛詩集譯』大法輪閣、平成五年十一月）

【指一弾】一弾指――『槐安国語』巻一〈一の七〉「一弾《だん》指頃《しきょう》に大法輪を転ず」。道前注に「一弾指間（指で弾く程の少時）に一大説法をする。」

【風は遠樹を吹きて南枝暖かに　浪は高楼を撼《ゆる》がして北斗寒し】『槐安国語』巻四〈二二六〉「一種の春風に両般有り、南枝暖に向かい北枝は寒に」。道前注に「同じ春風なのに二通りある、南の枝では温もりはじめ、北の枝では寒々しい。

【詩人玉屑】二十、劉元載の妻の「早梅詩」に、「南枝向暖北枝寒、一種春風有両般。憑仗高楼莫吹笛、大家留取倚欄干」（『全唐詩』巻八〇一）。」

【天地有情】当該詩の前後に天地の意や情を詠った詩が多い。漱石のこの時の『明暗』執筆の意識と関係する。大正五年九月二日の詩の頸聯「三伏愁いに点ずるは惟だ泫露　四時意に関するは是れ重陽」。同年九月三日の詩の頸聯「道無心に到らば天自ら合し　時如し意有らば節将に迷わんとす」。同年九月四日の詩の頸聯「蕭蕭として鳥の秋天に入るの意　瑟瑟として　風の落日を吹くの情」。

◆大意

首聯　だれが言うのであろうか。この世の中で人との別離はつらいものだと。人の一生は指で一弾きする間のことにすぎないのに。

頷聯　私は、（春が来れば必ず咲く）紅桃との再会を楽しみにするだけだ。李（すもも）の白い花とも旧交を温めるのだが、（その名も同じ）詩人李白が人との別離を詠うからと言って、長安で泥酔などさせる必要はないのだ。（人との別離はやむをえないことなのだから。）

頸聯　（春になれば「大自然」は次のような景（現成公案）を創り出す。）早春の風は、遠くの樹には厳しい寒さを吹き送っているが、南枝には暖を吹き送っている。（「大自然」は両様のはたらきをするのだ）。その風によって、波は逆巻き、高楼を揺るがし、天では北斗七星が、寒々と光を放っている（北斗〈＝大自然〉は現実世界の人間の営みをじっと見つめているのだ）。

尾聯　天地（自然）は情有り。春はまさに知っているのだ。今年の今日（という日の厳しさのうちに）、万物は再会の喜びを成すことを。

右の詩は、『明暗』百十回と多くの類似点を持っており、この日二首目の漢詩を作った理由も、この詩の中に込められていると思われる。以下、両者の類似点を通して当該詩に込められている漱石の意識を考えてみたい。

首聯「人間誰か道う別離難しと　百歳の光陰指一弾」について

百十回のお秀は、百九回と同様、兄夫婦に対して愛想づかしを繰り返す。百九回では、お秀は次のように宣言していた。「私はたゞ私の眼に映つた通りの事実を云ふ丈です。……もう其時機は過ぎました。有体にいふと、其時機は今日過ぎたのです。実はたつた今過ぎました。あなた方の気の付かないうちに、過ぎました。私は何事も因縁づくと諦らめるより外に仕方がありません。」百十回では次のように言う。「兄さん私は是であなたを兄さんらしくしたかつたのです。……私は今日此所で出来る丈の努力をしました。さうして見事に失敗しました。ことに嫂さんがお出になつてから以後、私の失敗は急に目立つて来ました。私が妹として兄さんに対する執着を永久に放り出さなければならなくなつたのは其時です。」

この場面におけるお秀の兄夫婦に対する愛想づかしの言葉は、首聯の「別離」という言葉と結び付いている。また、お秀が強調する「たつた今」「其時」は、「百歳の光陰指一弾」と類似する。このような津田とお延に対するお秀の「愛想づかし」と当該詩の「別離」や「百歳の光陰指一弾」との類似は、お秀の「愛想づかし」に対する次のような漱石の気持ちが首聯に込められていることを示している。——人は別離をつらいと思うのが当然なのに、お秀は平然と「愛想づかし」を宣言する。人の一生は一瞬のことにすぎないのに、お秀は「たつた今」を絶対化してしまっている。

頷聯「只だ桃紅の為に旧好を訂せんのみ　李白をして長安に酔わ令むるなかれ」について

百十回でお秀は、次のように言う「（持参した金を）たゞ黙つて受取つて置いて下さる方が、却つて心持ちが好くなつてゐるのです。……単に私の為です。兄さん私の為に何うぞ、それを受け取つて下さい」。傍線部の「単に私の為です」と「只だ桃紅の為に」という表現は酷似している。もちろん「私の為」と「桃紅の為」の持つ意味の方向性は正反対である。「私の為」はお秀の「我」への方向性を持ち、「桃紅の為」は「無我」への方向性を持つ。（「桃紅李白」は現成公案を意味する禅語。）これらのことを考えるならば、頷聯「只だ桃紅の為に旧好を訂せんのみ」（＝「私は『大自然』の顕現である桃紅との再会を心待ちにしているだけなのだ。」）には次のような漱石の百十回の創作意識が投影していると考えられる。——世俗から離れている私が心から旧好を願うのは、来年再び咲くであろう「桃紅」（「大自然」の顕現）に対してだけである。大切なことは、大自然の意志に従った真実世界に生きることなのだ。詩人李白は酔うことによって別離の詩を作ったが、詩を作るために酔う必要はないのだ。何故なら、この世では人との別離は避けがたいことなのだから。私のように、桃紅（「大自然」の象徴）を友とすれば、酒の力を借りる必要はないのだ。——

頸聯「風は遠樹を吹きて南枝暖かに　浪は高楼を撼《ゆる》がして北斗寒し」について

（当該詩の頸聯と直接関係する内容は、百十回にはない。そこでここでは、百十一回の内容との関係を考えてみる）。百十一回では、禅的自然はお延に〈二つの収穫〉を与える。「一つは事後に起こる不愉快さ」に関してであり、もうひとつは「夫の猜疑の眼から、彼女は運良く免《まぬ》かれ」津田との和合を得たことである。一方当該詩の頸聯は次の禅語を典拠としていると考えられる。「一種の春風に両般有り、南枝暖に向い北枝は寒に」（『槐安国語』巻四〈二一六〉）。ここでの「風」は禅的自然の顕現であり、現実世界に対して両面のはたらきをする存在である。この典拠を踏まえるならば、当該詩の風は、禅的自然の象徴であり、南枝に対しては暖を、遠樹に対しては厳しい寒さをもたらす存在である。このことに留意するならば、頸聯の前半（「風は遠樹を吹きて南枝暖かに」）には、百十一回で自然はお延に〈二つの収穫〉すなわち事後に起こる不愉快さに関してと、夫との和合を与えるという内容が投影されていると言えよう。

また、百十一回では「其の変化の波を自然のままに拡げる役を務めたお延は、吾知らず儲けものをしたのと同じ事になつたのである」と記しているが、その「波」は、頸聯の「浪」と同じである。また百十一回では二人の和合が成立した瞬間を「お延が、階子段を上つて、又室の入り口に其すらりとした姿を現はした刹那であつた」と記しており、「高楼」は、この二階の病室のイメージとも重なっている。「北斗」は、「大自然」の象徴であり、この言葉には、『明暗』を執筆している漱石の作家意識が重ねられている。このような諸点に留意するならば、頸聯の「浪は高楼を撼がして北斗寒し」には、次のような百十回から百十一回における漱石の創作意識が込められていると考えられる。――「禅的自然」が創り出した三人の関係を変化させる「波」（＝浪）は、二階の病室（＝高楼）の三人の心を揺るがした。「大自然」（＝北斗）は、二階の病室（＝高楼）の三人のありようを「寒」ざむと見つめているのだ。私の作家としての立場は北斗と同一なのだ。――（次の日に創作した詩には、「黙照」という禅語も存在している。）

尾聯「天地情有り春合《まさ》に識るべし　今年今日又た歓びを成すを」について

尾聯の後半「今年今日」は百九回・百十回のお秀の「愛想づかし」の言葉――「今日」「たつた今」と類似する。もちろんその意味の方向性は正反対である。このことは尾聯に、病室でのお秀の津田・お延に対する「別離の宣言」に対する次のような漱石の批判的気持ちが込められていることを示している。――お秀は「今日」、津田・お延と喧嘩別れしたが、すべては両義的であり、「大自然」は人知では知り得ない「意」と「情」で登場人物を動かしているのだ。天地が創り出す春は、厳しさを持っている。その厳しさに堪えることで、万物は出会いという喜びを持つことが出来る。お秀と津田・お延の別離も「大自然」の「試練」を経ることによって、和合が可能となるのだ。人はこの「大自然」の「情」を知るべきなのだ。

右に検討してきた当該詩に込められた作者漱石の『明暗』に対する思いをまとめれば次のように言えよう。

首聯・頷聯――世俗での別離はやむをえないことなのだ。世俗から離れている私の心が「旧好」を願うのは、来年再び咲くであろう「桃紅」に対してだけである。だから私は『明暗』に描いているお秀の別離の宣言と、それに対する津田・お延の無頓着な態度に対して苛立つことはないのだ。

頸聯・尾聯――大自然が作り出す因果は、二階の病室におけるお秀・津田・お延の三人の心を揺るがしている。北斗(大自然)は、二階の病室での三人のありようを寒々と見つめている。私は北斗の立場から彼らを描いている。すべては両義的であり、大自然は人知では知り得ない「意」と「情」で彼らを動かしている。この試練を通して、人は和合する。だから大自然の立場に立つ私は、あるがままに彼らを描き出すのだ。

＊

以上、当該詩に投影された百十回執筆時の漱石の創作意識をみてきた。漱石は百十回で兄夫婦に対するお秀の執拗な「不平」と「別離の宣言」を批判的言辞を加えることなく、あるがままに描いた。創作過程において、お秀の身勝手な別離の宣言に対して苛立ちを押さえねばならなかった漱石は、百十回執筆後もお秀の言動へのいらだちからすぐには離れることが出来なかった。漱石は、第一首目(「散来華髪老魂驚」)の創作に没頭することによって、お秀の言葉へのいらだちから離れようとした。しかし彼はこの詩作では百十回で描いたお秀の影響から離れることが出来ない己の気持を詠わざるを得なかった。そこで再度二首目(「人間誰道別離難」)の制作に没頭し、そこで「大自然」が作り出す「春」における万物の再会のありようを詠い、そのうちに、お秀と津田お延の別離と和合(再会)の関係を重ね、自分の立場が大自然にあることを詠うことによって、『明暗』創作の視点が大自然の立場にあることを確認し、お秀の「不平」と「別離の宣言」の影響から離れようとしたのである。

＊

漱石は百九回を執筆した九月三日の漢詩では、天（大自然）のはたらきに焦点を当て、主人公たちは「時機」が来れば我執を捨て本来の人間としての真面目さ（自然）を取り戻すであろうことを詠い、己がその天の無心の顕現である「幽境」の境地におり、天と一体となっていることを詠った。こうして百九回の主人公達へのいらだちを鎮めることが出来た。しかし百十回を執筆した九月四日の場合は、漱石は最初の詩ではその日の創作によって生ずる主人公たちへのいらだちを鎮めることが出来なかった。そのため再度、大自然の作り出す万物の再会のありようを詠うことによって、お秀と兄夫婦もまた天（大自然）が再会させるであろうことを確認し、自分の作家としての立場が大自然の視点（立場）にあること再確認することによって、お秀への苛立ちを鎮めようとしたのである。

漱石が、百九回を執筆した日に「天」をテーマとした漢詩を作り、百十回を執筆した日の漢詩二首も「天」をテーマとしていることは、偶然ではない。

八

百十一回から百十三回は、「病室における津田・お秀・お延の会話場面」の末尾である。ここではお秀との喧嘩が終わった後の津田夫婦の姿がお延の意識を中心に描かれる。この一連の会話場面のクライマックスにあたる百五回から百十回を執筆した日のうち、百五回・百七回・百八回・百十回を執筆した日の午後には、漢詩を二首ずつ作っている。その理由はすでに見てきたように、主人公達の醜悪な意識世界に苛立ちを覚え、その苛立ちを漢詩一首では鎮めることが出来なかったからであった。しかし百十一回・百十二回を執筆した日の午後は漢詩を一首ずつ創作しており、同日に二首創作することはなかった。このことは、すでにお延とお秀との喧嘩を書き終えていた作者が、大きな苛立ちを持たずに、お延の我執に彩られたその意識のありようを描き出すことが出来たことによると思われる。（百十三回を執筆した九月七日は木曜日であり、木曜会があったので、漢詩は作らなかった）。

留意すべきは、この会話場面の終結部にあたる百十一回・百十二回を執筆した日の午後に創作した漢詩では、共に禅的宇宙観がテーマとして詠われていることである。漱石が午前中に書いた回が、「病室における津田・お秀・お延の会話場面」の末尾であることと、その午後の漢詩で「禅的宇宙観」を詠っていることとには、密接な関係がある。

九月五日の『明暗』百十一回とその午後に創作した漢詩との関係から考えてみたい。

（百十一回梗概）（百十回でお秀は持参した金包みを置いて帰る理由を長々と説明した後、お延に見送られて病院を後にした。百十一回の前半は語り手によるこの時のお延の意識の解説、後半はお延と津田の会話場面である。）

〈前半〉お延にとって病院でのお秀との出合いは「偶然の廻《まわ》り合せのやうに解釈される丈であつた」。この会見からお延の得た収獲は二つあった。一つ目の収獲は津田の愛をある程度買い戻したという自信である。二つ目は、お延が意識しないうちに「自然自分の手に入るように仕組《しくま》れた収獲」（自分に向けられるべき夫の猜疑の眼から「運よく免《まぬ》かれた」こと）である。お延は岡本が自分を芝居に誘った理由や、昨日自分が岡本宅に行った理由を夫に釈明せずに済んだのである。というのは、お秀を相手にする前の津田と、お秀に悩まされ出した後の津田とではまるで違っていたからであった。だからその変化の強く起こった瞬間に姿を現わして「其変化の波を自然のままに拡げる役を勤めたお延は、吾知らず儲けものをしたのと同じ事になつたのである。」

〈後半〉お延がお秀を送り出し、梯子段を上って、又室の入り口に姿を現したとき、二人は顔を見合わせ、微笑しあった。二人は声を出して笑い合った。「秀子さんは、まさか基督教ぢやないでせうね」「真面目腐つた説法をするからかい……つまりあゝ捏ね返さなければ気が済まない女なんだ。……生《なま》じい藤井の叔父の感化を受けてるのが毒になるんだ」「何うして」「藤井の叔父の傍にゐてあの叔父の議論好きな所を、始終見てゐたもんだから、とう〳〵あんなに口が達者になつちまつたのさ」。津田は馬鹿らしいという風をし、お延も苦笑した。

百十一回を執筆した日の午後、漱石は次の漢詩を創作している。

絶好文章天地大
四時寒暑不曾違
夭夭正昼桃将発
歴歴晴空鶴始飛
日月高懸何磊落
陰陽黙照是霊威
勿令碧眼知消息
欲弄言辞堕俗機

絶好の文章　天地大に
四時の寒暑　曾《かつ》て違わず
夭夭《ようよう》として正昼桃将《まさ》に発《ひら》かんとし
歴歴として　晴空　鶴始めて飛ぶ
日月高く懸りて何ぞ磊落《らいらく》たる
陰陽　黙し照らすは　是れ霊威
碧眼をして消息を知ら令《し》むる勿《な》かれ
言辞を弄せんと欲すれば　俗機に堕つ

◆語釈・典拠

【四時の寒暑曾て違わず】　天に私がないので、季節が違うことなく繰り返すという思考は、中国の「天」思想から『論語』・『荘子』を経て、禅思想などの東洋的宇宙観の骨格となる。以下その用例をあげる。

『論語』　陽貨第十七　「子曰く、予《われ》言ふこと無からんと欲すと。子貢曰く、子如《も》し言はずんば、則ち小子何をか述べんと。子曰く、天何をか言はんや、四時行はれ、百物生ず。天何をか言はんやと。」

『荘子』外篇　天運「四時迭《たがひ》に起りて、萬物循《したが》ひ生ず。」

『荘子』雑篇　則陽「四時、氣を殊《こと》にして、天は賜《し》せず、故に歳成る）（＝春夏秋冬はそれぞれ寒暑の気を異にするが、天はそのどれをも私しないから一年が成り立つ）

『碧巌録』第四十七則「雲門六不収」垂示「垂示に云く、天何をか言うや、四時行わる。地何をか言うや、万物生ず。四時の行わるる処に向かって、以て体《たい》を見る可し。万物の生ずる処に於いて、以て用《ゆう》を見る可し。」

『槐安国語』巻二〈七四〉「秉払《ひんぽつ》と夏斎《げさい》とを謝する上堂。『天に三光有り〔甚だ新鮮〕、其の明高遠にして以て群機に被《およば》しむ〔天、何をか言うや、四時行なわる〕。地に五味有り〔甚だ明白〕、其の徳広大にして以て万有を保《やす》んず〔地何をか言うや、百物生ず〕。』」

【桃・鶴】　共に禅的世界の景物の代表。『論語』陽貨編の、天・四時・百物の関係からすれば、当該詩の頷聯の桃や鶴は、「百物」の具体的な事物を指し、桃が咲き、鶴が飛ぶ姿とは、天が行わせている「百物」の行動の姿を意味する。

【桃】　『詩経』「桃夭」に「桃の夭夭たる　灼灼たる其の華」。

【晴空鶴始めて飛ぶ】　鶴は神仙思想と結びついた、禅的世界の景物の代表。（『寒山詩』の例、九月一日の詩参照）。

【霊威】　左の用例に見える「霊機」や「霊光」と同意で、仏法のはたらきをいう。

『十牛図』第九「返本還源」の「頌」に続く「和」（和する）に、「霊機不堕有無功」（霊機　有無の功に堕せず）。梶谷宗忍訳に「ふしぎな自然の働きは、有為や無為の次元にはまらない。」とみえる。氏は「霊機」を「ふしぎな自然の働き」と訳し、その注に「霊機は、法そのものの動きと見てもよい」とする（『禅の語録』十六、筑摩書房、昭和四十九年七月）。

『碧巌録』第十五則「雲門倒一説」頌の評唱に「平田《へいでん》和尚一頌有り、最も好《よ》し。霊光不昧、万古の徽猷《きゆう》、此の門に入り来たって、知解《ちげ》を存すること莫《な》しと」とみえる。ここでいう「霊光」は仏光。

【碧眼をして消息を知ら令むる勿かれ】【俗機に堕つ】　次に引く『碧巌録』傍線部を踏まえて詩作している可能性がある。

その前後を引用しておく。

『碧巌録』第四十二則「龐居士好雪片片」頌「……雪団打、雪団打〔争奈《いかん》せん第二機に落在することを。拈出することを労せざれ。頭上漫々脚下漫々〕龐老《ほうろう》の機関、没可把《もっかは》〔往々に人の知らざる有り。只だ恐らくは不恁麼《ふいんも》ならんことを〕天上人間、自知せず〔是れ什麼《なん》の消息ぞ。雪竇還って知るや〕眼裏耳裏《げんりにり》、絶瀟灑《しょうしゃ》〔箭鋒《せんぷ》相拄《ささ》う。眼見て盲の如く、口説いて唖の如し〕瀟灑絶《しょうしゃぜつ》〔作麼生《そもさん》。什麼の処に向かってか龐老と雪竇とを見ん〕碧眼の胡僧も辨別し難し〔達磨出で来たるとも你に向かって什麼とか道わん。打して云く、闍黎什麼《じゃりなん》と道うぞ。一坑に埋却せん〕」頌の評唱「……雪竇、此に到って、頌殺《じゅさつ》し了れり。復た機を転じて道う、只だ此の瀟灑絶《しょうしゃぜつ》、直饒《たとい》是れ碧眼の胡僧も也た辨別し難しと。碧眼の胡僧すら尚お辨別し難し、更に山僧をして箇の什麼をか説かしめん。」

【俗機に堕つ】 右に引く『碧巌録』第四十二則の「第二機に落在する」や、「第二頭に落在す」と同義であろう。（「第一義門」は「究極の真理。言葉を持って言い表すことが出来ず、思惟を持っても概念することの出来ない最高の真理」をいう。「第二頭に落在す」とは第二義門に堕落したこと。

【消息】 右の『碧巌録』第四十二則の「消息」と同じで、「大自然の働き」のこと。

【碧眼をして消息を知ら令むる勿《な》かれ】 『碧巌録』第四十二則の「碧眼の胡僧も辨別し難し」と関係があろう。『槐安国語』巻六第二十九則頌に、「老胡の知を容《ゆる》さず〔事は極処に至って則ち説き難し、理は極処に至って則ち明らめ難し〕。」道前注に〔不容老胡知＝「達磨デモ、ココハ知ラン」〕とある。達磨も大自然の働きを理解することは出来ないとする表現は、禅林では常套句。

【言辞を弄せんと欲すれば】 『碧巌録』第四十二則頌の評唱に「只だ此の瀟灑絶《しょうしゃぜつ》、直饒《たとい》是れ碧眼の胡僧も也た辨別し難し。」とある「瀟灑絶《しょうしゃぜつ》」は言葉では表現できないとする内容と関係する。

◆**大意**

首聯 「大自然」が織りなす「文彩」（＝自然の景＝現成公案）が天地にあまねく拡がっている。「大自然」が掌る季節の運行、その寒暑の順番はかつて違ったことがない。（存在する万物とその変化は、すべて「大自然」が創り出す綾織りものであり、「大自然」のはたらきは正確なのだ。）

頷聯 真昼になると若々しい桃の花が咲き出し、晴れわたった空には鶴が飛び始める。（この世の「文彩」をかたちづくっている「小さい自然」（桃や鶴）はすべて「大自然」の掌るその四時の運行の中で己の生を得ているのだ。）

頸聯 大自然の顕現である日月は空高く懸かって、その「小さい自然」の動きに何のこだわりもない。日月が象徴する大自然の根源にある陰陽は、この世界のありようを黙照しているが、この行為は大自然の不思議なはたらきなのである。

尾聯 このような大自然のはたらき（消息）を（禅宗の祖である）達磨大師に伝えようとしてはいけない。なぜなら、大自然の働きはことばでは伝えられないものであり、伝えようとすれば、世俗的理解に墜ちてしまうからだ。

次に両者の関係を考えていこう。両者の間には次のような類似点が存在する。

(1)お延はお秀との会見によって将来起こるであろう葛藤を乗り切るためには津田が自分の肩を持ってくれることが必要であった。このことを語り手は次のように描いている。「是はお延自身に解つてゐる側の消息中で、最も必要と認めなければならない一端」であると。この描写に存在する「消息」と、漢詩の尾聯「碧眼をして消息を知ら令むる勿かれ」の「消息」という語句とは一致する。また、「彼女の一向知らない間に、自然自分の手に入るように仕組《しくま》れた収獲」も、言い換えれば〈お延に解っていない側〉の「消息」である。このことも漢詩の尾聯の「消息」と関係する。

(2)「此変化の強く起つた際どい瞬間に姿を現はして、其変化の波を自然のままに拡げる役を勤めたお延は……」という部分は、頷聯で、日月が掌る「四時の寒暑」の中で、「正昼桃将に発《ひら》かんとし」「晴空鶴始めて飛ぶ」と詠う桃や鶴の役割と類似する。

(3)お延の言葉「お秀さんは、まさか基督教ぢやないでせうね」の「基督教」と、「碧眼をして消息を知ら令《し》むる勿《な》かれ」の「碧眼」(＝「碧眼の胡僧」＝達磨)とには関係がある。両者には、キリスト教↓西洋↓「碧眼」とする連想が存在すると思われる。またお延が津田の「猜疑の眼から……運よく免かれた」という描写の「眼」も「碧眼」の「眼」と繋がっていると考えられる。また津田の言葉「真面目腐つた説法をするからかい」の「説法」も宗教と関連し、「碧眼」(達磨大師)と繋がっている。

⑷お延が知らない間に「自然自分の手に入るように仕組《しくま》れた収獲」をもたらした実体(後述)と、尾聯「言辞を弄せんと欲すれば俗機に堕つ」(＝言葉では真実を捉えることが出来ないという「不立文字」)とは真実を知ることが出来ないという点で類似する。また、お秀の「説法」をお延が「あんな六づかしい事」と評し、津田はお延の理屈を「捏ね返す」と揶揄するが、この描写は、頷聯で「言辞を弄せん(と欲すれば)」という表現と類似する。

右に見た類似や関係には『明暗』百十一回の描写内容に対する漱石の評価が係わっていると考えられる。以下、具体的に検討してみたい。

⑴について――『明暗』の語り手は「お延の得た収獲は二つあつた」として次のように描き出している。一つは「お延自身に解つてゐる側の消息中で、最も必要と認めなければならない一端」であり、二つ目は、「まだ彼女の一向知らない間に、自然自分の手に入るように仕組《しくま》れた収獲」であると。漱石は、一つ目の「収獲」については「お延自身に解つてゐる側の消息」と記しており、この表現に即していえば、この二つ目の収獲は、〈お延自身に解っていない側の「消息」〉ということになろう。

ここで記す「消息」については語り手が意識的に説明を避けている為、読者にはその実体が理解しにくい。そこで以下、語り手が記す「消息」の実体を考えておきたい。

まず「お延自身に解つてゐる側の消息」すなわち「一つ」目の「収獲」についてみていこう。語り手の説明は次の通りである。お延にとっては、お秀とのやりとりの「事後に起る不愉快さ」に「織り込まれてゐた」お秀との葛藤を切り抜けるためには、津田が自分の肩を持つことが必要であった。お延は津田の「愛」を取り戻す機会をこの事件で得ることが出来たと感じている。語り手によれば「得た積《つもり》」になったのである。これが「お延自身に解つてゐる側の消息」の「一端」である。すでに見てきたように、「一つ目の収獲」をお延にもたらした存在は、お延には「偶然の廻り合せのやうに解釈される」だけであり、お延には、この「必然性」の存在を認めるために、過去の因果を跡付けて見ようという気さえ起こらなかった性質のものであった。

次に、〈お延自身に解っていない側の「消息」〉すなわち〈二つ目〉の〈収獲〉（お延が、知らない間に、「自然自分の手に入るように仕組《しくま》れた収獲」）について見ていこう。語り手は次のように説明している。

岡本が強いてお延を芝居に誘った理由や、お延が岡本の家に昨日行った理由について、お延は「夫の猜疑の眼」を受けており、このことについて津田に言訳をしなければならなかった。しかしこの時、二人とも「お秀の事で全く頭を占領されてゐた」ので、お延はこの「内情」にかかわる自分の立場を釈明せずに済み、さらには、自分の聴きたい、夫津田に対する疑惑についても「一口も語る余裕を有《も》た」ず、そのためお延は津田に言い訳したり、言い争わずにすみ、その結果津田との和合を得たのである。

これが「彼女の一向知らない間に、自然自分の手に入るように仕組《しくま》れた収獲」（すなわち〈お延自身に解っていない側の消息〉）の語り手による説明である。この第二の収獲をもたらした事情について語り手は、次のように描き出すばかりである。

（津田の意識が、お延への猜疑からお秀への反発に移る）其変化の波を自然のままに拡げる役を勤めたお延は、吾知らず儲けものをしたのと同じ事になつたのである。

語り手によれば、ここでは、津田の意識がお延への「猜疑」からお秀への反発・憎悪に移るその瞬間に、お延がその「変化の波」を「拡げる役」を勤めた結果、彼女はその「二つ目の収獲」を「吾知らず」得たのであった。語り手には認識できていて、お延には気がつくことのない、その「変化の波」をお延に「自然のままに拡げる役」として与えた存在とは何か。その存在が、「お延自身に解つてゐる側の消息」と〈お延自身に解っていない側の消息〉を作り出している実体なのである。

その〈実体〉を考える上で留意すべきは、漱石が百十一回を執筆した日の午後の漢詩では、禅的宇宙観が詠われ、その宇宙を創り出す主体としての「禅的自然」(=大自然)がテーマとして詠われていることである。尾聯における「碧眼をして消息を知ら令むる勿かれ」の「消息」の内容は、大意で示したように、「大自然のはたらき」(=禅的自然)である。このことに留意すれば、両者の「消息」ということばの一致は、漱石が百十一回でお延に「二つの収獲」を与えた実体(必然性)を当該詩では「陰陽」(=「禅的自然」)として詠っていることに気づく。

お延にこのような役割をさせている実体(禅的自然)は、百十一回ではその姿をはっきり現すことはないが、百十三回ではその片鱗が現われ、『明暗』の最大のクライマックス百四十七回前後では、「大きな自然」という名で、はっきりとその姿を顕わす。この禅的「自然」〈=大きな自然〉こそが、主人公の意識の外にあって、主人公たちの言動を支配している主体であり、そのありよう(「自然」のはたらき)が、この場面のお延が、その一端は理解しながらも、その他の側面や全体像には気が付くことのない「消息」の実体なのである。(4)

以上のことを踏まえるならば、百十一回と当該詩における「消息」という語句の一致は、当該詩の首聯に次のような漱石の思いが塗り込められていることを示しているといえるのである。——お延はこの事件をもたらした必然性や因果を考えようともしない。しかしその必然性は、この世界を創り出し、かつ動かしている大自然のはたらきなのだ。その「消息」を世俗に生きるお延は理解しようともしないのだ。——

(2)について——漢詩から考えてみよう。ここで描かれている禅的自然の世界にあっては、世界の根源にある「大自然」(=陰陽)が季節の巡りを掌っており、自然物(季節を彩る景)はその大自然の意思(=はたらき)によって生み出され、かつ死滅する存在である。禅林の世界においては、桃や鶴は霊的存在であり、自然の景物の代表である。桃は自分の力で咲き、鶴は自分の意思で飛び立つ。しかしその行為は、桃や鶴の遥か上にある大自然が行わせており、その自然の景物のありよう(桃が咲き鶴が飛ぶ姿)を大自然は黙照しているのである。頷聯・頸聯ではこのような禅的宇宙観における「大自然」のはたらきや「大自然」と「小さな自然」の関係が詠われているのである。

百十一回では「此変化の強く起つた際どい瞬間に姿を現はして、其変化の波を自然のままに拡げる役を勤めたお延は、吾知らず儲けものをしたのと同じ事になつた」という表現に注意しなければならない。

津田の意識が、お延に対する猜疑心からお秀に対する反発へと移り、お延は「吾知らず儲けものをした」のであるが、その変化の波を引き起こしているものは、語り手の説明によれば、「過去の因果」による「必然性」である。お延に二つの収穫を与えたものがすでに見たように「禅的自然」であることを考えれば、この「必然性」とは「禅的自然」のはたらき(=「用」)の言い換えであることが理解できる。このことを考えるならば、先に挙げた表現——「其変化の波を自然のままに拡げる役を勤めたお延は、吾知らず儲けものをしたのと同じ事になつたのである」という表現——において、その「変化の波」を作っているのは「禅的自然」であり、お延はその禅的自然の意志(はたらき)に従って「変化の波を拡げる役を勤め(ている)」のだ、という語り手の考えが表明されていると言えよう。すなわち漢詩の禅的世界において大自然の意志に従う自然の景物〈桃・鶴〉にはお延の言動が重ねられているのである。

以上のことを踏まえるならば、頷聯には次のような漱石のお延に対する思いが塗り込められているといえよう。

——真実世界において、正昼に桃が咲き出し晴空に鶴が飛び立つように、あらゆるものは大自然が決めた「時」に従って動いている。「大自然」は「小さい自然」達の行動する「時」をあらかじめ決めており、お延がお秀と病室で出会い、夫のためにお秀と喧嘩をしたのも、大自然によって決められているその「時」に従っているからだ。お延はお秀との出会いを「偶然の廻り合せ《まは》」と感じているが、しかしそれはお延の知ることのない大自然のはたらきをこのように感じ取っているに過ぎないのだ。——

(3)について——百十一回でのお延は「秀子さんは、まさか基督教ぢやないでせうね」とお秀の理屈を揶揄する。当該詩の「碧眼」は禅宗の祖師達磨のことである。この両者には、基督教→西洋→碧眼→「碧眼の胡僧」（達磨）、あるいは基督教→説法→仏法といった連想によって繋がっていると思われる。また「六づかしい事」「捏ね返す」→禅問答→達磨→「碧眼」といった連想も考えられる。このような類似・連想には、お延やお秀に対する漱石の次のような思いがあると思われる。——お延は基督教を口にして、お秀が「天」の意思を口にしたことを揶揄するが、しかしお延は宗教については無知であり、自分の行動の背景にあるもの（＝必然性＝大自然のはたらき）については考えようともしない。またお秀は「天」を口にしているが、天の「意図」を全く理解していない。お延やお秀だけでなく、人間には大自然の意図を知ることが出来ないのだ。——

またお延が津田の「猜疑の眼から……運よく免かれた」という描写の「眼」と漢詩の「碧眼をして消息を知ら令むる勿かれ」の「碧眼」との類似は、お延が津田の「猜疑の眼」から「運よく免かれた」理由（大自然のはたらき）は「碧眼（達磨）」でも分からないという意識と繋がっているといえよう（大自然のはたらきは達磨でも分からないという表現は禅林での「大自然のはたらき」の深さを表現するときの常套句）。私見によれば、(3)の類似や連想には百十一回の主人公たちに対する次のような漱石の思いが関係しているのである。——大自然は天空から「小さい自然」の営み（桃が正昼に咲き、鶴が晴空に舞う）を黙照しており、何のこだわりもない。同様に大自然はお延（小さい自然）の言動を黙って見つめているのだ。しかしそこには人知では知ることの出来ない「はたらき」があるのだ。——

⑷について——まず「お延の得た収獲」や「〈お延が知らない間に〉自然自分の手に入るように仕組《しくま》れた収獲」の背後にある「必然性」や「因果」に対するお延の考えと、尾聯との関係から見ていきたい。

お延は自分の行動の背景にある必然性（大自然のはたらき）を理解しようともしない。語り手もまた、お延を突き動かしてきた必然性がもたらした結果を「彼女の一向知らない間に、自然自分の手に入るように仕組《しくま》れた収獲」＝〈お延に解っていない側〉と描いている。このようなお延の背景にある必然性に対するお延の考え方と「言辞を弄せんと欲すれば、俗機に堕つ」との類似には、この聯のうちに次のような漱石の思いが込められていることを示している。——人は大自然のはたらきを知ることが出来ず、それを言葉で表現することも出来ない。お延もまた自分の言動の背景にあるものについて考えようともしない。しかしわたしは大自然の立場から、この事件によって突き動かされていくお延の姿や主人公達の意識の変化をあるがままに描いているのだ。——

次に、お秀の理屈に「あゝ、捏ね返さなければ気が済まない女なんだ」と批評する津田の「捏ね返す」という言葉と、頷聯の「言辞を弄す」との類似について考えてみたい。この類似は当該詩の「言辞を弄せんと欲すれば俗機に堕つ」に、『明暗』におけるお秀の兄夫婦に対する一見もっともらしい批評への、作者漱石の次のようなコメントが重ねられていることを示している。——お秀の言葉は一見正論のように聞こえるが、しかしいくら言葉を弄しても、兄夫婦を「真面目」にすることは出来ない。なぜなら、お秀の言葉の内実は我執によって彩られており、その現われはお秀のうちにある本来の人間的要素（＝自然）とは異なるものであり、兄夫婦の心を動かすことは出来ない性質のものだからだ。——

右に見た両者の関係や類似的要素から漱石の百十一回への思いをまとめるならば、次のようにいうことが出来よう。〈大自然のはたらきは人知では知ることが出来ない。だからわたしはお延の言動を性急に批評することはせず、あるがままに描かねばならないのだ。なぜなら事柄には多面的要素があり、お延の行動にも多様な意味があるのだ。言葉による批評は一面しか示すことが出来ず、その意味の多様性をあるがままには示すことは出来ないのだ。〉

右に午前中に執筆した百十一回と午後の漢詩との間に存在する内的関連を検討してきた。すでに指摘したように、前回で三人の激しい口論の描写はおわり、この回からその口論によって引き起こされたお延と津田の和合の描写に入っていく。漱石はその午後の漢詩に於いて、『明暗』描写の根本的立場である禅的宇宙観をテーマとして詠い、もう一度自分のあるべき視点を確認し、このお秀との会見がもたらしたお延の意識のありようをあるがままに描き出す心構えを記しているといえるのである。

九

百十一回の前半は、語り手の言葉によるお延の意識の描写が中心である。その描写のキーワードは、「消息」であり、語り手はその「消息」に禅林の世界でいう「大自然」の「はたらき」の意味を塗り込めていたことはすでに見たとおりである。したがってこの百十一回における語り手の立場とは、当該詩の頸聯で詠う、「日月」や「陰陽」(＝大自然)の立場ということでもある。すなわち『明暗』における語り手の描写の方法とは、禅的自然の立場から主人公達の言動や意識を描き出すということにあるといえよう。

そこでここでは、百十一回で、語り手が禅的自然の立場から主人公の意識を「あるがまま」に描き出すその方法を見ておきたい。

百十一回の最初で、お秀を病院から送り出した後のお延の意識が語り手によって次のように描かれる。

（お延にとって、お秀を）斯《こ》んな場面で其相手にならうとは思はなかつた。相手になつた後でも、それが偶然の廻り合せのやうに解釈される丈であつた。その必然性を認めるために、過去の因果を迹付けて見ようといふ気さへ起らなかつた

右の描写で留意すべきは、お秀を相手にした喧嘩は、「偶然の廻り合せ」によって生じたものにすぎないと感じているお延の意識を、次のように描き出している語り手の言葉である。――「（お延には）解釈される丈であつた」「（お延にはその必然性を認める）気さへ起らなかつた」――この語り手の言葉には、お延にあっては、お秀とのこの出会いでの喧嘩は、「偶然」ではなく、「過去の因果」による「必然」なのだ、そのことをお延は考えようともしないのだ、とするお延への批判意識が込められている。この語り手の言葉は、お延への批判を込めた語り手の意識を背景に持つことによって、お延の意識の制限をくっきりと浮き彫りにしているのである。

語り手は、右に描き出したお延の意識を次のように解説する。

事件の責任は全く自分にないといふ事に過ぎなかつた。凡《すべ》てお秀が脊負《しよ》つて立たなければならないといふ意味であつた。従つてお延の心は存外平静であつた。少くとも良心に対して疚ましい点は容易に見出だされなかつた。

語り手によれば、お延にあっては、㋐「事件の責任は全く自分にはない」㋑「（事件の責任は）「凡てお秀が脊負《しよ》

つて立たなければならない」㋒「（私は）良心に対して疚ましい点（はない）」と感じている。語り手は、お延の意識㋐に対しては「……に過ぎなかつた」、㋑に対しては「という意味であつた」という言葉を添え、お延は、自分にもある喧嘩の責任を認識できていないという、意識の制限を、読者に示すのである。また㋒に対しては「少なくとも、良心に対して……容易に見出だされなかつた」という表現によって今のお延は良心に対して疚しい点を見出すことは出来ないが、しかし（大自然の視点からすれば）疚しい点は存在するのだという言外の意味を示すことによって、お延の意識の制限を浮き彫りにするのである。

つぎに、夫津田の「愛」を取り戻そうとするお延の意識についての語り手の描写を取り上げてみたい。

　少なくとも今日の彼女は、夫の愛を買ふために、もしくはそれを買ひ戻すために、出来る丈の実《じつ》を津田に見せたといふ意味で、幾分かの自信を其方面に得た積《つもり》なのである。

右の「夫の愛を買ふ」「それ（愛）を買ひ戻す」という言葉は、お延に寄り添った語り手の言葉である。この表現は語り手による、お延の「愛」の考え方の方向性を極端まで推し進めた言葉であり、この言葉には語り手によるお延の夫への「愛」の考え方に対する批判（愛は買うことが出来ないものだという批判）が込められている。また「幾分かの自信を其方面に得た積《つもり》なのである」という表現にも、次のような語り手のお延に対する批判が込められている。――お延は〈幾分かの自信を得た積《つもり》〉でいるが、しかしこのような方法では夫婦間における本当の「愛」は成立しない。このことを我執に彩られているお延の意識にあっては気がつかないのだ。――

右に見たお延の意識に対する描写に込められている語り手の思いは、お秀を玄関に送り出した後、お延が津田と「微笑」を交わす次の場面に典型的に現われている。

お延は微笑した。すると津田も微笑した。其所《そこ》には外に何にもなかつた。たゞ二人がゐる丈であつた。さうして互の微笑が互の胸の底に沈んだ。少なくともお延は久し振に本来の津田を其所《そこ》に認めたやうな気がした。彼女は肉の上に浮び上つた其微笑が何の象徴《シムボル》であるかを殆んど知らなかつた。たゞ一種の恰好を取つて動いた肉其物の形が、彼女には嬉しい記念であつた。彼女は大事にそれを心の奥に仕舞ひ込んだ。

右の描写では津田の微笑に「本来の津田」を「認めたやうな気がした」お延の意識が客体化されて描き出されている。お延にとっては、その津田の微笑は「本来の津田」の表れと感じられ、それ故、「嬉しい記念」となり、大事に「心の奥に仕舞ひ込」む価値あるものと映ったのである。しかし「肉の上に浮び上つた其微笑」「たゞ一種の恰好を取つて動いた肉其物の形」という、「肉」の動きと結びつけた「微笑」の表現には、次のような語り手の思いが込められている。——津田の微笑が表現しているものは、お延の本心が望んでいるような「本来の津田」ではなく、別のものなのだ。それは、お延が夫のために共同戦線を張ったことから生まれた津田の我執の満足なのだ。お延は思い違いをして「本来の津田」と心が通ったような「積《つもり》」になっているのだ。——

百十一回では、右に見たような語り手の描写態度——お延の意識の制限をはっきりと批判せずに、その批判を語り手の描写のうちに込める態度——によって、お延の意識のありようを浮き彫りにしているのである。

右に百十一回における語り手が禅的自然の立場から主人公の意識を「あるがまま」に描き出すという方法を見てきた。百十一回にみられる『明暗』の手法とは、主人公の我執のありようへの批判を抑制し、その批判を語り手の描写の中に込めて、主人公の意識の制限を、浮き彫りにするという方法であった。百十一回におけるこのような語り手の言葉は、漱石が『明暗』の中で語り手に一貫させているものなのである。

＊

『明暗』百十一回の方法とは、語り手の視点を禅的自然の立場に置き、禅的世界において日月（大自然の象徴）が自然の景物を黙照するように、主人公達の姿をあるがままに描き出すという方法であった。しかしながら、我執に彩られた主人公達の意識に同化し、かつ批判的言辞を加えることなくその意識を客体化して描き出すという作業は、漱石にあっては、自分の内部の自然な感情の動きを抑制せねばならず、漱石の内部において苛立ちを募らせることになったとおもわれる。そこで漱石はその日の午後の漢詩で、禅的自然と自然の景物との関係に、語り手と主人公たちとの関係を重ね合わせて、次のような思いを込めて、已の立場を再確認し続ける必要があったのである。

――お延は、お秀の相手をしたことが偶然の廻り合わせのように感じたり、夫の愛を買い戻す「幾分かの自信を其方面に得た積《つもり》」でいる。しかしお延のこの意識は、大自然に導かれて、このように考えたり感じたりしているにすぎないのだ。それは大自然（陰陽）が支配する季節の中で、その運行に従って、真昼に桃花が開いたり、鶴がはじめて晴空を飛ぶ関係と同じなのだ、私はこのような大自然の立場からお延の言動をあるがままに描いているのだ。『明暗』の方法――主人公たちの意識をあるがままに描き出すという手法――とは、大自然の視線の具体化なのだ。

十

漱石は九月六日の午前中に百十二回を執筆し、その午後には漢詩「虚明道の如く夜霜の如し……」を創作している。九月七日にはこの一連の場面の末尾である百十三回を執筆している。この日は木曜会があり、漢詩は創作していない。しかし百十三回は、すでに検討した九月五日の漢詩や、これから取り上げる九月六日の漢詩と関係がある。九月六日に執筆した百十二回と午後の漢詩との関係を検討し、次いで九月七日に執筆した百十三回と九月五・六日の漢詩との関係を考えていきたい。

まず百十二回と午後の漢詩との関係を考えていこう。

（百十二回梗概）「彼女は遠い地平線の上に、薔薇色の空を、薄明るく眺める事が出来た。さうして其暖かい希望の中に、此破綻から起る凡ての不愉快を忘れた。小林の残酷に残して行つた正体の解らない黒い一点、それはいまだに彼女の胸の上にあつた。お秀の口から迸ばしるやうに出た不審の一句、それも疑惑の星となつて、彼女の頭の中に鈍い瞬《まばた》きを見せた。然しそれらはもう遠い距離に退いた。少くとも左程苦にならなかつた。耳に入れた刹那に起つた昂奮の記憶さへ、再び呼び戻す必要を認めなかつた。」「お延は其プログラムを狂はせた自分を顧みて、寧《むし》ろ幸福だと思つた。」「此機会を緊張出来る丈緊張させて、親切な今の自分を、強く夫の頭の中に叩き込んで置く方が得策だと思案した。斯《こ》う決心するや否や彼女は嘘を吐いた。」「昨日岡本へ行つたのは、それを叔父さんから貰ふためなのよ」と。二人の間では、お延のこの「嘘」を前提として、うち解けた会話がなされていく。

右の百十二回を執筆した九月六日の午後、漱石は次の漢詩を創作している。

虚明如道夜如霜
迢逓証来天地蔵
月向空階多作意
風従蘭渚遠吹香
幽燈一点高人夢
茅屋三間処士郷

虚明《こみよう》　道の如く　夜霜の如し
迢逓《ちようてい》として　証し来たる　天地の蔵
月は空階に向かって　多く意を作《な》し
風は蘭渚従り　遠く香を吹く
幽燈　一点　高人の夢
茅屋　三間　処士の郷

弾罷素琴孤影白　　素琴を弾じ罷めて　孤影白く
還令鶴唳半宵長　　還《ま》た鶴唳《かくれい》をして　半宵に長から令む

◆語釈・典拠

当該詩は『碧巌録』九十則「智門般若体」の強い影響を受け、直接にはその「頌」と「頌の評唱」を踏まえて詩作されていると考えられる。当該詩を解釈するに当たっては『碧巌録』第九十則全体の理解とかかわるので、以下、『碧巌録』第九十則のうち「本則」「頌」「頌の評唱」の訓読文の一部と、「本則」についての山田無文の解説の要点、「頌」の核心となる語句の解説を引いておく。

【本則】挙す僧智門に問う、如何なるか是れ般若の体《たい》。門云く、蚌《ぼう》、明月を含む。僧云く、如何なるか是れ般若の用《ゆう》。門云く、兎子《とし》懐胎《かいたい》。

【頌】①一片虚凝《きょぎょう》にして謂情《いじょう》を絶す　人天此《ここ》より空生を見る　②蚌《ぼう》、玄兎《げんと》を含む深々たる意（也た須らく是れ当人にして始めて得べし。什麼の意か有らん。何ぞ須《もち》いん更に③深々たる意を用いることを）曾て禅家に与えて戦争を作さしむ

【頌の評唱】④一片虚凝《きょぎょう》にして謂情《いじょう》を絶す。雪竇一句に便ち頌し得て好し。自然に古人の意を見得す。六根湛然《たんねん》たる、是れ箇の什麼ぞ。⑤只だ這の一片、虚明《こみょう》にして凝寂《ぎょうじゃく》なり。天上に去って討《たず》ぬることを消《もち》いず、必ずしも別人に向かって求めざれ。⑥自然に常光《じょうこう》現前す。⑦是の処壁立千仞なり。謂情とは即ち是れ言謂情塵《ごんいじょうじん》を絶するなり。法眼《ほうげん》、円成実性《えんじょうじつしょう》の頌に云く、理極まって情謂を忘ず、如何が諭斉《ゆさい》することを得ん。⑧到頭霜夜《とうとうそうや》の月、任運前渓《にんぬんぜんけい》に落つ。果熟して猿と兼《とも》に重く、山遙かにして路迷うに似たり。頭《こうべ》を挙ぐれば残照《ざんしょう》在り、元と是れ住居の西と。所以に道う、心は是れ根、法は是れ塵、両種猶お鏡上の痕の如し、塵垢《じんく》尽くる時光始めて現ず、心法双べ忘ずれば性即ち真なりと。又た道わく、⑨三間の茅屋従来住す、⑩一道の神光《しんこう》万境閑なり、是非を把《と》り来たって我れを辨ずること莫れ、浮生の穿鑿《せんさく》相関わらずと。只だ此の頌亦た⑪一片虚凝《いっぺんきょぎょう》にして謂情《いじょう》を絶することを見る。（下略）

（注「頌の評唱」の（下略）の部分では、十月十一日の詩の尾聯でも利用されている。）

「本則」についての山田無文の解説の要点――智門和尚にある僧が尋ねた。「般若の実体は何でござるか」と。すると智門は「蛤が明月に向って口を開けたようなものだ」と応えた。蛤が浄躶々赤灑々として口を開けているところへ、月が照らし、月の光がいっぱいになっておる。蛤と明月とがピッタリと一つになって、そこに明月もなければ蛤もない。明皎々たる光があるばかりだ。十方世界、一枚の光だ。光がそのままはたらきであり体でなければならん。照らすはたらきのなかに体がある。僧は体をたずねておるのに、「蚌《ぼう》、明月を含む」という、般若のはたらきをもって答えておるのである。すると僧が、さらに、「それならば、般若のはたらきはいかがでござるか」と尋ねる。そこで智門は「兎がおなかに子を宿した」と言った。（兎が月夜の晩に月をじっと見つめていると、子が宿るといわれている）。僧がはたらきを尋ねたのに対して、智門は体をもって答えているのである。体と用とは一体であるのに、この僧が、体と用とをわけていることに間違いがあることを智門は指摘しているのだ。――

「頌」の①の解説――「蛤が波の上にのって、大きな口をあけて、明月を吸い込んでしまう。月を受け入れる我と、照らす月とがピッタリ一つに溶け合って、我もなければ天地もない。ただ皎々たる月の明るさだけである。一片虚凝だ。何もない、ただ月の明るさだけが全宇宙に満ちわたっておる。そういう境地が般若の体であるか、用であるか。（中略）言葉を絶し、心を絶し、ただ蓋天蓋地、月の明りだけだ。これが智門の境界であろう。」

以下、当該詩の各聯の内容を、『碧巌録』九十則との関係で考えていこう。

首聯の前半「虚明如道夜如霜」について――「虚明」は傍線部⑤「只だ這の一片、虚明《こみょう》にして凝寂《ぎょうじゃく》なり」の「虚明《こみょう》」や、⑥「自然に常光現前す」の「常光」を踏まえる。当該詩の「虚明」は、言葉の表面では「月明かり」を指すが、その内実は、「般若の智慧」（＝「常光」）を意味する。「如道」は⑩「一道の神光《しんこう》万境閑なり」の「一道」を踏まえる。「夜如霜」は⑧「到頭霜夜《とうとうそうや》の月」の「霜夜《そうや》」を踏まえており、霜夜の厳しさということでは、⑦「是の処壁立千仞なり」（悟りの厳しさ）とも関係する。このような典拠の踏まえ方は、当該詩の首聯の前半が『碧巌録』第九十則の強い影響を受けていることを示しているのである。

首聯の後半「迢逓として証し来たり天地の蔵」について――「頌の評唱」の⑩「一道の神光《しんこう》万境閑なり」を踏まえたものであろう。「蔵」とは「一切のものを含む意」（「正法眼蔵」の道前注）である。すなわち「迢逓として証し来たり天地の蔵」とは、この地上を明るく照らし出す月光は、天地のすべてを般若の智慧が包み込んでいることを明らかにしているのだ、という意味であろう。

頷聯前半「月は空階に向いて多く意を作《な》し」について――「月」が「多く意を作す」は、直接には、「頌」の②「蚌《ぼう》、玄兎を含む深々たる意」や、その下語③「深々たる意」から紡ぎ出されていると思われる。すなわち当該詩で詠う「多くの意を作す」とは、般若の智慧がこの世界を創り出していること、その「はたらき」は「言語分別を超える」といったことを内容とする。「月光が空階を照らす」という表現は、禅林では、真実世界の顕現を示す常套句。

頷聯後半「風は蘭渚従り　遠く香を吹く」について――月光と蘭とが結び付いている例としては、次に引く『槐安国語』巻五「頌古評唱」第二十則「僧伽知慢」の頌がある。

　月は中峰に到って猶お未だ帰らず（蘭の幽谷に生ずるや、服するもの莫《な》きが為にして芳しからざることあらず……）。

この下語は、人がいない場所でも蘭は芳香を放っているということであり、当該詩の「空階」のイメージとも関係する。当該詩はこのような禅句のイメージを踏まえていると思われる。『李太白集』[5]巻十一「五松山に於いて南陵常賛府に贈る」には「蘭は幽にして香風遠く、松は寒くして容を改めず」とみえる。このような詩句も念頭にあったであろう。なお、「蘭渚」の「渚」は、本則評唱の「合浦《ごうほ》」からの連想が考えられる。

頸聯「幽燈一点高人の夢　茅屋三間処士の郷」について――⑨⑩「三間の茅屋従来住す、一道の神光《しんこう》万境閑なり、」を踏まえたもの。「夢」は、坐禅での禅定の世界を指す。山田無文は、「静かに坐禅をして般若の智慧がわかる」とする。当該詩の「幽燈一点高人夢」は当該詩の首聯・頷聯の世界が、高人の心に浮かぶ想念の形象化であることを詠っていると解釈できよう。

尾聯「孤影白く」は、本則の評唱や頌の傍線部①④「一片虚凝にして謂情を絶す」の「虚凝」や「虚明」、⑥「自然に常光現前す」（すなわち、般若の光の世界に包まれた世界）を踏まえており、「高人」が「虚明」の世界のただ中にいることを詠っているといえよう。

◆大意

首聯 月光が象徴する「虚明」（＝般若の光〈智慧〉＝仏光＝大自然）は、道の如く世界を貫き、霜夜の如き厳しさとして存在し、遥か遠方からこの世界が天地一枚の般若の世界であることを明らかにしている。

頷聯 （般若の光としての）月光は人影のない階段を照らしているが、その光には「多くの意」（人知には理解できないはたらき）があるのだ。また（「大自然」の息吹である）風は、（俗世とは隔たった）「蘭の咲く渚」（真実世界）から、その香を遠くこの俗世にも吹き寄せてくる。（大自然は人に喜びをもたらすのだ。）

頸聯 この景は、法灯を点じ、禅定（禅夢）にいる隠者の心が感得できる世界であり、この隠者の住む粗末な藁葺きの家こそ処士（俗世と離れた高人）の居場所なのだ。

尾聯 飾りのない琴を弾じ終わると、虚明に照らし出された自分の姿をみるばかりである。大自然はまた鶴の鳴き声を真夜中に長く響かせ、その静寂さ（寂静は大自然の現われ）を深めるばかりである。

以下、百十二回と当該詩との関係を考えていこう。

首聯「虚明道の如く夜霜の如し　迢逓として証し来たる天地の蔵」について

百十二回の冒頭で留意すべきは、次の部分である。

彼女から見れば不慮の出来事と云はなければならない此破綻は、取りも直さず彼女に取つて復活の曙光であつた。彼女は遠い地平線の上に、薔薇色の空を、薄明るく眺める事が出来た。

右の傍線部「曙光」「薔薇色の空」「薄明るく（眺める）」と首聯前半の「虚明」とは、明るさの表現において類似する。『明暗』冒頭部に描かれた傍線部分の、お延が心の内に見た「曙光」や「遠い」「薔薇色の空」を「薄明るく眺める事が出来た」という表現は、お延の感ずる希望（津田の愛を買い戻す可能性）の表現である。一方、首聯の「虚明」では、「夜霜の如し」とあるように、大自然の現実世界に対する「霜烈な」厳しさが強調されている。両者の表現は類似している。しかしその意味内容は正反対の方向性を持つ。また『明暗』の波線部（「遠い地平線の上に」）の「遠い」は「迢逓として　証し来たる」の「迢逓」とも類似する。

これらの関係には、首聯に〈お延は空の「薄明る（さ）」を「暖かい希望」と感じ取ったが、しかしその空の「薄明る（さ）」（虚明＝般若の智慧＝「大自然」）は、お延の意識のありようを遠くから黙照しているのだ〉というお延の「嘘」についての批判が込められていることを示しているのである。

頷聯「月は空階に向かって多く意を作し　風は蘭渚従り遠く香を吹く」について

頷聯前半の禅的意味は次のようなことにある。――大自然は人知では知ることの出来ない深い「智慧」で、人間の営みを照らし出している。その大自然の「意」（＝般若の智慧）を人は理解することは出来ない。――

ここにはお延の行動への漱石の評価が投影していると思われる。一連のこの場面でのお延の言動は、多面的要素を持っている。一面では、お延の態度は、我執に彩られた技巧を駆使したものであった。お延はお秀に対しては、お秀の憎悪が自分に向くように技巧を凝らし、夫津田に対しても「親切な今の自分」を印象づけるために、「嘘」をつく。このような我執に彩られたお延の技巧に対して漱石は、このお延の態度に大自然は厳しい目を注いでいるのだという思いがあり、お延への批判が「多く意を作《な》し」という語句のなかに塗り込められているといえよう。他面では、お延の一連の行為は夫の危機を救うための献身的行動でもあった。この献身的行動によって、津田の疑惑を追及しようとする当初の計画を狂わしてしまった結果、お延は「寧ろ幸福だと思」う状態を得ることができたのである。このような百十二回の展開を考えると、頷聯前半の「多く意を作《な》し」には、漱石のお延への肯定的評価も込められていると考えられる。また、このような観点からするならば、頷聯後半「風は蘭渚従り遠く香を吹く」には、大自然のはたらきはお延に厳しさだけでなく、それなりの幸せをもたらすのだ、という漱石の思いが投影しているといえる。以上見てきたように、当該詩の頷聯には、百十二回創作時のお延への批判と共感とが交錯した漱石の思いが込められているといえるのである。

頸聯「幽燈一点高人の夢　茅屋三間処士の郷」について

ここでの「夢」は「禅夢」（＝禅定）を意味し、この聯は首聯・頷聯の世界が坐禅三昧にある「高人」の想念に現われた禅的真実世界であることを示している。頸聯では作者漱石の根本的立場――百十二回の世界が禅的視点から描いていることの表明――が詠われているのである。

尾聯「素琴を弾じ罷めて孤影白く　還た鶴唳をして半宵に長から令む」について

「孤影白く」の「白く」は「虚明」に照らし出されている状態を意味し、この聯は「高人」（＝漱石）の意識が「虚明」（すなわち般若の世界）のただ中にあることを詠っている。すなわち頸聯・尾聯には次のような漱石の気持が詠われていると考えられる。――わたしの今の境地は禅定のうちにいる「高人」の境地なのだ。わたしは「大自然」の意思（はたらき）を感得しており、「大自然」の寂静（意思）のなかに今己の意識を同化させている。その観点からわたしは『明暗』の主人公の意識世界をあるがままに描いているのだ。

＊

右に百十二回執筆時における漱石の意識が当該詩に投影していることをみてきた。百十二回を執筆しているときの漱石の意識を要約すれば次のようにいうことが出来よう。

百十二回のお延は我執にとりつかれており、その観点からお秀との会見の結果を振り返り、津田との関係を「買い戻」そうとしている。このようなお延の我執に彩られた小さな意識を「大自然」は黙照し、その意味を明らかにせずにはおかない。しかし同時に大自然はお延の一生懸命さにそれなりの優しさをも与えるのだ。大自然のはたらきは多面的であり、人知では理解できない。私はお延の制限ある意識に批判的言辞を加えることなく、「大自然」の立場からあるがままにその意識を黙照（描写）しなければならないのだ。

当該詩には百十二回における漱石のこのような創作意識が込められているのである。

十一

漱石は九月七日百十三回（「病室での津田・お秀・お延の会話場面」の最後の回）を執筆した。この日には木曜会があり、漢詩は創作しなかった。しかしこの回の描写は、すでに見てきた百十一回・百十二回を執筆した日の午後に創作した漢詩とも繋がっている。以下このことを見ておきたい。

（百十三回梗概）「二人は何時《いつ》になく融け合つた。」これまでの津田とお延の間には「常に財力に関する妙な暗闘があつた」。津田はお延に、父の財産を実際以上に鼓吹し、自分を必要な場合には父からいくらでも補助を仰ぐことが出来る若旦那であるように思わせてきた。そのためいつも彼にはお延の手前を取り繕わねばならない不安があった。しかしお秀との悶着によってお延への津田の体面意識が消えた。彼はお秀との悶着によって父親に対して曖昧な幕を張り通そうとするお延に対する「警戒が解けた」ことに気づかずにいた。「努力もなく意志も働かせずに、彼は自然の力で其所へ押し流されて来た。用心深い彼をそつと持ち上げて、事件がお延のために彼を其所《そこ》迄運んで来て呉れたと同じ事であつた。」「改めやうとする決心なしに、改たまつた夫の態度には自然があつた。」一方お延にあっては、内と外の区別がある自分の弱点をさらけ出そうとしない夫に不満を感じ、それならば「此方《こっち》にも覚悟がある」と腹の中で決めていた。その態度が津田にも反響し、今までの二人は直に向き合うわけにはいかなかった。ところが「お秀との悶着が、偶然にもお延の胸にある此扉を一度にがらりと敲《たた》き破つた。しかもお延自身毫も其所《そこ》に気が付かなかつた。彼女は自分を夫の前に開放しようといふ努力も決心もなしに、天然自然自分を開放してしまつた。だから津田にも丸で別人のやうに快よく見えた。」二人は何時になく融け合った。そして京都への善後策を「平気で取り上げた」。相談の結果吉川に口をきいて貰うことが最善の策ということになった。事件後の二人はうち解けて、こんな相談をした後、心持ち良く別れた。

右の百十三回の描写の特徴は、次の諸点にある。

(1)津田夫婦にあった「財力に関する妙な暗闘」の「因果」を、二人の意識から離れた地平にいる語り手がはっきりと示していること。

(2)二人の意識が変化していくありさまとその理由が禅的視点からなされていること。

(3)禅的視点による語り手の解説が全面的に展開されていること。

以下、この描写の特徴と漢詩の関係を考えてみよう。

(1)について——津田夫婦の「財力に関する妙な暗闘」の「因果」について、語り手は次のように描き出している。

津田は自分を高く評価させるために、父親の財力を実際よりも多くお延に吹聴した。「利巧な彼は、財力に重きを置く点に於て、彼に優るとも劣らないお延の性質を能く承知してゐた。極端に云へば、黄金の光りから愛其物が生まれると迄信ずる事の出来る彼」はお延から軽蔑されることを恐れ、堀に依頼して、必ずしも必要としない額を父から毎月受けるようになったと。

この回の語り手は、津田やお延の意識から遠く離れた地平に立って、財力にこだわる二人の意識を示し、金への執着が二人の意識に隔たりを創り出している根本原因であることを明らかにしている。この場面での語り手の特徴は、金の力が津田・お延の意識に与える影響をはっきりと描き出しているところにある。二人の「財力の暗闘」の

「因果」を描き出すこのような描写の性格（人に与える金の否定的影響を見据えている視線）は、百十二回を執筆した昨日の漢詩の前半「虚明道の如く夜霜の如し　迢逓として証し来たる天地の蔵」（＝大自然はこの世界を貫き、存在するすべてものに厳しい視線を注いでいる。大自然は人の営みの意味を明らかにせずにはおかない）と詠っているその禅的視点と重なっている。百十三回の描写の視点、すなわちこの語り手が立っている地平とは、彼が前日・前々日に創作している漢詩の禅的視点なのである。

⑵について——語り手は津田の意識の変化を「自然の力」でお延の望むところに「押し流されて来た」と表現し、お延の変化についても「お秀との悶着が、偶然にもお延の胸にある比扉を一度にがらりと敲《たた》き破つた」と表現している。一方、前々日の漢詩「絶好の文章天地大に……」の頷聯では、次のような大自然と景（桃や鶴）との関係が詠われていた。——桃は正昼に咲き、鶴は晴空に飛び立つ（自力で桃は咲き、鶴は飛ぶ）が、しかしその行為は大自然のはたらきがさせているのだ。——百十三回における、「自然」と津田・お延の関係（津田やお延の意識の変化は、自分では気づいていないが、「自然の力」によって引き起こされているという語り手の描写）と、漢詩における大自然と景との関係（桃の開花や鶴の飛行は「自然」のはたらきに従ったものとする禅的視点）とは類似している。この類似は、百十三回に描いた「自然」と津田・お延の関係が、漢詩「絶好の文章天地大に」で詠う、大自然と景（桃や鶴）の関係と重なっていることを示している。

　留意すべきは今まで漢詩のなかで詠われていた禅的自然が、『明暗』の中にその姿を現わしていることである。このことと、次に見る、語り手が禅的視点を全面的に展開していることとは深い関係があると考えられる。

⑶について——すでにみたように、語り手は大自然の立場（禅的視点）に身を置き、「自然」のはたらきとの関係で津田とお延の意識変化のありようを描いている。一方、「絶好の文章天地大に……」では、人は大自然のはたらきを言葉で説明できないとする「不立文字」の考え（禅者の視点）が強調されていた。また漢詩「虚明道の如く夜

霜の如し……」では、大自然の「意」に包まれている禅者の姿が詠われていた。この二首では、ともに禅的宇宙のありようと、それを創り出す大自然のはたらきを感得している禅者との関係が詠われている。百十三回の(3)の特徴とこれら漢詩の内容との類似は、漢詩で詠っている禅者の意識が、百十三回で全面的に展開されている語り手の視点であることを示しているのである。

＊

百十三回は「病室での津田・お秀・お延の会話場面」の最後の回であり、その描写の視点は、百十一回から始まる終結部を描く語り手の視点と同一である。漱石は百十三回を執筆した日には漢詩を作らなかった。しかし百十三回は、百十一回百十二回の語り手と同じ禅的意識のレベルにあり、百十一回・百十二回を執筆した日の漢詩の内容と深く結び付いていたのである。

（注）誤解を招かないために、一言付け加えておきたい。『明暗』の立場が禅的視点にあることは、『明暗』の描いている世界が禅的世界であることを意味しない。『明暗』が描いている世界は、現実に生きる人間の意識世界であり、『明暗』の視点である禅的視点は、その現実に生きる人間意識世界を描き出す文学的枠組みなのである。

＊

右に「病室での津田・お秀・お延の会話場面」の終結部と漢詩の関係を考えてきた。この一連の会話場面のクライマックス（百七回〜百十回）を創作した日の多くは、その日の午後には漢詩を二首創作していた。その理由は漢詩一首では、己の描き出した主人公達の醜悪な意識のありようを批判的言辞を加えることなくあるがままに描き出さねばならない苛立ちを鎮めることが出来なかったからであった。しかし終結部を執筆した日においては、漢詩を同じ日に二首作ることはなかった。それはこの一連の場面のクライマックス――主人公達の醜悪な喧嘩――を書き終え、お秀が病院から去った後の津田とお延との和合に到る意識を『明暗』の語り手本来の（禅的）立場から、落ち着いて描き出すことが出来たからであった。

この一連の会話場面のクライマックスを描いている日に漱石が漢詩二首を創り、その終結部を描いた日には漢詩を一首ずつ作っていること、またその内容が禅的宇宙観や禅者の意識を詠っていることには、漱石のその時々の『明暗』執筆意識との深い結び付きがあったのである。

注

（1）当該詩には百七回だけでなく、百八回との類似も存在する。そこで百八回と当該詩との類似性をも考えておきたい。
百七回は、お延が「良人《うち》に絶対に必要なものは、あたしがちやんと拵へる丈なのよ」と言いながら、昨日岡本の叔父から貰ってきた小切手を帯の間から出す場面で終わり、百八回の前半では、お延と津田との、小切手をめぐる意思疎通のない会話が次のように描かれていく。——お延は津田が小切手の扱いで夫婦らしい気脈が通じていることをお秀の前で見せて欲しいと願った。しかし津田は、「こりや一体何うしたんだい」と尋ね、「此冷やかな調子と、等しく冷やかな反問とが、登場の第一歩に於いて既にお延の意気込を恨めしく摧《くぢ》いた。」——ここで二度にわたって描かれる「冷やかな」という形容詞と、当該詩の「梅花冷やかに」の「冷やかに」とは同一表現である。もちろん両者の「冷やか」の意味内容は異なる。
ついでお延はお秀の前で「夫婦の間に何等の気脈が通じてゐない証拠」をさらすことを恐れ、「訳なんか病気中に訊かなくつても可いのよ。どうせ後で解る事なんだから。」「よし解らなくたつて構はないぢやないの。高が此位のお金なんですもの。」と津田の発言の先手を打ったと描かれる。ここでも「解る」という言葉が二度にわたって使われている。この「解る」は当該詩の「丹心を解せしむ」の「解」と同字である。（この類似は漱石が百七回を書いた段階で、百八回に書くべき内容のかなり細かい部分までを既に構想しており、その百八回の内容を踏まえて当該詩をつくっていることを示していると考えられる。）

（2）大正五年九月六日の詩に「虚明道の如し、夜霜の如し」とある。この典拠は、『碧巌録』第九十則の頌の評唱「一道の神光万境閑なり」の前後である。このことから当該詩の、月光を道の顕現とする表現とその意識は、この『碧巌録』第九十則を踏まえているると思われる。

（3）当該詩の尾聯は、王維『輞川集《もうせん》』の次の傍線部とかかわる。すなわち、王維の「鹿柴」を中心に前後の裴迪の詩も踏まえていると考えられる。当該詩は王維や裴迪の幽境を詠った数種の詩を踏まえ、その幽境に禅的な真実世界を重ね合わせ、世俗とは断絶した意識世界を創出している。

「斤竹嶺」　裴迪《はいてき》　明流紆且直　緑篠密復深　一逕通山路　行歌望舊岑（明流紆《めぐ》りて且た直《なお》し　緑篠密にして復た深し　一逕山路に通じ　行歌して旧岑を望む）

「鹿柴」　王維　空山不見人　但聞人語響　返景入深林　復照青苔上（空山人を見ず　但だ人語の響きを聞く　返景深林に入り　復た照す青苔の上）

「同　前」　裴迪　日夕見寒山　便爲獨往客　不知松林事　但有麏麚跡（日夕《につせき》　寒山を見る　便ち獨往の客と爲る　知らず松林の事　但だ麏麚《きんか》の跡のみ有り）　＊麏麚——牡鹿（以上『漢詩大系』十、集英社、昭和五十年六月）

（4）　語り手は、百十一回でその存在を顕わす「自然」という固有名詞の使用を意識的に避けている。その理由は、漱石が『明暗』で描こうとしていることが、禅的自然そのものではなく、人間の言動とその言動を規定している要因との関係を、リアルに描き出すことにあり、作者漱石にあっては、禅的自然は「必然性」「過去の因果」と同義語であり、禅的自然は、人間の言動とその背景を克明に描き出すための「芸術的枠組み」（道具）として存在しているからである。

（5）　『続国訳漢文大成』久保天随訳註「李太白集」中巻（覆刻版『李白全集』巻二、日本図書センター、昭和五十三年六月）

第四章　小林の津田に対する強請《ゆす》り

はじめに

吉川幸次郎は『漱石詩注』（岩波新書、一九六七年五月）序で、『明暗』期の漢詩の始まりは、午前の小説による「俗了」を午後の「風流」（漢詩創作）によって「医」することにあったが、その性格は小説の進行とともに変化し、次第に「風流」の方向に終始しなくなっていったと指摘している。氏はその例として、漱石の漢詩が「閑適の詩」（九月二日）から「流落の詩」（九月十三日）へと変わり、この「流落の詩」という句を持つ九月十三日の詩「挂剣微思不自知……」では、「天下何んぞ狂える筆を投じて起ち、人間道あり身を挺《ぬき》んでて之《ゆ》く」という「激烈きわまる句」をつけるようになったことをあげられている。

漱石における『明暗』期の漢詩創作には多様な要素が存在しており、その一つには、『明暗』の主人公達の醜悪な意識世界から、己の意識を解き放つという意味があった。しかしこの時期の漢詩創作の意味はこのことにすべて収斂するわけではなく、その枠に収まらない漢詩も多い。吉川が指摘した九月十三日の詩はその代表例であろう。

ところで、吉川が指摘した「激烈きわまる句」を持つ九月十三日の詩「挂剣微思不自知……」に関連して留意すべきは、佐古純一郎や一海知義によって指摘されているように(1)、この日漱石は、この詩と方向性の異なる隠逸的要素を持つ詩「山居日日恰相同……」をも作っているという事実である。この方向性の違う二つの詩の連作は、漱石にとっていかなる意味を持っているのであろうか。

この両詩の方向性の違いの意味を考えるに当たって留意すべきは、この時期、漱石は午前中に「小林が津田から金を強請る場面」を書いており、この二つの詩を創作した日に執筆した百十九回は、そのクライマックスに当たっていることである。(2) この二つの詩の乖離（方向性の違い）には、その日の午前中に執筆した百十九回創作上の漱石の内面のドラマが関係していると考えられる。この漱石の内面のドラマは、程度の差はあれ、「小林が津田から金を強請る場面」（百十六回から百二十一回まで）とその各回を書いた日に創作した漢詩の繋がりすべてにいえることでもある。

そこで本稿では、漱石が九月十三日に執筆した百十九回とその日に創作した二つの漢詩「挂剣微思……」と「山居日日……」の落差（方向性の違い）の関係を中心に、この時期における漢詩創作の意味を考えてみたい。

一

まず、小林が津田から金を強請る場面が始まる百十六回（九月十日執筆）から見ていこう。（百十六回とその日に書いた漢詩の関係についてはすでに論じたが、(3) 本稿のテーマの性格上、必要な限りで再説する。）

（百十六回梗概）この回の最初で、津田は二階の病室の外に見える柳の木の後にある赤レンガ造りの倉に、大きな折れ釘に似たものがあるのをぼんやりと見ている。そこへ小林が上がってくる。彼は津田の家でお延から受け取った外套を見せ、奥さん（お延）が来て何か言ってたろう、「泣きやしなかつたかね」という。津田は小林がお延に話した内容を探り出そうとする。二人は顔を見合わせ、その胸のうちを探りあった。——

この百十六回で作者は病室の外をぼんやり見ている津田の前に小林を登場させ、「小林が津田から金を強請る場面」を描き始める。漱石はこれらの各回を通して小林と津田の醜悪な意識世界を描き出そうとしているのである。その最初の回で留意すべきは、津田が窓から見ている西洋洗濯屋の風景であろう。

この回の冒頭の津田にあっては、病室の外の風景——柳と赤レンガの倉、そしてその倉にある「何の為とも解らない、大きな折釘に似たもの」——が目に映っている。この柳と赤レンガの倉は、すでに指摘したように、津田の病室での会話を黙照している存在（「禅的自然」）として書き込まれている。しかしながら病室の外に見える「西洋洗濯屋の風景」は、津田にとって、目には映っているが、これらの存在の意味は不明なものであることが、語り手によって、ことさらに強調されている。

この百十六回を書いた日の午後、漱石は次の漢詩を作っている。

絹黄婦幼鬼神驚　　絹黄婦幼　鬼神驚くも
饒舌何知遂八成　　饒舌　何ぞ知らん遂に八成なるを
欲証無言観妙諦　　無言を証して妙諦を観んと欲するも
休将作意促詩情　　作意を将《もっ》て詩情を促す休《な》かれ
孤雲白処遥秋色　　孤雲　白き処　秋色遥かに
芳草緑辺多雨声　　芳草　緑なる辺　雨声多し
風月只須看直下　　風月只だ須く看ること直下なるべし

不依文字道初清　文字に依らずして　道初めて清し

◆大意

首聯　文章は鬼神を驚かすほど巧みであっても、文字を書き連ねた文章では、真実の根本を描き出すことは出来ない。

頷聯　無言（＝禅定に入ること）によって真実を知ろうとしても、文章によって真実を描き出せると誤信して、その創意工夫に現を抜かしてはならない。

頸聯　真実（＝道）は、孤雲の白く浮かんでいる秋色漂う碧空、緑なす芳草の茂る雨中の風景として存在するのだ。

尾聯　仏心の顕現である風月は、現実世界のありよう（真実相）をただ黙照しているのみである（これが世界のありようなのだ）。真実（＝道）は、文字によるのではなく、ただ黙照（＝禅的悟り）によってのみ、その清いありようを知ることができるのだ。

右の漢詩と百十六回とには深いつながりがある。

『明暗』百十六回で描かれている津田の病室の外に見える「西洋洗濯屋の風景」と、詩の頸聯の風景はともに秋空の下での景であり、「西洋洗濯屋の風景」の干し物の白と柳の緑は、この詩における雲の白、「芳草」の緑とそれぞれその配色において類似が認められる。そして何よりも、西洋洗濯屋の風景（秋空・柳・白い干し物・赤レンガの倉・風）が、病室での出来事を黙照していることと、この詩の頸聯（「孤雲白き処秋色遥かに　芳草緑なる辺雨声多し」）で、この自然の風景における「仏心」（＝自然法爾＝「大自然」）の顕現が詠われ、尾聯ではその象徴としての「風月」（頸聯の具体的な風景とつながりながら、かつその風景を超えている存在）の、現象世界を黙照している姿が詠われていることと著しい類似性を持つ。このことに留意するならば、「西洋洗濯屋の風景」は、この詩と内的につながっていることが理解できるのである。高木文雄に指摘があるように、[4]読者が『明暗』の「西洋洗濯屋の風景」に津田の病室での醜悪な意識世界を見ている眼を感じるのは、作者漱石が「西洋洗濯屋の風景」にこの詩で詠っている禅的「自然」や「風月」(仏心)を重ねているからなのである。

以下、百十六回の西洋洗濯屋の風景と、同日に創作した漢詩(禅的思惟の形象)とのつながりをさらに考えてみたい。

百十六回は、小林が津田から金を強請る場面の始まる回である。漱石はこの回において、これから描き出す小林と津田の対話を見つめる視点として、「西洋洗濯屋の風景」を描きこみ、そしてその日の午後に創作した漢詩で、小林と津田を見つめる視点がその「西洋洗濯屋の風景」が意味する禅的視点にあることを明らかにしているのである。すなわち漱石は午後の漢詩で詠った視点(禅的枠組み)によって、小林と津田の対話場面を浮き彫りにする決意を表明していると考えられる。この詩の尾聯で漱石が、《文章では真実は書き表せないのであり、真実の把握は「風月」(=仏心)が「直下」に現象世界を黙照しているように、「直下」に看る(=言葉を媒介とすることなく直観によって知る)ことが必要なのだ。》と詠っていることには、漱石の『明暗』の手法が表明されていると考えられる。この詩には、これから漱石が描き出そうとする小林と津田の対話の醜悪さを、批評によって示すのではなく、直観によって感じ取れるような書き方をせねばならないのだという作者の決意(創作態度)が表明されているといえよう。

以上のことを考えるならば、百十六回を書いた日に創作したこの詩で、これから描こうとする病室での、小林が津田から金を強請る醜悪な場面を、あるがままに描き出す作者としての心構えを詠っているといえるのである。

二

（百十七回梗概）　小林の津田に対する強請りが始まる。その冒頭で語り手は、津田が小林に、彼がお延に話した内容を喋らせようとする理由が、本心を夫にも話さないお延の性質（我執）にあることをしめす。そして津田の意識に映るお延の性質を克明に分析し、さらに小林に対する津田の駆け引きを描き出す。（しかし語り手はその説明において、津田の意識のありように批判的言辞を加えようとしない。）

一方小林は、津田の枕元にあった読みかけの書物に岡本の蔵書印を見つけ、「岡本さんは金持ちだらうね」「岡本の財産を調べないで、君が結婚するものか」「朝鮮へ行く前に、面白い秘密でも提供して、岡本さんから少し取つて行くかな」と言い出す。小林からお延に喋ったことを聞き出せない場合を予想して、別の機会を作っておこうと考えた津田は一見親切ごかしで、小林に「送別会」を開いてやろうと口にする。こうして、お延に話した内容を聞きだそうとする津田と、金を強請ろうとする小林の駆け引きが始まる。

この回で漱石は津田の内面を克明に分析している。しかし漱石は、小林の発言意図についての予備知識を読者に与えず、小林の口から出る言葉を淡々と描き出すだけである。このような百十七回の書き方にはその前日の詩（「絹黄婦幼鬼神驚……」）で表明した『明暗』の創作態度が貫かれていると考えられる。

右にみた百十七回を書いた日（九月十一日）の午後、漱石は次の詩を作っている。

東風送暖暖吹衣　　東風暖を送り　暖衣を吹く

独出幽居望翠微　　独り幽居を出でて　翠微を望む

幾抹桃花皆淡靄
三分野水入晴暉
春畦有事渡橋過
閑草帯香穿径帰
自是田家人不到
村翁去後掩柴扉

幾抹の桃花　皆淡靄
三分の野水　晴暉に入る
春畦　事有り　橋を渡りて過ぎ
閑草　香を帯び　径《みち》を穿ちて帰る
自ら是れ田家　人到らず
村翁去りて後　柴扉を掩《おお》う

◆大意

首聯　春風は暖かく、衣を吹く。私は一人わび住まいを出て、山腹の緑を眺める。

頷聯　（眼前に広がる風景――）刷毛で描いたような桃花は靄に包まれ、三筋に分かれた野水は、晴暉（日差し）のうちに流れ込んでいる。

頸聯　春の畑仕事が始まっており、それを見ながら橋を渡り、草の香のする小径を通り抜けて帰る。

尾聯　田舎家には人の訪れもない。村の老人が帰った後は、柴の戸を閉めて、ひっそりと暮らす。

この詩は一見前日の詩（「絹黄婦幼……」）と異質のように見える。しかしこの詩もまた『明暗』に描きこまれている「西洋洗濯屋の風景」とつながっている。その類似をあげるならば、この詩の首聯における「東風が衣を吹いている」ことと、『明暗』の病室の外で風が白い洗濯物を揺らしていること、詩の「翠微」と『明暗』における病室の外の柳の緑、詩の「桃花」の赤と『明暗』における倉の煉瓦の赤色、さらには、詩の「晴暉」と『明暗』の晴れ渡る秋空などが指摘できるであろう。もちろん、季節の違いはある。しかしその細部におけるこのような類似は、この詩が『明暗』に描きこまれている「西洋洗濯屋の風景」とがつながっていることを示している。

それではこの繋がりの根本はいかなるところにあるか。ここに描かれている景は、松岡譲が「靉靆たる春景色、暖かい春景色の好きな漱石の南画の構図の一つ」と評しているごとく、南画や水墨画の典型的な情景であり、その形式化された東洋的理想郷（「大自然」の四時の運行に人間の営みを同化させる東洋的な人間の生き方の理想）に、漱石のあるべき人間の理想を託しているといえよう。特に尾聯では、ことさらに俗世間の人間との付き合いを遮断して四時の運行に溶け込んで生きることを理想とする漱石の禅的願望が強調されていると考えられる。

留意すべきは、この七言律詩で強調されている人間の意識のありよう――世俗と遮断し、自然の運行に同化した生き方を理想とする東洋的人間観――は、百十七回に描き出されている小林と津田の醜悪な意識世界の極北に位置することであろう。

このことを考えるならば、この詩に表明されている視線が、百十六回で書き込んだ「西洋洗濯屋の風景」が意味する、世俗の世界を黙照する禅的視点と同質のものであることが理解されよう。すなわち、この詩は「西洋洗濯屋の風景」と同質の漱石の拠り所――世俗の醜悪な我執と遮断した意識世界〈禅的思惟の世界〉――の形象化であることが理解されよう。漱石は、この詩に表明された禅的思惟の枠組みから、百十七回の病室での津田と小林の対話を描き出しているのである。

三

（百十八回梗概）小林は津田がお延と結婚した理由が彼の世俗的計算であることを指摘する。津田はその小林の言葉のうちに、自分が金を強請られている事を感じる。小林は、「君、何処かに強奪《ゆす》る所はないかね」「君丈は何時も景気が好ささうぢやないか」と露骨に言い出す。この段階での津田の意識を語り手は次のように描き出す。「小林のために金銭上の犠牲を払ふ気は起らなかつた。第一事が其所迄切迫して来ない限り、彼は相談に応ずる必要を毫も認めなかつた」。小林もまた「不思議に」「それ以上津田を押さなかつた」。そのかわり突然話をお秀のことに向ける。（後に、これが小林の巧みな強請り方であったことがわかる。）

百十八回から小林の巧妙な津田に対する強請りが具体的に描き出されていく。と同時にこの回では、津田の小林に対する冷淡さにも焦点が当てられていく。

この百十八回を書いた九月十二日、漱石は次の漢詩を作っている。

我将帰処地無田
我未死時人有縁
喞喞虫声皆月下
蕭蕭客影落燈前
頭添野菊重陽節
市見鱸魚秋暮天
明日送潮風復急
一帆去尽水如年

我将《まさ》に帰らんとする処　地に田無く
我未だ死せざる時　人に縁有り
喞喞《しょくしょく》たる虫声　皆月下
蕭蕭《しょうしょう》たる客影　燈前に落つ
頭に野菊を添う　重陽の節
市に鱸魚《ろぎょ》を見る　秋暮の天
明日　潮を送りて　風復た急に
一帆　去り尽くして　水　年の如し

◆大意（5）

首聯　私の帰るべき本当の場所（故郷）は、禅的自然（＝本来の面目・無）の世界であるが、生身の肉体を持ち、世俗に生きる私には容易にはその場所に帰ることができない。私は生きている間は、人との縁につながれ、人間の世界に生きるしかない。

頷聯　私は、このような人間の生の営みの厳しさを月下の虫声や燈前の客影（人生の旅人である自分の影）の物寂しさのうちに感じるのである。

頸聯　私は、重陽の節には丘に登って遠く離れた兄弟を思う純粋な兄弟の情や、秋になって市に鱸魚が売られているのを見て故郷を思い、官位を捨てて故郷に帰った張翰の生き方に、人間のあるべき姿（純粋性）をみるのである。

尾聯　明日の風は、彼の乗った船を潮にのせてあるべき故郷へと運び去っていく。彼は真実世界（「自然」）に生きているのだ。彼の乗った一帆が見えなくなった後は何もなく、水面は、年月の流れのようである。真実世界は世俗とは異なる時間を超越した世界なのだ。

津田に対する小林の巧妙な強請りが始まる百十八回を書いた日、漱石がこの漢詩を創作している理由を考えてみたい。

頸聯の前半（「頭に野菊を添う　重陽の節」）を一海は『漱石全集』（岩波書店、一九九五年十月）の訳注において、「この句、王維の詩「九月九日山東の兄弟を憶う」を連想させる」と記している。そこで松枝茂夫編『中国名詩選』（岩波文庫、一九九一年一月）から、解説、現代語訳を含めて、その箇所を引いてみたい。

九月九日憶山東兄弟

この詩は王維が科挙の試験をうけるために長安の都に出ていたとき、たまたま九月九日の重陽の節句にあい、故郷の兄弟たちをしのんだもの。（中略）王維、ときに十七歳。

独在異郷為異客　独り異郷に在って異客と為り、
毎逢佳節倍思親　佳節に逢うごとに倍々《ますます》親を思う
遥知兄弟登高処　遥かに知る　兄弟高きに登る処
偏挿茱萸少一人　偏《あまね》く茱萸《しゅゆ》を挿して一人を少《か》くを

ただひとり異郷で暮らしている身には、めでたい節句に逢うたびに、ひとしお肉親のことが思われてならない。今日はあたかも重陽の節句、遠く離れていても目にありありと浮かんでくる——兄弟たちが丘に登って、みなそれぞれハジカミを挿《かざ》しながら、今年は一人だけ欠けてるなあといって寂しがっている様子が。

一海の訳注に従って、漱石の当該詩の第五句（「頭に野菊を添う　重陽の節」）がこの詩を踏まえていることに留意するならば、この第五句では、漱石の心のうちに存在している、心を一つにしたあるべき兄弟の情（いさかいのない理想的人間関係）が詠われていることが理解されよう。

留意すべきは、漱石がこの詩を詠んだときに執筆している『明暗』の回の前後では、小林によって、津田とお秀の兄妹の喧嘩が強請りの材料にされており、そこでの津田とお秀の我執に彩られた兄妹の意識は、漱石がこの漢詩で詠っているあるべき兄弟愛とは対極にあることであろう。すなわち漱石は、津田とお秀の兄妹の関係を、王維の詩に詠われた兄弟愛を理想とする視点から描き出していることが知られるのである。

頸聯の後半「市に鱸魚を見る　秋暮の天」を考えてみよう。ここでは、晋の張翰の故事——張翰は北方で役人をしていたが、秋になると市で鱸魚が売られているのを見て、故郷を思い、官をやめて南へ帰ったという故事（『晋書』張翰伝）——が踏まえられ、俗世の栄達に未練を持たず、自分が住むべき故郷へ帰ろうとする張翰の意識と、その張翰の生き方への漱石の憧れが詠われているといえよう（吉川注）。

右にあげた詩の典拠と漱石の当該詩との関係を整理するならば、次のようになろう。

頸聯が踏まえている王維の詩や張翰の故事（を詠った詩）では、人が帰るべき「故郷」とそこでの人間的つながりが詠われているが、その「故郷」は、禅的な世界でいう、「本来の面目」や「自然」の意味に転用されている。また典拠での「親・兄弟」の関係も禅的な意味としての「自然」と融合した、諍いのない理想的人間関係に転用されている。漱石が典拠として踏まえた王維の詩に詠まれた兄弟の情や、張翰の故郷への想いは、このような禅的世界のあるべき人間の姿の一こまとして詠み込まれていると考えられる。この詩では漱石の理想とする東洋的なあるべき人間関係（禅的視点からする人が帰るべき「故郷」（＝真実世界））が詠われているのである。

留意すべきは、その詩を作っているときの漱石の意識と『明暗』とのつながりである。

『明暗』に描かれている津田の血縁である両親や妹お秀との関係の要点は次のようなことにあった。津田はお延への見栄を維持するために、お秀の夫堀を保証人として、京都の父親から、盆暮れの賞与を割いて返すという約束で毎月仕送りを受けていた。しかし津田がその約束を守らないので、父親は送金を中止した。九十六回の津田は、お秀との会話中に仕送りをしない父親の底意に気づく。心のうちで「まさか」と叫んだ彼は、次の瞬間に「ことによると」と言い直さねばならなかった。彼が思い当たった父親の底意とは、今後の仕送りをお秀の夫堀に肩代わりさせるという計画であった。津田は父親の心理のうちに、「狐臭い狡猾な所」「小額の金に対する度外れの執着心」を認めた。津田の父親は「小額の金」に執着する計算高い人物なのである。

お秀はどうか。入院中の津田を妹お秀が訪れたのは、父の底意に気づいたお秀が兄の必要とする金を渡して兄の窮地を救うと同時に、その金を利用して兄に後悔させ、心を入れ替えさせるという目的があった。お秀もまた、金の力によって、人を動かそうとする俗人であった。津田の両親や妹は、一言で言えば、金と「我執」に支配された世俗世界の住人であり、漱石の頸聯で詠まれた王維の詩中の兄弟や、張翰の「故郷」への思いに代表される人間関係の理想（世俗的な利害関係や社会的地位とは無縁な状態）の極北にあった。

このことは、百十八回から小林の口に上がる、津田とお秀の関係を描くに当たって、漱石が王維の詩に詠われているあるべき兄弟の情や、俗世に未練を持たない張翰の意識のありようを想起し、その視点（すなわち、禅的なあるべき人間の理想の立場）から、津田・お秀・その背後にいる父親の関係を見つめていることを示しているのである。

そしてそのことは、この詩の創作が、『明暗』の中で批判的言辞を加えずに、主人公たちの醜悪な内面を浮き彫りにするために必要な作業——漱石の心に生ずる津田やお秀の意識のありようへの批判を漢詩の中に封印するための作業——であったことを示している。この作業によって、漱石は作品の中では、津田やお秀の我執を、批判的言辞を交えることなく客体化して描き出すことが可能となっているのである。

四

（百十九回梗概）（この回は小林の津田への強請りが描かれる一連の場面のクライマックスである。）小林は「兄妹喧嘩をしたんだつて云ふぢやないか」「君にも似合はないね、お秀さんと喧嘩をするなんて」と言い出す。そして小林は「君ほど又損得利害をよく心得てゐる男は世間にはたんとないんだ。たゞ心得てる許《ばかり》ぢやない、君はさうした心得の下に、朝から晩迄寐たり起きたりしてゐられる男なんだ。……好いかね。其君にして——」と、お秀と喧嘩したことの愚を執拗に強調する。津田はその小林の執拗な強調の意味が、小林の金の要求を断ることの愚を津田に示すことにあることに気づく。しかし小林は、「惚《とぼ》けた顔をして済まし返」り、お秀さんとの喧嘩は君の予想もしなかったところへも影響を与えていると言い出して、その言葉の津田に与える影響を確かめる。はたして津田は平気でいることが出来なかった。

この百十九回を書いた九月十三日、漱石は次の漢詩を創作している。

挂剣微思不自知　剣を挂《か》くる微思　自ら知らず
誤為季子愧無期　誤って季子と為り　期無きを愧《は》ず
秋風破尽芭蕉夢　秋風　破り尽くす　芭蕉の夢
寒雨打成流落詩　寒雨　打ちて成す　流落の詩
天下何狂投筆起　天下　何ぞ狂える　筆を投じて起ち
人間有道挺身之　人間　道有り　身を挺《てい》して之《ゆ》かん
吾当死処吾当死　吾当《まさ》に死すべき処　吾当に死すべし
一日元来十二時　一日　元来　十二時

◆大意
首聯　わたしは季札の信義を守る意識を人の道として大切にしているが、しかしわたしは、人の道を実現する機会を持ち得ないことを恥ずる。
頷聯　秋風が、わたしの抱いていた夢を破り尽くし、寒雨が「流落の詩」を作り出す。
頸聯　この世の中はどうして狂っているのか。わたしは筆を折って、現実の変革のために立ち上がるべきである。人間には人としての生きる道がある。身を挺して人の道を実現すべきなのだ。
尾聯　わたしは、道のために死なねばならない時には命を投げ出すべきなのだ。一日は十二刻と相場は決まっているではないか。

この詩は、吉川幸次郎に指摘があるように、その前後の詩の中では異質であり、この詩には漱石自身の現実社会に対する激しい憤りが吐露されているといえよう。問題は、百十九回を書いた日、漱石がこのような「激烈きわまる詩」(吉川)を書いた理由であろう。以下この点に焦点を絞ってこの詩の意味を考えてみたい。

首聯が踏まえている「挂剣」の故事を引いておこう。――季札が徐国に立ち寄ったとき、徐王は季札の名剣を所望したい様子であった。その意を察していた季札は、帰途その剣を贈るべく徐国に立ち寄ったが、王はすでに死んでいた。そこで季札は、王の墓前に剣をかけて立ち去った。――季札は心の中で、徐王に剣を贈ることを約束していたが、徐王はすでにこの世におらず、誰もその約束を知るものがない。にもかかわらず、季札は自分の心に恥ずることがないよう、心の約束を実行に移し、人としての信義を守ったのである。

この故事における季札の「信義」を尊ぶ意識は、漱石にとって、人としてのあるべき意識であり、友情が成立する信頼関係の象徴であった。

すでに見てきたように、百十八回に描かれた小林の金を強請る仕方や、小林の困窮に気づきながらも、その援助を考えようともしない津田の態度は、「挂剣」の故事――徐王の気持ちを察して、その気持ちに応えようとする季札の「信義」――の極北にある。

漱石は漢詩で詠った「挂剣」の故事に象徴される、東洋的なあるべき人間関係を理想とする立場から、小林と津田の醜悪な意識の内実を見つめていると考えられる。漱石は彼らの醜悪な「友情」を、批判的言辞で彩ることなく、客体化して描き出している。しかしこのような二人の会話、特に、小林の巧妙な強請りのやり口を、批判的言辞を加えることなく描き続けることに漱石は耐えられなかったのではなかろうか。そのため漱石は、この作業の苦痛に耐えかね、小林や津田の「友情」の醜悪な内実を浮き彫りし続けることへの自己嫌悪を意識せずにはおれなかったと思われる。この詩がそれ以前の詩に比べて「激烈」である理由は、漱石が、津田や小林の「友情」の醜悪さに耐え切れず、その醜悪さを抉り出すことへの自己嫌悪を、『明暗』を書き続けることへの自己批判として吐露せずにはおれなかったことにあると考えられる。

このような観点からするならば、この詩の各聯には、つぎのような百十九回を書いた時の漱石の意識が重ねあわされているといえよう。

首聯――わたしは、この世の変革を目指していたはずであった。しかしわたしがしていることは、『明暗』で津田と小林の醜い意識世界を批判も加えずに描き出すことでしかない。

頷聯――厳しい現実（＝秋風）が、人としての理想の実現（＝わたしの抱いていた夢）を破り尽くし、人の生きる俗世間の現実（＝寒雨）が『明暗』（あるいは『明暗』期の漢詩＝「流落の詩」）を作り出すのである。

頸聯――どうして、津田や小林のうちにあるような、醜悪な意識が世の中を支配しているのか。わたしは『明暗』の筆を折って、現実の変革（理想の実現）のために立ち上がるべきである。人間には人としての生きる道がある。身を挺して人の道を実現すべきなのだ。

尾聯――津田や小林の醜悪な意識を描き出すよりも、その醜悪な人間の意識を変えるために、行動すべきである。人生には限りがある。わたしは「道」のために命を投げ出すべきなのだ。

この詩の内容は、百十九回に描き出した小林と津田の意識世界の醜悪さ――この一連の場面におけるクライマックス――に耐えられずに発した作者漱石の肉声なのである。

五

漱石は同じ日、この詩とは方向性の異なるもうひとつの詩を創作している。この両詩の落差には、百十九回を書いた後の漱石の内面のドラマが如実に反映していると考えられる。以下、この点を考えてみたい。

山居日日恰相同
出入無時西復東
的皪梅花濃淡外
朦朧月色有無中
人従屋後過橋去
水到蹊頭穿竹通
最喜清宵燈一点
孤愁夢鶴在春空

山居日日　恰《あたか》も相同じ
出入　時無く　西復た東
的皪《てきれき》たる梅花　濃淡の外
朦朧たる月色　有無の中
人は屋後従《よ》り　橋を過ぎて去り
水は蹊頭に到り　竹を穿ちて通ず
最も喜ぶ　清宵の燈一点
孤愁　鶴を夢みて　春空に在るを

◆大意(6)

首聯　山中での生活は毎日が同じであり、いつでも気の向くまま方向を定めず出歩く。(＝禅的真実世界では、時間を超越し、方向も存在しない)。

頷聯　あたりの梅花の鮮やかな色は、濃淡を超越しており、朧にかすむ月影はあると思えばあり、ないと思えばない。

（＝森羅万象すべて「無」の顕現なのだ。）

頸聯 この自然の中にあっては、人は自然の景に融合し、その一部となる（＝自然に融合したこの世界では、人は何のわずらいもない）。

尾聯 わたしの最も喜びとするのは、夜中に一灯を点じて（＝法燈に導かれて）座禅を組み、こころを禅夢の世界にあそばせ、わたしの意識が禅的真実世界の風景――春空を飛ぶ孤鶴――となってたち現われる時なのである。――

大意に示したごとく、この詩では自然の営みに融合した人間の世俗に煩わされない意識（隠逸者＝禅者の理想）が詠われているといえよう。

「挂剣微思不自知……」と「山居日日恰相同……」という方向性のまったく異なる二つの詩が同日に連作されている理由について考えていこう。先に述べたように「挂剣微思不自知……」では、作者漱石の、小林の醜悪なやり口の描写に耐えられず、詩の中で、彼に対する「激烈」なる批判的言辞を、『明暗』を書き続けることへの自己批判として吐露せずにはいられなかったと考えられる。しかしながら、小林や津田の醜悪な意識に対して、作者の立場から、彼らに直接批判的言辞を投げつけることは、『明暗』の方法の破綻でしかなかった。彼は、『明暗』の方法を貫徹するために、自分の創作した主人公達への怒りと批判（すなわち『明暗』を書き続けることへの自己嫌悪）を抑えねばならなかった。そのため彼はすぐさま禅的「自然」と一体となった意識世界を創作し、その中に自分の意識を没入さすことによって、その高ぶった自分の気持ちを押さえつけたと考えられる。この二つの詩の乖離には、このような百十九回執筆時の漱石における内面のドラマが投影されているのである。

六

漱石は右の二つの詩を創作した次の日（九月十四日）百二十回を書くが、この日は木曜会があり漢詩を作っていない。

（百二十回梗概）　小林は、お秀が、吉川夫人を訪ねたことを告げる。津田はお秀のやり口一つで、吉川に対する信用や、吉川と岡本の関係も「何《ど》う変化して行くか分《わか》らなかつた」と感ずる。津田が、そこでお秀が何をしゃべったか小林から聞き出そうとすると、彼は肝心なところでは圏外に出てしまう。しかし、小林の口から、しばらくしたら、ここに吉川夫人がくるだろうという言葉を聞く。

その翌日（九月十五日）漱石は百二十一回――小林が津田から金を強請り取る一連の場面の最後に位置する回――を書いている。

（百二十一回梗概）　小林の言葉を聞いた津田は、お延が病院に来ないようにすること、そして小林を早く追い払わねばならないことを感ずる。しかし小林は、帰る気色を見せず、「僕も吉川の細君に会つて行かうかな」と言い出す。津田は小林を追い払うために、「金」を後日与える約束をしなければならなかった。こうして小林は、津田が自主的に金を彼に渡さざるを得ないように仕向け、それに成功したのである。

漱石は、右にみた百二十一回を書いた九月十五日、次の詩を作っている。

素秋揺落変山容　　素秋揺落　山容を変じ

高臥掩門寒影重
寂寂空舲横浅渚
疎疎細雨湿芙蓉
愁前剔燭夜愈静
詩後焚香字亦濃
時望水雲無限処
蕭然独聴隔林鐘

高臥門を掩《おお》へば　寒影重なる
寂寂たる空舲　浅渚に横たわり
疎疎たる細雨　芙蓉を湿《うる》おす
愁前　燭を剔《き》れば　夜愈《いよ》いよ静かに
詩後　香を焚けば　字も亦た濃し
時に望む　水雲無限の処
蕭然として独り聴く　隔林の鐘

◆大意⑺

首聯　季節が秋になると山も姿を変えていく。存在するすべてのものは、「大自然」に支配されその運行に従って変化していくのだ。そのことを知っているわたしは、世俗から離れ、隠棲（高臥）を決め込んでいるが、しかし「大自然」の力を前にして、私は、自分の心に寒影（愁い）を感じざるをえない。

頷聯　人影のない寂莫たる風景（＝わが心のうちに生じる心象風景）――渚に空船が横たわる風景や雨中にはすの花がひっそりと咲く風景――の中にこそ、四時を掌る根源的力（＝自然・仏心）が顕現しているのだ。

頸聯　私は夜半一灯（法燈）の許で、自然と人間の営みについて物思いにふける。禅詩を作り、香を焚けば、その詩の中にこそ真実世界が顕現していると感じられる。

尾聯　「水雲無限」のところにある、この宇宙の運行を掌る根源的世界（＝真実世界）に、私は同化したい。林の間から聞こえる寺鐘の響きはその思いを一層強くさせるのである。

百二十一回では、小林を早く追い払う必要を感じている津田の心理が次のように描き出されていた。

津田は欠伸をして見せた。彼の心持と全く釣り合はない此所作が彼を二つに割つた。何処かそわ〳〵しながら、如何にも所在なささうに小林と応対する所に、中断された気分の特色が斑《まだら》になつて出た。

右の「此所作が彼を二つに割つた」という描写では、津田の平静さを装っている表面と、うろたえている彼の内面との分裂が、はっきりと現れてしまっている。ここでは計算ずくで行動する津田もまた、「見えない力」（＝「自然」）によって翻弄され、哀れな姿を見せていることが強調されている。漱石は津田の内面の分裂に批評的言辞を加えることなく、慌てふためく津田の姿を淡々と浮き彫りにしている。

一方、この津田の心の分裂を描いた日の午後に創作した漢詩の首聯においても、（大自然の）季節の運行によってあたりの景色が変わっていくさまを見ている隠者の意識の分裂――「閑居」して太平楽を決め込む「高臥」する意識と、「寒影」を感ずる意識（「愁」を感ずる意識）の分裂――が詠われている。

「高臥」の意識について考えてみよう。この意識は、人の生の営みは大自然の運行に融合すべきであるとする禅的思惟の枠組みに寄り添った意識である。『明暗』創作時の漱石の創作意識に即していうならば、津田の意識（＝津田に成り代わっている漱石の意識）を客体化する方向に働く創作意識のよりどころの表明といえよう。

一方、「寒影」を感ずる意識は、「高臥」を肯定する意識と方向性が異なる。人は容易には大自然のもとに行くことが出来ないという気持の表現であろうが、この意識には、禅的枠組みにとらわれることなく、人間本来の意識を見つめている漱石の次のような作家意識も投影されていると考えられる。――津田に限らず、人間は世俗に生きねばならない以上、我執を持たざるを得ない。それゆえ人間は、誰でも「自然」の厳しさの前では、哀れな姿を示さざるを得ない。これが現実に生きる人間の姿ではないか。人はこの世では、「高臥」の意識に生きることはできないのだ。——この詩の「高臥」する意識と「寒影」を感ずる意識の乖離にはこのような津田の心の分裂を描いた後の、漱石の心の対話が投影していると考えられる。

同様に、頸聯や尾聯にも次のような『明暗』執筆時の思いが投影していると考えられる。頸聯の「愁前」の「愁」の具体的内容は、禅的意味に転用された、禅的世界と人間の営みに対する関係への意識といえるが、より具体的には、この日に書いた小林と津田との我執に満ちた会話への漱石の思い（「大きな自然」の前で、二人とも哀れな姿をさらけ出していることに気がつかないという思いや、禅的世界の厳しさへの思い）が投影されているといえよう。尾聯の「蕭然として独り聴く隔林の鐘」の「蕭然」(8)にも、現実世界（『明暗』で描き出した津田や小林の我執のあり様）と筆者の憧れる禅的真実との落差への思いが込められているといえよう。

以上のことに留意するならば、この詩にもまた、『明暗』百二十一回を書いたときの漱石の意識が投影されているといえるのである。

おわりに

本稿では、『明暗』百十九回を執筆した九月十三日に創作した二つの詩の関係を中心に、小林が津田から金を強請る一連の場面（百十六回から百二十一回）とそれらの各回を書いた日の午後に作られた漢詩との結びつきを見てきた。

これらの漢詩では、小林や津田の醜悪な意識世界を描きつくす視点の枠組みが表明されていた。この時の漢詩創作は、『明暗』創作に即していえば、小林や津田の醜悪な意識世界を、批判的言辞を加えることなく客体化して描き出すという『明暗』の創作方法を貫徹させるための作業を意味していた。同時に、『明暗』各回創作後の漱石の意識に即していえば、この時の漢詩創作は、漱石にとって、『明暗』創作において小林や津田の醜悪な意識世界に同化していた自分の意識を、彼らの醜悪な意識世界から断ち切る役割を果たしていることをも示している。

しかしすでに見てきたように、これらの漢詩には、主人公たちの醜悪さに耐え切れずに発する社会批判や、その現実に手をこまねいている自分自身への批判も吐露されていた。そこには、禅的思惟と方向性の異なる漱石の人間に対する血の通った意識が色濃く投影していたのである。このことは、漱石にとって、この時の漢詩の禅的思惟が、津田や小林の醜悪な意識世界を描きつくすための創作意識のよりどころ、いわば建設現場における足場のようなものであることを示している。『明暗』は、漱石の意識における、漢詩の枠組みである禅的思惟（生死を超越し、「無」を理想とする視点）と、禅的思惟とは異質な漱石の人間観（漱石の作家意識の根底にある生を大切にする視点）との交差する地点で生まれているのであり、この二つの視線の交差が『明暗』の主人公たちのリアリティを生み出しているといえるのである。

本稿で取り上げた『明暗』の「小林が津田から金を強請る場面」とそれらの場面を執筆した日の漢詩との関係には、『明暗』創作現場での、漱石の内的ドラマが如実に現れているといえよう。

注

（1）佐古純一郎『漱石詩集全釈』（二松学舎大学出版部、昭和五十八年十月）。一海知義『漱石全集』第十八巻「漢詩文」（岩波書店、一九九五年十月）

（2）『明暗』各回の執筆日と漢詩創作の関係については、第一部第一章（『明暗』執筆日と漢詩創作日との関係）参照

（3）第一部第三章「『明暗』における「自然物」と「西洋洗濯屋の風景」」参照。

（4）高木文雄「柳のある風景」（『漱石の命根』（桜楓社、一九七七年九月）。氏が注目されたのは、その風景のなかの「柳」である。

（5）このように解した根拠（語釈）と、それに基づく各聯の内容に触れておく。

首聯の第一句で詠っている、「帰処」（帰る場所）とは、陶淵明の「帰去来兮の辞」の「田園」を踏まえ、禅的意味に転用された

「故郷」――禅的な、人間のあるべき場所（本来の面目・大自然）――を意味していると考えられる。第二句の言外では、真実世界は自分の住む現実の中にあり、この現実を構成する人間関係にこそあるのだ、という作者の禅的思惟が詠われている。頷聯では、中村宏が記しているように、一・二句に述べた禅的真実世界の厳しさからくる「憂愁」（中村）を、「月下」の「虫声」や「燈前」の「客影」に感じる「物淋しさ」に仮託して詠っているといえよう。頸聯では、王維の詩や張翰の故事を踏まえて、禅的世界の「故郷」への思い――あるべき兄弟の関係や、世俗に縛られない人間の生き方――を詠い、尾聯では頸聯で詠った禅的な真実世界（故郷）への憧憬を、作者が生きねばならぬ現実（世俗）との落差を通して詠っているといえよう。

（6）この詩の解釈の要点（語釈）を記しておく。――「西又東」「濃淡の外」「有無の中」という句には、現実世界とは異なる禅的世界が暗示されている。この詩の首聯には、「禅的真実世界では時間を超越し、方向も存在しない」という意味が重ねられ、頷聯には「森羅万象すべて無の顕現なのだ」という意味が込められている。私見によれば、この詩の世界では世俗的な生が意識的に排除された禅的な生が顕現した理想郷が詠われているのである。

（7）この詩の理解の要点を記しておく。首聯――第一句（「季節の変化があたりの風景を変える」という内容）は、「大自然」は季節の変化をつかさどっており、人はその運行に逆らうことができないのだという禅的な意味が重ねられている。第二句の「高臥」には、その「大自然」の運行にしたがって生きることを理想とする隠逸者（＝禅者）の意識が描かれている。頷聯――ここでは、この詩のテーマを支える禅的風景が描かれる。人影のない寂莫たるこの風景の中にこそ、禅的真実世界が顕現していることを詠っている。尾聯――「水雲無限の処」とは、碧空の無限性として存在する禅的根源性を指し、この句の中に漱石は、禅的真実への憧れを重ねていると思われる。

（8）九月二十三日の詩の語釈参照

堀家にて

第五章　お延とお秀の戦争

はじめに

漱石は『明暗』百二十三回（九月十七日）から百三十回（九月二十四日）にかけて、堀家におけるお延とお秀の戦争場面を執筆した。――お延は自分の留守中自宅にお秀が来たことを知り、病院行を中止して堀家に向かった。堀家でお秀と対座したお延は、「技巧」を駆使し、お秀から津田の秘密の「影」を摑んだ。しかしその内容を探り出すことは出来ず、お秀に叩き付けられて引き下がらねばならなかった。――この一連の場面のクライマックスはお延がお秀から津田の秘密の影を摑む百二十八回・百二十九回、お延がお秀に叩き付けられた百三十回である。漱石は百二十八回を書いた二十二日の午後、禅的世界と俗世との関係を詠った漢詩を創作している。ところが漱石は、百二十九回を執筆した二十三日の午後、最初に禅的世界の静謐さを詠った漢詩を作った後、突然激しい禅僧批判を内容とする二つめの漢詩を創作している。そしてこの一連の場面の最後を創作した九月二十四日には、再び禅的悟りの生み出す落ち着いた漱石自身の意識を詠った漢詩を作っている。「堀家でのお延とお秀の戦争」のクライマックスの頂点である百二十九回を執筆した二十二日の午後、漱石はなぜ二つの詩を作り、しかもその二番目の詩で激しい禅僧批判を行っているのであろうか。

本稿では、その理由を中心に、その前後の漢詩創作の流れの中で、『明暗』執筆と漢詩創作との関係を明らかにしてみたい。

一

まず、九月二十二日の午前中に執筆した百二十八回と、その日の午後に創作した漢詩の関係を通して、漢詩創作の意味を考えていこう。

（百二十八回梗概）（お延はお秀が話題とした「愛」という言葉を利用して、お秀が知っている津田の秘密を引き出そうとしていた。）「論戦の刺撃《しげき》で、事実の面影を突き留める方が、まだ増しだ」と思ったお延は、「自分の夫が、自分以外の女を愛してゐるといふ事が想像できるでせうか」「あたしは今そんな事を想像しなければならない地位にゐるんでせうか」と鎌を掛けた。「そりや大丈夫よ」というお秀の昼の辺りにお延は「冷笑の影」を認めた。再度「延子さんなら大丈夫よ」と口にしたお秀は、あわてて「あら、あたし何も知らないわ」と「急に赧《あか》くなつた」。しかし、お延には、「吉川夫人の名前を点じた時に見た其薄赧《あか》い顔と、今彼女の面前に再現した此赤面の間に何んな関係があるのか」見当が付かなかった。

右の百二十八回を執筆した午後、漱石は次の漢詩を作っている。

聞説人生活計艱　　聞く説《な》らく　人生　活計艱《かた》しと
曷知窮裡道情閑　　曷《なん》ぞ知らん　窮裡　道情閑《のど》かなるを
空看白髪如驚夢　　空しく白髪を看て　夢を驚かす如く

独役黄牛誰出関
去路無痕何処到
来時有影幾朝還
当年瞎漢今安在
長嘯前村後郭間

独り黄牛を役して　誰か関を出でし
去路　痕無く　何れの処にか到る
来時　影有り　幾朝か還る
当年の瞎漢《かつかん》　今安《いず》くにか在る
長嘯《ちょうしょう》す　前村後郭の間

◆**語釈・典拠**

【活計】諸注、生計とする。禅林では、仏道修行、参禅学道の意味で使う。ここでは後者の意味として使っている。『碧巌録』第二十則「龍牙西来無意」頌の評唱「豈に是れ死水裏に活計を作すにあらずや。」

【窮裡】諸注、貧乏暮らしの意とする。ここでは、「窮玄」と同義で、世界の根源の意であろう。

【独り黄牛を役して、誰か関を出でし】諸注が指摘する如く、老子の故事（周の衰えを見て、関を出て姿を消そうとした老子がその関守の乞いに応じて書を書き残した）を踏まえているが、内容的には無関係。ここでは、「関」を、悟りへの「関」（俗世界と真実世界との結界）という意味で使っている。「牛」は『十牛図』の人の心（悟りの階梯）を含意。黄牛はあま牛。「黄」は、白髪の「白」の対として使用（一海注）。

【去路】【来時】「去路」は俗世から真実世界への道。「来時」は、『寒山詩』「十年返ることを得ざれば、来時の道を忘却す。」（『碧巌録』第三十四則の頌も引く）を踏まえる（中村宏）。この典拠を重視するならば、頸聯後半は、「去路」との対から、真実世界から俗世に還る、すなわち、「大死」して悟りを開き、そのうえで俗世に戻って俗人と共に生きるという意味であろう。「影」は、真実世界の影（俗世における真実世界の現われ）の意であろう。

【前村後郭の間】杜牧「江南春」「千里鶯啼いて　緑　紅に映ず　水村山郭酒旗の風」（『三体詩』）を典拠とするが、ここでの意味内容は禅的世界観の表現。「前村後郭の間」とは世俗にあって世俗と離れているところ（真実世界）の意であろう。

◆大意

首聯　私は聞いている。人生を真実世界に至る修行の道として貫くことは容易ではないと。どうして人は知らないのだろうか。世界の根源では「道情」（＝仏心・悟りの世界）が支配し、そこは俗世のような争いの意識がない「閑」かな世界であることを。

頷聯　人は自分の白髪を見て、自分の人生が「夢」（仮の世）であったと悟る。（人はもっと早く、真実世界に目覚めねばならない。）真実世界に到るためには、独りで己の心（＝牛）を鞭打って、世俗と真実世界との関を超えていかねばならぬが、誰がこの関を超えていったであろうか。（人は容易には真実世界に辿り着くことは出来ない。）

頸聯　去路（俗世界から真実世界への道）には、先人の足跡は残っておらず（没蹤跡）、その行き先は分からない（真実世界は世俗意識では理解できないのだ）。来時（真実世界から俗世界に還ってきた時）には、その真実世界は、具体的な姿（影）となって存在するのであるが、人は真実世界からこの俗世に、いつ還るのであろうか。（真実世界に目覚めてこの俗世に還ってくることは至難のことなのだ。）

尾聯　わたしはかつては「瞎漢」（真実世界に目覚めることが出来ない存在）であったが、今の自分は悟りの世界に生きており、俗世の世界に、自分の意識を尋ねても、どこにも存在しないのだ。（私の意識は、この俗世界では真実世界の「影」として存在するのだ。）私は人間《じんかん》（世俗）にありながら俗世間を超脱したところで、悠々と詩を吟じながら（＝世俗の苦しみもなく）生きているのだ。

当該詩では、漱石自身の生き方と関連した禅的世界と俗世の関係が詠われている。しかし漱石が、この詩を創作した動機には、その午前中に執筆した百二十八回への思いが関係していると思われる。留意すべきは、次の⑴⑵の類似である。

⑴首聯「人生活計艱し」と、百二十八回でのお延とお秀の議論となっている女の「仕合せ」との類似――「活計」という

言葉には「生活の手だて。くらし。すぎはひ。生計」（諸橋轍次『大漢和辞典』）という意味から、禅語としての「師家が学人の接化に弄する言説。身体の自由無礙なる活《はたら》き」（中村宗一『正法眼蔵用語辞典』）という意味まで多様な理解が可能である。「活計」の意味は、「大意」に示したように、参禅学道の意で使われている。一方百二十七回で語り手はお秀を「猛烈に愛した経験も、生一本に愛された記憶も有《も》たない」とその生活を批評している。またお延については、「自分の仕合せと幸福」を確信できないにもかかわらず、お秀に対しては自分を「まあ仕合せよ」といわねばならない姿を描き出している。百二十八回では、お延は「一体一人の男が、一人以上の女を同時に愛する事が出来るものでせうか」という質問（このお延の質問は、彼女の偽らざる疑問でもある）を起点として、女の仕合せを議論の材料としながら、「事実の面影」（津田の秘密の影）をつかもうとする。この百二十七回や百二十八回に描かれたお秀やお延にあっては、現世での幸福のあり方の難しさが意識されており、このような意味が漢詩の「人生活計艱し」に重なっていると思われる。

右に見た類似は、首聯と頷聯に、百二十七・百二十八回を執筆したときの漱石の次のような気持ちが投影していることを示している。

――（首聯）（私が今日描き出したお延の言葉は、「技巧」の意識によって貫かれている。しかしお延のこのような意識のあり方からは、津田との真の和合は手に入れることは出来ない。）彼女はなぜ世俗を超えた場所に真実世界があって、そこでは争いのない平和な意識世界が存在することを知らないのであろうか。（お延はこの「道情」の存在を識るべきなのだ）。（頷聯）白髪頭の私と異なり、お延はまだ若く、それゆえ世俗を捨てて独り真実世界に出て行くことは出来ないのであろう。（しかしお延はこのような生き方をすべきなのだ。）――

「活計」という言葉は、百二十七・百二十八回で描かれている現世での幸福の問題（女の「仕合せ」）とも繫がっており、漢詩では禅語としての「悟りへの修行」という意味を持っている。漱石は「活計」という語を、漢詩においては、『明暗』で描写した現世での幸福とは正反対の価値的方向の意味として使っているのである（この意味は後述）。

(2)頸聯の「影有り」と、百二十八回の「冷笑の影」「事実の面影」の「影」との類似――「来時影有り」の「来時」は、「去路」との対句関係から、真実世界から俗世に還る、すなわち「大死」して悟りを開き、そのうえで俗世に戻って俗人と共に生きるという意味であろう。この文脈からすれば、「影」は真実世界の影（俗世における真実世界の現われ）と理解できる。一方百二十八回で描き出されたお秀の「冷笑の影」や「薄赧《あか》い顔」は、お延がお秀から引きずり出した「事実の面影」（＝津田の秘密の影）である。

この日の午前中、お延に成り代わって、渾身の力で「技巧」を駆使し津田の秘密の「影」をお秀から探り出そうとしていた漱石は、その日の午後の漢詩では、真実世界と繋がる「影」を詠っている。すなわち両者の「影」は正反対の価値評価によって彩られているのである。

右に、「活計」と「影」には、当該詩と百二十八回とでは、正反対の価値的ベクトルを持つ意味が与えられていることを見た。このことは漱石が『明暗』で描いた世界やそのキイワードを、漢詩の中で禅語として使用することで、すなわち『明暗』の世界とその言葉を禅的真実世界の中に塗り込めてしまうことで、『明暗』執筆によって生じた「俗了」意識(1)（＝『明暗』の主人公達への嫌悪感）から離れようとしていることを示しているのである。この点に漱石が『明暗』執筆のあと、漢詩創作を続けた基本的理由があったといえよう。

二

漱石は次の日（九月二十三日）、百二十九回を執筆した後、最初の詩で禅的真実世界の静謐を詠い、ついで二番目に創作した漢詩で、突然激しい禅僧批判を行っている。以下百二十九回と二つの詩の関係の検討に移ろう。

（百二十九回梗概）

お延は、「（津田の秘密を）吉川の奥さんからも伺つた事があるのよ」と、鎌をかけた。「変ね。津田の事なんか、吉川の奥さんがお話しになる訳がないのにね」というお秀に、お延は「でも本当よ」とうそを重ねた。そしてそのうそをお秀に見透かされてしまったお延は、突然、〈どうぞ隠さずに、みんな打ち明けてください。津田は妻として私を愛している、だから津田から愛されている私は津田のためにすべてを知らなければならないのです。あなたは冷酷な人ではない。あなたは昨日ご自分でおっしゃったとおり親切な方に違いないのです。〉と涙を見せた。するとお秀は赤くなる代わりに少し青白くなった。そして、咳き込んだ調子で、お延の言葉を一刻も早く否定しなければならないという意味に取れる言葉遣いをした。「私はまだ何《なん》にも悪い事をした覚《おぼえ》はないんです。兄さんに対しても嫂《ねえ》さんに対しても、有《も》つてゐるのは好意丈です。悪意はちつとも有りません。何《ど》うぞ誤解のないやうにして下さい。」

右の百二十九回は、堀家におけるお延とお秀の戦争のクライマックスである。この時漱石は、お延の意識——嘘を並べお秀に鎌を掛け、津田の秘密をお秀から引き出そうと必死に努力する我執に彩られた意識——に同化し、かつそれを客体化していた。またそのようなお延を「叩き付け」（百二十八回での表現）、冷然と構えるお秀の意識に漱石は同化し、その言葉を紡ぎだしていた。それ故漱石はこの日何時にもまして、『明暗』の我執の世界の強い影響を受け、その「俗了」の意識（＝主人公達への嫌悪感）に支配され続けたと思われる。とりわけ、吉川夫人と手を組んで、お延を窮地に追いやるお秀の内面に同化し、その言動を描き出すことに耐えられなかったと思われる。

漱石は、その日の午後も、禅的漢詩を作り、その禅的真実世界に己の意識を同化させ、『明暗』百二十九回を執筆したことによって生じた「俗了」の意識から抜け出そうとしたと考えられる。

＊

漱石はその日の午後、まず、次の漢詩を作っている。

苦吟又見二毛斑
愁殺愁人始破顔
禪榻入秋憐寂寞
茶烟対月愛蕭間
門前暮色空明水
檻外晴容嵂崒山
一味吾家清活計
黄花自発鳥知還

苦吟　又見る　二毛の斑《まだら》なるを
愁人を愁殺して　始めて破顔す
禅榻　秋に入りて　寂寞を憐れみ
茶烟　月に対して　蕭間を愛す
門前の暮色　空明の水
檻外の晴容　嵂崒の山
一味　吾が家の清活計
黄花　自ずから発《ひら》き　鳥還るを知る

◆語釈・典拠

【苦吟】　詩作の苦しみだが、修行の努力などにも比喩的に使われる。当該詩の「苦吟」は表面的には詩の創作の苦労を意味する。

【愁人を愁殺し】　『碧巌録』第四十則「南泉一株花」頌の下語「誰と共にか澄潭《ちょうたん》影を照らして寒き」（有りや有りや。若し同床に睡るにあらずんば、焉んぞ被底の穿たれたるを知らん。愁人愁人に向かって説くこと莫れ、愁人に説向すれば人を愁殺す）（山田無文解説――「同じ蒲団で寝たような知音同士でなければ、ここのところは分かることはあるまいテ。人の苦労は苦労した者でなければ分らん。……だがそんな苦労話はやめてくれ。昔を憶い出してやり切れんわい。」）当該詩では、この禅語を踏まえ「苦しんでいる者をさらに苦しめる」の意で用いている。

【破顔】『碧巌録』第十五則「雲門倒一説」頌の評唱「昔日霊山会上、四衆雲のごとく集まる。世尊花を拈ず、唯だ迦葉独り破顔微笑す。余の者は是れ何の宗旨ということを知らず。雪竇所以《ゆえ》に道う、八万四千鳳毛に非ずと。」「愁人愁殺」と「破顔微笑」は「悟り」ということで繋がる禅語。「愁殺愁人始破顔」には、苦しんでいるお延を、徹底して苦しめているが、しかしそれは、『明暗』を完璧なものとして完成させるために必要なことなのだ。（それは、お延を人間として成長させるためでもあるのだ）という思いが重ねられている。

【寂寞】禅の真実世界の内実をいう。『荘子』外篇　天道第十三「夫《そ》れ虚静恬淡、寂寞無為なる者は、天地の平にして、道徳の至《いたり》なり。故に帝王聖人焉《これ》に休す。休すれば則ち虚なり。」

【蕭】禅の真実世界の「空寂」の表現。（八月十九日の詩「老去帰来……」の語釈参照。）

【門前、檻外】『碧巌録』第二則頌「天際、日上り月下る　檻前、山深く水寒し」『禅林句集』、『槐安国語』（巻一〈二十〉下語）にもみえる。道前注に「天際日上り月下るも檻前の境地の深く変わらぬ様……揀択《けんじやく》を超えた境界」とある。

【一味】『禅学大辞典』（大修館書店）に、「余味をまじえない一つのあじという意から、同等・平等のこと。また純粋無雑の意に用いる。……（一味禅は、）純一無雑な最上乗の禅を指していう。また正伝一味の佛法の意。」

【吾が家】『槐安国語』巻二〈五九〉「昨日人有り、面前に筋斗《きんと》を打《た》す（我れ君が家に向かって自家を尋ね）、今日人有り、背後に問訊を作《な》す（自家、先ず君が家に到ることを得たり）。親に似て親に非ず（君が家、自家の事を説かず）、疎に似て疎に非ず（君が家を見了《お》わって自家を見る）、你等諸人、作麼生か辨別せん（君子は心を労し、小人は力を労す）」。ここでは、「古仏家風」などの「家風」（流儀）——真実世界への接し方——と同じ用法であろう。

【黄花自ずから発き】同日の句に「春花発《ひら》く処」。九月十六日の句に「幽花独り発《ひら》く」。真実世界のありよう。

◆大意

首聯　詩作に苦しみ、自分の髪がごま塩となっているのをまた思い知る。おのれの愁いを愁い尽くすとき、初めて私は悟りの境地を摑むことができるのだ。（別解——詩は（作中の）愁人を徹底的に苦しませることによって、完璧なものとなり、真実を表現することになるのだ。）

頷聯 私はいま、座禅入定の境にいる。季節は秋であり、その秋が顕現する寂寞（真実世界の顕現である寂静の世界）に心を同化させている。茶（茶礼での茶）の湯気がのぼっている。夜空の月に対しながら私はその場が創り出す「蕭」の世界（真実世界の顕現）を愛でる。

頸聯 私の想念に映る自然の景――門前にひろがる暮色の近景、そこには月が映った清らかな水の流れが見える。窓外の遠景、そこには、晴れ上がった空にくっきりと浮かび上がる険しい山が聳えている。――このような自然の景こそは、真実世界（禅的自然）の顕現なのだ。

尾聯 この純一無雑な真実世界の現れである自然に生きることが、わたし流の禅――真実世界との接し方――なのだ。その生き方は、自然の運行（理法）に従った世界――菊花は秋になれば自ずから咲き、鳥は飛ぶことに倦んで巣に帰る世界――に同化することなのだ。

当該詩は漱石の手帳によって、草稿段階では、最初に頷聯以降が作られ、最後に首聯が付け加えられたことが知られる。内容においても、首聯では、作者漱石の「苦しみ」を伴う実感が、頷聯以降では、「無我」の境地や、漱石にとっての禅意識などが詠われており、その関連が問題となる。

当該詩を百二十九回創作との関係で考えてみたい。「苦吟」は文字通りには、詩作の苦しみである。問題は漱石がこの時の詩作を「苦吟」と表現している理由である。この時の漱石の詩作とは、漱石自身が語っているように、百二十九回執筆によって生じた「俗了」の意識から抜け出す作業――漢詩において禅的世界を創り出すという困難な創作の中に已の創作意識を没入させることによって、『明暗』創作によって生じた「俗了」の意識から離れるという作業――であった。したがって、「苦吟」という言葉には、百二十九回を創作することによって引き起された

「俗了」の意識を、禅的な漢詩の世界の創作の中に封印してしまうことの困難さが表明されていると考えられる。

首聯の第二句「愁人を愁殺して始めて破顔す」について考えてみよう。この禅語は、愁人の愁いを徹底させることで、悟りの境地を得ることが出来るという意味である。しかし、言葉は、字面の意味を離れて、文脈によって（どのような観点からその言葉を理解しようとするかによって）多様な意味が立ち現われてくる。この「愁人を愁殺す」も禅語の意味から離れて、お延に対する漱石の意識という文脈との関係からはこの第二句には次のような意味が含意されているといえよう。――わたしはお秀に成り代わってお延を苦しめているが、しかしお延はその苦しみをくぐり抜けることによって、本当の人間に生まれ変わるのだ――

一方、漱石の創作意識という観点からするならば、この時の漱石は、お秀に成り代わってお延を窮地に追いやって苦しめ、お延を「叩き付け」冷然と構えるお秀の意識に同化せねばならなかった。このような創作上の苦しみも、禅語「愁人を愁殺す」という言葉に投影されているといえよう。

首聯には、右のような百二十九回執筆時における漱石の重層的な思いが投影していると考えられる。

次に、頷聯以下の内容を考えてみよう。頷聯では、座禅によって「真実世界」の現われである「寂寞」や「蕭間」に己の意識を沈め、その真実世界に同化しようとしている漱石の姿が詠われている。また、頸聯では禅定における「無我」の世界が、尾聯では漱石にとっての禅の意味（性格）が詠われている。この頷聯以降の禅的世界の描出と己の禅の意味（性格）の主張には百二十九回執筆によって生み出される「俗了」の意識（主人公達に対する嫌悪感）を、己の理想とする「無我の世界」（真実世界）の創作に埋没させることで、すなわち主人公達への嫌悪感を漢詩の「無我の世界」に封印することで、百二十九回創作によって生ずる「俗了」の意識（主人公達の我執の影響）から抜け出そうとする漱石の意識を見ることが出来よう。

先に見たように、首聯部分は頷聯以降が作られた後に付け加えられている。このことからも漱石は先ず頷聯以降で百二十九回執筆によって生じた嫌悪感の払拭を目的として「無我の世界」を詠い、その上で、なかなか払拭できないその苦しみを首聯で付け加えているといえよう。

右に見てきたように「苦吟」の詩には、午前中に執筆した百二十九回の影響によって生じた「俗了」の意識から容易には抜け出せないその苦しみが投影しているのである。

漱石は、右に検討した「苦吟」の詩を作った後、さらに次の詩を作っている。

漫行棒喝喜縦横
胡乱衲僧不値生
長舌談禅無所得
禿頭売道欲何求
春花発処正邪絶
秋月照辺善悪明
王者有令争赦罪
如雲斬賊血還清

漫《みだ》りに棒喝を行いて　縦横を喜ぶ
胡乱《うろん》の衲僧《のうそう》　生に値せず
長舌　禅を談じて得る所無く
禿頭《とくとう》　道を売りて何をか求めんと欲す
春花発《ひら》く処　正邪絶え
秋月照らす辺《あたり》　善悪明らかなり
王者令《れい》有り　争《いか》でか罪を赦さん
雲の如く賊を斬りて　血還た清し

◆語釈・典拠

【漫りに棒喝を行いて縦横を喜ぶ】【禿頭】【春花】【秋月】『槐安国語』巻五、頌古評唱、第七則「堤婆宗話」「今時、往往に鉄橛《てつけつ》の会《え》を作《な》し了わり、棒の会を作し了わり、陀羅尼の会を作し了わり、無義味の会を作し了わる。近代、一喝の会を作し了わる底の贋緇《がんし》、麻の如く粟《ぞく》に似たり。（中略）咄、鈍瞎《どんかつ》禿痴賊奴、仏祖無上の真風、歴劫《りゃくごう》難遇の大宝を以て邪見の糞泥坑裏《きょうり》に浸殺し来たって、禅者の眼目を瞎却《かつきゃく》し、後昆《こうこん》の悟門を妨礙《ぼうげ》す。謗法の罪結は五逆に超過して、曠劫必ず悪趣に堕ちん。殊《こと》に知らず、楞伽《りょうが》は春の生ずるが如く、江西《こうぜい》は夏の長ずるが如く、巴陵《はりょう》は秋の収むるが如く、国師は冬の蔵するが如きことを。」当該詩は、この部分を念頭に置いている可能性が高い。

【令】〔正令〕『碧巌録』巻一「参学普照序文」「至聖《ししょう》の命脈《みょうみゃく》、列祖の大機。換骨の霊方、頤《い》神の妙術。其《そ》れ惟《おもん》みれば、雪竇禅師、超宗越格《おっかく》の正眼《しょうげん》を具して、正令を提掇《ていてつ》し風規を露さず。烹仏煆祖《ほうぶつかそ》の鉗鎚《けんつい》を秉《と》って、衲僧向上の巴鼻《はび》を頌出す。」傍線部の山田無文解説――「正令は正しい号令である。何人といえども抵抗することのできんのが正令である。神の言葉であり、仏の言葉である。（中略）第一則の達磨廓然無聖から第百則の巴陵吹毛剣にいたるまで、すべて釈尊の正令である。絶対の真理である。」

『槐安国語』巻三〈一三一の二〉〔正令当行、十方坐断。諦観法王法、法王法如是〕。傍線部の道前注――「仏祖の法令がお触れの通り断行された、十方有無を云わせぬ」。『槐安国語』巻四〈一八九〉下語〔寰中《かんちゅう》は天子の勅、塞外《さいがい》は将軍の令。法王の法令、誰か敢えて違犯《いぼん》せんや〕。同巻六頌古評唱、第三十則「大随問僧」本則の下語〔横《おう》に鏌鎁《ばくや》を按じて正令を全うし、太平の寰宇《かんう》に痴頑を斬る〕当該詩での「王者」は法王（仏陀）、「王者の令」とは、「仏祖の法令」であろう。

【斬】【殺】【血】『碧巌録』第三十一則「麻谷《まよく》両処振錫」本則の下語――〔也た好し人を殺さんには須らく血を見るべし、人の為にせんには須らく為に徹せしむべし〕（山田無文解説――「人を殺さんには須らく血を見るべし」という古人の言葉のように、半殺しはいかん。殺すなら、徹底殺してやらねばいかん。人を指導するのには、徹底するまで教えてやらねば分かるまい。そこが南泉の親切なところじゃ。」）『槐安国語』巻五　頌古評唱第十則「古仏露柱」本則評唱「就中《なかんずく》、最も苦しきは、洞山三頓の棒、江湖参玄の衲子を打殺して、流血、裳《もすそ》を褰《かか》げて渉る可し」

【賊】　ここでは「煩悩」のこと。『禅学大辞典』に「六賊　眼耳鼻舌身意の六根をいう。これらは三毒をおこし、悪業を生じ、法身の慧命を害するので、賊とよばれる。『従レ迷至レ迷、皆因二六賊一』〔潙山警策〕」。

◆大意

首聯 出鱈目に棒喝をして悟り澄ました風をして喜んでいる、（おまえのような）なま悟りな禅僧は、生に値しないのだ。

頷聯 長々と禅を談じて悟るところもない、禿頭め、おまえは「道」を売り物にして、何を求めようとするのだ。

頸聯 春になれば花（＝「小さい自然」）が自から咲く処——自然（＝仏祖の正令）が貫徹しているこの世界——では、正邪は絶えて存在しないのだ。秋月（＝「大きな自然」の顕現）が照らしているこの場所では、善悪は明らかなのだ。（＝この世界では、「大きな自然」（＝仏心＝仏祖の正令）が四時の運行や万物の生死や行動を掌っており、あらゆるものはその「仏祖の正令」に従って動いている。それ故この世界では、あらゆるものは、正邪善悪を超越しており、と同時にその正邪善悪が明らかにされるのだ。）

尾聯 この世の法王（仏陀）は正令を号令している。仏陀（＝「大きな自然」）がどうして我執という「罪」を許すだろうか（許しはしないのだ）。その正令（＝自然）は、雲の如き多くの俗心（計らい）を徹底的に切り殺し、その流血は人を生き還らせ、清い状態へと導くのだ。

当該詩の語句と百二十九回（及びその前後の回）との間には次のような類似が存在する。

(1)「漫りに棒喝を行いて縦横を喜ぶ」の「棒喝」（棒で叩く）と、百二十八回「お延は叩き付けられた後で、自分もお秀と同じやうな愚問を掛けた事に気が付いた」こと。（共に「叩く」という点で類似する。）

(2)「胡乱の衲僧」の「胡乱」と、百二十七回（「彼女のいたづらに使ふ胡乱な言葉を通して、鋭どいお延から能《よ》く見透かされたのみではなかつた。」）のお秀の「胡乱な言葉」との類似。（共に「胡乱」という表現を持つ。）

(3)「生に値せず」と、百二十八回でお延の質問（「一体一人の男が、一人以上の女を同時に愛する事が出来るものでせうか」）に対してお秀が「そりや一寸解らないわ」と正直に応えるのを聞いて、お延が「生きた研究の材料として、堀といふ夫を既に有《も》つてゐるではないか」と思うこととの類似。（すなわち、お秀は、お延からすれば「生に値せず」――夫との愛に生きるという価値を失った存在――ということになる。）

⑷「長舌禅を談じて得る所無く、禿頭道を売りて何をか求めんと欲す」の「長舌」・「道を売る」と、百二十九回でお秀に対するお延の言葉（「秀子さん、あなたは基督教信者ぢやありませんか」「でなければ、昨日の様な事を仰しやる訳がないと思ひますわ」）の背景にある「昨日の様な事」との関係。――ここでいう「昨日の様な事」とは百九回・百十回に描かれているお秀の、津田とお延に対する長い「真面目」な意見である。要約すれば次のような内容であった。《あなた方は人間として他の親切に応ずる資格を失っている。それは私から見るとあなた方にとって不幸になる。嫂さんは私の持ってきたこの金を兄さんにもらわせまいとし、私の親切を排除して、それを得意とする。私は兄さんにこの金で兄さんらしくしたかったが失敗した。この金は宅《うち》から持ってきた。このことが私の親切心を証明している。しかし今はその金をここへ置いていくより他に途はない。わたしの親切を兄さんの方で義務に変化させてしまうからだ》。右の長い「真面目」な意見をしゃべった後、お秀は病院を立ち去るが、その後、お延と津田の会話場面――お延は「秀子さんはまさか基督教ぢやないでせうね。」といい、津田が「真面目腐つた説法をするからかい」と応える場面――が続く。

漢詩の「長舌」には、右に引いた、お秀の長い「真面目な意見」が投影しており、「道を売りて」には、お延の「あなたは基督教信者ぢやありませんか」という言葉や、津田のいう「真面目腐つた説法」ということばの評価が投影している。

⑸「善悪あきらかなり」について――百二十九回の最後の場面で、お延は長い言葉を発してお秀の顔を見る。《あなたは津田の妹です。津田のためにみんな打ち明けてください。（中略）あなたはあなたが昨日ご自分でおっしゃったとおり親切な方に違いないのです。》するとお秀は度はずれに急き込んだ言葉遣いで次のようにいった。「あたしはまだ何にも悪い事をした覚《おぼえ》はないんです。……悪意はちつとも有りません。何《ど》うぞ誤解のないやうにして下さ

い」。この部分で、漱石は、お秀の顔とその言葉遣いに、お秀の意志ではどうすることも出来ない、お秀の内面にある善悪の意識がはっきりと現われていることを描いている。『明暗』のこの描写が、当該詩の「善悪明らかなり」に投影していると考えられる。（またこの部分のお延の言葉も(4)の「長舌」「道を売る」に投影している。）

以上見てきたように、百二十九回の描写が当該詩の言葉に投影している。この両者の類似には、『明暗』におけるお秀やお延に対する作者の批判が、当該詩における「衲僧」への批判に込められていることを示しているのである。漱石は百二十九回においてお秀の意識に同化し、お秀の立場からお延を叩き付けたことに耐えられず、自分が成り代わっていたお秀の言動を全面的に批判せずにはおれなかったのではないだろうか。又、同時に「技巧」の限りを尽くすお延に対して激しい嫌悪感を持たずにはおれなかったのではないだろうか。このような漱石の創作意識という観点から当該詩の内容を理解するならば、当該詩には、次のような作者漱石のお秀に対する批判が含意されていることに気づく。（このお秀に対する批判には、お延への批判も重ねられているが、ここではお秀への批判のみ摘出する。）

――お秀よ。おまえはお延を「叩き付け」て得意になっている。おまえのような「胡乱」な者は「生きている価値がない」。おまえは兄夫婦に「長舌」を振るったが、何の効果もなく、「真面目腐つた説法」をして何を求めようとするのだ。この禅的真実世界は世俗の「正邪」から絶しており、かつ世俗の「善悪」を明らかにするのだ。（この善悪は隠そうとしても、この世界でははっきり現われるのだ。）この宇宙を掌っている仏祖の正令で、すべては動いているのだ。どうしておまえの我執という「罪」を赦すことがあろうか。仏祖の正令はおまえの俗心（我執）を斬り捨て、その流血によっておまえを真っ当な人間にするのだ。――

作品世界ではお延を苦しめるのはお秀であるが、作者の創作意識からするならば、漱石自身（の分身）が、お秀に成り代わってお延を苦しめているということでもある。又この時のお延の行為――嘘を重ねてお秀から世俗的な

「事実の影」をつかみ取ろうとする行為――にも漱石は激しい嫌悪感を懐いていた。漱石のいう「俗了」とは、作者が成り代わっていた主人公達の意識から離れることが出来ないことである。したがって登場人物お秀やお延に対する批判と、彼女達への嫌悪感から何時までも離れられないことに対する漱石の自己批判とは表裏一体なのである。このような観点から、当該詩に込められたお秀やお延への批判に重ねられた漱石の自己批判を抽出するならば、それは次のように言うことが出来よう。

首聯――お前は悟りをつかんでいないのに、出鱈目に棒喝をして（お延に対して説教をして）禅僧ぶって喜んでいる。お前のような禅坊主は、生に値しないのだ。

頷聯――おまえは、生かじりの禅の立場からお秀やお延の言葉を長々と描き出しているが、それになんの意味があるのだ。おまえは真実世界の「道」を売り物にして、何を求めようとするのだ。おまえには本当の真実世界が分っていない。おまえは、俗世においても「大きな自然」〈＝仏祖の法令〉が貫徹していることを心すべきだ。自分の小さな気持ちで主人公達の行動を嫌悪してはならないのだ。

頸聯――真実世界というものは、お前の気持ちとは無関係に、自然の意思が貫徹しているのだ。そこでは、正邪は絶し、と同時に善悪は明らかにされるのだ。

尾聯――この世には仏祖の正令（＝大きな自然の意思）が貫徹している。その正令がどうして、お秀やお延の「罪」（我執）を許すだろうか。許しはしないのだ。その正令（自然）は、お秀やお延の雲の如き多くの俗心（計らい）を徹底的に切り殺し、彼女たちを生まれ変わらせずにはおかないのだ。彼女たちの我執（「血穢」）はこの時、「清い」ものに生まれ変わるのだ。だからおまえは、今は二人の心の醜悪さを性急に批判してはいけないのだ。

＊

漱石が、百二十九回を執筆した後、最初に「苦吟……」の詩を作り、次いで「漫行棒喝……」の詩を作った理由を考えてみたい。

すでに記したように、「苦吟」や「愁人を愁殺して、始めて破顔す」という禅語の使用には、禅的漢詩の創作における「無我の世界」の創造によって、百二十九回創作によって引き起された「俗了」の意識（主人公達への嫌悪感）を鎮めるという意味があった。しかし百二十九回は堀家におけるお秀とお延の対決のクライマックスであり、その場面の描写に全力を注いだ漱石の意識にあっては、「苦吟……」の詩の創作だけでは、お秀やお延への嫌悪感（「俗了」の意識）から抜け出すことが出来なかったと考えられる。そこで再度、「漫行棒喝……」の詩を創作し、その前半においては、未熟な衲僧に仮託して、「俗了」意識から容易には抜け出すことの出来ない己の禅的未熟さを、激しく批判し、その後半では、禅的真実世界の絶対的力と俗心との関係——その力の前では、人間の善悪がすべて明らかにされ、その俗心は罰せられるであろうこと——を詠うことで、お秀の俗心やお延の「技巧」への嫌悪感を鎮めようとしたのである。

九月二十三日に二つの詩を作り、最初は悟りすました詩を作りながら、その後激しい禅僧批判の詩を作っていることには、このような漱石の創作意識のドラマが投影していると考えられる。

三

次に「堀家でのお延とお秀の戦争」の最後の場面となる百三十回（九月二十四日）と、その日の午後に創作した漢詩との関係を見ていきたい。

（百三十回梗概）お延は、お秀の言訳の背後の「暗闇」を突こうとした。三度目の嘘がお延の口から滑って出た。

「あなたのなすつた事も、あなたのなすつた精神も、あたしにはちやんと解つてるのよ。だから隠し立《だて》をしないで、みんな打ち明けて頂戴な」と。しかしお秀は、お延が今日病院に行っていないことを知って、「安心」した様子を示し、「何も云はなかつた」。話題は夫と妻の関係に移った。「雑誌や書物からばかり知識の供給を仰いでゐた」お秀は、卑近な実際家となってお延の前に立ち現われ、「自分より外の女は、有れども無きが如しつてやうな素直な夫が世の中にゐる筈がない」と応じた。お延は《夫と名が付く以上は、そうでなければならない。》とわれを忘れた。お秀は又冷笑の眼をお延に向け、《それがたとえ理想でも、それは駄目だ、細君以外の女がすべて女の資格を失ってしまわねばならなくなるんだから》、「(それでは)自殺と同じ事よ。」「自分の宅《うち》の庭に咲いた花丈が本当の花で、世間にあるのは花ぢやない枯草だといふのと同じ事ですもの」と応じて、冷然と話を切り上げた。「お延は胸の奥で地団太《ぢたんだ》を踏んだ。折角の努力は是以上何物をも彼女に与へる事が出来なかつた。」こうしてお延は堀の家を出た。

漱石は右の百三十回を書いた日の午後、次の漢詩を作っている。

擬将蝶夢誘吟魂　　蝶夢を将《もっ》て　吟魂を誘《いざな》わんと擬《ぎ》し
且隔人生在画村　　且《しばら》く人生を隔《へだ》てて　画村に在り
花影半簾来着静　　花影　簾《すだれ》に半ばして　来たりて静に着き
風蹤満地去無痕　　風蹤　地に満つるも　去って痕無し
小楼烹茗軽烟熟　　小楼　茗《めい》を烹《に》て　軽烟　熟し
午院曝書黄雀喧　　午院　書を曝して　黄雀　喧《かまびす》し
一榻清機閑日月　　一榻《いっとう》の清機　閑日月
詩成黙黙対晴暄　　詩成りて　黙黙　晴暄《せいけん》に対す

◆語釈・典拠

【蝶夢】『荘子』内編　斉物論第二「昔者《むかし》、荘周夢に蝴蝶と為る。……周の夢に蝴蝶と為りしか、蝴蝶の夢に周と為りしかを知らず。」

【花影】【風】【黄雀】『三体詩』杜荀鶴「春宮」「早《つと》に嬋娟《せんけん》たるに誤らる　粧《よそお》わんと欲して　鏡に臨んで慵《ものう》し　恩を承《う》くるは貌《かたち》に在らず　妾《しょう》をして若為《いか》に容《かたちづく》らしめん　風暖かくして　鳥声砕け　日高くして　花影重なる　年年越渓の女　相憶う　芙蓉を採みしを」

右の第三聯（傍線部）は欧陽修に、「杜詩三百首、惟だ一聯の中にあり」と絶賛された句。（以上村上哲見訳注『三体詩』（『新訂中国古典選』）。この第三聯は『槐安国語』巻四〈一七一の一〉にも引かれている。当該詩の「花影」「風」「黄雀」は、この詩の第三聯を踏まえ、さらに以下に記すような禅語類を念頭に置いているとおもわれる。

【風蹤地に満つる】『禅林句集』に「清風満地」。『碧巌録』（第一則「達磨廓然無聖」頌）・『禅林句集』には「清風匝地《そうち》何の極まりか有らん」。『碧巌録』第四十二則（「龐居士好雪片片」）垂示に「明々たる杲日《こうじつ》天に麗《かがや》き、颯々たる清風地に匝《めぐ》る。」（＝悟りの境地）。『従容庵録』七十四則「法眼質名」頌に、「没蹤跡。断消息。白雲根無し。清風何の色ぞ。」

【去つて痕無し】『槐安国語』巻五　頌古評唱二十三則頌第二聯「風残雲を弄して穐意《しゅうい》寛し（盤に和して托出す夜明珠。竹影、堦《かい》を掃って塵動ぜず、月、潭底《たんてい》を穿って水に痕《あと》無し）」。（道前注――竹影掃堦塵不動、月穿潭底水無痕＝竹影はきざはしを掃いても　塵一つ動かず、月は水底に徹しても、水面に痕一つつかない。行じて行ぜず、説いて説かず、無心の境界。）

「風蹤」の典拠は不明だが、『従容庵録』を中心に、これらの禅語類を念頭に置いていると思われる。『従容庵録』の下語によれば、「風蹤」は、「風の姿」という意味であろう。

【黄雀喧し】『句双葛藤鈔』の「眞箇靈山無説ノ説鴉鳴雀噪一一妙音」の解説に「一代説タガ無理無説ノ処ヲ説イタゾホドニ鴉鳴雀噪一一妙音、理ノナイガ無説妙音ゾ」。『禅語字彙』の解説に、「世尊靈山の拈華無説の説法こそ眞の説法であり、鴉のカアカァ雀のチューチューが無上の法じや。法の言句のあらざるを云ふ」。
当該詩の「黄雀喧し」は、右の「無上の法」としての「雀噪」を含意している。

【清機】『槐安国語』巻一〈二六の一〉〈上堂。僧問う、「世界恁麼《いんも》に熱す、宇宙炎炎《えんえん》、知らず什麼《いずれ》の処に向かってか回避することを得ん」。師云く、「清機　掌《たなごころ》を歴《へ》たり」〉。（道前注――清機歴掌＝清涼の気、掌に満つ）。『唐詩選』李頎《りき》「瑩公の禪房に宿して梵を聞く」「……夜　霜林を動かして落葉を驚かし、曉天籟を聞いて清機を發す。」斎藤注、清機＝「清浄の心機、つまり悟りの機縁」（集英社『漢詩選』7）。当該詩の「清機」は悟りの境地（真実世界）を得ること。

【黙】　維摩詰の次の話を踏まえている。――維摩居士が病臥した際、釈尊は諸菩薩に慰問を命じたが、皆辞退して行かなかった。そこで文殊師利に病気見舞をさせた。文殊と菩薩達は維摩の方丈に至って、不二の法門について問答した。維摩は文殊師利との問答で、不二の法門を一黙で示した。『碧巌録』第八十四則「維摩不二法門」本則の評唱「維摩詰、諸大菩薩をして、各《おのおの》不二法門を説かしむ。……文殊、却って維摩詰に問うて云く、我れ等各自に説き已る、仁者当に自ら説くべし、何等か是れ菩薩入不二の法門と。維摩詰黙然《もくねん》たり。」
当該詩の「黙」は右の「維摩の一黙」を踏まえているとおもわれる。

【一榻】『碧巌録』第八十四則「維摩不二法門」頌の評唱「七仏の祖師来たる。文殊は是れ七仏の祖師、世尊の旨を承けて、彼に往いて疾を問う。一室且つ頻《しき》りに掃《はら》うと。方丈の内皆な所有を除去して、唯だ一榻を留め、文殊の至るを等《ま》って、不二法門を請問す。」
当該詩の「一榻」は、この説話の「維摩の方丈」の「一榻」と関係があろう。

◆大意

首聯　俗世を胡蝶の夢と観じて、吟魂（創作意識）を真実世界へと誘い出し、しばらくの間、人の世から離れて画の世界に心をたゆたわせる。

頷聯　（日は高々と上がって）花影はすだれの半ばに映り、辺りは静寂である。清風は地上を吹き渡っているが、その姿は見えず、風の吹く跡のみ地に満ちている。しかし風が吹き去ってしまうとその痕跡も残さない。（私はこのような仲春の現成公案の景の中に心をたゆたわせている。）

頸聯　小楼で茶を煮ればその薄煙が立ち上る。昼下がりの中庭で、書物を虫干しすれば、雀たちのさえずりが耳にはいる。（私は本を読むことさえしない。私は真実世界の現われとしてのこの日常生活を、何の悩みもなくゆったりと、実感しているのだ。）

尾聯　一脚の長いすに座れば、私の心は清涼の気にみたされて真実世界に入り、（俗事を超越した）閑かな日々を過ごすことができる。（維摩詰が「一榻」に座って、「入不二法門」を「黙」によって示したように）、わたしもまた詩を完成した後、「黙」することによって、自然の顕現である晴暄と向き合い、「我」とは無縁なそのありようと、一体となるのである。（詩を完成させた私の吟魂は、今は真実世界にあり、「黙」を通して、「晴暄」（大自然の顕現）と、一つとなっているのである。）

百三十回と当該詩との間には、次のような類似の（あるいは関連する）語句がある。

⑴ **「蝶夢」「花影」について**——百三十回ではお延の「完全の愛」の考えが展開される。その展開は、「あたし丈をたつた一人の女と思つてゐて呉れゝば、それで可《い》いんです」というお延の言葉にたいするお秀の反論、「（それでは）自殺と同じ事よ。……自分の宅《うち》の庭に咲いた花丈が本当の花で、世間にあるのは花ぢやない枯草だといふのと同じ事ですもの」という言葉を巡ってなされる。この日の漢詩の首聯は「蝶夢」から詠いだされ、頷聯は「花影」によって始まっているが、この「蝶夢」の「蝶」や「花影」の「花」は、百三十回の「自分の宅《うち》に咲いた花」から導き出されている。

⑵ **「風蹤」「小楼」「閑日月」について**——百三十回はお延とお秀の戦いの最後の部分であるが、その戦いが始まる百二十三回では堀家の描写がなされており、その記述に拠れば、堀家は「二階作り」で、「通りは何時も閑静で」、路

の左右には柳の立木が植えられ、時候の良いときには、「殺風景な市内の風も、両側に揺《うご》く緑の裡に一種の趣を見せた」と描かれている。「小楼」は「小さな二階屋」であるが、この言葉は、堀家（「二階作り」）のイメージから導き出されており、「風蹤」も百二十三回に描かれている「市内の風」と繋がっているといえよう。「閑日月」も百二十三回の堀家の「閑静」と繋がっている。

(3)「午院書を曝して黄雀喧し」について――「午院」は昼下がりの庭であるが、お延が堀家を訪れたのも午後である。そこで、お延と対峙したお秀は「雑誌や書物からばかり知識の供給を仰いでいた」と描かれている。漢詩の「曝書」はこの「雑誌や書物」からの連想と思われる。また「黄雀のさえずり」もお延とお秀の論争と関係があろう。（「大自然」の立場から見れば、お延とお秀の論争は「黄雀のさえずり」に等しい）。

(4)「黙黙」について――百三十回の前半で、お秀はお延が病院に寄らずに堀家に来たことを知って安心し「後は何にも云はなかつた」。この「何にも云はなかつた」という描写と漢詩の「黙」とは関係があろう。

(5)「晴喧」について――百三十回の冒頭でお秀の言訳を聞いたお延の意識が次のように描かれている。「天恵の如く彼女の前に露出された此時のお秀の背後に何が潜んでゐるのだらう」と。この「天恵」とは『明暗』の背景に描き込まれている「禅的自然」のはたらきである。また、お秀とお延の関係を作者は次のように描き出してもいた。「今迄の二人の位地は顚倒した。さうして二人とも丸で其所《そこ》に気が付かずに、勢《いきほひ》の運ぶが儘に前の方へ押し流された。」この描写では、登場人物の行動や意識を支配している「禅的自然」の存在が、語り手によって書き込まれている。この「禅的自然」が漢詩では「晴喧」（大自然の顕現）として詠われている。

(6)「詩成りて」について――百三十回は、堀家におけるお延とお秀の「戦争」の最後の場面である。このことと「詩成りて」は関係があろう。漢詩の「風蹤」や「小楼」が堀家の描写と関係するのも、漱石が、堀家の戦争場面の描写の総括を意識しているためと思われる。

右に見たように当該詩の語句の多くは百三十回におけるお延とお秀の対話場面の終了意識と結びついている。当該詩でのこれらの語句の典拠は禅語に求めることができ、その意味内容は禅的世界と結びついている。百三十回で使用されている語句が持つ価値評価の方向と、当該詩で使われているそれらの語句の意味やそこに付与されている価値評価の方向とは、正反対の方向性をもっている。このことは次のことを示しているといえよう。百三十回で使用した言葉は、登場人物達の我執の意識によって彩られている。漱石は、それらの言葉を漢詩において禅的な意味内容をもつ言葉として使い直すことによって、己の意識を『明暗』の我執に満ちた世界から、禅的な世界へと自分の意識を放下し、そのことで、『明暗』創作によっておのれの内部に持ち込まれる「俗了」の意識から抜け出ようとしているのである。百三十回やその背景の描写に使われている言葉と、この日の午後に創作した漢詩の語句との類似表現の多さは、このことを示している。

本稿のテーマに即して言えば、前日の最初の詩では、「苦吟」と表現されていた漱石の詩作の意識が、この日の詩では「蝶夢を将《もっ》て　吟魂を誘《いざな》わんと擬《ぎ》し」と、自然の長閑さのうちに同化していること、また前日の二番目の漢詩で詠っていた禅僧に対する激しい批判の痕跡がこの詩には全くなく、漱石の意識がそれ以前の禅的な悟りの静謐な境地の創造に戻っていることが留意されよう。このことは漱石の前日の禅僧批判の目的が、己の意識を禅的な真実世界の静謐な境地に同化させることにあったことを示している。すなわち、前日の漢詩における激しい禅僧批判の内実は、主人公達への嫌悪感を禅修行の未熟さとして批判し、そのことで、己の「俗了」意識（主人公達への嫌悪感）を鎮めようとしていたことにあったといえるのである。

おわりに

漱石は『明暗』執筆と平行して漢詩を創作し続けた。その理由は、その時期によって変化も生じるが[2]、本稿で取上げた「堀家におけるお延とお秀の戦争」を執筆した時期について言えば、『明暗』の我執に彩られた世界とそのことばを、漢詩の禅的世界のなかに投影させて、その禅的世界の中に封印してしまうことで、『明暗』執筆によって引き起される「俗了」の意識（主人公達への嫌悪感）を鎮めることにあった。松岡譲[3]が伝えるように漱石が漢詩創作によって「その日のうちにあたまのねぢを元どほり真人間の方へ戻して置く」ことができたのは、漱石にとってのこの時の漢詩創作が、『明暗』執筆によって生じた俗了意識を禅的世界の中に封印する機能を担っていたからなのである。

注

（1）大正五年八月二十一日付久米・芥川への手紙「毎日百回近くもあんな事を書いてゐると大いに俗了された心持ちになりますので、三四日前から午後の日課として漢詩を作ります。」

（2）たとえば大正五年十月二十一・二十二日の六首の五言絶句は、『明暗』のための構想メモの性格が強い。（第二部第九章「構想メモとしての五言絶句」の項参照）。また、大正五年十一月十九・二十日の詩も清子の形象のための作業という側面が強い。（第三部第二章「清子の形象」の項参照）。

（3）松岡譲『漱石の漢詩』（十字屋書店、昭和二十一年九月）の解題。

第六章　吉川夫人と津田との対話

はじめに

津田の病室ではさまざまな登場人物が訪れ、彼らは津田との対話を通して醜悪な内面を見せる。小林が津田から金を強請《ゆす》ったあと、吉川夫人もまた、百三十一回から百四十三回にかけて登場する。

この一連の場面で、吉川夫人は津田に、お延を再教育する必要がある、その方法は任せろと、その横暴な性格を現す。そして逡巡する津田に対して、夫人は、突然清子を話題にし、その未練を晴らして来いと迫り、清子がいる温泉場に行く決心を津田に強いる。

この一連の場面は、『明暗』の後半部における津田の温泉行きへとつながる重要な意味を持っている。しかし漱石は、津田の意識に映る吉川夫人の横暴さは描くものの、語り手の視点からする吉川夫人像についての分析や批評を書き込むことはせず、その言動をあるがままに淡々と描き出しているのみである。したがって、『明暗』のこれらの場面からは作者漱石の創作意識を読み取ることはできない。

ところで漱石は、これらの各回を執筆した日の午後、七言律詩を創作し続けているが、この一連の漢詩には当然のことながら、午前中に執筆した『明暗』の創作意識と深い結びつきがあると推測される。結論を先に記せば、それらの漢詩には、『明暗』には書き込むことのなかった漱石の登場人物への思い――津田における清子の意味や清子に会いに行くことの意味、吉川夫人の言動に対するコメントや批判など――が表明されているのである。

本稿では、吉川夫人と津田の対話場面の最初の回（百三十一回）と、そのクライマックスを形成する回（百三十七回から百四十三回）を取り上げ、その回を書いた日の午後の漢詩とのつながりのなかに読み取ることの出来る漱石の創作意識――①吉川夫人と津田の対話場面に対する漱石の基本的立場②津田にとっての清子の意味③吉川夫人に対する作者漱石の批判――を考えてみたい。

一

まず、吉川夫人と津田の対話場面の描写についての漱石の基本的立場を、百三十一回とその日の午後に創作した漢詩との関係を通して考えてみたい。

（百三十一回梗概）　吉川夫人が津田の病室に顔を出したのは、小林が病室を出て十分後であった。夫人は津田への見舞いに持参した楓の盆栽（植木鉢）を看護婦に床の間に置かせてから席に着いた。津田は夫人がいつもとは違う「気分」を持って入ってきたことに気づき、「嘘」を並べて夫人の反応を探った。津田は、夫人の微笑に自分への「同情」を認めた。しかし夫人の来訪の目的は、彼の思惑とは違っていた。

漱石は『明暗』百三十一回を書いた九月二十五日の午後、次の漢詩を創作している。

孤臥独行無友朋　　孤臥独行　友朋無く

又看雲樹影層層
白浮薄暮三叉水
青破重陰一点燈
入定誰聴風外磬
作詩時訪月前僧
閑居近寺多幽意
礼仏只言最上乗

又た看る　雲樹　影層層
白は薄暮に浮かぶ　三叉の水
青は重陰を破る　一点の燈
定に入りて　誰か聴く　風外の磬《けい》
詩を作りて　時に訪う　月前の僧
閑居　寺に近くして　幽意多く
仏に礼して　只だ言う　最上乗と

◆大意

首聯　わたしの悟りへの道は独り行くしかない。わたしは高い木立の茂みを見つめる。この木立の孤高の姿こそは私の生き方なのだ。

頷聯　わたしの心に浮かぶ風景――それは、薄暮に白く浮き上がる三叉の川であり、深い暗闇を照らす青い灯火（法灯）である。（それは真実世界のすがたなのだ。）

頸聯　禅定に入っているわたしには、「風外の磬」（＝俗人に聞こえない真実世界の磬の一打）が聞こえ、詩作をすれば、「月前の僧」を尋ねることが出来る。（＝禅詩の中では真実世界に生きている知音を得ることが出来るのだ）。

尾聯　私の閑居は寺に近いので（＝わたしの心は真実世界〈＝悟りの世界〉に繋がっているので）、仏法と人の深い関係に思いをめぐらしたり、悟りの境地に触れることが出来る。わたしはその仏恩に対して、仏に礼拝し、言葉では、そのありがたさを表現出来ないから、ただ「最上乗」と言うのみである。

ここに詠われている意識世界は、作者漱石の心象風景であり、それは禅的意識の形象化である。漱石が百三十一回を書いた日の午後、漢詩においてこのような禅的意識を形象化した理由は何であったろうか。

漱石が、右の漢詩を構想した理由を考える上で注目すべきは、この漢詩で使用されている詩語と、百三十一回の最初に描きこまれた吉川夫人の持参した「楓の盆栽」の描写表現との重なりであろう。

結論を先に記せば、この重なりには百三十一回以下の一連の場面を描こうとする漱石の作家意識が表明されていると考えられる。まず、両者の重なりから見ていきたい。

百三十一回で吉川夫人が楓の盆栽を持ってきた場面を引いておく。

> 彼は夫人の姿を見るや否や、すぐ床の上に起き返らうとした。夫人は立ちながら、それを止めた。さうして彼女を案内した看護婦の両手に、抱へるやうにして持たせた植木鉢を一寸《ちよつと》振り返つて見て、「何処へ置きませう」と相談するやうに訊《き》いた。津田は看護婦の白い胸に映る紅葉の色を美くしく眺めた。小さい鉢の中で、窮屈さうに三本の幹が調子を揃へて並んでゐる下に、恰好の好い手頃な石さえあしらつた其盆栽が床の間の上に置かれた後で、夫人は始めて席に着いた。

漢詩の語と、『明暗』のこの場面の語とは、次のような重なりがある。（上は漢詩の語、下は『明暗』の語）

「雲樹」と、「盆栽」の「楓」。（大きさは正反対だが、ともに「木」という点でつながる。）

「白は薄暮に浮かぶ」の「白」と、「看護婦の白い胸」の「白」。

「三叉の水」の「三」と、「（楓の）三本の幹」の「三」。

「風外の磬（石の打楽器）」と、「（楓の盆栽にある）恰好の好い手頃な石」の「石」。

「孤臥」と、「(津田が寝ている)床の上」。

このような、両者における語の重なりは偶然であろうか。この語の重なりは、『明暗』に描き込まれた楓の盆栽が、この漢詩で詠っている禅的世界のシンボルであることを示している。換言すれば、漱石がこの詩を創作するに当たっては、午前中に『明暗』のなかに書き入れたその楓の盆栽のシンボル的イメージが(漱石の無意識の領域で)強く作用していると考えられる。

百三十一回の「楓の盆栽」と津田の病室から見える「西洋洗濯屋の風景」とは繋がっている。津田が入院した二階の病室からは、「西洋洗濯屋の風景」が眺められた(四十回)。そこには、青空の下で、白い洗濯物が風に揺られており、その隣には、赤レンガ造りの倉があった(百十六回)。作者漱石は、この「西洋洗濯屋の風景」を、津田とお延の会話の場面(四十四回)、お秀と津田の会話の終わり(百十四回)、小林と津田との会話のはじめ(百十六回)に、意識的に書き入れている。病室を訪れる登場人物たちはこの「西洋洗濯屋の風景」の意味を理解できない。しかし、その風景として存在する自然物(風・白い洗濯物・赤い倉庫・晴れ渡った青空など)は、禅的世界の(仏心の顕現である)「自然」と繋がっており、津田の病室での出来事を黙照している存在であった[1]。そして、これらの「西洋洗濯屋の風景」における配色(「(洗濯物の)白」・「(晴れ渡った空の)青」・「(赤レンガの倉庫)の赤」など)もまた、漱石詩を構成する配色とつながっていた。これらの特色は、病室の外にある「西洋洗濯屋の風景」が、漱石詩の詠う禅的世界に内在する視線のシンボル的存在であることをしめしていたのである。

ここで、禅的世界と漱石詩に描かれた具体的事物(形象)や色とのつながりについてふれておきたい。禅的な考え方によれば、世界の根源にある「無」(=仏心=虚明)は、この世界に質料を超えて普遍的に遍満している。たとえば、達磨大師の死後も、達磨は、地上に吹く清風として存在しており、草木や石として存在している。それは、自然物(草木・石・水)のなかだけでなく、空の紺碧、薄暮の白、としても遍満している。当該詩の「影層々」たる「雲樹」、薄暮に浮かぶ白い水、闇の中にともる青燈などが構成する情景は、仏心の現われとしての意味合いがある。このことに留意するならば、『明暗』百三十一回に描きこんだ、吉川夫人が見舞いに持ってきた楓の盆栽と、この日の午後に創作した当該詩の景物や数・色などの一致（「樹」「白」「三」「石」）は、『明暗』における楓の盆栽が、「西洋洗濯屋の風景」と同様に、吉川夫人と津田の会話を黙照している禅的な自然物（＝仏心）を象徴していることが理解される。

このことを考えるならば、九月二十五日の詩と『明暗』に描きこまれた盆栽とのつながりのなかに、作者漱石の『明暗』を描く視点の存在を認めることが出来る。すなわちこの詩には、これから始まる吉川夫人と津田との醜悪な世界を批判的言辞を加えることなく描きつくすのだとする、作者漱石の創作態度――禅的思惟の立場――が表明されていると考えられるのである。

二

次に、『明暗』における吉川夫人と津田の対話のうち、百三十七・百三十九・百四十の各回と、その各回を執筆した日の午後の漢詩との関係を取り上げ、その関係から浮かび上がる津田にとっての清子の意味を考えていこう。十月一日に執筆した百三十七回とその午後に創作した漢詩との繋がりからみていこう。

（百三十七回梗概）　吉川夫人は、自分は津田の同情者であり、あなたにしてあげることがひとつある、わたしの言うことを聞きますかと、津田にこれから話す計画の実行を迫った。しかしどんな注文が夫人の口から出るか見当のつかない津田はひそかに恐れた。夫人のことばに逆らうことの許されない津田は、「蘇生の活手段を奪はれた仮死の形骸」

とおなじであり、「生還の望」みのしかとしない危地に入り込む勇気を持たなかった。逡巡する津田の様子を見た夫人は、自分の話は「笑談見たいなもの」で、「面白半分の悪戯《いたずら》」に過ぎない、だから思い切ってやるとおっしゃいとその実行を再度迫った。津田は、そのことばに唆されて遂に実行を口にした。すると夫人は、その計画の「悪戯」の性質を説明せず、突然清子を話題にして津田を驚かせ、ついでお延が清子のことを知っているかどうかを話題にした。

漱石は、この回を執筆した日の午後、次の漢詩を創作している。

誰道蓬萊隔万濤
于今仙境在春醪
風吹靺鞨虜塵尽
雨洗滄溟天日高
大岳無雲輝積雪
碧空有影映紅桃
擬将好謔消佳節
直下長竿釣巨鼇

誰か道《い》う　蓬萊　万濤を隔つと
今に于《おい》て　仙境は春醪《ろう》に在り
風は靺鞨《まっかつ》を吹いて　虜塵《りょじん》尽き
雨は滄溟を洗いて　天日高し
大岳雲無くして　積雪に輝き
碧空影有りて　紅桃に映ず
好謔を将《もっ》て　佳節を消さんと擬し
直ちに長竿《ちょうかん》を下して　巨鼇《きょごう》を釣る

◆**大意**

首聯　誰が言うのであろうか。蓬萊山は海のかなたにあり、容易には行くことができないと。現在の仙境（人間の理想郷）は、春の濁り酒の中に存在するのだ。

頷聯(2)　（蓬萊山は渤海の中にあるというが、その渤海国の名がある）靺鞨は古来戦塵絶えることのない場所だが、風が吹けば、その戦塵は吹き飛ばされ、雨が大海原に降り注ぎその戦塵を洗い流せば、今まで見えなかった大自然がくっきりとその姿を見せる。(=真実世界から清風が吹けば「虜塵」(=俗世のしがらみ)は吹き飛ばされ、真実世界の雨が大海原を洗えば、今まで気がつかなかった真実世界の存在が顕現する。)

頸聯 戦塵(俗世)が消えた後に現われた世界——そこでは雲のない大岳の積雪が日の光を浴びて輝き、青空には光が満ち、その光は地上の紅桃(自然)に注いでいる。(=俗世の中にこそ真実世界は厳然と存在しているのだ。)

尾聯 諧謔のことばをもって表現するならば、この良き日を過ごそうとして、わたしは釣竿をたれて、(蓬萊山を頭で支えているという)巨鼇を釣り上げようとしているのだ。(=俗世とのかかわりを絶って、自分の内部にある「本来の面目」〈=真実世界=仏心〉を見定めようとしているのだ)。——

百三十七回とその日に創作した漢詩との関係を考えていこう。

詩の尾聯にある語「好謔」と、百三十七回の吉川夫人のことば「笑談見たいなもの」「面白半分の悪戯」との繋がり、および禅語「巨鼇を釣る」と、百三十七回の津田の「蘇生の活手段を奪はれた仮死の形骸」や「生還の望」みとの関係を考えてみたい。私見によれば、詩句「好謔」と吉川夫人の言葉「笑談」「面白半分の悪戯」という表現の類似は、午前中に執筆した百三十七回の内容がこの午後の詩に投影していることを示している。その端的な投影が、「巨鼇を釣る」という禅語と、津田の「蘇生の活手段を奪はれた仮死の形骸」や「生還の望」みという表現の関係に現われている。そこで以下、漢詩の「巨鼇を釣る」という表現と、百三十七回とのつながりを考えていこう。

まず「巨鼇を釣る」の意味をみておく。この禅語には二通りの理解が考えられる。ひとつは、『碧巌録』など禅書で多く使われる「才能ある人物を得て、立派な雲水に仕上げる。」という意味である。この使い方は、百三十九回で、吉川夫人が、津田を「折角私が丹精して拵《こしら》へて来て上げたのに」と述べているように、吉川夫人が津田を自分の好みの「ずうずうしい人間」に仕上げているということと関係する。重要なのは、もう一つの意味——飯田氏の語釈に見える意味——である。以下、飯田氏の語釈を引いておく。

『真歇和尚拈古』巻下「巨鼇は江湖の裡《うち》に在らず、笑うに堪えたり時の人釣竿を把《と》ることを」つまり仙郷や巨鼇は他にあるのではない、己れの中にあるのであるとのこと。『祖英集』巻上「日暮　東澗に游ぶ」「目を極めて晩照を生ずれば、蓬萊は仙境に匪《あら》ず、十二の鼇を釣り得、重ねて来たり孤影に謝す」

禅語「巨鼇を釣る」で重要なのは、自分の内部にある「仏心」(=本来の面目)を自覚する(悟る)という意味である。この詩では、この禅語を後者の意味——自分の内に存在している仏心に目を向けるという意味——で使っている。

以上のことに留意するならば、『明暗』で吉川夫人が初めて清子の名を口にした百三十七回を執筆した日の午後の漢詩で「巨鼇を釣る」と詠っていることには、『明暗』における津田にとっての清子の意味や、津田が清子と会うことの意味が象徴的に表明されていると考えられる。

漱石は、百三十七回の津田が、吉川夫人のことばに逆らえない「仮死の形骸」であり、「蘇生の活手段」をもたない存在であることを強調している。この表現には、津田は吉川夫人に教育されてエゴイストとなってはいるが、しかし津田は本来の自分(=人間としての感情)をその内側に奥深くしまい込んでいるに過ぎないことを示している。

このことを理解するならば、その日の午後の漢詩の尾聯において「直ちに長竿を下して　巨鼇を釣る」と詠っていることには、漱石自身の津田に対する根源的な認識――津田にとっての清子の意味が、津田のうちに存在する人間的生を意味し、津田が清子と会うことによって本来の自分を取り戻せば、津田は現在の「仮死」の状態から脱して、人間として「蘇生」する可能性があること――が表明されているといえるのである。

*

次に百三十九回とその日の午後に創作した漢詩の関係を取り上げていこう。

（百三十九回梗概）（吉川夫人は津田に対して、あなたに清子への未練があるのは「事実」だと断定したあと、）夫人は津田の「未練」を他人に説明できると誇った。夫人によれば、津田は、清子への未練を持ちながら、それを「隠してゐる」ことになるのであった。夫人の真意を理解できない津田が説明を促すと、夫人は反対に次のように質問した。なぜ清子はあなたと結婚しなかったのかと。津田は〈何故だかわからない、ただ不思議なんです。いくら考えても何にも出てこないんです……あっといって後ろを向いたら、もう結婚していたんです。〉としか応えることが出来なかった。夫人は次のように言って、津田の「未練」を煽り立てる。清子が平気だったから、あなたがあっと言わされたのではないか。その時のあっの始末はどう付ける気か。貴方が今でもそのことを考えているのは、「それが貴方の未練ぢやありませんか」と。

右の百三十九回を執筆した十月三日、漱石は次の漢詩を創作している。

逐蝶尋花忽失蹤　　蝶を逐い花を尋ねて　忽ち蹤《あと》を失い
晩帰林下幾人逢　　晩に林下に帰って　幾人にか逢う
朱評古聖空霊句　　朱は評す　古聖空霊の句
青隔時流偃蹇松　　青は時流を隔つ　偃蹇《えんけん》の松

機外蕭風吹落寞
静中凝露向芙蓉
山高日短秋将尽
復擁寒衾独入冬

機外の蕭風　落寞を吹き
静中の凝露　芙蓉に向かう
山高く日短くして　秋将に尽きんとし
復た寒衾《かんきん》を擁して　独り冬に入る

◆大意

首聯　遊山して「蝶」「花」に出会えば、現実世界の輝く要素に心を奪われて、ふと道の厳しさを忘れることもある。わたしの本分は、道の修行であり、その生活に勤しんでいるが、しかし晩に林下（＝道場）に帰っても、知音に逢うことはない。（なぜなら悟りへの道は独りで行くしかないからだ。）

頷聯　古聖空霊の句を評する朱墨や、時間を超越して存在する偃蹇の松の青色のみが、わたしの知音なのだ。

頸聯　わたしの心象風景――真実世界から吹く蕭風は、わたしのいる「落寞」（＝空虚）の世界の隅々までいきわたる。その蕭風が吹く「静」のなかで、露はハスの花に結ぼうとしている。（常識では考えられないこの風景が真実世界なのだ。）

尾聯　山深く、日の短いこの山寺の秋（＝人生）は終わろうとしている。私はまた寒さの染み込むせんべい布団一枚だけで、（知友もなく）独り平然と冬を迎えるのである。（わたしは、長沙和尚の境地――真実世界の輝きと厳しさとを同一のものとして感得する境地に生きているのだ。）

当該詩は、『碧巌録』第三十六則「長沙逐落花回」の次に引く『本則』を踏まえて作られている。――ある日、長沙和尚は山中を歩いて門まで帰ってきた。そこで首座が問う。「いずれへ行ってきたか」と。長沙は「遊山し来る」と答えた。さらに首座が問う。「どこまでいらしたか」と。「沙云く、始めは芳草に随って去り、又た落花を逐うて回《かえ》る。座云く、大いに春意に似たり。沙云く、也た秋露の芙蕖《ふきよ》に滴るに勝れり。」(この典拠の問題については、省略)。

百三十九回の焦点は、津田の意識に上る清子の不可解な行動である。津田と結婚するはずの清子は、突然関と結婚してしまった。津田にとって、清子の行動は、「不思議」でしかなく、その理由を「いくら考へても何にも出て来ない」のであった。この回を書いた午後の漢詩の首聯(「蝶を逐い花を尋ねて忽ち蹤を失い」)は、この回の清子を失った津田の意識と類似している。もちろんこの首聯の内容は、「大意」に記したように、禅的な意識との結びつきで詠われたものであり、詩に即した意味内容からすれば、無関係である。しかし、この首聯の表現は、百三十九回の津田の意識に同化していた漱石の意識が呼び出したものであり、この点で、この首聯の表現は、百三十九回の津田の意識と結びついていると考えられる。さらに注意すべきことは、この漢詩の頸聯で、禅的な悟りの境地が、人知では理解できない風景――蕭風が吹く「静」のなかで、はちすに露が結ぶ景――として詠われていることである。この真実世界(悟り)の形象と百三十九回の清子の行動の理解不能性とは一致している。この一致は、この詩の頸聯で詠われている真実世界(悟り)の形象に、清子の境地(禅的な悟りの意識世界)が重ねられていることを示しているのである。(なお、付け加えれば、「あつ」という間に津田から離れて、関と結婚したという清子の行動は、『無門関』三十二の「階梯に渉らず、懸崖に手を撒《はな》す」〈=次第に禅の境地を深めるのではなく、突然仏位に入ること(大死一番)〉の形象化である。[4])

漱石は漢詩の中で、百三十九回で津田が理解不可能とする清子の行動が、禅的な悟りの境地と結びついていることを示しているのである。

*

次に漱石が、津田と吉川夫人の対話場面のクライマックスである百四十・百四十一回と、百四十回を執筆した日の午後に創作している漢詩とのつながりを考えていこう。（なお百四十一回を書いた日の午後は漢詩を創作していない。）

百四十回の冒頭は次のように書き出されている。「準備は略《ほぼ》出来上《あが》つた。要点はそろ〳〵津田の前に展開されなければならなかつた。夫人は機を見て次第に其所《そこ》へ入つて行つた。」ここで言う「準備」とは百三十八回から百三十九回にかけて、吉川夫人が津田に清子への思いを「未練」として自覚させることであった。百四十回ではその「要点」が展開されることになる。

吉川夫人は津田に次のように言う。〈男らしく未練を晴らしたらどうか、その方法は清子に会って聞くだけではないか。清子は今さる温泉場で流産の体を回復するのが目的で静養している。あなたもそこに行って、「男らしく未練の片を付けて来るんです。」〉夫人は旅費さえ出してやるといって津田を促した。——吉川夫人の話の「要点」は、清子に会って未練を晴らせということであった。
（百四十回梗概）

津田の心理においては、その実行を引き止める力があった。（「彼を引き留める心理作用の性質は一目瞭然であつた。けれども彼は其働きの顕著な力に気が付いてゐる丈で、其意味を返照する遑《いとま》がなかつた。」と漱石は描いている。その力こそは、津田のうちにある人間としての感情であった。この描写には、津田のうちに存在する彼の人間的な要素〈＝「本来の面目」＝「仏心」〉を見ている語り手の視線がある。）逡巡する津田の様子を見た夫人は次のように言って、津田のうちにある人間としての自然な感情に蓋をさせる。〈内心行きたがっているくせに、もじもじしている。それがあなたの一番悪いところだ。あなたは臆病なのだ。そんな見識はただの見栄ではないか。あなたはずうずうしいたちではないか。そのずうずうしさを発揮しなさい。そのためにわたしが骨を折ってこしらえてきたんだから。〉この夫人のことばを聞いて、津田はようやく行くことに覚悟を決めた。
（百四十一回梗概）

吉川夫人の「準備」とは、津田に清子への思いを「未練」として自覚させることであり、夫人の話の「要点」は、津田が清子に会って未練を晴らすこと、そのために津田が清子のいる温泉場に行くことであった。夫人はそれを津田の自発的行為として強制したのである。（しかし津田の清子への意識を「未練」ということは出来ない。そのことを作者漱石は、『明暗』後半の温泉場における津田の清子への思いを通して示している。）

漱石は、百四十回を執筆した十月四日の午後、次の漢詩を創作している。

百年功過有吾知　　百年の功過　吾れの知る有り
百殺百愁亡了期　　百殺百愁　了期亡し
作意西風吹短髪　　意を作《な》して　西風短髪を吹き
無端北斗落長眉　　端《はし》無くも北斗　長眉に落つ
室中仰毒真人死　　室中　毒を仰いで真人死し
門外追仇賊子飢　　門外　仇を追いて賊子飢う
誰道閑庭秋索寞　　誰か道《い》う　閑庭　秋索寞なりと
忙看黄葉自離枝　　忙《あわただ》しく看る　黄葉自ずから枝を離るるを

◆語釈・典拠

【北斗長眉に落つ】　この句に関係する禅語に「北斗に身を蔵《かく》す」や、その概念（禅的な絶対の世界では、時間・空間・質量を超越する）を表す法句に「展《の》ぶれば則ち法界に彌綸《みりん》し、収むれば則ち糸髪も立せず」（『臨済録』「示衆」）などがある。また「長眉に落つ」に近い表現に、『槐安国語』巻四〈二一四〉「会得せば、尽十方界乾坤大地、諸人の眼睫上に在って大光明を放つ」がある。これらの禅語を踏まえるならば、この句の意味内容は、天の中心にある北斗星とわたしとが融合したこと（悟りを得たこと）、私の意識は絶対の世界にあるので、わたしは天の中心にある北斗の立場（＝禅的真実世界・仏心）から、あらゆる現象を見ることが出来るようになっているのだ、ということであろう。

【室中　毒を仰いで真人死し】「毒」とは「三毒」（＝貪・瞋・痴＝煩悩）。「真人」は、自分の「本来の面目」（悟り）、あるいは「本来の面目」に生きる人の意。句意は、浄室での坐禅は「毒」（煩悩）を払うことにあるが、「真人」（悟り）の境地はその毒（＝煩悩）を飲み込んで、すなわち「毒を持って毒を攻む」（『普灯録』）ことによって、その毒（煩悩）から脱し（＝大死して真実世界に生き返って）本当の自由（禅的な絶対の世界）に生き返るのだ、ということであろう。

【門外　仇を追いて賊子飢う】「門外」とは、俗世界。「仇」は、世俗の利害関係から生ずる執着心。「賊」は禅語ではさまざまな意味で使われるが、ここでは「六賊」すなわち、煩悩の意。当該詩に類似した「賊」の用法では、『江湖風月集』巻上、金華復巌已和尚の禅詩（「夢宅」）に「睡中、道《い》うこと莫かれ、惺惺《せいせい》たらずと、四大、由来も亦た強いて名づく。正に是れ、賊、空屋の裡《うち》に帰す、未だ一歩を行ぜざるに、已に天明。」がある。後半の意味を芳澤勝弘訳で示せば次のごとくである。「この夢幻の空宅（身体―筆者注記）に眼・耳・鼻・舌・身・意の六賊が潜んでいる。しかし、この空宅には盗むべき何物もないとわかるならば、一歩を行ぜずして、即今当処に、賊心のなくなる夜明が訪れ、夢から覚める」（芳澤勝弘編注『江湖風月集訳注』禅文化研究所、平成十五年十月）。

◆大意

首聯　わたしは一生を真実世界に生きる修行にささげて来た。わたしは修行における功と過（修行での努力や落ち度＝さまざまな心の状態）を嘗め尽くし、悟りの困難さを知っている。悟りの道は到達したようでも先があり、終わりのないものだ。

頷聯　西風は、人知では理解できない自然のはたらきの深さを、老いたわたしに教えてくれる。突然、天の中心で泰然と煌めいている北斗星がわたしの眼の中に入り込んだ。（＝わたしは突然悟りを得た。わたしは天と融合し、その立場からすべてを見ることが出来るようになった。）

頸聯　（悟りの境地――）、浄室での坐禅は「毒」（煩悩）を払うことにあるが、「真人」（＝「本来の面目」に生きる人）

はその毒（＝煩悩）を飲み込んで（＝「毒を持って毒を攻む」ことによって）、その毒（煩悩）から脱し、すなわち、大死して真実世界に生き返って、本当の自由（禅的な絶対の世界）に生きるのだ。また人は、俗界での「仇」（執着心）を断ち切ることによって、「本来の面目」（悟り・自然）に帰ることができるが、「真人」は「仇」（俗世との繋がり）を「追う」（＝世俗の中で積極的に生きる）存在であるにもかかわらず、その心には「執着心」がないので、「賊」（＝煩悩）は「真人」に取り付くことが出来ず死んでしまうのだ。

尾聯　静かな秋の庭は索漠としていると誰が言うのであろうか。黄葉が盛んに散っているではないか。この景こそは、「真人」しか感得できない「仏心」（＝「自然」）のなせる業（動き）――現成公案――なのだ。

百四十回と漢詩の関係を考えていこう。

すでに見たように、百四十回の「要点」は、吉川夫人が津田に清子への「未練」を煽り立て、「未練を晴らす」ために清子のいる温泉場に行く決意をさせることにあった。留意すべきは、吉川夫人によって煽り立てられた津田の「未練」と頸聯「室中毒を仰いで真人死し　門外仇を追いて賊子飢う」との繋がりである。「未練」とは仏教的視点からすれば、「俗世の煩悩」である。百四十・百四十一回の津田の立場を、頸聯の表現と重ねるならば、津田の立場は次のように言うことが出来る。

――津田は、「清子への未練」という「毒」（＝現実世界への執着心＝煩悩）を吉川夫人に飲まされ、俗世において、「仇を追って」（＝未練を晴らすために）温泉場にいくことになったのである。――漱石は、明らかに、この頸聯に百四十回を重ねているのである。

百四十回に重ね合わせて頸聯を理解すれば、「真人」には、津田の内面に存在する、清子に会うことをためらわせる「力」（＝お延との関係を大切にしようとする津田の感情）が重ねられており、「毒を仰いで真人死し」という表現には、津田が吉川夫人に与えられた「未練」という毒を飲んで、妻を大切にすべきだとする「人間的感情」を押し殺した（＝意識の表面から退けた）ことと、さらには津田はその毒を仰ぐことによって、真実世界に生まれ変わっていくという意味とが二重に重ねられていると考えられる。そしてこのような理解の方向性からすれば、頸聯全体には、次のような意味が重ねあわされているといえよう。

――「真人」が大死して「生き返」ったのは、「毒を以って毒を攻む」という方法によってであった。津田のうちに存在する人間的要素（＝「真人」）が生き返るには、「毒を以って毒を攻む」ことが必要なのだ。津田は「未練」に突き動かされて、清子に会いに温泉場に出かけることになった。津田が清子に会おうとする行為は、彼の意識を支配している「未練」（執着心）の表れだが、同時に、この行為は、彼がその執着心から抜け出す行為ともなるはずだ。（＝津田のうちにある人間的要素が、彼の意識の支配権を握り、今まで彼の意識を支配していた世俗の執着心（我執）から脱することが出来るようになるのだ。）津田の「仇を追う」（＝清子への未練を晴らす）行為は、彼の我執を治癒し、人間として生き返るために必要なのだ。――

十月四日の漢詩には、漱石の、右に見たような津田への思いが投影しているのである。そしてこのような漱石の津田への思いは、彼が書いたであろう百八十九回以降の津田の形象とも繋がっていたと考えられる。

三

次に『明暗』における吉川夫人と津田の対話のうち、百三十八・百四十二・百四十三回とその各回を執筆した日の午後の漢詩を取り上げ、その関係の中に読み取れる、漱石の吉川夫人についてのコメントや批判をみていこう。まず百三十八回とその回を書いた日の午後の漢詩との関係からみていこう。

（百三十八回梗概）　津田は、お延に津田と清子の関係に気づいてもらいたがっている夫人を発見した。夫人は次のように断定した。「わたしの鑑定から云ふと、今の延子さんは、都合よく私のお誂へ通りの所にゐらつしやるに違《ちがひ》ないのよ」と。その後夫人は、「貴方は清子さんにまだ未練がおありでせう」と言いだし、「是でも未練があるやうに見えますか」「何うしてさう鑑定なさるんです」という津田に対し、「見えないからさう鑑定するのよ」、あなたの「未練」は「事実ですよ」と断定する。夫人は、その「未練」を「生かして使え」というのであった。

右の回を書いた十月二日の午後、漱石は次の漢詩を創作している。

不愛紅塵不愛林　　紅塵を愛せず　林を愛せず
蕭然浄室是知音　　蕭然たる浄室　是れ知音
独摩拳石摸雲意　　独り拳石を摩して　雲意を摸し
時対盆梅見蘚心　　時に盆梅に対して　蘚心を見る
麈尾毵毫朱几側　　麈尾《しゆび》の毵毫《さんごう》は　朱几《き》の側
蝿頭細字紫研陰　　蝿頭《ようとう》の細字は　紫研の陰
閑中有事喫茶後　　閑中事有り　喫茶の後
復賃晴暄照苦吟　　復た晴暄を賃《やと》いて　苦吟を照らさしむ

◆語釈・典拠

【独り拳石を摩して雲意を摸し】　この句における「拳石を摩して」から連想されるのは、大正五年八月二十一日の「尋仙……」の「石印を撫摩して自由に成る」である。ここでいう石は、俗世を超越した真実世界の象徴であり、「拳石」も同様の意味で用いられている。「雲意」は、陶淵明「帰去来兮の辞」の「雲は無心に以て岫を出で　鳥は飛ぶに倦《あ》きて還るを知る」を踏まえており「無心」(＝世俗を離れたありのままの心)を指すが、この句では、漱石は、この「無心」を禅的な意味に引き付け、禅的な俗世を超越した禅的世界の自然物の心(＝「無心」＝仏心)になりきろうとする気持ちを詠っている。

【時に盆梅に対して蘚心を見る】「蘚心」の用例はまだ見つけ得ないが、苔は(禅)詩では石と同様、俗世を超越した真実世界の象徴として詠われる代表的な景物であり、「蘚心を見る」とは、苔に宿る仏心(＝俗世間を黙って見つめている仏心)を探ろうとする(＝仏心になりきろうとする)という意味であろう。「盆栽」は、「自然」のミニチュアであり、ここでは、俗世を超越した存在としての「自然」の象徴としての意味を持っている。(この詩で詠う盆梅と百三十一回に描かれた「楓の盆栽」とは、さまざまな共通点がある。紅梅ならば、楓の紅葉と赤という色でも共通する)

【復た晴暄を賃いて苦吟を照らさしむ】「晴暄」は禅詩における景物の代表であり、仏心の顕現という意味を持つ。この句は、自分の心を表現した漢詩の世界が、仏心(の顕現である陽光)と一体化していることを、陽光(仏心)に確かめてもらう、という意味を表わしていると考えられる。

◆大意

首聯　わたしは、俗世間も愛さないし、禅道場での修行をも愛さない。わたしが愛しているのは、書斎(浄室)の何もないからりとした世界なのだ。この書斎の雰囲気こそがわたしの知音なのだ。

頷聯　(わたしは書斎で一人)拳石を摩して、石の無心になろうとし、盆梅をみては、その苔の心を知ろうとするのである。(＝石や苔こそは、現世の人間の行動を黙照している真実世界の存在なのだ。)

頸聯　今は、(原稿を書くときに心の友とした)麈尾の毿毫《さんごう》(払子の長い毛)は、朱塗りの机の傍らに横たわっており、蝿頭細字で心血を注ぎ込んだ原稿は、硯の陰にあるだけだ。(今日の仕事は終わったのだ。)

尾聯　(その仕事が終わった)心安らかな時間にもすることがある。それは、わたしがこの日常世界で、茶を飲むという行為であり(この日常での行為こそは真実世界のありようなのだ)、そしてその苦吟して詩を創作し、その詩を、晴れた日差し（仏心の顕現）に、鑑定してもらうことなのである。（＝私は、詩作によって真実世界に生きていることを実感できるのだ。＝私は、詩作によって真実世界の境地を自分の創作視点にし続けることができるのだ。）

百三十八回と漢詩の関係を考えていこう。

吉川夫人は、津田夫婦に対する権力者の立場を利用して、彼らの内面に踏み込み、彼らを自分の好みの夫婦に作り変えようとする暴君である。百三十八回に描かれている夫人はお延や津田の心理状態を「鑑定」してみせる。そして自分の計画に従って、彼らをそれぞれ別個に、自分の意図するところへと導こうとしている。漱石は、この回でも、吉川夫人の自信にあふれた「鑑定」を、批判的言辞を加えることなく客体化してその醜悪さを浮き彫りにしているのみである。

漱石は、この回を書いた日の漢詩において、現実世界を黙照している拳石や盆梅の苔の視線（＝禅的な「自然」の立場）に成りきろうとする作者としての意識を詠っている。ここには、石・苔・晴暄の視線（＝禅的世界における仏心の視線）に同化することによって、吉川夫人の「鑑定」の醜悪さへの批判を抑制し、批判的言辞を加えることなくその内実を客体化して描き出そうとしている漱石の作家意識の表明を見ることが出来る。

漢詩の中に投影しているこのような漱石の作家意識は、その尾聯「復た晴暄を賃いて苦吟を照らさしむ」に最もはっきりと現われている。百三十八回の特徴は、吉川夫人のお延や津田への「鑑定」のありように焦点があるが、この吉川夫人の「鑑定」という行為と、漢詩の「苦吟」に対する「晴暄」の行為（鑑定）とには著しい類似がある。この類似には、百三十八回の吉川夫人の暴君の立場からの「鑑定」に対する、漱石の次のような批判意識が込められているといえよう。

――吉川夫人の「鑑定」は、「我執」からの鑑定に過ぎない。わたしは、自分の心（苦吟で詠った世界）が「仏心」（＝大自然の意思）と一致していることを、「我執」とは無縁の大自然の顕現である「晴暄」（日差し）に、「鑑定」してもらうのだ。――

この詩にも、百三十八回で描き出した吉川夫人の醜悪さへの作者漱石の批判が表明されているのである。

＊

吉川夫人と津田との対話の最後の場面（百四十二回）と漢詩の関係に移ろう。

（百四十二回梗概）津田と吉川夫人の話題は、お延の再教育の方法に移った。夫人は、貴方は知らん顔していればよい、後は私がやるからというだけで詳細は明かさなかった。津田は夫人に何をされるかわからないという懸念があった。夫人は自分の好みに合うように、お延を鍛え上げることが津田のためになると誤解しているらしかった。その胸中の真底を探るとどんでもない結論になるかもしれなかった（と、語り手は津田の心中を描き出す）。夫人はお延を次のように批評する。――少しうぬぼれすぎているところがある。内側と外側がまだ一致しない。あれでなかなか慢気が多い。そんなものはみんな取っちまわなくちゃ。――そんな批評をしているとき、夫人にお秀から、お延が病院に回るかもしれないという電話がかかってきた。夫人は、病室を後にした。

漱石は、右の百四十二回を執筆した十月六日の午後、次の詩を創作している。

非耶非仏又非儒　　耶に非ず　仏に非ず　又儒に非ず
窮巷売文聊自娯　　窮巷に文を売りて　聊《いささ》か自ら娯しむ
採擷何香過芸苑　　何の香を採擷《さいけつ》して　芸苑を過ぎ
徘徊幾碧在詩蕪　　幾碧を徘徊して　詩蕪に在り
焚書灰裏書知活　　焚書灰裏　書は活くるを知り

無法界中法解蘇無法界中　法は蘇るを解す

打殺神人亡影処神人を打殺して　影亡き処

虚空歴歴現賢愚虚空　歴歴として　賢愚を現ず

◆語釈・典拠

【幾碧】『碧巌録』第八十三則「雲門古仏露柱」頌の評唱の禅月和尚「行路難の詩」に「古往今来転た青碧」。「碧天無際」「碧層層」という語の「碧」には、仏心（真実世界）の根源的場所としての象徴的要素があり、当該詩の「碧」を、天や真実世界と解するならば、「幾碧を徘徊す」は〈真実世界にいたるさまざまな経験をした〉という意味を表し、前詩の「百年の功過吾れの知る有り」「百殺百愁了期亡し」と同様の意味であると考えられる。第四句は次のような意味を含意すると考えられる。――わたしは真実世界を求めて、天と合しようと努力し、たどり着いたのは、詩の世界であり、今は（詩のなかに真実世界があると知って）詩の世界に身をおいているのだ。――

頷聯の頸聯への繋がりがわかりにくいが、初案との関係から推測すると、両聯の間に次のような法句が意識されているのではないか。「平蕪尽きる処是れ青山」（『槐安国語』巻四）。「青山」とは、「本分の家山」のこと（道前注）。頷聯「詩蕪」とは「平蕪」と関係し、頸聯とは（その青山では）といった意識でつながっているとおもわれる。

【焚書灰裏】『無門関』〈二十八〉などに見える徳山の次の故事に基づく。――悟りを得た徳山は、仏教の教義を極めても、一本の毛髪を大空に投げたようなものに過ぎないと、法堂の前で金剛経の注釈書を焼き捨てた。――

【無法界】「三界無法」。この世界には一物として実在するものはないこと。仏法の根源。

【打殺】『臨済録』「示衆」「仏に逢うては仏を殺し、祖に逢うては祖を殺し、羅漢に逢うては羅漢を殺し、父母に逢うては父母を殺し、親眷《しんけん》に逢うては親眷を殺して、始めて解脱し、物と拘らず、秀脱自在なることを得ん」などを念頭においての語。無に徹するに、自分にもっとも大切なものをも否定し乗り越えること。〈『禅の語録』十、筑摩書房、昭和四

十七年四月〉

◆大意

首聯 私はキリスト教徒でもないし、仏教徒でもない。また儒教の徒でもない。陋巷で売文生活をしてただ楽しんでいる作家に過ぎない。

頷聯 わたしは芸術の苑で、どんな「大切なもの」（＝香）を摘み取ったであろうか（何も摘み取らなかった）。わたしは大切なもの（＝真実世界）を求めて心の旅をしてきたが、いまや、禅詩のなかに真実世界を見出して、その世界に生きているのだ。

頸聯 （到達した真実世界について言うならば）、禅詩や書物に書かれた仏法は、書物の中にあるのではなく、書物を離れた現実世界の中にこそ存在しているのだ。だから仏法書を焼却することで、本当の仏法は感得出来るし、仏法は、無法界（＝虚空）の中でこそ、本来の姿を顕現させているのだ。

尾聯 虚空（＝真実世界）は、あらゆる権威や存在をも否定し乗り越えた無の世界（＝影亡き処）であり、その虚空（＝仏法の世界）は、（俗人の計り知れないところから）人間世界の賢愚（や善悪）を照らし出しているのだ。

百四十二回と漢詩の関係を考えてみたい。

この回で吉川夫人はお延を自分の好みにあった人間として再教育する意志をはっきりと示す。漱石は、お延への影響を気にせざるを得ない津田の意識に映る夫人の横暴さを浮き彫りにしている。一方、漱石は詩の前半で、自分の立場が、耶・仏・儒でないことを述べ、自分は作家なのだと主張している。この感慨は漱石が百四十二回で、津田の立場に寄り添いながら、吉川夫人の醜悪な内面を徹底的に分析して示していることと関係する。漱石は、吉川夫人の醜悪さを拒否するのではなく、その描写に全力を注ぎ込む自分を、宗教家ではない、作家なのだと自覚せざるを得なかったのであろう。前半にはこのような漱石の思いが投影していると考えられる。

問題は、この詩の後半部分で漱石が仏法のありようを詠っていることの意味である。かつて漱石は、堀家でお延がお秀と対決する場面のクライマックス百二十九回を書いた九月二十三日に創作した詩でも、仏法の力を詠っていた。そこでは、仏法は彼らの我執を切り殺し、彼らを再生させずにはおかない力として詠われていた。その仏法のありようには、お延とお秀の醜悪な会話をこれ以上客体化して描き出すことに耐えられない、漱石の批判的意識が込められていた。同様に、当該詩で詠っている仏法のありようにも、百四十二回で批判的言辞を加えることなく吉川夫人の横暴さを描き出した時の漱石の気持ち（吉川夫人の意識のありようへの次のような批判）が重ねられているといえよう。――仏法は決して夫人を許しはしないのだ。仏法は吉川夫人の行動を照らし出しており、人知では計り知れない力で、彼女を裁こうとしているのだ。吉川夫人や津田の内面を導いている本当の力（法）は、人知では測れないのだ。だから、今のわたしは小さい心で吉川夫人を批判してはいけないのだ。――

漱石は『明暗』では抑制していた吉川夫人の横暴への批判を、漢詩の中で表明しているのである。

＊

吉川夫人と津田の対話が終った後の回（百四十三回）とその午後に創作している漢詩との関係を考えていこう。

お延は病院に向かっていた。往来の曲がり角に来たとき、筋向いに電車が止まった。お延は、そのガラス窓を通して見えた女性が吉川夫人ではないかと直感した。お延の足は重くなった。自分に仕組まれた謀計が内密にどこかで進行している……お秀や吉川夫人が関係していると推測できた。お延は夫津田以外に頼れる人はいなかった。しかし車中の女が吉川夫人であったとすれば、もし夫人が病院に行っていたとすれば……、津田もまた……、三人は「一種の電気を通はせ合つてゐるかも知れない」。お延は考えざるを得なかった。〈どんな態度で、どんな風に津田に会うのがこの場合最も有効だろうか〉。夫婦の癖にそんなことを考えて何になるという非難を内面に聞かなか

（百四十三回梗概）

ったお延は、いったん家に帰って、それから出直すのが上策だと思い極めて、取って返した。

右の百四十三回を執筆した十月七日の午後、漱石は次の漢詩を創作している。

宵長日短惜年華
白首回来笑語譁
潮満大江秋已到
雲随片帆望将賖
高翼会風霜雁苦
小心吠月老獒誇
楚人売剣呉人玉
市上相逢顧眄斜

宵長く日短くして　年華を惜しむ
白首回《めぐ》らし来たれば　笑語　譁《かまびす》し
潮は大江に満ちて　秋已《すで》に到り
雲は片帆に随いて　望み将《まさ》に賖《はる》かならんとす
高翼　風に会いて　霜雁苦しみ
小心　月に吠えて　老獒《ろうごう》誇る
楚人は剣を売り　呉人は玉
市上に相逢うて　顧眄《こべん》斜めなり

◆語釈・典拠

【潮は大江に満ちて　秋已に到り　雲は片帆に随いて　望み将に賖《はる》かならんとす】　秋の現成公案を示す。この詩想は、九月二十六日、九月二十七日の頷聯と類似する。杜牧「九日斉山に登高す」の初句「江は秋影を涵して雁初めて飛び」などを典拠にしているとおもわれる。また、『貞和集』には、類似する用例が多い。

【高翼風に会いて霜雁苦しみ】『貞和集』（巻九）に、以下のような類似の詩がみえる。北山紹隆「畫鴈」「縹緲として空を凌ぎて兩翼齊し、白河洲渚晩凄に迷ふ、蘆花吹き盡して霜風急なり、寒塘に下りて伴を擇びて棲んと欲す」

【小心　月に吠えて　老獒誇る】　多くの注釈は、典拠として「蜀犬日に吠え呉牛月に喘ぐ」（蜀の地は霧が多く日を見ることが少ないゆえ、日の出る度に犬が怪しみ疑って吠える。呉の地の牛は熱を恐れるのあまり月を見ても日かと疑い喘ぐ。）を引き、日を月に換えたものとする。また、飯田利行は『便蒙類編』上「夜犬月に吠え、秋雁空に排《なら》ぶ」も引く。しかし、漱石の力点は、「（霜雁）苦しみ」「（老獒）誇る」という点にあり、指摘されている典拠からは遠い。「風」と「月」は前句から導き出された、「大自然」の象徴であろう。

【楚人は剣を売り呉人は玉】　典拠不明。『槐安国語』巻二に「払子を撃って云く、「国清うして才子貴く、家富んで小児嬌《おご》る」の下語に「呉王剣客を好んで百姓瘡瘢多く、楚王細腰を好んで宮中餓死多し」とある。この下語から「そこで商売として、楚人は呉に剣を売り、呉人は楚に玉を売った。」（＝俗界に生きる人間の醜悪さ）という句を創った可能性もある。しかしこの場合には、玉は、服飾品の「玉」という意味になるが、当該詩の「玉」は、人にとって大切なもの（＝人間的な心）という意味で用いている。（漱石詩で玉を人にとって大切なもの〈＝心〉とする用例は、大正五年十月二十一日の絶句「元と是れ錦衣の子　衣を売り又た珠を売る」などがある。同じ意識であろう。）

◆大意

首聯　（季節が秋から冬へと移り）、夜が長く日が短くなると、自分の人生の時間もまた終わりに近づき、過ぎ行く時間が惜しまれる。白髪頭で周囲を見渡すと、世俗の人々は、にぎやかに談笑しているばかりである。（彼らは、人生の時間やそれを掌る「大自然」の存在を考えないようである。しかし人間は、季節の変化や時間を掌る「大自然」の意思のうちにしか生きることは出来ないのだ）

頷聯　眼を転ずると、潮はすでに大江に満ちている。秋がすでに来ているのだ。その大江には片帆が浮かび、雲はその片帆に随って動いているようである。その風景ははるか遠くまで広がり、果てしがない。（この「大自然」の風景に、「我執」はあろうか。存在するのは、大きな自然の運行の意思だけだ。この風景の果てしなさこそは、大自然の作り出す現成公案の姿なのだ。）

頸聯　しかし、この「大自然」が運行する「自然」の内部では、霜雁は高く飛ばんとして強風に苦しみ、老犬は、月（＝大自然の顕現）の意思を知らず、その月（＝「大自然」）に吠えるという小心を誇るのである。(5)

尾聯　世俗に生きる人々は人を傷つける剣を売ったり、大切な玉を売って生を営んでいる。かれらは、出会えば、互いに批判の眼差しを向ける。（「大自然」は、このような世俗の人の生の営みを、静かに照らし出しているのだ。しかし彼らは、このことに気づいていないのだ。）——わたしは、このような俗世に生きる人々を、「大自然」と同じ立場からじっと見つめているのである。

百四十三回と漢詩の関係の検討に移ろう。

百四十三回のお延は、病院に行く途中で電車に乗っていた夫人を見かけ、吉川夫人を中心とする自分に対する包囲網を直感して苦しむ。このお延の苦しみを漱石は、頸聯の前半「高翼　風に会って　霜雁苦しみ」に同情を持って投影させていると考えられる。また頸聯の後半「小心　月に吠えて　老獒誇る」には、お延を教育してやると津田に「臆面もなく」語る吉川夫人の姿が寓意されているといえよう。そして尾聯の前半「楚人は剣を売り　呉人は玉」の「楚人」には、お延の心を制圧しようとする吉川夫人が、また「呉人」には、自尊心を夫人に売り渡さねばならないお延が寓意されていると考えられる。また尾聯の後半「市上に相逢うて顧眄斜めなり」は、お延と吉川夫人が世俗においては互いの腹の中を探り合わねばならないことの寓意と思われる。また、この句は百四十三回のお延が電車に乗っていた吉川夫人を見かけ、自分への包囲網を直観する場面とも繋がっている。そしてこの詩全体に流れている基調——大自然が掌る季節や時間は人間の意志とは無関係に運行されており、人の営みもまた大自然が作り出す一景に過ぎないという認識——と、頸聯や尾聯の関係には次のような漱石の吉川夫人へのコメントや批判の意識をみることが出来よう。——吉川夫人は、宇宙の運行を掌る「大自然」の「大きな心」を知らずに、自分が絶対者であるかのように錯覚している。吉川夫人の言動は津田やお延の支配者なのだと誇る「小心」者の驕りなのだ。——

この詩には、『明暗』の中に描きこむことの出来なかった作者漱石の吉川夫人への批判とお延への同情（暖かい眼差し）が吐露されているのである。

おわりに

本稿では、『明暗』における津田と吉川夫人との対話場面とそれらを執筆した日の午後に創作した漢詩との関係のなかに、『明暗』の作者漱石の創作意識の現われを見てきた。漱石は『明暗』執筆においては、吉川夫人や津田の醜悪さについて批判的言辞を加えることなく、彼らの言動をありのままに浮き彫りにしていた。しかしそれらの回を執筆した日の午後の漢詩との関係においては、作者漱石の『明暗』創作の現場――津田や吉川夫人と向かい合い、彼らと激しく論争している作者漱石の意識――をみることが出来るのである。

そして同時に、その『明暗』と漢詩との繋がりの中に、『明暗』執筆時の作者漱石の次のような創作意識――禅的思惟の枠組みを梃として、津田やお延の意識の深層に深く降り立ち、彼らの意識の表層（現実に生きるための世俗意識）と深層（その根底にある人間としての根源的意識）との関わりに焦点を当て、その二つの意識の動きを描き出そうとしている漱石の創作意識――の現場をもかいま見ることが出来るのである。

注

（1）第一部第三章（『明暗』における「自然物」と「西洋洗濯屋の風景」）参照）

（2）「風は鞑靼を吹きて　虜塵尽き　雨は滄溟を洗いて　天日高し」――「鞑靼」（中国の東北地域）は戦塵が絶えない場所の意であるが、ここでは、俗世の象徴。この句の「鞑靼」「虜塵」には、『明暗』の世界――具体的には、漱石が今執筆している吉川夫人と津田の対話の醜悪な世界――が象徴されているといえよう。この句は、『明暗』の描き出す現実世界に生きる打算や保身に彩られた人間の意識を洗い流したその奥に、あるべき人間の意識世界（真実世界）があると詠っていると考えられる。

（3）「蕭風」――「蕭」については、九月二十二日の詩（「苦吟又見……」）の語釈参照。道前注に従って、「蕭風」は真実世界の「空寂の風」をさすと理解すべきであろう。

（4）第二部第二章参照

（5）本稿では、「剣」をお延を再教育しようとする吉川夫人の驕慢の投影として理解した。しかし「剣」を「玉」と同様「仏心」としても理解できる。たとえば、大正五年十月二十一日の詩では、人が捨ててしまった仏心を、「地に擲《なげう》てば鏗鏘《こうそう》たり金錯の剣　空に砕けて燦爛たり夜光の珠」と詠っている。その場合には、「楚人は剣を売り呉人は玉」は、「世俗の人は、人としての大切な魂を失っている」という意味になろう。

第七章　お延の津田に対する「愛の戦争」

はじめに

『明暗』前半のクライマックスは、お延が大津田の秘密を知ろうと技巧の限りを尽くして津田と戦う「愛の戦争」（百四十四回から百五十四回）である。焦点が当たっているのは、お延の言葉とそれに応ずる津田の言葉、作者による分析と解説である。しかし作者の分析と解説は、禅的思惟と結びついており、禅的世界から遠い読者にあっては、すぐには馴染めない性質のものである。そのため多くの読者にあっては、作者の視線に自己の意識を沿わせてお延や津田の言葉を読むことが難しく、この場面は、作者の創作意図と離れた次元で理解されてきたように思われる。(1)このような事情を考えるとき、この場面における漱石の思いを明らかにすることは『明暗』における禅的思惟の意味を明らかにするためにも必要なことと思われる。

それではどのような方法に拠れば、この場面での漱石の創作時の思いを知ることが出来るであろうか。その手がかりは、『明暗』各回とその日の午後に創作した漢詩との関係――漢詩における『明暗』との語句の一致や内容の類似――にあると思われる。

この時期、漱石は午前中に『明暗』一回分を執筆し、午後には漢詩を作るという日課を続けている。当然のことながら、午後の漢詩には、午前中に書いた各回への作者の創作意識が投影していると考えられるが、従来の伝統的な語釈の方法だけでは、漱石がその漢詩に込めた『明暗』創作時の思いを読み取ることはほとんど出来ない。しかしすでに検討してきたように、漢詩における午前中に執筆した『明暗』の回との間にある語句の一致や内容の類似部分は、『明暗』創作時の漱石の思いが塗り込められている漢詩の深層が露出した部分であり、その露出部分に『明暗』の描写を重ね合わせると、『明暗』と漢詩との繋がりが立ち現われ、その繋がりからは『明暗』創作時の漱石の思いを取り出すことが出来るのである。結論を先に述べるならば、右の方法によって読み取ることの出来る漱石の創作時の思いは、漱石が『明暗』の各回でもっとも力を入れて創作した要素や対象への思いなのである。

本稿では、右に述べた方法によって、お延と津田との「愛の戦争」とそれらの回を執筆した午後の漢詩を取り上げ、その「関係性」の中に浮かび上がる、作者漱石の『明暗』創作時の思いを明らかにしてみたい。

一

まずお延と津田の「愛の戦争」の序章にあたる百四十四回と漢詩の関係から見ていきたい。百四十四回で焦点が当たっているのは、お延の意識――津田への疑惑、自分を取り囲む「謀計《はかりごと》」への直観、そして津田に対する対応への思い――である。その日の午後の漢詩には、お延のこのような意識への漱石の思いが投影されていると考えられる。

（百四十四回梗概）（堀家でのお秀との会見でやり損なったお延は、その足で病院に向かったが、その途中電車の窓に吉川夫人の姿を認めた。お延は「自分に対して仕組まれた謀計《はかりごと》」を直観した。）お延は家に帰り、今日は病院に来てはいけないとする津田からの手紙を読んだ。「僅か三行ばかりの言葉は一冊の書物より強く彼女を動かした。一度に①外から持つて帰つた気分に火を点けた其書翰の前に②彼女の心は躍つた」。お延は病院に急いだ。しかし彼女の足は小路の角で止まった。この様子では行ったところで、役に立たないという「思慮」が③「不意に」彼女に働きかけた。彼女は病院行きをやめて岡本のところへいこうかと考えた。しかし考え付くや否や、すぐその方面に④「横《よこた》はる」困難をも想像した。お延は津田との関係を叔父と叔母のまえにさらけだすことに耐えられなかった。⑤「復活」の見込みが十分立たないのに、酔狂で自分の虚栄心を打ち殺すような正直は、彼女の最も軽蔑するところであった。病院では津田がお延を待ちかまえていたが、すぐにはお延は現れなかった。

右の百四十四回を執筆した日、漱石は次のような詩を作っている。

休向画龍漫点睛　　画龍に向かって　漫《みだ》りに睛《ひとみ》を点ずるを休《や》めよ
画龍躍処妖雲横　　画龍　躍《おど》る処　妖雲　横たわる
真龍本来無面目　　真龍　本来面目無く
雨黒風白臥空谷　　雨黒く　風白くして　空谷に臥す
通身遍覓失爪牙　　通身　遍《あまね》く覓《もと》むるも　爪牙を失い
忽然復活侶魚蝦　　忽然と復活して　魚蝦《ぎょか》を侶《とも》とす

◆語釈・典拠

【画龍】【真龍】「画龍」に関しては、「画龍点睛」の故事を、「画龍」と「真龍」が関係する故事としては、劉向『新序』雑事五の「葉公好龍」の故事を踏まえている。後者はより具体的には次の『槐安国語』巻六第三十八則垂示と関係があろう。「古《いにしえ》愛して龍の画を学ぶ者有り、常に善本を得ざることを愁れうること飢渇に過ぎたり。一日、真龍、雲霧を領して窓前に下る有り。其の人、失心悶絶して、正しく見ること能わず。」

【躍る】【(妖)雲】『碧巌録』第二十四則「鉄磨到潙山」頌の評唱の風穴和尚の機語「白雲深き処金龍躍る」を踏まえていると考えられる。この機語の文意は、心の奥底は知ることができないこと。

【本来無面目】「本来無一物」と同意であろう。「本來無一物」は、真実には、本来執すべき一物もないこと。

【通身】【復活】『碧巌録』第八十九則「雲巌大悲手眼」垂示「通身《つうしん》是れ眼、見不到《けんふとう》。……若し箇裏《こり》に向かって一線道を撥《はっ》転《てん》し得ば、便ち古仏と同参」。山田無文解説「身体いっぱい眼であったら、天地いっぱいの眼だ。ならば、見て見たということもない。見るということさえもないであろう。……その目もなく耳もなく口もなく心もないところから、生き返って来なければならん。大死一番絶後に甦る。……真箇死にきって、そこから道が開けて来る。そうなるならば、古仏と同参だ。」

【爪牙】【雨黒】【風白】『碧巌録』第四十八則「王太傅煎茶」頌「悲しむに堪えたり独眼龍　曾て未だ牙爪《げそう》を呈せず牙爪開く。雲雷《うんらい》を生ず。逆水の波、幾回をか経たる」。山田無文解説「(明招和尚は)片目であったから独眼龍という渾名があったということであるが、龍だというのに何もはたらきをなさんではないか。……どうやら最後に爪を開き牙を現した。雲雷を生じ、そこに初めて禅僧らしいはたらきが出て来た。雲雷を生じて大雨が降り、海は水を満々と湛えて逆水の波だ。」『槐安国語』巻五第十六則「言不言話」の頌の評唱には「強いて爪牙を弄するも、未だ作家ならず」の直前に「万仞の龍門、黒雲を鎖すに似たり」「本来面目坊」「形相無く」などのことばが見える。飯田利行『漱石詩集譯』に〈「雨黒」「風白」は、社会通念として考えられている龍の躍動の景をいう〉として、「風白」を「突風が水面の波を白く湧きたたせる」とする。

【魚蝦】『碧巌録』第三十三則「陳操看資福」頌に、「蝦蟆《かま》」「蝦蜆螺蚌《かけんらぼう》」(悟りを得ることが出来ない者、俗世に執着している者の意であろう。)が見える。

◆大意

画龍にみだりに晴を点じてはいけない。その画龍が動き回るところは、妖雲が横たわっている場所だからだ。(=偽りの意識世界に入り込んではいけない。そこは、真実世界とは正反対の世俗の世界なのだ。）

真龍は、本来無一物で、（その動きに伴う）黒雲の雨や逆巻く白波にさえぎられ、人が知ることの出来ない空谷（＝虚空・無の世界）に生きているのだ。（＝本当の人間〈真人〉の境地は「本来無一物」であり、彼は無に生きているのだ）。

真龍は、全身「爪牙」（＝禅機）そのものであるが、しかし同時にそのことは、天地そのものが「爪牙」であり、真龍は爪牙を失っていることでもある。その真龍は、その「爪牙」を失って「大死一番」生き返り、魚蝦（＝衆生）とともに俗世に生きるのである。（＝「真人」は禅機そのものであるが、しかしその徹底は、禅機から離れて（＝大死して生き返って）、大衆とともに生きることになるのだ。）


当該詩は禅の悟りの審級を詠ったものと考えられる。しかしこの詩は百四十四回と類似する表現を持ち、お延の描写と深く関わっている。まず両者に共通する語句の類似から見ていこう。（上が百四十四回、下は漢詩）

⑴「（気分に）火を点けた」――「（晴を）点ずる」

⑵（彼女の心は）「躍つた」――「（画龍）躍る」

⑶「不意に」――「忽然と」

⑷（すぐその方面に）「横はる」（困難をも想像した）。――「（妖雲）横たわる」

⑸「復活」（の見込みが十分立たないのに）――「復活して」

⑹前回（一四三回）の「謀計《はかりごと》」と「妖雲」とも類似する。

右の『明暗』と漢詩との語句の一致は偶然であろうか。この表現の一致は、午前中に書いた『明暗』に対する意識がこの漢詩の中に込められていることを示しているのである。以下その投影を考えてみよう。

まず⑴⑵⑷⑹の一致が存在する漢詩の首聯に、百四十四回の一致する部分（「火を点け（た）」「躍つた」「謀計《はかりごと》」

「横はる」）を重ね合わせると、その関係の中に次のようなお延に対する漱石の気持ちが立ち現れてくる。――お延が津田から受け取った手紙を読んで、「外からもつて帰つた気分」（津田への猜疑心）に「火を点け」、「心を躍らす」お延に対して、「我執の世界に身を投じてはいけないのだ。そこは、「妖雲横たわるところ」で、あるべき人間の意識世界ではないのだ」（お延に対して仕組まれた謀計が待ちかまえているのだ）という漱石の、お延に対する呼びかけが投影されていることに気づくのである。

次に(3)(5)「不意に（忽然と）」・「復活」という語句の一致点に留意すると、次のことに気づく。――『明暗』でお延の内心に「忽然」と出てくるのは、夫に対する猜疑心を正当化する「思慮」である。一方、漢詩の「忽然と復活して」という表現は「大死」して生き返る（すなわち悟りの世界に生きる）ことを意味する。お延が望む「復活」と漢詩が詠っている「復活」との内実は大きく隔たっている。この両者の隔たりには、自分の腕で津田を自分に愛させてみせるとするプライドに生きるお延に対する作者漱石の批判が関係し、その批判には、次のような作者漱石のお延への呼びかけの意識が込められていることに気づく。

――お延よ。おまえが津田との関係を、ほんとうの意味で「復活」させたいと願うならば、まずお延自身が、我執（プライド）を捨て、「内なる人間」（＝「真人」・「本来の面目」・「自然」）に随う必要があるのだよ。――

百四十四回はお延と津田との「愛の戦争」の序章である。漱石はその序章を執筆した日の午後に創作した漢詩では、お延の我執（プライド）を批判しながらも、「謀計」が横たわる醜悪なる我執の世界に入り込もうとするお延への危惧の念を象徴的に詠っていたのである。

二

次に、百四十六回とその日の漢詩との関係を考えてみたい。

百四十六回ではお延と津田の会話に焦点が当たっている。その日の午後の漢詩では、そのお延と津田の会話についての漱石の思い（評価）が投影されていると考えられる。

（百四十六回梗概）（病室に姿を現したお延は、今日は来るなという手紙をよこした理由を津田に詰問した。津田は相手の手強さを悟ったとき、吉川夫人の来訪を隠すために「実は小林がきたんだ」と誤魔化した。）お延の冷笑に接した津田は、「用意を欠いた文句を扨《よ》り除ける余裕を失」い、「小林は何かお前に云つたさうぢやないか」と、小林がお延にしゃべった内容を聞き出さずにはおれなかった。お延は、それに答えず、あなたが隠している以上、あたしだって隠すのは仕方がないわ、吉川の奥さんが来たのではないかと詰問した。津田は、ある程度の事実を言わざるをえなかった。

漱石は、この百四十六回を書いた十月十日の午後、次のような漢詩を創作している。

忽怪空中躍百愁　　忽ち怪しむ　空中に百愁躍るを
百愁躍処主人休　　百愁躍る処　主人休す
点春成仏江梅柳　　春を点じて仏と成す　江梅柳
食草訂交風馬牛　　草を食んで交を訂す　風馬牛
途上相逢忘旧識　　途上相逢うて　旧識を忘れ

天涯遠別報深仇　天涯遠く別れて　深仇に報ず
長磨一剣剣将尽　長く一剣を磨して　剣将に尽きんとし
独使龍鳴復入秋　独り龍鳴をして　復た秋に入ら使《し》む

◆語釈・典拠

【休す】　禅語では、思慮分別を絶することで、休み憩うこと。「休歇」と同義であろう。

【春を点じて仏と成す江梅柳　草を食んで交を訂す風馬牛】　「江梅柳」は、『槐安国語』巻四の次の記述を踏まえていると考えられる。「梅腮《ばいさい》柳面、香を吐き栄を競う、春山春水、緑を湛え藍を畳む」その下語に「江国の春風吹き起たず、鷓《しゃ》鴣《こ》鳴いて深花裏に在り。」〈＝「風そよとも吹かない江南の春、鷓鴣は花樹の奥深く声のみ聞える〉その意味は、「仲春の現成公案」。「梅腮柳面」とは、「早春に初めて芽吹いた柳の葉と咲匂う梅花」をいう（以上道前注）。当該詩の「江梅柳」は「江国」の「江」と「梅腮柳面」の「梅柳」を合せる。その出典の意味を汲んで、「春を点じて仏となす」と表現したと思われる。

【草を食んで交を訂す風馬牛】　「草」は、『十牛図』第一「尋牛」の頌、〈茫々として草を払い去《ゆ》いて追尋す〉とある「煩悩」を意味する。「交を訂す風馬牛」は多様な解釈が成り立つが、前句との繋がりからすれば、風馬牛（遠く離れた無縁の関係）たちは、自分たちが生きている世界の意味（仏の国であること）を知らずに、俗世間の中で、我執に取り付かれながら交わりを結び直そうとしているという意味であろう。

【途上】　現実の俗世界。『臨済録』「上堂」八に、次のように見える「途中」と同意であろう。「一人有り論劫途中に在って家舎を離れず。一人有り家舎を離れて途中に在らず。那箇か人天《にんでん》の供養を受く合《べ》き」。秋月龍珉注に、「途中は、差別・現成の相対世界。家舎は、平等・本分の絶対世界」とある（『禅の語録』十、筑摩書房、昭和四十七年四月）。

【相逢うて旧識を忘れ】　『臨済録』「示衆」に「相い逢うて相い識らず、共に語って名を知らず」。その意味は、「真人」は現象面には執着せず（名前とは仮につけたもので、ここには根源的なものは無いので、そこには意識を着けず）、人間の根源（＝本来の面目＝無）において通じ合う。すなわち、真実世界においてはあらゆるものは既知であるという意味であろう。『碧巌録』第四十三則「洞山無寒暑」本則の下語・評唱や、『十牛図』第十「入鄽垂手」の頌にも見える。「旧識」は、「旧時の人」（本来の面目）と同意であろう。

【天涯遠く別れて深仇に報ず】「深仇」とは、現世に対する執着心の深さを示す。

【長く一剣を磨して剣将に尽きんとし】「剣」とは、「吹毛の剣」（『碧巌録』百則）など、煩悩執着を断ち切る心の剣（悟りきった心のありよう）。当該詩の「一剣を磨して剣将に尽きんとし」とは、心の修業を積み、その悟りの意識からも離れる、臨済のいう「至妙境」をさす。「独り龍鳴をして復た秋に入らしむ」は、その「至妙境」を「大自然」と融合させるという意味であろう。

◆大意

首聯　私は、空中で「百愁」（現世の執着から来る葛藤）が乱舞している今の心の状態を、（何故このような状態になるのかと）怪しむのであるが、しかしわたしは、その「百愁」が踊っている心のうちに、平然と憩っているのである。

頷聯　「江南に芽吹く柳の葉と、咲き匂う梅花」は、春を呼び、この現世を仏の国（＝仲春の現成公案）とするのである。（＝この現実世界こそは美しい仏の国なのだ）。しかし、この現実世界に生きている風馬牛たち（＝心が通うことのない遠く離れた存在）は、自分たちの生きている世界の意味（「大きな自然」との関係）を理解せず、煩悩という草を食べ、互いの関係を結び直そうとしている。

頸聯　俗世の中で彼らは出会ったのであるが、しかし彼らは相手の中に、「本来の面目」（＝旧識＝仏）を認めることが出来ず（したがって真の交わりを結ぶことが出来ず）、互いに遠く別れて、俗世の意識（執着心）に身を任せ、自分に従わない相手に恨みを晴らそうとするのである。

尾聯　わたしは長年、我執を切り捨てる心の「剣」（＝悟り）を磨き（＝不断に悟りへの修行を重ね）、その「剣」は磨き尽くして消滅しようとしている（＝今のわたしの境位（悟りの審級）は「悟りの心」からさらに上位の境位へと超脱せんとしている）。今のわたしは、その剣の「龍鳴」（＝悟りの力）を、「秋」（＝「大きな自然」の顕現）の中に同化させ、その立場（「大きな自然」の立場）から、現世における風馬牛たちの我執にとりつかれた生の営みを見つめているのである。

右の漢詩は人間の意識のありようを詠った禅詩であるが、詩のテーマはわかりにくい。それはこの詩に、百四十六回創作時の思いを塗り込めているためと思われる。この詩に込めている百四十六回の思いは、次のような両者の内容的類似を手がかりに引き出すことが出来よう。

両者の類似として次の三点を指摘することが出来る。第一に漢詩の「百愁」とお延と津田の争いの意識（ともに世俗への執着から生ずる意識）。第二に漢詩の「風馬牛」と百四十六回のお延と津田の関係（ともに相手との和合を求めるも実現できない）。第三に、漢詩の「主人」の位置（心のありよう）と作者の創作意識の立場（ともに「百愁」や「津田とお延」と距離を保って平然としている）。

右の類似は当該詩に百四十六回への漱石の批評が込められていることを示している。

まず首聯の「百愁」と、百四十六回のお延と津田の争いの意識の類似に留意すると、「百愁」には漱石が百四十六回で描き出した、お延と津田の我執に彩られた会話の内容が込められている事に気づく。またそこには「百愁」という文字が示すように、その争いを批判的見ている漱石の意識も込められていることに気づく。そして「忽ち怪しむ空中百愁躍るを」には、お延や津田が作者から独立して行動するという、漱石の創作活動意識の内実が示されていること、「百愁躍る処主人休す」には、お延と津田の争いの渦中にあって、余裕を持ってその意識を客体化して描き出している作者の立場が示されていることに気づくのである。

次に漢詩の「風馬牛」と百四十六回のお延と津田の関係の類似に留意すると、頷聯と頸聯で、漱石はこの世を仏の国として顕現させる「大きな自然」の存在を詠い、同時にその存在を知らず「我執」に支配されているお延と津田の関係を「風馬牛」と表現していることに気づく。そしてその二人の争いは「旧識を忘れ」（＝人間としてあるべき意識〈本来の面目〉を忘れ）「深仇に報ず」る（＝我執にとりつかれて相手を攻撃する）行為に他ならないと厳しく批判していることが知られる。ここには作者漱石の二人に対するはっきりとした批判が示されているのである。

次に漢詩の「主人」の位置と作者の創作意識との関係の類似に留意すると、尾聯では、首聯で示した漱石の境位（悟りの審級）が、長い修行（心の鍛錬）を経た後に手に入れることが出来た禅の立場、――「大きな自然」に同化した立場――にあり、漱石がこのような「大きな自然」の立場から、お延や津田を「風馬牛」と意識していることが知られる。

右に記した百四十六回と漢詩の関係に立ち現れている『明暗』百四十六回への漱石の思いを整理して示せば次のようになろう。

首聯――百四十六回を書く私の創作意識にあっては、お延と津田は私から独立して躍りだし、我執に彩られた言動を展開する。しかし、私自身（語り手）の意識は、その中で平然と憩っているのである。

頷聯――お延が本当に津田との関係を取り戻したいならば、二人が自分の我執を捨て去ることが必要なのだ。そのことに、お延は気づいていないのだ。お延は、我執に固執しながら夫婦としての繋がりを取り返そうとしている。それは、「風馬牛」が交わりを改め、互いを求めようとしているようなものだ。

頸聯――お延と津田は、世俗の世界で夫婦となった。彼らはあるべき本当の人間関係を忘れて、己の我執に固執している。だから彼らは、真実世界から遠く離れ、互いに相手の弱点を突き、攻撃しあうのだ。

尾聯――私は心の修行によって、己の我執を切り捨てる力（悟り）を磨いてきた。そして今や、その悟りからも超脱しようとしている。私は、（「秋」として顕現している）「大きな自然」の立場と同化しているのだ。私はこのような立場から、お延と津田の会話を描いているのだ。（だから、私は、彼らに同化して彼らの意識の醜悪さを描き出しても、その醜悪さから影響を受けることなく、彼らの意識の醜悪さをあるがままに黙照することが出来るのだ。）

この詩では右に記したような百四十六回創作時におけるお延や津田への批判と作者の立場が象徴的に詠われているのである。

三

百四十七回で焦点が当たっているのは、津田の秘密を知ろうとするお延の言動の意味である。その日の午後の漢詩に込められている百四十七回創作時の思いも、津田の秘密を知ろうとするお延の言動の評価であると考えられる。

（百四十七回梗概）お延は、津田を押しつぶすことが出来ないと見切りをつけ、話題を吉川夫人の用事に移した。お延は津田の説明を通して、その奥をのぞき込もうとした。津田はあくまでそれを見せまいとした。「極めて平和な暗闘が度胸比べと技巧比べで演出されなければならなかつた。」（語り手はこのように二人の内面を描き出した後、お延の立場を次のように説明する。）お延が「心に勝つた丈」で切り上げられない理由は、彼女の第一義が勝負にあるのではなく、「真実相」にあり、自分の疑いを晴らすことが、津田への愛に総てを賭けている彼女にとって、絶対に必要であったからである。「真実相」にこだわらねばならなかったのは、「彼女の自然」である。しかし「自然全体は、彼女よりも大きかつた」しかも「（自然全体は、）彼女の遥か上にも続いてゐた。公平な光を放つて可憐な彼女を殺さうとしてさへ憚《はゞ》からなかつた」。「大きな自然は、彼女の小さい自然から出た行為を、遠慮なく蹂躙した。一歩ごとに彼女の目的を破壊して悔いなかつた。彼女は暗に其所へ気が付いた。けれども其意味を悟る事は出来なかつた。彼女はたゞそんな筈はないとばかり思ひ詰めた。」（語り手はこのように説明した後、再びお延と津田の会話を次のように描き出す。）「貴方に疑ぐられる位なら、死んだ方が余つ程増しですもの。」「死ぬなんて大袈裟な言葉は使はないでも可《い》いやね。」

百四十七回から、お延と津田の「愛の戦争」は大きな山場にさしかかる。このとき今まで午後の漢詩の中でのみ詠われていた「大きな自然」（宇宙の根源にあって、その運行を掌っている仏心）が、『明暗』の中に語り手の言葉を通して登場している。この場面で、漱石はお延と津田の争いを支配しているものが「大きな自然」であり、かつ語り手の視線が禅的世界観によっていることを表明しているのである。

右の百四十七回を執筆した後、漱石は次のような漢詩を作っている。

死死生生万境開
天移地転見詩才
碧梧滴露寒蟬尽
紅蓼先霜蒼雁来
冷上孤幃三寸月
暖憐虚室一分灰
空中耳語啾啾鬼
夢散蓮華拝我回

死死生生　万境開き
天移り地転じて　詩才を見《あら》わす
碧梧　露を滴《したた》らせて　寒蟬尽き
紅蓼　霜に先だちて　蒼雁来たる
冷は上る　孤幃　三寸の月
暖は憐れむ　虚室　一分の灰
空中に耳語《じご》す　啾啾の鬼
夢に蓮華を散じ　我れを拝して回《かえ》る

◆語釈・典拠

【万境】【啾啾の鬼】【夢に蓮華を散じ我を拝して回る】　直接的な典拠は定かではないが、次の『碧巌録』の内容（傍線部分）と関係があろう。㋑第九十則「智門般若体」頌の評唱――「三間の茅屋従来住す、一道の神光万境閑なり、……人天此より空生を見ると。見ずや須菩提巌中に宴坐するに、諸天、花を雨《あめふ》らして讃歎す。尊者云く、空中より花を雨《あめふ》らして讃歎するもの、復た是れ何人ぞ。天云く、我れは是れ梵天なり。……天云く、尊者無説、我れ乃ち無聞、無説無聞、是れ真の般若なりといって、又復《ま》た地を動じ花を雨らす。」㋺第十六則「鏡清啐啄機」垂示――「仏祖の縛を解開して、箇の穏密の田地を得ば、諸天花を捧ぐるに路無く、外道潜かに窺うに門無けん。終日行じて未だ嘗て行ぜず、終日説いて未だ嘗て説かず」。山田無文解説――「天の神々が感激して花を献げようと思っても、諸天の神々にもうかがい知れん境地だ。外道が隙あらばやり込めようと狙うても、そこに一分の隙もない。そういう境地でなければならん。」㋩第二十九則（大隋劫火洞然）本則の評唱――「蛩《きょう》寒うして砌葉に鳴き、鬼、夜、龕灯《がんとう》を礼す。吟じ罷む孤窓の外、徘徊して恨み勝えず」。㋥第五十九則「趙州只這至道」頌――「水灑《そそ》げども著かず　風吹けども入らず　虎のごとく歩み龍のごとく行く　鬼号《さけ》び神泣く　頭長きこと三尺、知んぬ是れ誰ぞ。」（山田無文解説――趙州の境界を褒めてうたったもの。）

【暖は憐れむ虚室一分の灰】『句双葛藤集』に「寒炉人無クシテ独リ虚堂ニ臥ス　サビタテイゾ仏法ノアタタマリノ一点ナイヲ云ゾ」とある。

◆大意

首聯　森羅万象、死に変わり生き変わりして、さまざまな相を開いていく。「大きな自然」は、天地の姿を変化させ、四季を作り出すことで、その詩才を現すのだ。

頷聯　秋になり、梧桐が露を滴らせる季節になると、あれほど鳴いていたひぐらしの声も絶え、霜が降りて紅蓼の枯れる前には雁が飛来する。（「大きな自然」が創り出すこの秋の景色は、白露清秋の現成公案なのだ。）

頸聯（私は、三間茅屋で、独り堅固に行い澄ましている。）人気のない室内では、冷気がしみ込み、カーテンから三寸の月が見える。炉の火種も灰になり、わずかに暖の名残があるだけである。（私は、誰もいない寒さの厳しい室内で、仏法の厳しさを感得している。）

尾聯　その私の耳に、鬼神の感涙の声が聞こえる。鬼神はわたしの境位に賛嘆して、蓮華を雨降らせて拝んでいく。（私の悟りの境位は、鬼神も感涙する高さにあるのだ）。

以下、百四十七回と右の漢詩との関係を考えてみたい。

まず両者の表現の類似からみていこう。百四十七回の末尾で、お延と津田の会話で「死」についてのやりとりがなされている。一方、漢詩では「死死生生」という表現から始められ、頷聯では「寒蟬」や「紅蓼」の死が詠われている。両者は共に「死」という表現を持っている。また百四十七回では、語り手の説明として、お延の行為を「蹂躙」する「大きな自然」の姿が描かれているが、当該詩の「万境を開き」「詩才を見《あら》わす」主体や、「寒蟬」を殺し、「紅蓼」を枯らす主体も「大きな自然」である。このような語句や内容の一致は、漢詩の中に、百四十七回の「大きな自然」とお延の関係が詠われていることを示している。

以下、右に見た漢詩における『明暗』との類似表現に百四十七回を重ねることによって知ることが出来る漱石の思いを考えてみる。

まず、漢詩に投影されたお延の姿について考えてみたい。――首聯で詠われている「大きな自然」は、季節の変化を掌りその景色を変えていくために、森羅万象に生と死を与えていく主体である。頷聯では、「白露清秋」を顕現させるために「大きな自然」によって殺される「小さな自然」（「寒蟬」や「紅蓼」）の運命に焦点が当てられている。この頷聯の内容は、百四十七回で、「大きな自然」がお延の「小さい自然から出た行為を、遠慮なく蹂躙した」とする表現と重なっている。百四十七回の「大きな自然」と「小さい自然」（お延の一生懸命）との関係が、この漢詩では、「白露清秋」を顕現させる「大きな自然」（＝天＝仏心）と、その「大きな自然」によって殺される「寒蟬」や枯らされる「紅蓼」の関係に重ね合わされているのである。

次に漢詩の中に投影している作者のお延への視点について考えてみたい。——百四十七回の語り手は、お延の津田への思いが実現しなかった原因を、「大きな自然」がお延の「小さい自然」（＝真実相へのこだわり）から出た行為を蹂躙していったことにあると説明している。一方、漢詩の頷聯で詠われている、「大きな自然」と「小さい自然」（「寒蟬」や「紅蓼」）の関係は、頸聯と尾聯で詠っている「虚室」で行いすましている人物（「我」）の境位に映る世界である。このような百四十七回の語り手の視線と漢詩の人物（「我」）の視線の一致は、百四十七回の語り手の立場が、漢詩の「我」の立場、すなわち「大きな自然」（＝天＝仏心）の立場であることを示しているのである。

しかしながら百四十七回の語り手の立場（漢詩の「我」の立場）と「大きな自然」の立場との間には次に述べるような乖離が存在する。百四十七回では、お延の「一生懸命」にもかかわらず、津田との距離がますます開いていくことを、「大きな自然」がお延を遠慮なく蹂躙していく過程として語り手は説明している。しかし語り手は、「大きな自然」に蹂躙されていくお延に対して、「気の毒なお延」「可憐な彼女」と、深い同情を寄せながら「大きな自然」に蹂躙されるお延の有様を描き出さずにはおれなかったのである。一方、その漢詩で、漱石は「大きな自然」と「小さい自然」との関係を詠い、その厳しい関係を真実として感得している漱石自身の境位を、鬼神さえもが感涙する高さにあると詠っている。しかし禅的な立場からすれば、鬼神に境位の高さが賛嘆されるのは、その境位が鬼神に知られるレベルにあるからであり、その境位がまだ完全には「大きな自然」と一致していないことを意味している。至高の境位は、鬼神からも気づかない状態でなければならない。

漱石はこのような悟りの審級を知った上で、百四十七回のお延に「可憐な」「気の毒な」と形容せざるを得ない自分の作家意識を、鬼神に見透かされる段階のものである（向上の途中にある）と詠っている。この漱石の悟りの境位の強調には、「大きな自然」に蹂躙されていくお延の姿を、当然のこととして意識しなければならない内面の苦しみと、その感性的苦しみを超越しようとしている（＝耐えようとしている）漱石の葛藤が表現されていると考えられる。すなわち、この「強調」表現は、作者漱石の境位が「大きな自然」の立場とは完全に一致していないことを感じている故の表現と思われる。このことは、漱石の内面において、禅者とは違う作家漱石の感性が如実に立ち現れていることを示しているのである。

四

次に百四十八回と午後の漢詩との関係をみていきたい。百四十八回は「愛の戦争」のクライマックスの最初である。焦点が当たっているのは、お延と津田の会話である。漢詩に投影されている漱石の百四十八回創作の思いも、二人の会話の性質や意味であると考えられる。

（百四十八回梗概）　お延は知った。夫は、わたしに鎌をかけて、小林が話した内容を知ろうとしている。そこには秘密があることは明らかであると。お延は悩乱のうちに、津田に鎌を掛け返した。お延の度胸は報いられそうになった。しかし、津田から、温泉に行くことが不都合ならやめても好いが、といわれ、お延は夫の秘密を知らないことを津田に見抜かれてしまうこととなった。その時お延は、〈わたしにはわたしだけの体面というものがある。……それを毀損されると……〉〈お秀さんからは馬鹿にされきっている。それを貴方は、傍にいながら済まして知らん顔をしている〉と本音を武器として津田の心の殼を破ろうとした。お延の本音に接し、津田は、お延しか知らないはずのお延とお秀の会見を思わず口にし、窮地に陥る。その時「旨い口実が天から降つて来た」。彼は、とっさに、〈車屋がそういった。お時が車夫に話したんだろう〉と誤魔化し通すことが出来た。

百四十八回を書いた十月十二日の午後、漱石は次の漢詩を創作している。

途逢啐啄了機縁　　途《みち》に啐啄《そったく》に逢いて機縁を了す
殻外殻中孰後先　　殻外殻中孰《いず》れか後先
一様風旛相契処　　一様の風旛《ふうはん》相契《かな》う処
同時水月結交辺　　同時の水月　交わりを結ぶ辺
空明打出英霊漢　　空明　打出す英霊漢
閑暗踢翻金玉篇　　閑暗　踢翻《てきほん》す金玉の篇
胆小休言遺大事　　胆小なるも大事を遺《わす》ると言う休《な》かれ
会天行道是吾禅　　天に会して道を行うは是れ吾が禅

◆語釈・典拠

【途】前々詩の「途上」の注参照。

【啐啄】『碧巌録』第十六則「鏡清啐啄機」本則「挙す。僧、鏡清に問う、学人啐《そっ》す、請う師、啄《たく》せよ。」本則の評唱「大凡そ行脚の人は、須らく啐啄同時の眼《まなこ》を具し、啐啄同時の用有って、方《まさ》に衲僧と称すべし。」

【踢翻】『碧巌録』第十六則「鏡清啐啄機」頌の評唱「啐啄の機、皆な是れ古仏の家風なり。若し此の道に達せば、便ち一拳に黄鶴楼を拳倒し、一踢《いってき》に鸚鵡州を踢翻す可し。」

【風旛】『無門関』〈二十九〉「六祖、因みに風刹幡《せっぱん》を颺《あ》ぐ。二僧有り、対論す。一は云く、「幡《はた》動く」。一は云く、「風動く」と。往復して曾《か》つて未だ理に契わず。祖云く、「是れ風の動くにあらず、是れ幡の動くにあらず、仁者の心動くのみ」と。二僧悚然《しょうねん》たり。」

【水月】『証道歌』「大丈夫　慧剣を秉《と》る……一月は普く一切の水に現じ　一切の水月は一月に摂《おさ》む」。『碧巌録』第四十七則「雲門六不収」本則の評唱「仏の真法身は、猶お虚空の若し。物に応じて形を現ずることは、水中の月の如しと」。

【打出】次の二解が考えられる。①優れた人物を育成する。②叩き出す。ここでは②に解した。

【英霊漢】『碧巌録』第四則「徳山到潙山」本則の評唱「群を出づることは須らく是れ英霊の漢なるべし」

【大事】『槐安国語』序「……夫れ仏祖無上の妙道は曠劫の難行にして、忍び難きを能く忍び、行じ難きを能く行じ、而して後、大事を成辨するに到る。」道前注に「大事」とは、「仏の出世の本懐であり、一切衆生を仏知見に悟入させるべきこと」。

◆大意

首聯　世俗にあっては、「啐啄」に会うことによって、悟りの機会を得ることが出来る。（「啐啄」とは、母鳥が卵の殻を外からつつく時と、雛が中から殻を吸う時とが一致した時に、雛が生まれることをいい、「啐啄の機」とは、師の教化と学人の悟りの機の成熟とが一致したときに学人が悟りを開くことが出来ることを言う。）母鳥が卵の殻を外からつつくのと、雛が中から殻を吸うのとどちらが後先ということがあろうか。（それは同時であり、その機が熟することが大切なのだ。）

頷聯　（六祖の「風旛の話」にあるように）揺れなびく寺の旛《はた》についての議論――風が動くのか旛が動くのかといった議論――は無駄であり、その風と旛が接するところに悟りの機縁がある。同様に（金光明経に説くように）仏の真法身は物に応じて形を現ずるのであり、水と月が交わるところにこそ、仏の法身は現ずるのである。（悟りには機縁が必要なのだ。）

頸聯　（しかし人はこのような仏法の真実を感得できないので）、「明暗」（空・閑＝仏心）は、最も優れた人間（英霊漢）をも、（その機縁を感得出来ていない者として）たたき出すのであり、文字で書かれた優れた作品をも、真実を表せないものとして、蹴飛ばすのである。(「明暗」の根本は人知では知ることが出来ないのだ)。

尾聯　私は胆が小さく、「大事」(大悟すること、あるいは「不立文字」という根本)を忘れているといわないでほしい。天の意思を感得し、その天の道を実践するのが私の禅なのだから。

百四十八回と当該詩の間に存在している表現の類似や一致を考えてみたい。

⑴百四十八回のお延が津田の心の殻を突き破ろうとする行為と、当該詩で詠われている「啐啄」とは類似している。百四十九回冒頭では「遮ニ無ニ津田を突き破らうとしたお延は」とも描かれている。

⑵次回(百四十九回)で津田は「因縁」という言葉を口にするが、この「因縁」と漢詩の「機縁」は類似語である。

⑶百四十八回の語り手が、津田の誤魔化しを「旨い口実が天から降つて来た」と解説している「天」と、当該詩で、「天に会して道を行うは是吾が禅」と詠っている「天」とは一致している。

⑴について——百四十八回の冒頭で、お延は津田の心の殻を破って「真実相」を突き止めようとする。一方、漢詩では「啐啄」を詠っている。このことは、お延の津田の心の殻を突き破ろうとする行為に、「啐啄」の母鳥が卵の殻を外から突くという行為が重ねられていることを示している。しかしながら、お延の行為は、我執による技巧に彩られており、「啐啄(の機)」の意味とはかけ離れている。またこの場面の津田の態度は、「啐啄」の雛が殻を破ろうとする行為とは正反対である。このことを踏まえるならば、お延の行為と「啐啄」との表面的類似とその内実の乖離には、お延の行為に対する次のような漱石の批判が込められていると考えられる。——お延の津田との和合の願いが実を結ぶためには、お延だけでなく、津田もまた我執を捨て、互いに和合を願うことが前提なのだ。——同様に、頷聯で「一様の風幡相契う処　同時の水月　交りを結ぶ辺」と詠っていることにも、お延のそれなりの必死の行為(真実相を求める行為)が成就するためには、お延の真面目さとともに、津田のお延への真面目さの醸成

が必要なのだという思いが込められていると言えよう。

⑵について――百四十九回で漱石は、お延が「（あなたは）私を気の毒だとも可哀相だとも思つて下さらない」と抗議すると、津田が「思ふ丈の因縁があればいくらでも思ふさ。然しなけりや仕方がないぢやないか」と応える場面を描いている。一方、首聯・尾聯では、悟りの「機縁」を詠っており、両者には深い関係があると思われる。「因縁」や「機縁」は、「天」が創り出すものである。この点に注意すると、漢詩で詠っている「機縁」には、「天」は二人の和合を生み出す「機縁」を創り出すために、今は二人を離れればなれにさせているのだという漱石の思いが投影されている事に気づく。そしてここには、お延と津田の本当の和合が成就するためには、お延と津田が共に己の我執を克服し、心底から信頼し合うようになる「機縁」が必要なのだという作者の意識が表明されていると考えられる。

⑶について――百四十八回の末尾で語り手は津田の誤魔化しを「旨い口実が天から降ってきた」と描写しているが、この描写には、「天」が津田の行為（誤魔化し）を支配している（操っている）とする語り手の認識が示されている。と同時に語り手は、「天」が津田に「旨い口実」を与えたことを、津田の主観に即して、「偶発の言訳が偶中の功を奏した」とも言い変えている。このことは、津田に嘘を言わせる「天」の行為が、津田の主観からすれば、偶然都合のよい言訳が心のなかに浮かんだということに他ならない。ここには「天」（「大きな自然」）と津田の我執との関係への作者漱石の視点が表れていると言えよう。

また、前日執筆した百四十七回で、語り手は、お延が津田の心の殻を突き破ることが出来なかった理由を、「大きな自然は、彼女の小さい自然から出た行為を、遠慮無く蹂躙した」と書いていた。百四十八回のお延の真剣さは我執に彩られた真剣さであった。語り手は、お延の我執に彩られた真剣さは、ますます津田との関係を遠ざけることになることを「大きな自然」（天）との関係で強調していた。このことに気づくならば、百四十八回の最後で、

「天」が津田に「うまい口実」を与えたとする描写には、「大きな自然」（天）の立場に立ってお延と津田の言動を見ている語り手の視線が投影されていることに気づくのである。

一方、漱石は漢詩の尾聯で、自分が天と一体になって「道」をおこなっていると詠っている。ここでいう「道を行う」とは、漱石が『明暗』において「大きな自然」（天）の立場から登場人物たちの言動を描き出していることを示している。

以上のことを踏まえるならば、百四十八回の最後で語り手が「旨い口実が天から降つて来た」と描写している「天」と、漢詩の「天」との一致は、漢詩の「是れ吾が禅」という表現に次のような漱石の気持が込められていることを示しているのである。――わたしの禅とは、『明暗』において「大きな自然」の立場から、登場人物たちの意識のありようとその動きの意味を描き出すことなのだ。だからわたしは津田のお延に対する誤魔化しに対しても批判的言辞を加えることなく、あるがままに描き出すのだ。――

さらに留意すべきは、尾聯の前半「胆小なるも大事を遺《わす》ると言う休《な》かれ」と後半の「是れ吾が禅」との繋がりである。この繋がりには、自分の禅は、宗教的教養としての禅とは違い、芸術的枠組みなのだとする主張が存在していると考えられる。「是れ吾が禅」という表現には、津田とお延の言葉を、それが我執に彩られた醜悪なものとして批判するのではなく、作者としてその意識のありようやその動きをあるがままに描き出し、その辿り着く先を見届けることがわたしの禅の役割なのだという意識が込められていることに気がつくのである。

以上のことを整理すれば、当該詩の各聯には、次のような百四十八回に対する漱石の作家意識を読み取ることが出来よう。

首聯――私は百四十八回でお延が津田の真実相を求める姿を描き出した。しかしお延の真実相を求める行為すなわちその目的とする津田との心からの和合は、「啐啄」ということばが示すように、二人が互いに道（真実）を求めることが必要であり、お延だけが津田の心の殻を破ろうとしてもそれは叶わないのだ。
頷聯――お延と津田の本当の和合（心の交流）がなされるのは、二人の心から我執が消え去り、その互いの心が触れ合う時なのだ。いまはお延だけでなく、津田もまた我執にとりつかれている。そのためお延の我執に彩られた真剣さはますます二人の間を遠ざけることになるのだ。
頸聯――「大きな自然」は、作者である私とは無関係に津田とお延を操つり、彼らをその意図する処へ導いている。「大きな自然」は作者である私（＝「英霊漢」）の主人公たちへの思いを拒否し（「叩き出し」）、自らの意図を、『明暗』のなかに示すことを拒否する（蹴飛ばす）のである。文字では、「真実相」は表現できないのだ。
尾聯――しかし、作者である私は胆が小さく、文字によっては真実相を表現できないという禅の根本（「不立文字」）を忘れているのではないかといわないでほしい。私の『明暗』創作は、「天」（「大きな自然」）と合一し、その「道」（天の意思）の立場から主人公たちの姿を描き出すことにあるのだ。これが私の禅の意味なのだ。わたしの禅とは、主人公たちの意識のありようを性急に批判するのではなく、その主人公の意識の深部に降り立ち、その生成のありようと変化の過程そのものを描き出すために必要な芸術的拠り所なのだ。
この詩には、禅的世界を芸術的思考の枠組みとしながらも、その禅的思惟にとらわれない漱石の芸術的感性の主張が存在しているといえるのである。

五

「愛の戦争」のクライマックスは、百四十九回（十月十三日）と百五十回（十月十四日）であるが、この回を執筆した両日ともに漢詩は創作されていないので、本稿での検討の枠外にある。しかし百五十一回以降の内容は、当然のことながら、百四十九・百五十回（クライマックス）と密接に繋がっているので、最初に、そのクライマックス部分の特徴に触れておきたい。

（百四十九回梗概）津田の秘密を暴く手段を持たないお延は津田の情に訴える手段をとった。お延は「たつた一口で可《い》いから安心しろと云つて下さい」と懇願し、津田から「大丈夫だよ。安心をしよ」という言葉を引き出すと、「ちや話して頂戴」と彼に秘密の開示を迫った。津田の内面では「道義心」と「利害心」が彼の心を上下へ動かしたが、温泉行きを済ますまでは打ち明けずにおくのが得策だという利害心が勝ちを制した。津田の口から出たのは次のような言葉であった。「そんなくだ〳〵しいことを云つてたつて、お互ひに顔を赤くする丈で、際限がないから、もう止さうよ。」その代わりお前の体面に対して大丈夫だという証文を入れる。「どうだね。其辺の所で妥協は出来ないかね」。

（百五十回梗概）「妥協」という言葉に、津田の気持ちの正直な表現を感じ、お延の興奮は収まっていった。こうして暴風雨になり損ねた波瀾は収まった。「一夜の苦説」が二人の関係を逆転させた。津田はお延を「軽蔑」することが出来た。と同時に以前よりは彼女に「同情」を寄せることが出来た。一方、お延においても変化が起こった。彼女の行為は見苦しい真似は出来ないという日頃の「見識」を打ち壊すことになったが、「仕合せな事に、自然は思つたより残酷でなかつた」。夫は自分の満足する方へ一歩近づいた。彼女はそれ以上夫を押さなかった。津田に対して「気の毒」という感じを持ち得たからである。

右の百四十九・百五十回の特徴は、お延の「見識」の破裂が津田とお延のうちにあらたなる意識を次々と生み出していくその二人の意識の動きに焦点が当てられているところにある。またこれらの場面における語り手の特徴は、二人の意識の動きに批判的言辞を加えることなく、彼らの意識とは次元の異なる立場（禅的な「自然」〈＝仏心〉に同化した立場）から、その言葉を客体化し、その意味を分析して読者に示していくところにある。この語り手の視点が立脚している禅的な「自然」は、『明暗』では既に百四十七回で全面的に姿を現していた。その百四十七回の語り手の説明を借りるならば、この場面の津田とお延の意識の変化は、彼ら自身はそのことに気がついていないが、その禅的な「自然」によって支配され、導かれているのである(2)。「愛の戦争」は、右の両場面を頂点として終息部に入っていく。以下、その終息部百五十一回から百五十四回までと、それらの回を執筆した日の漢詩との関係を見ていくことにしよう。

六

まず百五十一回と漢詩の関係から取り上げてみたい。

「けれども自然は思つたより頑愚《かたくな》であつた。……一旦収まりかけた風波がもう少しで盛り返されさうになつた」。「今切り抜けて来た波瀾の結果は既に彼女の気分に働きかけてゐた」。お延は温泉に一緒に行くと言い出した。津田は再び「慰撫」によって断念させようとした。津田はお延から、「行つて悪いなら悪いと判然《はっきり》云つて頂戴よ」といわれ、窮地に追い込まれる。すると「せつぱ詰《つま》つた津田は此時不思議に又好《い》い云訳を思ひ付」き、〈吉川夫人からもらう金で夫婦連れで遊んで歩くのはよくないじゃないか〉と言い出す。お延は次のように反論する。岡本からの小切手を使えばいいと。津田は「さうすると今月分の払の方が差し支へるよ」と切り返す。お延は再度「それは秀子さんの置いて行つたのがあるのよ」と反論する。「津田は又行き詰つた。さうして又危《あやう》い血路を開いた」。津田がこのとき開いた「血路」とは、小林に金を貸してやるという本当の約束であった。津田はその本当の理由によって、ようやくその場を切り抜けることが出来たのである。（百五十一回梗概）

百五十一回の特徴は、その冒頭で、「けれども自然は思つたよりも頑愚《かたくな》であつた」と記しているように、津田とお延の言動は、二人の背後にある「自然」（＝仏心）によって支配されているのだとする漱石の視点が明記されているところにある。冒頭に続く「今切り抜けて来た波瀾の結果は既に彼女の気分に働らき掛けてゐた」という表現には、津田やお延は自分では気づいていないが、実は「自然」によって彼らの行動は支配されているのだという語り手の考えが表明されている。漱石は「自然」に支配されていることを全く意識していない津田やお延の内面に降り立ち、彼らに成り代わって、彼らの言葉を紡ぎ出している。と同時に、彼らの意識の動きを掌っている「自然」（仏心）の立場から、彼らの言動を説明しているのである。

右の百五十一回を執筆した日（十月十五日）の午後、漱石は次の漢詩を創作している。

吾面難親向鏡親　　吾が面親しみ難きを　鏡に向って親しむ
吾心不見独嗟貧　　吾が心見えず　独り貧を嗟く
明朝市上屠牛客　　明朝市上　屠牛の客
今日山中観道人　　今日山中　観道の人
行尽邐迤天始闊　　邐迤《いり》を行き尽して　天始めて闊《ひろ》く
踏残峆嶝地猶新　　峆嶝《こうとう》を踏残して　地猶お新たなり
縦横曲折高還下　　縦横曲折　高く還《ま》た下《ひく》く
総是虚無総是真　　総て是れ虚無　総て是れ真

◆**語釈・典拠**

【鏡】『碧巌録』第九則「趙州四門」垂示「明鏡、台に当たって妍醜自ずから辨ず。……漢去り胡来たり、胡来たり漢去る。」（山田無文解説――「鏡は無心であるが、鏡に向かう人間のほうが、いい顔か悪い顔かと自分でわかるのである。

……漢人が来れば漢人が映り、胡人が来れば胡人が映るというのが鏡である。その鏡は妍醜をはっきり分かつのである……毎日、いろいろなものが来たり去ったりするが、鏡は後に何も残さない。鏡は本来無一物である」）。『碧巌録』九十七則「金剛経罪業消滅」頌の評唱「明珠、掌に在り……他此の珠を得て、自然に用いることを会す。胡来たれば胡現じ、漢来たれば漢現ず、万象森羅、縦横顕現す。」（山田無文解説――「（本来無一物という心、すなわち）その仏心の珠が手に入るならば、自由に使っていくことができなければならん。……しかも男が前に座れば、鏡の中も男。女が前に座れば、鏡の中も女。我と他人の区別のない、そういうはたらきが珠のはたらきでなければならず、仏心のはたらきでなければならん。」）――漱石の当該詩の首聯で詠う「鏡」は、右に引いたような禅の世界でいう「鏡＝仏心」と考えられる。

【貧】　二通りの解釈が出来る。普通の意味では、人間的要素を欠くこと。禅語の意味では、「心空」の意で、「分別妄想」がなくなること（陳明順『漱石漢詩と禅の思想』勉誠社、平成九年八月）。ここではこの二つの意味が同時存在していると思われる。

【屠牛】　『十牛図』「入鄽垂手序十」の「酒肆魚行」、『二入四行論』の「屠児行上」が意味する「俗人」の意であろう。「屠牛」とは自分の内なる仏性を殺すという意と思われる。

【山中観道の人】　「元と是れ山中の人、愛して山中の話を説く」（山中の話は山中の人でなければ分からない《世俗を離れた境地の強調》『禅林句集』や『槐安国語』などにみえる禅語。

【邐迤《いり》を行き尽して天始めて闊し　峆嶒を踏残して地猶お新たなり】　この頸聯の背景には、禅月の「行路難」の詩（『碧巌録』第八十三則「雲門古仏露柱」頌の評唱）など、悟道の困難を詠った禅詩があると思われる。

【虚無】　ここでは禅的思考の根幹にある宇宙を掌る原理を指し、「無」「仏心」と同じ意。

◆大意

首聯　私の顔は直接見ることが出来ないので、鏡に向って自分の顔を見るのである。しかし鏡に映った自分の顔に、自分の本当の心を見つけることが出来ず、わたしはひたすら自分の心の「貧」を嘆くのである。

頷聯　私は、明朝は「屠牛の客」（俗世界で利害関係に生きる人）として生きる俗人であるが、しかし今日は、「観道の人」（真実に生きようとする人）なのである。

頸聯　人はどこまでも連なっている道を行きつくして、はじめて天はひろがるのであり、山の連なりを踏破しても、なお行く先には新しい地は広がっているのだ。（人が本当の真実世界に到達するためには、長い試練が待ち受けているのだ。人は直ぐには真実世界にたどり着くことは出来ないのだ。）

尾聯　真実世界への道は、曲折しており、又高下があるのだ。このような現実のすべては、「虚無」（＝仏心）の現れであり、かつすべてが「真」（「虚無」の具体相）なのだ。

次に『明暗』百五十一回と漢詩の関係を考えていきたい。

首聯の前半「吾が面親しみ難きを　鏡に向って親しむ」について

当該詩の「鏡」は『碧巌録』第九則「明鏡、台に当たって妍醜自ずから辨ず」や、第九十七則「明珠掌《たなごころ》に在り……万象森羅縦横顕現す」などが意味する「鏡」や「珠」（＝仏心）を踏まえている。当該詩で詠う「鏡」とは、あらゆるものをあるがままに映しだし、相手にその心のありようを教える存在である。先に触れたように、漱石は当該詩を作った日の午前中、『明暗』執筆において、禅的な「自然」（＝仏心）に同化し、その立場から津田やお延の言動をあるがままに描き出していた。津田の言動をあるがままに描き出そうとしている『明暗』の作者意識と、「鏡」の機能とは類似している。この類似は当該詩の「鏡」に津田の心のありようをあるがままに描き出そうとしている漱石の作者意識が込められていることを示しているのである。

この回では、お延を丸め込もうとする津田の意識に焦点が当たっている。津田は窮地に追い込まれると、「不思議に」内面に都合のよい「云訳」が浮かび上がる。津田が、内面から湧き上がる嘘によってお延を丸め込もうとしていることには、津田の内面では、人間的感情（真実に生きる力）が力を持っていないことを示している。このような百五十一回の描写の焦点と、「鏡」が漱石の作家意識を含意していることとを合わせ考えるならば、「吾が面は親しみ難き」と詠っていることの内実には、次に詠う「吾が心見えず」という意味――津田の意識の貧しさ――が重なっていると考えられる。

首聯の後半「吾が心見えず　独り貧を嗟く」について

「吾が心見えず」とは、その表面的意味（文字面）は、自分の「本当の心」（仏心）がみえないということであるが、その内実は（漱石が成り代わっている）津田の意識の内にあるはずの「人間としての心」（仏心）を見ることが出来ない――まだ百五十一回では津田の本当の心を描き出す段階に到っていない――ことを意味しているといえよう。また「貧を嘆く」の内実は、百五十一回で焦点が当たっている津田の意識の貧しさ（本当の人間的心が見えないこと）の表現と考えることが出来る。

漱石は『明暗』では自分の内面に存在する諸要素（意識の表層を支配している我執や、内に存在する人間的要素など）を、登場人物の言動として客体化して描き出しているのであるが、この聯では、『明暗』執筆において、鏡として機能している自分の作家意識と、そこに映っている津田の意識との乖離を見つめている漱石の姿が浮かび上がっているのである。このことは漱石の創作意識の現場において、漱石が登場人物たちと対話していることを示しているのである。

頷聯（「明朝市上　屠牛の客　今日山中　観道の人」）について

この聯では、明日は利害関係に縛られた我執の人となるだろうが、今日は真実に生きる人であるという、現実世界に生きる人の意識の変化・曲折が詠われている。この頷聯には、百五十一回の津田とお延との関係への次のような漱石の思いが投影されているといえよう。――彼らは明日はまた、今日の「波瀾」によって得た仲直りの心を捨て、我執をむき出しにして争うに違いない。しかし今日はとりあえず仲直りしたのだ。――

頸聯「邐迤《りい》を行き尽して天始めて闊《ひろ》く　峆嶝を踏残して地猶お新たなり」について

百五十一回で焦点が当たっているのは、その冒頭で「自然は思つたより頑愚《かたくな》であつた」と記している内容、すなわち「妙な機《はず》みから一旦収まりかけた風波がもう少しで盛り返されさうになつた」過程である。この過程と頸聯の内容は類似しており、この類似はこの頸聯に、津田がお延の同行を諦めさせる過程に対する漱石の次のような感慨が投影されていることを示している。――二人の波瀾が収まるためには紆余曲折が必要なのだ。今後もこのような諍いを二人は繰り返すことになるであろうが、しかしそれは、「自然」の導く道なのだ。不断に現われるこのような試練を潜り抜けたその暁に、彼らは本当の「和合」にたどり着くことが出来るのだ。――

尾聯「縦横曲折高く還《ま》た下《ひく》く　総て是れ虚無総て是れ真」について

ここには、次のような漱石の思いが込められているといえよう。――津田とお延の和合が実現するための険しい道（紆余曲折）は、すべて宇宙の根源にある「虚無」（＝仏心）から生まれたものであり、それらはすべて「真」（＝「虚無」の具体相）なのだ。だから私もまた、彼らの紆余曲折をその過程として書かねばならないのだ。

右に見てきたように、百五十一回を執筆した日に創作したこの漢詩には、『明暗』百五十一回を書いたときの作者漱石の津田への思いが詠われているのである。

七

（百五十二回梗概）「程なく第二の妥協が成立した。」それはお延がもらってきた小切手の幾分かを割いて小林に贈り、その残りはお延が自分の嗜欲を満足させる小遣いとして使っても好いこと、その代わりお延は温泉に同行しないこと、温泉行の費用は吉川夫人の好意を受けることに同意することであった。（この日の描写の大半は、小林へ金をやることに納得しないお延を津田が説得する過程に注がれている。）お延が納得できないのは津田が小林に「親切を尽《つく》」す理由であった。津田はお延を納得させるために「人情」を持ち出し、次いで過去の古い交際と、昔の懐かしい記憶を、さらには「人道」まで持ち出し、ついには、小林の要求を跳ね退ければ復讐を受けるだろうこと、だから一日も早く朝鮮に発ってもらうのが一番よい方法であるといいだして馬脚を現すのであった。

この回の描写の特徴は、津田とお延の「第二の妥協」の成立過程を語り手が整理しながら解説しているところにある。この回で語り手が紹介する津田の言葉は、その最後の言葉を除けば、津田の本音とはかけ離れたものであった。語り手はこのような津田の言葉を、批判的言辞を加えることなく、淡々と解説している。

右の百五十二回を執筆した日（十月十六日）の午後、漱石は次のような漢詩を作っている。

人間翻手是青山
朝入市廛白日間
笑語何心雲漠漠
喧声幾所水潺潺
誤跨牛背馬鳴去
復得龍牙狗走還
抱月投炉紅火熟
忽然亡月碧浮湾

人間《じんかん》　手を翻《ひるがえ》せば　是青山
朝に市廛《してん》に入れば　白日　間《のどか》なり
笑語　何の心ぞ　雲　漠漠《ばくばく》
喧声《けんせい》　幾所　水潺潺《せんせん》
誤って　牛背に跨れば　馬　鳴いて去るも
復た龍牙を得て　狗《いぬ》　走り還る
月を抱きて　炉に投ずれば　紅火　熟し
忽然として　月亡く　碧　湾に浮かぶ

◆語釈・典拠

【人間手を翻せば是青山】　諸注、杜甫の「貧交行」（「手を翻せば雲と作《な》り手を覆すれば雨」）を引く。この句は『従容録』十三・十六の下語にも見える。

【笑語何の心ぞ雲漠漠　喧声幾所水潺潺】　『禅林句集』に「朝には雲の片々たるを見、暮には水の潺潺たるを聴く」が載り、『拾得詩』四十八には「雲は巌嶂従り起こり　瀑布水潺潺たり……虎嘯きて人間を出づ……遥かに城隍の処を望めば唯だ鬧《さわ》がしくして喧喧たるを聞く」という語句もみえる。当該詩は、このような禅書の表現と関係すると思われる。

【誤って牛背に跨れば馬鳴いて去るも　復た龍牙を得て狗走り還る】　「誤跨」や「馬鳴去」「狗走還」の典拠がはっきりしない。前半は、『十牛図』第六「騎牛帰家」の頌「牛に騎って迤邐として　家に還らんと欲す……」の和賛「倒《さかしま》に騎って得得として自ずから家に帰る……」や、「倒に牛に騎って仏殿に入る」（『雲門広録』、『碧巌録』第八十六則「雲門厨庫三門」頌の評唱にみえる）――ともに絶対の境地の表現――などを踏まえながら、その反対の意味「人が誤った悟りの意識を持つようになった状態」を表現していると思われる。

「馬鳴いて去り」「狗走り還る」――出典不明。句意からすると、馬は『槐安国語』巻四「心猿未だ穏やかならず意馬奔馳す」（心猿意馬）などを踏まえていると思われる。犬は、『碧巌録』第四十三則「洞山無寒暑」の次の「韓獹」が踏まえられていると思われる。「洞山答えて道わく、何ぞ無寒暑の処に向かって去らざると。其の僧一《ひと》えに、韓獹の塊を逐うて連忙して階に上って、其の月影を捉ふるに似て相似たり」（山田無文解説――負けん気の強い韓家の犬が月影をおいまわしているようなものではないか。）

「龍牙」は「龍の爪牙」の略であろう。「爪牙」は禅僧の禅機を指すことが多いが、ここでは「有所得心」（自分の利益、事の成否などへのこだわり）を意味する（『槐安国語』巻七拈古評唱「雪竇二龍」道前注）。

【月を抱きて】　「唱道歌」に、「四大を放って把捉すること莫《なか》れ……諸行は無常にして一切空……水中に月を捉うるも争《いか》でか拈得《ねんとく》せん」。梶谷宗忍訳――「この身を投げ出して、何物も捉えるな、……さまざまの現象は、恒常性がなくて総て空である……水中に月を捉えようとしても、どうして取り上げることができようか。」（『禅の語録』十六）とある。このような、月＝仏性＝空といった禅書の類が念頭にあるのではなかろうか。

【炉に投ずれば紅火熟し】「紅炉」は『祖堂集』にも見える禅語。『十牛図』第八「人牛倶に忘る」の頌に「紅炉焔上争でか雪を容れん　此《ここ》に到って方《まさ》によく祖宗に合《かな》う」（＝真赤な溶鉱炉の焔の中に、雪の入り込む余地はなく、ここに達してはじめて、祖師の境地と一つになることができる。）とある。また、『碧巌録』第六十九則にも「紅炉上、一点の雪の如し」（＝真っ赤な炉の上に落ちた雪は解けて跡形もないこと）とある。すなわち、「紅炉」とは、迷いも悟りもすべて溶かしてしまう「絶対無」の境地を指す。

【碧湾に浮かぶ】諸注に指摘がある禅語「紅炉焔裏　碧波生ず」を踏まえている。「碧」は仏性。

◆大意

首聯　人間《じんかん》すなわち俗世も、気持ちを変えれば、青山（理想郷）なのである（理想郷は俗世の中にあるのだ）。朝に街中に入り真昼間までいても、私の心は長閑である。

頷聯　街中ではさんざめく笑い声が満ちているが、人々は何を考えているのだろうか。私には、彼らの笑い声は、空を流れる雲のひろがりのように感じられる。街中では騒がしい声があちこちで起こっているが、その喧声は、私にはさらさらと流れる水音のように聞こえる。（街中にいても、私の心は青山にいる時と同じなのだ）。

頸聯　（人は、「牛」〈＝自分の内にある仏性＝自然〉の背に乗って、その牛に任せて家舎〈真実世界＝「自然」〉に帰ることが出来るのだが）、しかしその心の持ち方を間違えると、心の内にある「意馬」（＝「妄識」）は一時は走り去るが、再び、利害心に取り付かれた意識が、「韓獹《かんろ》」（「月」〈真実〉を捉えようと走り回る「韓家の狗」）のように走り帰ってくるのだ。

尾聯　悟りの境地（＝「月」）を、心の炉（向上心の燃えさかる絶対の境地）に投げ込めば、「月」（＝悟りの境地）は向上心の焔によって、雪片のごとく消えさり、その後にはただ、「忽然と月の消えた境地」（＝悟りの意識も消え去った絶対の境地）があるのみである。そこはただ〈湾に碧波（＝仏性）のみが存在する〉「無」の世界なのである。（私は、このような境地にいるのだ）

次に『明暗』百五十二回と漢詩の関係を考えてみたい。

頷聯「笑語何の心ぞ雲漠漠　喧声幾所水潺潺」について

百五十二回の語り手は、うそで塗り固めた技巧の言葉によってお延を丸め込もうとする津田の姿を、何の批評を加えることなく、あるがままに、淡々と描き出している。一方当該詩では、市中の「笑語」を「雲漠漠」、「喧声」を「水潺潺」と観じる意識が詠われている。百五十二回の語り手と漢詩の詠い手の立場は類似している。この類似は、頷聯に詠われている意識が、津田とお延の「第二の妥協」成立過程を淡々と描き出している漱石（語り手）の意識の表現であることを示している。

頸聯「誤って牛背に跨れば、馬鳴いて去るも　復た龍牙を得て狗走り還る」について

この聯の典拠ははっきりせず、多様な解釈が考えられるが、この聯の「誤って牛背に跨れば、馬鳴いて去り」という表現には、次のような百五十二回の津田とお延に対する漱石の批判が重ね合わされていると考えられる。――津田とお延は本心での和合ではなく我執を保持したままの「妥協」によって一応の「和解」を得たにすぎないが、一応争いは収まった。しかしそれは本当の和合とはかけ離れた性質のものだ。「復た龍牙を得て狗走り還る」（＝利害心が復活する）という表現には、すぐに彼らの我執は頭をもたげ、再び「波瀾」が起こりかけたのだとする、二人の会話への漱石の批判的思いが込められていると思われる。

尾聯後半「忽然として月亡く　碧湾に浮かぶ」について

「碧湾に浮かぶ」という表現に込められている「碧波」と、百五十二回の末尾で「若い夫婦間に起つた波瀾の消長はこれで漸く尽きた」と記されている「波瀾」とは類似する。「波（瀾）」という言葉は、一連のお延と津田の争いを示すシンボル的表現である。このことに留意するならば、「碧湾に浮かぶ」という表現には、『明暗』の二人はその争いによる「波瀾」に支配されているが、作者であるわたし（漱石）の意識は「碧波」（＝仏性）のみが存在する「無」の境地にあるのだという気持ちが込められていると考えられる。このような理解からすれば、尾聯には、『明暗』百五十二回の津田とお延の「波瀾の消長」を書いている時の作者漱石の気持ちが込められているといえるのである。

八

（百五十三回梗概）　医者は津田に、全癒には時間がかかるが、病院は出てもよいと告げた。退院の日、津田はお延に「綿が新らしい所為《せゐ》か大変着心地が好いね」と褞袍《どてら》の礼を言った。お延は「急にお世辞が旨くおなりね」と冷やかし、その褞袍には新しい綿ばかりを入れなかったことを白状した。そして「お気に召したらどうぞ温泉へも持つて入らしつて下さい」、「然し宿屋で貸して呉れる褞袍の方がずつと可《よ》かつたり何かすると、い、恥つ掻きね、」「品質《もの》が悪いと何《ど》うしても損ね」と語った。津田にはお延の言葉は、「一種のアイロニーが顫動してゐた。褞袍は何かの象徴であるらしく受け取れた」。多少気味の悪くなつた津田は、お延に背中を向けたまま帯を結んだ。やがて二人は看護婦に送られて病院を出た。

漱石は百五十三回を書いた日（十月十七日）の午後、次の詩を創作している。

古往今来我独新　　古往今来　我れ独り新たなり
今来古往衆爲隣　　今来古往　衆　隣を為す
横吹鼻孔逢郷友　　横に鼻孔を吹いて　郷友に逢い

豎払眉頭失老親
合浦珠還誰主客
鴻門玦挙孰君臣
分明一一似他処
却是空前絶後人

豎に眉頭を払いて　老親を失う
合浦珠《たま》還る　誰か主客
鴻門玦《けつ》挙がる　孰《いずれ》か君臣
分明たり　一一他に似たる処
却《かえ》って是れ　空前絶後の人

◆語釈・典拠

【古往今来】『碧巌録』第八十三則「雲門古仏露柱」の頌の評唱に、次の禅月和尚「行路難の詩」が引かれており、当該詩は、この部分と関係があると思われる。「山高く海深うして人測らず　古往今来転《うた》た青碧　浅近軽浮与に交わること莫れ　地卑《ひく》うして只だ荆棘を生ずることを解す……」（山田無文解説によれば、「山高く海深うして人測らず」とは、禅の境地を表現し、「古往今来転た青碧」とは、その時間を超越した澄み切った世界をいう。「浅近軽浮与に交わること莫れ　地卑うして只だ荆棘を生ずることを解す」は、世俗の人は「差別の世界」に暮らしており、「浅近軽浮」の人とはつきあってはいけないの意。漱石の当該詩第二句目「衆を隣と為す」の意味するところは、世俗のなかに暮らしているが、その心は悟りの世界にあるという点にあり、内容的には、同じである。

【我れ独り新たなり】『碧巌録』第六十四則「趙州頭戴草鞋」本則の評唱に「趙州便ち草鞋を脱して、頭上に於いて戴いて出づ。他活句に参じて死句に参ぜず。日々に新に時々に新なり。千聖も一糸毫を移易することを得ず。」（山田無文解説――「その時の趙州のはたらきもそのまま生きている。活句である。……そのはたらきは言葉では言わんけれども、実に生きてはたらいておるではないか。……真理というものは、日々に新に時々に新でなければならん。……真理の前には、三世の諸仏も指一本触れることはできんであろう。」

【横に鼻孔を吹いて】「鼻孔」は「本来の面目」を指す。禅語に「活鼻孔」（活きた面目）、「鼻直眼横」（ありのままの姿）

などがある。現実世界では鼻孔は縦に息を吹くが、それを「横に鼻孔を吹く」とは、悟りの世界は人知では推測不可能な境地であり、その境地にあってはあらゆることが自由自在であることの意であろう。

【郷友に逢う】「知音有る処これ故郷」（碧菴周道『禅林語句鈔』〈二玄社、平成九年四月〉）などを踏まえたものであろう。

【豎に眉頭を払う】「眉毛」には、「本来の面目」の意があり、「眉毛生ぜり」（本来の面目が現れること）、「眉毛を惜しむ」（向上第一義諦の接化をすること）、「眉毛を燎却す」（自己の面目を滅却して本来の自己に徹すること）などの用法がある（『禅学大辞典』）。当該詩の「眉頭を払う」は、「眉毛を燎却す」に類する意味として使われており「豎に眉頭を払う」とは、人知では理解不可能な自在な世界に生きることを意味すると思われる。

【老親を失う】『禅林類聚』巻十九「たとい玄路に消息なくとも、未だ家中に二親をうしなうを免れず」（「たとえ歩いても足跡のつかない、いわゆるさとりの路をたどった者から、なんの消息がなくとも、そのような修行者は、我が家の両親をなくすことは必定である。つまり、出家して両親の恩愛を断絶しなければ、さとりはうることができないことをいう。」）（飯田利行編著『禅林名句辞典』国書刊行会、昭和五十一年三月。）この類の禅句を踏まえているとするならば、「豎に眉頭を払うて老親を失う」とは、〈悟りの世界に入れば、現実世界でもっとも大切な、親の恩愛をも断ち切ることになる〉といった意味であろう。

◆大意

首聯　昔から今に至るまで、私の心は（悟りの世界において）独り生まれ変わって、新たな境地に生きている。と同時に、昔から今に至るまで、わたしは、俗世界の人々と交わって生きているのだ。

頷聯　私は次のような絶対の世界に生きている。それをたとえて言えば、常識では鼻孔は縦に息を吹くが、絶対の世界は「横に鼻孔を吹く」自在の世界であり、その悟りの世界の中で、私は本当の知音に出会うのである。（「鼻孔」とは「本来の面目」のことであり、その境地は人知では想像できない）。また、常識では、眉毛は横に払うものだが、真実世界は、「眉毛を縦に払う」自在の世界であり、その悟りの世界では、世俗との繋がりの意識の根本である親の恩愛をも断ち切っているのである。（「眉毛」とは「本来の面目」の謂いであり、その境地は、人の理解は及ばないのである）。

頸聯「合浦珠還る」（清廉な太守孟嘗《もうしょう》のおかげで、密輸出されていた合浦の真珠が、再び、合浦に還ってきたという故事）では、合浦を「主」、密輸先を「客」とするが、世俗におけるこのような主客の区別に意味があろうか。（珠の存在が大切であり、主客が問題ではない。主客の区別は、相対世界でのことにすぎず、絶対の世界では、その区別は存在しない）。「鴻門の会」（主君項羽に家臣范増が玦を上げて、劉邦を殺すように合図を送ったが、その合図に項羽が随わなかったため、その後項羽は劉邦に滅ぼされることになった故事）では、君と臣との関係が問題とされ、君が臣に従うべきであったと評されるが、このような君臣の区別に意味があろうか。（この区別は相対世界〈俗世界〉のことにすぎず、絶対の世界では、すべてが平等である。）

尾聯 しかし次のことは明白だ。真実世界に生きる人の外観は、すべてが世俗の人と似ており、なんら変わるところはない。そのような人（生活では俗世界の人々と交わって生きているが、心は俗世界から超脱している人）こそ、「空前絶後の人」――本当の「真人」――なのだ。

次に『明暗』百五十三回と漢詩の関係を考えてみたい。

首聯「古往今来我れ独り新たなり　今来古往衆隣を為す」について

百五十三回の前半では、津田とお延の「波瀾」が収まった後の津田の意識の微妙な変化が描かれている。津田は次のように感じる。「左程苦にもならなかつた腹の中が軽くなるに従つて、彼の気分も何時か軽くなつた。」この表現は療治によって体調がよくなったことだけでなく、お延との「妥協」の後、津田の意識が入院前とは違う新しい段階に入ったことを示している。また迎えにきたお延に津田は、「急に思ひ出したやうに」「今度はお前の拵《こしら》へて呉れた縕袍《どてら》で助かつたよ。綿が新らしい所為《せゐ》か、大変着心地が好いね」と世辞をいう。（ここに描かれている入院前に比べたわずかの変化〈津田の世辞〉も「波瀾」後の二人の関係が、入院前とはすこし異なる段階に入ったことを示す描写であろう。）作者漱石はこの一連の場面のクライマックスで、津田とお延の関係の変化が、二人の意識をも変化させていることを描いていたが、ここでの津田の微妙な意識の変化の描写も、作者の意識的な描写であると考えられる。(3)

百五十三回前半におけるこのような津田の微妙な変化と、首聯で「我独り新たなり」「衆隣を為す」と詠っていることとは関係がある。「我独り新たなり」と詠っていることには、津田もまた「波瀾後」その心のあり方は日々「新たに」生まれ変わっているのだとする作者漱石の気持ちが投影されていると考えられる。ここで言う「我」とは十月十五日の詩（「吾面難親向鏡親」）の「吾」と同様、漱石の意識に映った津田の意識として理解すべきであろう。また「衆隣を為す」という表現には、津田のお延への「世辞」が重ねられており、彼のお延に対する態度も変化しているのだとする作者の気持ちが投影されているといえよう。

頸聯「合浦珠還る誰か主客　鴻門玦挙がる孰か君臣」と尾聯「分明たり一一他に似たる処　却って是れ空前絶後の人」について

百五十三回の後半では、縕袍《どてら》の「綿」の象徴的意味に焦点が当てられている。お延は自分の作った縕袍を「お気に召したらどうぞ温泉へも持つて入らしつて下さい」といった後、「然し、宿屋で貸して呉れる縕袍の方がずつと可《よ》かつたり何かするると、い、恥つ掻きね、」「品質《もの》が悪いと何《ど》うしても損ね。……親切なんかすぐ何処《どこ》かへ飛んでつちまふんだから」という。このようなお延の言葉を描写した後、語り手は、津田の内面を次のように描き出していた。

無邪気なお延の言葉は、彼女の意味する通りの単純さで津田の耳へは響かなかつた。其所《そこ》には一種のアイロニーが顫動してゐた。縕袍は何かの象徴であるらしく受け取れた。

ここで語り手のいう「一種のアイロニーが顫動してゐた」とはお延の言葉を津田が次のように受け取ったことを意味している。――夫津田によって、温泉宿で清子とわたし（お延）は比較され、わたしは「品質《もの》が悪い」として退けられるのではないだろうか――。

このような内容を書いた日の午後、その漢詩のなかで、「誰か主客」「いずれか君臣」――人には優劣・上下はない。――「一一他に似たる処却《かえ》って是空前絶後の人」――世俗の人と同じ生き方をしている人の中にこそ「真人」はいるのだ――と詠っていることには、次のような作者漱石のお延への思いが込められていると考えられる。

――お延と清子の間にどうして優劣があろうか。区別はないのだ（＝お延のなかに清子は生きているのだ）。お延は俗世界に生きている人であり、それゆえ、お延は俗世界の人間として、我執という刻印を受けているのだ。しかしそれゆえに、お延は「空前絶後の人」足りうるのだ（「大死」して「真人」に生まれ変わりうるのだ）。――

ここには、お延もまた日々「新たに」生まれ変わっているのだ。決して我執の人として止まり続けていることはないのだ、という漱石のお延に対する認識が表明されているといえるのである。漱石は一連の場面のクライマックスで、津田のありのままの気持ち（「妥協」の提案）に接して、お延が津田に「気の毒」という意識を持つようになったことを描いていたが、この漢詩の中には、その連続としての津田やお延の意識の変化に対する漱石の思いが詠われているのである。

九

（百五十四回梗概）津田は小林に約束の金を渡す当日、お延と次のような会話をした。津田が「なんだか惜しいな、彼奴《あいつ》に是丈取られるのは」というと、お延は代わりに行って断ってきてあげましょうかと応じた。津田はわざと話を不真面目な方に流した。「おまえは見掛に寄らない勇気のある女だね。」津田が、今までお延の勇気を見たことがないと軽口を言うと、お延は「何時《いつ》か一度此お肚《なか》の中に有つてる勇気を、外へ出さなくつちやならない日が来るに違《ちがひ》ない」と言って津田を驚かした。「何時《いつ》か一度？　だからお前のは妄想と同《おん》なじ事なんだよ」。するとお延は、その勇気を出すのは近いうちであること、夫のために出す勇気であるとまじめに言うのであった。「真面目なお延の顔を見てゐると、津田も次第々々に釣り込まれる丈であつた。彼の性格にはお延ほどの詩がなかつた。其代り多少気味の悪い事実が遠くから彼を威圧してゐた。お延の詩、彼の所謂妄想は、段々活躍し始めた。今迄死んでゐると許り思つて、弄《いぢく》り廻してゐた鳥の翅《つばさ》が急に動き出すやうに見えた時、彼は変な気持がして、すぐ会話を切り上げてしまつた。」

漱石は百五十四回を執筆した日（十月十八日）、次の詩を作っている。

旧識誰言別路遥　　旧識誰れか言う　別路遥かなりと
新知却在客中邀　　新知却《かえ》って客中に在りて邀《むか》う
花紅柳緑前縁尽　　花紅柳緑　前縁尽き
鷺暗鴉明今意饒　　鷺暗鴉明　今意饒《ゆたか》なり
石上長垂紈繡帳　　石上に長く垂る　紈繡《がんしゅう》の帳《とばり》
巌頭忽見木蘭橈　　巌頭に忽ち見る　木蘭の橈《かい》
眼睛百転無奇特　　眼睛百転するも　奇特なく
鶏去鳳来我弄簫　　鶏去り鳳来たらば　我れは簫を弄《かな》でん

◆語釈・典拠

【旧識】　表面的には、古くからの知人の意。禅林では「本来の面目」を含意する。

【新知】　表面的には「新しい知人」の意。当該詩では、差別世界（現実世界）を含意すると同時に、その奥にある、真実世界（＝本来の面目）をも意味する。禅書では新旧に本来区別はないものとする。

【花紅柳緑】　眼前の日常世界が真実世界（仏心の顕現）であることを示す禅語。

【鷺暗鴉明】　用例未見。『碧巌録』第三十則「趙州大蘿蔔頭」頌に、「争《いか》でか辨ぜん鵠《こう》は白く烏《う》は黒きことを」。『槐安国語』巻一の下語に「烏は黒く鷺は白し、緇素《しそ》、何れの処か分明ならざる」。当該詩の「鷺暗鴉明」は、この類の禅語類を踏まえて漱石が創った機語であろう。

【紈繻の帳】　『槐安国語』巻一に、「新婦面上に笑靨《しょうよう》を添え、却って錦繍幕裡《きんしゅうばくり》に向かって行く」（道前注『犂耕』に、「美しと雖も見ることを得ず」と、また旧解に、「其の境界を知る者は無い」の意と。）という禅句が見える。この類の禅語を踏まえたものであろう。

【巌頭に忽ち見る木蘭の橈】　同じ意味を持つ禅語に、次のようなものがある。「平地上に船を行《や》り、虚空裡に馬を走らしむ」（『句双葛藤集』の註に、「衲僧の自由なり」。）「高山白波起こり、海底に紅塵颺《あ》ぐる。」「陸地に舟船を弄し、眼中に日月を蔵す」等。これらはともに、常識では考えられない、悟りの世界をいう。木欄は舟の修飾語。

【鳳】【鶏】　飯田利行編著『禅林名句辞典』に、「簫韶《しょうしょう》　九成《じょう》せば　鳳凰来たり儀す」――舜帝の作った音楽を九曲演奏しえると鳳凰が来る（『虚堂録』上）。『槐安国語』巻六第四十二則「国師立義」の垂示に「小鶏は大卵を覆《おお》うこと能わず」、頌に「大鵬一挙す九万里」などの句がみえる。当該詩ではこの種の禅句を踏まえていると考えられる。

◆大意

首聯　人は人生において「旧識」（＝本来の面目）と遠く離れてしまうとだれが言うのであろうか。人は人生において、（旧識の新たな現れとしての）「新知」と出会うのだ。

頷聯　「花紅柳緑」は、現世との繋がりが絶えた世界であり、それと一体である「鷺暗鴉明」（人知を絶した世界）は「今意」の豊かさとしてあらわれるのだ。

頸聯　その世界では、石上に「紈繡の帳」が垂れており、巌頭に「木欄の櫂」を見るのである。（その絶対世界では、「真人」だけが「紈繡の帳」の内側を見ることが出来、巌上を行く舟を見ることが出来るのである。）（機語「錦繡幕裡」「高山白波起こり、海底に紅塵颺《あ》ぐる。」「平地上に船を行《や》り虚空裡に馬を走らしむ」が意味する、常識を絶した自在の世界（＝絶対の世界）を感得できるのである。）

尾聯　しかし、その絶対世界にいくら眼を向けても、特別に珍しいことを見出すことは出来ない。（なぜなら、それは「花紅柳緑」という日常世界だからだ）。我執を捨て、絶対の世界に生きることができるならば、私はその喜びを感得できるのだ。

次に百五十四回とその日の午後の漢詩との関係を考えてみたい。留意すべきは百五十四回と漢詩の間にある類似表現である。

まず両者の表現の一致や類似を見ていこう。（⑴では、百五十三回との関係を取り上げる）

⑴詩の「旧識」「新知」と、縕袍《どてら》の綿（古い綿に新しい綿を混ぜたという「古」と「新」の一致。）

⑵「鷺暗鴉明」・「石上に長く垂る紈繡の帳　巌頭に忽ち見る木蘭の橈」の人知による理解不能性と、お延の「詩」の（津田の感じる）「妄想」性との類似。

⑶詩の「鷺・鴉・鶏・鳳」（鳥の列挙）と、百五十四回の「鳥の翅」の「鳥」の一致。

⑷詩の「簫を弄《かなで》る」の「弄」と、百五十四回の津田が「弄《いじ》くり（まわしていた鳥の翅）」の「弄」の一致

このような表現の一致や類似は、この詩が百五十四回（及び百五十三回）の内容と関係があることを示している。以下その関係を考えてみたい。

(1)について——前日に執筆した百五十三回では、津田は病院に迎えに来たお延に、「縕袍《どてら》で助かったよ。綿が新らしい所為《せい》か、大変着心地がいいね。」という。この津田の言葉を聞いて、お延の心のなかでは、自分の（新しい綿を古い綿に混ぜた）縕袍と、旅館の（品質のいい）縕袍が対比される。この対比は、当該詩の「新知」「旧識」の関係と重なるものであろう。このことは、漱石がお延に「新知」を、清子に「旧識」を重ね合わしていることを示している。

(2)について——百五十四回の場面で、お延は自分のうちに秘めていた「夫のために出す勇気」の存在を津田に示す。このお延のいう「夫のために出す勇気」（即ちお延の詩）を津田は「妄想」と感じる。一方、当該詩では、人知では計り知れない真実世界を「鷺暗鴉明」と詠い、さらにその世界を「石上に長く垂る紈繡の帳　巌頭に忽ち見る木蘭の橈」という機語で示している。

　このような類似は、当該詩における「鷺暗鴉明」・「石上に長く垂る紈繡の帳　巌頭に忽ち見る木蘭の橈」という表現に、津田には「妄想」と映るお延の「夫のための勇気」が重ね合わされていることを示している。また「新知」と結びついた当該詩の「今意饒なり」には、お延の人間としての真面目さ（「夫のための勇気」）が出てくる内奥の意識世界（禅でいう「絶対世界」）が重ね合わされていると考えられる。

(3)について——この一致は詩の鳥名と百五十四回の「鳥」とが漱石の意識にあっては繋がっていることを示している。詩における鳥名には寓意が込められており、「鶏」は我執（世俗意識）、「鳳」は「本来の面目」（＝あるべき人間の意識）の象徴であるが、このことは、百五十四回の「（津田が）弄《いぢく》り廻してゐた「鳥の翅《つばさ》」に「鳳の翼」というイメージが重なっていたことを示している。すなわち百五十四回の「死んでゐると許《ばか》り思つて、（津田が）弄《いぢく》り廻してゐた鳥の翅が急に動き出すやうに見えた時、彼は変な気持がして、すぐ会話を切り上げてしまつた」という表現に漢詩の「鶏」と「鳳」との関係を重ね合わすならば、この表現は次のように解釈することが出来よう。

津田は、お延の心を自分の心と同様な「仮死」の状態だと考えていた。津田は、お延の真剣に言う「夫のために出す勇気」をからかう（弄ぶ）。しかし、お延はその心の奥に、真実の心（詩でいう「鳳」）を持っていた。このお延の内にあって眠っていたその「内なる人間性」（＝本来の面目）が意識の前面に立ち現れようとしていた。（お延の心のこのようなありようと、この詩の「今意饒《ゆたか》なり」とは重なっている。）それを薄気味悪く感じた津田は、これ以上お延の人間的な内面世界（＝真実世界）が立ち現われないように「会話を切り上げ」たのである。

⑷について――この一致は既に試みた分析と重なるが、「弄」という字の一致に焦点を合わせるならば、「鶏去り鳳来たらば我れは簫を弄《かな》でん」という聯には、次のような漱石の批評が込められているといえる。――お延の内面にある「夫のために出す勇気」こそは、わたしがあってほしいと願う人間としての感情なのだ。――

本稿の最初で、「愛の戦争」のクライマックス（百四十九・百五十回）における描写の焦点が、津田とお延の「波瀾」による二人の関係の変化に応じて彼らの意識も変化し、その変化がさらに新しい意識を生み出していくという点にあることを指摘した。一連の描写の最後に位置するこの百五十四回において描き出したお延の内に眠っていたこの意識こそは、「本当の和合」を創り出す要素なのだという、漱石の思いがあるといえよう。

おわりに

本稿では、お延と津田の「愛の戦争」後半の各回と、それらの回を執筆した日の漢詩の関係を取り上げ、その関係の中に現われた『明暗』創作への作者漱石の思いを明らかにしてきた。漱石は『明暗』において、津田やお延に対して批判的言辞を加えることなく、その我執に基づく意識の動きと、そこから生まれる新しい意識をあるがままに客体化して描き出していた。しかしその日の漢詩の中では、漱石はその執筆時における津田やお延の意識のありようへのさまざまな思いを、禅的思惟という枠組み(4)を通して吐露し、かつ自分自身と対話していたのである。『明暗』の「愛の戦争」場面を論ずる場合、本稿で摘出したような『明暗』への漱石の創作意識が踏まえられるべきではないだろうか。

注

(1) 『明暗』の「愛の戦争」場面については様々な理解がある。かつて内田道雄は唐木順三の『明暗』論に敬意を払いながらも、「則天去私の超越的価値」を否定し、『明暗』の問題意識を「一対の夫婦の間に愛が可能であるか、可能であるとしたら如何なる愛が可能であるか」と「理解したい」と記した(『日本近代文学』第五集、昭和四十一年十一月)。近年はこの延長線上で、津田やお延のことばを漱石の作家意識と切り離し、従って、漱石の作家意識とは無関係に、文化史論的に位置づける傾向が主流となっている。飯田祐子は、その示唆に富む論考「『明暗』の「愛」に関するいくつかの疑問」(『漱石研究』十八号、二〇〇五年十一月)で、「『明暗』は「愛」という語をめぐって展開しているが、その「愛」の中味の焦点を絞ろうとしても絞りきれない」として、「漱石はなぜこれを書いたのかという作家論的な疑問も浮かぶ」といい、「『明暗』が「戦争」としてのみ「愛」を描くことの理由も見えない」とさえいう。

(2) 『明暗』の主人公を突き動かしている「不可思議な力」は、津田にあっては、二回で、友人から聞いたポアンカレの「偶然」の話として意識される。小山慶太「『明暗』とポアンカレの「偶然」」(『漱石研究』十八号)によれば、漱石がこの知識を『明暗』連載の一年前(一九一五年)に寺田寅彦から聞いた蓋然性が高いという。このことからも、『明暗』における、「ポアンカレの偶然」は『明暗』構想の伏線として取り入れられたものであり、『明暗』を貫いている「不可思議な力」の内実は、漢詩に詠まれ続け、百四十七回から百五十一回にかけてはっきりと書き込まれることになる禅的な「自然」であるといえる。漱石の創作意識を考える場合、この「自然」の位置付けが大切であろう。

(3) このような描写は、漱石が共鳴したウイリアム・ジェームスの「生の本質は、その連続的に変化していく性質にある」とする「意識の流れ」への共鳴と繋がるものであろう。(『ウィリアム・ジェームス著作集』6「多元的宇宙」一九三頁、小倉脩三『夏目漱石——ウイリアム・ジェームス受容の周辺』有精堂、一九八九年二月、十六頁)。

（4）『明暗』における禅的要素は「芸術的枠組み」として存在している。私見によれば、『明暗』のうちに描き込まれている禅的要素は、ドストエフスキイが主人公の意識の内奥をえがきだすために設定した「芸術的環境」と同種と考えられる（バフチン『ドストエフスキーの詩学』ちくま学芸文庫、一三二頁）。

第八章　小林の造型と七言律詩

はじめに

『明暗』の小林は登場人物の中にあって異色の存在である。彼は無政府主義者的風貌を持ち、「弱者」の味方を標榜している。彼は、自分の立場が禅的理想としての「愚」に類する「痴鈍」にあることを口にし、「痴鈍」の立場から、津田の未来を予言する存在でもある。と同時に、彼は富裕者の弱みに付け込んで、金を強請《ゆす》る無頼漢であり、自分に軽蔑の視線を向けるものに対しては、激しく反発する自我の人でもある。小林にあっては、無政府主義的要素・禅的要素・世俗に生きる人としての我執等が複雑に混在している。漱石はこのような小林の言動をどのような立場と方法で造型しているのであろうか。

百五十五回から始まるフランス料理店の場面（津田が送別会という名目で、小林に強請られた金を与える場面）では、小林の屈折した複雑な意識に焦点が当てられ、小林の意識の根底が浮き彫りにされている。しかし『明暗』では語り手の批評が徹底的に排除され、登場人物の意識をあるがままに浮き彫りにするという方法がとられているため、作品から漱石の小林に対する立場やその造型の方法を読み取ることは困難である。

ところで漱石はこの時期、午前中に『明暗』一回分を書き、その午後には日課としての漢詩創作を続けており、その漢詩創作はフランス料理店の場面が始まってから三回目の百五十八回を書いた十月二十二日まで続いている。フランス料理店の場面と平行して創作しているこれらの漢詩（三首の七言律詩と六首の五言絶句）には、『明暗』における小林への作者漱石の複雑な想いが色濃く投影しており、小林に対する作者の立場や小林の造型方法は、この時期の漢詩創作（第一ステージの最後）[1]とのつながりでその解明の糸口を得ることが出来ると考えられる。

この時期に創作した日課としての漢詩創作の最後に位置する五言絶句の性格については、次稿で論ずることとし、本稿では、小林に対する漱石の立場と小林の造型における漢詩の役割を、百五十五回から始まるフランス料理店の場面と、その創作時期を同じくしている三首の七言律詩（日課としての漢詩創作の最後に位置する七言律詩）との繋がりを通して考えてみたい。

結論を先に示しておこう。本稿で取り上げる三首の七言律詩は、小林の内部にある禅的視点を研ぎ澄まし、津田の我執および小林自身の我執をも批判的に浮き彫りする機能を果たしている。と同時に、その七言律詩は、小林の無政府主義的意識の根底にある意識――現実の階級社会に反発しながらも、その現実社会を支配している金の力によって彼の生き方が分裂させられる苦しみ――をも照らし出す漱石の視線として機能しているのである。そして漱石にとっての漢詩（七言律詩）の創作は、漢詩の中で漱石が己の禅的立場を確認し、その視点から小林への想い（批評）を詠うことによって、作者漱石の小林に対する想いを漢詩の中に封印し、『明暗』において、小林の言動を作者の私的な価値評価で彩ることなく客体化して描き出すための作業――『明暗』を書いている漱石の意識世界を、小林をはじめとする登場人物たちが、彼ら自身の意志と必然で発言し行動することが出来る空間として存在させるための作業――でもあったと考えられるのである。[2]

以下、右に記した仮説を『明暗』のフランス料理店の場面と七言律詩との関係を通して検証してみたい。

一

まず、百五十五回と漱石がこの百五十五回を書いた十月十九日の午後に執筆した七言律詩との関係からみていきたい。

百五十五回から、小林の送別会という名目で津田が小林と会い金を与えるフランス料理店の場面が始まる。百五十五回は、津田が、小林と貧乏な青年画家原とが立ち話をしている場面を目撃し、わざと遅れてフランス料理店に入る場面である。

漱石はこの百五十五回を書いた午後、次のような七言律詩を創作している。

門前高柳接花郊
幾段春光眼底交
長着貂裘憐狗尾
愧収鵲翼在鳩巣
萬紅乱起吾知異
千紫吹消鬼不嘲
忽地東風間一瞬
花飛柳散対空梢

門前の高柳　花郊に接し
幾段の春光　眼底に交わる
長く貂裘を着て狗尾を憐れみ
愧《は》ずらくは鵲翼《じゃくよく》を収めて鳩巣に在るを
万紅乱れ起こりて吾れ異を知り
千紫吹き消えて鬼も嘲《あざけ》らず
忽地《こっち》　東風　間一瞬
花飛び柳散じて空梢に対す

◆大意

首聯 柳のある門前には、花咲く春景色が続き、そこに満ち溢れるさまざまに交差する光が眼に映る。

頷聯 富裕者の財産や地位を誇る意識（＝長い貂裘を着て狗尾を付けている富裕者の心に寓意される、金や社会的地位に縛り付けられている意識）を「憐れみ」ながら、しかし自分の境遇に不満を持ち、富・名誉・社会的位置に執着しているわたしの意識がその光（＝仏心・虚明・「自然」の光）によって照らし出される。

頸聯 「万紅千紫」と花の咲き誇る春の「自然」（＝「無」の顕現）の光の中にあって、わたしは自分（あるいは人間）の我執（＝世俗への執着）を「異」（＝人の本来の心の姿でない）とするのである。

尾聯 一陣の風が吹けば、花も柳も散り、そこには、空梢（＝無）しかない。それが真実世界なのだ。

この詩の表層では、門前に広がる春景色を通して、漱石の禅的心境を詠っているといえる。しかし、この詩の深層では、『明暗』を書いているときの作者漱石の意識――頷聯では、小林に成り代わっている作者の意識、頸聯・尾聯では、その小林の意識を客体化して描き出そうとしている語り手の意識――が詠われている考えられる。

＊

この詩に投影されている小林の意識〈小林になり変わっている作者の意識〉と語り手の意識の関係をみる前に、まず、この詩と『明暗』（百五十五回および百五十六・百五十七回）との重なりをみておきたい。

首聯の前半「門前の高柳」について

百五十五回によれば、津田が小林と会う約束をしているフランス料理店は「東京で一番賑やかな大通りの中程を一寸横《ちよつと》へ切れた所」にあり、その場所とは、「銀座」であり、そこには、「柳」があるはずである。百五十五回には描き込まれていないこの銀座の柳が、当日の午後に創作した漢詩では「門前の高柳」として詠われているのである

（このことについてはすでに高木に指摘がある(3)）。

首聯の後半「幾段の春光　眼底に交わる」について

百五十五回では、日の暮れた停留所を降りた津田の眼に映るあたりの「燭光《あかり》」が何回も描かれ、津田は、自動車のヘッドライトの光に照らされて浮かび上がる小林と見知らぬ青年の姿を見ることになる。一方、この詩の首聯でも、眼に映る幾種類かの光（「幾段の春光」）が詠われている。この類似は、百五十五回を特徴付ける津田の眼に映る幾種類かの光とそれに照らし出される風景が、漢詩の「幾段の春光　眼底に交わる」という句に重ねあわされていることを示している。

頷聯「長く貂裘を着て狗尾を憐み　愧ずらくは鵲翼を収めて鳩巣に在るを」について

百五十六回の小林は、フランス料理店の二組の客「相当の扮装《みなり》をした婦人づれ」を強く意識し、その婦人について「ありやみんな芸者なんか君」「綺麗な着物さへ着てゐればすぐ芸者だと思つちまふ」と津田に話し掛け、津田に論争を吹きかける。この詩が描く「長く貂裘を着て」、「狗尾」を付けている富裕者と、小林のいう「相当の扮装《みなり》をした婦人」（を連れた客）とは、重なっている。また「愧ずらくは鵲翼を収めて鳩巣に在るを」は、百五十七回の小林の言葉「僕に時を与へよだ、僕に金を与へよだ。しかる後、僕が何《ど》んな人間になつて君等の前に出現するかを見よだ」という意識と重なっている。この重なりは、この詩の頷聯で、漱石が翌日および翌々日に書く予定にしている小林の意識を先取りして詠っていることを示している。

右に見たように、十月十九日の午後に創作した七言律詩とその午前に書いた百五十五回（およびその翌日・翌々日に執筆した百五十六回・百五十七回）とには重なっている部分がある。このことは両者に深い内的繫がりがあることを示しているのである。

＊

この詩に投影されている小林の意識と漱石（語り手）の意識との関係を考えてみたい。

まず、この詩に投影されている小林の意識について。この詩の頷聯で詠われている「長く貂裘を着て」「狗尾」を付けているという表現は、現世での地位や富への執着心の寓意であり、小林の批判する富裕者の現世への執着心の寓意となっている。と同時に、第四句（「愧ずらくは鵲翼を収めて鳩巣に在るを」）を小林の意識と理解するならば、この「長く貂裘を着て」「狗尾」を付けているという表現は、その現世への執着心を否定しているにもかかわらず、その執着心（＝現実社会への関心）を人一倍強く持っている小林の意識を表しているといえる。

この点に留意するならば、この詩の頷聯で詠われている意識は、小林自身の自嘲――現世での富裕者としての成功への願望を断ち切っている（はずである）にもかかわらず、現実世界を支配している金に執着せざるを得ない自分自身の「憐れ」むべき意識（現世の金や地位に執着し、津田をはじめとする富裕者たちに自分の存在を認めさせようとする意識）に対する自嘲――と重なっているといえるのである。

次にこの詩に投影している、漱石の批評（＝『明暗』の語り手の立場）について考えてみたい。頸聯（「万紅乱れ起こりて吾れ異を知り　千紫吹き消えて鬼も嘲らず」）で詠われている「異」は、頷聯で詠われている小林の意識に対する漱石の批評を示しており、その「異」という言葉によって、小林の意識が漱石の意識とは異なることが強調されている。そして尾聯（「忽地東風間一瞬　花飛び柳散じて空梢に対す」）において、小林の意識を「異」とする漱石（＝『明暗』の語り手）の立場が、禅的な「空」の境地にあることが表明されていると考えられる。

以上のことに留意するならば、この詩の深層では、漱石が、小林の意識（＝小林に同化している作者の意識）と自己の意識（語り手の立場）との違いを表明しているといえるのである。

二

次に、百五十六回を書いた十月二十日の午後に創作した漢詩と小林との関係を見ていきたい。百五十六回では、津田と小林の対話が始まり、津田の「余裕」が生み出す優越感と、その優越感を抑え付け、自分の意見の優位性を示そうとする小林の我執に彩られた意識との対立が描かれる。小林は当世に芸者と「レデー」の区別はないこと、料理の旨い不味いも自分には無縁であることを主張し、津田を黙らせる。

漱石は百五十六回を書いた日の午後、次のような詩を創作している。

半生意気撫刀鐶　半生の意気　刀鐶を撫し
骨肉銷磨立大寰　骨肉銷磨して大寰に立つ
死力何人防旧郭　死力何人か旧郭を防ぐ
清風一日破牢関　清風一日　牢関を破る
入泥駿馬地中去　泥に入る駿馬　地中に去り
折角霊犀天外還　角を折る霊犀　天外に還る
漢水今朝流北向　漢水今朝　流れて北に向うも
依然面目見廬山　依然面目　廬山を見る

◆大意

首聯　わたしは半生を禅道に捧げ、悟りの境地を得て、今ここにいる。（注――「刀鐶」とは、『碧巌録』第十五則に見える「殺人刀活人剣」、第九十二則にみえる「金剛王宝剣」、第百則に見える「吹毛剣」などの象徴する仏性〈＝絶対の真理〉を示し、「刀鐶を撫し」とは、禅道を修行し、悟りを得て体得した融通無碍な境位を示す）。

頷聯　人は死力を尽くして、自分の「旧郭」（＝我＝現世への執着心）を守ろうとするが、何人が守り通せるだろうか。清風が吹けば（＝自分のうちにある仏性が顕われるならば）、誰でもが「我」（現世への執着心）を打ち破ることが出来るのだ。

頸聯　悟りによって得られる境地は、「分別智」では理解できない「絶対無」の世界である。

尾聯　南東に流れている漢水が北に流れることがあっても、その根底にある真実世界（本来の面目＝絶対無）は不変なのだ。

以下、この詩の頷聯と頸聯を取り上げ、その聯で詠われている内容と、『明暗』の小林との関係を考えておきたい。

頷聯「死力何人か旧郭を防ぐ　清風一日牢関を破る」について

この詩の頷聯には、次のような禅的思惟に基づく人間観が詠われている。――現代社会に生きる人間ならば誰もが我執の意識（自分の利益の立場から人間の軽重を判断する意識）に支配され、その意識を容易には捨てることができない。しかし人は死力を尽くしても、その我執に固執し続けることはできない。「清風が吹けば」（＝悟り〈仏性〉を得れば）、その「牢関」（＝我執）は打ち破られるのだ。――

この詩を創作した午前中に執筆した百五十六回では、己の優位性を小林に誇示せずにはおれない津田の我執が描き出されており、また、その津田の我執に対して己の我執を対置し、津田の優越感を跳ねつけずにはおかない小林の自我も描き出されている。そして百五十六回から始まるフランス料理店での二人の会話では、どちらかが相手を屈服させずにはおかないその我執のぶつかり合いに焦点が当てられる事になる。このことを考えるならば、この詩の頷聯における、我執の克服を詠った禅的人間観には、フランス料理店の場面でこれから漱石が描く事になる、この二人の我執への批判が込められていると考えられる。

フランス料理店での津田と小林の我執のぶつかり合いは、この詩を書いた二日後に執筆した百五十八回にその典型的な様相が描き出されることになる。以下、百五十八回の二人の我執のありようとこの詩の頷聯との関係を考えてみたい。

百五十八回の小林は、津田が、吉川夫人の言うことは襟を正して聞くが、身分や地位のない自分（小林）の言うことには耳を傾けようとしないと指摘する。また小林は津田に「（君がぼくの助言に思い当たったとしても）早変りをして此僕になれるかい」と問うが、津田は、この小林の言葉を聞き流すだけである。小林の意見を無視し続ける津田のこのような我執（＝地位や財産で人の軽重を計る意識）が、詩の第三句の「旧郭」という言葉に重ねあわされて表現されている。（「旧郭」は「旧窠窟裏」と同義であろう。）またこの時の小林は津田に対して、「君に一朝事があつたとすると」、小林の忠告を「思ひ出さなければならなくなる」が、気がついたとしても「早変わり」できないのだと断言する。

留意すべきは、漱石がこの百五十八回を書く直前（二日前）のこの詩の頷聯では、「清風一日牢関を破る」――人間は、「悟り」を得れば、「我執」を打ち破れるのだ――と詠っていることである。このことは、漱石がこの詩で、これから『明暗』で小林と津田の我執のぶつかり合いを書くにあたって、禅的世界観の立場から、津田のような我執の人間でも機縁があれば悟りを開き、本来の自分に戻ることが出来ることを確認していると考えられる。

以上のことを考えると、この詩の頷聯には、次のような小林への批判が含意されているといえよう。――小林の断言とは違い、津田もまた悟りの機縁があれば、津田の我執も打ち破られて、「本来の人間」に立ち戻ることが出来るのだ。――

頸聯「泥に入る駿馬地中に去り　角を折る霊犀天外に還る」について

この頸聯では、禅的悟りによって得られる「無」の世界を詠っていると考えられる。この禅句の確実な典拠は見出せないが、次のような禅書類の内容と関係があろう。『碧巌録』第九十一則「塩官犀牛扇子」本則――塩官の斉安国師が犀牛の扇子を持って来いといわれた。そこで隠侍が、その扇子は破れておりますと言うと、塩官はそれでは「犀牛を引っ張って来い」〈お前の仏性を出せ〉といわれた。隠侍は返答ができなかった。それを伝え聞いた投子が自分ならこう答えるといった。「将《も》ち出ださんことを辞せず、恐らくは頭角《ずかく》全からざらんことを」（出さんこともございませんが、角が折れたり、耳が落ちたり、お目にかけれるようなものではございません）――。その頌に「犀牛の扇子、用ちうること多時、問著すれば元来、総に知らず、限り無きの清風と頭角と、尽く雲雨の去って追い難きに同じ」（仏心は「無」であり、形を持たないのでつかまえどころがない、の意）と見える。山田無文解説によれば、「犀牛の扇子」とは「おのおのの仏性」を名づけたものであり、「縦には三世を貫き、横には十方に弥綸しておる、限りなきの清風」とも言い換えられる。「犀牛の頭とは慈悲、角とは智慧」ともいえると説かれている（以上、山田無文『碧巌録全提唱』による）。また『従容録』第三則には、「雲犀（一に霊犀）月を玩んで、璨《さん》として輝《ひか》りを含む。木馬、春に游んで駿にして羈《ほだ》されず」（宏智禅師）という禅語が引かれ、安谷白雲は、無分別智に生きる人間が駿馬、雲犀（霊犀）と木馬は、共に後天的な分別のないことの喩え、と解説されている。(4)「丹霞頌古百則」にも「水底の泥牛白月を耕し　雲中の木馬清風に驟《は》す」（＝人間の分別を絶した世界）と見える。漱石詩の「清風」や「泥に入る……」は、この類の禅語を踏まえたものと考えられ、その意味するところは、人間の分別智を絶した無の世界（＝悟りの世界）を詠ったものであろう。

さて、この詩の頸聯を詩全体の中で位置付け、頷聯との関係でその含意するところを言えば、次のようになろう。

――世界の根源は「無」(＝一＝仏心)であり、そこでは、すべては無差別である。したがって、現象世界(＝俗世)における個別的事象の間にも差異はなく、人は「修行」によって、そのことを悟らねばならない。人はこのことを悟る時、「無」(＝仏心)に帰り、「我執」(＝世俗に対する執着心)を捨てることが出来るのである。――頸聯では、このような悟りの世界によってのみ知りうる「無」の世界が詠われているのである。

ところで、本稿のテーマとの関連で留意すべきは、この詩(の頸聯)を書いた午前中、漱石は百五十六回で、「所謂レデーなるものと芸者との間に、それ程区別があるのかね」、「(料理が旨い、不味いという)通を振り廻す余裕なんか丸でないんだ」「飢《ひも》じいから旨いのさ」と小林に言わせていることである。もちろんこの小林の言葉には、芸者と貴婦人とは共に同じ人間であり両者の間には優劣はないとする近代的人間観に基づく、有産者の「余裕」や贅沢に対する批判が込められている。しかし、この小林の発言と頸聯の内容とには深い関係がある。次に述べるように、小林の発言それ自体に禅的要素があり、頸聯は、この小林の発言の拠り所を示している。以下このことを考えてみたい。

小林は無政府主義者的風貌を持つ無頼漢であり、一見禅的要素とは無縁の存在であるかのように見える。しかし小林の無政府主義者的風貌には、禅的要素が重ねあわされている。例えば、後に触れるように、八十六回の小林は、自分が「天」に従って行動していると発言しており、百五十八回では、小林は津田に対して「憚《はばか》りながら此所《ここ》迄来るには相当の修業が要るんだからね。いかに痴鈍な僕と雖《いえど》も、現在の自分に対しては是で血の代《しろ》を払つてるんだ」と語る。ここで彼のいう「天」「修業」「痴鈍」(＝愚)は、禅的人間観と結びついている言葉である。これらの小林の言葉は、この詩で詠われている禅的価値観が彼の生き方や理想と結びついていることを示している。またすでに見たように、百五十八回で、「我執」に固執している津田に対して小林は、「君に一朝事があつたとすると」、「(小林の忠告を)思ひ出さなければならなくなる」が、しかし彼は津田が気がついたとしても「早変り」できないのだと断言する。この「早変り」という言葉も、禅語「懸崖に手を撒す」（『『無門関』三十二）（＝「大死」）の言い換えである。

右に見たような諸要素に留意するならば、小林の意識には禅的思惟が存在していることが理解されよう。頸聯(「泥に入る……」)では、この詩を書いた日の午前に執筆した百五十六回の小林の言葉――「所謂レデーなるものと芸者との間に、それ程区別があるのかね」「(料理が旨い、不味いという)通を振り廻す余裕なんか丸でないんだ」、「飢《ひも》じいから旨いのさ」――の根拠が、禅的立場による「無」にあることが詠われているといえるのである。

当時の無政府主義は禅的思惟の「無」と響きあう要素を持っている。漱石は両者に近縁性を見て、小林の無政府主義的視線に、禅的思惟を重ね合わせていると考えられる。小林のこの言葉は、富裕者層の「余裕」に対する激しい反発によって彩られており、無産者階層の立場からする有産者階級の「余裕」への抗議という側面をつよく持っている。この側面について言えば、小林のうちにある禅的思惟(世界の根源は一であり、その顕現である人間社会もまた「無差別」であるとする見方)は、小林の平等意識を研ぎ澄ます要素として機能しているのである。

しかしながら留意すべきは、『明暗』にあっては漱石が小林の言動もまた我執に彩られたものとして描き出していることであろう。この側面について言えば、漱石が詠う頸聯は、小林が津田の富裕者の立場(余裕)を批判する根拠(禅的な立場)を示すと共に、(その禅的思惟によって)富裕者への小林の批判に付きまとっている彼の我執をも浮き彫りにしていると考えられる。漱石は頸聯で、小林の視線のうちにある禅的要素を詠うことによって、津田の我執を浮き彫りにするとともに、小林自身の言動が本来の人間的心のあり方と大きく離れてしまっていることへの批判をも込めているといえるのである。

*

以上のことを考えるならば、漱石が『明暗』におけるフランス料理店での小林と津田の対話を書き始めた段階で、七言律詩（「半生の意気……」）を書いている理由は、次のように言えよう。

『明暗』の展開に即して言えば、この七言律詩創作は、小林の意識に内在する禅的視線に、津田の我執の醜悪さを浮き彫りにする力を与えているだけでなく、小林自身の我執をも浮き彫りにする力（＝機能）をも与えている。と同時に、『明暗』を書いている漱石の意識に即して言えば、この七言律詩創作は、津田の我執は治癒しうるのだという思いや、小林の意見と漱石の意見との相違を吐露する場として機能している。そしてこのことは、漱石が『明暗』の手法――登場人物の言動を、作者（語り手）の批評的言辞によって彩らず、あるがままに客体化して描き出す手法――を貫徹させるために、小林（および津田）への作者の批評を漢詩の中に封印していることを意味しているのである。

三

次に、百五十七回を書いた二十一日の午後に創作した律詩と小林との関係を考えてみたい。百五十七回の小林は、酒の酔いの力を借りて気炎をあげ、その後自分が「鈍物」であることを強調し、富裕者の「余裕」を否定する。そして津田と自分とではどちらが自由で幸福だかわからない、津田は「余裕」に祟られているため、腰を落ち着けることが出来ないのだと、自分の優位性を展開し出す。

漱石は百五十七回を創作した二十一日の午後、次のような詩を創作している。

吾失天時併失愚　　吾れ天を失う時　併せて愚を失し

吾今会道道離吾　　吾れ今道に会うて　道吾れを離る

人間忽尽聡明死
魔界猶存正義臞
擲地鏗鏘金錯剣
砕空燦爛夜光珠
独呑涕涙長躊躇
怙恃両亡立広衢

人間忽ち尽きて聡明死し
魔界猶お存して　正義臞《や》す
地に擲《なげう》てば鏗鏘《こうそう》たり金錯の剣
空に砕けて燦爛《さんらん》たり夜光の珠
独り涕涙《ているい》を呑んで長えに躊躇し
怙恃《こじ》両《ふた》つながら亡びて広衢に立つ

◆**大意**

首聯　（わたしは「天」と共にあるつもりであったが、その境地は本当の悟りでなかった。）わたしの境地が天から離れていると知ったときには、わたしの生き方も、「愚」（＝俗世間との交わりを断ち、「自然」に戻った人としてのあるべき生き方）とは異なることを知らねばならなかった。わたしは「道」を悟り、「道」を実践してきたはずであったが、自分の生き方が「道」から外れていたことを悟らねばならなかった。

頷聯　天や道から離れているわたしの心のうちにあっては、（本当の悟りの世界と同様に）俗世間との関係は切れ、（俗世に生きる人の理想である）「聡明」という意識は否定されているが、しかし俗世への執着心（＝魔界）は依然として存在し、あるべき人としての「本来の意識」（＝正義）はやせ細ってしまっている。

頸聯　わたしは人として大切な悟りの境地（＝金錯の剣・夜光の珠）を捨ててしまったが、しかしその真実世界は、わたしの意識とは無関係に光り輝いて存在しているのだ。

尾聯　わたしは人としての生き方に踏み迷ってしまった。人としての大切な悟りの世界（＝真実世界）を失ったわたしは、茫然と立ちすくむばかりである。

首聯に詠われている「吾」の意識（この詩全体を統一している主体）は、この時点での漱石の意識――悟りへの意識が生半可であったことへの自覚――と解釈するのが一般的である（詩の表層ではこのような解釈となろう）。しかし、この「吾」の意識の内容は、小林に成り代っている作者の意識（すなわち小林の意識）として理解されるべきものである。漱石は、この日に執筆した百五十七回の小林の言動や、百五十七回以降で描き出そうとする小林の意識に禅的な光を当て、『明暗』でははっきりと描き出すことのない、小林の意識の内奥を照らし出していると考えられる。以下ここでは、この詩の「愚」「聡明」「涕涙」という言葉を中心に、この詩の各聯と小林の意識および作者の立場との関係を考えていきたい。

首聯「吾れ天を失う時　併せて愚を失し　吾れ今道に会うて　道吾れを離る」について

「愚」とは「分別智」を持たず「天」に従って生きる禅的な人間の理想である。また百五十七回に見える「鈍」も「愚」の言い換えである（百五十八回で小林が自分のあり方を示す「痴鈍」という言葉も同様である）。百五十七回で小林に自分のあり方を「鈍（物）」と言わしめた漱石が、その午後に創作した七言律詩で「天」や「道」を失った禅的意識を詠っていることには、小林とこの詩の禅的思惟との深いつながりが暗示されている。

小林は無政府主義者的風貌を持つ男である。しかしすでに見てきたように、小林は、その風貌のうちに、禅的な価値観を持ち、禅的生き方を自分の生き方として表明している男なのである。百五十七回の後半では、小林は「余裕」のない自分のほうが、余裕のある津田よりも太平で自由で動揺がないことを強調し、「余裕」と無縁な自分の生き方の優位性を示そうとする。しかしその百五十七回の前半では、彼の津田への意見（説教）とは裏腹に、「僕に時を与へよだ、僕に金を与へよだ。しかる後、僕が何《ど》んな人間になつて君等の前に出現するかを見よだ」と、現実への執着を示し、社会的敗残者としての苦衷を吐露している。彼は津田に対しては自分が現世への執着を断ち切っているかのような口振りを示すが、その実彼は現実社会に執着しており、いわば禅的「愚」（現実に生きながら、現実から超越している生き方）から離れてしまっている存在として描かれているのである。このような『明暗』に描かれている小林と、この詩で詠われている首聯の「吾」の意識――悟りを開いたつもりでありながら、しかし天や道から離れていると自覚せざるを得ない意識――との共通性を考えるならば、この詩の首聯には、『明暗』でははっきりとは描き出されていない小林の意識の奥底―他人には、天や道（悟り）の立場から行動していると公言してはいるが、その意識の奥底では、自分の立場が、天や道と離れていることを自覚せざるを得ない苦衷――が禅的立場から純化されて描き出されているといえるのである。

頷聯「人間忽ち尽きて聡明死し　魔界猶お存して正義膣《や》す」について

百五十七回には「聡明」という言葉は使われていない。しかし「聡明」は、『明暗』の中では百五十七回前後の回でも、津田の意識を説明する言葉として散見する。たとえば、百五十八回では小林は津田に対して「相手が身分も地位も財産も一定の職業もない僕だといふ事が、聡明な君を煩はしてゐるんだ。」と語る。ここで小林が津田の「聡明」に、地位や財産で人の軽重を判断する彼の我執の意識（＝世俗の意識）の鋭敏な働きとして批判的なアクセントを付していることは明らかである。また百六十六回の語り手は、津田が、小林に与えたばかりの紙幣を、小林が貧乏画家原の前に並べたのを見て、「（憎悪と）同時に聡明な彼の頭に（共謀して俺を馬鹿にしているのではないかという）一種の疑が閃《ひら》めいた。」と描き出している。ここでも津田の「聡明」が、（彼の執着している金を小林が未練もなく他人に与えようとする行為に、自分に対する策略を感じずにいられないという）我執に基づく鋭敏さであることを強調している。これらの部分では、津田の我執に基づく意識の鋭さが「聡明」という言葉で反語的に表現されているのである。小林は、現実社会に生きるための世俗意識である「聡明」を拒否する男なのである。

右にみた『明暗』における「聡明」の用法に留意するならば、頷聯の前半（「人間忽ち尽きて聡明死し」）には、世俗意識である「聡明」を拒否して「痴鈍」（＝「愚」）に徹しようとする小林の意識が重ねられているといえよう。

小林の立場からすれば、人間としてのあるべき真実の生き方は「聡明」にではなく、「痴鈍」（＝愚）にこそある。しかしすでに見てきたように、（禅的立場から言えば）小林は、現実世界に絡めとられており、彼は、資産家連中や津田に対して、軽蔑や復讐を意識し、反抗心を強く持っている男である。禅的な立場からするならば、小林の意識は「本来の面目」に繋がる人間的要素（＝「正義」）を持ちながらも、他面では、批判すべき現実への執着の意識（＝「魔界」）として立ち現れていることになる。このような小林の意識のありようが、禅的立場から詩のなかで「魔界猶お存して正義躍《や》す」と批評されているのである。

以上の点を考えると、この詩の頷聯には、次のような小林の意識――世俗社会の生き方である「聡明」を拒否し禅的理想に類する生き方（「痴鈍」）を標榜しつつも、しかし現実社会にあっては、金によってその意識が屈折させられ、金や地位に執着し、彼の理想と現実との分裂に苦しまざるを得ない小林の意識（彼の現実社会に対する反抗の根底にある意識）のありよう――が詠われているといえよう。この詩の首聯や頷聯では、漱石が執筆しつつある、『明暗』におけるフランス料理店での小林の意識の内奥が、禅的立場から描き出されているといえるのである。

頸聯「地に擲《なげう》てば鏗鏘《こうそう》たり金錯の剣　空に砕けて燦爛《さんらん》たり夜光の珠」と
尾聯「独り涕涙を呑んで長えに躊躇し　怙恃《こじ》両つながら亡びて広衢に立つ」について

百六十一回の小林は、今まで批判していた富裕者の「余裕」に対して、突然「僕は余裕の前に頭を下げるよ。僕の矛盾を承認するよ」と言い出し、津田に対して「礼を云ふよ、感謝するよ」と「ぽた〳〵と涙を落し始めた」。この場面は、詩の尾聯（「独り涕涙を呑んで……」）と結びついていると考えられる。

小林の意識とこの詩の「涕涙」との関係を、頸聯と尾聯との関係を通して考えてみよう。頸聯の「金錯の剣」や「夜光の珠」は、『碧巌録』第九十二則に見える「金剛王宝剣」や第四十三則にみえる「夜明珠」と同義の、禅における「絶対」（＝仏性）の象徴であろう。したがって頸聯では、《「金錯の剣」や「夜光の珠」が象徴する禅的真実は、小林にあっては、投げ捨てられてしまっているが、しかし、あるべき人間としての真実は小林の意識を超えて存在するのだ》という漱石の思いが込められているといえよう。ここには小林の我執への漱石の批判を認めることが出来る。

右にみたような頸聯との繋がりを考えるならば、この尾聯で作者漱石は、小林の意識に寄り添いながら、「涕涙」する小林の意識――「天」や「道」に生きようとしながらも、しかし社会的には見捨てられた貧者でしかないことを自覚し、社会的敗残者として金の前には頭を下げざるをえない苦衷――を、共感と同時に批判の視線を通して詠っているといえよう。

もちろん『明暗』に描き出されている小林の言動と、この律詩で詠われている禅的な生き方とは、一致するものではない。『明暗』の小林は、無政府主義者的風貌を持つ無頼漢であり、その内面に禅的思惟を持っているものの、彼の生き方は禅的な生き方とは大きな距離がある。この点に留意するならば、この詩には、次のような漱石の小林に対する思いが込められているといえよう。――《わたし（漱石）の理想とする禅的な立場からするならば、小林の意識のありようは、道から離れた人間の意識として批判の対象となろう。しかし、現実の社会（俗世）のなかで生きざるを得ないわれわれにあっては、小林の苦衷や現実世界に対する批判と反抗には、共感せざるを得ない。わたしの到達した（禅的）理想と、小林にみられる無政府主義的な現実社会への反抗とには、相容れぬ要素があるが、この距離をどのように考えたらよいのであろうか。》――

＊

右に見てきたように、この詩にあっては、津田に対して小林が現実社会での成功への意識とは無縁な無産者の優位性を主張しているにもかかわらず、その実彼の内面には、社会的敗残者として生きざるを得ない苦衷――現実社会に反発しながらも、現実社会を支配している金の力によって彼の生き方が分裂させられていく苦しみ――が存在することを、禅的視点を通して深い同情と共に詠っているといえるのである。この詩には小林に対する漱石の温かい人間的まなざしが如実に現れているのである。

四

漱石は七言律詩の中で小林に対する様々な思いを詠っていた。ところが漱石は、『明暗』のなかでは、その小林に対する私的な思い（同情・共感・批判など）を書き込むことはない。このことは漱石にあって、いかなることを意味しているのであろうか。以下その意味を考えてみたい。

『明暗』の中には、「柳」や「西洋洗濯屋の風景」を中心とする、禅的漢詩の世界に繋がる「自然物」が書き込まれており、それらの「自然物」は語り手の視点の拠り所として機能している。(5)『明暗』の登場人物に対する作者の立場は、私的な意識を超えた位置（『明暗』の構造でいうならば「柳」に代表される「自然」〈＝仏心の顕現〉、人間の意識に即していうならば悟りの境位）にある。このことは『明暗』では、禅的思惟の枠組み――悟りの境位によってのみ知覚され得る「自然」（＝仏心）が世界の運行を掌り、人間の営みを黙照しているという構造――から人間の意識世界のありようが描き出されていることを示している。すなわち『明暗』とは、さまざまな意識を持った登場人物たちが己の内面に従って行動しうる空間であり、登場人物たちの対話を通して、彼らの内面に生起するさまざまな意識が紡ぎ出され、それらの意識が、禅的な光によって照らし出される場所なのである。語り手は、それらの意識を「悟り」に類する高所の立場（「私」を取り去った高次な意識のレベル＝禅的「自然」の視点＝悟りの立場）から描き出し、かつその立場から、それらの意識の意味や限界を分析して示しているのである。漱石は『明暗』をこのような手法で描き続けている。私見によれば、『明暗』と平行して創作している漢詩群は、このような『明暗』の手法を貫徹するための作業であったと考えられる。

本稿で検討してきた、『明暗』と平行して創作している三首の漢詩の中では、漱石は小林への様々な私的な思い（同情・共感・批判など）を、禅的枠組みを通して詠っている。このことは漱石にあっては、これらの三首の漢詩創作が、小林の内面世界を『明暗』の手法で描き切るための作業――『明暗』を小林が彼自身の内的必然において自由に発言し行動しうる場として存在させるために（すなわち、作者漱石の私的な価値判断によって『明暗』の小林の言動が影響を受けないようにするために）、小林に対する様々な思いを漢詩のなかに吐露し、その小林への思いを漢詩の中に封印してしまう作業――であったことを示しているのである。

この観点からするならば、漱石の「則天去私」とは、漱石の当時の心境であると同時に、『明暗』の創作方法でもあったといえよう。もちろんこのことは、漱石が禅的立場に伴う宗教性に己の作家意識を従わせ、その立場から登場人物を描き出したり、行動させることを意味しない。禅的立場に徹底することは即ち、禅的枠組を超えて人間の根源的意識に立つということである。この時の禅的漢詩の機能に即していうならば、その七言律詩創作は、第一に、津田や小林の我執を抉り出し、かつ、その奥底に存在する内なる意識を引き出し対象化する力として、第二に、『明暗』を登場人物たちがその必然性においてあるがままに行動させる空間として存在させる創作力として機能しているといえるのである。

おわりに

本稿では、十九・二十・二十一日に創作された七言律詩を取り上げ、それらの詩には、漱石が午前中に執筆している（あるいはこれから執筆を予定している）フランス料理店での小林の意識が重ねあわされていること、またこの律詩には小林に対する作者漱石の批評も含意されていることを見てきた。

漱石は小林を無政府主義者的意識を持つ無産者として登場させ、小林の意識のなかに禅的視点を与え、その視点から津田の我執（富裕者層の「余裕」「贅沢」「利害心」）だけでなく、小林自身の我執をも浮き彫りにしている。この点についていえば、本稿で取り上げた七言律詩は、小林の内部にある禅的視点を研ぎ澄まし、津田や小林自身の我執を批判的に浮き彫りする機能を果たしているといえよう。と同時に、その七言律詩は、小林の無政府主義的意識の根底にある内なる意識――現実社会に反発しながらも、現実社会を支配している金の力によって彼の意識が分裂させられる苦しみ――をも照らし出す視線として機能しているのである。

漱石は、午前中に執筆している『明暗』の中では小林の意識を共感や批判的言辞で彩ることはない。しかし本稿でみてきたように、その午後に書いた七言律詩の中では、小林に対する想い（共感・同情・批判など）を詠っていることが知られるのである。この点に漱石の小林に対する立場とその評価が如実に現れているといえよう。

そしてこのことは、これ以前の漢詩創作が、津田やお延を作者の批評的言辞で彩ることなく描き出すための視点の強化であったと同様に、この三首の七言律詩創作もまた、漱石が『明暗』の手法を貫くための作業――登場人物を批判的言辞で彩ることなく描き出すために、漱石が己の禅的立場を確認し、その視点から小林への複雑な想いを漢詩の中で吐露し、その小林への想いを漢詩の世界に封印する作業――であったことを意味するのである。そしてこのことは別言すれば、小説『明暗』を小林をはじめとする登場人物たちが彼ら自身の意志と必然で行動しうることが出来る空間として存在さすための作業でもあったことをも意味するのである。

注

（1）『明暗』期の漢詩創作は、十月二十一日に七言律詩を書いた後、さらに三首の五言絶句をつくり、その翌日にはさらに五言絶句を三首つくった後、三週間の間中絶している。この段階で、日課としての漢詩創作の「第一ステージ」が終っていると理解できる（角田旅人「漱石晩年の漢詩について」（「いわき明星文学・語学」平成四年三月）。フランス料理店の場面に入っている時の漱石の漢詩創作意識にあっては、日課としての漢詩創作の終了が意識されており、そのため、それ以前の漢詩創作とはかなり異質な要素が持ち込まれることになったと考えられる。

（2）漱石は八月十四日から漢詩を書き始めた理由を、大正五年八月二十一日付けの久米・芥川宛書簡で「毎日百回近くもあんな事を書いてゐると大いに俗了された心持になりますので、三四日前から午後の日課として漢詩を作ります」と説明している。小宮豊隆は漱石のこの言葉を「それ（俗了された心持）を洗ひ浄める為に漢詩を作る事を日課にし始めた」と解釈している。この解釈が漱石の『明暗』期における漢詩創作理由の定説となっている。確かにこの解釈は、漱石が漢詩を執筆し始めた一面としては妥当であろう。しかし本稿で示すように、これらの漢詩は『明暗』の内容や創作意識と深く結びついており、漢詩創作は、漱石にとって『明暗』の方法を貫徹させるための作業でもあったという側面が注意されるべきであろう。

（3）高木文雄「柳のある風景」（『漱石の命根』桜楓社、一九七七年九月所収論文）

（4）安谷白雲『〈禅の真髄〉従容録』春秋社、一九九八年九月

（5）第一部第三章（「『明暗』における「自然物」と「西洋洗濯屋の風景」」）参照。

第九章　構想メモとしての五言絶句

はじめに

『明暗』百五十七回を書いた十月二十一日、漱石は七言律詩「吾れ天を失いし時併せて愚を失い……」を創作した後、突然三首の五言絶句を連作し、その翌日にも、七言律詩を創作することなく五言絶句のみ三首連作し、それを最後に漢詩の創作を三週間にわたって中断することになる。この六首の五言絶句が、漱石の日課としての漢詩創作の最後に位置することを考えるならば、漱石は、この六首の五言絶句に、日課としての漢詩創作の中断を前提とした、今までの七言律詩創作とは異質な性格を付与していると考えられる。漱石は、日課としての漢詩創作を中断するにあたって、この六首の五言絶句にいかなる性格を持たせたのであろうか。

漱石は、六首の絶句において、それ以前の律詩と同様に、これから書かねばならない『明暗』の作中人物（主として小林と津田）の意識を、禅的視点に重ね合わせて詠うことによって、彼らの意識を客体化するための語り手と登場人物との距離を作り出していると考えられる。と同時にこれらの絶句には、『明暗』のフランス料理店での小林と津田の対話を描くための、いわば構想メモといえる性格を付与していると考えられるのである。

以下、本稿では、右に記した仮説を論証してみたい。ここで取り上げる六首の五言絶句では禅の意識が詠われており、そのテーマは、①「愚」②「托鉢」③「悟りの機縁」に分類できる。「愚」と「托鉢」をテーマとした詩は、小林の形象と関係し、「悟りの機縁」をテーマとした詩は津田の形象と関係している。そこでまず①「愚」②「托鉢」をテーマとした詩と小林の形象との関連を検討し、ついで③「悟りの機縁」をテーマとする詩と津田の形象との関連を検討していきたい。

一

まず、「愚」が詠われている二首（十月二十一日）から取り上げてみたい。

元是一城主　　元是れ一城主
焚城行広衢　　城を焚《や》きて　広衢を行く
行行長物尽　　行き行きて　長物尽くるも
何処捨吾愚　　何れの処にか　吾が愚を捨てん

◆語釈・典拠

第一句の「一城主」には、「物欲」「欲心」が喩えられ（和田利男[1]・飯田利行[2]）、他人の容喙を許さない「我」（＝自分を守るための処世的意識）が、寓意されている。第二句の「城を焚きて」は、「物欲を断絶したこと」（和田）（＝「俗世の地位や名声を捨てたこと」）の寓意であり、「広衢を行く」は、「自由の天地に躍り出たこと」（和田）、第三句の「長物」（＝「余分なもの」）は、現世における地位や金（への執着心）の寓意である。第四句の「愚」は現世への執着を捨て「無」に徹する禅的な生き方をいう。ここでは、社会的地位や金を捨てたとしても、その執着心を捨てることは容易でないことが詠われている。

◆大意

わたしはもと現世での利害得失に執着する意識（＝我執）を持っていた。しかし私はその現世への執着を捨て、自由な世界（禅的真実）に生きてきた。その過程でわたしは現世的幸福や執着心を捨ててしまった。禅的理想の生き方は「愚」へのこだわりをも捨て、無に徹することによって得られるのであるが、わたしはその生き方に徹することができない。どうすれば「愚」へのこだわりを捨て「無」に徹することが出来るのだろうか。

この詩の表層では、右のような意味内容が表現されていると考えられる。問題は、漱石が『明暗』百五十五回から始まるフランス料理店でのクライマックスにさしかかった段階でこのような禅的な意味を持つ詩を創作している理由であろう。私見によれば、この五言絶句は、現在執筆しているフランス料理店の場面における小林の形象（その心のありよう）と深い関係がある。以下、この詩と『明暗』とのかかわりを考えていこう。

「元是れ一城主　城を焚きて広衢を行く」について

百五十七回（この詩を創作した当日に執筆）の初めで、小林は酒の力を借りて「僕に時を与へよだ、僕に金を与へよだ。しかる後、僕が何《ど》んな人間になつて君等の前に出現するかを見よだ」という。この小林の言葉は、彼の意識のうちに、現実社会の秩序に順応しさえすれば、現在のような惨めな生活を送らずにすむはずだ、自分にはそれだけの能力があるという気持ちが存在していることを示している。このことはかつての小林が現実生活での成功への希望を人並みに持っていたことを示している。小林の持っていたこのような現実生活への執着が、この詩句では、「一城主」という言葉に寓意されていると考えられる。

一方、現在の小林は、富裕者層の金が生み出す「余裕」（＝贅沢）を否定し、弱者の味方を標榜する無政府主義者的風貌を持つ男となっている。しかし百五十八回（この詩を創作した翌日に執筆）で、「憚《はばか》りながら此所《ここ》迄来るには相当の修業が要《い》るんだからね。いかに痴鈍な僕と雖《いえど》も、現在の自分に対しては是で血の代《しろ》を払つてるんだ」と語っているように、彼は「修業」によって現在の自分の生き方を形成したのである。この小林の発言は、彼の無政府主義的意識が禅的意識と重ねられていることを示している。(3) 小林はかつて持っていた現実生活への執着心を「捨て」、物質的な執着心から離れた生き方（「痴鈍」＝愚）を理想とするようになっており、津田に対して「贅沢をいふ余地があるから」君の方が窮屈で、不自由で、束縛を感じるのだと、「余裕」と無縁な生活に生きる自分の優位性を誇るのである。小林のこのような意識の過程が、「城を焚きて広衢を行く」という句に寓意されていると考えられる。

「行き行きて長物尽くるも　何れの処にか吾が愚を捨てん」について

百五十七回の小林は、金が生み出す「余裕」（＝贅沢）を否定し、自分の生活が世俗における利害への執着心と無縁であり、それゆえに、現在の津田よりも「自由」な境地にあると主張する。しかし彼は、藤井の雑誌編集の手伝いでは、生活できず、金に執着し、富裕者から金を強請ることも平気でする無頼漢として生きている。また彼は、現実の社会では、自分が敗残者に過ぎないことを自覚し、津田から餞別を貰って、涙を流す存在でもある。また彼は自分の存在が無視されることに耐えられず、そのため自分の生き方が、俗世間からは「軽蔑に値」することを「事実」として認めながらも、しかし第三者の「軽蔑」には耐えられず、自分に向けられる「軽蔑」に対しては「軽蔑」で対抗し、その相手に対して「復讐」せずにはおれない我に執着した男でもある。彼は自分の「痴鈍」（＝愚）の価値を津田に認めさせずにはおれないのである。以上みてきたような小林の意識のありようは、彼の現実への強い執着心を示しているのである。そして、このことは小林の意識が、物事への執着を捨て去り、「天」（禅的

「自然」）に従って生きるという「愚」の生き方から離れてしまっていることを示している。

漱石は、フランス料理店の場面で、小林の屈折した意識――禅的な「愚」に似た意識を理想としながらも、現実に執着し、「愚」に徹する（＝愚を捨て、大愚に生きる）ことのできない小林の意識――に焦点を当てて描くことになる。禅的立場からするならば、小林の現実社会への執着は、否定されるものである。しかし無政府主義的観点からするならば、その小林の現実への執着は、金が支配する社会との戦いであり、小林の屈折した意識は、金が支配する現実への恭順を拒否したために生じたものである。このような小林の屈折した意識に、漱石は同情を示さずにはいられなかったと思われる。「行き行きて長物尽くるも　何れの処にか吾が愚を捨てん」では、小林が現実への執着心を捨てることができていないことを、その表層では批判し、しかし深層では同情をもって詠っていると考えられる。

＊

もう一つの詩（十月二十一日）を取りあげてみたい。

元是錦衣子　　元是れ　錦衣の子
売衣又売珠　　衣を売り　又珠《たま》を売る
長身無估客　　長身　估客無く
赤裸裸中愚　　赤裸　裸中の愚

この詩は、「元是一城主」と類似している。異なるのは、「元是一城主」では「長物」（余分なもの）に位置するものが、この詩では「衣・珠」として詠われていること、「元是一城主」では「吾」の意識に焦点が当てられているのに対し、この詩では「估客」(4)（＝買い手＝他者）との関係に焦点が当てられている点であろう。前詩とのこの違いに、この詩の眼目があると考えられる。

◆語釈・典拠

「錦衣」は、前詩の「城主」と同じく、現実への執着心（「我」＝現世での欲望）の寓意である。「衣・珠」は、一海語釈[5]に示されているように、仏性（＝真の自分）と解釈すべき語句である。「長身」は、長物のような「よけいな身体」（吉川注[6]）の意であろう。「愚」は現世への執着心を捨てた「無」に徹する生き方を意味する。「長身估客無く」には、主観的には価値があると考えている自分の生き方（愚）は、世間の誰からも理解されないことの寓意があると考えられる。「赤裸裸中」は「浄裸《じょうら》々赤灑々《らしゃくしゃしゃ》」（煩悩が全くなくなった身心脱落した状態）をいい、「赤裸裸中の愚」には「估客」（他者）の評価――現実には役に立たないという評価――にもかかわらず、その自分の生き方「愚」を貫くという気持が込められていると考えられる。

◆大意

元来は世俗の成功を願望する意識（我執）の持ち主であったが、現世での幸福や成功への意識を捨てて「愚」に徹して生きてきた。しかし同時に、（世俗とのかかわりを断ち切れず、）自分の大切な人間的要素をも捨てることになってしまった。そのため現世での成功や執着の意識を捨て得た「愚」（主観的には「天」に従った生き方のつもりが、実際には我執に彩られてしまっている「愚」）は、俗世の誰からも評価されない。自分のうちにある真の「愚」（＝仏性）に徹することは至難のことである。

次に、この詩と『明暗』とのかかわりを考えてみたい。

「元是れ錦衣の子　衣を売り又珠を売る」について

「元是れ錦衣の子」は、現世での成功へのかつての小林の願望を詠ったものといえよう。「衣・珠」が仏性（＝真の自分〉を意味することに留意するならば、「衣を売り又珠を売る」には漱石の小林に対する次のような思いが重ねられていると考えられる。――《小林は、現実での成功を目指す今の津田のような生き方を否定し、社会的弱者の立場に立ち、吉川や岡本に代表される富裕者層に反抗してきたが、しかし彼は人の弱みを利用して金を強請ることも辞さない無頼漢としてしか生きることが出来ない。このような小林のありようは、「衣を売り又珠を売る」（＝人間としてのあるべき意識を失ってしまっている）ことになっているのだ》――

「長身估客無く　赤裸裸中の愚」について

百五十八回（この詩を創作した翌日に執筆）では、地位や財産の無い小林が、いくら正論を吐いても、津田から無視される様子が描かれる。漱石はこのような小林の姿を「長身　估客無く」と詠い、「赤裸裸中の愚」では、現実での成功への意識を断ち切った小林が他人からは無視される社会的敗残者でしかないことの自覚に苦しんでいることを詠っていると考えられる。これらの詩には、漱石の次のような小林への思いが込められていると考えられる。――《小林は「愚」によって社会に反抗し「弱者」の味方として生きている。私は彼の生き方に共感する。しかし社会の秩序を拒否すれば、社会によって復讐され、誰でもが小林のような敗残者の意識を持たざるをえないであろう。小林は現実への執着心をどうすれば捨てることが出来るのであろうか(7)……》――

＊

右に「愚」をテーマとしている二つの絶句を取り上げた。「元是一城主」では、禅的生き方の理想である「愚」をも捨てることによって得られる「大愚」の世界への到達の難しさに、富裕者が支配する現実への恭順とその出世への願望を拒否しながらも、しかしその現実社会に生きるために必要な金に執着せざるを得ない小林の屈折した意識が重ねあわされていると考えられる。「元是錦衣子」では、小林のこのような屈折した意識が他者との関係で詠われているといえよう。

もちろんこの詩で詠う「愚」と『明暗』の無政府主義的風貌を持つ小林の意識との間には大きな距離がある。この詩では、漱石が成り代わっている小林の苦しみが、生活（衣）ばかりでなく、大切な人間的要素（珠）をも失っていることへの批判と共に吐露されているが、『明暗』の小林には、自己批判の意識はない。詩に詠われている小林の意識と『明暗』の中での小林の意識の間に存在する距離は大きい。この距離は、漱石の小林への複雑な批判的思いを詩の中に封印し、『明暗』では小林に対する同情や批判的言辞を加えることなく、小林の言動をありのままに描き出すという手法を貫徹させる要素として働いているのである（距離の問題については後述）。

漱石は、これらの絶句を書いた後、『明暗』におけるフランス料理店の場面の展開のなかで、小林の屈折した意識――禅的な「愚」に似た「痴鈍」の意識を理想としながらも、しかし現実に執着し、「愚」に徹する（＝愚を捨てる）ことのできない小林の意識――に焦点を当てて描くことになる。このことに留意するならば、「愚」をテーマにしたこの二首の五言絶句は、小林の「痴鈍」のありようを描き出すための構想メモとして機能していると言えるのである。

二

次に「托鉢」（＝乞食）をテーマとしている十月二十二日の最初の詩を取り上げてみたい。

元是貧家子　　元是れ　貧家の子
相憐富貴門　　相憐れむ　富貴の門
一朝空腹満　　一朝　空腹満つれば

忽死報君恩　忽《たちま》ち死して　君恩に報ゆ

この詩は同日に作られた別の絶句（「元是東家子」）と共に、禅僧の托鉢の意識をテーマとしていると考えられる。(8)

◆語釈・典拠

第一・二句の「貧家の子」が「富貴の門」（＝富貴の人）を「相憐れむ」という関係（一海注）には、禅僧が世俗に生きる富貴の人（＝「余裕」が生み出す心）を「憐れむ」という関係が重ねられている。第三句では、世俗の富貴の人から施しを受けて「空腹」を満たす禅僧の姿が描かれ、第四句では、その世俗の人の施し物への感謝の念――禅僧は世俗の人の喜捨によって生活を維持し、その仏恩によって修行三昧の生活を送り、悟りを開き、俗世の人の喜捨の恩に報いるという禅僧の托鉢の意識――が描かれていると考えられる。第四句の「死」は禅でいう「大死一番」（この場面では、仏道修行によって得る悟りの世界にすべてを捧げる＝私心を捨てて真面目（仏心）に帰るという意）であろう。「君恩」についての多くの注釈は、「主人の恩義」（吉川・一海注）、「天子の鴻恩」(9)（飯田注）などとする。しかし、この場合の「君」は小村定吉注が示すように「富貴の門（人）」を指し、「君恩」の内実は、托鉢の真髄を教えた仏、またそれを伝えた尊者たちへの感謝の念（すなわち禅僧が世俗の人から喜捨を受けて生活を維持するという仏恩）と解すべきであろう。

◆大意

禅僧である私は、現世での財や物欲とは無縁な存在であり、それゆえに心は太平である。世俗に生きる富裕の人々は、財に執着しており、そのあくせくした富裕者の心をわたしは憐れむのである。禅僧は托鉢によって世俗の人々の施しを受けて空腹を満たすのであるが、托鉢によって衣食が足りれば直ちに修行三昧の生活に戻り、托鉢の道を伝えた仏や尊者たちに感謝し、施しをしてくれた世俗の人の仏恩に（彼らを仏の道に導くことで）報いるのである。

次に、この詩とフランス料理店の場面との重なりをみていきたい。

百六十回（この詩を創作した二日後に執筆）の小林は、津田の心が「飢え」の状態にあることを指摘し、その理由を「余裕に祟られてゐる所以《ゆえん》だね」と解説した後、「貧賤が富貴に向つて復讐をやつてる因果応報の理《り》だね」と言う。この「貧賤」と「富貴」という言葉は、この詩の「貧家の子」と「富貴の門」との関係に重なっている。また、百六十六回の小林は、津田が与えた金を「余裕が空間に吹き散らして呉れる浄財だ。拾つたものが功徳を受ければ受ける程余裕は喜こぶ丈なんだ」と語るが、津田が小林に与えた金を「浄財」と表現し、その金で青年画家原や小林が「功徳を受ける」という表現には、この詩が詠っている禅僧の、世俗の人から生活の資を受ける托鉢の意識が、津田から金を与えられる小林の意識に重ねられていることを示している。

ところでこの詩では、貧家の子（禅僧）が富貴の人（世俗の人）を「憐れむ」関係にあるが、『明暗』のフランス料理店の場面における小林と津田の関係は、表面的には「軽蔑」しあう関係にあり、両者には大きな違いがある。しかし小林の「軽蔑」の根底には、小林の「痴鈍」の立場からの津田への憐れみがあり、この点でも両者は重なっていると考えられる。

この詩の第三・四句（「一朝空腹満つれば　忽ち死して君恩に報ゆ」）で詠われている禅僧の報恩の意識と、『明暗』における小林の意識との関係を考えてみたい。

すでに記したように、この詩の第三・四句では、禅僧の托鉢に施しをしてくれた世俗の人に対して、その仏恩に報いようとする（感謝する）禅僧の意識が詠われている。一方、百六十一回の小林は、津田から金を受け取ると、「急劇な変化」を示し、「僕は余裕の前に頭を下げるよ。……礼を云ふよ。感謝するよ」と「突然ぽた〳〵と涙を落し始め」る。その姿には詩のなかで禅僧が世俗の富裕者から施し物を受ける姿が重ね合わされているといえよう。

また詩の「死して君恩に報ゆ」も、小林の今までの津田への説教が「君が是から夫らしくするかしないかが問題なんだ」という忠告にあったことと重なる。右に見てきたように、この五言絶句の、禅僧の托鉢の意識には、これから漱石がフランス料理店の場面で描こうとする小林の意識が重ねられているのである。

＊

次に同日に創作している、もう一つの托鉢をテーマとした詩を見ていこう。

元是東家子　　元是れ　東家の子
西隣乞食帰　　西隣　乞食して帰る
帰来何所見　　帰来　何の見る所ぞ
旧宅雨霏霏　　旧宅　雨霏霏《ひひ》たり

この詩は托鉢後の、帰宅して再び禅定に入る禅僧の心境を詠ったものであろう。(10)

◆語釈・典拠

「東家」・「西隣」は、『碧巌録』など禅書に見える「東家に人死すれば、西家の人哀を助く」（相手の気持ちを理解し助けてやるの意）〈『碧巌録全提唱』、山田無文解説(11)〉という諺を踏まえたものであろう。詩の前半では、「東家の子」に禅僧を、「西隣」（「西家の人」）に世俗の人を重ね、現世に生きる経済的手立てを持たない禅僧が、世俗の人から施しを受けて生活を維持するという関係を表現している。第四句の「旧宅」とは、「旧路」「旧時」が含意する「本来の面目」につながる、「人の本来の居るべき場所」の意と考えられる。（「寒山詩」にみえる「寒山に一宅あり　宅中に欄隔無し　六門左右に通じ　堂中天碧を見る……」の「一宅」、あるいは「わが家は本より住するは天台にあり……」の「わが家」、また良寛詩の「家は白雲の陲《ほとり》に在り」の「家」、などの意味する、人間の本来の居場所（俗世間から隔絶した境地）を含意していると考えられる。）「雨霏霏たり」も禅林で用いられる意味を踏まえていると考えられる。すなわち『槐安国語』巻一にみえる、「霏霏たる梅雨　危層に洒《そそ》ぎ、五月の山房　氷よりも冷《ひや》やかなり」の「霏霏たる梅雨」が意味する、絶対境の世界を踏まえた表現であろう。以上のことから、第四句は托鉢が終った後の禅僧の帰るべき境地（禅定の世界）を詠ったものと考えられる。

◆大意

禅僧は世俗の人々に食を乞うて（托鉢して）生活を維持している。しかし托鉢から帰れば、そこは世俗から切り離された禅僧の居るべき修行の場所であり、禅僧はそこで禅定の世界に生きるのである。

次に、この詩と『明暗』のフランス料理店の場面との係わりを考えてみたい。

この詩では、世俗の中で托鉢して飢えを凌いだ後、再び修行三昧の生活に戻る禅僧の意識——托鉢は生命を維持する施し物を受けるためであり、施し物それ自体には全く執着しない意識——が詠われている。一方、小林は経済的困窮から、朝鮮へ落ちようとしており、津田から着古した外套をもらい、その旅費を捻出するために入院中の津田から金を強請《ゆす》り、今その金を受け取ろうとしているところであった。しかし小林は、その金に執着せず、自分よりも貧窮している青年画家に必要な金をその中から受け取らせようとする。このような小林の態度には、（クロポトキンの『相互扶助論』の投影も感じられるが）この詩で詠う禅僧の托鉢に対する態度——禅僧は、托鉢し飢えをしのぐが、しかしその施し物に執着しない態度——が投影していると考えられる。漱石はこのような小林の姿を描き出すことを念頭において、この詩で、禅僧の托鉢の意識を詠っているのである。このことに留意するならば、この詩においてもまた、これから漱石が描くことになる百六十五・百六十六回の、小林のイメージが重ねあわされていることが理解できるのである。

以上のことを考えるならば、「托鉢」をテーマとした二首の五言絶句も、百六十五・百六十六回における小林の造型のための構想メモといえる性格を持っているといえるのである。

右に、「托鉢」がテーマとなっている二つの詩を見てきたが、これらの詩で問題となるのは、この詩の表層で詠われている禅僧の托鉢の意識と、その意識に重ねられている、津田から金を貰う小林の意識との距離の大きさであろう。この距離の大きさは何を意味するのであろうか。以下、この点を考えてみたい。

フランス料理店で、小林は津田から金を受け取ることになるが、しかし津田から金を引き出す小林のやり方は、強請《ゆすり》である。百十八回から百二十二回の小林は、病室での津田との対話のなかで、吉川と岡本の関係や、彼らの財産の額を問題とし、岡本から金を強請ることを口にし、さらには、吉川夫人がすぐこの場に来るという情報を津田に提供した後、わざとその場に居続け、小林を早く追い払う必要を感じている津田から金をやるという言質を取る。こうして、百五十一回から始まるこのフランス料理店の場面で、小林は、金を受け取ることになる。またフランス料理店の場面でも、小林は金を貰う立場にあるにもかかわらず、自分に向けられる津田の軽蔑に対しては、津田への「軽蔑」や「復讐」という言葉で応ずる。小林の津田への「軽蔑」や「復讐」の内実は、彼の「痴鈍」の立場からする、津田への「憐れみ」を内実とするが、しかし小林の津田への憐れみは、津田が自分に「軽蔑」の意識を向ける以上、彼の屈折した我執に彩られた「軽蔑」「復讐」という言葉を通してしか現われない。

漱石は、このような屈折した意識に生きる小林の我執に彩られた無頼漢としての態度を、あるべき人間の態度からは、大きくはずれていることとして批判せずにはいられなかったと考えられる。このことを考えると、漱石が漢詩に詠んだ禅僧の意識は、『明暗』の語り手の立場を支える枠組であり、漢詩創作は、作者漱石が批判を加えずにはおれない小林の醜悪な自我意識を、批判的言辞を加えることなく、客体化して描き出すことを可能にするための作業という意味を持っていたと考えられるのである。禅僧とは、現実に生起する事柄、そこに生きる人間のありようをすべて仏心（＝無）から生じたものであると認識し、現実（世俗）に生きるためには人間が持つことになる利害心（＝我執）を、「憐れみ」（＝「微笑」）を持って見つめ、その彼らの意識を本来のあるべき状態へと導く存在である。漱石は、このような禅僧の境地を創作意識の枠組とすることで、小林に対して、批判的言辞を加えることなく、その醜悪な意識世界を客体化して描き出すことが出来ているのである。

以上のことを考えるならば、漱石は、禅僧の姿を、小林の背後に置くことによって、――あるべき禅的な人間の理想的姿から、小林の意識とその言動を透視することによって、――自分の理想である禅僧の態度と小林の態度との違いを確認し、『明暗』の語り手と小林との距離を作り出していると考えられる。そしてこの「距離」によって、漱石は、小林に批判的言辞を加えることなく、その醜悪な要素をも客体化して描き出すことが出来ているのである。このことを考えるならば、これらの絶句は、これまで連作してきた七言律詩と同様、『明暗』の小林を描き出すための漱石の視点の強化という役割をも担っているといえるのである。

三

次に、「悟りの機縁」を詠った二首のうち十月二十一日の詩を取り上げてみたい。

元是喪家狗　　元是れ　喪家の狗《いぬ》
徘徊在草原　　徘徊して　草原に在り
童児誤打殺　　童児　誤って打殺す

◆語釈・典拠

「喪家の狗」とは、「心の帰着するところがないことにたとえた」（中村宏[12]）もので、本来の自分（＝仏性）を失っている心の寓意であろう。「徘徊」は、『碧巌録』「洞山無寒暑」で「忍俊たる韓獹、空しく階に上る」（月影（絶対相）を摑もうとする「韓獹」〈＝韓家の犬〉がうろつくありさま）と関係があろう。『明暗』百六十五回では、未知の少年の手紙を読んだ津田の内面が、「（同情心は起こすが）彼は其所《そこ》で留まつた。さうして低徊した」と描写されている。「徘徊」と「低徊」は同義である。詩の「徘徊」と百六十五回の「低徊」との重なりは、この詩のイメージと未知の少年の手紙を読んだ津田の内面とが繫がっていることを示している。「草原」は禅語「草裏」の言い換えであろう。『碧巌録』第四則「徳山到潙山」の頌に「孤峰頂上　草裏に坐す」とみえ、「草裏」とは「偏位の真っ只中」（＝俗世）を意味する。また禅語「草裏の漢」は「悟りを開くことができない人」をいう。禅語「打殺」の「殺」は「捨」と同義で、「内も外も心も身も、一切すべて捨施することと……主体も客体も忘じ去った働きを示すもの」（『臨済録』〈『禅の語録』十の秋月龍珉注〉、『伝心法要』〈『禅の語録』八の入矢義高注〉）である。また禅語「一棒打殺」は、「師家が学人の悪見妄想を直ちに取り除くこと」を意味する。「童児」には、様々なイメージ（たとえば、良寛詩の子供のイメージなど）が重ねられていると考えられるが、「徘徊」と「低徊」とのつながりで考えるならば、百六十四回で、津田が読まされる、小林に宛てた手紙の書き手、（未知の少年）が重ねあわされていると考えられる。「誤って」とは、少年の手紙は小林に当てたもので、津田に訴えようとしたものではないが、それを津田が読んで心を動かされたことを意味していると考えられる。「吾が門」とは、現時点での漱石が到達した禅的思惟における「悟りの境地」を指すと考えられる。

◆大意

彼は自分の心の帰る場所を失った存在である。彼は心の帰る場所を求めながら、世俗の中で生きている。ある時少年の無垢な心（との接触）が、彼の我執を打ち砕き、自分の本当の心を目覚めさせる機縁となった。（しかし彼の我執は強く、本当の心に帰ることは容易ではない。）何時になったら彼はわたしの立場である「悟り」の境地に入ることが出来るのであろうか。

この詩と『明暗』との関係をみていきたい。

「元是れ喪家の狗　徘徊して草原に在り」について

『明暗』では、津田は様々な場面で「犬」に喩えられている。百八十四回では、津田は旅館の下女の年齢・原籍・故郷等を自分の鼻で当ててみせてやると冗談をいい、下女はあなたは奥様（清子）の部屋を嗅ぎ当てる方だと言い返す。また百八十七回では津田は清子に「成程貴方は天眼通でなくつて天鼻通ね。実際に能《よ》く利くのね」と言われて「退避《たぢろ》」ぐ。これらの場面で津田が犬に喩えられていることには、『碧巌録』第四十三則「洞山無寒暑」において、「無寒暑」（絶対相）を求めながら、それを悟ることのできない僧が「韓獹」（＝韓家の犬）に喩えられていることを踏まえていると考えられる。[13] このことから、この詩で詠う「喪家の狗」には、津田の本来の自分を見失っている心が重ねられていると考えられる。語釈で示したように、「徘徊して草原にあり」では、心の帰るべき場所を求めながらも、悟りを開くことが出来ずに世俗に生きる人を詠っている。このことに留意するならば、この句には、津田が本当の自分を求めて、俗世のなかでうろつくさま（世俗での利害を第一に考えながらも、清子が自分から離れた理由を知らずにはおれない心の飢え）の寓意があると考えられる。

「童児誤って打殺す　何れの日にか吾が門に入らん」について

語釈で示したように、この「童児」は、百六十五回（この詩を創作した八日後に執筆）の津田が読んだ手紙の書き手である未知の少年と重なっていると考えられる。したがって、この句の前半は、津田が読んだ未知の少年の手紙によって、同情心（彼のうちにある真のこころ＝人間性）が呼び起こされること（百六十五回）を寓意していると考えられる。しかしながら、この時の津田について、作者は津田のうちに「あゝ是も人間だといふ心持」が引き起こされはするが、「それより先へは一歩も進まなかつた」と描いている。これは、未知の少年の手紙を読んで、彼のうちでは我執とは異なる真の心（＝「本来の面目」に繋がる彼本来の人間的意識＝第二の心）が浮かび上がっているが、しかし彼の日常を支配する第一の心（我執）がその第二の心（真の心）を抑え付けてしまっていることを作者が認識しているからである。そのため「彼は其所《そこ》で留まつた。さうして低徊した。けれどもそれより先へは一歩も進まなかつた」と語り手は描写することになる。「吾が門」とは『明暗』のこの場面を書いている時点での漱石（＝『明暗』の語り手の禅的立場）の視点であろう。従ってこの句では、津田の心に不遇の少年に対する同情心は引き起こされるものの、しかし津田の心がまだ己の我執を克服できる段階とは程遠いことを詠っているといえよう。

以上のことからこの詩は漱石が『明暗』百六十四・百六十五回で書くことになるフランス料理店で小林から未知の少年の手紙を読まされ、津田の心に「同情心」が引き起こされるが、しかしこの段階にあっても津田の心は依然として我執によって支配されており、彼が己の我執を捨てることは容易ではないことを、詩の中で先取りして詠っていると考えられる。漱石はこの詩を詠った八日後に、津田が未知の少年の手紙を読んで同情心を覚える場面を描き出している。このことを考えるならば、この詩は明らかに漱石のフランス料理店の構想メモという性格を持っているのである。

＊

もう一つの詩（十月二十二日）を取りあげてみたい。

元是太平子　　元是れ　太平の子

寧居忘乱離　寧居《ねいきょ》　乱離《らんり》を忘る
忽然兵燹起　忽然として　兵燹《へいせん》　起こり
一死始医飢　一死　始めて飢えを医《いや》す

◆語釈・典拠

諸注はこの詩を現実の戦争との関係で解釈している。しかし、この詩は、禅的な視点による心の葛藤をテーマとしていると考えられる。「太平」「寧居」とは、心に葛藤がなく、平穏な生活を送っていること、「乱離」「兵燹」とは、心に生じる激しい葛藤の寓意であろう。「一死」とは、「大死一番」と同義で、我執（＝世俗に生きるための計算高い意識）を捨て、人間本来の意識（＝仏心・本来の面目・自然）に帰る（無の状態に徹する）ことを意味する。

◆大意

彼は心に苦しみのない人間であった。その生活は平穏であり、精神的葛藤とは無縁であった。（しかし世俗に生きる人には誰にでも心に飢えがあり、切っ掛けがあれば）、急に心に激しい葛藤が生ずることになる。人は我執を捨て無に帰することによって、はじめて心の飢えを癒すことができるのだ。

この詩と『明暗』との関係をみていきたい。

「元是れ太平の子　寧居乱離を忘る」について

「太平」という言葉は、この詩を書く前日に執筆した百五十七回で、小林が津田に語る言葉――（津田の社会的位置が彼の贅沢や自由や幸福を作り出しているが、しかし）「何方《どっち》が太平で何方が動揺してゐるか」（分からない）と語る言葉――と関係があろう。津田の心の「太平」は、贅沢による「余裕」によって生み出されたものであり、その「余裕」は津田の「利害の論理《ロジツク》に抜目のない機敏さ」（＝我執）によって保証されている（百三十四回）。彼の「利害の論理《ロジツク》に抜目のない機敏さ」はきわめて強く、彼の心のうちに起こる葛藤は、いつもその機敏さ（＝計算ずくで行動する世俗の意識＝彼の第一の意識）が、彼のうちにある「本来の面目」に繫がる彼の本当の意識（＝第二の意識）を直ちに制御してしまうために、良心の呵責として立ち現われることはない。たとえば、百七十三回の語り手は、津田の心のうちを、「彼は其両面（第一の意識と第二の意識）の対照に気が付いてゐなかつた。だから自己の矛盾を苦にする必要はなかつた」と描き出している。「元是れ太平の子」とは、『明暗』に登場する津田が己の心の葛藤を良心の呵責として意識することのない状態を表現していると考えられる。

彼は吉川夫人の教育によって、己の意識にある第二の意識（「本来の面目」に繫がる、彼本来の人間的意識）を心の奥深くに押し込め、世俗に生きる知恵（計算高い意識＝我執＝第一の意識）を、自分の生き方の信条とするようになる。しかし彼の意識にあっては、第一の意識が、第二の意識を押さえつけているに過ぎない。このような現在の津田の意識の状態を「寧居　乱離を忘る」と詠っていると考えられる。

「忽然として兵燹起こり　一死始めて飢えを医やす」について

『明暗』との関係で考えるならば、「兵燹」とは、百六十五回（この詩を創作した八日後に執筆）で小林が指摘する「良心の闘ひ」が、津田のうちに生ずることを指すと考えられる。津田は己の意識の奥底に彼本来の意識を押し込め、世俗に生きる計算高い第一の意識を彼の生き方の信条としている。しかし、彼の意識の奥底では、第二の意識が不断に第一の意識に反逆しており、それは津田にあっては、清子が突然自分を見捨て関と結婚した理由を知らずにはおれないことと結びついている。このような津田の心のうちにある要素（第二の意識の第一の意識に対する反逆）は心の「飢え」であり、それは何かのきっかけがあれば、現在の津田を支配している意識（第一の世俗意識）を激変させる要素として存在している。百六十回の小林は津田に対して、「今既に腹の中で戦ひつゝあるんだ。それがもう少しすると実際の行為になつて外へ出る丈なんだ。」と語る。また百六十五回の小林は、不幸な少年の手紙を読んで同情心を起こした津田に対して、「同情心が起るといふのは詰り金が遣りたいといふ意味なんだから。それでゐて実際は金が遣りたくないんだから、其所《そこ》に良心の闘ひから来る不安が起るんだ。僕の目的はそれでもう充分達せられてゐるんだ」と語る。第三句は、このような津田の意識内部における葛藤の顕在化——津田のうちにある第二の心が第一の心に反逆し、津田の心に激しい葛藤を引き起こすことになるという、これから書くことになるであろう津田の将来——を詠っていると考えられる。

「一死始めて飢えを医やす」とは、このような津田の心の飢えは、彼が我執（＝世俗に生きるための計算高い意識）を捨て、彼本来の心に帰ったときにはじめて消滅するのだという漱石の思いが込められているといえよう。『明暗』の展開で云えば、この句には、百六十七回で、小林の意見を無視する津田に対しての小林の言葉——「事実其物に戒飭される方が、遥かに覿面で切実で可いだらう」——に託すことになる、漱石の津田への思いが投影されていると考えられる。

以上のことから、この詩は次のような津田に対する漱石の思いが詠われているといえよう。——世俗に生きる津田にあっては、彼の本来の心（第二の心）が、世俗に生きるための計算を旨とする意識（＝我執＝第一の心）によって制御されているために、「太平」な意識の状態にあったが、しかしその代償として彼の心には「飢え」が付きまとっている。この「飢え」は何かの機会があれば、津田の心の「太平」をぶち壊し、葛藤（＝「兵燹」）を引き起こさずにはおかない。彼の心の「飢え」は、彼本来の第二の意識（＝真の心＝仏性＝人間的意識）が、第一の意識（＝我執＝現実世界に生きるための計算高い世俗的意識）を克服することによってはじめておさまるのだ。——

この詩は、少年の手紙に接しても余り心を動かさず、また小林の真心からの忠告をも無視する津田の頑強な「我執」に対する漱石の批判という側面を持つ。この側面について言えば、この詩は漱石の津田への批判を詩のなかに封印し、『明暗』においては津田の「我執」をありのままに客体化して描き出すという手法を貫徹させる機能を持っているといえよう。一方、この詩のテーマは、フランス料理店の場面ばかりでなく、これから漱石が『明暗』の結末に向けて書くことになる津田の我執（第一の意識）の行方の見取り図ともかかわる。この詩は漱石がこれから書くであろう津田の我執の行方についての構想メモという性格を強く持っているのである。

＊

右に「悟りの契機」が詠われている詩における津田の意識との重なりを見てきた。前詩は津田が小林によって不遇の少年の手紙を読まされることによって、彼の内面にある我執とは異なるもう一つの意識が目覚めることに重なり、後詩は、津田の将来の姿が暗示的に詠われているといえよう。『明暗』は百八十八回で中絶しているために、作者漱石が津田にどのような結末を与えることになったかは定かではないが、この二首の絶句は、温泉場での津田と清子との対話の意味を明らかにし、また漱石が書いたであろう『明暗』の結末を暗示する構想メモとして存在しているのである。

おわりに

本稿では漱石が日課としての漢詩創作を中断するにあたって、その最後に位置する六首の五言絶句に、『明暗』（フランス料理店の場面）における構想メモとしての性格を付与していることを見てきた。『明暗』期における漢詩創作の意味は、作者が津田を中心とする登場人物の意識を描くにあたって、その醜悪さを、作者の批判的言辞によって彩ることなく、ありのままに客体化して描き出すという手法に徹するための作業という意味を持っている。本稿で取り上げた六首の絶句の内容もまた同様の機能を持つ。同時にこれらの六首の絶句では、その寓託を通して、漱石がこれから書こうとするフランス料理店での小林と津田との会話の核心が詠われているのである。このような六首の五言絶句は、フランス料理店の場面で作者が描こうとする内容の先取りであり、構想メモとしての性格を持っている。この六首の五言絶句が持つ構想メモという性格は、漱石の『明暗』の創作意図を如実に示すものといえるのである。

注

（1）和田利男『漱石漢詩研究』（人文書院、昭和十九年　奥付は昭和十二年八月）

（2）飯田利行『漱石詩集譯』（国書刊行会、昭和五十一年六月）

（3）小林の意識の特徴は、近代的思惟と禅的思惟とが重なっている点にある。このことは禅的視点によって、小林の無政府主義的意識の内実（その肯定面と否定面）が浮き彫りにされていることを意味する。

（4）この詩の「估客」には次の良寛詩の「人の買うなし」の影響が考えられる。しかし詩全体の内容は大きく異なる。

十字街頭一布袋　十字街頭　一布袋
放去拈来凡幾年　放去拈来　およそ幾年ぞ
無限風流無人買　無限の風流　人の買うなし
帰去来兮兜史天　帰りなんいざ　兜史天

（5）一海知義『漱石全集』第十八巻（漢詩文）（岩波書店、一九九五年十月）

（6）吉川幸次郎『漱石詩注』（岩波新書、一九六七年五月）

（7）漱石が描き出す、フランス料理店での小林の意識のありようの問題は、作者自身の理想の分裂――彼の目指す禅的な境位（大愚）からすれば、小林の制限であるが、しかし、社会や金との小林の格闘と、彼の社会的不合理への批判（＝禅の立場からすれば、現世に対する執着）には、共感せざるを得ないという、漱石の意識のうちにある理想の分裂――として存在しているものなのである。

（8）この詩は托鉢を詠った良寛詩「富貴はわが事にあらず……腹を満たさば志願足《た》る。……一鉢到るところに携え　布嚢また相宜《よろ》し」という禅僧のイメージと繋がるものであろう。このことからも、この詩が「托鉢」をテーマとしていることは確実である。
（9）小村定吉『新訳漱石詩選』（沖積舎、昭和五十七年）。「君恩」とは托鉢を伝えた「仏恩」のこと推測されるが、その用例を管見の範囲では見つけえないので、今は小村氏の注に従う。後考を待つ。
（10）次に引く良寛詩との類似も考えられる。
城中乞食了　城中　食を乞いおわり
得々携嚢帰　得々として嚢《ふくろ》を携えて帰る
帰来知何処　帰り来る　知らず　いずれのところぞ
家在白雲陲　家は白雲の陲《ほとり》に在り
（11）山田無文『碧巌録全提唱』（禅文化研究所、一九八八年十二月）の第一則（本則の下語）・第六十六則（本則の評唱・頌の下語）などの解説。
（12）中村宏『漱石漢詩の世界』（第一書房、昭和五十八年九月）
（13）第三部第二章（「清子の形象」）参照。

第三部　『明暗』の非日常世界創作と漢詩

第一章　津田の「夢」
――清子との邂逅――

はじめに

『明暗』後半部（温泉場の場面）の導入部分の特徴は、津田の意識が、「夢」と結びついているところにある。津田は温泉場のある駅に降り立ったとき、目に映る町の様子を「寂寞たる夢」と感じ、ここに来た理由を「夢を追懸《おっかけ》やうとしてゐる途中なのだ」と意識する。津田のこの「夢」の感覚は、彼が温泉街への入り口で巨岩や古松と出逢い、奔湍《ほんたん》の音に心を洗われる一連の場面や、温泉街の電燈の光を運命の象徴として感じる場面をも貫いている。宿屋に着いた津田は、廊下で迷い、清子と遭遇することになるが、その遭遇場面もまた、夢の中の出来事として描かれている。この時津田は皎々と辺りを照らしだす電灯の光のもとで、洗面台で渦となって流れる水を見て「常軌を逸した心理作用の支配」を受ける。津田は洗面台の横にかけられた鏡に映る自分の幽霊のような姿と対面し、ついでその向かい合わせに付けられた「階子段《はしご》」を見上げ、階上の人の気配に驚く。こうして津田はその階子段の上に姿を現した清子と遭遇することになる。翌日津田は、その時の自分を「殆んど夢中歩行者のやうな気がした」と回想している。清子と遭遇する一連の場面は、すべて「夢」と関連して描き出されているのである。『明暗』後半部の導入部分を彩っているこのような「夢」とはいかなる意味を持つものであろうか。

「夢」は極めて多義的であり、右の場面の夢の意味も様々なレベルで読み取ることができる。しかし留意すべきは、『明暗』後半部執筆直前まで漱石が、『明暗』創作と平行して禅的な詩を作り続けていたことである。このことは、これら一連の「夢」の場面が、漱石が漢詩で詠っている禅的な「夢」と関係していることを示していると考えられる。

本稿では、右に挙げた一連の夢の場面の意味を、津田が清子と遭遇する意味を中心に、漱石詩やその背景にある禅的イメージとの関係で、考えてみたい。

一

先ず「夢」が禅的雰囲気に彩られていることからみていきたい。百七十一回の津田は、清子のいる温泉場の停車場に降り立った時、次のような感慨を覚える。

(1)靄《もや》とも夜の色とも片付かないもの、中にぼんやり描き出された町の様は丸で寂寞たる夢であつた。自分の四辺にちら〳〵する弱い電燈の光と、その光の届かない先に横はる大きな闇の姿を見較べた時の津田には慥かに夢といふ感じが起つた。

(2)――新とも旧とも片の付けられない此一塊《ひとかたまり》の配合を、猶の事夢らしく装《よそほ》つてゐる肌寒と夜寒と暗闇《くらやみ》――すべて朦朧たる事実から受ける此感じは、自分が此所《こゝ》迄運んで来た宿命の象徴ぢやないだらうか。

(1)について――漱石はこの場面を書いた十六日後の、大正五年十一月二十日に創作した彼の最後の漢詩（「真蹤寂寞として杳かに尋ね難く」）において、「寂寞」を禅的な真実世界の形容として用いている。『明暗』のこの場面で津田が懐く「寂寞」という印象と、この詩の「寂寞」とは繋がっていると考えられる。すなわちこの場面で津田の感じる「寂寞」の背景には、禅でいう真実世界の根源としての「虚」や「空」が存在し、津田の「寂寞」という感慨は、現実（俗世界）の対極にある真実世界の根源を意味する禅語「寂寞」のイメージと繋がっていると考えられる。

またこの場面の「夢」は、禅語「夢幻空華」とも関係があろう。この禅語は、現実は実体のない「夢幻」に過ぎない（無価値なもの）という意と、実体のない「夢幻空華」こそ「諸仏の本源」であり、心のなかの「仏性」なのだ（価値あるもの）という意との両義がある。この場面の「夢」は後者の意味で用いられていると考えられる[1]。漱石がその漢詩において、座禅三昧にある観念世界を、「夢」として詠っている例は多い（後述）。これらのことから、この場面での「寂寞たる夢」には、「禅的真実世界の顕現の場」という意味が重ねられているといえよう。

また、「弱い電燈の光」と「大きな闇」とが交差している風景――について、津田はその風景を前にして、現実とは異なる次元の世界――明と暗の世界――に降り立ったという印象を持つ。この「弱い電燈の光」と「大きな闇」の対比には、禅語「明暗」（仏教的宇宙観[2]）が重ねられていると考えられる。

以上のことを考えるならば、この場面での町の様子から受けた「寂寞たる夢」という印象や、「弱い電燈の光」と「大きな闇」の交差した世界から受けた津田の「夢」という印象には、たとえば、「浄極まり光通達して、寂照にして虚空を含む、却《かえ》り来たって世間を観ずれば猶お夢中の事に似たり」（＝清浄な光明は全世界普く照らし、空寂として虚空を含んで至らざる所無く、そこから世間を見れば夢幻の如し[3]）といった禅的世界の雰囲気が重ねられているといえよう。

(2)について――この場面における新旧の融合への思いは禅の意識と結びついている。（この場面の「新旧」は、大正五年十月十八日の漱石詩「旧識誰か言う別路遥かなりと　新知却《かえ》って客中に在りて邀《むか》う」と関係があると思われる。）このような視点からするならば、津田が自分の印象を「宿命の象徴」と感じていることには、その背後に次のような作者の描写意図が存在していると考えられる。——津田は清子に会うためにここへやってきた。津田自身は自覚できていないが、その津田の行動を支配しているのは、彼の感ずる「暗い不可思議な力」（二回）すなわち禅的な「自然」なのである——。

右のような角度からこれらの場面を理解するならば、この場面の禅的雰囲気に彩られた津田の感慨には、作者の——津田は無自覚ではあるが、真実世界の顕現である「夢」の世界にこれから入っていくのだ——という思いが塗り込められていることに気づくのである。

次に「夢」の持つ禅的雰囲気の意義について考えてみたい。

右に見た津田の印象を禅的雰囲気で彩っている漱石の創作上の目的は、文字通りの禅的真実世界（悟りの世界）を描き出すことにあるのではなく、津田の意識世界の内奥を描き出すためであったと考えられる。すなわちこれらの場面で描き出されたその禅的雰囲気は、津田の内面世界を描くための「芸術的環境」[4]であると考えられる。そのことは、津田のこの感慨が、清子に会うことの意味を考えさせていくことからも明らかである。

作者は、禅的な雰囲気に彩られたこのような雰囲気の中で、津田に次のように清子との関係を考えさせていく。

おれは今この夢見たやうなもの、続きを辿らうとしてゐる。東京を立つ前から、もつと几帳面に云へば、吉川夫人に此温泉行を勧められない前から、いやもつと深く突き込んで云へば、お延と結婚する前から、——それでもまだ云ひ足りない、実は突然清子に脊中を向けられた其刹那から、自分はもう既にこの夢のやうなものに祟られてゐるのだ。さうして今丁度その夢を追懸やうとしてゐる途中なのだ。（百七十一回）

この場面の描写によれば、「夢」の内実は津田の清子への思いである。津田は吉川夫人の教育によって我執の人となり、清子に見捨てられた。吉川夫人は清子と会って「未練」をはらせと津田に温泉行を約束させた。津田の清子への「夢」は吉川夫人によれば、カラリと覚めるべきものであった（と津田は考える）。吉川夫人やその意見に従った時点での津田の意識にあっては、「夢」は無価値なものであり、迷いの世界を意味していた。しかし今の津田は、そうではないと感じる。このことは、今の津田にあっては、清子は津田にとって彼の根源的意識[5]と結びついており、「夢」はその根源的意識（内なる人間）が顕現する場であることを示しているのである。

さらに津田は次のように考えていく。

今迄も夢、今も夢、是から先も夢、その夢を抱いてまた東京へ帰つて行く。それが事件の結末にならないとも限らない。いや多分はさうなりさうだ。ぢや何のために雨の東京を立つてこんな所迄出掛て来たのだ。畢《ひっ》竟《きょう》馬鹿だから？　愈《いよいよ》馬鹿と事が極まりさへすれば、此所《こゝ》からでも引き返せるんだが（傍線部は筆者、以下同じ）

右の文の特徴は、津田の意識が二つの声に分化していく有様を描いているところにある。傍線部では未分化であった津田の意識から、第一の声が分離して顔を出し、「いや多分はさうなりさうだ」と、そのまま東京に帰ろうと主張する。すると第二の声が、「ぢや何のために雨の東京を立つてこんな所迄出掛けて来たのだ」と第一の声を批判し、「夢」を実現させるべきだと主張する。「畢竟馬鹿だから？」ということばには、「馬鹿」という言葉をめぐって第一と第二の声が対話していることを示している。この場面で第二の声は、〈夢を実現させるためには思慮分別を捨て、内なる自分に従う「馬鹿」にならなくてはならない〉と主張していた。それに対して、第一の声は、お前が「分別」の持ち主なら、そんな「馬鹿」な行為はすべきでないと主張しているのである。その第一の声が、

「愈《いよいよ》馬鹿と事が極まりさへすれば、此所《こゝ》からでも引き返せるんだが」と遠慮がちにつぶやいているのは、第一の声が第二の声の反論を予想して、自分の主張が通らないことを知っているからである。

作者は、津田の意識をその内奥における二つの意識の対話として描き出しているのである。

右に見てきたような禅的意識に彩られた「夢」と、その禅的「芸術的環境」の中で描かれた津田の意識のありようとの関係を考えるならば、漱石が、温泉宿のある駅に降り立った津田に、あたりの町の風景を「寂寞たる夢」と感じさせている理由――禅的雰囲気によって津田の意識を彩っている理由――は、この場面から、作品世界が津田の内面世界に入り、津田の内奥における意識の動き（二つの意識の対話）を描き出すために必要な条件――「芸術的環境」（＝芸術的枠組み）――の創出のためであったといえよう。

二

津田は宿の馬車に乗り、温泉街に入っていく。その道中は津田が「夢」の世界（津田の内面世界）に入っていくというイメージと重ねられている。

百七十二回で津田を乗せた馬車は目的の温泉街の近くで「大きな岩のやうなもの」に遮られ、御者はそこから馬の口をとって進むことになるが、その時の津田の目には、高い「古松」らしい木が映り、耳には、「奔湍《ほんたん》」の音が突然聞こえだす。そしてその「松の色と水の音」は「全く忘れてゐた山と渓《たに》の存在を憶《おも》い出させ」、それは清子の面影を津田に強く意識させるのである。(6)

この場面の岩・松・奔湍の音には、禅の世界でいう「自然」が重ねられている。たとえば『十牛図』第九「返本還源」では「水は自から茫々　花は自から紅なり」と詠われており（図には流水と岩とその上に咲く花とが描かれている）、このような禅的な「自然」(7)の世界がこの場面に投影されていると思われる。

津田は「古松らしい」木と、突然聞えてきた奔湍の音に接して、「あゝ世の中には、斯《こ》んなものが存在してゐたのだつけ、何《ど》うして今迄それを忘れてゐたのだらう」と「述懐」し、その意識は清子へと繋がっていく。このことは津田が、岩と「古松」らしい木と、「奔湍」の音に代表される「自然」（『十牛図』でいう「返本還源」の世界）――すなわち夢――の中に入り込むことによって、自分の内面世界にある根源的意識（＝禅的「自然」・本来の面目・「内なる人間」）に返っていく（目覚めていく）ことを象徴している。

この場面で津田は次のように考えていく。――自分を清子の許へ追いやる者は誰だろうか。吉川夫人？　それともやっぱり自分自身？　――作者は「此点で精確な解決を付ける事を好まなかつた津田は、問題を其所《そこ》で投げながら、依然としてそれより先を考へずにはゐられなかつた」と描き、彼を清子の許へ鞭打つ主体についての言及を避けている。しかしもちろんここで作者は、その主体が禅的な「自然」（津田が感じる「暗い不可思議な力」＝津田の第二の声(8)）であることを言外に示しているのである。

続いて津田は「彼女に会ふのは何の為《ため》だらう。……彼女、は何んな影響を彼の上に起すのだらう」と考える。作者はその時の津田の意識を次のように描き出す。「冷たい山間《やまあひ》の空気と、其山を神秘的に黒くぼかす夜の色と、其夜の色の中に自分の存在を呑み尽された津田とが一度に重なり合つた時、彼は思はず恐れた。ぞつとした。」と。

彼はなぜ「ぞつとした」のであろうか。それは、清子と会うことは津田の第一の声（彼の意識を支配している世俗意識）が、禅的な「自然」（＝彼の第二の意識）によって、追い払われるであろうことを津田（の第一の声）が感じているからである。

このような状態の中で、津田の乗った馬車は「早瀬の上に架け渡した橋の上」を通った。すると「幾点の電燈」が津田の瞳に映った。彼は「其光の一つが、今清子の姿を照らしてゐるかも知れないとさへ考へ」、「運命の宿火だ。

それを目標《めあて》に辿りつくより外に途はない」という気分に支配される。

津田の瞳に映るこの「幾点の電燈」の光には、人を真実世界（悟りの境地）へと導く法灯のイメージ――『碧巌録』(9) 第十六則本則の評唱「灯影裏に行くが如くに相似たり」（灯火を頼りに暗闇を歩くような気持ちであった）という禅語のイメージ――が重ねられていると考えられる。すなわち電灯の光を「運命の宿火だ。それを目標《めあて》に辿りつくより外に途はない」と感じる津田の意識には、禅定の世界に入っていく禅僧の想念のイメージが重ねられているといえよう。このようにしてこれらの場面では、禅的雰囲気の世界（芸術的環境）において、その「不可思議な力」（禅的な自然）に導かれて、津田は自分の内面世界の深部に降り立ち、そこで、清子と出会うことになるのである。

三

次に津田が清子と出会う場面（百七十五・百七十六回）を見ていこう。

津田が清子と遭遇する場面の最初で、この出来事が夢の中のことであり、それが「非日常」での出来事であることが強調されている。先ずこの描写から見ていこう。

（津田は宿の風呂場から出た後、廊下で迷う。）最初の彼は殆んど気が付かずに歩いた。是が先刻《さつき》下女に案内されて通つた路《みち》なのだらうかと疑ふ心さへ、淡い夢のやうに、彼の記憶を暈《ぼか》すだけであつた。

この場面の「淡い夢のやうに、彼の記憶を暈《ぼか》すだけであつた。」という描写は、もちろん百七十一回の津田が温泉場の停車場で降りたときに感ずる思いと繋がっており、この「夢」は禅定の世界をイメージさせていく。漱石がその漢詩において座禅三昧にある観念世界を、「夢」と表現している例は多く、この場面の「夢」も次に引くような漱石詩の「夢」と繋がっていると考えられる。たとえば、大正五年九月六日「虚明道の如く夜霜の如し……幽燈一点高人の夢｜茅屋三間処士の郷……」、大正五年九月九日「白蓮暁に破る詩僧の夢｜」、大正五年十月十一日「空中に耳語す啾啾の鬼｜夢に蓮華を散じ、我を拝して回《かえ》る」など。これらの詩における「夢」は、座禅三昧における観念世界を意味している。百七十五回のこの場面の夢も、漱石の漢詩が詠う「夢」と同じ意味で用いられており、この場面での夢の強調は、清子と津田の出逢いが、現実ではないもう一つの心の世界での出逢いなのだという意味が込められているといえよう。

「淡い夢のやうに、彼の記憶をぼかすだけであつた」という書き出しには、津田の清子との出逢いが「禅夢」に類する場（非日常における場）での出逢いなのだという意味が込められているのである。

次に、その「禅夢」すなわち非日常の場を具体的に考えてみたい。

彼は廊下で迷う。その時「電燈で照らされた廊下は明るかつた」。その「電燈で照らされた廊下」の尽きた場所から「筋違に二三段上ると」洗面所があった。その洗面所では、「きら〳〵する白い金盥《かなだらい》が四つ程並んでゐる中へ、ニッケルの栓の口から流れる山水だか清水だかゞ絶えずざあ〳〵落ち」ていた。（百七十五回）

留意すべきは、この時の津田の意識が次のように記されていることである。

> 人が何処にゐるのかと疑ひたくなる位であつた。其静かさのうちに電燈は隈なく照り渡つた。けれども、是はただ光る丈で、音もしなければ、動きもしなかつた。たゞ彼の眼の前にある水丈が動いた。

この文章は津田が非日常の世界に入ったことを象徴的に示している。まず、そのことから考えてみよう。

傍線部のうちにある指示語「是」は何を指すであろうか。前の続きからすれば、表面的には、「電燈」である。しかし「電燈」が「ただ光る丈で、音もしなければ、動きもしなかつた」という表現は常識的な文章とはいえない。なぜなら、電燈が〈光るだけ〉で〈音もしない〉〈動きもしない〉のは当然過ぎるからである。また次に続く、「彼の前にある水丈が動いた」との関係もわかりにくい。ここでの「是」の内容が、「ここに出現した非日常の世界」という意味であると理解するとき、はじめてこの文章の前後の続きが理解できる。

まず電燈の光について考えてみたい。津田が廊下で迷ったとき、「電燈で照らされた廊下は明るかつた。」と描写され、津田はその「電燈で照らされた廊下」をうろつく。そして洗面所の流水の渦が「妙に彼を刺戟した」時、再び「隈なく照り渡」る電灯の光が描写される。この時点で、電燈の光は禅書類が描く次のような仏法の光（虚明）に変貌していったと考えられる。

『碧巌録』第九十則「智門般若体」本則の評唱「心月孤円にして、光万象を含む。光、境を照らすに非ず、境も亦た存するに非ず」（盤山宝積禅師の詩）。頌の評唱「一片虚凝《きょぎょう》にして謂情《いじょう》を絶す……只だ這の一片、虚明にして凝寂《ぎょうじゃく》なり。……謂情とは即ち是れ言《ごん》謂情塵《いじょうじん》を絶するなり。」（ここでいう、「一片虚凝にして謂情を絶す」とは、山田無文解説によれば〈我もなければ天地もない。ただ皎々たる月の明るさ（＝仏法＝般若の光）だけが存在する〉という状態をいう。）

『信心銘』[10]「虚明自ら照して　心力を労せず　非思量の処　識情測り難し」（「形のない光明がちゃんとものを映し出して、こちらの意識を働かせるまでもないのである。思慮分別を超えたその世界は、知識や情意で測ることが出来ない。」（梶谷宗忍訳））

禅書類が記すこの仏法の光（虚明）は、漱石詩では、次のように詠われている。

① 大正五年九月六日の詩の首聯、頷聯――「虚明道の如く夜霜の如し　迢遞《ちょうてい》として証し来たる天地の蔵　月は空階に向かって多く意を作《な》し　風は蘭渚従《よ》り遠く香を吹く」

② 大正五年九月九日の詩の頸聯――「道は虚明に到りて長語絶え　烟は曖𣉻に帰して妙香伝う」

漱石は彼の座右の書であった禅書類に頻出する「（仏）光」（＝虚明）を『明暗』のこの場の電燈の光に重ね合わせていると考えられる。すなわちここでの明るさの異様なまでの強調[11]は、この場面の津田が、仏法の光（虚明）に包まれて、現実とは異なる世界に入ったことの象徴表現なのである。

次に、洗面所の水について考えてみたい。その渦となって流れる水の音は最初は「ざあ〳〵」と聞えていたが、途中からその音が消えていく。このことはこの時津田が、光や水と一体になった境地に入ったことを示している。その境地は、次のような禅の境地が踏まえられていると考えられる。

① 『碧巌録』第六則「雲門日日好日」頌「徐《おもむろ》に行いて踏断す流水の声」（山田無文解説――「谷川のほとりを静かに歩いて行くと、始めのうちはザワザワと水の流れが聞こえておるが、しばらく行くうちに、水の音が聞こえなくなってくる。（中略）天地と我と一枚になっていけば、山もなければ水もない、我もない、そういう境地が自ずから開けて来る。」）

② 『槐安国語』巻四「白雲堆裡、白雲を見ず、流水声中、流水を聞かず」[12]（道前宗閑解説――「無心の境界。」）

『明暗』のこの場面で、水音が消えることには、右に見たような禅的境地が踏まえられている。すなわち『明暗』のこの場面に現われた「非日常の世界」とは、〈天地と我とが一体になった世界〉（＝座禅三昧のうちにのみ現われる観念世界＝無心の境地）であったと考えられる。

電燈の光と洗面所の水は、最初は日常世界の「光」であり、「水」であった。ところが、「白い瀬戸張《ばり》のなかで、大きくなつたり小さくなつたりする不定な渦が、妙に彼を刺戟した」時点で、彼は「光」と「音」と自分の意識とが一体になった世界――「非日常」の「夢」の世界（末木氏のいう「神仏出現の場」、すなわち津田の内にある根源的意識の出現の場）――に入ったのである。

四

作者漱石は、右に設定した「夢」の場において、津田の意識の奥底へと降り立ち、津田の意識の根源における二つの意識の関係を描き出すことになる。その描写のために、漱石はまず「鏡」という道具を用いている。[13] 以下、この場面の「鏡」の場面を検討してみたい。

先ず、鏡の意味について考えてみたい。

先に見た洗面所の横にかけられた大きな鏡が「非日常」の場の出現に続いて、次のように描き出される。

彼はすぐ水から視線を外した。すると同じ視線が突然人の姿に行き当つたので、彼ははつとして、眼を据ゑた。然しそれは洗面所の横に懸けられた大きな鏡に映る自分の影像《イメジ》に過ぎなかつた。……彼は相手の自分である事に気が付いた後でも、猶鏡から眼を放す事が出来なかつた。（百七十五回）

右の場面は大正五年十月十五日に作った詩「吾面難親向鏡親」の次の首聯を利用していると考えられる。[14]

吾面難親向鏡親　吾心不見独嗟貧……（吾が面親しみ難きを鏡に向って親しむ　吾が心見えず独り貧を嗟《なげ》く……）

当該詩の「鏡」は、次に引く『碧巌録』第九則や第九十七則等にみえる「鏡」（すなわち「仏心」や師家の境地）を踏まえている。

『碧巌録』第九則「趙州四門」の垂示「明鏡、台に当たって妍醜自ずから辨ず。……漢去り胡来たり、胡来たり漢去る。」〔「鏡は無心であるが、鏡に向かう人間の方が、いい顔か悪い顔かと自分でわかるのである。……漢人が来れば漢人が映り、胡人が来れば胡人が映る。……毎日、いろいろなものが来たり去ったりするが、鏡は後に何も残さない。鏡は本来無一物である。」（山田無文解説）〕

『碧巌録』第九十七則「金剛経罪業消滅」頌の評唱「明珠、掌に在り……他此の珠を得て、自然に用いることを会す。胡来たれば胡現じ、漢来たれば漢現ず、万象森羅、縦横顕現す。」〔〈本来無一物という心、すなわち〉その仏心の珠が手に入るならば、自由に使っていくことができなければならん。（中略）森羅万象ありのままに映していく。それが仏心のはたらきでなければならん。しかも男が前に座れば、鏡の中も男。女が前に座れば、鏡の中も女。我と他人の区別のない、そういうはたらきが珠のはたらきでなければならず、仏心のはたらきでなければならん。（山田無文解説）〕

漢詩で詠われている「貧」について、陳明順『漱石漢詩と禅の思想』（勉誠社、平成九年八月）は、「心が貧しい」とは「心空」の謂いであり、「なんの貪欲もない」の意、すなわち「漱石自身の心に分別妄想がなくなって、無念無想の境になった禅旨をみせる意」とする。しかし当該詩で「吾」の顔が「親しみ難く」「心が貧しい」と詠っていることの内実は、漱石の作者意識が紡ぎ出している津田の自己意識の「貧しさ」なのである。このような理解の方向からするならば、首聯は次のような意識世界を詠っていると理解できよう。——私は津田の心を映す「鏡」として存在しているのであるが、鏡に映った津田の心は醜く、今は津田のなかにあるはずの本当の心を見つけることが出来ず、その心の貧を歎くのである――。

禅的な意味を持つ「鏡」や、十月十五日の漢詩の首聯が『明暗』のこの場面に取り入れられているのである。このような観点からするならば、この場面の鏡とは、津田の意識をあるがままに映し出すと同時に、その意味を津田に示す存在であることに気づくのである。

次に鏡に映った津田の意識についてみていきたい。

湯上りの彼の血色は寧ろ蒼かつた。彼には其意味が解せなかつた。久しく苅込《かりこみ》を怠つた髪は乱れた儘で頭に生ひ被さつてゐた（中略）何故だかそれが彼の眼には暴風雨に荒らされた後の庭先らしく思へた。（百七十五回）

作中での津田は鏡に映った自分の姿の異様さにこのように気づく。しかし津田はその意味を解することが出来ない。語り手は津田の意識に映る自分（＝津田）の顔の印象の意味を読者に示すこともない。この点には津田の意識を映し出す禅的鏡に成りきった漱石の作者意識を見ることが出来る。

右の場面に続いて、津田の意識が次のように描かれていく。

何時もと違つた不満足な印象が鏡の中に現はれた時に彼は少し驚ろいた。是が自分だと認定する前に、是は自分の幽霊だといふ気が先づ彼の心を襲つた。凄くなつた彼には、抵抗力があつた。彼は眼を大きくして、猶の事自分の姿を見詰めた。すぐ二足ばかり前へ出て鏡の前にある櫛を取上げた。それからわざと落付いて綺麗に自分の髪を分けた。

津田は鏡に映る自分の姿を「自分の幽霊」と感じ、鏡に映る自分の姿に抵抗する。その「抵抗力」が津田に、眼を大きくして自分の姿を見つめさせ、櫛を取り上げ、わざと落ち着いてきれいに自分の髪を分けさせたのである。この「抵抗力」とは、「何時もと違つた不満足な印象」（鏡に映った自分自身の醜悪さ）を認めることを拒否しようとする彼の世俗的意識に他ならない。

それではこの場面で何が津田に「不満足な印象」を懐かせ、鏡に映る自分の顔を「自分の幽霊」と断定させたのであろうか。それはこの夢の場（非日常）を支配している雰囲気の根源にある禅的自然（＝「仏心」）に他ならない。別言すれば、禅的自然に同化した彼の根源的意識（彼のうちにある人間的意識＝第二の意識＝「内なる人間」）が、已の我執に彩られた世俗意識（第一の声）を「醜悪」なものとして認識しているのである。そしてこのことは彼の内面において、彼の世俗意識（我執）と、彼の本来の意識（内なる人間）とが相戦っていることを意味し、その戦いは津田にあっては、まだ葛藤として自覚されていない段階――意識と「無意識」の境界線上――でおこなわれていることをも示しているのである。

津田の心を映し出す「鏡」に徹している漱石の作者意識は、鏡に映る津田の内面――彼の世俗意識と彼の根源的意識との関係――をこのように描き出しているのである。

五

右の場面に続いて、自分の部屋を探すもとの我に立ち返った津田が、「洗面所と向ひ合せに付けられた階子段《はしご》を見上げ」る場面が描き出される。この階子段を見上げる場面で、津田は清子と出会う事になるが、この「階子段」もまた、「鏡」と同様、禅的なイメージを創り出すための重要な道具立てであった。漱石は「階子段」が持つ禅的雰囲気（イメージ）のなかで、津田を清子と遭遇させ、津田の内面における二つの意識の動きを浮き彫りにしているのである。

まず、「階子段」の禅的イメージから見ていきたい。

この階子段の描写は、既に引いた九月六日の漱石詩の頷聯「月は空階に向かって多く意を作《な》し」の「空階」（人のいない階段）のイメージと関係している。この「空階」のイメージは、次に引く『碧巌録』第四十三則「洞山無寒暑」頌の評唱の「韓獹《かんろ》」（韓家の犬）が、月影をつかもうとして階段をうろつく、次の引用部分のイメージと重なるものであろう。

洞山答えて道《い》わく、何ぞ無寒暑の処に向かって去らざると。其の僧一えに、韓獹の塊を逐うて連忙して階に上って、其の月影を捉うるに似て相似たり（山田無文解説――「洞山は僧に向かって『何ぞ無寒暑の処に向かって去らざる』と答えて、そこに影を出して見せたのであるが、僧はそれに向かってついて回っておる。これはまるで負けん気の強い韓家の犬が、せわしく階段を上っていって、月影を追い回しているようなものではないか。」）

『碧巌録』第四十三則「洞山無寒暑」のこの場面では、無寒暑の場所（＝絶対相）を悟ることのできない僧が犬（「韓獹」）に喩えられているが、この「韓獹」のイメージが清子の精神的境地を知ろうとして知ることができない津田の精神的ありようの描写に重ねられていると考えられる。

このような禅的イメージのある「階子段」を間において、作者は津田に清子と遭遇させるのである。

次に階上に現われた清子と出会う直前の津田の意識の動きを見ていこう。

（津田は階子段の上の一室から障子が開きその後閉め切られる音を聞いた。）ひつそりした中に、突然此音を聞いた津田は、始めて階上にも客のゐる事を悟つた。といふより、彼は漸く人間の存在に気が付いた。今迄丸で方角違ひの刺戟に気を奪《と》られてゐた彼は驚ろいた。勿論其驚きは、微弱なものであつた。けれども性質からいふと、既に死んだと思つたものが急に蘇つた時に感ずる驚ろきと同じであつた。彼はすぐ逃げ出さうとした。それは部屋へ帰れずに迷兒《まご》ついてゐる今の自分に付着する間抜《まぬけ》さ加減を他《ひと》に見せるのが厭だつたからでもあるが、実を云ふと、此驚ろきによつて、多少なりとも度を失なつた已れの醜くさを人前に曝すのが恥づかしかつたからでもある。〈百七十六回〉

右の場面で注意すべきは、彼は人の気配に驚くが、その「性質」は「既に死んだと思つたものが急に蘇つた時に感ずる驚ろきと同じであつた」と描き出しているその「驚ろき」の内実であろう。この「驚ろき」は、彼が「すぐ逃げださうとした」理由（「此驚ろきによつて、多少なりとも度を失なつた已れの醜くさを人前に曝すのが恥づかしかつたからでもある。」）と繫がっている。以下、この繫がりからこの場面の「驚ろき」の意味を考えてみたい。

先ず「驚ろき」の性質から考えてみたい。この場面における津田の「驚ろき」と同じ表現を持つ箇所が百五十四回にある。次の百五十四回の「驚ろき」はこの場面の津田の「驚ろき」と同質であると考えられる。

（津田は温泉場に立つ前に、小林に金を渡さねばならなかった。津田は、小林に会って断ってきてあげましょうかというお延の申し出を逸らし、お延の「夫のために出す勇気」を「妄想」と評してからかう。）彼の性格にはお延ほどの詩がなかつた……お延の詩、彼の所謂妄想は、段々活躍し始めた。今迄死んでゐると許り思つて、弄《いぢく》り廻してゐた鳥の翅《つばさ》が急に動き出すやうに見えた時、彼は変な気持がして、すぐ会話を切り上げてしまつた。

右の場面については第二部第七章九で論じたので、ここでは、その結論のみを記す。百五十四回を執筆した日の午後に創作した漢詩と百五十四回のこの部分を重ね合わせるならば、この部分には次のような意味が込められていることが分かる。――津田は、お延の心を自分の心と同様な「仮死」の状態だと考え、お延の「夫のために出す勇気」をからかう（弄ぶ）。しかしお延はその心の奥に、世俗意識とは異質な真実の心を持っていた。お延のうちに眠っていた（我執とは無縁な）その「内なる人間」（＝本来の面目）が意識の前面に立ち現れようとしていた。それを薄気味悪く感じた津田は、これ以上お延の人間的な内面世界（真実世界）が立ち現れないように「会話を切り上げ」たのである。――

右の百五十四回の〈今まで死んでいると思っていたものが急に蘇ったときに感ずる驚き〉とは、人間の内にある根源的意識――生死のレベルから「生」の意味（自分の生き方や意識のあり方）を捉え直す意識――が世俗的意識と接触し、その世俗意識を突き破ろうとする時に生ずる感覚であろう。それは日常的意識を支配している「我執」とは異質な己の内部に存在している人間としての本来の意識（ドストエフスキーのいう「内なる人間」＝禅でいう「本来の面目」に繫がる意識）の立場に触れ、その見地に目覚めることを意味しているのである。

「今迄死んでゐると許り思つて、弄《いぢく》り廻してゐた鳥の翅《つばさ》（＝お延の「夫のための勇気」）が急に動き出すやうに見えた時」の彼の「変な気持ち」と、百七十六回の「既に死んだと思つたものが急に蘇つた時に感ずる驚ろき」とは重なると考えられる。すなわち、百七十六回の微弱な「驚ろき」とは、津田の内奥において、彼の根源的意識が世俗意識と接触して摩擦を引き起こしている状態を示していると考えられる。

次に右に見た「驚ろき」の意味と彼が「すぐ逃げ出さうとした」理由――「此驚ろきによつて、多少なりとも度を失なつた己れの醜くさを人前に曝すのが恥づかしかつた」――との関係を考えてみたい。語り手の視線を通して浮き彫りにされているこの時の津田の意識を支配しているものは、彼の世俗意識――計算ずくで冷静に行動することをモットーとする意識――である。この意識からするならば、この「驚ろき」によって「度を失なつた」ことは「己の醜くさ」であり、「人前に曝すのが恥づかしい」ことなのである。すなわち、彼がその「驚ろき」によって「すぐ逃げださうとした」ことは、自分の心を支配している世俗意識（表面）が彼のうちにある根源的意識を押さえ込もうとしていることを示しているのである。津田の「驚ろき」とは、彼の世俗意識と彼の心に存在している根源的意識との闘争の、津田の意識への現れなのである。

その後、津田は平生の「我」に戻る。しかし「自然の成行《なりゆき》はもう少し複雑であつた。」と作者は津田の意識の動きを描き出している。

この場面で漱石が描き出す「もう少し複雑であつた」「自然の成行《なりゆき》」の内実を見ていきたい。語り手は「我」に返った後の津田の意識を次のように描き出している。

「ことによると下女かもしれない。」斯《こ》う思い直した彼の度胸は忽ち回復した。（百七十六回）

語り手は津田のこの「回復した」意識を「既に驚ろきの上を越える事の出来た彼の心」と説明し、それが彼の平常心（世俗意識）であると描き出している。しかしこの段階でも彼は清子のことを失念していた。そしてその「本人」が目の前に現われたとき、彼は「今しがた受けたより何十倍か強烈な驚ろきに囚はれ」彼の足は立ちすくむ。彼は平常心（世俗意識）を取り戻していた。換言すれば津田の世俗意識は己の内なる根源的意識を押さえ込むことが出来た。しかし彼の夢中での平常心（世俗意識）は思いがけずに清子の姿を認めることで、「今しがた受けたより何十倍か強烈な驚ろき」によって打ち砕かれてしまったのである。

このことは如何なることを意味するか。既に指摘したように、彼が人間の存在に気づいたときに生じた「微弱な」「驚ろき」と清子の姿を見て生じた「何十倍か強烈な驚ろき」とは、その程度に違いがあるものの同質である。このことは、清子の姿を認めて生じた津田の「何十倍か強烈な驚ろき」とは、彼の意識の内にある根源的意識（＝「内なる人間」の意識）が、彼の平常心（世俗意識）を突き破って立ち現われた時の感覚であり、その感覚が津田の意識に大きな影響を与えていることの表現なのである。漱石がこの場面で「自然の成行はもう少し複雑であった」と記して描き出している事柄は、根源的意識に対する世俗意識の、一時的勝利と決定的敗北という、津田の内奥における二つの意識の争いの経緯にあったのである。

漱石はこれらの場面で津田の意識の動きに焦点を当てているのであるが、ここで清子が津田を見て「蒼白」になった意味を考えておきたい。

> 彼女が何気なく上から眼を落したのと、其所に津田を認めたのとは、同時に似て実は同時でないやうに見えた。（中略）無心が有心に変る迄にはある時が掛つた。驚ろきの時、不可思議の時、疑ひの時、それ等を経過した後で、彼女は始めて棒立になつた。（中略）清子の身体が硬くなると共に、顔の筋肉も硬くなつた。さうして両方の頬と額の色が見る〳〵うちに蒼白く変つて行つた。其変化があり〳〵と分つて来た中頃で、自分を忘れてゐた津田は気が付いた。「何うかしなければ不可《いけな》い。何処《どこ》迄蒼くなるか分らない」（百七十六回）

右の場面で作者は、津田を認めた清子の内面を、「無心が有心に変る迄にはある時が掛つた。驚ろきの時、不可思議の時、疑ひの時、それらを経過した後で、彼女は始めて棒立ちになつた」と描き出している。このことには、漱石が清子の意識の変化を描き出そうとしていることを示している。しかし漱石が清子に焦点を当てているのは、その禅的境地であり、清子の「蒼白」の意味もその観点からとらえねばならない。この時蒼白になった清子は、次の日には蒼白になったことにまったくこだわらない。この清子の意識のありようには、清子が『碧巌録』第四十三則「洞山無寒暑」の境地を生きていることが示されていると考えられる。次の日の清子との対話で津田は、その時の津田の行為が故意（待ち伏せ）であると認識していることを知って驚き、なぜそのように考えるのかと詰問する。それに対して、清子は「貴方はさういふ事をなさる方なのよ」「私の見た貴方はさういふ方なんだから仕方がないわ」と答える。[15] このことからも知られるように、津田と出会った清子が「蒼白」となったのは、鏡に映る津田の〈そういふ事をする〉心（＝津田の世俗的意識＝第一の声）の「醜悪さ」に接したが故なのである。（清子の位置からすれば、鏡は階子段の下方に位置する）。清子は禅的鏡と同様、津田の内面に光を当ててその内面の二つの意識（表層〈世俗〉の意識と根源的意識〈内なる人間〉）の関係を浮き彫りにする存在として設定されている。この観点からするならば、〈蒼白になった清子〉とは、鏡に映る自分の醜悪な心を（批判的に）認める津田の根源的意識の外化に他ならない。『明暗』における清子とは、バフチンが指摘するドストエフスキー『悪霊』のスタヴローギンと対話する高僧チーホンのような役割――スタヴローギンの「内なる人間」を浮き彫りにする役割――を担っているといえよう（『ドストエフスキーの詩学』第五章、ちくま学芸文庫）。この観点からするならば、清子の「蒼白」は、津田の第一の声（世俗的心）の「醜悪さ」を浮き彫りにし、その「醜悪さ」を津田に認識させていく役割を担っているといえるのである。

六

最後に、津田が清子と遭遇した翌日の回想を通して、津田の「夢」の意味を確認しておきたい。百七十七回の語り手は当時を振り返った津田の意識を次のように描き出している。

　彼は此宵の自分を顧りみて、殆んど夢中歩行者《ソムナンビユリスト》のやうな気がした。……ことに階子段の下で、静中に渦を廻転させる水を見たり、突然姿見に映る気味の悪い自分の顔に出会ったりした時は、事後一時間と経たない近距離から判断して見ても、慥かに常軌を逸した心理作用の支配を受けてゐた。常識に見捨てられた例《ためし》の少ない彼としては珍らしい此気分は、今床の中に安臥する彼から見れば、恥づべき状態に違なかつた。然し外聞が悪いといふ事を外にして、何故あんな心持になつたものだらうかと、たゞ其原因を考へる丈でも、説明は出来なかつた。／それはそれとして、何故あの時清子の存在を忘れていたのだらうといふ疑問に推《お》し移ると、津田は我ながら不思議の感に打たれざるを得なかつた。

津田が「常識」（世俗意識）を取り戻し、その「常識」（世俗意識）に支配された立場からの回想である。ここでいう「常軌を逸した心理作用」とは、彼が禅的な光に包まれ天地と一体となった無我の境地に立った時の心の動きであり、この境地において、津田は「常識に見捨てられ」（すなわち世俗意識が消え）、おのれの内なる根源的意識に立ち戻った瞬間を経験したのである。しかし常識を取り戻した今の立場からすれば、それは「恥づべき状態」[16]として認識されるべき事柄なのである。漱石は津田を「夢中歩行者」のような意識（非日常の意識世界）においた。

この場面の津田は「夢中歩行者」の状態であったがゆえに、その夢の中で、己の根源的意識に出逢い、己の意識を支配している世俗意識の醜悪さと向き合い、さらに己の根源的意識の外化である清子と出会うことによって、己の世俗意識の「醜悪さ」を清子の「蒼白」の意味を通して知ることになるのである。このような漱石の描写意図からしても、この「夢中歩行者」のような状態――津田の「常識に見捨てられた例の少ない彼としては珍らしい此気分」――こそは作者が津田の意識の動きを描き出すために創り出した「芸術的環境」であるといえるのである。

　津田の「何故あの時清子の存在を忘れてゐたのだらうといふ疑問」についていえば、彼は、禅的な無心の境地、たとえば、『碧巌録』第三十四則「仰山不曾遊山」頌の評唱に引く、法眼文益和尚の悟りの境地――「理極まって情謂を忘ず、如何が喩斉《ゆさい》有らん」（「真理の真っただ中に飛び込むならば、言葉もなければ分別もなくなる。知解分別一切忘れてしまう。その心境は喩えようもないものである。」（山田無文解説））――に似た無心の境地にいたからであった。作者は、このような「無心」の場（意識と無意識の境）という禅的雰囲気に津田を置くことによって、すなわち津田内部に存在する二つの意識（根源的意識と世俗的意識）が対等の関係において出会える「芸術的環境」に津田の意識をおくことによって、津田の意識の内奥における二つの意識の位置を客観化して描き出すことが出来たのである。

おわりに

『明暗』後半の温泉場の導入部分では、津田の「夢」（彼の意識内での出来事）が持つその禅的雰囲気が強調されていた。そして清子との出逢いも、禅的な「夢」のうちでの出来事であった。津田の「夢」の内実である禅的イメージとは、津田の内面における表層の意識（世俗的意識）と深層の意識（根源的意識＝内なる人間）との関係を描き出すための「芸術的環境」として書き込まれているものであった。漱石は、「夢」という津田の根源的意識が顕現できる場を創り出し、そのなかで（津田の根源的意識の外化である）清子と遭遇させ、おのれ自身と対話させることによって、津田の内奥における世俗意識と根源的意識との関係を描き出しているのである。

注

（1）末木文美士「仏教と夢」（『文学』第六巻第五号、岩波書店、二〇〇五年九・十月号）によれば、「夢は、仏教の中で両義的である。それは神仏出現の聖なる場であるとともに、そこから脱すべき迷妄の世界でもある。」という。

（2）「明は差別の現象で、偏位を示し、暗は平等の理体で、正位を示す」（『禅学大辞典』大修館書店、昭和五十三年六月）。「明暗双双底」は、「差別の現象世界と平等の絶対世界が互いに相即し、融合していること」（同上）。『明暗』のこの場での明と暗の対比は、このような仏教的宇宙観の根源的感覚の表現である。

（3）『槐安国語』巻五、頌古評唱第二則、「もと『楞厳経』巻六にみえる文殊の偈」（道前注）

（4）バフチン著『ドストエフスキーの詩学』ちくま学芸文庫、一九九五年三月　第二章一三二頁の次の記述が参考になる。「主人公像の構築において自意識が主調音となるためには、彼の言葉が自己を開き自ら説明することを促すような芸術的環境を作ることが必要である。（中略）そこではあらゆるものが主人公の肺腑をえぐり、彼を挑発し、問いつめ、さらには彼と議論したり愚弄したりするのでなくてはならない。」

（5）人間の意識にあっては、現実世界の中での様々な物質的条件に生きるための世俗意識と、その物質的条件に縛られずにあるべき人間的「生」を生きようとする人間としての根源的意識が存在する。この人間のうちにある根源的意識は、ドストエフスキーのいう「人間の内なる人間」（注（4）バフチン前掲書一七五頁）、北村透谷の「秘宮」（明治二十五年九月の評論「各人心宮内の秘宮」）、禅的思惟でいう、人間の内にある「仏心」といった観念で表現される。

（6）この場面の「岩」「古松」「奔湍の音」、続いて描かれる「早瀬の上に架け渡した橋」は、現実世界〈俗世〉と「夢の世界」〈禅的な「真実世界」〉への入り口に位置しているものとしての象徴であろう。この場面での「岩」には、漱石詩が詠う「石門」（俗世界と真実世界との境界にある結界門）のイメージが投影されていると思われる。作者が描くこの場面での津田の感慨は、津田が現実

世界から「夢」の世界に入っていく繋ぎ（芸術的環境）の役割をしている。（補章1参照）

（7）上田閑照・柳田聖山著『十牛図　自己の現象学』（筑摩書房、一九八二年三月）の柳田聖山解説では、「霊機」の訳に「ふしぎな自然の働き」を当てる。その説明に「法そのものの動きとみてもよい」とする。この「自然」は『明暗』百四十七回では、「大きな自然は彼女（お延）の小さい自然から出た行為を遠慮なく蹂躙した」と書き込まれている。

（8）清水孝純（「『明暗』キーワード考――〈突然〉をめぐって」）（九州大学教養部『文学論輯』一九八四年八月）は、津田を追いやるものを「彼の存在の晦冥の根本に横たわる」ものであり、「自分の中の、ふれるべからざる人間的な実質として眠らせていたもの」、「津田の心の奥底に潜む裸形の人間としての連帯の感情」とする。これを本稿の観点からいえば、津田の内なる「自然」（＝津田の第二の声）ということになろう。

（9）本稿で利用した『碧巌録』本文と解説は、山田無文著『碧巌録全提唱』（禅文化研究所、昭和六十三年七月）による。

（10）『禅の語録』十六（筑摩書房、昭和四十九年七月、梶谷宗忍　訳注解説）

（11）平岡敏夫（『漱石研究』有精堂、一九八七年九月）は「照明効果満点の静寂のなかに清子を出現させたことの意味が問われなければならない」と強調している。本稿では、その問題提起の大切さの意味を禅の問題として理解する。

（12）道前宗閑訓注『槐安国語』（禅文化研究所、平成十五年十一月）

（13）芳川泰久（『漱石論――鏡あるいは夢の書法』河出書房新社、一九九四年五月）はフロイドやラカンの精神分析の方法を援用して、この場面を「鏡像段階」の主体という観点で分析している。私見の分析の観点とは異なるが、重要な視点である。

（14）拙稿「漱石詩「吾面難親向鏡親」（大正五年十月十五日）――漱石の悟道意識と『明暗』執筆意識――」（「会報　漱石文学研究」第二号、漱石詩を読む会、二〇〇五年十一月）参照。

（15）このような清子の意識のあり方は、禅的世界から遠い読者にとっては、不自然なこととして感じられよう。しかしこの場面で漱石は、清子の意識を「洞山無寒暑」の境地に生きる意識として描き出していることが留意されねばならない。

（16）加藤二郎（「『明暗』論――津田と清子――」『文学』五十六巻四号、岩波書店、一九八八年四月）は、「宿の廊下をさ迷った津田は、そうした自分の姿を「夢中歩行者」（百七十七）、「夢遊病者」（百八十二）として告げるが、その在り方が外ならぬ津田の現実の日常性なのであり」と評している。しかし私見によれば、その理解は『明暗』設定に即していえば、逆ではないかと思われる。

第二章　清子の形象

はじめに

『明暗』における清子は、小説全体を貫く糸として第二回から登場人物たちの意識のなかに登場する。しかし清子の姿が実際に描き出されるのは百七十六回からであり、しかも漱石の死によって『明暗』は百八十八回で中絶し、そのためその形象は十分には描き込まれることなく残されることになった。津田と清子の対話の結末も不明のままであり、そのため清子の形象についてはさまざまな解釈がなされている。『明暗』のなかで清子はどのような人物として形象化され、どのような役割を担っている（あるいは担う予定であった）のであろうか。

『明暗』における清子の形象を考えるにあたって留意すべきは、主人公津田が清子のいる温泉郷に到着する場面から、小説世界は禅的雰囲気に彩られ、津田はその禅的雰囲気のなかで清子と会い対話すること、清子の精神のありようや、『明暗』における清子の役割も、禅的要素と関係していると考えられることである。

ところで、漱石は、『明暗』が未完で終わる直前、禅的思惟に彩られた三首の七言律詩を創作している。『明暗』では、百八十回で清子のいる旅館の描写が終わり、百八十一回から清子に会うために行動を起こす津田の描写が始まるが、その区切りとなる百八十回を書いた日、漱石は「自笑……」の詩を創作している。そしてその六日後、清子と津田の対話のクライマックスである百八十六・百八十七回を書いた十一月十九日・二十日、「大愚……」・「真蹤……」の二首を連作している。『明暗』の展開とこの三首の詩の禅的世界とには明らかな繫がりが存在し、その繫がりによって浮き彫りにされる清子像や津田との対話場面の特徴こそが、漱石が描き出そうとした清子像や二人の対話場面の意味であると考えられる。

そこで本稿では、『明暗』における清子の形象と、清子と津田の対話場面の意味を、『明暗』に描きこまれた禅的要素と、漱石が創作した三つの漢詩との繫がりを通して考えてみたい。

結論を先に示しておこう。『明暗』後半に描き込まれている禅的雰囲気は、『十牛図』・『無門関』・『碧巌録』といった禅書のイメージの導入によって創り出されており、清子には、それら禅書が示す悟りの境地が形象化されている。一方、漱石が右の場面を執筆した時期に創作した七言律詩でも、上記の禅書のイメージが詠われており、この漢詩創作は、清子を禅的世界の体現者として形象化するための作業の一環であったと考えられる。『明暗』にあっては、禅書のイメージの導入によって作り出された禅的雰囲気のなかで、禅的悟境の体現者として形象化された清子と、我執の人である津田が対話することによって、津田のうちにある彼本来の意識が引き出されてくる。『明暗』後半の禅的要素や漱石のこの時期の三首の漢詩創作は、主人公津田の我執に彩られた世俗の意識の奥底にある、彼本来の意識（本来の面目に繫がる内なる意識）を描き出し、津田の再生の可能性を追求するための枠組みづくりであったと考えられる。

以上の結論を論じるにあたって、まず①清子と津田の対話場面が禅的要素によって彩られていること、②清子の形象には『十牛図』・『無門関』・『碧巌録』等の禅書のイメージが重ねられており、清子の精神的ありようはそれら禅書が示す悟りの境地が形象化されたものであることを明らかにし、ついで③『明暗』と七言律詩との関係を取り上げ、漱石の漢詩創作の意味や清子の役割を考えていきたい。

一

『明暗』における清子と津田の対話が行われる場面が禅的世界に彩られていることからみていきたい。

まず、清子のいる温泉場・宿・部屋などが禅的雰囲気に包まれていることからみてみたい。

百七十一回で、津田は清子のいる温泉場に降り立つ。そこで津田は、「町の様《さま》は丸で寂寞たる夢であつた」という感慨に捉えられる。百七十二回の津田は、「この夢のやうなものに祟《たゝ》られてゐるのだ」、「その夢を追懸《おつかけ》やうとしてゐる途中なのだ」と感じる。百七十二回の津田は、馬車に揺られていくのも「其人の影を一図に追懸《おつかけ》てゐる所作に違なかつた」と感じる。この「夢を追懸《おつかけ》やうとしてゐる」「其人の影を一図に追懸《おつかけ》てゐる」という表現が示すように、「夢」を追いかけることは、清子の影を追い求めることであった。この「夢」には、後にみるように「禅夢」のイメージが重ねられており、清子と会うことは「禅夢」の出来事として描かれている。

百七十五回の津田は、旅館の廊下で迷い、鏡の前で立ち尽くす。その時の彼は、皎々とした電燈の光に照らされ、その横の洗面所に並んでいる金盥《かなだらい》に、「水晶のやうな薄い水の幕」が滑っていく様子を見つめる。語り手は、このような光と水に包まれた津田の忘我の状態を描き出す。ここに描かれている「光」や「水」は、禅的な「自然」の顕現であり[1]、この「自然」に包み込まれた「忘我」の状態（津田の意識が「自然」に溶け込んでいる状態）の中で、作者は、津田を清子と会わせる。

百七十八回では、夢から覚めた津田の意識が次のように描かれる。——「室の四角《よすみ》が寐てゐられない程明るくなつて、外部《そと》に朝日の影が充ち渡ると思ふ頃」津田はやっと起きだし、あたりを見回す。その津田の目に映る風景は、「平凡といふより寧《むし》ろ卑俗であつた」。しかし彼は清子が「大根を洗へば」、庭の風景同様に「殺風景」で「無意味」

であったらたまらないと感じる。夢（禅夢）から覚めた津田の意識にあっては、昨夜彼が体験した禅的な「自然」は姿を消し、現実の卑俗な自然に戻ってしまう。しかしその中でも、彼は、夢（禅夢）の中にこそ彼の大切なものがあることを感じる。『明暗』の中で、夢が強調されるのは、津田や読者の意識を禅的世界に連れ込むためであると考えられる。

百七十九回では、宿の湯壺に入っている津田の眼に映る外の景色が描かれる。崖の上に「石蕗《つわ》」や「山茶花《さざんか》の花の散つて行く様」が眺められ、しばらくして、鵯《ひよどり》の声も耳にする。これらは、硝子戸を通して認識される限られた「断片的」景色であり、語り手は、そのときの津田の意識を、（眼に映らない）「不可知な世界は無論平凡に違なかった。けれどもそれが何故だか彼の好奇心を唆《そゝ》つた」と、この時の津田の「好奇心」を殊更に描き出している。その後彼は外から聞える（清子らしい）足音に意識を集中するが、語り手は、その時間を「それは彼が石蕗《つわ》の花を眺めた後、鵯鳥《ひよどり》の声を聴いた前であつた」とわざわざ記している。

語り手が、津田の眼に映る景色の背後にある世界を「不可知な世界」と表現し、それを「平凡な景色」と断定していること、さらにそこに聞える鵯《ひよどり》の声にも読者の注意を向けさせていることには、次のような禅林における詩句のイメージを、読者に喚起させていると考えられる。「風定《しず》まって花猶《なお》落ち、鳥啼いて山更に幽」「花気自ら来る深戸の裡。鳥声長く在り遠林の中」「花紅柳緑菩提の相、燕語鶯吟般若の声」など。これらの詩句では、何の変哲もない自然の風景こそ、真如の姿の顕現とする、禅の世界が詠われている。『明暗』のこの場面では、このような禅的イメージが重ねあわされ、津田は無意識のうちに、禅的真実のありように「興味」を向けていることが暗示されているのである。

百八十回の津田は、下女からこの宿の客に、清子以外に次の四人――横浜の商人風の夫婦連れと思しき男女、墓碑銘を書くために泊まっている老書家、「話もしなければ運動もせず、たゞぽかんと座敷に坐つて山を眺めてゐる」

客――がいることを知る。ここで登場する老書家は、墓碑銘の創作と禅との関係を詠った大正五年八月二十一日の漢詩のイメージとも結びついており、ぽかんと山ばかり眺めている客は、禅が重視する唖と碧山や大空との関係を詠った明治四十三年九月二十九日の漢詩のイメージと繋がっていると考えられる。この二人の存在は、この旅館を禅的世界で彩る役割をしているのである。

百八十一回では、津田が、吉川夫人から預かって来た果物籃《かご》に、清子が自分との面会を断れないような文言を書き添えた名刺を挟み込み、その果物籃を下女に清子の許に持たせる場面が描かれている。百八十二回では、吉川夫人から預かった果物籃を利用した津田の意識を描き、ついで、下女に案内されて清子の部屋へ行く津田の姿が描かれている（後にみるように、この場面の小道具として使われている（果物）「籃《かご》」もまた禅と関係している）。

こうして、百八十三回で、津田は清子の部屋に足を踏み入れ、清子と対座することになる。この百八十三回の冒頭で、語り手は津田の目に映る部屋の様子と清子の印象をことさらに強調して描き出しているが、特に留意すべきは、清子の部屋に入った津田が床の間に「活立《いけたて》らしい寒菊の花を見た」と語り手が記していることである。また百八十八回でも、清子は対座した津田の視線から目をそらせ、「床の間に活《い》けてある寒菊の花」にその視線を落としたことが描かれている。これらの場面では、「寒菊の花」がさりげなく描きこまれているが、菊は禅道の象徴であ[2]り、この「寒菊の花」は清子の精神的ありようや、津田と清子との対座の性格を象徴するものとして描き込まれていると考えられる。

*

次に清子と津田の対話に禅問答のイメージが重ねられていることをみてみたい。

百八十三回の津田は部屋の様子を見て「凡てが改まつてゐる」と察し、ここに来たことを「咄嗟に悔いようとした」。そのような津田の前に清子が縁側の隅から姿を現すが、その態度は「客を迎へるといふより偶然客に出喰はした」という印象を津田に与え、この印象は、彼の緊張を消し去っていく。

この矛盾した津田の印象――清子の津田に対する拒否と非拒否の同居――は、清子の津田に対する意識の表れである。百八十七回でも津田は清子に、昔のままの清子を認め、清子の前では緊張せずに自由に振舞えることを感じる。しかし同時に、彼は清子のうちに「燦然たる警戒の閃《ひら》めき」をも感じざるをえないという矛盾した意識を持つ。清子の態度は、津田の緊張を解き、その心を和ませると同時に、彼を拒絶している。この津田の感じる矛盾は、禅の師家が、修行僧と問答をするときの心のありよう――相手の意識のあり方に対する拒否と同時に、相手の意識を抱擁しその意識を本来の姿に導く――という禅問答の意識のありようとつながるものである。清子と津田の対話には、このような禅問答のイメージが重ねあわされていると考えられる。このことを具体的に見ていきたい。

右の場面で、清子は果物籃をぶら下げたまま部屋へ入り、津田と顔を合わせるが、籃をぶら下げた清子の姿は、「子供染みて」「滑稽」な印象を津田に与え、津田の心を和ませ、彼の心から緊張感を取り除いていく。

語り手は、このような津田の印象に対して次のような問いを読者に投げかけている。

「もし津田が室に入つて来た時、彼の気合を抜いて、間の合はない時分に、わざと縁側の隅から顔を出したものが、清子でなくつて、お延だつたなら、それに対する津田の反応は果《はた》して何《ど》うだらう」と。しかも清子のこの態度を「相変らず緩漫だな」と感じる津田について、語り手は「緩漫と思ひ込んだ揚句、現に眼覚しい早技で取つて投げられてゐながら、津田は斯《か》う評するよりほかに仕方がなかつた」と記している。この場面で津田が清子の行為を「相変らず緩漫だな」と思うことには、津田が清子に「眼覚しい早技で取つて投げられて」いるのに、そのことに気がついていないことへの語り手の強調があると考えられる。

それでは語り手の理解する清子の津田に対する態度――「彼の気合を抜いて、間の合はない時分に、わざと縁側の隅から顔を出し」た態度――とは何を意味しているのであろうか。「気合」「眼覚しい早業で取つて投げ」るという言葉は、禅問答（法戦）における修行僧と師家との関係――前者は修行僧が師家を打ち負かそうとする気力、後者は、その相手の機鋒に肩透かしを食らわせて相手に止めをさす「転身の処」を示す表現であろう。津田と清子との関係に「気合」「眼覚しい早業で取つて投げ」るという言葉が使われていることは、語り手がこの両者の関係に禅問答（法戦）における修行僧と師家との関係を重ねあわせていることを示していると考えられる。

この場における清子の行為は、津田からお延に接するときのような緊張感を取り除き、彼の心を和ませ、彼がかつて清子と「信」によって結ばれていたころの昔の意識に立ち返らせている。このことに留意するならば、清子が津田の「気合を抜」いて、彼を「目覚しい早業で取つて投げ」るとは、津田の清子に会う目的に潜む我意我執（この意識を第一の意識と呼ぶ）を制し、さらには彼の意識を「彼本来の意識」（この意識を第二の意識と呼ぶ）に立ち返らせる力として作用していることを意味しているのである。

百八十七回でも津田は「僕はあなたと問答をするために来たんぢやなかつたのに」「ぢや問答序《ついで》に、もう一つ答へて呉《く》れませんか」とも発言しており、この「問答」と言う言葉にも、この場面が禅問答に類する対話であることが暗示されている。この場面で「清子はあらゆる津田の質問に応ずる準備を整へてゐる人のやうな答へ振」りをしたと描写されているが、津田に付け入る隙を感じさせず、津田の質問に悠然と応じる清子の態度にもまた禅問答における師家の態度が重ねあわされているのである。

二

次に清子の形象に、『十牛図』『無門関』『碧巌録』等の禅書のイメージが重ねられており、清子の精神的ありようはそれら禅書が示す悟りの境位が形象化されたものであることをみていきたい。

まず『十牛図』(3)の概略を記しておく。『十牛図』では、「真の自己」が牛(心牛)に喩えられ、牧人がその牛を捕まえ、飼いならし、自己と一となるといった暗喩で、禅道におけるその悟りの段階が、十個の図と頌によって示されている。第一の「尋牛」(我とは何かを考え出す最初の段階)から始まり、第七の「到家忘牛」〈流布本は「忘牛存人」〉(人と牛が一体となり牛が消えてしまう段階)まで上り詰め、その上でさらに、第八の「人牛倶忘」(「凡情脱落し、聖意皆な空ず」といわれる「大死」の段階)——無の中に自己を捨てる絶対無の段階、有相・無相への出入り自在となる境地——へと抜け出ることによって「自由無碍な悟境」に達する(図では、その段階の悟境を円空によって示す)。第九「返本還源」と第十「入鄽垂手」では、第八「人牛倶忘」の異相を描いている。第九「返本還源」は、人間が「自然」(主客分裂以前の無)に戻った状態、すなわちその悟境が「水は自《おのず》から茫茫、花は自から紅なり」という、「自然」そのものであるという状態をあらわしている(図では水と花の咲く木〈自然〉が描かれる)。第十「入鄽垂手」は、その悟境にある人が、俗世間に溶け込んで、人々を感化し、さらには世界を浄化していくという「衆生済度の働き」をなすことを表している(図では布袋和尚が描かれる)。

右に見た『十牛図』と清子の関係を、津田が清子の部屋へ入ったときの清子の印象を通してみていきたい。

(1)清子は、津田が贈った大きな果物籃《かご》を両手でぶら提げたまま出て来る。その「荷厄介」にしているような印象を与えるその姿は、津田に清子らしいいつもの「子供染み」た「滑稽」感を与え、津田の心を和ませる。

(2)津田は、清子の「微笑」にある「余裕」に接して、「津田の心は益《ますます》平気になる」。

(3)下女が立ち去ったあと、津田は欄干を背にした清子と対座するが、津田には、清子の背後に見える景色——山の襞が幾段にも重なり、それを黄葉の濃淡が彩る様子——が見え、その強い秋の光線が清子の薄い「耳朶」に落ち、その光線は、そこによった彼女の血潮を通過して津田の眼に映ってくるように思われる。

(1)について――

どういふ積《つもり》か、今迄それを荷厄介にしてゐるといふ事自身が、津田に対しての冷淡さを示す度盛にならないのは明かであつた。それから其重い物を今迄縁側の隅で持つてゐたとすれば無論、一旦下へ置いて更に取り上げたと解釈しても、彼女の所作は変に違なかつた。少くとも不器用であつた。何だか子供染みてゐた。然し彼女の平生を能《よ》く知つてゐる津田は、其所《そこ》に如何にも清子らしい或物を認めざるを得なかつた。

この場面で語り手は、清子の「大きな果物籃を両手でぶら提げたまゝ」荷厄介にしている様子が、津田に「子供染み」た「滑稽」感を催すこと、その清子の「滑稽」さが津田の心から緊張感を取り去るものとして機能していることをことさらに強調している。漱石は清子が両手で籃をぶら下げて出てくる姿のうちに何を含意させているのであろうか。

『十牛図』の最後の段階第十『入鄽垂手』と右の清子像とは繫がりがある。この第十『入鄽垂手』の図では、籃《かご》をぶら下げた布袋和尚の「滑稽」な姿が描かれている。布袋和尚と籃の関係は未考であるが、『碧巌録』第四十三則「洞山無寒暑」に「無底の籃」という禅語があり（後述）、辞書類は、これを「自由無碍な悟境」の象徴とするのが一般的である。また『十牛図』におけるこの段階の悟境では「無底」ということが強調される(4)。このことを考えると、『十牛図』の布袋和尚の持つ籃は「無底の籃」と推定され、それは布袋和尚の「自由無碍なる悟境」を示すものであろう。この点に留意すると、清子が大きな籃をぶら下げて津田の前に姿を現すという「滑稽な」構図の強調は、清子の形象に『十牛図』における布袋和尚のイメージが重ねられていることを示し、さらには『十牛図』の第十「入鄽垂手」の示す「自由無碍な悟境」に清子がいることを暗示していると考えられる。

(2)について――百八十四回で清子と挨拶を交わした津田は、清子の「微笑」に接して「益《ますます》平気になる」。また百八十八回では津田が清子の微笑の意味を考え続ける場面が描かれる。これらの清子の微笑もまた、『十牛図』第十「入鄽垂手」の布袋和尚の「笑い」のイメージの象嵌と考えられる。第十「入鄽垂手」の頌には「胸を露わし足を跣《はだし》にして鄽《てん》に入り来たる　土を抹《な》で灰を塗り笑い腮《あぎと》に満つ　神仙の真の秘訣を用いず　直《た》だ枯木をして花を放って開かしむ。」とあり、布袋和尚の「笑い腮《あぎと》に満つ」という姿には、悟境を開いた僧が俗世界（差別界）にたち混じってその「笑い」を通して人々を感化していく段階が示されている。清子のぶら下げている籃が彼女の悟境を示すことを考えると、清子の「微笑」の「余裕」にもまた布袋和尚の「笑い腮《あぎと》に満つ」という姿が示す悟境が重ねられていると考えられる。

⑶について――百八十四回で下女が立ち去ったあと、津田は欄干を背にした清子と対座するが、語り手はその時の津田の眼に映る自然の風景と清子の関係を次のように描写している。――津田の目には、清子の背後に山の襞が幾段にも重なり、それを黄葉の濃淡が彩る様子が見え、さらには、強い秋の光線が清子の薄い耳朶に落ち、その光線は、そこによった彼女の血潮を通過して津田の眼に映ってくるように思われた。――

この場面では清子の耳朶に秋の強い光線があたっていることが描かれているが、この清子の耳朶の殊更な描写もまた、布袋和尚の大きな耳朶との繋がりが考えられる。このことは清子の精神的ありようが、布袋和尚の悟境とつながっていることを暗示していると考えられる。(5)

またこの場面で、清子の背後に「山の襞が、幾段にも重なり」、それを「黄葉の濃淡」が彩る自然の風景が描かれているが、この描写は、『碧巌録』にみえる「山是山、水是水」（第二則）、「遠山限り無く、碧層層」（第二十則）や、蘇東坡の「山色豈《あ》に清浄身に非ざらんや」といった禅語を連想させる。特に留意すべきは、『十牛図』第九『返本還源』の「自然」との繋がりである。その頌では「水緑に山青くして、坐《いなが》らにして成敗を観る」と詠われている。清子は後に見るように「坐《いなが》」らにして津田のすべて（＝「成敗」）を見ている存在なのである。これらのことを考えるならば、清子の背景に描かれている自然の風景は、清子の意識が『十牛図』第九「返本還源」の示す、人間の意識が「自然」に立ち返った悟境（＝無）にあることの象徴として描きこまれていると考えられる。漱石は、津田の目に映る清子の姿に、『十牛図』の究極の悟境を示す第八・九・十の図や頌のイメージを象嵌し、清子の境地を、『十牛図』の禅的世界における「自由無碍な悟境」、とりわけ「入鄽垂手」に現れる、布袋和尚の悟境に重ねあわせていると考えられる。

次に清子の形象と『無門関』『碧巌録』[6]とのつながりを、清子の過去と現在の関係を通して考えていきたい。津田は縁側から出てきた清子を見て、かつての清子との関係――津田は清子の「優悠《おっとり》」した態度に「信」を置いていたこと、しかしそのために裏切られたこと――に思いを馳せ、「あの緩《のろ》い人が何故飛行機へ乗つた。彼は何故宙返りを打つた」と考える。この津田の清子への疑問の表現は、次に示す禅書『無門関』や『碧巌録』に示されている禅の境位と関係する。

『無門関』三十二「外道問仏」の頌では「剣刃上《けんにんじょう》に行き、氷稜上《ひょうりょうじょう》に走る。階梯に渉《わた》らず、懸崖に手を撒《はな》す。」と詠われているが、この頌の「階梯に渉らず」とは、五十二段あるという悟りへの段階を踏まず、いっぺんに悟りの境地を開くことであり、この句は清子が突然津田から離れて関と結婚してしまったことを「飛行機に乗つた」とする暗喩表現と関係すると考えられる。岩波文庫『無門関』の注釈（西村恵信）は、この頌の「懸崖に手を撒す」を「ヒラリと宙返り」と訳しており、このことからも「懸崖に手を撒す」（＝大死一番）が、「宙返り」という表現に言い換えうることが理解される。

「懸崖に手を撒す」という句は、『碧巌録』第四十一則「趙州大死底人」の本則の評唱に「直に須らく懸崖に手を撒《さっ》して、自ら肯《うけが》うて承当《じょうとう》すべし、絶後に再び甦《よみがえ》らば、君を欺《あざむ》くことを得ず。非常の旨、人焉ぞ廋《かく》さんや」（山田無文解説――「千仭の崖からぶら下がり、そこから飛び下りて、真に命を捨ててかかり、そこから甦ってこそ初めて、もうだまされることのないものが、自分でつかめるのだ。そうやって手に入れた非常の密旨は、もはや隠そうにも隠すことはできん。一挙手一投足、一言一句、言葉の端々にまで現れるであろう。」とみえ、津田の言葉「彼は何故宙返りを打つた」という表現は、『碧巌録』のこの句とも結びついている。

「懸崖に手を撒す」とは「大死一番」「大死底の人」と言い換えうる禅僧の悟りの境地の表現であるが、「大死底の人」と清子の境地の関係についてさらに見ていこう。『碧巌録』第四十一則「趙州大死底人」の本則に見える、趙州が投子和尚の力量を見るために発した問い「大死底の人、却って活する時如何」についての評唱に「大死底の人、都《すべ》て仏法の道理、玄妙得失、是非長短無し。」（山田解説――大死底の人、真箇死にきった人には、もはや仏法だの、お悟りだの、いいも悪いも、長いも短いも、身体も心も、何もかもなくなってしまう。このように他に欲求するものがないので、ただそのままに安らぐのである。）とみえ、また山田はこの「大死底の人」の境位を「死中に活あり、活中に死あり、明中に暗あり、暗中に明あり、明暗双々底というような境界」とも言い換えられている。「大死底の人」の境位とは、「絶対無」の境地に「安らぐ」悟境であり、これを別言すれば「明暗双々底」の境界といえるのである。

津田は清子を暗に評して旅館の下女に「生きてる癖に生れ変る人がいくらでもある」というが、この津田の言葉の指す清子の姿は、禅でいう「大死底の人」であり、作者はこのような「大死底の人」としての悟境を現在の清子に与えているといえよう。

以上のことを考えるならば、清子の過去と現在を作者漱石は次のように設定しているといえよう。かつての清子は津田を見誤って「信」を置き、かつ吉川夫人に操られる存在であった。しかし、『明暗』に登場する現在の清子は、吉川夫人の教育による津田の変貌（我執が彼の精神を支配するようになる）に接して、津田や吉川夫人から離れ、「死中に活を得て」、本来の自分（＝自然）に目覚めた人物（禅でいう「大死底の人」）として設定されているのである。こうして現在の清子は、『碧巌録』第四十一則「趙州大死底人」の本則の評唱にあるような「(何ものにも)だまされることのないもの」をつかんだ人として「生き返り」、その境界が清子の一挙手一投足に現れているのである。そのため、清子の影を追い求めてきた津田はこのような清子の一挙手一投足に深い意味を感じ、その意味を知らずにはおれないのである。

『明暗』における清子の過去・現在は、『無門関』や『碧巌録』の禅的境位の段階と重なっているといえよう。

三

漱石が清子の形象を創作し、津田との対話場面を描き出した時期、禅的要素に彩られた三首の七言律詩を創作している。以下、清子の形象とこの時期に創作した漢詩との関係について考えていきたい。

漱石は百八十回で旅館の様子を書き終え、百八十一回から清子と会うための行動を起こす津田の描写をはじめる。

(百八十回梗概) 津田は給仕の下女と宿の泊まり客の話をした。津田は、下女から清子についてあれこれ聞き出した。その質問が煩瑣に渡るので、下女は「あはゝ」と笑い出した。「津田は漸く気が付いて、少し狼狽《あはて》たやうに話を外《そ》らせた。」話題は他の泊まり客に移った。一人は墓碑銘を書くためにここに来ている老書家であった。津田は自分の用向きと、老書家と自分の用向きとを比べ、又、清子も同列において考えた。一人は「話もしなければ運動もせず、たゞぽかんと座敷に坐つて山を眺めてゐる」男であった。津田は下女に次のような感想を述べた。「いろんな人がゐるんだね。五六人寄つてさへ斯《か》うなんだから。夏や正月になつたら大変だらう」と。津田の意味をよく了解しなかった下女は、多忙な時期の人数を上げた。

(百八十一回梗概) 食事の後津田は絵はがきを、親類や知人に書きながら、小林には書く気がないことを意識した。

津田は、清子の前で小林と取っ組み合いする自分の姿を想像して「羞恥と屈辱」を遠くに感じた。「彼奴《あいつ》さへゐなければ」とすべての責任を小林に背負わせ、「夢のやうな罪人に宣告を下した後」彼は名刺に清子に会うための一文をしたため、それを吉川夫人に貰った果物籃に差し込んで、清子の許へ下女に持たせて遣った。

百八十回を書いた十一月十三日、漱石は次のような七言律詩を創作している。

自笑壺中大夢人　自笑す　壷中大夢の人
雲寰縹緲忽忘神　雲寰　縹緲として　忽ち神を忘る
三竿旭日紅桃峡　三竿の旭日　紅桃の峡
一丈珊瑚碧海春　一丈の珊瑚　碧海の春
鶴上晴空仙翩静　鶴は晴空に上りて　仙翩静かに
風吹霊草薬根新　風は霊草を吹いて　薬根新たなり
長生未向蓬莱去　長生未だ蓬莱に向かって去《ゆ》かず
不老只当養一真　不老　只だ当に一真を養うべし

◆**語釈・典拠**

当該詩の典拠の中心は『碧巌録』第七十則「百丈併却咽喉」であろう。そこで最初に第七十則の内容を記しておきたい。

（ここでは当該詩と関係のあるところのみ抜粋。傍線部は当該詩の典拠部分。本則・本則の評唱・頌には山田無文の解説文の要点を付した。）

本則　挙す。潙山、五峰、雲巌、同じく百丈に侍立す〔阿呵呵《あかか》。終始誵訛《ごうが》。君は西秦に向かい、我れは東魯に之く〕。百丈、潙山に問う、咽喉脣吻《いんこうしんぷん》を併却《へいきゃく》して、作麼生か道わん〔一将は求め難し〕。潙山云く、却って請う和尚道《い》え〔路を借りて経過す〕。丈云く、我れ汝に向かって道わんことを辞せず。恐らくは已後我が児孫を喪せんことを〔免れず老婆心切なることを。面皮厚きこと三寸。和泥合水。就身打劫〕。

〈潙山・五峰・雲巌が百丈のもとで修行をしていたとき、百丈が潙山（と五峰・雲巌）に尋ねた。喉と唇を使わずに（＝言葉を使わずに）どうして禅を表現するかと。潙山は「あなたから口も唇も使わずに、仰って頂きたい」という。すると百丈は、わしが言うとわしの法を嗣ぐ者がいなくなる（＝めいめいが真の自覚をしなければ禅ではない）と。〉

本則の評唱　（上略）丈復た五峰に問う。峰云く、和尚也た須らく併却すべし。丈云く、人無き処斫額《しゃくがく》して汝を望まん。（下略）

〈（上略）今度は百丈が五峰に同じことを尋ねた。すると五峰が言うのには、「喉も口も使わずにしゃべれ、と言うのなら、和尚、まず黙らっしゃい。もう喉を使っておるではありませんか。そう質問することが、もう矛盾ではありませんか。黙らっしゃい」と。すると百丈は「そうきついことを言うたら、おまえのところには弟子もついていくまい。そういう孤独なおまえを、わしは額に手を置いて、遠くから見てやろう」と。これは褒めたのか、叱ったのか。（下略）〉

頌　却って請う和尚道え、虎頭に角を生じて荒草を出づ。十洲春尽きて花凋残《ちょうざん》　珊瑚《さんご》樹林日杲々《こうこう》

〈傍線部分＝中国の東方にあるとされる十の仙境では、春だけでも百年続くが、その百年の春も過ぎてしまえば、花は皆散って、後には木と枝が残るだけである。（＝言葉を使わなければ、伝えることが出来ない。）木と枝ばかりの珊瑚樹ではあるが、そこに朝日が照って杲々と輝いている。（＝二人の黙は珊瑚樹が光り輝いているようなものだ）〉

頌の評唱　（上略）他転変の余才有って、更に云う、十洲春尽きて花凋残《ちょうざん》と。海上に三山十洲有り。百年を以て一春と為す。雪竇の語、風措《ふうそ》を帯びて宛転盤礴《ばんぱく》す。春尽くるの際、百千万株の花一時に凋残す。独り珊瑚樹林のみ有って、凋落を解せず。太陽と相奪いて、其の光交映す。正当恁麼の時、妨げず奇特なることを。雪竇此れを用いて、他の却って請う和尚道えというを明かす（中略）十洲は皆な海外諸国の附する所なり。一には祖洲、反魂香を出だすなり。二には瀛《えい》

洲、芝草《しそう》、玉石、泉、酒味の如くなるを生ず。三には玄洲、僊薬《せんやく》を出だす、之れを服すれば長生す。（中略）六には元洲、霊泉の蜜の如くなるを出だす。（中略）珊瑚は外国雑伝に云く、大秦の西南、漲海の中、七八百里可《ばか》りにして、珊瑚洲に到る。洲底に盤石あり、珊瑚其の石上に生ず。人、鉄網を以て之れを取ると。又た十洲記に云く、珊瑚は南海の底に生ず。樹の如くにして高さ三二尺、枝有って皮無く、玉に似て紅潤なり。月に感じて生ず。凡そ枝頭に皆な月暈有りと。

【自笑す壺中大夢の人】

◎「自笑」――諸注では「自嘲」と解するのが一般的である。しかし、『臨済録』「行録」には「孤輪独り照らして江山静かに、自から笑う一声に天地驚く」という用例があり、この場合の「自笑」は、禅の「呵々大笑」という、天地をも呑却する（何ものにもとらわれない）禅的心持ちの大きさを意味する。留意すべきは当該詩は『碧巌録』第七十則を利用しており、その本則の下語に、「阿呵呵」と見えることである。（第七十一則本則の下語にも「阿呵呵」とみえる。）漱石はこの下語の記述から「自笑」という言葉を紡ぎ出していると思われる。

◎「大夢」――「夢」は、道元に「夢中説夢処、これ仏祖国なり」とあるように、諸仏の顕現する聖なる場所という側面を持つ（末木文美士「仏教と夢」（『文学』二〇〇五年九、十号）。

◎「壺中」――『槐安国語』巻一に「壺中の天地、別に日月有り」。道前注に「滅、不滅を超えたるところ」とあるように、別世界を指し、ここでは禅的な悟りの世界を指す。「壺中」は「雲寰」と対で使われており、この対比は真実世界の時空間の超越性を表現している。

【雲寰縹緲として忽ち神を忘る】

『碧巌録』第七十則本則の評唱に「人無き処斫額《しやくがく》して汝を望まん。」とあり、この部分の白隠評（『碧巌集秘鈔』）に「汝ハマダハル〳〵遠イ、目ノ上へ手ヲ翳ザシテミルホドジヤ」とある。また第七十一則の本則にも「人無き処斫額して汝を望まん。」とみえ、その白隠提唱に「尤ジャ、餘リ嶮峻ソレデハ侍者ノシテモアルマイ」とある。白隠評にあるように、傍線部分はその禅的境位の高さを賞賛する表現である。おそらく当該詩の「雲寰縹緲として忽ち神を忘る」という表現は、「人無き処斫額して汝を望まん。」（＝誰も理解することの出来ない悟りの境地）から導き出した表現であり、その内容は悟境の高さ故にその境地をつかみ取ることが出来ないということであろう。

【三竿の旭日紅桃の峡　一丈の珊瑚碧海の春】

この頷聯は主として『碧巌録』第七十則の頌と頌の評唱を踏まえている。

◎「三竿の旭日　紅桃の峡」――「三竿の旭日」は、『十牛図』第七「忘牛存人」の「紅日三竿猶お夢を作《な》す」や七十則頌の「日杲々」（＝朝日が杲々と輝いている）を踏まえる。「紅桃」は、「花凋残」、「百千万株の花一時に凋残」の「花」や、「（珊瑚は）玉に似て紅潤なり」の「紅」から、また「峡」は、「三山十洲」から紡ぎ出されていると思われる。

◎「一丈の珊瑚　碧海の春」――「一丈の珊瑚」は頌の評唱の「珊瑚は……樹の如くにして高さ三二尺」に基づく。「碧海の春」は、「十洲春尽きて花凋残」の「春」と、「珊瑚は南海の底に生ず」を合わせたものであろう。典拠の「十洲春尽きて花凋残　珊瑚樹林日杲々」は、〈十洲の百年の春が終れば花は散ってしまうが、しかし珊瑚樹はきらきらと輝いている。〉（＝言葉によって禅は伝えるが、黙によってその姿が感得される）ということであるが、漱石は、〈峡の紅桃の花も散ることなく、海中の珊瑚樹もきらきらと輝いている〉と変えているところにその創意があろう。その内容は、その典拠の部分と同様、言葉の大切さを詠うと同時に、言語では表現出来ない悟りの世界のありようの形象化である。

【鶴は晴空に上りて仙翮静かに　風は霊草を吹いて薬根新たなり】

◎「鶴は晴空に上りて仙翮静かに」――『碧巌録』第七十則の内容は、第七十一則・第七十二則にも繋がっており、七十一則（百丈問五峰）の頌の後半では、「万里の天辺、一鶚《がく》を飛ばす」（＝無辺に広い青空に一匹の鷹が飛んでいく）とある。当聯の前半はこの部分から『寒山詩』の「四顧すれば晴空の裏《うち》に白雲鶴と同《とも》に飛ぶ」などを連想して紡ぎ出していると思われる。

◎「霊草」「薬根」――第七十則の頌の評唱に「芝草」「僊薬《せんやく》」（共に薬草）「霊泉」とみえる。

【長生未だ蓬莢に向かって去らず　不老只だ当に一真を養うべし】

◎「長生」――七十則頌の評唱に「玄洲、僊薬《せんやく》を出だす、之れを服すれば長生す。」とみえる。
◎「蓬萊」――七十則頌の評唱に「十洲春尽きて花凋残、海上に三山有り」。「三山」とは「蓬萊方丈瀛洲」。

◆大意

首聯 何ものにもとらわれず自笑するのは、世俗とは別世界に住む「大夢の人」（＝「真人」）である。その境地は、雲の懸かる天地の彼方の「縹緲」とした忘我の域にあり、その境地には誰も寄りつくことが出来ない。

頷聯 （その境地は、次のような仙境の黙の景によって表現される。）高く昇った朝日の下で、紅桃の花が咲いている山峡の景。百年続くという春が終った後の碧海の底で、高さ一丈もある珊瑚樹が朝日に輝いている景。

頸聯 晴空では鶴が静かに翼を拡げて飛び、地上では風が霊草を吹きその薬根は日々新しくなる。（この真実世界は論理や言葉では表現できず、この景が示す、黙によってのみ表現出来るのだ。）

尾聯 わたしは自分の「不老・長生」の為に、現実世界から超脱してこの真実世界に行きたいとは思わない。わたしの願うのは真実世界の「一真」（＝禅的境地）を養うことなのだ。（わたしの為すべきことは、禅的境地を養うことによって、その視点から現実世界に生きる人間の意識世界を描き出すことなのだから。）

『明暗』と当該詩との関係について考えてみよう。

留意すべきは、午前中の百八十回やその前後の回と、午後の漢詩との間に次のような類似が存在することである。

⑴百八十回で下女は津田の清子についての煩瑣な質問を「あはゝ」と笑う。一方首聯では「自笑」を詠っている。両者は「笑い」という点で一致している。

⑵百八十一回では小林を「夢のやうな罪人」と表現している。又『明暗』後半の温泉宿の場面では、「夢」という言葉が頻出する。一方、当該詩首聯では「大夢」という言葉が存在している。両者は「夢」という点で一致する。

⑶百八十回で、下女の語る「たゞぽかんと座敷に坐つて山を眺めてゐる」客の心境と、首聯後半「忽ち神を忘る」

とは類似している。また、泊まり客の老書家の仕事は津田にとっては理解できないものであり、宿での清子の行動についても「何の意味とも知れず、花を活けたり手習をしたりするらしい」と、津田にあっては理解できないものとして意識している。「雲寰縹緲として忽ち神を忘る」は、このような記述とも関係する。

右の百八十回・百八十一回と当該詩の言葉の類似は偶然ではなく、関係があると考えられる。

(1) 「笑い」の類似について

「自笑」を作者漱石の「自嘲」と解する注釈が多い。(7) しかし当該詩は『碧巌録』第七十則を踏まえており、当該詩の「自笑」は禅的な笑いの表現と考えられる。一方、『明暗』百八十回の下女の笑いは清子の様子を知ろうとする津田の底意を暴くものであり、清子の「微笑」と通底する。

(2) 「夢」の類似について

温泉場の場面では、津田が「夢」(禅的世界)の中に入っていくことが強調されている。百八十回では、漱石は泊り客の描写によって、宿の禅的雰囲気を創り出し、その雰囲気の中で清子のことを考える津田の姿を描き出している。津田はいよいよこれから「夢」(=禅的世界)に入り込み、そこで清子と対話することになる。そのような場面へと向う津田にとって、「夢」は彼の根源にある人間的要素と出合う場所である。この点で、夢は真実世界顕現の場としての意味を持っている。

一方、百八十一回で描かれる彼の想像(=「夢」)における清子の前での小林と津田との取っ組み合いは、彼に「羞恥と恥辱」の意識を呼び覚ますものであり、津田の小林への責任転嫁の意識は、「夢のやうな罪人に宣告を下した」と描写される。この場面での「夢のやうな」空想は、津田の我執意識を暴き出す場として機能している。百八十七回では津田は清子の指に光る宝石に「夢の消息のうちに燦然たる警戒の閃きを認めなければならなかつた」と描かれる。この場合の「夢」も亦同様の機能を持っている。『明暗』の夢は清子と関係し、夢のうちに存在する清子が津田の心の醜くさを浮かび上らせている。以上のことから、当該詩の「大夢」は、禅的な真実世界の顕現する場（＝人間の内部にある人間的本質の顕現する場）であり、『明暗』で頻出する「夢」と結び付いていると考えられる。

⑶宿の客と「忽ち神を忘る」の関係について

百八十回後半で、津田は宿の下女から墓碑銘を毎日少しずつ書いているという老書家の仕事を聞いて、素人なら半日ぐらいで出来上りそうだと下女に感想を述べるが、語り手はその時の津田の意識について「然し津田の胸には口に出して云はない、それ以上の或物さへあつた」と記している。この場面で語り手は津田の胸にある「或物」についてはっきりと描いていないが、ここで云う「或物」とは真実世界は文字では表現出来ないという「不立文字」を匂わせていると考えられる。「たゞ、ぽかんと座敷に坐つて山を眺めてゐる」客は、『碧巌録』第八十八則でいう「真盲真聾真唖」（＝真人・痴聖）を連想させる形象である。（漱石は明治四十三年九月二十九日の詩で、「仰臥人唖の如し　黙然として大空を見る」と同種の禅的境地を詠っている当該詩の「雲寰縹緲として忽ち神を忘る」の内容は、この老書家や「たゞぽかんと座敷に坐つて山を眺めてゐる」客の禅的内面と関係している。「雲寰縹緲として忽ち神を忘る」には、二人の客と清子の境地を理解できない津田の意識〈津田の意識に成り代わっている漱石の意識〉が投影されているといえよう。

以上のような⑴⑵⑶の類似における百八十回と当該詩との繋がりを考えると、首聯の「自笑す壺中大夢の人」には、午前中に描いた宿の禅的世界に生きる泊まり客、とりわけこれから描き出すことになる清子の境地——「微笑」して、「世俗的意識とは離れた境地に立つ」姿——が投影していると思われる。

＊

ここで本稿のテーマとややそれるが、漱石が二人の泊まり客（老書家とぽかんと座敷に坐って山を眺めている客）を描き出す契機が当該詩の主要な典拠である『碧巌録』第七十則である可能性について触れておきたい。

留意すべきは次の二点である。

第一は、『碧巌録』第七十則の本則「挙す潙山五峰雲巌、百丈に侍立す」の下語〔阿呵呵。終始諸訛《ごうが》。君は西秦に向かい、我れは東魯に之く〕である。この下語に白隠は次のような評を加えている。(8)「△阿呵呵――アハヽヽ色々ノ奴ガ集ツタナ。△終始諸訛――厄介者ノ寄合ユエ、始絡入リ組ガ断ヘヌ。△君向瀟湘――三人テンデ作略」「阿呵呵」が、当該詩の「自笑」を導き出す契機になっているであろうことはすでに触れた。一方、〔終始諸訛《ごうが》。君は西秦に向かい、我れは東魯に之く〕の白隠評と、『明暗』百八十回の最後で津田がもらす泊まり客に対する感慨――「いろんな人がゐるんだね。五六人寄つてさへ斯うなんだから。夏や正月になつたら大変だらう。」――とは類似している。

第二は『明暗』におけるこの二人の客が禅の境地と関係しており、二人の形象は、当該詩の典拠『碧巌録』第七十則頌の後半「十洲春尽きて花凋残」（＝言葉によってこそ禅は伝えられる）と、「珊瑚樹林日杲々」（＝禅の根本は「黙」に依ってしか表現できない）との対として形象化されている可能性が考えられる。以上の類似は、漱石がこの下語から『明暗』のこの場面を創り出している可能性を示している。

＊

七言律詩「自笑……」は漱石がこれから津田と清子の対話場面に筆を染めるにあたっての作業――、己の禅的な内面風景を媒介として、『十牛図』や『碧巌録』が示す究極の悟境を清子の精神的ありようとして描き出すための創作作業――と関係していると考えられる。

＊

漱石は、十一月十九日『明暗』における津田と清子の対話のクライマックスの前半部である百八十六回を書き、その午後に「大愚……」の詩を創作している。この詩には、午前中に執筆した『明暗』の場面（津田と清子の対話のクライマックス）に対する、作者の創作意識が色濃く投影されていると考えられる。

漱石は『明暗』百八十六回を書いた日の午後、次の漢詩を作っている。

大愚難到志難成　　大愚到り難く　志成り難し
五十春秋瞬息程　　五十の春秋　瞬息の程
観道無言只入静　　道を観るに言無くして　只《ただ》静に入り
拈詩有句独求清　　詩を拈るに句有りて　独り清を求む
迢迢天外去雲影　　迢迢たる天外　去雲の影
籟籟風中落葉声　　籟籟たる風中　落葉の声
忽見閑窓虚白上　　忽ち見る　閑窓　虚白の上
東山月出半江明　　東山　月出でて　半江明らかなり

◆語釈・典拠

当該詩は『碧巌録』第八十八則「玄沙三種病」を主要な典拠としている。この『碧巌録』第八十八則「玄沙三種病」は大正五年十一月二十日の詩「真蹤寂寞杳難尋」の主要な典拠でもあるが、その利用部分はかなり異なる。参考のために、第八十八則の主要部分を引用しておく。

『碧巌録』第八十八則「玄沙三種病」

垂示 （上略）入理の深談《じんだん》、也た須らく是れ七穿八穴《しちせんはっけつ》なるべし。当機敲点《こうてん》、金鎖玄関を撃砕《ぎゃくさい》す。令に拠って行ず、直に得たり蹤《あと》を掃い跡を滅することを。（下略）

本則・本則の評唱――（略）

頌 盲聾瘖啞《もうろういんあ》〔已に、言前に在り。三竅《さんきょう》倶に明らかなり。已に一段と做し了れり〕杳《よう》として機宜《きぎ》を絶す〔什麽《いづれ》の処に向かってか摸索せん。還って計較《けきょう》を做《な》し得てんや。什麽《なん》の交渉か有らん〕天上天下〔正理自由。我れも也た恁麽《いんも》〕笑うに堪えたり悲しむに堪えたり〔箇の什麽《なに》をか笑い、箇の什麽をか悲しまん。半明半暗〕離婁《りろう》正色を辨ぜず〔瞎漢。巧匠《きょうしょう》蹤を留めず。端的瞎す〕師曠《しこう》豈に玄糸《げんし》を識らんや〔聾漢。大功は賞を立せず。端的聾す〕争《いか》でか如かん虚窓の下に独坐して〔須らく是れ恁麽《いんも》にして始めて得べし。鬼窟裏に向かって活計を作すこと莫れ。一時に漆桶《しっつう》を打破す〕葉落ち花開く自ずから時有らんには〔即今什麽の時節ぞ。切に無事の会を作すこと得ざれ。今日も也た朝より暮に至り、明日も也た朝より暮に至る〕復た云く、還って会すや也た無《いな》や〔重説偈言〕無孔の鉄鎚〔自領出去。惜しむ可し放過することを。便ち打つ〕

頌の評唱 盲聾瘖啞、杳《よう》として機宜《きぎ》を絶すと。你が見と不見と、聞と不聞と、説と不説とを尽くして、雪竇一時に你が与に掃却《そうきゃく》し了れり。直に得たり盲聾瘖啞の見解、機宜計較《きぎけきょう》、一時に杳として絶して、総に用不著なることを。這箇向上の事、謂っつ可し真盲真聾真啞、機無く宜無しと。天上天下、笑うに堪えたり悲しむに堪えたりと。（中略）離婁正色《りろうしょうしき》を辨ぜずと。青黄赤白を辨ずる能わず。正に是れ瞎なり。離婁は黄帝の時の人なり、百歩の外能く秋毫《しゅうごう》の末を見る。其の目甚だ明らかなり。黄帝赤水《せきすい》に游んで珠を沈む。離朱《りしゅ》をして之を尋ねしむるに見えず、契詬《かいこう》をして之れを尋ねしむるに亦た得ず。後に象罔《しょうもう》をして之れを尋ねしめて方に之れを獲たり。故に云く、象罔到る時光燦爛《さんらん》、離婁行く処浪滔《とう》天《てん》と。這箇高処の一著、直に是れ離婁が目も、亦た他の正色を辨ずることを得ず。師曠《しこう》豈に玄糸を識らんや。周の時絳《こう》州《しゅう》晋の景公の子、師曠、字《あざな》は子野。善く五音六律を別かち、山を隔てて蟻の闘うを聞く。時に晋、楚と覇を争う。師曠唯だ琴を鼓し、風絃《ふうげん》を撥動して、戦いは楚の必ず功無からんことを知る。然も是《かく》の如くなりと雖も、雪竇道わく、他尚お未だ玄糸を識らざること在りと。聾せざる却って是れ聾底の人、這箇高処の玄音《げんいん》、直に是れ師曠も亦知り得ず。雪竇道わく、我れ亦た離婁と作らず、亦た師曠と作らず。争でか如かん虚窓の下に独坐して、葉落ち花開く自ずから時有らんにはと。若し此の境界に到らば、然も見て見ざるに似、聞いて聞かざるに似、説いて説かざるに似たりと雖も、飢うれば即ち喫飯し、困すれば即ち打眠《たみん》す。任他《さもあらばあれ》葉落ち花開くことを。葉落つる時は是れ秋、花開く時は是れ春、各々自ずから時節有り。雪竇你が与に一時に掃蕩し了れり。又た一線道を放って云く、還って会すや也た無やと。雪竇力尽き神疲れて、只だ箇の無孔の鉄鎚と道い得たり。這の一句急に眼を著けて看ば方に見ん。若し擬議せば又た蹉過《しゃか》せん。（下略）

当該詩（「大愚難到……」）は、『碧巌録』第八十八則の「三種の病人」（虚窓に独坐する人）や、『十牛図』第九「返本還源」の「盲聾」（庵中の人）の系譜を踏まえ、そのイメージを形象化している。――『碧巌録』第八十八則では、世間知と断絶した「三種の病人」（＝「盲聾唖」）の「虚窓に独坐する」人の境地が詠われ、『十牛図』第九でも、その「坐《いなが》らに成敗を観る」「庵中の人」の境地が詠われている――その両者の境地は『臨済録』でいう「無位の真人」の境位である。漱石当該詩では、『碧巌録』第八十八則や『十牛図』第九「返本還源」の言葉をちりばめることによって、その「真人」の境位を形象化している。以下、そのありようを「語釈」を通して考えてみたい。

【大愚到り難く志成り難し】「大愚」は『碧巌録』第八十八則頌の評唱で「真盲真聾真唖」ということばによって示されている境地を指す。その頌で、「盲聾瘖唖　杳として機宜《きぎ》を絶す」（＝分別では理解出来ない悟境）、「天上天下笑うに堪えたり悲しむに堪えたり」（＝人間は分別を捨てることが出来ず笑われたり、悲しんだりする）と詠っているが、「大愚到り難く志成り難し」は、この『碧巌録』の句「盲聾瘖唖　杳として機宜《きぎ》を絶す」を言い換えたものであろう。ここでいう、「盲聾瘖唖」とは、目で見た色、耳で聞いた音等に囚われることなく、この世界を貫いている仏性の無空や無音を心の眼や耳で分かる「無位の真人」の境地を示している。この自由無礙の境位は『十牛図』第九では、「争《いか》でか如《し》か

ん　直下《じきげ》に盲聾の若《ごと》くならんには」と詠われ、第十では布袋の「痴聖」の姿として形象化されている。

【五十の春秋瞬息の程】　第八十八則頌の評唱で、「葉落つる時は是れ秋、花開くときは是れ春、各々自ずから時節あり」と詠われている「秋」「春」から紡ぎ出されていると思われる。この句には、「大自然」の創り出す時間のイメージが意識されている。

【道を観るに言無くして只静に入り】　この句は『碧巌録』第八十八則の意を取って作り出したものであろう。このことを具体的に考えてみよう。

◎「道」――頌の評唱の語句「雪竇……一線道を放って云く」と見える「一線道」（仏への一筋の道）のイメージと結びついていると思われる。その内容は「真盲真聾真唖、機無く宜無し」（仏道の究極の「絶対空」の表現）と同じである。

◎「言無くして」――八十八則頌や頌の評唱の「唖」から導き出されている。また本則の、次の部分とも関係している。
「患聾《げんろう》の者、語言三昧、他又た聞かず　患唖《げんあ》の者、伊《か》れをして説かしむるに、又た説き得ず」（＝禅の真髄である「不立文字・教外別伝」の表現）

◎「静に入り」――垂示の「入理の深談」（山田無文解説＝「不立文字教外別伝という仏法の真髄の問題」）や「聾」で示される絶対空の「無音」から紡ぎ出されている。「静」は、『十牛図』九に「有相の栄枯を観じて、無為の凝寂《ぎょうじゃく》に処す」とある「凝寂」のイメージでもある。山田無文著『十牛図』（禅文化研究所、一九九九年九月）の解説に「無為の凝寂とは、何もない鏡のように澄み切った心境」とある。「静に入り」とは、山田無文がいう、「鏡が物を映すが如くに、ありのままに世界の姿を映してゆける」境地を意味する。

【詩を拈ずるに句有りて　独り清を求む】

◎「拈詩」――諸注、「詩を作る」とする。しかしここでは「詩を手に取る」という意であろう。（第八十八則の本則に「患盲の者、拈鎚竪払《ねんついじゅほつ》、他又見ず」とみえ、この部分が「拈」の字の使用のきっかけになった可能性もある。）

◎「句有りて」――第八十八則本則の評唱や頌の評唱に「句中」や「一句」という字が見える。ここで言う「句中」とは「相対的文句を借りて無限絶対の意を表す」。「一句」とは「般若の空などの根源を表す句」（『禅学大辞典』）の意。漱石当該詩で言う「句有りて」の「句」もまた同様で、その頌にある「無孔の鉄鎚」といった禅の境地を示した「句」を意味している。

◎「独り清を求む」――「独り」は、悟りへの道は一人で行くしかないという仏道修行のありようを示す。「清」は『十牛図』の「本来清浄」のことで、「清を求む」とは、その「清浄」の境位（＝悟りの境地）に達しようとすることであろう。

以上のことから、「詩を拈ずるに句有りて　独り清を求む」とはつぎのような意味であると考えられる。――禅詩を紐解くとそこには禅の境地を示す一句があって、その句に心を浸して、独り「清」の境地（＝『十牛図』第九（「返本還源」）の序で「本来清浄にして一塵を受けず」と詠われている無の境地）を求めるのである。――

ここで言う「句」とは、『碧巌録』や『十牛図』の頌を意味する。当該詩頷聯後半には、その頌に心を浸して、無の境地をつかもうとする漱石自身の意識と、『明暗』の清子の境地を見極めようとする漱石の創作意識が重なっていると思われる。

【迢迢たる天外　去雲の影　籟籟たる風中　落葉の声】

◎「迢迢たる天外」は第八十八則頌の「天上天下」から紡ぎ出しているとおもわれる。「去雲の影」とは、肉眼では見えないものであり、「離婁正色を辨ぜず」（＝眼のよい離婁でも、空の無色の色は見ることが出来ない）から紡ぎ出されている。文意は、人は天外の去雲の影を眼にすることは出来ないが、「庵中の人」であるわたしはその見えない影を見るのである、ということであろう。

◎「籟籟たる風中」（＝風の響きの中）の「風中」は頌の評唱の師曠の説話に見える「風絃《ふうげん》」から紡ぎ出され、「落葉の声」は頌や頌の評唱にある、「争でか如かん虚窓の下に独坐して、葉落ち花開く自ずから時有らんには」の「葉落ち」に基づく。漱石は当該詩のこの句に「師曠豈に玄糸《げんし》を識らんや」（＝耳のよい師曠でも空の音や無の音を聞くことは出来ない」）という意味を重ね合わせている。その全体の句意は、人はざわめく風の響きの中では葉の落ちる音を聞くことは出来ないが、庵中の人はその聞こえない音を聞くのであるという意であろう。この句は『十牛図』第九「返本還源」の頌「争でか如かん直下盲聾の若《ごと》くならんには」の形象化でもある。

【忽ち見る閑窓虚白の上　東山月出でて半江明らかなり】

◎「忽ち見る」――第八十八則の頌で、庵中の人が「葉落ち花開く」自然の姿をあるがままに見ていることや、『十牛図』第九（「返本還源」）序の「水は緑に山は青うして坐《い》ながらに成敗を観る」、その頌の「庵中には庵前のものを見ず」等から紡ぎ出している。「忽ちに見る」とは、「直下《じきげ》に見る」（＝分別を介しないで認識する）ということであり（類例として大正五年九月十日の詩の尾聯に「風月只だ須《すべから》く見ること直下なるべし」などがある）、別言すれば、「直指人心見性成仏」の謂いであろう。

◎「閑窓」――第八十八則頌「争でか如かん虚窓の下に独坐して」の「虚窓」の言い換えである。このことは当該詩では禅の系譜として存在する「庵中の人」の境位が詠われていることを示している。

◎「虚白」――諸注が示すように、『荘子』の「虚室、白を生ず」に基づく語であるが、ここでは、《窓に月光が差し込み、室内が明るくなる》という意味に、《月光（＝虚明）によって見ている風景が「虚」（真実世界）であることを認識する》という意味を重ねていると思われる。「虚白の上」の「上」は、「虚窓の下」の「下」との対で、「虚白」は下語「一時に漆桶《しっつう》を打破す」の「漆桶」との対で紡ぎ出したものであろう。

◎「東山」――第八十八則「本則の評唱」の「五祖老師云う」から導き出されている。「五祖法演禅師」の道場があったところを「東山」と称し、五祖は「五祖法演東山」といわれる。東山に関しては、「東山下の左辺底」・「東山水上行」といった機語（共に分別知では理解できない悟りの世界を意味する）があり、当該詩の「東山」は、このような禅語としての「東山」が喚起する絶対世界のイメージをもつ。

◎「半江」――第八十八則頌にみえる下語の「半明半暗」から紡ぎ出されていると思われる。「半江」の「半」は、「半明半暗」のイメージを投影させており、当該詩における「月出でて半江明らかなり」という風景もまた、絶対世界の根源的イメージを形象化したものであろう。「半明半暗」は『禅学大辞典』に、「現在の段階では明確ではないが、時を得て必ず本分の境涯にいたるであろう意」とある。

当該詩と『碧巌録』第八十八則とのかかわりで最も重要なのは、当該詩の「閑窓」が、第八十八則頌の「争でか如かん虚窓の下に独坐して」の「虚窓」の言い換えという点である。「虚窓」については、禅林にあっては「庵中の人」という系譜があり、柳田聖山『十牛図』解説によれば、〈「宋代には周知の話頭の一つ」で、玄沙三種病人やこれに附する「虚窓」の句などすべて「庵中の人」の消息と見ることが出来る〉という。氏の解説によれば、「虚窓に照《うつ》る姿は、返本還源の自然」であり、「本来清浄にして一塵を受けぬ、虚窓の世界の自己顕現である」。（以上は上田閑照・柳田聖山『十牛図——自己の現象学』筑摩書房、一九八二年三月、二百三十三頁による。）

このことからも当該詩の頸聯や尾聯の後半は、「庵中の人」の坐す室の「虚窓」に照《うつ》る「清」（＝「本来清浄にして一塵を受けぬ世界」）の顕現した世界として形象化されていると考えられる。

◆大意

首聯　大愚（＝何ものにもとらわれない「無位の真人」の境地）には至り難く、その悟りへの志を達成することは難しい。私は五十年の春秋を生きてきたが、それは、春秋を永遠に繰り返す大自然の営みの時間に比すれば、ほんの瞬間にすぎない。

頷聯　真実世界の「道」を観れば、そこには「言」（＝分別知）はなく、ただ「静」（＝凝寂）に入ることによって到ることができる。禅詩を手にすれば、「道」のありようを示す一句があって、その句に心を沈めてわたしは「本来清浄」と詠われているその悟りの「清」の世界を求めるのである。

頸聯　その真実世界は、肉眼では見ることの出来ない「遙か遠く天外に去る雲の影」として顕われ、肉体の耳では聞くことの出来ない、「ざわざわとなる風の中の、音もなく散る落葉の声」として存在している。

尾聯　庵中にいるわたしは一瞬のうちに知るのである。月光（＝般若の光＝虚明）に照らし出された虚白の室の「虚窓」に照《うつ》る大自然の営みの姿を。それは、東山に月が昇り、その月明かりによって暗中に半分明るく江が見えるという「半明半暗」の世界（分別によっては知ることの出来ない本分の世界）である。

漱石は右の漢詩を創った日の午前中、百八十六回（清子と津田の対話のクライマックスの前半）を書いている。その要点は次の通りである。

(1)津田は「昨夕《ゆふべ》は失礼しました」と言って相手の反応を探った。しかし「私こそ」と答える清子の返事に「何の苦痛も認められなかつた」津田は「此女は今朝になつてもう夜の驚ろきを繰り返す事ができないのかしら」、「それを憶ひ起す能力すら失つてゐる」のではないかと感じる。

(2)「昨夕《ゆふべ》は偶然お眼に掛つた丈です」という津田の言葉に、清子は「さうですか知ら」と「故意を昨夕の津田に認めてゐるらしい」「口吻」を示し、津田を驚かせた。

(3)津田が「わざとあんな真似をする訳がないぢやありませんか」と抗弁すると、清子は「だけど貴方は大分彼所《あすこ》で立つてゐらつしつたらしいのね」と答える。

(4)その清子の言葉を聞いた津田は次のように言う。「一体何だつて、そんな事を疑つてゐらつしやるんです」「それでは僕が何のために貴方を廊下の隅で待ち伏せてゐたんです。それを話して下さい」「自分の胸にある事ぢやありませんか」と。それに対して清子は、「私の胸に何にもありやしないわ」という。この単純な一言が「急に津田の機鋒を挫いた。」

(5)この清子の言葉は津田の語勢を飛躍させ、津田は次のような質問を清子にする。「(あなたの胸に何も)なければ何処から其疑ひが出て来たんです」と。それに対して清子は「もし疑ぐるのが悪ければ、謝まります。さうして止します」という。「だけど、もう疑つたんぢやありませんか」という津田の詰問に、「そりや仕方がないわ。疑つたのは事実ですもの。……いくら謝まつたつて何うしたつて事実を取り消す訳には行かないんですもの」と応ずる。

(6)津田は「其事実を聴かせて下されば可いんです」「斯《か》ういふ理由があるから、さういふ疑ひを起したんだつて云ひさへすれば、たつた一口で済んぢまう事です」と詰め寄る。すると清子は「急に腑に落ちたという顔付き」をして、「理由《わけ》は何でもないのよ。たゞ貴方はさういふ事をなさる方なのよ」と答える。それに抗弁する津田は「でも私の見た貴方はさういふ方なんだから仕方がないわ」という清子の言葉を聞いて「腕を拱《こまぬ》いて下を向いた」。

右の要点と当該詩（およびその典拠）との関係を考えていこう。

(1)について――津田は清子の心のありようを全くつかむことが出来ない。この場面で津田が清子の心のありようを理解できないのは、清子の心のありようを、当該詩の典拠である「盲聾瘖唖杳として機宜を絶す」や『十牛図』第十で詠う布袋の「痴聖」と同じ禅境に設定しているからである。

(2)(3)(6)について――(2)で、清子は津田の心にある「待ち伏せ」の意識を見抜く。(3)では、作者は彼女が直接知らない事実を見抜く力の持ち主であることを描き出している。これらのことは清子が「坐《い》ながらにして」すべてのことを見ている「庵中の人」として設定されていることを示している。また(6)では、津田は言葉（ロゴス＝論理）によって、彼女の心の有り様を知ろうとする。しかし清子は、論理とは無縁な直観（＝「直指人心」）によって、津田の心を見抜き、その意図を痛烈に批判しながら、泰然としている。このような清子の意識のありようもまた、『碧巌録』第八十八則や、『十牛図』第九の「坐《い》ながらに成敗を観る」「庵中の人」の形象化であることを示している。

(4)について――清子は「私の胸に何にもありやしないわ」と語る。この清子の言葉は、第八十八則の頌「盲聾瘖唖杳《よう》として機宜を絶す」やその評唱「直《じき》に得たり盲聾瘖唖の見解《けんげ》、機宜計較《けきよう》、一時に杳として絶して、総に用不著《ふぢやく》なることを」（山田無文解説＝「何もない絶対空。そこには機宜、計較、理屈の説明のしようもなければ動かしようもなければ、批評のしようもない。何とも手のつけようのない絶対超越の世界である」）と結び付いていると思われる。なお、頸聯「迢迢たる天外去雲の影 籟籟たる風中落葉の声」は、清子の境地（悟りの境地）の表現と重なっており、漱石は午前中に創作した清子の禅境を午後の当該詩で詠っていると考えられる。

⑸について――この清子の形象は、当該詩の典拠である第八十八則の頌の評唱「若し此の境界に到らば……飢うれば即ち喫飯し、困すれば即ち打眠す」という、あるがままの現実をあるがままに受け入れるという「喪身失命」（「身心脱落脱落身心」の状態）の形象化であろう。

右に百八十六回の清子の特徴と当該詩との関係をみてきた。[9] この清子の特徴は、当該詩の典拠である『碧巌録』第八十八則が示す「庵中の人」の境地の形象化であるといえよう。[10]

＊

次に十一月二十日に書いた百八十七回（清子と津田の対話のクライマックスの後半）と、この日の晩に創作した七言律詩「真蹤……」およびその典拠とのつながりを考えてみたい。

漱石は、『明暗』百八十七回を書いた夜、次の漢詩を創作している。

真蹤寂寞杳難尋　　真蹤　寂寞として　杳《はる》かに尋ね難く
欲抱虚懐歩古今　　虚懐を抱きて　古今に歩まんと欲す
碧水碧山何有我　　碧水　碧山　何ぞ我有らん
蓋天蓋地是無心　　蓋天　蓋地　是れ無心
依稀暮色月離草　　依稀たる暮色　月は草を離れ
錯落秋声風在林　　錯落たる秋声　風は林に在り
眼耳双忘身亦失　　眼耳　双つながら忘れて　身も亦た失い

◆**語釈・典拠**

当該詩の主要な典拠は前詩と同様『碧巌録』第八十八則であろう。

【真蹤寂寞として　杳《はる》かに尋ね難く】

◎「真蹤」――「真蹤」は、あまり用いられない禅語である。（飯田利行注にあるように、『貞和集』巻一に「虚名虚説伝来久し　真語真蹤後人に示す」と見える）

『碧巌録』第八十八則の垂示に「直に得たり蹤を掃い跡を滅することを」とあり、また頌の「離妻正色を辨ぜず」の下語には（瞎漢。巧匠《きょうしょう》蹤を留めず。）（＝大自然は大自然の作った跡を残していない）とある。頌の評唱「謂っつ可し真盲真聾真唖、機無く宜無し」には「真」の字が見える。漱石はこれらの部分から、「真蹤」という語を想起していると思われる。「真蹤」は別の表現をすれば、「道」の到るところ、即ち「大愚」であり、その内容は、悟りの世界（＝「身心脱落」の境地）である。

◎「寂寞」――『荘子』外篇　天道第十三に「夫れ虚静恬淡、寂寞無為なる者は、万物の本なり。」とみえる。福永光司（『新訂中国古典選』朝日新聞社昭和四十一年四月）はその解説で、「虚静恬淡寂寞無為」を「道すなわち真実在を形容する言葉」「万物の根源的な在り方」とし、『老子』（第二十五章）の「寂寥」と同義とする。（前詩の頷聯の典拠と重なる。）

◎「杳《はる》かに尋ね難く」――『碧巌録』第八十八則頌および頌の評唱にみえる次の部分を踏まえている。

「杳として機宜《きぎ》を絶す（什麼《いづれ》の処に向かってか摸索せん。還って計較《けきょう》を做《な》し得てんや。什麼《なん》の交渉か有らん）」

当該詩のこの部分とこの頌はともに「杳」の字を持つ。また「尋ね難く」と、「機宜《きぎ》を絶す」（山田解説＝一切を払い尽くし、尽大地塵一つない、廓然無聖という境界）は同内容である。下語の「什麼《いづれ》の処に向かってか摸索せん。還って計較《けきよう》を做し得てんや。什麼《なん》の交渉か有らん」の「摸索」「計較《けきよう》」「交渉」は類似語で、「尋」と置き換えうる。このことは、当該詩の「杳《よう》として尋ね難く」が『碧巌録』第八十八則の頌やその評唱を踏まえていることを示している。この詩句は前詩の句「大愚難到志難成」を漱石の心境に即して言い換えたものということが出来よう。

【虚懐を抱きて古今に歩まんと欲す】 この句は「虚窓の下に独坐して」自然の営みのありさまを見ている「庵中の人」のイメージの形象化であろう。この背景には、『臨済録』「示衆」の次の禅句が念頭にあったと思われる。「道流、心法形無うして、十方に通貫す。（中略）一心既に無なれば、随処に解脱す。」

「古今を歩まんと欲す」と類似した句は、右以外にも、『槐安国語』巻一「古今一路に行く」、『碧巌録』第六「雲門日日好日」本則の評唱「日々是れ好日。此の語古今を通貫し、従前至後一時に坐断す」、『十牛図』第七「一道の寒光、威音劫外」（「一道の寒光」になりきって、威音劫外の世界をも認識する）などがある。また、この一句は、『十牛図』第九で言う「有相の栄枯を観じて、無為の凝寂に処す」ということでもある。「虚懐」と「無為の凝寂」とは類似。「古今に歩まんと欲す」と「有相の栄枯を観じ」も通底する。

【碧水碧山何ぞ我あらん　蓋天蓋地是れ無心】 「碧水碧山」と『十牛図』第九序の「水は緑に山は青うして」は同じ。「碧水碧山」は道の体現。その根本は「無」。「蓋天蓋地」は『碧巌録』第八十八則の「天上天下」と同じ。（「蓋天蓋地」は大正五年十一月十三日の詩「自笑壺中大夢人……」の典拠『碧巌録』第七十則頌の下語にみえる。）

【依稀たる暮色月草を離れ　錯落たる秋声風林に在り】 この句は第八十八則の頌「離婁《りろう》正色を辨ぜず」と「師曠《しこう》豈に玄糸《げんし》を識らんや」を踏まえている。以下、これについて考えてみたい。（山田無文の解説文に基づき、文意をわかりやすく示した。）

「離婁正色を辨ぜず」については、「頌の評唱」で次のように紹介されている。離婁（視力の優れた伝説上の人物）は、百歩の先にある「秋毫《しゆうごう》の末」（動物の細かい毛の先）をも見る能力を持つが、黄帝が川に珠（＝道の比喩）を落としてしまったので、離婁に探させたが見つけ得なかった。そこで契詬《かいこう》（口やかましさの擬人化）に探させたが見つけ得なかった。ところが後に象罔《しようもう》（無形・無心の擬人化）に探させると見つけることが出来た。その理由は象罔《しようもう》のような無心者にあっては珠（＝道）は「光燦爛」としているが、離婁のような賢い者の行くところは「浪滔天《とうてん》」（＝問題が生ずる）だからである。「這箇高処の一著」（＝すべてを超越した向上の端的）にあっては、離婁の目でも「正色」（＝空の色や無の色）を見ることが出来ない。

「師曠《しこう》豈に玄糸《げんし》を識らんや」については頌の評唱で次のように紹介されている。師曠（耳のよい者）は「五音六律」（＝五音という音色、六律という声の調子）を聞き分け、山を隔てた蟻の戦う声を聴いた。晋が楚と争った時、師曠は「琴を鼓し、風絃《ふうげん》を撥動して」（＝北風、南風という曲を琴で弾いていたが、北風は勢いがよかったが、南風の曲を弾くと少しも勢いが出なかったので）楚の負けることを知った。しかし、このような耳のよい師曠も「這箇高処の玄音」（＝向上の端的である空の音や、絶対無の音）は聴くことが出来ない。

頌の「離婁正色を辨ぜず」と「師曠《しこう》豈に玄糸《げんし》を識らんや」は以上の話を踏まえている。漱石当該詩の「依稀たる暮色月草を離れ」の「色」と、「錯落たる秋声　風林に在り」の「声」とは、右の第八十八則頌の「離婁正色を辨ぜず」の「色」、「師曠《しこう》豈に玄糸《げんし》を識らんや」の「玄糸《げんし》」（＝「声」）と一致している。このことは当該詩の頸聯がこの頌の部分を踏まえて作られており、当該詩の頸聯「依稀たる暮色月草を離れ　錯落たる秋声風林に在り」には、次のような内容が込められていることを示している。――大自然が作り出す「暮色」や「秋声」の表面的色や声は認識できても、その色や声の背後にある大自然の本当の姿（「無色」や「無音」）を人は理解することは出来ないのだ。

◎「依稀たる暮色」――「暮」は、「葉落ち花開く自ずから時有らんには」の下語（……今も也た朝より暮に至り、明日も也た朝より暮に至る」の「暮」と同字である。このことは、漱石が、この下語の「暮」と「離婁正色を辨ぜず」から「暮色」という語を紡ぎ出していることを示していると思われる。

◎「月は草を離れ」――『十牛図』第七「到家忘牛」の「月の雲を離るるに似たり」という表現を利用したものだろう。「草」は俗世の意識（煩悩）の象徴であり、「月が草を離れる」は、俗世の意識から離れて、真実世界（虚の意識）に入ることを表わす。

◎「錯落たる秋声」――当該詩の頌の評唱「葉落つる時は是れ秋、花開く時は是れ春」の「秋」と、「師曠《しこう》豈に玄糸《げんし》を識らんや」の師曠は耳がよくても「玄糸」の声（音）を聞くことが出来ないという内容から紡ぎ出していると思われる。

◎「風は林にあり」――これもまた、師曠の「風絃《ふうげん》」の「風」、「葉落つる時は是れ秋、花開く時は是れ春」の「葉落つる」から、「風」や「林」を紡ぎ出している。

当該詩の頸聯は「庵中の人」の心眼に映る自然の姿を、形象化したものといえよう。（「錯落たる秋声　風は林に在り」は、前日の詩の句「籟籟たる風中　落葉の声」の別表現でもある。）

【眼耳双つながら忘れて　身も亦た失し】

◎「眼耳」・「身」――第八十八則の「盲聾瘖唖」や禅語「喪身失命」などを踏まえている。当該詩で、「眼耳」と「身」とを分けて詠っていることには、頌の評唱の「庵中の人」の次の境界を念頭に置いていると思われる。「見て見ざるに似、聞いて聞かざるに似、説いて説かざるに似たりと雖も、飢うれば即ち喫飯し、困すれば即ち打眠す」。「身も亦失い」は、第八十八則の「葉落ち花開く」の白隠評に「諸佛モ喪身失命」とあることと繋がる。

◎「双つながら忘れて」――『唱道歌』「心法双び亡じて性即ち真なり」を踏まえる。この句は、『碧巌録』第九十則の頌の評唱にも見える。その内容は「身心脱落脱落身心」と同じ。第八十八則の「端的唖す」の白隠評に、「身心脱落々々身心スルト此ノ場ガアル」と見える。

【空中で独り唱す白雲の吟】

◎「空中」――「空中」は「般若心経」でいう「空」と同じ。ここでの「空中」とは、尾聯の前半で詠った「眼耳双つながら忘れて身も亦失う」状態、すなわち「身心脱落、脱落身心」の状態の表現である。別言すれば、「無」になりきっている状態をいう。ここでは「身心脱落」した（と観じている）漱石の意識のありようを表現したものであろう。

◎「白雲の吟」――「白雲」は空と有を超越した絶対世界の象徴。『禅語大辞典』に無礙空について、「真空妙有（空と有とのふたつの対立概念の分別を超越したもの）の境であり、禅における身心脱落・脱落身心もこの無礙空にほかならない」とある。「白雲の吟」とは、その悟りの世界を詩によって表現するという意味であろう。このような意味を示す禅句には「白雲深きところ、金龍躍る」(『槐安国語』)、「人間の是と非とを截断して白雲深きところ柴扉を掩う」(『大智偈頌』)、「白雲は無心にして青山は壽《いのちなが》し」(『雪竇頌古』)などがある。

◆大意

首聯 真実世界(空)への道は「寂寞」(万物の根源である「無為凝寂」の形容)としており、遙か彼方にあり、たどることは至難である。しかしわたしは心を無心の境界(時間や形を超越した自由無礙の状態)に置き、(臨済が「心法無形にして十方に貫通す」といわれたように、又『十牛図』第九序で「坐《いなが》らに成敗を観る」と詠っているように)古今のあるがままの姿を観じて行きたいと願う。

頷聯 人は「我」(=分別の意識)から離れることは容易ではないが、しかし大自然の姿が顕現している「碧水碧山」に「我」があろうか。大自然が作り出した天地は無心であり「我」はないのだ。(この無我の世界にこそ人は生きるべきなのだ)。

頸聯 朧な暮色のなかで月が昇り、地上の草から離れていく。(真実世界は人間の分別から離れることによって立ち現れるのだ。)ざわめく秋声を響かせる風は林の中にある。(人はその風景の背後にある大自然の創り出す「無色」という色を見ることも、「無声」という「声」も聞くことが出来ないが、わたしはその無色を見、その無音を聴いているのだ。)

尾聯 わたしはすでに俗世で生きるに必要な分別(=眼や耳)をも忘れてしまい、この身さえも失って、(「般若心経」が示す)「無眼耳鼻舌身意」の状態にある。わたしは、その「空」の状態である「身心脱落脱落身心」・「喪身失命」という境地(=「空中」)から、「白雲の吟」(有を超越した真実世界)を独り唱じているのである。

当該詩の中心的典拠もまた前詩の典拠『碧巌録』第八十八則である。[11] あえて前詩と当該詩との違いをいえば、前詩では「真人」の境地を得ようとする意識が濃厚であるのに対し、当該詩では、その「真人」になりきった意識の表出に力点があるといえよう。

『明暗』百八十七回は百八十六回の続きであり、その津田と清子の対話内容は百八十六回と同様に『碧巌録』第八十八則が踏まえられている。百八十七回の要点と『碧巌録』第八十八則との関係を考えてみよう。

⑴百八十七回の冒頭で、「何だか話が議論のやうになつてしまひましたね。僕はあなたと問答をするために来たんぢやなかつたのに」という津田の言葉に、清子は「私にもそんな気はちつともなかつたの……故意ぢやないのよ」と応じ、津田の「つまり僕があんまり貴女《あなた》を問ひ詰めたからなんでせう」という言葉にも「まあさうね」と「微笑」する。津田は清子のこの「微笑」に余裕を認め、我慢しきれず「問答序《ついで》に、もう一つ答へて呉れませんか」と問いかける。清子は「えゝ何なりと」と応ずる。津田は清子の「あらゆる津田の質問に応ずる準備を整へてゐる人のやうな答へ振《ぶり》」に失望し、「何もかももう忘れてゐるんだ、此人は」と感じる。

右の津田の意識に映る「何もかももう忘れてゐる」という清子の態度は、当該詩で詠う「眼耳双つながら忘れて身も亦失」っている姿——すなわちその典拠『碧巌録』第八十八則でいう「真盲真聾真唖」(=「喪心失命」・「身心脱落」)の形象化といえよう。

⑵次いで津田は右の清子の態度が、「清子の本来の特色である事にも気が付」き、津田に対する特別な感情(=「私」)を探すことが無駄であることを感じながらも、言葉によって清子を追い詰め、清子のうちにあるはずの津田に対する特別な感情(=私)を見つけ出そうとして、清子と次のような対話を続ける。

まず津田は、次のように質問をする。「昨夕《ゆふべ》階子段の上で、貴女は蒼くなつたぢやありませんか」と。すると清子は「なつたでせう。……貴方が蒼くなつたと仰しやれば、それに違ないわ」と応ずる。次いで津田は「僕の認めた事実を貴女《あなた》も承認して下さるんですね」と問う。すると清子は、「承認しなくつても、実際蒼くなつたら仕方がないわ、貴方」とその事実を無条件に認める。津田は「それから硬くなりましたね」と問い、清子の心の動きの中に津田に対する「私」の意識を探そうとする。しかし清子は「え、、硬くなつたのは自分にも分つてゐましたわ。もう少しあの儘で我慢してゐたら倒れたかも知れないと思つた位ですもの」と、自分の変化を事実として認めて泰然としている。津田は最後に次のように問う。「つまり驚ろいたんでせう」と。しかし清子は「ええ、随分吃驚したわ」と何の躊躇もなく応ずる。津田は清子との対話の中に、清子の自分に対する特別な感情の存在を探そうとしたのであるが、津田は清子の返答に、自分に対する特別な感情を全く見出すことが出来なかったのである。

右に見た清子の態度は、『碧巌録』第八十八則の頌「争《いか》でか如《し》かん虚窓の下に独坐して、葉落ち花開く自ずから時有らんには」――ありのままの世界をありのままに見ていく――という「庵中の人」の禅境の形象である。この場面で津田が清子の心をつかむことが出来ないのは清子の境地が「杳《よう》として機宜を絶す」という状態に設定されており、津田には、その頌の下語「什麼《いづれ》の処に向かってか摸索せん。還《かへ》つて計較《けけう》を做《な》し得てんや。什麼《なん》の交渉か有らん」（＝本来その姿がないのだから尋ねようがない）という意識のレベルが付与されているからなのである。

⑶津田は林檎をむいている清子の指先を見て、一年以上前の昔を思い起こし、清子が全く変わっていないこと、しかし彼女の指を飾る美しい二箇の宝石の光が二人の間を遮っていることを認めねばならなかった。彼は「当時を回想するうつとりした夢の消息のうちに、燦然たる警戒の閃めきを認めねばならなかつた」。そこで津田は視線を清子の手から彼女の髪に移し、その髪型の「庇《ひさし》」に自分に対する感情のしるしを読み取ろうとする。しかし彼は彼女の髪型にもそのしるしを全く認めることが出来なかった。

右の場面は、『碧巌録』第八十八則頌の評唱に引く離婁の説話の次の傍線部と関係があると思われる。

離婁は「百歩の外能く秋毫の末を見る」人であったが、黄帝が珠（＝道）を川で失ってしまったので、目のよい離婁に探させたが見つけることが出来ず、象罔（＝無心）に探させると見つけることが出来た。「故に云く、象罔到る時光燦爛、離婁行く処浪滔天と。這箇《しやこ》高処の一著《いちじやく》、直《じき》に是れ離婁が目も、亦た他の正色を弁ずることを得ず」

この部分で留意すべきは、百八十七回との次のような類似である。

(a)清子の指には二個の宝石があり、津田はその輝きが清子と自分との間を遮っていると感じるが、津田は清子の指にある宝石の存在の意味を自分の心の問題として認めることが出来ない。一方、『碧巌録』第八十八則の故事では、離婁は、目がいくらよくても探している珠を見つけることが出来ないが、無心の象罔はその珠を見つけることが出来た。即ち、清子は宝石（＝珠＝無心）を持つが、津田はその宝石（無心）を理解できない寓意として、この故事が利用されている。

(b)津田はその宝石の光に「燦然たる警戒の閃き」を認めねばならなかった。一方、第八十八則では、「象罔到る時光燦爛、離婁行く処浪滔天」とあり、共に「燦」の字が使われている。

(c)津田は清子の髪型に自分に対する「私」を探すが見付けることが出来ない。一方、離婁は「秋毫」（＝動物の毛）を見付け得る目のよい人であったが珠を見つけることが出来ない。両者は共に「毛」（＝髪）を見るが、大切なこと（＝無）を見ることが出来ないという点で共通する。

右に見た諸点の類似は、『明暗』のこの場面が『碧巌録』第八十八則の離婁の故事を踏まえていることを示していると思われる[12]。

(4)津田は、「一旦捨てやうとした言葉を又取り上げ」「僕の訊きたいのはですね」と、次のように清子に質問を発する。「昨夕《ゆふべ》そんなに驚ろいた貴女《あなた》が、今朝は又何《どう》してそんなに平気でゐられるんでせう」「僕にや其心理作用が解らないから伺ふんです」と。すると清子は「たゞ昨夕はあゝで、今朝は斯《か》うなの。それ丈よ」と答える。

この清子の態度も、『碧巌録』第八十八則頌の評唱の「此の境界に到らば、……飢うれば即ち喫飯し、困すれば即ち打眠す」という、ありのままの世界をありのままに受け入れる「庵中の人」の境位の形象化であろう。より具体的には、清子の言葉「たゞ昨夕はあゝで、今朝は斯《か》うなの。それ丈よ」は、「葉落ち花開く自ずから時あらんには」の次に引く下語の傍線部と関係していると思われる。


「即今什麼《なん》の時節ぞ……今日も也《ま》た朝より暮に至り、明日も也た朝より暮れに至る」（＝ありのままで、少しも変わっていないの意）

津田が清子の「其心理作用が解らない」と感じるのは、もちろん漱石が清子の境地を「杳《よう》として機宜を絶す」という境地に設定しているからである。
(5)清子の境地をまったく理解できない津田は、「説明はそれ丈なんですか」と念を押さずにはいられなかった。そしてなお津田は「然し貴女は今朝何時《いつ》もの時間に起きなかつたぢやありませんか」（＝僕の存在があなたに影響を与えている証拠ではないか）と、清子のうちにあるはずだと考える自分に対する特別な感情を求めずにはいられなかった。この津田の執拗な追求に対する清子の一言と、それに対する津田の反応が次のように描かれる。

「成程貴方は天眼通でなくつて天鼻通ね。実際能《よ》く利《き》くのね」

冗談とも諷刺とも真面目とも片の付かない此一言の前に、津田は退避《たぢろ》いだ。

ここに描かれている清子の一言は、百八十三回の語り手の表現を使うならば、津田を「眼覚《めざま》しい早技で取つて投げ」たのである。津田は清子の一言で、已の我意の低劣さを思い知らされ「退避《たぢろ》」かざるをえない。

清子が津田に放った言葉——「貴方は天鼻通ね」——が示す津田の姿は、『碧巌録』第四十三則「洞山無寒暑」で、洞山和尚の言葉について回りながら、しかし洞山の示す境地を悟ることの出来ない僧の比喩として使われている「犬」や、「般若心経」の「無眼耳鼻舌身意」の「鼻」などが意識されていたと思われる。

右に見たように、当該詩の主要な典拠『碧巌録』第八十八則を中心とした禅書が、百八十七回の清子の形象の典拠であるといえよう。漱石は『碧巌録』第八十八則で示す「庵中の人」〈=「真人」〉の境位を『明暗』百八十七回で、清子の意識として移しているのである。


作者漱石は、午前中に『碧巌録』第八十八則の「庵中の人」の境地を清子の意識として形象化し、午後の漢詩では、その清子の典拠である「庵中の人」になりきった漱石自身の意識を詠っている。漱石はなぜ津田と清子の対話場面のクライマックスを執筆した後、清子の形象の典拠である『碧巌録』第八十八則に基づいた詩を創作しているのであろうか。

その理由については、さまざまな要素が考えられるが、その典拠の中心である『碧巌録』第八十八則では「端的瞎《かつ》す。是れ則ち接物利生」と、人間を無心にすることが「衆生済度」になると強調していること、また『十牛図』第十「入鄽垂手」のテーマが「衆生済度」であることと深い関係があろう。

漱石が午後の漢詩において「庵中の人」の境地を詠っていることは、清子の境地の影響を受けた津田が已の心を我執から解き放つことが出来る条件として、作者漱石の境地を清子の境地に高めることが必要だったからであると考えられる。なぜなら、津田が清子との対話によって「我」の世界から抜け出すことが出来ることと、作者漱石が禅書を紐解き、その「一句」の中に身を沈めて「真人」の境地を感得し、漱石自身が「身心脱落」という境地になりきり、その境地を清子のうちに形象化することとは、表裏の関係にあるからである。

以下、『明暗』における清子の役割が津田の精神的再生を導き出すことにあることを、津田が清子の部屋に入ってから津田の我執の心が薄らいでいき、彼本来の意識が立ち現れてくるまでの描写を整理しながら考えてみたい。

百八十三回で、津田は果物籃を両手にぶら下げて縁側から出てきた清子の姿をみて、「子供染み」た「滑稽」さを感じ、緊張が緩んでいく。

百八十四回の津田は、清子の「何《ど》うもお土産を有難う」という言葉に接し、「もとより嘘を吐《つ》く覚悟で吉川夫人の名前を利用した」が、「もう胡麻化すといふ意識すらなかつた」。そして清子の「微笑」に接し「嘘から出立した津田の心は益《ますます》平気になる許《ばかり》であつた。」

百八十五回の津田は、気がつくと、「昔の女に対する過去の記憶が何時《いつ》の間にか蘇生し」起こるべき手持ち無沙汰の感じも「不思議にも急に消えた」。また、清子の夫関を話題にした津田の言動について、語り手は「正に居常お延に対する時の用意を取り忘れてゐたに違なかつた」と描写している。

百八十四・百八十五回の津田は清子に接し、彼の平生の技巧を旨とする我執の態度が後退し、彼本来の意識（内にある自然な感情）が前面に現れ出すのである。しかしながら、百八十五回の最後の場面で、互いが「遠々しくなる」のは、「仕方がないわ、自然の成行だから」という清子の挨拶を聞いて、「さうですね」と答えた津田の内部では「それ丈で疎遠になつたんですか。それが貴方の本音ですか」という詰問が彼の内部に隠れていた、と語り手は描き出し、さらにその不満足を、「私」と名づけることが出来なかった津田は、自分を「特殊な人」「有識者」と見なすことで、「通り一遍のものより余計に口を利く権利を有《も》つ」（＝清子の中に「私」を捜す権利がある）と合理化した、と語り手は解説している。すなわち、津田は、自分と清子の間には、「恋愛」という当事者間でのみ成立する特別な「私」の感情があったはずであり、現在でも自分が清子に特別な感情を持っているように、清子もまた自分に特別な感情を持っているはずだと考え、清子との特別な関係（私）を清子の中に求めずにはおれなかったのである。こうして百八十六回から、津田が清子に「私」を求める場面が始まるのである。

百八十六回の津田にあっては清子の「私」を求める意識が前面に立ち現れ、津田の言葉は嘘に彩られた技巧によって塗りつぶされる。しかし津田の技巧は清子にはまったく通じず、津田にとって清子は取り付くことの出来ない絶壁としてそそり立つ。そして清子の一言によって「取つて投げられ」る津田の姿が描かれることになる。

先に清子の境地との関係で百八十七回の展開に触れたが、ここではさらに百八十七回で描かれた執拗な津田の詰問のうちに現れている、自分の技巧を押さえ込もうとする意識（我意我執とは異なる「彼本来の意識」）を摘記してみたい。

①「何もかもう忘れてゐるんだ、此人は」という失望のうちに、津田は「同時にそれが又清子の本来の特色である事にも気が付」く。

②「私」のない清子の姿をみて、彼は技巧に彩られた質問を「一旦捨てやうとした」。

③「昨夕《ゆふべ》そんなに驚いた貴女《あなた》が、今朝は又何《ど》うしてそんなに平気でゐられるんでせう」と津田は清子にあるはずだと考える「私的な感情」の存在を引き出そうとする。しかしすでにこの言葉には、津田の関心が清子の意識のありようそのものを知りたいとすることに移っていることを示している。ここでは、彼の第二の意識（彼本来の意識）が顔を覗かせているのである。

④清子から「たゞ昨夕《ゆふべ》はあゝで、今朝は斯《か》うなの」という答えを聞いたときの彼の意識を語り手は次のように描写している。

もし芝居をする気なら、津田は此所で一つ溜息を吐《つ》く所であつた。けれども彼には押し切つてそれを遣《や》る勇気がなかつた。此女の前にそんな真似をしても始まらないといふ気が、技巧に走らうとする彼を何処となく抑へ付けた

ここでは彼の日常を支配している「技巧」を旨とする彼の意識とは異質な、彼のうちにある「彼本来の意識」が立ち現われ、彼の言動に影響を与え出していることを語り手は描き出しているのである。

『明暗』最後の回となった百八十八回をみていこう。――津田は清子との対話の中で、彼女の眼の光に接し、彼女の眼のうちにある「信と平和の輝き」の記憶が甦ってくる。この場面で津田はその光がやはり「昔と違つた意味で」存在している（＝彼女は津田にもう「信」を置いていないが、清子自身の心のありようはまったく変わっていない）と「注意されたやうな心持」がして、「一種の感慨」に打たれる。津田に「注意した」ものこそ、彼のうちにある「彼本来の意識」（第二の意識）に他ならない。そしてこの回の最後で、清子の「微笑」に接し、「其微笑の意味を一人で説明しようと試みながら自分の室に帰つた」津田の姿が描かれる。この場面で津田が清子の「微笑」の意味を知らずにはおれないのは、津田の内部にある第二の意識が彼の内部で強い力を持ち始めているからである。この清子の微笑には、すでに指摘したように、『十牛図』第十の布袋和尚の「笑い腮《あぎと》に満つ」が重ねあわされており、津田が清子の「微笑」に影響を受け出すことには、『十牛図』第十の布袋和尚の「衆生済度」のイメージと結びついていると考えられる。

『明暗』は、百八十八回の最後で、津田が清子の「微笑」の意味を考え続けるところで、中絶している。しかし中絶する直前のこの場面は、津田が清子に強い感化を受け出していることを示しており、右に見てきた整理によっても、津田にあっては清子との対話の中で、次第に彼本来の意識（彼のうちにある第二の意識）が引き出されて来

ていることが知られる。

勿論、果たして津田の内部にある「彼本来の意識」が、彼の我意我執を消滅させることが出来るかどうかは定かではない。しかし漱石は、清子と津田を対話させることで、その可能性を求め、その津田の意識の動きを克明に描き出そうとしていたのである。(13)

以上のことを考えるならば、十一月十九・二十日の七言律詩「大愚……」「真蹤……」の創作は、漱石が已の精神的ありようを「庵中の人」の境地（＝禅的「無」の境地）に徹底化させることにあり、そのことによって、津田が已の我意識から抜け出て、津田の内部にある彼本来の意識を引き出すことが可能となる条件、すなわち『明暗』における「入鄽垂手」の枠組みを作り出すことにあったことが理解されるのである。清子と津田の対話場面の創作とこの時の漢詩創作とは明らかに結びついているのである。

おわりに

本稿では『明暗』における清子と津田の対話場面や清子の形象が禅的要素によって彩られていることを明らかにし、次いでこれらの場面とこの時期に創作された三つの七言律詩とその典拠との関係を検討し、この時期の漢詩創作の意味を考えてきた。漱石にあって、禅的思惟に彩られたこの時期の漢詩創作は、清子の境地に移し入れるべき禅的境地を已の感性において摑み取り、その悟境を清子のうちに形象化する作業の一環でもあった。漱石は、このような作業を通して清子のうちに禅的悟境を形象化し、我執の人である津田をその清子と対話させ、その対話を通して津田の意識のうちにある彼本来の意識（＝本来の面目に繋がる第二の意識）を引き出し、津田の精神的再生の可能性を追求しようとしたと考えられる。漱石における禅的思惟は、津田の意識の多層性に光を当て、その内奥に存在する人間の内なる意識のありようを描き出すための、芸術的枠組みとして機能しているのである。

注

(1) 第一部第三章「『明暗』における『自然物』と『西洋洗濯屋の風景』」参照。

(2) 漱石の漢詩、明治四十三年十月四日の「黄花の節」や、同年十月八日の「黄花」(＝菊花)は禅道とかかわる。また、『狂雲集』下(『一休和尚全集』第二巻、春秋社)の「黄菊」の注(蔭木英雄氏)には、『碧巌録』第九十七則、「鬱々たる黄花、般若に非ざる無し」(道生法師の言葉)を引き、さらに「五燈会元」の三玄三要に関わる「菊花」の例、別本「狂雲集」にある「領略汾陽黄菊禅」の用例を引き、「黄菊は般若の智恵や三玄三要の象徴」とする。この注釈によっても、菊が禅道の象徴的意味を持っていることが知られよう。漱石は清子の部屋の床の間に寒菊の花を描き込むことによって、津田が禅的世界に入り込んでいること、清子の精神的境位が禅の悟境と結びついていることを暗示しているのである。なお、本稿の視点とは異なるが、「寒菊」に「深い象徴的意義」を認めている論に、岡崎義恵「『明暗』」(「漱石と則天去私」『日本芸術思潮』第一巻、一九四三年十一月、岩波書店)がある。

(3) 本稿での『十牛図』の引用は柳田聖山「住鼎州梁山廓庵和尚十牛図」(『十牛図　自己の現象学』筑摩書房、一九八二年三月所収)による。

(4) 上田閑照「自己の現象学――禅の『十牛図』を手引きとして――」(『十牛図　自己の現象学』筑摩書房所収)八四頁。なお本稿での『十牛図』の理解は、同書によっている。

(5) この「耳朶」には禅の巨大な諸要素が凝縮して表現されている。バフチンの表現を借りれば禅の「紋章性」ということが出来よう。(『ミハイル・バフチン全著作』第五巻「小説における時間と時空間の諸形式」三五六頁。水声社、二〇〇一年四月)

(6) 本稿での『碧巌録』の原文やその理解は、山田無文『碧巌録全提唱』(禅文化研究所、昭和六十三年七月)による。

(7) 禅的世界を詠んだ『拾得詩』にも「自笑……」の詩があり、この詩は、他人から見れば馬鹿げた生き方と映る禅的生を肯定した内容を持ち、この漱石の「自笑……」の詩と同一の表現構造をもつ。したがって、「自笑」を「自嘲」と理解する必然性はない。

(8) 『白隠禅師提唱「碧巌集秘鈔」』(原版大正五年、至言社、昭和四十八年八月)

(9) 『明暗』百八十六回以外で留意すべきは、次の諸点であろう。『明暗』百八十八回には、清子の眼について「彼女の眼は動いても静かであった。」と描かれている。この「静」は、当該詩の「只静に入り」の「静」と結びついていると考えられる。同様に「清を求む」の「清」(=「本来清浄にして一塵を受けず」の境地)も清子の境位と重なっている。

(10) 清子の形象が優れているかどうかは議論の分かれるところである。現代人の多くが、言葉だけでは禅的世界のありようが十分に理解できないのと同様に、多くの読者には清子の境位や津田と清子の対話の内実が十分に理解しがたいことも、この問題(=「不立文字」)と結びついているからである。

(11) もちろん『十牛図』等の影響もあるが、その中心は『碧巌録』第八十八則であろう。

(12) 百七十九回では津田は「鋭敏な彼の耳は……足音を聴いた」と描写されている。この表現もまた『碧巌録』第八十八則の耳のよい「師曠」が踏まえられていると考えられる

(13) 津田の精神的再生の可能性は、清子の形象が示すような「大死」の状態(我意我執の消滅)だけでなく、学習院での講演で漱石が述べているような、「個人主義」(=他人の立場をも十分に配慮して、自分の言動に対して倫理的な責任を持つ「個人主義」)への方向〈たとえば、百六十二回で小林は津田に対して「夫らしくするかしないかが問題なんだ」と忠告しており、このようなお延に対する「夫らしさ」の自覚への方向〉もありえるであろう。『明暗』のテーマに即していえば、津田の大死の問題は、彼の「夫らしさ」と結びついているはずである。『明暗』における禅的思惟は、芸術的枠組みであり、漱石の作家としての現実を見る眼は、その枠組みを梃子にして、現実に生きる人間のあるべき倫理的意識を追及しているからである。

補章　『明暗』第二部の舞台——湯河原と天野屋旅館

1　『明暗』構想の原型——水墨画「花開水自流図」と湯河原

漱石一周忌に夏目家から縁故者に配られたと推定される『漱石遺墨』（題簽は菅虎雄筆、国華社印行）〈八木書店の『著者別書目集覧』（昭和三十四年刊）に「漱石遺墨（帙入）国華社　大6・12　大」とみえる。〉の中に「花開水自流図」と題する水墨画（大正四年十二月）が収められている。（創藝社刊『漱石遺墨集』〈昭和二十九年七月〉にも載る。）その画の原画は創藝社刊『漱石とその世界』のなかに「スケッチブックより」として掲載されている中の一枚であるが、そのスケッチの対象や性格は不明である。今のところ確たる証拠を見つけることができていないが、私はこのスケッチを元にして創作したこの水墨画に描かれた景には、湯河原の風景と天野屋旅館のイメージが投影しており、さらに言えば、『明暗』の原型が描き込まれているのではないかと想像している。この画が作られたのは、漱石が一回目の湯河原行きから帰った大正四年十一月十七日からしばらくしてのことであり、漱石の『明暗』構想時期と重なるからである。

この水墨画は次のような構図を持つ。画の上から下へと川が蛇行している。画の中央から下方（近景）には四つの巨岩があり、川はその巨岩の間を流れ下っている。左下の巨岩の上には立派な枝振りの松が二本聳えており、その巨岩の傍らに商店を示す旗が靡く家が二軒ある（俗界）。右にある巨岩との間はやや広い通路になっており、川辺には小橋が掛かっている。橋の対岸にある二つの巨岩の隙間は通路となっており、そこには石門がある（俗界と真実世界とを隔てる結界）。その奥（画の中央）には、欄干のある大きな旅館らしき、くの字型に曲がった建物がある。また上流の左右にも欄干のある大きな旅館とおぼしき建物が建ち並んでいる。その遠景には険しい山がそそり立ち、そのあいだから滝が流れ落ちている（禅的真実世界）。

この画は漱石の創り出した禅的世界のイメージの形象であるが、しかし、ここには漱石の湯河原のイメージも投影されているように感じられる。両者の類似点を列挙してみる。①この画の近景には巨岩群が立ち並び、川向こうの二つ並んだ巨岩の間の隙間には細い道があり、そこにある石門を通らねば、その奥に拡がる世界に行くことは出来ないように描かれている。一方湯河原の落合橋辺り（藤木川と千歳川の合流地点）は、箱根外輪山の小高い麓が迫り、そこに両方の川から流されてきた巨岩が集積し、道は山の小高い麓（崖）と巨岩（挟石《はさみいし》）に挟まれた僅かな隙間を曲がりくねって通っているという交通の難所であったが、温泉街に行くには、ここを通らねばならなかった。（現在は道路が拡張され昔の面影はないが、新たに掛けられた万葉橋の下には当時の巨岩群の名残が見える。）②この画では手前の巨岩の上に松が二本（原画のスケッチでは三本）聳えているが、湯河原の落合橋に迫っている山の麓の頂きには、湯河原のシンボルであった見附の松が四本聳えていた。（見附の松は、近年まで崖の上に建つ松阪屋旅館の庭に残っていた。）③この画には欄干のある、くの字に曲がった大きな旅館らしき建物が描かれているが、当時の写真類によれば、湯河原の旅館の多くは欄干を持ち、くの字型に曲がった構造をしていた（富士屋旅館、高杉旅館、天野屋旅館など）。漱石が水墨画で旅館らしき大きな建物を描くのは異例であり、この画が湯河原の景を写している可能性をおもわせる。④この画の川は大きく蛇行しているが、藤木川も蛇行している。⑤画の中央には巨岩と川に取り囲まれた狭い土地が描かれているが、漱石は日記で湯河原の土地の狭さを強調している。⑥この画の遠景の険しい山には滝が描かれているが、湯河原も山間で多くの滝（不動の滝など）がある。

もちろんこの画の構図は漱石の禅的イメージを形象化したものであり、湯河原の地勢とは大きく異なる（岩上の松の本数も異なる）。しかし右のような類似は、この画が湯河原の景のデフォルメであることを示しているのではないだろうか。

『明暗』第二部では、津田が温泉街に近づくとき、彼の乗った馬車は「黒い大きな石」（＝挟石）の裾をまわり、「高い古松らし」い木（＝見附の松）を見上げ、「早瀬の上に架け渡した橋」（＝藤木橋）を渡って、温泉街に入り、迷路のような廊下を持つ温泉宿（＝天野屋旅館）にたどり着く。（すなわち漱石は湯河原の挟石・見附の松・藤木橋などに、世俗と禅的世界を区切る結界のイメージを付与し、天野屋旅館を禅的雰囲気に彩られた非日常の世界として、『明暗』の中に描き込んでいるのである。）こうして『明暗』第二部の津田は、現実世界から非日常の世界に入り、その中で、日常を支配している表層の意識（我執が支配している現実意識）の声と、その奥底にある深層の意識（我執とは異質な人間本来の意識）の声との対話を聴くことになるのである。

『明暗』第二部の基本構造は、禅的な枠組みを「文学的環境」として描き込み、その「文学的環境」の助けを借りて、日常世界では聴くことの出来ない、津田の二つの声の対話を浮き彫りにしていくことにあった。漱石は湯河原で体験した禅的なイメージ（漱石は天野屋で禅語「山是山水是水」を揮毫している）をこの画の中に描き込み、そのイメージを『明暗』の構想（文学的環境）として定着させていったのではないだろうか。

以上述べたような、水墨画「花開水自流図」と、漱石が湯河原に感じ取った禅的イメージと、『明暗』第二部との、この三者の構造的繋がりを認めることが出来るならば、漱石は『明暗』の構想の原型を、大正四年十二月時点で、この水墨画の中に描き込んでいたと言えるのである。

2 『明暗』の温泉宿、天野屋旅館の大正四年末頃の建物配置について

『明暗』第二部は、湯河原とその地にある天野屋旅館が舞台である。作品では湯河原という地名や旅館名は記されていないが、湯河原の景や天野屋旅館の細部が描写されている。『明暗』第二部の描写の焦点は津田の意識の表層と深層の関係を描き出すことにあるが、その舞台である湯河原の景や天野屋旅館の細部の描写は、その意識描写の方法と深い関係があると思われる。本稿は『明暗』におけるこの問題（主人公の意識描写と文学環境の関係）を考える材料として大正四年末の天野屋旅館の建物配置復元を目指そうとするものである。不明な点も多く、誤りも多々ある可能性もあるが、とりあえず不十分なまま復元図の試案を示し、ご批正を受けたい。

＊

二〇〇七年八月に鳥井正晴監修近代部会編『「明暗」論集 清子のいる風景』（和泉書院 以下、「『明暗』論集」）が出版された。その出版に際して、鳥井氏を中心に近代部会の諸氏の手によって資料が集められ、その報告が「『明暗』論集」の冒頭の章「『明暗』と湯河原」に収められている。二〇〇九年八月から九月にかけて筆者（田中）は、中村美子・宮薗美佳両氏と共に、再度調査を行った。本稿はその調査の報告である。今回の報告にあたっては、「『明暗』論集」に収められている資料を示すときにはそのページ数を記した。ただ宮薗論文の参考資料に掲載された天野屋旅館本館の昭和四十年代の間取り図（湯河原町立美術館所蔵資料）は、本稿で扱う資料の中心となるので、その左半分（本館の一階部分）のみ資料篇の最初に掲載した。その他、必要と思われる資料を掲げた（所蔵者名を記していない絵葉書は架蔵による）。またこの調査に当たっては、天野屋旅館に昭和三十三年から昭和三十八年まで勤務されていた高橋勢津子氏、昭和二十七年から昭和三十九年まで帳場におられ、昭和二十一年頃に天野屋に泊まられたご記憶も

お持ちの越野忠治氏から多くの御教示を得た。又、越野氏を介して戦前（昭和十六年）から天野屋で長年勤務されていたI氏（ご意向で、お名前は記さない）からも貴重なご教示を得た。

◎天野屋旅館の地形

（朝起きた津田が「無暗に広い家だね」と宿の男に声をかけると、男は次のように言う。）「いえ、御覧の通り平地の乏しい所でげすから、地ならしをしては其上へ建て建てして、家が幾段にもなつて居りますので」（百七十八回）

天野屋旅館本館が建っている場所は、藤木川と山に囲まれた狭い土地で、上流側と山側へはかなりの上り勾配があり、浴室のある場所と調理場がある場所とでは一階くらいの高低差がある。その高低差を利用して、旅館入り口が中庭になっていた頃（戦前や戦後初期）――新しい玄関が出来るまで――は、中庭に面していた帳場や売店のすぐ下まで調理場が伸びていたという。また浴室の敷地は山側にいくに従って切り下げられており、離れの二十一号室（室番号は図1による）の前の庭との間は、崖になっていた（越野氏談）。現在離れと浴室は取り壊されて湯河原町立美術館庭園の一部になっているが、浴室のあった場所は窪地となっており、昔の面影を僅かに残している。

◎建物配置

（津田は宿について下女と話をした）「何だかお客は何処にもゐないやうぢやないか」下女は新館とか別館とか本館とかいふ名前を挙げて、津田の不審を説明した。（百七十二回）

本館

大正四年末当時の「本館」の呼称は、明治四十年五月九日消印の絵葉書の写真に写る二階建ての建物を指す〈写真1〉。なお復元図の本館部分は戦前の形状を伝えると思われる「測量図」〈図2〉と「天野屋先代自筆資料」（『明暗』論集」三十八頁）によったが詳細は不明。

新館（本新館）

高橋・越野両氏によれば、漱石が泊まっていた二十八号室のある棟は「本新館」と呼ばれていた。この呼称は大正十五年に川向こうに新館が出来てからと思われるので、『明暗』に「新館」として登場する建物は、漱石が泊まった二十八号室のある二階建てのL字型の建物である（『新潮日本文学アルバム2　夏目漱石』（一九八三年十一月、九十四ページの写真）および〈写真2、7、8〉）。その後、本新館に接続して一階五十号室二階五十二号室のある二階建ての建物が増築されたが、この建物は、大正四年七月二十六日消印の絵葉書〈写真3〉には写っていないので、漱石が泊まった大正四年十一月には存在していなかった可能性が強い。

明治四十年五月九日消印の絵葉書（「湯河原温泉　天野屋真景」〈写真1〉）には漱石の泊まった「本新館」は写っていないが、牛山幽泉『湯河原温泉療養誌』（明治四十三年七月）の口絵には「別荘」の名でL字型のこの二階建ての棟の写真が載る。漱石の泊まった本新館は、昭和四十年代の図面（「神奈川県湯河原温泉　政府登録国際観光旅館　天野屋旅館本館」以下「昭和四十年代の見取り図」〈図1〉という）にも描かれており、当時の間取りを知ることが出来る。しかし昭和五十一年の平面図（設計図、稲葉建築事務所蔵）では、この棟は存在せず、この増改築のおりに取り壊されたものと思われる。なお越野氏の話によれば、二十八号室は上客の泊まる部屋であった。

彼の室《へや》の前にある庭は案外にも山里らしくなかつた。不規則な池を人工的に拵へて、其周囲に稚《わか》い松だの躑躅だのを普通の約束通り配置した景色は平凡といふより寧《むし》ろ卑俗であつた。彼の室《へや》に近い築山の間から、谿《たに》水を導いて小さな滝を池の中へ落してゐる上に、高くはないけれども、一度に五六筋の柱を花火のやうに吹き上げる噴水迄添へてあつた。（百七十八回）

『明暗』で描かれる「不規則な池」とは、本新館前の庭にある俗に瓢箪池といわれる池のことである。この池は形を変えて現在も存在する。『明暗』で描かれている庭の景色の詳細は不明だが、噴水は多くの絵葉書に写っている。（『『明暗』論集』十二、四十頁。および、写真7、8、9など）

離れ（本館に廊下で接続していた三棟の部屋）

室に帰つて朝食の膳に着いた時、彼は給仕の下女と話した。「浜のお客さんのゐる所は、新らしい風呂場から見える崖の上だらう」「えゝ。あちらへ行つて御覧になりましたか」（百八十回の冒頭）

浜の客が泊まっている部屋は、本館から山側に続く離れの三棟（二十一・二十二・二十四号室）のうち最も浴室に近い二十一号室が想定されているようである（二十四号室の可能性も否定できない）。乃木将軍が泊まった部屋は二十四号室、幸徳秋水が泊まった部屋は二十二号室である（図1）。漱石の泊まったころは、離れはこの三室しかなかった。平成二十年七月から九月頃離れはすべて取り壊され（湯河原町立美術館学芸員池谷若菜氏ご教示）、その跡地は美術館の庭園となっている。

浜の客の部屋と津田の部屋と清子の部屋との位置関係

（津田が、宿の下女に、それとなく清子の情報を聞き出そうとする場面での下女のことば）「お湯に入《い》らつしやる時、此室《へや》の横をお通りになりますから、御覧になりたければ、何時《いつ》でも」（百七十二回）

間取の関係から云つて、清子の室は津田の後、二人づれの座敷は津田の前に当つた。両方の中間に自分を見出した彼は漸く首肯《うなづ》いた。「すると丁度真中辺だね、此所《こゝ》は」真ん中でも室が少し折れ込んでゐるので、両方の通路にはなつてゐなかつた。（百八十回）

漱石が泊まった部屋は、本新館の二十八号室と伝えられており、『明暗』ではこの二十八号室が津田の泊まった部屋として設定されている。この津田の泊まっている部屋からすれば、清子の泊まっている別館は後方、浜の客が泊まっている離れの部屋は前方ということになる。「（津田の）室が少し折れ込んでゐる」という描写は、本館と別館を繋ぐ廊下から二十八号室に入るには廊下から縁側を通って二十八号室に入る構造になっていたことを示している（図1）。

裏山への通路

（津田と宿の男が津田の部屋の前で会話している時に、裏山から浜の客が下りてくる様子が次のように描写されている。）

二人が斯《こ》んな会話を取り換はせてゐる間に、庭続の小山の上から男と女が是も二人づれで下りて来た。黄葉と枯枝の隙間を動いてくる彼等の路は、稲妻形に林の裡《うち》を抜けられるやうに、又比較的急な勾配を楽に上られるやうに、作つてあるので、つい其所に見えてゐる彼等の姿も中々庭先迄出るのに暇がかゝつた。（百七十八回）

大正四年七月二十六日消印の絵葉書（「相州湯河原温泉所全景」〈写真3〉）の景色（細部は不明）と同じであろう。なお、大正八年頃までの写真と思われる絵葉書では、噴水の後の裏山との間には石垣が積まれ（写真9）、さらにはその石垣は人が裏山に行くことが出来ない高さにまで積まれている（写真4）。短期間に裏山との関係も変化している。

別館

宿の下女が清子を「別館の奥さん」と呼んでおり、清子は別館に泊まっている設定。（百七十八回）

別館の建てられた時期――明治四十三年五月一日消印の幸徳秋水から上司小剣宛て絵葉書〈写真2〉には別館存在を思わせる建物はない。しかし、大正二年一月二十三日消印の絵葉書（相州湯河原温泉場全景〈写真5〉）には、遠景に天野屋の別館が写っている。従って、別館は明治四十三年五月から大正二年一月までの間に建てられたと考えられる。

別館の取り壊された時期――別館は戦前一部増築があり、昭和二十七年からまもなく（越野氏が天野屋に勤められてすぐ）大改築がなされ、昭和五十年代にも改築があり、その後本館が湯河原町立ゆかりの美術館になった平成九年にとりこわされた。現在その跡地は駐車場となっている。

風呂場

風呂場は板と硝子戸でいくつにか仕切られてゐた。左右に三つ宛《づゝ》向ふ合せに並んでゐる小型な浴槽の外《ほか》に、一つ離れて大きいのは、普通の洗湯に比べて倍以上の尺があつた。（中略）「まだ下にもお風呂が御座いますから、もし其方《そちら》の方がお気に入るやうでしたら、何《ど》うぞ」（中略）「此所の方が新らしくつて綺麗は綺麗ですが、お湯は下の方が能く利くのださうです。だから本当に療治の目的でお出の方はみんな下へ入らつしやいます。それから肩や腰を滝でお打たせになる事も下なら出来ます。」（百七十三回）

風呂場には軒下に嵌めた高い硝子戸を通して、秋の朝日がかん〳〵差し込んでゐた。其硝子戸越《ごし》に岩だか土堤だかの片影を、近く頭の上に見上た彼は、全身を温泉《ゆ》に浸けながら、如何に浴槽の位置が、大地の平面以下に切り下げられてゐるかを発見した。（中略）もし此下にも古い風呂場があるとすれば、段々が一つ家の中に幾層もある筈だといふ事に気が付いた。（中略）崖の上は幾坪かの平地で、其平地を前に控えた一棟の建物が、風呂場の方を向いて建てられてゐるらしく思はれた。（中略）昨夕湯気を抜くために隙《す》かされた庇の下の硝子戸が今日は閉て切られてゐるので、彼女の言葉は明かに津田の耳に入らなかつた。けれども語勢其他から推して、一事は慥かであつた。彼女は崖の上から崖の下へ向けて話し掛けてゐた。（中略）疑ひもなく一人の女が庭下駄で不規則な石段を踏んで崖を上つて行つた。それが上り切つたと思ふ頃に、足を運ぶ女の裾が硝子戸の上部の方に少し現はれた。さうしてすぐ消えた。（百七十九回）

右の『明暗』に描かれた天野屋の風呂場の特徴を具体的に考えてみる。

①『湯河原今昔』所収の、「明治末期」（一説に明治三十六年）とされる「相州湯河原温泉真景」には、本館の手前

に、本館と平行して建てられた細長い建物が描かれ（本館とは短い棟で接続している）、その左端に湯煙が描かれている。（『『明暗』論集』三十四頁参照）なお、この風呂場の後景に描かれている天の屋一号、二号、三号とある建物は、その形状から離れの二十一号、二十二号、二十四号であろう。

②明治四十年五月九日の幸徳秋水から上司小剣宛ての絵葉書（「（湯河原温泉）天野屋真景」〈写真1〉）では、本館の手前に、一階建ての長屋風の棟の屋根（浴室）と、その手前にさらに低い棟の屋根が写る。手前の低い棟が湯治客の利用する古い浴室であろう。

③明治四十三年七月発行の牛山幽泉著『湯河原療養誌』の口絵「天野屋旅館正面」には本館正面の中央部分（飛び出した部分）の一階部分に接続して風呂場の棟の一部がみえる。

④天野屋の「先代」の書き残した、天野屋旅館の明治時代の「間取り図」（湯河原町立美術館所蔵資料〈『『明暗』論集』三十八頁所収〉）では、この棟は下り階段で繋がっており、「下通（1、2、3、4、浴場）」とある。この資料からかつてこの建物には客室が四室と浴室があったことがわかる。

⑤『新潮日本文学アルバム2　夏目漱石』九十四ページに「当時の湯河原温泉、天野屋旅館全景」と題する写真が掲載され、その写真の右端に風呂場の大きな屋根が写っている。

⑥その他多くの絵葉書の写真に風呂場の一部が写っている。（写真6の絵葉書では、風呂場の先端が二十一号室手前まで伸びていることがわかる）。

以上の資料から、明治末から大正初期の浴室は本館の手前の一段下がった場所に本館と平行に建てられており、さらにその手前の一段下がった位置に古い浴室が建てられていたことがわかる。浴室には、本館の中央部（突き出た部分）から、下り階段で繋がっていた（浴室の先端は二十一号室の前当たりまで伸びていた）。なお、その後浴室へは（昭和四十年代の間取り図〈図1〉にあるように）売店裏と離れ二十一号室の間に下り階段が造られその階段を利用するようになった。戦前の古い形状を示す「天野屋旅館測量図」（以下「測量図」という。〈図2〉）では、本館中央部からの通路と、売店裏と二十一号室との間の通路との両方が描かれている。『明暗』の舞台となった大正四年末頃は、本館中央部（突き出た部分）から下り階段で浴室に行くようになっていたと思われる。津田が廊下を曲がったところで迷うという記述は、このことを示している。

「測量図」では、二十一号室の前までかつて風呂場があったことを示す窪地と石垣とが描かれ、風呂場から外に出る通路も二十一号室と反対側に描かれている。この窪地から二十一号室のある平地に至る石段も二カ所描かれている。その一つが『明暗』で、清子が「庭下駄で不規則な石段を踏んで崖を上つて行つた」と描かれている石段であろうか。

大正初期天野屋の風呂の建物内の形状を示す資料はまだ見付け得ていないが、富士屋旅館の浴室（昭和初年頃〈写真13〉）や遠州屋旅館の絵葉書にみえる浴室（昭和十年以降〈写真14〉）の形状——家族風呂と大風呂の仕切りは天井附近はなく窓の上には湯気を抜くための小窓がある形状——は、越野氏の談によれば、古い天野屋の風呂も同様であったという。但しタイルではなく木の風呂。『明暗』に描かれた天野屋の風呂場の内部も同様な形状であったと思われる。（参考までに、昭和期の天野屋の風呂場の写真（パンフレット）を載せておく。〈写真15〉）

なお高橋勢津子氏蔵の天野屋のパンフレットのイラスト（〈図4〉越野氏のご教示に寄れば昭和二十七年頃の形状を示す。）には、現在の建物（湯河原町立美術館）の玄関・ロビーの前方に、大浴場と家族風呂が（本館から直角に）左右に並んで建っている形状が描かれている（裏面には「ローマ風呂」の写真が載る）。このイラストの風呂場の形状は、測量図の示す形状とも大きく異なる。このことからも、測量図は戦前の天野屋の形状を示していると思われる。明治・大正初期の浴室の形状は、昭和二十年代の形状とは大きく異なっていた。

本館と別館を繋ぐ廊下

「昭和四十年代の間取り図」〈図1〉では、廊下は風呂場に通じる階段のある本館の踊り場からまっすぐ別館まで延びている。一方「測量図」〈図2〉では、廊下は少し曲がって別館の渡り廊下に繋がっているようである。その渡り廊下は別館の西側（道路と反対側）で別館と繋がっており、別館の入り口のスペースは、古い絵葉書類〈写真6〉にも写っている。その位置は古い別館の形を示す「測量図」の位置と同じである。渡り廊下は「玄関廊下」を上がると右に渡り廊下口の階段（二、三段）があり、勾配のあるつま先上がりで続いていた。別館に渡ってからは段差はなかった。「天野屋旅館入口」と題する絵葉書〈写真10〉には、本館と別館を繋ぐ渡り廊下が写っている。

洗面所、鏡、階段の位置

廊下はすぐ尽きた。其所から筋違に二三段上ると又洗面所があつた。きら〳〵する白い金盥《かなだらい》が四つ程並んでゐる中へ、ニツケルの栓の口から流れる山水だか清水だかゞ絶えずざあ〳〵落ちるので、（中略）彼はすぐ水から視線を外《そら》した。すると同じ視線が突然人の姿に行き当つたので、彼ははつとして、眼を据ゑた。然しそれは洗面所の横に懸けられた大きな鏡に映る自分の影像に過ぎなかつた。鏡は等身と云へない迄も大きかつた。（中略）彼は再び自分の室を探す故《もと》の我に立ち返つた。彼は洗面所と向ひ合せに付けられた階子段を見上げた。さうして其階子段には一種の特徴のある事を発見した。（中略）彼は、もう一遍後戻りする覚悟で、鏡から離れた身体を横へ向け直した。（百七十五回）

洗面所・鏡・階段の位置について、越野氏に電話でお聞き頂いた、戦前から天野屋に勤務されていたＩ氏のお話の概要をまとめてここに記す。

――縁側のような玄関（中庭の廊下玄関）を入って、別館への廊下をいく。階段二三段とって、渡り廊下（幅四尺くらいで畳敷き、両面が硝子戸で素通し）を三メートルぐらい行くと（別館に入り）壁に突き当たる。柱と柱の間にあるその壁に、大きめの（畳一帖より少し小さめ）の鏡が埋め込んであった。多分注文造りだと思う。柱と柱の間にあるその鏡の上の方は丸くなっており、五センチから六センチの枠があり、黒いウルシ塗りだった。（毎日この鏡を磨いた）。下の部分は、腰の高さより少し低めのところに小さい引き出しが二、三あって、風呂、洗面用の小物が入っていた。鏡の後側には小部屋があり、掃除道具が置いてあったとおもう。（廊下の真正面にある）鏡の左に一段下がって洗面所があった。お客さまは大体その頃は風呂場で済ますので、その洗面所を使うのは私たちの方で、茶碗・ふきんなどの洗い場につかった。蛇口は三つあったと思う。洗面器は置いてなかった。左に一寸した小物置場があった。その洗面所の外側は広間側で、窓は曇りガラスだった。洗面台は小さいタイルで張ってあり、腰をかがめるぐらい小さい印象で三人も並べば一杯になる程度だった。鏡の横がまっすぐに行って左に曲がる廊下（四十一、三十九、三十七号室に行く廊下）で、その廊下の右横に直線で二階に行く階段があった。廊下も階段も狭く、二人がすれ違うのがやっとで、一般家庭のより少し広い程度だった。階段を上り切った二階の廊下部分は広めであった。その階段の隣が三十九号室で、階段下が夜警さんの泊まる部屋だった。

——（越野氏のお手紙による。）

Ｉ氏のお話によれば、別館入り口付近の廊下には段差がないとのことなので、『明暗』の「其所から筋違に二三段上がると」という描写は、廊下と渡り廊下のつなぎ目にある低い階段とおもわれる。そのつなぎ目からは渡り廊下が少し折れて別館へと続いている。なおこの描写は洗面所付近の描写とも感じられるが、「二三段上がると」という描写と、右に引いた、Ｉ氏の「一段下がって洗面所があった」というご記憶と合わないので、渡り廊下口の階段と理解しておく。

測量図には、別館に入る直前の廊下の左側に突起した部分がある。おそらく『明暗』に描かれている洗面所であろう。この洗面所は廊下突き当りの壁にはめ込まれた鏡の左側にあり、この位置は、『明暗』の「洗面所と向ひ合せに付けられた階子段」という描写とも合致している。（洗面所の位置はＩ氏にも確認。）

Ｉ氏のご記憶にある鏡の位置とその特徴は、『明暗』に描かれている鏡の位置や特徴と一致しており、この鏡は『明暗』に描かれている鏡であろう。この鏡は越野氏のご記憶にはないので、この小部屋が階段スペースに作り替えられた昭和二十年代後半から三十年代前半に、取り払われたと思われる。

改築前に鏡のあった壁の後側は掃除道具が置かれていた小部屋であった。『明暗』百七十六回の最後で、「自分の立つてゐるすぐ傍《そば》の小さな部屋で、呼鈴の返しの音がけたゝましく鳴つた」と描かれている「小さな部屋」とは、この小部屋であろう。この小部屋の性格ははっきりしないが、越野氏のご意見では、おそらく水屋的な機能をもった、「何でも部屋」でなかったか、とのことである。

階段のあった一階部分は、昭和四十年代の間取り図〈図１〉ではロビー室になっている。その後の改築では、階段のあったこの一階部分は、三十九号室の一部と廊下部分となった。（〈図３〉参照。）改築前の別館階段下の廊下（幅四尺位）から中庭に出るところには大きな踏み石があり、サンダルが置いてあった（越野氏談）。

改築前の階段はあまり広くなかったようである。Ｉ氏の印象では、その幅は、畳一畳半位だったかなとのことである。『明暗』の描写では、階段は「普通のものより幅が約三分の一ほど広かった。」とあるので、幅は一二〇〜一五〇センチ程度であったと思われる。

別館一階の鏡の近くから見上げた二階の形状

下から見上げた階子段の上は（中略）其所には広い板の間があつた（中略）大凡《おほよそ》の見当を付けると、畳一枚を竪に敷く丈の長さは充分あるらしく見えた。此板の間から、廊下が三方へ分れてゐるか、或は二方に折れ曲つてゐるか、其所は階段を上らない津田の想像で判断するより外に途はない（中略）彼は決心して姿見の横に立つた儘、階子段の上を見詰めた。すると静かな足音が彼の予期通り壁の後で聴え出した。（中略）階上の板の間迄来て其所でぴたりと留まつた時の彼女は、津田に取つて一種の絵であつた。（中略）手に小型のタウエルを提《さ》げてゐた。（中略）寐巻の下に重ねた長襦袢の色が、薄い羅紗製の上靴《スリッパー》を突掛た素足の甲を被つてゐた。（百七十六回）

二階の階段降り口は四十八号室の前である。四十八号室と階段の間は、四十三号室へ続く廊下があり、この廊下はこの階段降り口の前で四十八号室の縁側へと伸びている。また廊下の少し右側で直角に四十八号室への廊下とも繋がっている。またＩ氏によれば、廊下は階段横も通っており、その廊下から二階の小部屋に出入りしたと推測される。『明暗』百七十六回の、下から見上げた階段上のありさまの描写は、このような廊下の形状を描いたものであろう。また一階の鏡の前からは二階の階段下り口に人が立つと見える状態となる（〈復元図〉参照）。

別館の間取り、清子の部屋。その縁側　そこから見える風景

「丸で犬見たいですね」階子段の途中で始まつた比会話は、上がり口の一番近くにある清子の部屋からもう聴き取れる距離にあつた。（中略）「お客さまが入《い》らつしやいました」下女は外部から清子に話しかけながら、建てつけの好い障子をすうと開けて呉れた。（百八十二回）

室は二間続きになつてゐた。津田の足を踏み込んだのは、床のない控への間の方であつた。黒柿の縁と台の付いた長方形の鏡の前に横竪縞の厚い座蒲団を据ゑて、其傍に桐で拵らへた小型の長火鉢が、普通の家庭に見る茶の間の体裁を、小規模ながら髣髴せしめた。隅には黒塗の衣桁があつた。（中略）

間の襖は開け放たれた儘であつた。津田は正面に当る床の間に活立《いけたて》らしい寒菊の花を見た。前には座蒲団が二つ向ひ合せに敷いてあつた。（中略）津田が斯《こ》んな感想に囚へられて、控の間に立つたまゝ、室を出るでもなし、席に就くでもなし、うつかり眼前の座蒲団を眺めてゐる時に、主人側の清子は始めて其姿を縁側の隅から現はした。（百八十三回）

日当りの好い南向の座敷に取り残された二人は急に静かになつた。津田は縁側に面して日を受けて坐つてゐた。清子は欄干を脊にして日に背いて坐つてゐた。津田の席からは向ふに見える山の襞が、幾段にも重なり合つて、日向日裏の区別を明らさまに描き出す景色が手に取るやうに眺められた。それを彩どる黄葉の濃淡が又鮮やかな陰影の等差を彼の眸中に送り込んだ。然し眼界の豁《ひろ》い空間に対してゐる津田と違つて、清子の方は何の見るものもなかつた。見れば北側の障子と、其障子の一部分を遮ぎる津田の影像《イメジ》丈であつた。彼女の視線は窮屈であつた。（百八十四回）

彼女は何処迄も逼らなかつた。何うでも構はないといふ風に、眼を余所へ持つて行つた彼女は、それを床の間に活けてある寒菊の花の上に落した。（百八十八回）

越野氏のご記憶によれば、改築前の別館二階の中央部の横棟部分には、二室が並んでおり、廊下側から、次の間八畳（あるいは六畳）・本間十畳（あるいは八畳）・縁側、が寸胴の形で続いていた。道路側の部屋は大きく、次の間十畳（或いは八畳）、本間十二畳半（或いは十畳）であった。一方、I氏のご記憶では、中庭に面した南側は一室で、本間八畳、次の間六畳で、道路側の部屋は次の間八畳、本間十畳である。また北側の四十八号室は、本間八畳、次の間六畳で、ベランダ（縁側）は仕切られていた。

また両氏のご記憶では縁側は道路側の四十三号室にはなく、道路側は床の間があった。道路側に縁側が写っている絵葉書については、大正末期か昭和初期に道路の往来が激しくなったために縁側を壁にして床の間を造ったのではないかという越野氏のご意見であった。測量図〈図2〉に描かれた別館の中央部の廊下から縁側までの幅は約六メートルである。また大正四年七月の消印のある絵葉書（写真3）や大正八年頃までと思われる絵葉書（写真4）では、廊下が建物を廻っているようである。

清子の泊まったと設定されている部屋は、「一番階段に近い室、即ち下《し》たから見える壁のすぐ後」（百七十六回）、

「上がり口の一番近くにある清子の部屋」（百八十二回）、「日当りの好い南向の座敷」（百八十四回）と描かれている。「上がり口の一番近くにある」室は、階段横の横棟の中央部の四十六号室（四十五号室の次の間）である。この四十六号室、四十五号室は東南向きで午前中に陽が差す。このことから清子の泊まっている部屋はこの階段横の四十六号室（次の間）、四十五号室（本間）に設定されていると考えられる。階段を上った突き当りの部屋の四十八号室（方角は南西向き）の可能性も捨てきれないが、越野氏によれば、四十八号室は『明暗』の描写にあるように陽の光が差し込んだ記憶はない、午後は可能だった、とのことなので、清子の泊まった部屋は、階段横の中央部の部屋が設定されていると考えて間違いないであろう。

清子が泊まった部屋を階段横の部屋（四十五号室）とするならば、津田がこの清子の部屋からみた風景は、見付の松の方角（藤木川下流方向）である。

前には座蒲団が二つ向ひ合せに敷いてあつた。濃茶《こげちゃ》に染めた縮緬のなかに、牡丹か何かの模様をたつた一つ丸く白に残した其敷物は、品柄から云つても、また来客を待ち受ける準備としても、物々しいものであつた。

（百八十三回）

〈天野屋の家紋は丸に桔梗で、その家紋を座布団、夜具、掛《かいまさ》けぶとんに濃紺、臙脂等に大きく一つだけを染め抜いて――縮緬、羽二重などに――使用した〉（越野氏ご教示）。漱石は意識的に天野屋の家紋をぼかして描いていると思われる。

復元図の別館の間取りは、古い形状を示している測量図〈図2〉の寸法や絵葉書類の写真を基本として、その外形と矛盾しない両氏のご記憶を勘案して、そのおおよそを推定した試案である。二階の四十三、四十八号室の床の間・押し入れの形状がはっきりしないので、蓋然性の高い部分のみを復元してみた。復元図では、鏡の横の廊下と階段の幅を五尺、階段と隣の部屋の壁との空間を一尺、階段の底辺を十一尺、階段横の次の間を六畳、本間を八畳と推定し、四十八号室の山側（北側）にはベランダがないという仮定で作図した。この作図は越野氏の全面的協力を得ているが、見解の異なるところは筆者の考えによった。ご批正願いたい。

天野屋の玄関の位置

個人の住宅と殆んど区別の付かない、植込の突当りにある玄関から上つたので、勝手口、台所、帳場などの所在《ありか》は、凡て彼に取つての秘密と何の択ぶ所もなかつた。（百七十五回）

明治時代の玄関は、昭和四十年代の見取り図〈図1〉にある、本館の突き出た部分の横であった。（現在の湯河原町立美術館の玄関とほぼ同じ位置）。しかし天野屋では、戦前から中庭の突き当りの廊下（本館と別館を繋ぐ廊下）が玄関として使われていた（越野氏の御教示〈図4、写真10〉）その後昭和四十年以降の改築に際しては、玄関は再び明治時代とほぼ同じ位置に移された〈図1〉。

大正四年末頃の玄関は、明治時代と同様の位置であり、『明暗』では、津田はこの玄関から入ったという設定と思われる。しかし『明暗』では、津田は「帳場」のあるところを知らなかったとある。天野屋先代の自筆資料によれば、玄関のすぐ奥が帳場であり、『明暗』のこの記述はやや不自然である。また津田は「植込の突当りにある玄関から上つた」と描かれている。これらの描写からは、後に天野屋の玄関となる中庭の突き当りの廊下玄関（二十八号室から別館へと繋がっている廊下の一部）から津田が入ったように感じられる。別館や馬車との関係で、中庭がこの頃すでに玄関として機能しており、そのことを漱石が経験していた可能性もある（後考を俟ちたい）。

その他（温泉場入り口の落合橋あたりの景――見付の松。挟石。その反対側の岩の破片。）

馬車はやがて黒い大きな岩のやうなものに突き当らうとして、其裾をぐるりと廻り込んだ。見ると反対の側にも同じ岩の破片とも云ふべきものが不行儀に路傍を塞いでゐた。（中略）一方には空を凌《しの》ぐほどの高い樹が聳えてゐた。（中略）古松らしい其木と、突然一方に聞こえ出した奔湍《ほんたん》の音とが、久しく都会の中を出なかつた津田

の心に不時の一転化を与へた。（百七十二回）

ここに描かれている情景は、湯河原温泉入り口の落合橋あたりの風景である（『湯河原今昔』三十一頁や「『明暗』論集」十一、十二頁の写真類参照）。「黒い大きな岩のやうなもの」は「挟石《はさみ》」である。「反対の側にも同じ岩の破片とも云ふべきもの」とは、幸徳秋水の云ふべきものが不行儀に路傍を塞いでゐた」と描かれている「同じ岩の破片とも云ふべきもの」とは、幸徳秋水の絵葉書（明治四十三年四月二十三日消印〈写真16〉）に見える挟石の反対側にある巨岩であろう。漱石はこれら巨岩の存在を『明暗』に描き込んでいると思われる。「古松らしい其木」は見付の松である。「突然一方に聞こえだした奔湍の音」はそこが藤木川と千歳川との合流点であることによる〈写真17〉。なおこの絵葉書の風景は、落合橋の形状からすると明治末から大正初期であろう。この場面の描写は、漱石が『明暗』において、きわめて忠実に湯河原の景を作品の中に取り入れている典型例である。なお、落合橋当たりの景が『明暗』に描き込まれていることは、すでに高橋昌訓氏の「川と橋」（俳誌『風土』「湯河原文学切り絵図――夏目漱石の巻2」平成八年五月号）に指摘がある。

◆参考

① 測量図〈図2〉の別館には、大正初期の絵葉書にはない増築部分（昭和四十年代の間取り図の一階雪と四十一号室の間）がみえる。これはＩ氏のお話に、「裏階段を上って、そこにも小さめの洗面所があった。これは銅引きだった。階段は家庭用くらいの狭いもので、階段の下が専用風呂になっていた」とある「裏階段」と「風呂」のある部分である。（〈図4〉参照。）

② 測量図に見える、第一広間から渡り廊下で繋がっている本館から最も離れている大きな建物は蔵である。この蔵の二階はもの干し場であった。その後中宴会場に改築された（越野氏ご教示）。

③ 別館への渡り廊下は三～四メートルの長さで、幅が約一メートル位、真ん中に畳一帖幅の畳ゴザが敷いてあ

り、両側は一尺くらいの幅で、エンコ（縁側用の板）が敷かれていた（I氏のご記憶による。越野氏のご記憶とも一致している）。

追記——本調査とそれに基づく復元図を作成するに当たっては、多くの方のご協力を得た。すでにお名前を記した高橋・越野氏以外に、高橋氏のご厚意によって、かつて天野屋にお勤めであった複数の方のご協力を得ている。また越野氏の御配慮によって、I氏から貴重な情報を提供して戴いた。越野氏からは天野屋に関して大量の情報を頂いているが、ここではその一部しか紹介できていないことをお詫びしたい。また橘田雅彦氏からは、天野屋の図面の所在のご教示と高橋・稲葉氏へのご紹介を戴いた。稲葉建築事務所の稲葉隆氏からは天野屋の図面の提供のご厚意を受けた。湯河原町立美術館の池谷若菜氏からは、天野屋関係資料のご教示とその利用の便宜を図って戴いた。湯河原町立美術館、日本近代文学館からは資料掲載の便宜を頂いた。記してお礼申しあげる。

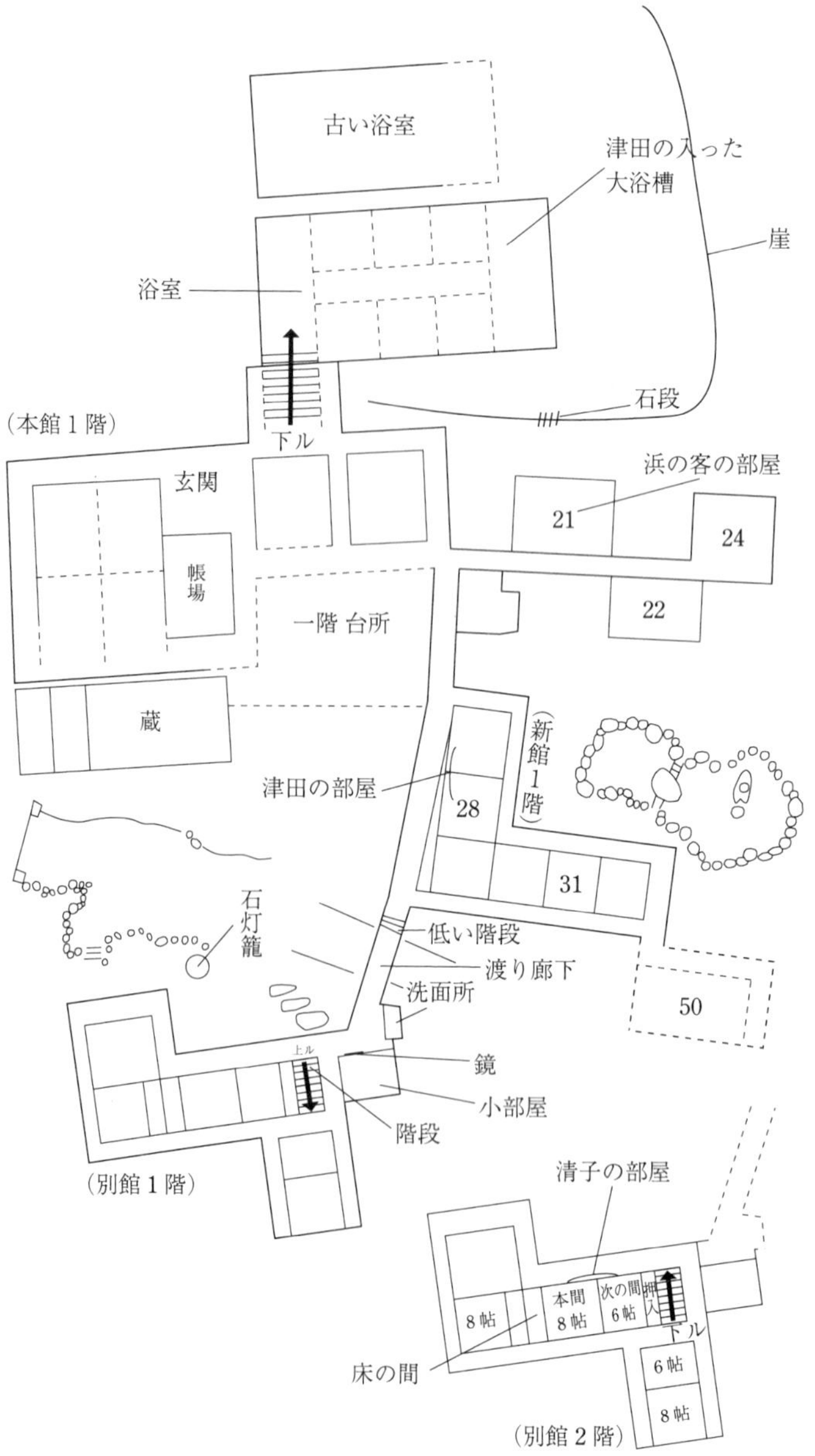

大正４年末頃の天野屋旅館　復元図（試案）

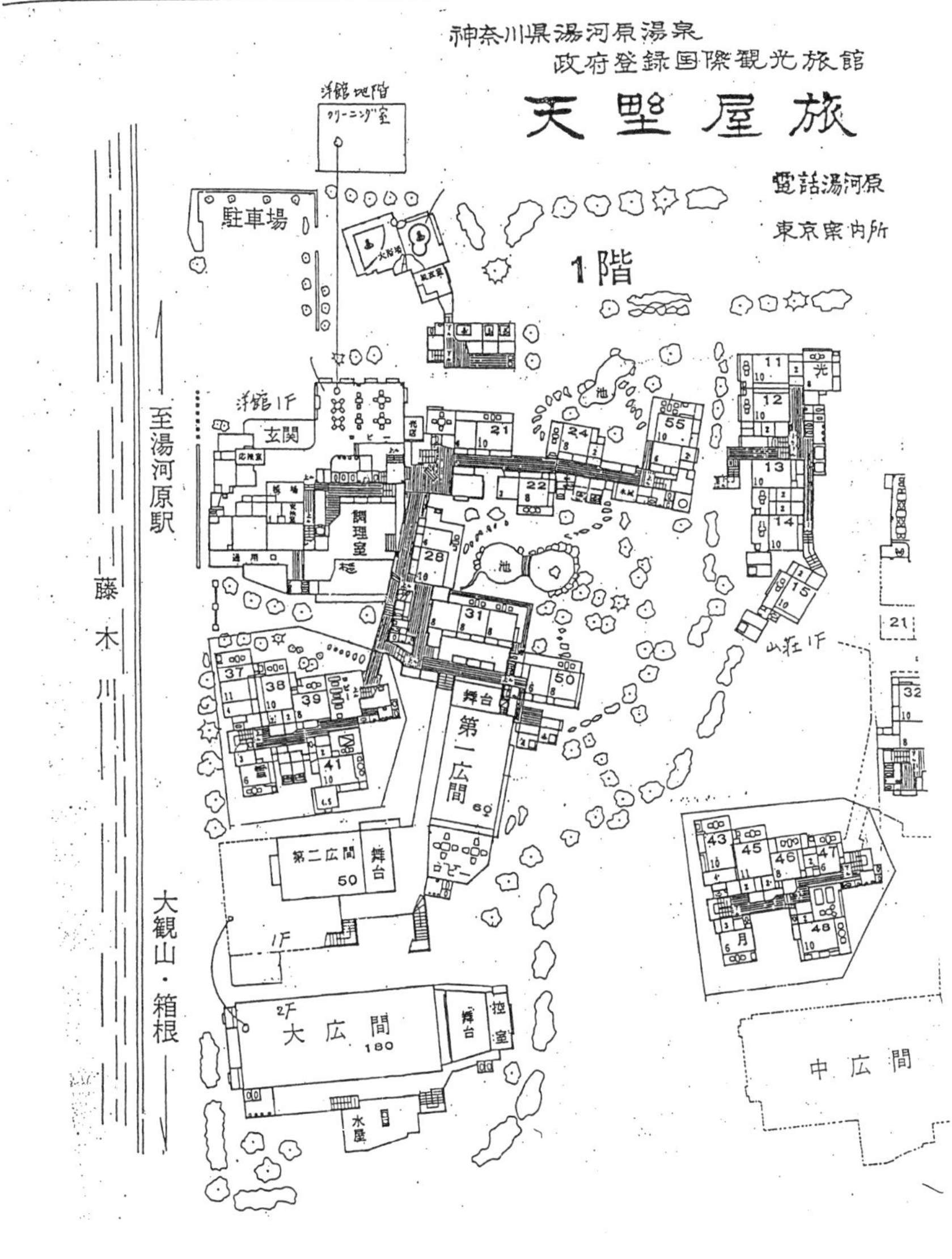

図1　昭和40年代の天野屋旅館の間取り図（部分）（湯河原町立美術館所蔵）

図2　「湯河原温泉　天野屋本館　測量図　縮尺参百分之壹」部分（湯河原町立美術館所蔵）

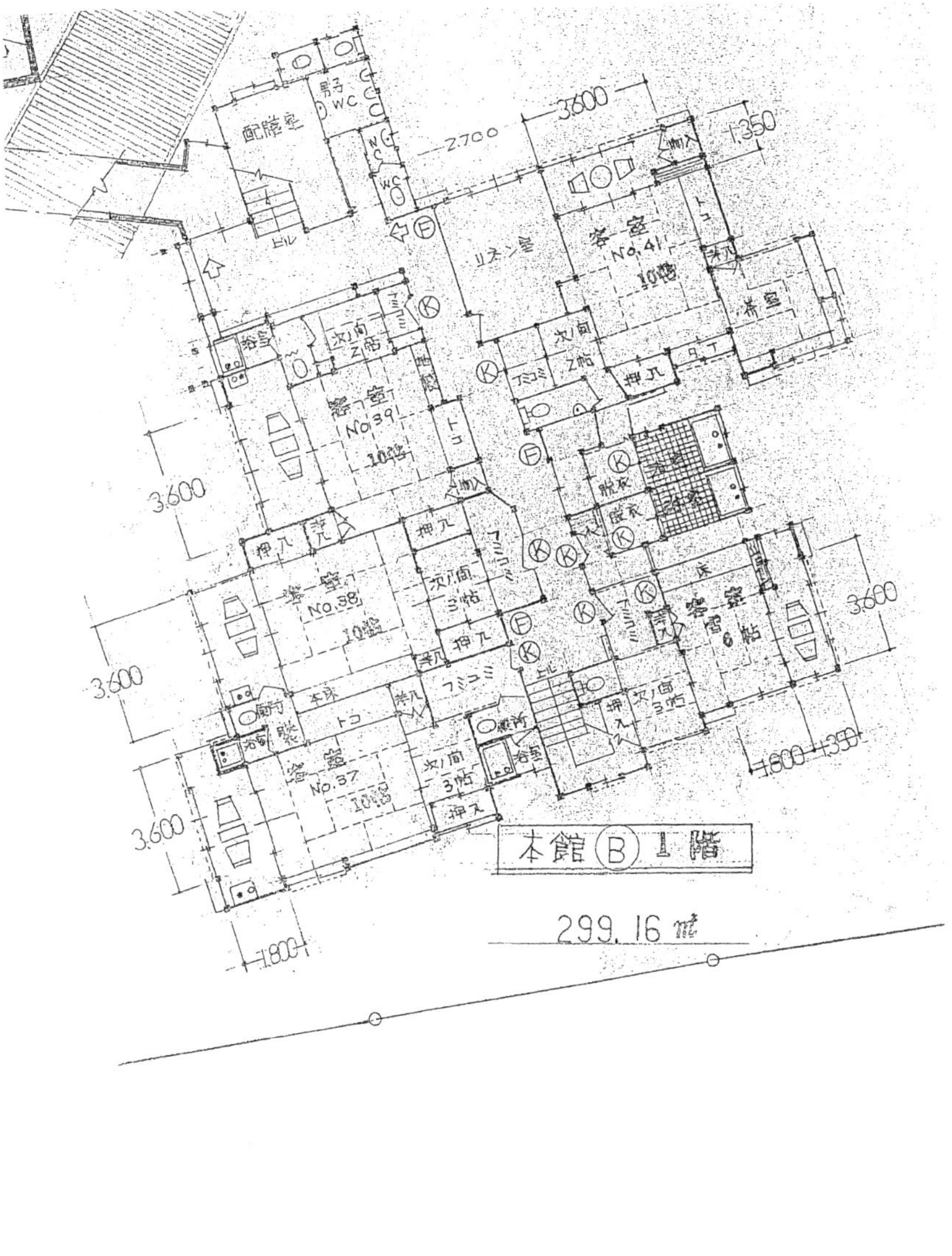

図３　「天野屋旅館本館平面図」（部分）51年１月10日稲葉建築事務所作成。同事務所所蔵。（右別館１階、左〈次頁〉別館２階）

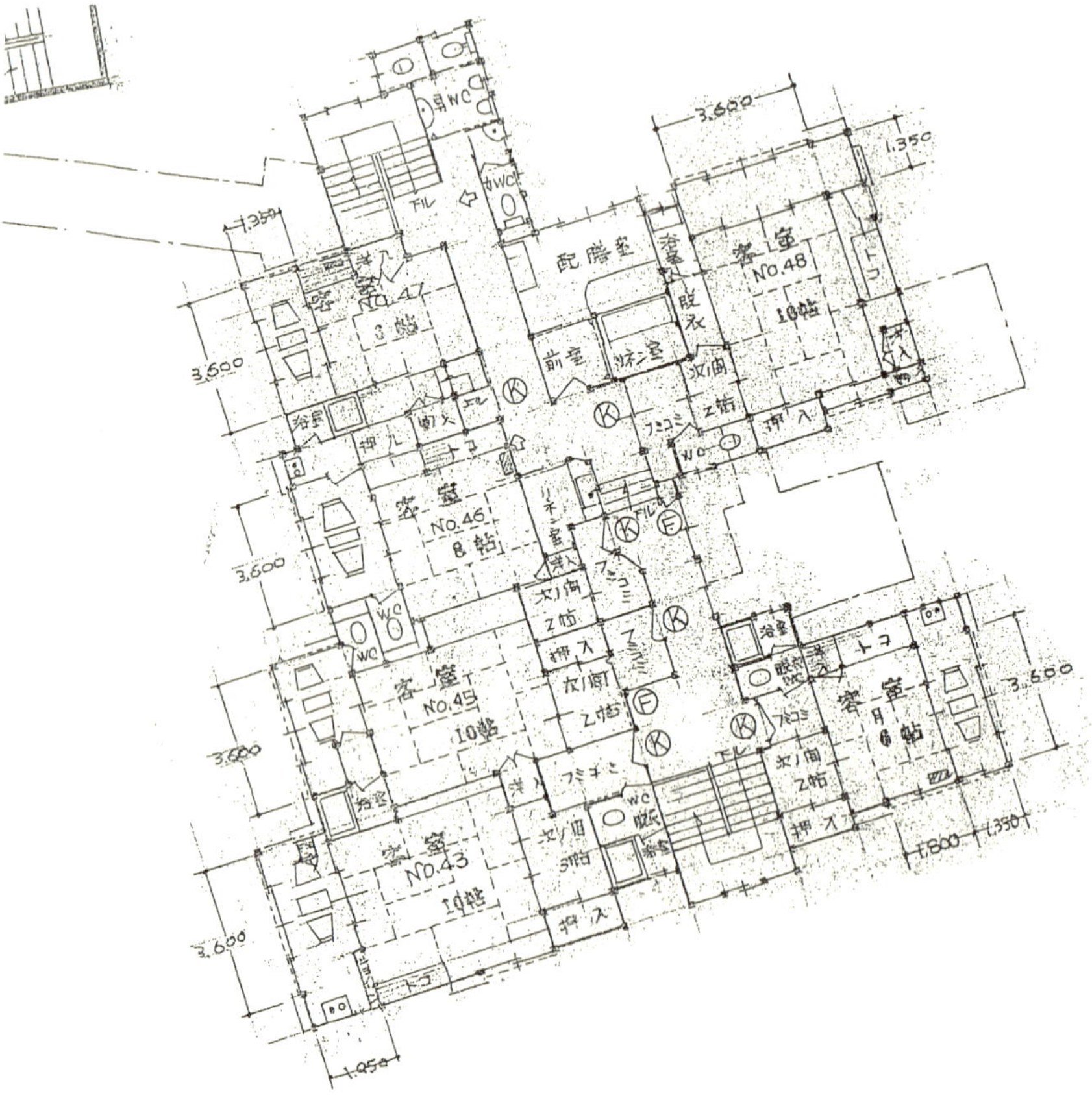
配膳室
客室
No.48
10帖
客室
No.47
客室
No.46
8帖
客室
No.45
10帖
客室
No.43
10帖
前室
リネン室
次ノ間
2帖
押入
フミコミ
浴室
脱衣
トコ
WC
3,600
1,350
1,800
1,050

本館 Ⓑ 2階

273.58 ㎡

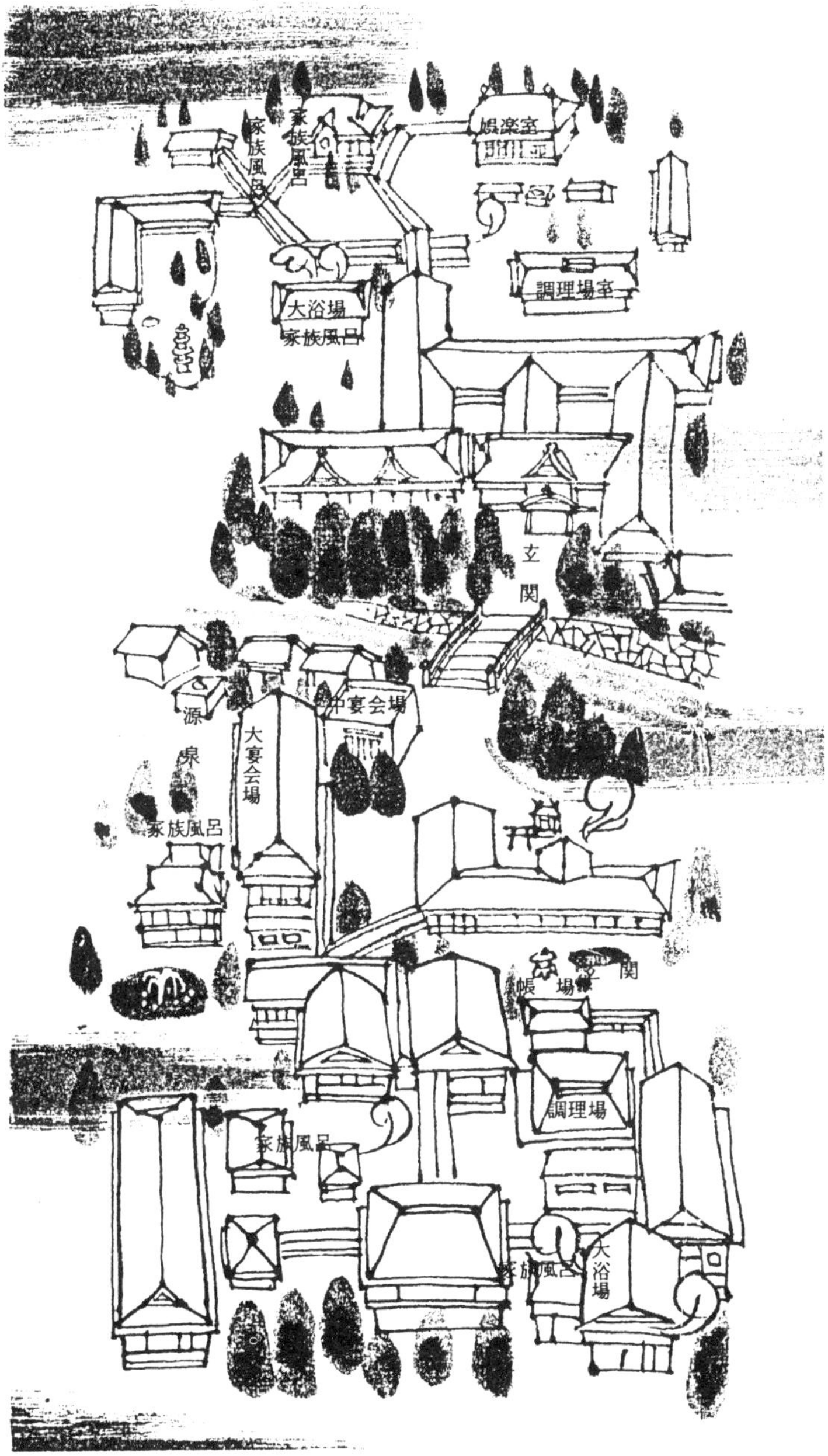

図 4　昭和27年頃の形状を示す　天野屋旅館パンフレットのイラスト（高橋勢津子氏蔵）

写真１　「（湯河原温泉）天野屋真景」幸徳秋水より上司小剣宛絵葉書（消印40．５．９）
（日本近代文学館蔵）本館と離れしかない。蔵の後方は田と藁葺きの農家。

写真２　「相州名所湯河原温泉場全景」幸徳秋水より上司小剣宛絵葉書（消印43．５．１）
（日本近代文学館蔵）中央の線は秋水の書き入れ。線の手前が天野屋の敷地。△は秋水の部屋。

写真３　通信欄　⅓（消印４．７.26）　右下方が天野屋。漱石が泊った頃の形状を示す。

写真４　通信欄　⅓　本新館右が増築され。裏山には石積みがみえる。

写真5　通信欄　1/3（消印2．1．23）　遠景に天野屋の本新館と別館がみえる。

写真6　通信欄　1/3　風呂場の屋根が離れの近くまで延びている。

写真7　通信欄　⅓　本新館。一階正面右が漱石の泊った28号室

写真8　通信欄　½　28号室から見た庭園。噴水がみえる。

写真9　通信欄　1/3

写真10　通信欄　1/2　中央に別館への渡り廊下がみえる。手前の石燈籠の右に別館がある。

写真11　通信欄　⅓　別館。部屋のまわりを廊下（縁側）が廻っている。

写真12　通信欄　½「別館」の記載がある。川向うに旅館がみえる。

写真13　通信欄　½　富士屋旅館の浴場

写真14　通信欄　½　遠州屋旅館の浴場

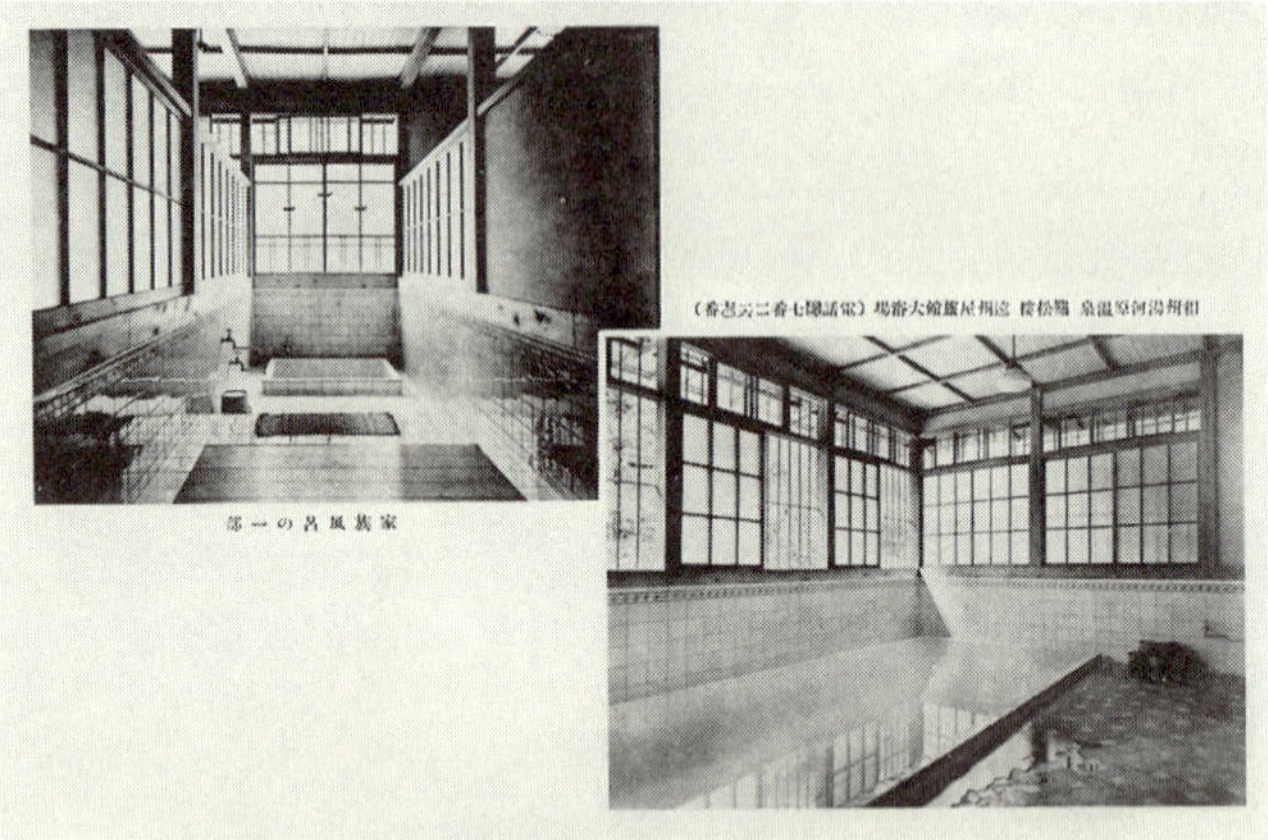

写真15　昭和期の天野屋旅館の浴場
（パンフレットより）

風呂場の上部に湯気抜きの小窓がみえる。

道の手前が挟石。道の向うにも巨岩がみえる。右上は見附の松。

写真16　幸徳秋水より上司小剣宛絵葉書（消印43・4・23）（日本近代文学館蔵）

落合橋附近。藤木川と千歳川の合流地点。丸木の落合橋、右に見附の松、その下に挟石も見える。（明治末から大正初期の景。）

写真17　通信欄　1/3

初出一覧

本稿に収めた論考の初出と書き直しの関係はつぎの通りである。（なお、すべての初出稿は本書に収めるにあたって、その表記や体裁を可能なかぎり統一し、不十分な記述は修正した。）

第一部　総論

第一章　『明暗』執筆日と漢詩創作日との関係――原題「『明暗』執筆日と漢詩創作の日付の関係」（「会報漱石文学研究」創刊号、二〇〇五年六月）『明暗』各回の内容を加筆。

第二章　『明暗』と漢詩の「自然」――原題も同じ（大阪経済大学「教養部紀要」第十八号、二〇〇〇年十二月）一部加筆修正。

第三章　『明暗』における「自然物」と「西洋洗濯屋の風景」――原題「『明暗』における「自然物」と「西洋洗濯屋の風景」――禅的世界観と漱石の『明暗』執筆態度との繫がり――」（「大阪経大論集」第五十二巻四号、二〇〇一年十一月）

第二部　『明暗』の日常世界描写における漢詩の役割

第一章　お延と小林の対座場面の最後（八十九回～九十回）――原題「『明暗』期漢詩の表層と深層――最初の詩群について――」（「大阪経大論集」五十九巻六号、二〇〇九年三月）

第二章　津田とお秀の対話（九十一回～九十八回）――「『明暗』の語と漢詩のことば――（九十一回から九十五回まで）――原題「『明暗』期漢詩の言葉（上）」（「大阪経大論集」第六十巻三号、二〇〇九年九月）

（九十六回から九十八回まで）――新稿

第三章　津田・お秀・お延の会話場面（百三回～百十二回）

（百三・百四・百五回）――原題「『明暗』と漢詩の繫がり――病室での津田・お秀・お延の会話場面――」（「大阪経大論集」五十九巻三号、二〇〇八年九月）

（百七～百十二回）――新稿

第四章　小林の津田に対する強請《ゆす》り（百十六回～百二十二回）――原題「『明暗』（小林が津田から金を強請る場面）と漢詩の関係」（「大阪経大論集」五十四巻五号、二〇〇四年一月）

第五章　お延とお秀の戦争（百二十三回～百三十回）――原題「『明暗』執筆と漢詩創作――『堀家でのお延とお秀の戦争』（百二十八回から百三十回）の場合――（「近代文学研究」二十四号、日本文学協会近代部会、二〇〇七年一月）

第六章　吉川夫人と津田との対話（百三十一回～百四十二回）――原題「『明暗』における漱石創作意識の現場――「吉川夫人と津田の対話場面」と漢詩――（「大阪経大論集」五十五巻六号、二〇〇五年三月）

第七章　お延の津田に対する「愛の戦争」（百四十五回～百五十四回）

（前半）――原題「『明暗』における「愛の戦争」場面（前半）と漱石詩――作者漱石の創作時の思い――」（「近代文学研究」第二十三号、日本文学協会近代部会、二〇〇六年三月）

（後半）――原題「『明暗』における「愛の戦争」〈後半〉――漢詩との繋がり――」（「大阪経大論集」五十六巻六号、二〇〇六年三月）

第八章　小林の造型と七言律詩（百五十五回～百五十七回）――原題「『明暗』における小林の造型と七言律詩――『明暗』の創作方法――」（「大阪経大論集」五十三巻第六号、二〇〇三年三月）

第九章　構想メモとしての五言絶句（百五十七回～百五十八回）――原題「『明暗』〈フランス料理店の場面〉と構想メモとしての五言絶句――作者漱石の視点と小林・津田の形象――」（「大阪経大論集」五十三巻五号、二〇〇三年一月）

第三部　『明暗』の非日常世界創作と漢詩

第一章　津田の「夢」――清子との邂逅（百七十一回～百七十七回）――原題も同じ（鳥井正晴監修近代部会編『『明暗』論集　清子のいる風景』〈和泉書院〉所収、二〇〇七年八月）

第二章　清子の形象（百七十八回～百八十八回）――原題「『明暗』における清子の形象――『十牛図』『碧巌録』および漱

石詩との関係――」（「大阪経大論集」五十二巻六号、二〇〇二年三月）漢詩に係わる部分は全面的に加筆し、その漢詩の典拠と語釈を示した。

補章　『明暗』第二部の舞台――湯河原と天野屋旅館

1『明暗』構想の原型――水墨画「花開水自流図」と湯河原――原題も同じ（「会報漱石文学研究」五号、二〇〇八年四月）

2『明暗』の温泉宿、湯河原天野屋旅館の大正四年末頃の建物配置について――新稿

後書き

本書は漱石の『明暗』と漢詩の関係の解明を試みたものである。私が『明暗』と取組むようになったきっかけは、一九八七年頃大阪国文談話会近代部会に参加するようになってからである。当時の近代部会では、『明暗』が取り上げられており、毎回鳥井正晴氏の報告があり、玉井敬之・萬田務両氏を中心とした意義深い議論があった。当時の私の関心は『浮雲』との関係で、バフチンの指摘するドストエフスキーのポリフォニー小説の創作手法にあったが、近代部会での議論から『明暗』がポリフォニー小説の特徴を持っていること、しかし、ドストエフスキーの小説と漱石の『明暗』とでは、共通した要素と共に、大きな違いがあること、その相違は、ロシアと日本との文学を生み出す文学的環境とりわけ宗教的相違と結び付いていることを強く感じ、『明暗』のポリフォニー的手法の東洋的性格を考えるようになった。これが、『明暗』と取組みだしたきっかけである。

私にその手掛りを与えてくれたのは、高木文雄氏の論考「柳のある風景」であった。この論考に接して、午前の『明暗』と午後の漢詩との関係の解明の必要性を知った。本書に収めた諸論考は、この高木氏の論考から出発し、その視点を発展させたものと考えている。

本書の内容は、『明暗』のポリフォニー的性格を解明するための材料として、『明暗』と漢詩の関係の解読を試みた段階にとどまっており、『明暗』のポリフォニー的手法の解明には十分な筆が及んでいない。このような段階で一冊にまとめることには強いためらいがあったが、『明暗』と漢詩の関係の分析は漱石研究でも手薄な分野なので、諸研究の一助になればと思い、とりあえず関係する諸論考を整理して上梓することにした。整理が不十分でかつ十分な解読が出来ていないと自覚している部分も多い。御批正いただければ幸いである。

本書での漢詩の扱いについて触れておきたい。

漱石の『明暗』期の漢詩は、それ自体として一つの文学世界を作っており、『明暗』とは独立した作品である。しかし午前の『明暗』と午後の漢詩を突き合せると、両者には、多くの語句の一致や類似があり、その語句の一致や類似は、漢詩の深層に漱石の『明暗』創作へのさまざまな思いが込められていることの印であることに気が付いた。本書に収めた漢詩の扱いでは、漢詩の深層に込められている、『明暗』への漱石の思いを取り出すことに焦点を絞った。本書での漢詩の扱いでは、漢詩の表層が詠う世界やその価値については、分析の対象外である。

私は、漢詩・漢籍については全くの門外漢である。その私が漱石の漢詩と『明暗』の関係に取組むことが出来たのは、和田利男、吉川幸次郎、中村宏、佐古純一郎、飯田利行、一海知義諸氏による漱石詩についての注釈類が存在し、その諸注釈に導かれて漱石詩を考えることが出来たからである。とりわけ一海氏の注釈から多くの学恩を受けた。また東北大学図書館のホームページで漱石詩のノートが公開されており、そのネット上の公開で、漢詩の細かい問題まで考えることが出来た。漱石詩の禅的性格については、陳明順『漱石漢詩と禅の思想』（勉誠社）から多くを学んだ。禅書類についても多くの注釈書が存在し、禅語索引も整備されつつあり、そのおかげで、禅と漱石詩の関係も考えることが出来た。何よりもまず、このような多くの学恩と資料公開に感謝したい。

すでに先学によって数種の漱石詩の語釈や評釈が存在するにもかかわらず、あえて本書でそれに類似した作業を行ったのは、禅書とのつながりを解明するためである。しかし、論考のテーマや関心の変化から、典拠や語釈の扱いにはかなりの精粗が出来てしまい、統一がとれていない。また本書では『明暗』期漢詩の全詩を扱うことを念頭に置かなかったので、結果として、堀家でのお延とお秀の戦争場面と、病室での吉川夫人と津田の対話場面の各前半部分の漢詩計八首を扱っていない。寛恕を乞う次第である。

私が漱石詩を本格的に考えるようになったきっかけは、二〇〇〇年大阪市立大学での村田正博氏の漱石詩の授業、二〇〇三年京都女子大での河合康三氏の漱石詩の授業を拝聴する機会を得たことであった。これらの機会を得て、漱石詩の扱い方を学ぶことができた。両氏には記して感謝申しあげる。

本書に収めた諸論考をなすにあたっては、多くの方々からご批正や励ましを受けた。とりわけ、玉井敬之氏と高木文雄氏からは、丁寧なご指導と励ましを頂いた。近代部会や漱石詩を読む会での議論とりわけ鳥井正晴、仲秀和、中村美子、吉江孝美、足立匡敏の諸氏からは多大の示唆を受けている。漱石詩を読む会での報告の機会がなければ、本書に収めた論考の多くは存在しなかったと感じている。会員諸氏に感謝したい。

第三部補章2天野屋旅館復元図について関係諸氏に御礼を申しあげたい。鳥井正晴氏、湯河原の橘田雅彦氏には、天野屋に勤められていた高橋勢津子氏との御縁を頂いた。本書に天野屋の復元図を入れることになったのは、玉井氏の強いお勧めによる。このお勧めがなければ、本書に補章2の天野屋の復元図は存在しなかったであろう。この復元図は湯河原町立美術館学芸員池谷若菜氏からご教示いただいた諸資料を基本としている。この復元図作成の調査にあたっては、中村美子・宮薗美佳両氏の協力を得ている。荒井真理亜氏からは上司小剣の資料所在の教示を受けた。またその項の追記に記したとおり、天野屋関係者の多くの方々の協力を得ている。とりわけ越野忠治氏からは全面的なご協力をいただいた。天野屋別館の復元図は越野氏との共同作業と言っても過言ではない。高橋勢津子氏、稲葉建築事務所の稲葉隆氏、それに湯河原町立美術館、日本近代文学館には、資料の提供を頂いた。お礼申しあげる。

本書を出版するに当たっては、玉井敬之氏のご紹介で、翰林書房から本書を出版することが出来た。翰林書房今井肇氏には、本書の体裁や表現の統一にご配慮いただいた。心から感謝申しあげる。本務校大阪経済大学からは出版助成を受けた。記して謝したい。

【著者略歴】
田中　邦夫（たなか・くにお）
1943年生
1975年　大阪市立大学　文学研究科　博士課程　中退
現　在　大阪経済大学　人間科学部　教授
著　書　『二葉亭四迷『浮雲』の成立』（双文社出版 1998年）

現住所　560-0014　豊中市熊野町2-5-12

漱石『明暗』の漢詩

（大阪経済大学研究叢書第70冊）

発行日	2010年 7 月20日	初版第一刷
著　者	田中 邦夫	
発行人	今井 肇	
発行所	翰林書房	
	〒101-0051 東京都千代田区神田神保町 1-14	
	電 話 (03)3294-0588	
	FAX (03)3294-0278	
	http://www.kanrin.co.jp	
	Eメール● Kanrin@nifty.com	
装幀	須藤康子＋島津デザイン事務所	
印刷・製本	シ ナ ノ	

落丁・乱丁本はお取替えいたします

ISBN978-4-87737-299-6